茫茫 黑夜
漫游

[法]路易·费迪南·塞利纳 著

沈志明 译

Voyage
au bout
de la
nuit

人民文学出版社

LOUIS-FERDINAND CELINE
VOYAGE AU BOUT DE LA NUIT

图书在版编目(CIP)数据

茫茫黑夜漫游/(法)路易·费迪南·塞利纳著;沈志明译.—北京:人民文学出版社,2019
ISBN 978-7-02-014935-3

Ⅰ.①茫… Ⅱ.①路…②沈… Ⅲ.①长篇小说—法国—现代 Ⅳ.①I565.45

中国版本图书馆 CIP 数据核字(2019)第 017040 号

责任编辑　黄凌霞
装帧设计　黄云香
责任印制　王重艺

出版发行　人民文学出版社
社　　址　北京市朝内大街 166 号
邮政编码　100705
网　　址　http://www.rw-cn.com

印　　刷　三河市博文印刷有限公司
经　　销　全国新华书店等

字　　数　354 千字
开　　本　880 毫米×1230 毫米　1/32
印　　张　15.5　插页 5
印　　数　1—10000
版　　次　2015 年 9 月北京第 1 版
印　　次　2019 年 8 月第 1 次印刷

书　　号　978-7-02-014935-3
定　　价　47.00 元

如有印装质量问题,请与本社图书销售中心调换。申话:010-65233595

路易·费迪南·塞利纳

路易·费迪南·塞利纳（1932年春末）

路易·费迪南·塞利纳漫画像

路易·费迪南·塞利纳作品一览

译　　序

　　一九三二年，长篇小说《茫茫黑夜漫游》发表，塞利纳一举成名，可惜当年未评上龚古尔文学奖，只得到雷诺多文学奖。后来，法国文学界，乃至龚古尔文学奖评审委员会历届评审员，几乎一致认为这是龚古尔文学奖历史上最大的耻辱。如今《茫茫黑夜漫游》（以下按塞利纳的习惯简称《漫游》），早已列为二十世纪法国小说的经典。不过，话说回来，从历史角度来看，也不必对评审员们求全责备，不妨说事出有因吧。想当初，法国第三共和国总统普安卡雷①执政的十三年不仅迅速克服了第一次世界大战（1914—1918）给法国造成的严重政治经济危机，而且成功地使法国财政保持良好状况，各经济部门都有长足的发展，尽管繁荣景象主要得益于"法兰西殖民帝国"，财源从日益扩张的殖民地滚滚而来。一九三一年巴黎举办的殖民地博览会充分展现了法兰西的强大，当时的法国在国际舞台上起着举足轻重的作用。因此可以想见，一年之后发表的《漫游》很难让占读者百分之八九十的富裕阶层心悦诚服，从内容到语言都让他们感到格格不入。总之，舆论哗然。龚古尔评审委员会不会不受到影响，在强大的舆论压力下，哪怕独立思考能力极强的委员们也未能免俗。

---

①　雷蒙·普安卡雷（1860—1934），法国第三共和国总统（1913—1920），总理（1912—1913；1922—1924；1926—1929）。

然而，表面风光无限的"美好时期"远未抹去大战所造成的创伤，其社会裂痕波及各个层面，难以医治愈合，以至于一向以法兰西文化为自豪的知识分子也怀疑祖国的文明，在世风日下之际，甚至怀疑人心不古和人性多恶。塞利纳深受弗洛伊德影响，把弗氏对人心人性的怀疑通过《漫游》的人物形象表现得淋漓尽致。事实上美国从一九二九年开始的经济危机此时已经冲击欧洲，"华尔街崩溃"已经影响到欧洲资本主义经济，就在《漫游》出版的当年，美国金融危机摧毁了凡尔赛条约所规定的秩序，其结果造成法国是年失业总人数高达五十万之众，从而引发法国各个领域深层次的危机在所难免。

作者通过《茫茫黑夜漫游》描述社会风俗、日常琐事、军事生活、沙场鏖战、社会各阶层因战争而发生的变化等，深刻揭示经济、政治、文化、社会以及人际关系的危机，宣告促使主人公入伍奔赴战场的国家救世主降临说彻底破产，即狭隘的民族主义、爱国主义的祖国观念彻底崩溃。战争所造成的文明裂痕迫使人们完全改变生存观念和行为方式。但面对凉薄残酷的世界和孤凄无援的人生，世人如堕入茫茫黑夜，倍感恐惧和无望。如此广泛和深切的描述于二十世纪前三十年乃至整个上半叶，几乎绝无仅有。

难怪一九四六年，正走红的萨特刚批判塞利纳的政治表现后不到一年，发表了一篇十分严肃的论文，题为《为自己的时代写作》。他出语惊人，明确指出："也许塞利纳将是我们中间唯一永垂不朽的。"[①]如此明晰和崇高的评价，其时振聋发聩，而今似乎争议的人不多了。我们可以断定，二十世纪亲自以各种方式参加两次世界大战或作为见证人的法国作家颇为不少，但以自己亲身体

---

① 《萨特著作索引》，伽里玛出版社，第六七五页。

验把两次大战如此全面而深刻地写入《漫游》及其他小说,塞利纳是唯一的,独一无二的。从社会学角度来看,塞利纳的小说就是一部二十世纪上半叶的法国文明史。将来,也许几个世纪以后,谁想了解二十世纪前五六十年所发生的事情,塞利纳小说恐怕是必读的参考书。

《漫游》主人公巴达缪(Bardamu)的词源是旅行者,像作者那样,足迹遍及全球,尝试过各种职业:求过学,当过兵,务过农(作为殖民者雇员管橡胶园),沦为非法移民而打过工,失过业,做过医生等。工农兵学商,各行各业都试过,可谓历尽人间一切辛酸。最后看穿人类走不出这个怪圈:一切政治手段失灵之后,必然走向战争。

塞利纳生活的时代急剧走向衰落,社会风气日益浸薄。由于社会矛盾激化,统治阶级腐败无能,政局陷于不可收拾的境地。塞利纳这部处女作,如同一面巨大照妖镜,忠实地反映这一特定的、丑恶的时代,政治上的黑暗腐朽必然伴随一代社会风气的浸薄颓败。小说为我们展示的真实生活场景,使我们看到了各个阶层不同的苦恼和悲伤,整体世情的冷酷、虚伪和自私,那个社会到处都是一样的糜烂和黑暗。在那里,人的灵魂能用冰冷的金钱来收买,人与人的情谊丧失殆尽;世人趋炎附势,胜过上帝,一个个都成了尔虞我诈的冷血动物。从而社会利己主义的本质暴露无遗,所揭示的社会病态引起了人们对丑恶现象的反对和憎恶。因此这部小说的积极意义是无可否认的。

塞利纳以众醉独醒的气势认定一个死理:忠于生活,反映生活的固有面貌,不为个人升官发财,一味秉笔直书,不管白色红色黄色杂色势力,看不惯的,一律痛批猛打。正因为如此,他成了许多人的眼中钉肉中刺。其中较有代表性的是高尔基。

一九三四年八月十七日在莫斯科召开第一次全苏作家代表大会,在法共人士看来这是一次神圣的大会,派出以阿拉贡为首的代表团出席。高尔基当然是会议的核心人物,他的报告《苏联的文学》被视为具有战略性的文献。我们不妨全部抄录他批判塞利纳的那段话,奇文共赏:

"现代西方文学(也)失掉自己的影子,从现实中间迁居到绝望的虚无主义里面,这从路易·塞林(塞利纳)《黑夜王国旅行记》(《茫茫黑夜漫游》)一书里可以看到。这书的主人公巴尔达缪(巴达缪),失掉祖国,蔑视人类,把自己的母亲叫作'母狗',把自己的情人叫作'臭尸',对于一切罪行都无动于衷,虽然他没任何条件可以'加入'到革命的无产阶级里来,但他投入法西斯主义的怀抱的条件,却完全成熟了。"①

高尔基这篇带有"拉普"思想②阴影的讲话对塞利纳乱扣帽子瞎打棍子,恐怕出于这样一种思维:艺术性越高的坏书越要痛批,否则为什么他把塞利纳当作最猛烈的批判靶子?要知道,塞利纳才出名不久,就与果戈理、陀思妥耶夫斯基一起被高尔基摒弃出文学的光荣传统,实际上倒从反面肯定了塞利纳的文学天才。看来高尔基还有点眼力,不过他忘记了恩格斯的教导:

"……小说通过对现实关系的真实描写,来打破关于这些关系的流行的传统幻想,动摇资产阶级世界的乐观主义,不可避免地引起对于现存事物的永世长存的怀疑,那么,即使作者没有直接提出任何解决办法,甚至作者有时并没有明确地表明自己的立场,但我认为这部小说也完全完成了自己的使命。……作家不必要把所

---

① 高尔基:《苏联的文学》(一九三四年八月十七日在第一次全苏作家代表大会上的报告),参见《论文学》,人民文学出版社一九七八年版,第一一四页。
② "拉普"(俄罗斯无产阶级作家联盟 1925—1932)思想要求作家以抽象的哲学公式或教条主义的"革命"口号来代替对现实生活的艺术描绘。

描写的社会冲突的历史的未来的解决办法硬塞给读者。"①

恩格斯这段十分精彩的论断,不知道塞利纳是否读过,但他的创作实践大致符合恩格斯的教导。如果再加上别林斯基《论莫斯科观察者的批评及其文学见解》,就更能为塞利纳辩护了:"不证明,也不推翻什么,就靠了十分忠实的揭示事物的特征,或用确切的比较,或用确切的推断,或干脆用如实的描写,十分鲜明的(地)把事物的丑恶表现出来了,这样(地)来扑灭它。"关于高尔基的批判,我们将在下面继续为塞利纳辩护。

谁想得到,曾几何时,不知怎的,斯大林同志读到了《漫游》,竟爱不释手。也许觉得高尔基不大讲政策,不善于团结大多数,于是暗示下面邀请塞利纳访苏。最高统帅这种青睐连阿拉贡同志都未曾有过,转眼间塞利纳身价陡升。谁料得到,这个"阿斗"不识抬举,就是扶不起来。访苏归来,写下《认罪》。他可不像罗曼·罗兰封存《莫斯科日记》五十年,而是立即发表了,声言"一次革命要等二十年之后才能定论";"真正的革命就应当是认罪的革命,彻底净化的革命",所以"应当抵制奉承者,阿谀奉承是人民的鸦片"。他引火烧身,立即成了"反动作家",几十年翻不了身。这使他颇为吃惊,初尝红色政权的厉害,真可谓"成也萧何,败也萧何"。也许他在九泉之下永远弄不明白为什么"反动作家"②这项帽子在中国一九八六年还扣在他头上。幸亏柳鸣九先生出面,于次年为《漫游》作序,实际上把这顶帽子摘掉了。

话得说回来,他的孤高傲世虽然有助于他树立文学创作的独立人格,但在为人处世上却成了他最大的缺点,由此造成对他人的伤害是不可低估的。譬如,洛克菲勒基金会及其资助下的日内瓦

---

① 恩格斯致敏娜·考茨基,《马克思恩格斯全集》第三十六卷,人民出版社一九七四年十版,第三八六页。
② 参见《厌恶及其他》,上海译文出版社一九八六年四月版,第二页。

世界卫生组织培养、招聘、重用了他,使他在医疗卫生事业上有重大建树,可他毫无感恩之情,反而对他们讽刺挖苦攻击。又如,美国文学评论家兴都在《催命》刚出版不太受欢迎时,为美译本作序,大加赞扬。后来塞利纳遭难,流亡丹麦,兴都专程前往探望。塞利纳仍桀骜不驯,不会鉴貌辨色,引起兴都不满,回美著文痛批塞利纳,后来给他造成很大的麻烦。至于他对待第一任妻子和岳父更不近人情,他到日内瓦任职,把妻子和女儿抛下三年不管,给妻子写的信恶劣得叫人看不下去,逼得妻子离婚,气得女儿后来拒绝接受塞利纳遗产。他还有其他包括生活作风上的缺点。不可讳言,他的人品确有缺陷。

但我们认为,人品有缺陷,政治思想和道德处世等观念上有问题,都不应该作为评定文学创作(不包括论文、杂文等)的标准。普鲁斯特在著名的《驳圣伯夫》中指出:"书是另一个自我产物,不是我们在习惯中在社会中在怪癖中所表现的那个我。"早在二十世纪初,他就主张把论人和评文分开,指出文学批评必须从文本出发。我们应当按普氏这条文学审美真理来评定文学作品的价值。所以,"不要因为大仲马和小仲马父子为同一个烟花女争风吃醋而否定《基度山伯爵》和《茶花女》的小说价值。也不要因为维克多·雨果放荡得连女佣人都不放过而谴责《悲惨世界》中纯洁的爱是虚假的。更不要因为波德莱尔恶习多多而批评他的诗歌伤风败俗,进而否定其艺术性。谁要是读了《忏悔录》而谴责卢梭道德败坏,那就是普鲁斯特所指'不善于读书'的那类人。"[①]

"不善于读书"的人,毋庸讳言,世界各国都存在。一般读者多半倾向把主人公与作者联系起来遐想。塞利纳名声不好,无疑与他的作品有关:他的八部小说以及其他创作,如《与 Y 教授谈

[①] 参见拙译《驳圣伯夫》译序。

心》,除用了一次"替身"巴达缪以外,全是第一人称,甚至用塞利纳或干脆用真名戴都什作为主人公。

他痛恨社会邪恶和人性堕落,以主人公身份与其他人物平等地在惶恐、怀疑和绝望的境地一起活动。这样,作者就可以跟自己笔下的人物同呼吸共命运。可惜以高尔基为代表的许多人完全误解了,以为作者自暴乃至贩卖隐私,自我中心膨胀,丧失人性,背叛祖国,亵渎父母,践踏情人,从而连起码的羞耻感都沦丧了。不懂得上述普鲁斯特的真知灼见,更不懂得作者的自审意识,有的人当"灵魂工程师"久了,把自己灵魂的丑恶愈藏愈深,他们当然也不懂得用第一人称创作的艺术魅力。

娜塔丽·萨洛特在其名著《怀疑的时代》曾对塞利纳有过崇高的评价,认为《漫游》是"具有高超技巧和巨大突破力的一部杰作"。① 她特别欣赏塞利纳几乎自始至终坚持用第一人称写作。她指出,"用第一人称叙述能满足读者合情合理的好奇心,并且可以消除作者并非不正当的顾虑。另外,至少表面上像是亲身经历的,真实可靠的,使读者持尊重的态度,可以消除读者的疑虑。""这个'我'与作者同化,但同时又不是小说家本人。""'我'既是一切,又什么也不是,往往只是作者自身的投影。在'我'周围的人物已失去固有存在的意义,或者只是一些幻象、梦想、幻觉、反照、模态,或者仅仅是'我'的附属品。"

由于当代读者对小说人物采取怀疑的态度,拒绝接受单凭想象的小说,即全部虚构的小说,所以要读者相信小说中所叙述的事实,最重要的,是要有一点真实的事情依据。通过这种方法,"读

---

① 《怀疑的时代》,伽里玛出版社法文版,第七十三页。以下引文分别出自第三十五,九十一,七十二页。

者一下子就进入了,完全处在与作者相同的地位",一直到小说结束为止。以上论点是萨洛特根据她十分欣赏的四部作品所综合提炼出来的见解。它们是:塞利纳的《漫游》,普鲁斯特的《追忆逝水年华》(又译《寻找失去的时间》),纪德的《沼泽》,萨特的《恶心》。她这些观点早已为法国文学界所接受。

可惜我们在这里没有时间进一步研究塞利纳运用第一人称的写作技巧和具体的文学效果,而只能探讨他用"我"这个工具来抒发的自审意识,因为就目前而言,在中国,消除人们对塞利纳其人其书尚存的疑虑仍是当务之急。

塞利纳在以文学创作揭露和谴责社会黑暗、政治腐败以及民不聊生、人心险恶的历史根源时,自己同时以受屈者、受害者和审判者、反思者的身份出现,既有谴责又有自审。他对亲身经历的事件既站在历史法官的位置,即受害者的角度,也站在被告者的位置,即肇事者的角度,边谴责边自审。他充分意识到自己在两次大战中既是参战者,又是受害者;既是被恶势力所迫害所摧残的对象,又是缺乏勇气和力量的怯懦者,甚至是恶势力的帮凶。在两次大战期间以及战前和战后,在两次空前的浩劫中,作为民族的一员,他不仅自身被耽误、被损害、被践踏,而且自觉不自觉地损害、欺侮、污辱他人,就是说自己既是悲剧受害者,又是悲剧制造者。

他的使命是进行文化性反思,即把疑问带入民族集体无意识层次,要充分意识到自己身上也积淀着传统文化的可悲性基因。有了这种与民族共谴责同忏悔的自审意识,他就可以与笔下人物共同承担痛苦,就不需要什么上帝和国家救世主以及什么激进的或保守的学说,自己拯救灵魂,启蒙自己,开导自己。为此他总有一种向惨重的历史教训讨回公道和索还代价的劲头。当然谈不上通过反思自审把人们引向新时代新社会去迎接灿烂的未来,况且他同时代那些"让我们歌唱到明天"的乐观作品不是统统淹没在历史的尘埃了吗？塞利纳绝没有这种乐观精神,但他的作品至少不是消极的自践性谴责和悔恨,相反的,能够使读者对法兰西文明共同承担责任。

塞利纳继承了卢梭《忏悔录》的优秀传统,把他人和自己的"真实面目赤裸裸地揭露在世人面前",所不同的是卢梭以前所未有的坦诚、"以同等的坦率"讲述自己的"美德与罪过",而塞利纳则以前所未有的坦诚不光讲自己的"罪过";更确切地讲,以同等的坦率讲述他人和自己的"罪过"。从这个意义上讲,塞利纳小说虽是自传体的,但不是"忏悔录"。忏悔是让别人理解和饶恕,而塞利纳谁也不饶恕,也不要任何人饶恕他。颇有鲁迅的风格！

所以,他可以愤世嫉俗,揭示世风日下的时俗,骂尽诸色,指斥时弊,笔伐世情虚伪和人心险恶,选择最能泄愤的脏语辱骂,"曲尽人间丑态";所以,他敢于像罗丹那样把《老娼妇》由于衰老而干瘪的裸体赫然无遗地暴露在光天化日之下,让贵妇人们骇异惊呼"丑恶"而掩目而过;所以,巴达缪敢于亮丑,敢于揭露灵魂深处的丑恶,鞭挞错误,不断自我反省:"把一个遭厄运的、受尽折磨的人生当作麻雀来解剖。"巴达缪在总结长期流浪的生活之后说:"我还不如死神那么高大,甚至比死神渺小得多。我没有人类崇高的思想……我的旅途中把什么都丢了,垂死者需要的一切都让我丢了,仅剩下恶念。"他的自我剖析正表明他的可贵品格和求真精神。

因此我们不能从字面上去理解巴达缪心里暗骂他母亲不如母狗。那段出自《漫游》的话是这样的:"她(母亲)重新见到我时非常激动,哭哭啼啼的,好像一条母狗失而复得它的崽子。她大概认为拥抱拥抱我就能助我一臂之力,其实还不如母狗,因为她相信别人让她来领我的理由,母狗则不然,它只相信自己的感觉。"巴达缪在保卫祖国的爱国主义幌子下义务应召入伍参加第一次大战,在一次例行巡逻中稀里糊涂地被炮弹炸伤,撤到后方医院又稀里糊涂地被授勋章,莫名其妙地成了战斗英雄。经过手术虽保住性命,但留下的后遗症十分严重。他在医院疗养,生活单调,心情非常恶劣。所以对母亲来领他回家度周末很不以为然,心里反感透顶,因为她听信别人瞎吹乱说:她有个英雄的儿子,光宗耀祖,但受伤不重,一切将恢复正常,等等。其实,他与母亲,以心印心,心心不异,"心里颇感内疚,因为像我母亲一样,我从来不能够对不幸的事情完全心安理得",此类反省,处处可见。

巴达缪一向认为自己的出生是多余的,因为父亲总是把他当作累赘,当作家庭的灾星。母亲则一天到晚唠叨,怪他没出息,对他毫无信心;现在却把他当作英雄,激动得不得了。其实他心里明白,他不是英雄,而是狗熊:参战后曾想逃跑。当炮灰的苦处,母亲不理解,也不愿理解。真不如母狗聪明,因为母狗至少相信自己的感觉。更苦不堪言的是,面对莱翁的死亡,他自惭形秽,觉得自己不如一条狗,承认:"我是恶人。"

这些都是形象比喻,再说完全是虚构的。真实的塞利纳与虚构的巴达缪——塞利纳虽然人生历程大致相仿,其内容和形式却大不一样。比如,他本人与母亲的关系一直不错。母亲去世时他在德国,直到流亡丹麦时才获悉噩耗,心里非常难过。所以不应该像高尔基那样"对号入座",上纲上线,随随便便预言塞利纳将"投入法西斯主义的怀抱"。

至于"把自己的情人叫作臭尸",更是荒唐。首先,巴达缪根本没有情人,也不知道什么叫情人。他洞察世情,将男女之爱看透,非但认为世上不存在真切纯粹的爱情,而且断言男女之爱最终必然落实到屁股上:巴达缪之所以拒绝莫莉真诚的挽留,并非因为她是妓女。他根本不在乎所谓道德和廉耻。因为他不受男女性爱之迷惑:饮食男女,根子在色,一旦色相消失,必然产生厌恶之心,随即丢而弃之,从而对男女种种弱点百般绝望,进而既不能冷静面对现实,真实地安排自己的生活,更无气度去面对生活的灰色。总之,巴达缪之所以拒绝母亲的关怀,是因为他从来没有得到过真正的母爱;他之所以拒绝有点人情味的妓女莫莉的善意,是因为他不懂得爱情,也深感自己不配受人爱,干脆把一切爱拒之门外。巴达缪通过自己的影子罗班松的嘴声称:"我不愿别人爱我,我受不了别人的爱!"

综上所述,我们应当从塞利纳的自审意识去衡量其作品主人公"我"的自轻自贱,自惭形秽。"我"自骂的话比比皆是,不妨随手捡几句:"我这个败类";"我委实是一头该死的猪";"像我这样的糊涂虫","酒囊饭袋","无用之辈";等等。我们可不能轻信这些自贬自责的话,而应从文学审美去考虑。想当年,瞿秋白曾把自己比作"狗",署名"犬耕",解释道,"搞政治,我实在不会搞,我搞政治就像狗耕田!"大概是自谦,但也有点符合实际。我们知道,鲁迅先生曾自责"灵魂里有毒气和鬼气",有"中产阶级知识分子的坏脾气"。更有甚者,在《狂人日记》中宣布:"我"不仅"被吃",也参与了"吃人"。假如我们采取高尔基的手法,那还了得!这应从鲁迅的名言去理解:"我的确时时解剖别人,然而更多的是更无情面的解剖我自己。"塞利纳肯定没有鲁迅这般崇高的思想境界,但否定别人的同时也否定自己是不争的事实。他笔下一幅幅否定西方世界的图景,用一位法国评论家的话来说,是构成"本世纪中写得最真切、最令人心碎的作品"。难道西方世界不正是在否定中前进吗?

我们猜想,萨特之所以宣称塞利纳将永垂不朽,是因为塞利纳恰当地选择和完善了用以表达自己独特思想感情的独特文体,叫人一看就知道是塞利纳的文学语言风格。

为了勾画一个阴森冷酷的鬼蜮世界,展示社会生活那些腐败、凋敝、荒淫、堕落的画面,必须以讽世之作去写尽世态人情,必须把揭露社会黑暗和描写家庭日常生活有机地联系起来。只有把重大事件穿插在流水似的日常生活中间,才不至于使人物成为典型和影子,而给读者留下深刻的印象,从而塑造有血有肉的、活生生的人物。

塞利纳基本上按自己的生涯作布局,其历史、地理、政治、经济、社会背景总体上无一不是作者所经历的,但又是完全虚构的:童年,学生,学徒,当兵,打仗,复员,游历,求学,行医,涉笔,流亡,被捕,入狱,归来。以日常生活为主线,穿插惊心动魄的情节,以表现市井细民的委琐心理和卑劣灵魂,也刻画神甫、医生、学者、律师、将军等中上层人物的丑恶嘴脸、卑鄙灵魂、无赖手段和贪婪本质。作者往往运用正面描写和侧面烘托,借助夸张甚至漫画的手法,鲜明而集中地揭示寄生虫之流的本质,令其无所遁形。

举个例子,看看怎样讽刺来向巴达缪打秋风的普罗蒂斯特神甫:

"神甫身上的长袍很不方便,好像裹着一块呢绒,走动时飘飘荡荡的,活像漂浮着海鲜的鱼汤。""神甫的牙齿十分糟糕,哈喇黄和金属棕相杂,似绿非绿的牙垢积得厚厚的。""他赤条条暴露在你的面前,如同一个可怜巴巴的褡裢,虽然煞有介事,自吹自擂地吧嗒吧嗒,说不清道不明……""总之,来者不善,要看透他庞然而贪婪的实质。"

像这样切中时弊的讽刺佳句到处可见。每每在叙述过程中,讽刺话一针见血刺入事主的要害。简洁,练达,明快,具有爆发力。其主题思想往往用最后一句或几句"怪论"点明,例如:"怯懦和勇敢,没有多大差别。同样一个人在别处是英雄,在这里却是狗熊,并不比别处想得更多。"又如:"真实就是无尽无休的弥留,人间的真实就是死亡。"又如:"我决心给自己打气,打得鼓鼓的,活像一只鼓满理想的癞蛤蟆。"再如军队带着葡萄酒行军:"一瓶瓶的酒像大腹便便的汉子,晃晃悠悠地走着,嘟嘟囔囔地说着野话。"再如:"爱情和幸福只有在电影里出现",因为"爱情,同一时刻普天下有无数的人在做爱,而死神恰好寓于温情之中,躲在里面尽情享受温暖,热乎乎的,和所有做爱的人分享快乐,多么有趣啊"。

另外,他运用隐喻和比喻得心应手,俯拾即是。记得早在八十年代初,笔者专攻萨特著作,对萨特采用的两则比喻印象特别深刻:一是他形容人与人之间的关系时说:"他们好像篮子里的一堆螃蟹";二是他形容没有头脑的美女时说:"好像拥抱一袋包装漂亮的粪便。"没想到这两个比喻的发明权都属于塞利纳,还有萨特也套用过上述"同一时间普天下有无数人在做爱"的意境。难怪塞利纳在《与Y教授谈心》以及别处大呼别人"抄袭""剽窃"他的东西,这是后话。我们不妨把"一袋粪便"完璧归赵,请看:"再好的美食到了柔滑温暖的肚子里,必定被人体腐蚀成粪便,在外科医生解剖的眼光下,人体只不过是一袋粪便。爱若脱离身体就不成其为爱,而落到实处的爱只不过是身体机能抖动的尴尬相,是狂热的湿漉漉的失落。"塞利纳这些诙谐的比喻,直言无隐的快意,是来自对人情深切的体验,对世态惊人的洞察,起到了"辞托开心悦耳,意在警顽醒味"的艺术效果。

如上所述,艺术情节的侧重点是描摹世态,捕捉平凡生活的诗情画意,没有详细的铺叙。作品结构颇为松散粗疏,但情节演进十分自然。其世情描写及至细节描摹生动活泼,呈现一幅幅姿态纷繁的画面,使作品布局跌宕腾挪,此起彼伏。作者基本上采用白描手法,以明快有力的嘲弄笔锋,写尽世态人情。他以冷峻的观察,从常人见怪不怪的事态入手,点染和刻画各式人物:多为市侩刁民,淫妇暗娼,或潦倒落魄之徒,或寄人篱下之辈。每当指斥他们闲游浪荡,秽浊百端,背伦蔑理,所用的语汇往往尖酸刻薄,可谓"秽言以泄共愤",损人刻毒,甚至词淫语秽,但总是那么形象和令人发笑。

不妨举几个例子:"像瞧屁股眼儿,漆黑一团。""(我)竭力想弄清马德隆屁股里卖的到底是什么货。"马德隆针锋相对:"我的屁股是干净的,而你,连你的脚都是脏的哩!""姑娘们特别喜欢把全人类集中在一个臀部上,唯一的臀部上,以为这是神圣的梦想,狂热的爱情。"

至于黑色幽默的例子更是举不胜举,如:"上校的头颅飞走了,脖子上敞开一个大口子,鲜血咕噜咕噜地炖着,好似锅里熬着果酱。"又如:"草地上无处不堆放猪羊牛肉及下水,成群的苍蝇死叮着我们,营营地鸣奏乐曲,好似燕舞莺啼。"

总之,哪怕损人的脏话,哪怕黑色幽默,都是发自作者内心的生命感悟,用一种诚实而准确的方式表达出来,没有半点掺假,也没有"花架子",直截了当,干脆利落。凡此种种汇集在一起,形成了独树一帜的塞利纳风格。

然而,塞利纳风格最重要的组成部分,即最具有自身审美价值的部分,是他的语言,是他独创的口语体文学语言。他打破了纯熟的传统的文体格局(《赞梅尔韦斯的生平事业》就是用娴熟的传统文学语言写成的),发明了口语体的情感化文学语言,并运用得游刃有余,以"真僧只说家常话"的口气,生动、平实、幽默地讲出深刻、独到、令人启悟的思想;以恰当而明快的方式从容不迫地把自己对审美对象的把握表达出来。

我们知道,丰富多彩的法兰西文学语言是一代又一代优秀的作家共同创造的财富。但我们可以毫不夸张地说,塞利纳有着特殊的贡献。他的创新可与十九世纪的福楼拜相媲美。

普鲁斯特指出:"福楼拜是个语法天才。他的天才是一种精灵,其形态是:过去时,代词和现在分词。""福楼拜个人独创使用限定过去时,不定过去时,现在分词,某些代词和某些前置词,更新了我们对事物的看法,几乎可与康德相比。""他巨大而耐久的创新是一种语法创新,但几乎难以辨认,因为它同我们时代的文学语言水乳交融。我们阅读其他作家的作品时,实际是阅读福楼拜的作品,并不知道其他作家只不过鹦鹉学舌。""(后人)该付给福楼拜多少版税呀!"

虽然塞利纳创新的具体内容和形式与福楼拜不同,但普鲁斯特对福楼拜崇高的评价用在塞利纳身上完全合适。

法国文学有史以来,塞利纳第一位把大众语言、民间口语系统地引进文学殿堂,包括口语句法结构以及成语、俚语、谚语、格言、土语、切口、行话等。更稀奇的是,他在此基础上加以全面创新,从而形成塞利纳语言风格。他创造了几千个新词。多得难以精确统计,其中四分之三是多种词类的派生词,派生得那么天趣盎然,叫人难以察觉。最多第一次读到时微微一笑,觉得新鲜有趣,也就放过了。有心人查一下词典,这才发现是个新词。时间长了,慢慢被大家采用,也被年复一年修订的词典采纳了。这里包括创造性使用的俗语、土语等,当然完全由他发明的也占一定的比例。

塞利纳还对句法包括词组和行文结构作了系统的革新,简直是一场小小的语言革命。他另辟蹊径,独创一格,把口语结构形式包括一些以前在笔语中禁用的,大胆地系统使用。我们不妨简要列举一部分:

(1)省略否定副词。ne...pas,ne...rien,ne...personne 等中的 ne。如把 je n'ai pas 变成 j'ai pas(我没有)。

(2)省略作为主语的中性代词 il(它)。如把 il faut s'en aller 变成 faut s'en aller(该走了)。

(3)同义叠用,用来加强语气或强调句中某一成分,又可减少很麻烦的动词变位。如：Nous, on ose pas.（我们不敢。）又如：Je l'ai pas vu, mon père.（我没见到父亲）

（4）赘词省略。凡表示恐惧、怀疑、否定等意义的词引出的从句，比较级形容词或副词后的从句，某些连词短语引出的从句，在肯定式时从句中应加赘词 ne。此赘词一律让他取消。如：Je crains qu'il (ne) pleuve.（我怕天要下雨）

（5）虚拟式的特殊形式。如 Bien qu'il soye (soit).（尽管他是……）

（6）加赘词。用来强调句中某一成分。如：C'en est un des hommes, un vrai de vrai.（这是真正的男子汉）

（7）疑问词后边加 que，避免疑问句中主谓语倒装。如：Comment que toi, t'es venu?（怎么您来了？）

（8）连词 que 作赘词，可避免句中主谓语倒装。如把 dit-elle 变成 qu'elle dit（她说）。

（9）重读人称代词在动词不定式前作主语。如：moi, je pars, et toi, rester!（我走，你留下。）

（10）改变某些词组固定结构。如把 d'un château à l'autre 变成 d'un château l'autre（从一座古堡到另一座古堡）。

限于篇幅，不再赘述。另外他别出心裁地改变语气表达和标点符号的习惯用法。比如为了加强语气，他喜欢重复运用各种感叹词。如 Ah! Ah! Ah!（啊！啊！啊！）一连三个。又如 zut! zut! zut!（见鬼！见鬼！见鬼!），重复三次。这对翻译倒不要紧，完全可译的。但有些标点，如惊叹号"!"，有时一整段乃至一整页句句末尾用惊叹号，甚至在句中加惊叹号，而且一加好几个。这就难以完全翻译了，最好必要时多加几个，全篇惊叹号，反而起不到加强语气的作用了。

最叫人费解和头疼的是塞利纳最自鸣得意的省略号（法语中

三个点…）。他用三个点表示停顿，在说话时，在叙述中，在一切场合，到处使用。开始很多人不理解，提出批评，甚至责难。塞利纳对此十分恼火，在《与Y教授谈心》中专门作了解释，把"三点"比作音乐休止符，比作铁轨枕木，吹得神乎其神，说什么轨道缺少枕木就无法使火车正常运行，等等。但我们敢说，绝大多数法国读者根本体会不到其中的奥妙。我们更是无法翻译，只好一律取消，尚希塞利纳在天之灵见谅！

但他主张真正的叙述不应是描述，而应是以时而急促时而缓慢的声调和节奏，来抒发追忆往事的一连串话语。他的核心思想是，人说话，尤其说实话，必有感情。作为抒情的作家，塞利纳竭力通过口语或对口语的回忆，捕捉和实录情感，使情感化的口语充当文学笔语的载体，用他的话来说就是："口语情感贯串笔语始终。"口语只有遇到逼真之处才能截获情感，即成为情感口语，而用情感口语写出的小说是电影望尘莫及的，无法加以改编的。所以塞利纳认为他开创了一个新时代，凡是可以被电影改编的小说，应当统统死亡。

然而这样的小说是很难写的。他说："写情感逼真的小说累死人……任何一点点真情实感的笔录都得付出极大的耐心。"晚年，他在一次访谈中说，一个时代出一两个真正的作家就不错了，"写好一部小说非得叫你累得趴在书桌上动不了窝。"最后这句话确实可信。他胳膊受伤，不肯截肢，留下不愈的后遗症，一生带病创作。他累得精瘦，没有一点点肌肉，大腿和胳膊几乎一样细。精疲力竭了，但思索不断，挣扎不止，一味咀嚼自己的心。他支撑着艰苦的岁月，经受了无穷的苦难，终于洞察了社会人生之后，自由地驾驶人生。虽然无法解救他人的痛苦，却超越了自身的痛苦，从而感悟到人生的真理。通晓英语和德语的塞利纳是法语天才大师，他视语言为生命，为语言陶醉，也为语言牵累。大概没想到他的结局与他赞扬的赞梅尔韦斯相仿,用他自己的话来说:"在时间的长河中,生命只是一种沉醉,而真理就是死亡。"

这里,让我们引用《漫游》中一段精彩的议论来结束这篇冗长的译序:

"言语貌似无足轻重,毫无危险,如丝丝轻风,似声声轻乐,不冷不热,但一旦传入耳中,即刻印入脑际,变成灰色的烦恼。冷不防,灾祸自天而降。言语好似一堆堆砾石,有露有藏,相得益彰,难以辨认。惟其如此,人言可畏,不管说长论短,都叫你一辈子提心吊胆。人言如雪崩,使你丧魂落魄,吓得你呆若吊死鬼。人言如风暴,来去猛烈异常,使你措手不及,凭情感很难信以为真。因此应当永远仔细提防人言,这是我的结论。"

沈 志 明

一九九九年初夏于巴黎

二〇〇八年春末删减于上海

二〇一二年秋再改于巴黎

我们生活在严寒黑夜,
人生好像长途旅行;
仰望苍空寻找出路,
天际却无指引的明星。

——瑞士王室卫队之歌,1793①

———————

① 据法国有关学者考证,此歌词系塞利纳所假托,因为王室卫队随着王室于1792年8月10日消亡,而作者注出歌词产生于1793年,显然并非疏忽。

献　给

伊丽莎白·克雷格[①]

① 伊丽莎白·克雷格,美国舞蹈家。塞利纳于一九二六年岁末与她相识。从此他们在巴黎自由同居达六年(1927—1933)之久。《茫茫黑夜漫游》(1932)问世后,塞利纳接见记者时指出:"一位美国女舞蹈家教我懂得了节奏的内涵:和谐与速度。"

卷 首 语①

  旅行是很有益的,能丰富想象力。其余的一切只令人失望和厌倦。我们的旅行完全是虚构的,足见其生命力。
  这是从生到死的旅行。人,畜,城和物,一切都是虚构的。这是一部小说,一个虚构的故事而已。《利特雷法语词典》指出,虚构的故事从来不出差错。
  再说,谁都会虚构故事,只要闭上眼睛就行了。
  这是生活的另一面。

---

  ① 这是作者在战后第一次再版《茫茫黑夜漫游》时(1949)写在卷首的导语,"卷首语"字样系译者所加。

一

我根本没说什么,委实没想说什么,事情就这样开场了。阿蒂尔·加纳特约我谈话。他是大学生,我医科班的同学。我们约在克利希广场会面,那是在午后。他有话要对我说,我就从命而来了。他对我说:"别待在外面,咱们进去吧!"我跟着他进去。他劈头第一句话就是:"这露天座位烫得可用来烤连壳溏心蛋啦!到这边来吧!"天气确实炎热,街上没有行人,没有汽车,空荡荡的。天气寒冷的时候,街上也没有行人。记得阿蒂尔在谈到这一点时指出:"巴黎人看上去总是忙忙碌碌的,实际上他们从早到晚闲荡。严冬酷暑不适宜散步,他们不露面,人人躲在屋子里喝奶油咖啡和大杯啤酒。光阴似箭,世代如此。可他们硬说日新月异。变化在哪里呢?怎么变的呢?其实什么都没有变,只不过他们一味自我欣赏罢了。翻不出什么新花样,高谈阔论,翻来覆去那么一点儿东西,无非这儿换几个词儿,那儿换几个词儿,尽是些小花招。"我们坐在咖啡馆里一面用眼瞟着女人,一面侃侃而谈,兴高采烈,洋洋得意。

然后,话题转到普安卡雷总统①,正好那天上午总统为小狗展览会剪彩。《时代报》②登了这则消息,于是我们谈起《时代报》来

---

① 雷蒙·普安卡雷(1860—1934),法兰西共和国总统(1913—1920)。
② 《时代报》在第三共和国时期如同《泰晤士报》或当今的《世界报》,根本不像阿蒂尔说的那样具有什么种族主义、民族主义和复仇主义倾向。

了。"嘿!好一份了不起的报纸,《时代报》!"阿蒂尔·加纳特挖苦我说,"这份报纸拼命维护法兰西种族,可谓独一无二。"我针锋相对,好像有根有据地反驳道:"正因为法兰西种族还没有形成,才需要维护呢。"

"已经形成了!法兰西种族形成了!一个高贵的种族!"他固执己见,"甚至是世界上最高贵的种族,谁要否认谁就是王八蛋。"接着他把我痛骂一顿。我当然不甘示弱,以眼还眼,以牙还牙地顶他:"不对。你说的种族只不过是一大群像我这样的穷光蛋,满眼长眼屎,浑身长跳蚤,冻得像木头人儿;为饥饿、瘟疫、肿瘤和寒冷所驱,从大陆各地漂泊到这里。由于大海的阻拦,不能再往前了。这就是所谓的法国,这就是所谓的法国人。"

"巴达缪,"他表情严肃、略带忧伤地说,"父辈们为咱们积了德,可不能说他们的坏话呀!"

"你说得对,阿蒂尔,你说得太对了!他们满腔仇恨,却俯首帖耳,听凭蹂躏、掠夺、宰割,浑球儿一辈子,可谓积了德!你说的一点不错。咱们没有变,袜子、主子没有变,舆论没有变,即或想变,也为时晚矣,干脆不变了事。咱们天生愚忠,鞠躬尽瘁!咱们是无偿的士兵,全球的英雄,有声的猢狲,废话的炮灰,倒霉国王的宠儿。咱们跳不出倒霉国王的手心,一不顺从,他就掐咱们。咱们的脖子始终箍着他的手指,说话不方便,吃东西也得留神,稍有不慎就被掐死……这叫什么生活。"

"也有爱啊,巴达缪!"

"阿蒂尔,是啊,无穷无尽的爱倾注在鬈毛狗身上,可我还想保持尊严呐!"我回答。

"谈你干什么!你是个无政府主义者,如此而已。"

他鬼着呐,总之,读者可想而知,舆论对这等人早有定论。

"脓包,你说我是无政府主义者,可我的论据非常有说服力。

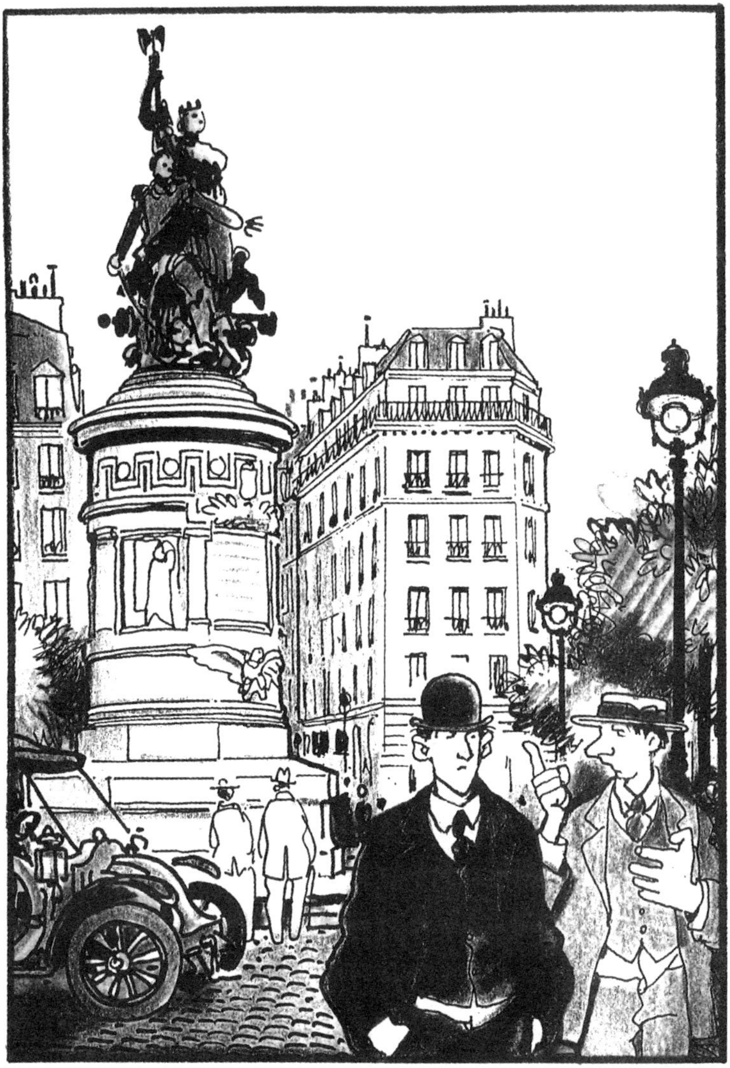

我撰写了一篇祈祷文字,替社会报仇,你听后立即会赞不绝口的。题目是:《金翅膀》。"我顺口背诵起来:

"上帝掐算着分秒和铜钱,绝望,好色,猪一般的气恼。插着金翅膀的猪到处钻营,肚子朝天,期待抚爱。这就是他,我们的主宰。我们快快拥抱吧!"

"你这篇小玩意儿在现实生活中站不住脚。我拥护既成秩序,不喜欢政治。不过一旦祖国需要我为她抛头颅洒热血,我会赴汤蹈火,在所不惜,决不当脓包。"他慷慨陈词,对我作了回答。

没想到战争正悄悄降临我们俩的头上。我的神志混乱起来。这场短暂而激烈的争论叫我伤神,加上跑堂为小费嫌我小气,我的情绪颇为波动。不过,最后我和阿蒂尔讲和了,气也完全消了,两人对一切问题的看法毕竟基本相同。我用和解的语气息事宁人:"总而言之,你的话不错,咱们同处在一艘巨大的战船上服苦役,奋臂划桨。这么说你不反对吧!咱们被关在里面吃尽苦头,但能得到什么呢?什么也得不到,只能挨棍子,受煎熬,听吹牛,遭训斥。他们一味叫咱们干活,替他们干活是最叫人难以忍受的。咱们在底舱里累得上气不接下气,浑身发臭,睾丸失灵,无出头之日。而甲板上空气新鲜,主子们逍遥自在,膝上抱着粉红脸蛋儿的美人,香气扑鼻。人家让咱们登上甲板的时候,主子们便戴上礼帽,凶狠地向咱们吼道:'你们这帮脏鬼,该去打仗啦!'他们下令:'快把祖国 2 号①的邋遢鬼送往前线!让他们的破船爆炸吧!快!赶快!船上什么都有啊!大家齐声高唱吧!先扯开嗓子试试,高喊:祖国 1 号万岁!让你们的喊声震撼四方!谁喊得最响亮,谁得勋章,还能得到耶稣赐给的糖果。他妈的!反正他们要是不愿在海

---

① 作者隐喻法兰西祖国如同一艘大战船:划桨的、坐次等舱的(祖国 2 号),被送上岸去打仗找死,而坐头等舱的(祖国 1 号)尽情享受殖民战争带来的果实和荣誉。

上送命,到陆地去送死也行,而且死得更快!'"

"完全是这样!"阿蒂尔赞同道,他不那么固执己见了。

就在这个时候,我们所在的咖啡馆门前列队走过一支部队,为首的是上校团长,骑马在前。他仪表堂堂,身材矫健。好一个上校团长!我心里一阵热乎,跳将起来,大声向阿蒂尔说道:"我去探个虚实!"说完,急匆匆跑步加入了队伍。

"费迪南,你真浑!"他气恼地向我喊道。我的英勇举动使周围的人对我刮目相看,无疑引起了阿蒂尔的不快。

阿蒂尔的这种态度使我有点生气。我并没有停下来,相反跟上队伍的步伐,心想:"既来之,则安之!"

"咱们走着瞧吧,饭桶!"我及时回敬了阿蒂尔一句,当下跟着队伍拐到另一条街,上校和乐队始终在队伍的前面。这完全是真人真事。

然后,我们经过一条条街道,走了很长时间。队伍里新加入一些百姓,他们的妻子高声向我们鼓劲,向我们扔鲜花。人们从露天座上,在火车站前,从熙熙攘攘的教堂里,向我们欢呼,为我们祝福。爱国者大有人在!不过后来爱国者开始减少,越来越稀少了……天不作美,下起雨来,鼓劲声消失了,路上已无行人。

难道只有我们的部队在继续鱼贯向前吗?军乐停止了。我心里思量:"总之,我亲眼目睹了事情的曲折,就不再有趣了。一切重新开始吧!"我正想离开,但太晚了!营房门在我们这些平民百姓的背后悄悄关上了,我们像耗子似的被关在里面。

二

　　一旦入伍,就得安心待下去。人家教我们骑马,但骑了两个月,最后还得步行,也许骑马的费用太高吧。终于一天早晨,上校跨上坐骑,带着勤务兵走了,不知去向,或许躲到什么小地方去了,不像在大路上那样容易找到,原先我们正在道路中央,我陪着上校,用手托着本子让他签署命令。

　　前面很远的地方,目光所及,在道路中央出现两个黑点。原来是两个德国人在聚精会神地向我们射击,持续了足有一刻钟。

　　上校团长,他或许知道这两个人为什么射击,德国人或许也知道为什么射击。但我却不知道,实在莫名其妙。记忆所及,我从来没有做过对不起德国人的事情。我对他们一向客客气气,彬彬有礼;对他们也略知一二:小时候在他们那儿,即在汉诺威附近上过学。那时我接触的是一群爱吵闹的小淘气,眼睛苍白,狼眼似的鬼鬼祟祟,我说着他们的语言,放学后和他们一起去附近的森林玩,跟小姑娘厮混,用四马克买来的弓弩和手枪互相射击,闹着玩。我们一起喝加糖的啤酒。而现在他们朝我们的胸膛射击,真枪实弹,连招呼也不打一声,拦路偷袭。今非昔比,简直是天渊之别啊!

　　战争把人搞得稀里糊涂的,不可长此以往呀。

　　这帮人一定发生了异乎寻常的变化,而我却一点异样的感觉都没有,毫无察觉。

　　我对他们的感情始终未变。尽管百思不得其解,仍竭力想弄明白他们为何如此粗暴,但更渴望离开,非常渴望、绝对渴望一走了之,看来这一切是由某个天大的错误造成的。

"这种麻烦事毫无办法,三十六计走为上计。"我心里这么想着,不管怎么说……

在我们的头顶上,在夏日炎炎的空气中,离太阳穴两毫米处,也许一毫米,呼啸而过一根根细长的钢丝,这一连串飞速而来的子弹,欲置我们于死地。

在这枪林弹雨中,在这灿烂阳光下,我感到自己完全是废物。真是滑天下之大稽。可我那时才二十岁啊。

远处的农庄空无一人,敞开的教堂空荡荡的,好像农民倾村而出,到边缘的乡镇过节去了。他们把所有的财产放心地让给我们:田野,朝天的大车,庄稼,围场,道路,树木,甚至奶牛,拴住的狗,一切的一切,好让我们趁他们不在时安安静静地为所欲为,显示出他们的一番好意。我暗自思忖:"如果他们不出走,事情就会大为改观。要是这里还有农民,我们肯定不会如此肆无忌惮,如此无恶不作。在他们面前是不敢轻举妄动的!而今没有人监督我们,只有我们这帮人,就像无人看管的新婚夫妇,什么混账事都干得出来。"

我躲在一棵树后面遐想肚子中弹后倒下的情景,很想在此见到戴鲁莱德①,以前听说过他许多次了,此刻很想让他实地体验一番。

这帮德国人蹲在大路上一股劲地射击,漫无目标,好像有放不完的子弹,也许仓库里有的是子弹吧。仗显然没有打完。我们的上校,应当承认,勇敢非凡,令人瞠目!他在道路中央泰然自若地

---

① 保尔·戴鲁莱德(1846—1914),法国作家,政治家,议员。极端民族主义者,其代表作《士兵之歌》(1872—1875)和《爱国歌曲》(1881),表达一种民族复仇性质的爱国主义。

漫步,在弹雨中踱着方步,犹如在火车站月台上等候朋友,不过显得有点不耐烦。

应当立刻说明,我对乡村从来没有感情,总觉得乡村凄凉:无边无际的土疙瘩,见不到人的房屋,不知通向何处的道路。加上打仗,更不值得流连了。这时突然刮起风来,斜坡两边的杨树簌簌作响,夹着那边向我们射过来的脆豆落地声。那些不露面的士兵虚发子弹,总打不中我们,但用千万个死神把我们团团围住,周匝而箍。我一动也不敢动。

上校简直是个魔鬼!我此刻看出,他比狗还凶猛,把死置之脑后。我联想到我们军队里一定有许许多多像他这般勇敢的人,对方军队里也有许许多多。天知道有多少呢?共有一百万,二百万,也许有好几百万?想到这一层,我的胆怯变成了恐惧。跟这种人在一起,什么愚不可及、穷凶极恶的事都可能发生,而且会无限期地发展下去。他们为什么要洗手不干呢?我对人对事从来没有像现在这样持严厉的态度。

莫非我是地球上惟一的懦夫?我这么想着,心里却着实恐惧。我置身于二百万疯子中间感到茫然不知所措。他们英勇,狂暴,武装到牙齿。戴盔的和不戴盔的,骑马的和不骑马的,驾摩托的和坐汽车的;吼叫,嘁哨,狙击;耍阴谋,搞偷袭;跪蹲,挖洞,隐藏;在小径上跳跃,打出一排子弹而后趴在地上,恨不得入地三尺藏起来。为的是摧毁一切,摧毁德国,摧毁法国,摧毁大陆,摧毁一切有生命的东西,比狗还疯狂,并且自鸣得意(狗却不会如此),比一千只狗还要疯狂一百倍,一千倍,堕落成习,积恶难返。我们是多么糟糕!我恍然大悟,原来自己卷入了毁灭世界的十字军东征。

人们如嗜欲似的对恐怖上了瘾。我离开克利希广场的时候,哪能想得到这般的恐怖?在真正交战前,谁能预想到人的心灵是如此丑恶,如此无私无畏又如此贪图安逸呢?此刻我被卷入张皇乱窜的人堆里,我们互相开火,互相残杀……冰冻三尺非一日之寒。

上校始终精神抖擞。我看得清清楚楚,他站在斜坡上,不顾周围飞过的子弹,匆匆奉读将军简短的命令,读后把传令撕得粉碎。在众多的传令中难道没有停业恶战的命令吗?上司难道没有向他指出发生了误会,犯下了可恶的错误,产生了差错,或搞错了对象?没有。难道也没有向他指出这是开玩笑的演习,不是真枪实弹的残杀?没有。"坚持住,上校,一切顺利!"这大概就是我们的师长戴藏特赖将军手令的内容。上校每五分钟收到一份装在信封里的命令,传令兵恐惧的程度每次递增一分,显得越来越胆怯了。我满可以与他结拜胆怯兄弟,但我们没来得及成为难兄难弟。

这么说,没有发生阴差阳错,我们互放暗枪是名正言顺的喽!就是说不必经过唇枪舌剑就可以大动干戈。这类大打出手的事情想必得到持重的人们的认可和鼓励,如同抽签,订婚,围猎……没有什么可说的啦!但我顿时发现了战争的全部真相。我如少女似的被玷污了。几乎要单枪匹马对付战争,犹如我单独一人从正面和侧面迎击凶恶的猛兽。战火已在我们和对面的人们之间点燃,其势方兴未艾,犹如弧光灯里的两颗炭,一经通电点燃就难以熄灭了。我们所有的人,包括上校在内,不管多么狡猾,一律都得赴汤蹈火。要是被对方放射过来的电流触及,上校这匹老马不比我这匹瘦马更经得住火烤,两个肩膀照样扛不住一个脑袋。

被判死刑的方式有多种多样。我这个败类,此刻要能离开这儿,宁愿付一切代价去蹲监狱。时间来得及的话,其实这很容易办到,譬如设想去某处偷东西,这不就成了嘛。从监狱里能活着出来,从战争中则不一定。除此之外,一切都是空话。假如我有时间该多好啊,可是来不及了:无物可偷。我心里思量,待在一个幽静的小监狱里该多自在啊!枪弹打不着,永远也打不到那儿!我认识一个监狱,向阳而坐,暖融融的。在遐想中记起了圣日耳曼监狱,离森林很近,我很熟悉,以前常常打那儿经过。沧海桑田,世事何常!那时我还是一个孩子,见了监狱便害怕,因为不识人生,听信人言。今后再也不信别人的言论、别人的思想了。可怕的是人,只有人是可怕的,永远如此。

这帮魔鬼,他们还要癫狂多久才能筋疲力尽而罢休呢?像这般狂性发作要持续多长时间呢?几个月?几年?到底多久?莫非要到所有的人、所有的疯子全死光不成?直到最后一个?既然事情已山穷水尽,我决定破釜沉舟,背水一战,索性由我一个人力挽狂澜,制止这场战争,至少结束眼前这一仗。

上校就在近旁闲逛,我凑上去跟他说话,这是破题儿第一遭。刻不容缓,我不害怕了。此时此地,我们不必顾虑得失了。我设想着上校对我大胆打断他的散步一定感到惊讶,他会发问:"你想干什么?"尔后我将向他讲解我对世事的想法,看看他有什么反应。总之,我们将畅谈人生。两人一起磋商更能深刻领会人情世态嘛。

我正要采取这一决定性的步骤,但见一个骑兵小步向我们跑来。他疲乏不堪,动作迟钝,没有牵马。用我们当时的话来说,他活像贝利萨留①,钢盔翻过来托在手里,满身泥浆,直打哆嗦,脸色发青,比原先那个联络员的脸色还难看。骑兵嘟哝着报告,浑身不舒服,好像刚从坟墓里爬出来,一味想呕吐。这个人不像人鬼不像鬼的家伙难道也不喜欢子弹吗?他跟我一样也没有料想到这一切吧。

"怎么啦?"上校粗暴地打断了他的话,用锋利的目光朝这个幽灵瞪了一眼,很不满意他的打扰。

---

① 贝利萨留(490—约565),东罗马帝国著名将领。他拯救君士奥丁堡后反遭查士丁尼皇帝贬谪。相传他被贬后双目失明,沦为乞丐。流落首都街头时,把自己战时用的钢盔翻过来,向行人乞讨。

9

上校看到这个骑兵衣冠不整,肮脏不堪,紧张得呆头呆脑的样子,心里火冒三丈。他讨厌胆怯,这是不言而喻的。再说那骑兵手上托着的头盔底朝天,像个西瓜帽,有损军容,影响极坏,要知道我们是进攻部队,一支冲锋陷阵的部队啊。这个不牵马的骑兵却以这副德行接受战斗的洗礼,岂有此理!

上校的目光使他蒙受了耻辱。信使控制住摇晃的身子,做立正的姿势,双臂下垂,手指贴着裤缝,俨然像个军人。他直僵僵站在斜坡上,汗水沿着钢盔扣在颌下的带子流淌,上下颌不住地打颤,断断续续迸发出尖细的叫声,犹如一条似睡非睡的小狗,身子随后又摇晃起来。我们弄不明白他究竟想说话还是想哭泣。

我们的德国对手蹲在大道的另一端乘机换掉武器,现在改用机关枪,继续干愚蠢的勾当。这回喷射过来的火焰就像燃烧的大盒火柴,子弹密集地洒落在我们的周围,犹如狂怒的马蜂直向我们刺杀过来。

骑兵费了九牛二虎之力才吐出几句清晰的话来。

"巴鲁斯中士刚被打死,我的上校。"他总算一口气说出一句完整的话。

"说下去。"

"他去找装面包的货车,在通往埃特拉普的路上被打死了,我的上校。"

"说下去。"

"他被一颗炮弹炸烂了!"

"真他妈的!"

"就报告这些,上校。"

"说完了?"

"是的,报告完毕,上校。"

"那么面包呢?"上校问道。

对话到此中断,我记得上校刚说完"那么面包呢?"一切都完了。只听到炮火的声响。这种声音,没有经历过的人是难以想象的。眼睛,耳朵,鼻子,嘴巴,都受到震荡,心想这一下完蛋了,我自己也成为炮火和声响的一部分了。

幸好,火熄了,但声响却久久停留在我的脑袋里,双臂和双腿筛子似的颤抖着,好像有人在背后摇动我。四肢似乎跟我脱离了,后来发现还长在我的身上。硝烟仍旧很刺眼睛,火药和硫黄味儿直冲鼻子,足以消灭地球上所有的臭虫和跳蚤。

稍后,我想起巴鲁斯中士,那骑兵告诉我们说他被炸烂了。这是一个好消息,再好没有了!我立刻这么想:"团里少了一个大浑蛋!"他曾经为一个罐头告发我,要把我送交军事法庭。"罪有应得!"我心里思量着,战争仿佛在这方面确实还管点用哩。团里还有那么三四个该死的废物,我恨不得他们也像巴鲁斯那样挨炮弹才好呢。

至于上校,我对他并不怨恨,可惜他死了。霎时间他不见了,因为炸弹爆发时,把他挪开了,抛到了徒步骑兵信使的怀里,侧着躺在斜坡上。他们俩死在一起,紧紧地拥抱着,难分难舍。但上校的头飞走了,脖子上敞开一个大口子,鲜血咕噜咕噜地炖着,好似锅里熬着果酱。上校的肚子也裂开了,样子难看至极。在爆炸的一瞬间,他一定非常痛苦。活该他倒霉,要是刚交火的时候便溜之大吉,也不会有这样的惨状:断骨碎肉成堆,淋淋鲜血遍地。

炮弹还在左右附近的地方爆炸。我毫不迟疑地离开了这个地方,终因找到脱身的好借口而兴高采烈。我步履蹒跚,却哼起了小调,犹如划完船尽兴归来,双腿有点不听使唤。"只一发炮弹,只用了一发炮弹就把事情安排妥了!"我心里反复叨念,"妙哉!妙哉!"

道路的另一头不见人影:德国人走了。不过,我很快从这次吃的苦头中吸取了教训,只靠近树木行进。我匆匆奔向营地,急于打听我团派出侦察的人中是否还有别人被打死。我心想当俘虏一定有什么窍门的吧。田野里呛人的硝烟袅袅升起。我思忖:"他们此刻大概死光了吧?既然他们不肯动脑筋,什么也不懂,干脆全死掉好了,事情反倒方便,可以一了百了,大家统统回家。我们将凯旋而归,也许再经过克利希广场……可是只幸存一两个人……在我的想象中,将军带领着一些和蔼可亲的、身材矫健的壮士,其他的人统统死了,诸如上校,巴鲁斯,瓦纳伊(另一个浑蛋),等等。人家给我们佩戴奖章,奉献鲜花,我们气昂昂地穿过凯旋门。我们跨进餐馆,吃饭不用付钱,买什么都不用花钱,永远不用破费。结账时人说,我们是英雄嘛,祖国的捍卫者嘛!仅凭这一点就够了。我们送人家几面小国旗就行了。女出纳不仅拒收英雄的钱,而且还奉送一些呢。我们经过收款处时,女出纳还亲吻我们哩。这样活着多有意思啊。"

我在逃跑的时候发觉胳膊出了血,不过伤势不重,只擦破一点皮肤。可以卷土重来。

天又下起雨来,弗兰德勒原野上道路泥泞。走了许久,不见人影,只有风与我做伴。太阳出来后,行人仍旧寥若晨星。时而不知从何处朝我飞过来一颗子弹,穿过阳光和空气追逐我,放肆到了极点,硬要在我孤独无援的时候杀死我。为什么?我发誓,即使再活一百岁,也不再来乡间散步。

我走着走着,想起了前一天的典礼。我们在山丘背后的牧场上集会,上校用他粗壮的声音向部队训话:"鼓起勇气!打起精神!法兰西万岁!"缺乏想象力的人,对死不在乎;富于想象力的人,对死则看得很重。这是我的看法。我一下子懂得这么多事情,平生并无先例。

上校从来没有想象力,从而铸成他的不幸。我们这次遭难就是因为他缺乏想象力造成的。难道团里唯独我对死具有想象力吗？反正我情愿把死推迟，推到二十年、三十年以后，或许更长的时间，而不愿马上死，不愿吃炸弹，不愿啃弗兰德勒平原的泥巴，不愿啃得满嘴都是泥巴，更有甚者，嘴巴被炸裂到耳朵，弄得满耳都是泥巴。我们对自己的死总还有发言权吧。但是眼下往哪儿去呢？继续朝前走吗？背向敌人吗？要是宪兵撞见我这么游荡，那跟我算起账来就够我好受的了。当天晚上就会不客气地把我关在疏散的学校教室里让我受审。空教室有的是，我们所到之处都有啊。人家会跟我玩审判的游戏，就像老师走后我们闹着玩那样。审判台上坐着有军衔的判官，我戴着手铐站在学生课桌前面。等天一亮就把我枪毙：十二颗子弹，补加一颗，怎么办？

我又想起了上校，此公确是好汉，戴着护胸甲和钢盔，蓄着小胡子。如果把我亲眼看到他在枪林弹雨中的神情搬到杂耍歌舞剧场，会使当时的阿朗布拉剧院①满堂座，会叫当时名震一时的明星弗拉格松②相形见绌。信不信由你们，但我确信无疑。我独自寻思着，切莫勇敢呀！

我小心谨慎、鬼鬼祟祟地走了很久很久，终于瞥见我们的士兵，他们在一座小村庄前，那是我们的一个前哨，驻扎着一个骑兵连。他们告诉我，他们连没有一个被打死的，统统活着。我掌握着重要消息，还未到前哨跟前就向他们嚷道："上校死了！""有的是上校，死个把算什么！"皮斯蒂尔下士针锋相对地回答，正好是他站岗，兼任值勤。

"先别管谁接替上校，老弟，跟昂普伊和凯东屈夫去领肉吧。带上两个口袋，在教堂后面分肉呢。留神看着点儿，别像昨天尽领

---

① 阿朗布拉剧院创办于1904年，是战前最大的杂耍歌舞剧场。塞利纳创作这部小说时，剧院已焚于火灾。重修后，于1932年重新演戏。
② 弗拉格松(1869—1913)，著名杂耍歌舞演员，当年名气很大，家喻户晓。

些充数的骨头,让人给坑了。尽可能天黑前滚回班里去,浑小子们。"

当下我们三个上路了。

"今后什么也不对他们说啦!"我心里感到委屈,悟出不值得跟这帮人交谈。我身临其境的这场悲剧,在这帮臭小子看来只不过是一场普通的失败,不值得大惊小怪。可一周前,要是像这么个上校死亡,准能占报纸四栏的篇幅,没准还能登我的照片哩。真没想到。一帮蠢货。

一个牧场上人们正在给全团分配肉食。时近夏末,八月的太阳火也似的,牧草都枯焦了,只有樱桃树投下一些阴影。草地上摊着一大片口袋和帆布帐篷,上面堆着许多下水,黄澄澄的或白生生的肥肉,刚开膛的羊的五脏被乱七八糟地扒拉下来,脏水滴滴答答渗到周围的草地里;一头牛劈成两半,挂在树上,团部的四个屠夫一面说着粗话,一面挥动屠刀,把牛肉一块一块地往下切割。班与班之间互相谩骂,争抢牛羊油,特别想要腰子。成群的苍蝇死叮着我们,嘤嘤地鸣奏乐曲,好似燕舞莺啼。

到处都是血淋淋的,草地上东一摊西一摊的血,顺着地势时而汇合,时而散失。在几步远的地方正在杀最后一头猪。四个士兵和一个屠夫已经在争吵该谁分得这头猪的下水。

"昨天你就捞走了牛的腰部肉,你这无赖!"

我看了几眼这个争食的场面,感到顶不住了,把身子靠在一棵树上,不禁大吐特吐起来,非同寻常的呕吐,一直吐到昏厥过去。

人家用担架把我抬回营地,但顺手牵羊,拿走了我的两个茶褐色帆布袋。

我苏醒过来的时候,只听得下士又在骂娘。战争且完不了呢。

三

　　万万没有想到,就在八月底,轮到我当下士。我带着五个弟兄经常被派到戴藏特赖将军身边当联络员,传送将军的命令。这位将官身材矮小,沉默寡言,初看既不显得英武,也不显得严厉。但切勿掉以轻心。他好像特别喜欢舒适,甚至片刻不可无舒适。尽管一个多月来我们连连败退,他仍旧穷讲究:到达新营地,如果传令兵没有及时为他安排好整洁的床铺和现代化厨房,那么大伙儿都得挨骂。

　　肩佩四条衔线的参谋长为此大伤脑筋,不得不事必躬亲。戴藏特赖将军对起居的苛求使他大为恼火,尤其因为他面色发黄,肠胃不好,经常便秘,对饮食毫无兴趣。无奈何还得陪将军用餐,吃带壳煮的溏心蛋,挨将军的抱怨。当军人嘛,只得忍受,否则别当军人。不过,我才不同情他呢,因为这个军官坏透了,应该这样评价他。我们从平地到丘陵,从紫苜蓿地到胡萝卜地走了一天,好不容易挨到傍晚,总得找个息脚的地方,好让我们的将军安睡。我们替将军寻找,找个安静的村子,完全隐蔽的、还没有部队驻扎的村子。即使已有部队驻扎,也要赶紧腾地方,或干脆把部队赶出村外;即使已经架枪扎营,也得到村外露宿。

　　村子留给参谋部专用,安置参谋部的马匹、行李、炊事班,还有那浑蛋少校。他叫潘松,潘松少校,可坏呢!我希望他现在已归西天了(而且死于非命)。那时候潘松却活得劲头十足。每天晚上他把我们集合在一起,骂骂咧咧地训一通,企图激发我们的热情,把我们派往前沿阵地。他可不管我们为将军奔波了一整天有多劳累,硬是瞎指使我们。下马!上马!再下马!到这儿到那儿替他传送命令。到头来简直快把我们拖垮了。垮了倒好,大家也就省心了。

"你们统统出发!去找你们的部队!赶快!"他叫嚷道。

"部队在哪儿,少校?"我们问道。

"在巴巴尼。"

"巴巴尼在哪儿呢?"

"在那边嘛!"

他朝那边一指,指头所向,茫茫一片黑夜,黑漆漆的,伸手不见五指,连舌头般长的路都看不见。

要找到巴巴尼,非走遍天涯海角不可!至少要牺牲一个骑兵连才找得到,而且个个骑兵都得是好汉。我不是好汉,也想不出为什么要成为好汉,数我最不情愿去找巴巴尼了。再说少校完全是乱弹琴,他随口说出一个地名罢了。这好比人家与我过不去,痛骂我一顿之后,让我无地自容,叫我去自杀。但这种事情要么不碰上,碰上不干也得干。

天色漆黑一团,把胳膊一伸,过肩的部分便看不见了。我有一种感觉,一种完全实在的感觉,那就是黑夜仿佛敞开着无底深渊的洞口,蓄意吞没无数的生命。

经常在太阳刚落山的时候,参谋长饶舌的嘴就来劲了,不停地嚷嚷,让我们去送死。我们跟他泡蘑菇,硬说不懂他的意图,尽可能在营地磨蹭,沾一点舒适的光。心里却明白,离开亮光下的树木就等于把自己送往虎口。将军的晚餐准备好了。

出发后,一切只能碰运气。有时找到了部队和他所谓的巴巴尼,有时则找不到。经常瞎碰却碰上了,如警卫队的哨兵在我们走近时向我们开枪,这样双方才认出是自己人。夜间各种勤务繁重,如搬运许多捆燕麦,担许多桶水,不停地挨骂,再加上困倦,最后弄得头昏眼花,神志不清。

第二天早晨,我们联络组的五个人又统统返回戴藏特赖将军的司令部,继续为打仗奔波。

但我们多半找不到团部,只得待在村子周围的蹊径上窥视,躲在撤空的小村庄外面的密矮林里,尽一切可能避免碰到德国巡逻队。等天亮吧,深更半夜的,总得找个地方藏身呀。不过靠躲是躲不赢的。从此,我体验到猎区养兔林中的兔子的感受。

说来可怜可悲。倘若谁敢当着潘松参谋长的面说他是无耻的凶手,那就太中他的下怀啦,他乐得叫宪兵队长当场把我们枪毙。宪兵队长寸步不离参谋长,一心只想干这等差事哩。宪兵队长的仇人可不是德国人啊。

因此我们只能摸着黑闯埋伏,在黑咕隆咚的夜里瞎闯,返回的希望一夜一夜地减少。若能返回,别无他求。即使我们有幸返回,也忘不了,永生永世忘不了我们的发现:在陆上像你像我这般好端端的人其实比在海里的鳄鱼和鲨鱼更加嗜血成性。而鳄鱼和鲨鱼只不过潜泳尾随垃圾船,到哈瓦那港外的海域张开大口,吞食倒下来的臭肉烂鱼。

不论在任何情况下,最大的失败,莫过于忘却,尤其忘却使你归天的事情,死得不明不白,死而不知人是多么的卑鄙。当我们身处绝境的时候,不必打肿脸充胖子,也不该忘却,而要如实说出全部真相,揭露人们堕落的全部真相。然后闭上嘴巴,跳入深渊。能做到这点,一生就算有个交代了。

我恨不得把参谋长潘松连同他的宪兵队长一起扔进海里喂鲨鱼,教训教训他们如何对待生活,另外把我的那匹马也献给鲨鱼,免得它再受罪。可怜的马不中用了,马背伤痛难熬,瘦得只剩一张皮,鞍子搭在只有两巴掌大的脊梁上,渗液的伤口不断淌出脓水,从鞍毯边一直流到腿弯。可是还得骑着它一步一步向前。马每跨一步都得费很大的劲。幸而马比人耐劳,一摇一摆地向前,毫无怨言。我不得不把马放在户外,它的伤口散发着臭烘烘的味儿,牵进谷仓里,非叫人窒息不可。我上马背时,痛得它直往下蹲,好像彬彬行礼,它的膝盖都碰得到肚皮了,我像爬驴背那么容易,反倒省力多了。我们头戴钢盔,肩扛钢枪,连续作战,疲惫不堪。

戴藏特赖将军总在专用的屋子里吃晚饭。餐桌准备停当,照明灯也摆好了。

潘松一面用提灯在我们眼前晃动,一面向我们吼道:"统统给我滚蛋,他妈的。我们要吃晚饭啦!你们听见没有!把这几个混账的东西赶走!"盛怒之下,他那张苍白的脸上有了几分红润,是打发我们去送死所激起的红润。

有时在我们出发前,将军的厨师塞给我们一小块吃的。将军一个人哪能吃得了那么多,按规定他一人领取四十人的份额。此公已不年轻,快退休了,走起路来曲着腿,小胡子大概是染过的。

将军的太阳穴上青筋暴起,弯弯曲曲,在灯光下明显可见,好似巴黎城外的塞纳河。听说他的几个女儿已长大成人,但还没有出嫁,因为像他一样没有钱。大概为女儿的婚事牵肠挂肚才变得吹毛求疵、怒气冲冲的吧,有如一条老狗生怕人家打乱它的生活习惯,每到一处,先找安乐窝,要是有人家乐意向它敞开大门。

他喜欢美丽的花园和玫瑰,部队所到之处,他决不错过一个玫瑰园。没有哪个将军像他这样酷爱玫瑰,这是众所周知的。

不管怎么说,我们还是上路了。费劲的是让劣马起跑。我们的马多半有伤,懒得动弹,但又怕我们抽打,又怕天黑迷路,总是惊疑不定,草木皆兵。其实我们也一样。我们反复折回来请教少校指点路线,每次挨他一顿臭骂,说我们偷懒、装蒜、耍滑。最后我们终于催马加鞭,越过最后一个哨所,向值勤道了口令,便铤而走险,冲进无人地带,陷入茫茫黑夜之中。

我们战战兢兢,鱼贯而行,定神之后,方始依稀认出道路,至少是所谓的道路。一片乌云散后,借着片刻出现的朦胧,我们互相转告看见的东西。但在跟前,惟一能肯定的是荡漾着的回声,即马碎步疾走所激起的回声。马蹄声在空中回响,无限扩大,叫人窒息,令人避之不及。这声音仿佛一直波及天际,唤来地球上所有的马,从我们身上践踏而过。其实要达到这样的效果,一只手足够:一手抓住卡宾枪,靠着一棵树,等我们走近,一扣扳机就行了。我一直担心,只要出现第一道亮光,就可能吃一枪而告终。

仗打响以来才四个星期,我们已经疲惫至极,狼狈不堪。我由于奔波太疲劳,反倒不太害怕了。这帮有军衔的家伙,尤其那些低级军官,比平时更愚蠢,更苛刻,更凶狠,夜以继日地折磨你,即使最倔强的汉子,也会不想活下去了。

啊!多么渴望离开!睡一觉!先睡一觉!要是实在找不到地方睡觉,那么活下去的愿望自然烟消云散了。但只要一息尚存,总得摆出找部队的样子。

使一个饭桶的木头脑子明白某个道理,非得等他吃过许多苦头才行。有一个人使我生平第一次真正动脑筋想问题,得出我自己的看法,此人并非别人,正是参谋长潘松,这个折磨人的家伙。我披甲持枪,全副武装,在马背上一摇一晃,不由得想起潘松,越想越恨他。当初我满怀热情参军,没想到卷进了难以置信的国际争端,成了一个可有可无的跑龙套。我自认不悔。

我们面前每一米阴影都是一次新的警告,预示着我们即将完蛋归天。但以什么方式完蛋归天呢?很难说,这取决于穿军装的对手采用什么花招。这边是否埋伏着一个呢?对面是否有人在瞄准呢?

我没有做过对不起潘松的事,也没有什么对不起德国人的。瞧潘松那副德行:烂桃子脑袋,使他耀武扬威的四条衔线,硬刷似的小胡子,锥子般的膝盖,脖子上挂着奶牛铃模样的望远镜。他有一张比例为千分之一的地图,干吗使?我不明白他为什么那样热衷于把别人派去送死,别人可没有地图呀。

我们四个骑兵在大路上发出的声响好像半个团。方圆四小时以内的路程都听得见,否则装作没听见。这有可能啊,也许德国人怕我们哩,难说,是吗?

缺觉一个月,眼皮发沉,后脑勺发木,好像压着几公斤废铁。

我的随从骑兵们不会讲话,不善于辞令。他们来自布列塔尼偏僻的地方,他们的知识不是在学校学的,而是服役后在部队学的。那天晚上,我想与身旁的凯叙宗谈谈巴巴尼村,对他说道:

"喂,凯叙宗,你知道,这里是阿登省。前面你看见什么吗?我可什么也看不见。"

"像瞧屁股眼儿,漆黑一团。"凯叙宗回答说。我无法接话茬儿,转话题问他:

"喂,白天你没有听说过巴巴尼吗?到底在哪儿啊?"

"没有。"

谈话到此为止。

我们始终没有找到巴巴尼,兜了一阵圈子,第二天早晨到达另一个村庄,脖子上挂望远镜的家伙正等着我们呢。我们到达时,将军正在村公所门前的棚架下喝早咖啡。老头儿看着我们走过,高声对他的参谋长说:"嘿!青春多美啊,潘松!"说完,站起身,去小便,回来不久,又去小便。他两手放在身后,驼着背,那天早晨,他显得十分疲乏。勤务兵悄悄对我说,将军没有睡好觉,听说膀胱出了毛病。

夜里我每次向凯叙宗提问,他总千篇一律地回答我,到头来我觉得这种抽搐似的反应挺解闷儿的,他又重复了两三遍"漆黑"和"屁股眼儿"的说法。后来在晚些时候,他死了,在走出一个村庄时被打死了。我们搞错了村庄,法国人把我们当作那方面的人,开枪打中了他。这情景,如今仍历历在目。

在凯叙宗死后不几天,我们开动脑筋,想出高招儿,以免晚上迷路。我们为此十分高兴。从此再把我们轰出营地时,我们不吭声,也不发牢骚了。

"去吧!"脸色蜡黄的家伙照常下令。

"是,少校!"

于是我们朝炮声的方向出发,五个人个个动作迅速,好像去采樱桃。一路上冈峦起伏,这里是默兹省的丘陵地带,遍地种植葡萄。初秋时节,葡萄还未成熟。各村的木头房子经过夏天三个月的曝晒,非常干燥,很容易起火。

一天夜里,我们认不清方向,发现炮声响处,一座村庄在燃烧。我们没有靠得太近,只是远远凝望,在十来公里处袖手旁观。那个时期每天晚上远方处处有村庄着火,我们天天被包围在中间,四处烈火熊熊,仿佛大乡小镇一起点火庆祝什么古怪的节日,火焰直冲云霄,形成一派火连天、天连火的景象。一切都被火焰吞没,教堂,谷仓,一处接着一处起火,其中干草堆的火势最旺,火苗儿也蹿得最高。其次是塌下来的房梁,竖立着,火花四溅,夜间特别引人注目,等到烧断后才倒入火堆。

一个村庄着火时,二十公里以外也看得清清楚楚,令人赏心悦目。一个地处僻乡的小村子,白天不显眼,可是夜间起火时,景象壮观,宛如巴黎圣母院的夜景。哪怕是个小村庄,也可烧一整夜,火旺时好像一朵巨大的鲜花,火弱时好像花蕾,直至完全熄灭。等到冒烟,已是清晨。

我们把马放在庄稼地里,不卸鞍,不让走远。我们自己在草地里打盹,当然要派一个人轮流警戒。但有火观看时,黑夜好过多了,不那么难熬了,不感到孤独了。

不幸的村庄经不起烧,不出一月,这个乡的村子荡然无存。森林也是炮击的目标,不出一星期,森林统统烧光了。森林着火也很好看,但火势不持久。

此后,道路畅通无阻,炮兵队走的方向正好与老百姓逃难的方向相反。

然而我们既不能进也不能退,只得待在原地。我们排着队去送死。连将军也找不到没有士兵的营地了。不管将军不将军的,统统露宿在野地里。仅存的一点儿人性也已丧失殆尽:从这几个月开始枪毙精神不振的士兵,甚至成班成班地枪毙,借此鼓舞士气。宪兵为此立功,受到表彰。宪兵进行着特殊的小战争,非常的战争,真正的战争。

四

  几星期后,经过休整,我们又上马出征,再次进发北方。寒冷接踵而来,炮火时时相随。不过很少与德国人接触,只是偶然遭遇一个轻骑兵或一队狙击兵,他们穿着黄绿相间的漂亮军装,神出鬼没。我们好像在找他们,但一瞥见他们,就跑得远远的。每次遭遇,总倒下两三个骑兵,有时是他们的人,有时是我们的人。他们的人倒下后,马脱缰飞奔疾驰起来,马镫又粗大又花哨,马鞍后鞯奇形怪状,马的肤色油光锃亮,好似崭新的皮钱包。马向我们跑过来,跟我们的马会合,立即成了好朋友。马的运气真不错!我们却没有这个福分,人家不会来找我们。

  一天早上,德·圣特昂让斯少尉侦察回来后,邀请其他军官听他吹牛皮:"我用刀劈掉两个!"他一面向我们挨个宣称,一面出示他的马刀。刀上确实血迹斑斑,专用来蓄血的刀槽布满了血。

  "他真了不起!好样的,圣特昂让斯!……先生们,要是你们亲眼看见他冲杀,那才过瘾呢!"奥托朗上尉附和道。这事就在奥托朗骑兵连发生的。

  "我从头至尾看清了,离得不远嘛!一刀刺进脖子,从右侧切入。啪!第一个倒下了。另一刀刺进胸膛,从左侧切入,穿透了!真正的校场比武啊,先生们!好样的,再次祝贺你,圣特昂让斯!两个长枪兵倒下了!发生在离这儿一公里的地方。那两个家伙还躺在庄稼地里哩!对他们来说,战争倒是结束了。你说呢,圣特昂让斯？好一个左右开弓！他们准保瘪得像死兔似的了。"

立下汗马功劳的德·圣特昂让斯谦逊地接受同伴们的赞扬和祝贺。奥托朗充当了这个功绩的担保人，现在放心了。他走开去，牵回自己那匹牝马喂干草。他牵着马慢慢绕集合的连队走了一圈，好像观察障碍赛马后的情形。奥托朗上尉十分激动，他急忙说道：

"我们应当立即派出另一个侦察队，朝相同的方向侦察。马上出发！这两个家伙大概迷路闯来的，他们后面一定还有人……喂，你，巴达缪下士，带着你的四个人快去吧！"

上尉在对我说话呢，"当他们朝你们开枪的时候，设法弄清他们的方位，赶快来向我报告。他们大概是勃兰登堡人。"

据职业军人说，平时在兵营奥托朗上尉从来不摆架子。可现在打起仗来，他一反常态，显得咄咄逼人。确实，他不知疲倦，热情可嘉，在那么多的冒失鬼中显得越来越出色。但听说他迷上可卡因，脸色苍白，眼圈发黑，四肢虚弱，容易激动。每次下马着地，总得踉跄一阵才恢复过来，然后在队列中一排一排地巡视，如醉若狂地寻求英勇业绩。他恨不得把我们派到对方的炮口里去吃火。他正与死神通力合作，可以肯定死神跟奥托朗上尉订立过合同。

我打听过，奥托朗的前半生是在马术比赛中度过的，每年总得摔断几次肋骨。他的腿由于摔断的次数太多，最后失去了腿肚的弹性，所以走路很不方便，只靠着腿神经和脚尖支撑，好像在走高跷。当他穿着肥大的宽袖长外套，驼着背站在雨中时，酷似一匹赛马后半部的影子。

应当说明一下，在残酷的侵犯开始时，就是说八月，乃至九月，一天有几小时，不时整天，一些路段、一些树林尚为安宁。我们这些等死的人还有一席藏身之地，还有一线生的幻觉，反正可以安静地待一会儿，开一个罐头，夹在面包里，随便吃完一顿饭，不用太担心什么最后一餐。但从十月份开始,这种暂时的平静消失了。冰雹般的炮弹和子弹越来越密集,越来越混合使用。不久便是暴风骤雨,战事白热化了。最不愿看到的事情活生生地出现在你的眼前,死神一天到晚纠缠着你。

在最初的日子里,我们非常害怕黑夜,可是不久,相形之下,夜晚变得温柔起来。我们开始盼望夜晚,等待夜晚,因为晚上比白天不易受到袭击,其差别仅此而已,但至关重要。

掌握事物的本质是困难的,看透战争更不容易,人们久久对战争抱着幻想。受火威胁太盛的猫最终是要跳进水里去的。

夜间,我们这儿待一刻钟,那儿待一刻钟,不断筑巢弃巢。这些短短的一刻钟颇像和平时期的时光,令人留恋,一切是那么的和善,事情无关大局,一桩桩事件接着发生,桩桩奇特,美妙,可喜。和平时期啊,像天鹅绒那般生机盎然。

但是好景不长,夜晚也遭到无情的骚扰。几乎总在夜里累上加累,苦上加苦,单单为了吃上一口或在黑夜里多睡一会儿,也得费很大的劲。食物是连滚带爬地被拖到前沿阵地的,后面跟着长长的歪歪扭扭的辎重队:塞满肉食的破推车、俘虏、伤员、燕麦、大米、宪兵,还有葡萄酒。一瓶瓶的酒就像大腹便便的汉子晃晃悠悠地走着,嘟嘟囔囔地说着野话。

在炉子和面包的后面拖拖拉拉走着一长串人:抓回来的逃兵,敌人俘虏。他们被判轻重不同的刑罚,戴着手铐,一个连一个地拴在一起,手腕上的绳子系在宪兵的马镫上,其中一部分人定于第二天被枪毙,但他们并不比其他人显得更忧伤。他们也分到一份食物,难消化的金枪鱼。他们站在路边,还没来得及吃,辎重队便开动了。一个和他们拴连在一起的老乡领了最后一份面包,听说他是奸细,但他自己并不清楚,我们更无从知道了。

部队继续在夜间折磨人,村庄里没有灯光,看不清村貌。我们摸着黑走进弯弯曲曲的小巷,扛着沉重的麻袋,从一个陌生的谷仓搬到另一个陌生的谷仓,弯着腰,挨着骂,受着威胁,恐慌不安,毫无出头的希望。有一帮无恶不作的疯子只会杀人或糊里糊涂被人杀掉,而我们却深受他们的欺骗,遭受他们的折磨,蒙受他们的耻辱。

我们扛着包,一路上挨臭骂,遭靴踢,在泥泞中打滚,在粪堆里爬行,刚站起身,就被有官衔的家伙拉去装别的货车。

村子里到处是士兵和食品,夜空中充满各种食品味:动物油,苹果,燕麦,白糖。食品任意由各班的士兵搬运并从速处理上路。货车队什么都运,当然流失的除外。

勤务队队员困倦不堪,一头栽倒在推车旁便睡着了。司务长突然来到,用提灯挨个照这些瞌睡鬼。他长着两个下巴,比猁猁还狡猾,不管怎么混乱,也找得到饮水槽。马要喝水啊!而我亲眼看到四个士兵整个下半身泡在饮水槽里呼呼大睡,水溢到他们的脖子上也不在乎。

在饮水槽里打过盹后,又得返回那个村庄和小巷,我们满以为全班还留在那儿呢。如果找不到,我们就沿墙倒下打个盹儿,哪怕一个小时,也算补偿欠觉。干这种送死的行当,哪能挑剔,必须装出若无其事的样子,佯称生活就是如此。但自欺欺人是最令人难受的啊。

军用货车又返回后方,辎重队赶在天亮前上路,各式车轮发出嘎吱嘎吱的响声。我目送车队远去,希望车队当天遭到袭击,炸得粉碎,烧个精光,就像在军事版画中看到的那样:货车队被洗劫一空,整个宪兵保镖队人仰马翻,全部完蛋。什么小扁豆,什么米面,勤务队所运的食物统统报废,不能煮食,不可收拾。累死也罢,因别的原因而死也罢,最叫人痛苦的死莫过于整夜扛麻袋累垮。

我心想,这帮浑蛋哪天连人带车统统归天才好,我们至少会有个安宁,哪怕一整夜的安宁也好,我们可以痛痛快快地蒙头睡一觉。

战争最激烈的时候,供应军需成为额外的噩梦,如同魔鬼那般折磨人。前后左右都有粗野的人,比比皆是。人们一旦知道必死无疑,仅是死期有所推迟,那就没有心思睡大觉了。一切都是痛苦的,时间难熬,无心进食。一弯小溪,一段墙面,都会勾起联想,似曾相识。我们借助气味寻找自己班的驻地,战时夜间的游勇酷似丧家之犬,粪便的气味是引路最好的线索。

负责军需的军士长虽是众矢之的,但暂且能主宰世界。高谈未来的人是浑蛋,眼前最重要。乞灵于后代无非是向人夸夸其谈,乱说一顿。在烽火弥漫的乡间夜晚,军士长看守着人类动物,准备送往刚开设的大屠宰场。军士长就是君主,死神之王。格雷泰尔,好一个威风凛凛的军士长!神气十足!没有人比他更有权有势了。只有对方的军士长跟他旗鼓相当。

村子里除了吓破胆的猫以外,没有活的东西。人们把砸烂的家具:椅子、安乐椅、碗橱,从轻便的到沉重的,都送去烧火煮饭。能放入背包里随身携带的,我的伙伴们多有顺手牵羊之事,梳子、小灯、杯子等小东西,甚至新娘戴的花冠,什么能带的都要,好像还有许多年好活。他们以趁火打劫取乐,显得以后的日子还长,总贪心地抱着生的愿望。

炮火对他们来说只不过是隆隆的响声,惟其如此战争才得以持续。打仗的人,正在打仗的人,不肯想象战争的后果。他们的肚子中了子弹,见到路上有破鞋,照捡不误,心想"还会用得着",有如在山腰里、草地上奄奄一息的羊还要吃草。世上大部分人能寿终正寝,一部分却提前二十年,甚至更早死去,这便是世上的倒霉鬼。

我原来不太安分守己,但后来变得颇讲实际,苟且偷安,甘当没种的人了。大概正因为横下这条心,反倒显得非常的镇静。总之,我使别人有这种印象,不合常情地深得上尉的信任。一天夜里奥托朗亲自决定委派我一件棘手的差事。他秘密地对我说,请我快马加鞭在天亮前赶到百合河省努瓦瑟市。这是一座纺织工人集居的城市,离我们扎营的村子十四公里。我必须到现场探听敌人的虚实。关于敌人的去向,派出人员自早晨以来的报告各不相同,戴藏特赖将军急了。这次派我去侦察,让我挑选坐骑,从队里疮口化脓的马中挑一匹不太癫的。很久以来我没有单独行动了,猛一上来,觉得像出发旅行似的,但这种解脱感全然是虚假的。

刚一上路,因为很累,想不到我这是自找死路,对自己的一举一动没有考虑其后果,没有注意其细节。我骑马挨着路旁的树前进,铁家伙铮铮作响。单单我那把漂亮马刀的晃动声就顶得上一架钢琴。也许我值得怜悯,但有一点是肯定的,我当时滑稽可笑。

我全副武装,丁零当啷打破这片寂静。戴藏特赖将军派我来时想些什么呢?肯定没有想到我会这样。

听说阿兹特克人①动辄在他们的太阳神庙里每周剖腹宰杀八万信徒,祭祀云神,求神降雨。这种事情在我们参战以前是难以想象的。参战之后,便不言而喻了。阿兹特克人对他人躯体的藐视,我已经从戴藏特赖将军对鄙人贱体的态度中体察到了。塞拉东·戴藏特赖将军青云直上,官衔显赫,几乎上升到神的地位。这个小太阳神也非常苛求、残忍呀。

不过我还有那么一点点希望,希望当上俘虏,但这个希望很小,只能说一线希望,黑夜中残存的一线光明。在那种情况下,人们根本不讲温良恭俭让,你还没有来得及脱帽行礼,人家的子弹已经落到你的身上。再说,我能责怪这个敌视我的军人吗?他本就

---

① 即墨西哥的印第安人。

是从欧洲另一端专程而来杀戮我这号人的。如果他犹豫一秒钟（我足以干掉他），我能对他说些什么呢？首先问他是干哪一行的？商店职员？重新入伍的职业军人？也许掘墓人？文官？炊事员？……战马的命运比我们好，它们只承受战争，征用时并不征求它们的意见，不像我们还要装出对战争信心十足的样子。战马虽说也倒霉，但毕竟可以放纵。而这该死的所谓热情，只有我们才有哇。

当下我清清楚楚地认出了道路，看清道路两旁方方正正的屋宇，湿漉漉的土地，月光下灰蒙蒙的墙壁，犹如参差不齐的大块冰淇淋，白森森的，万籁俱寂。莫非已是世界之尽头？孤单单只身一人何时了结？让我单枪匹马出来，我早晚是要完蛋的。不过是倒在沟渠里？还是倒在墙根下？他们将怎样结果我呢？一刺刀？听说他们有时剁双手，挖眼睛，碎尸万段……说得神乎其神，令人毛骨悚然！谁知道呢？马一步一步向前，每一步都可能出事，也许再往前一步，就完蛋了。这些马跑起来没有一匹前后腿协调一致的，就像两个穿铁鞋的人粘连在一起走路那么滑稽可笑。

我的心如同关在小铁笼里的兔子那般惴惴不安，在肋骨的禁锢下发热，烦躁，蜷缩，发愣。从埃菲尔铁塔上纵身往下跳时就是这样的感觉，多么想在空中抓住自己哟。

这个村庄无形中对我是个威胁，但也并非咄咄逼人。瞧，广场中央那个小喷泉正在为我一个人咕嘟咕嘟地吟唱。那天晚上一切皆属于我一个人，我拥有月亮，拥有村庄，拥有巨大的恐惧。我准备重新快马加鞭赶路：百合河省努瓦瑟市至少还有一小时的路程。突然我瞥见从一扇门上透出一线灯光，便径直向灯光走去。胆量油然而生，当然这只是逃兵的胆量，但不失为一种胆量。灯光消失了，但我确信没有搞错。于是乎我敲门，不停地敲，并大声喊叫，忽而用德文，忽而用法文。总之，大声喊深藏在黑洞洞的屋子里的人开门。

门终于开了一点儿,一个声音问道:"您是谁?"我获救了。

"我是龙骑兵。"

"法国人?"我看出是个女人在说话。

"是的,法国人。"

"别见怪,刚才有一些德国龙骑兵打这儿过,他们也说法语。"

"可我是地道的法国人。"

"喔!"她好像不大相信。我接着问:

"他们现在去哪儿啦?"

"他们八点钟光景向百合河省努瓦瑟市开发了。"她用手指头指指北方。这时门里一个戴围巾系白围裙的姑娘从暗处走到明处。我继续问道:"德国人,他们干了些什么?"

"他们在村政府附近烧毁了一所房子,在这里用长枪从肚子上捅死了我的小弟弟。弟弟当时正在红桥①玩,看德国人经过。喏,这不,他还在呢。"她指给我看。

她没有哭泣,重新点上蜡烛,刚才我突然看见的就是这支蜡烛的光。确实,屋子尽头的一张床垫上躺着一具小尸体。他穿着水手服,脖子和面孔如烛光一样铁青,显露在蓝色的大方假领外面。孩子蜷缩着,臂、腿和背扭成一团,长枪从肚子中央对穿而过。他的母亲和父亲跪在旁边放声大哭,其他人也跟着哼哼哧哧。可是我嘴干啊,便问道:

"你们能卖给我一瓶酒吗?"

"要问我们的母亲,她也许知道还有没有酒。德国人刚才弄走好多。"

---

① 地名,阿芒蒂埃尔镇附近,一战时法国第十二重骑兵团曾在这里经过,由此得名。

于是他们对我的问题展开了讨论,但声音很低很低。之后,姑娘回来对我宣布:"没有啦!德国人统统弄走了。不过,是我们自动给他们的,给了许多。"

"是啊,他们喝了不少,"母亲停住哭泣,插话道,"他们可喜欢喝酒啦。"

"一百多瓶,只多不少。"父亲补充道,他仍旧跪着。

"那么一瓶也没有了?"我坚持问道,心里仍抱着希望,实在太渴了,特别想喝白葡萄酒,酸酸的,颇能解乏,"我付高价……"

"只剩下上等好酒啦,要五法郎一瓶呢。"母亲同意了。

"好吧!"我从口袋里掏出五法郎,一枚大硬币。

"去取一瓶来吧!"她轻轻地对女儿说。

女儿拿着蜡烛走了,过了一会儿从地窖里拿上来一公升酒。我喝完酒,立即准备动身。

"他们还回来吗?"我问道,又担心起来。

"恐怕要回来的,"他们一起回答,"他们走的时候说过,要是再来,就把整个村子烧光。"

"我去看个究竟。"

"您真是好样的。往那边走!"老头一边说一边指着百合河省努瓦瑟市的方向。他甚至走出家门给我送行。母亲和女儿依然战战兢兢守在小尸体旁,从屋里向老人喊道:

"回来!约瑟夫,快进来,别在大路上发愣,你……"

"您真是好样的。"老人握着我的手连连称道。

我上马奔北路。这时姑娘出门向我喊道:

"别对他们讲我们还在这儿!"

"你们在不在,反正他们明天会知道的。"我回答,心里对付了五法郎很不乐意。我和他们之间有了这五法郎的交易,就足够可以怨恨他们,巴不得他们统统归天。只要是五法郎之争,这个世上

31

就谈不上怜爱。

"明天!"他们重复我的话,不胜疑惑……

明天,对于他们来说,也是遥远的。这么泛泛提及"明天"没有多大意义。我们大家的心灵深处哪怕舒坦一个小时,在这生灵涂炭的世上哪怕舒坦一个小时,那就了不起啦。

路程并不远。我沿着路旁的树木快速前进,时刻准备着被喊住或中暗枪,但什么也没有发生。大概凌晨两点,不会超过两点钟,我骑马蹄步儿登上一个小山冈。山下一览无余,煤油喷嘴路灯一排排闪耀,近处火车站灯火辉煌,车厢、餐厅看得清清楚楚,但里外阒然。城关市区,大街小巷,灯光一排排、一片片,舒坦地展现在我的眼前,然而被四野的黑暗和空蒙贪婪地包围住了,仿佛这光明的城市沦陷在漆黑的夜幕里。我下马坐在一个小土堆上眺望良久。

我仍旧没弄清楚德国人是否进入努瓦瑟市。一般来说,他们每到一处都要放火。如果他们进驻努瓦瑟市而没有立即放火烧城,大概因为有不寻常的想法和计划。

也听不到炮声,委实令人生疑。

我的马也想躺下,它不停地拽缰绳,我不由得转过身去。当我重新回过头来观看城市时,跟前的土堆好像有点异样,隐隐约约出现了什么东西,我情不自禁地喊道:"喂!谁在那儿?"几步远的地方有个影子在移动,大概有人。

"别嚷嚷!"一个男子粗哑的声音回答道,听上去是地道的法国口音。

"你也是掉队的吗?"他反问道。现在我看清他了:一个步兵,断裂的帽檐耷拉着,像个学生。许多年之后,我对此时此景仍记忆犹新,他从草丛里钻出来的身影活像士兵节日打靶归来。我们互相走近,我手握短枪,他再靠近的话,我或许会莫名其妙地开枪的。

"喂,"他问我,"你见到他们了?"

"没有,但我来这儿是想见见他们的!"

"你是145龙骑兵团的吗?"

"是的,你呢?"

"我是预备兵。"

"喔!"我搭腔道。预备兵?我感到蹊跷。自开战以来他是我遇见的第一个预备兵,因为我们总跟现役军人打交道。我看不清他的面孔,但他的声调跟我们不一样,显得更为忧伤,因此更有魅力。为此我不由得对他产生了几分信任,尽管这是微不足道的。他说道:

"我受够了。我去让德国佬抓住吧。"

"你怎么个去法呢?"

他的计划使我感兴趣,而且这兴趣突然压倒了一切。他有什么办法使德国佬抓住呢?

"我还心中无数呐。"

"你干吗要逃跑?让人家抓住也不容易啊。"

"管不了这么多啦,我干脆去投降。"

"这么说你害怕了?"

"我害怕,再说我认为打仗太愚蠢。至于德国人,我管不着,他们没有干对不起我的事。"

"住嘴,"我对他说,"他们也许在偷听呢。"

可以说我很乐意对德国人以礼相待,所以很想请这位预备兵给我点拨一下,为什么我和其他人一样对打仗也缺乏勇气。但他说不出所以然,只是一味说他受够了。

接着他向我讲述了他的部队是如何溃散的:前一天凌晨他所在的连队穿过田野时,我们的轻步兵误开了火,因为他们比预定的时间早到三个小时,轻步兵却不知道,在又困又惊的情况下,一阵

猛射。我想象得出他们的狼狈相,我自己就吃过这样的亏。他补充道:

"就在这当儿,我对自己说,罗班松——我的名字叫罗班松,罗班松·莱翁——机会难得,要是现在不走,就永远脱不开身了。不是吗?于是我沿着一个小树林走,没想到撞见了我们的上尉。他靠在一棵树上,这伙计的伤势很重,已奄奄一息。他双手提着裤子,咯着血,浑身是血。他转动着眼睛,周围没有一个人。他的末日已到,血淋淋的,死到临头,还泣不成声地喊:'妈妈,妈妈!'

"'得了!'我对他说,'干什么哭爹叫妈的!去你妈的蛋吧!'我走过去就这么狠狠给了他一下,揍在嘴角上。你说,这浑蛋大概挺舒服的吧。哎,老兄,能这么对待上尉的机会可不多啊,机不可失,千载难逢。为了溜得快,我丢下了行李和武器,喏,就在那边的鸭水塘里。请想想,瞧我这模样,我没学过杀人呀,压根儿不想杀人。战前我平时就讨厌打架斗殴,碰到这种事情我就走开,你明白吧?当兵前,我曾想正正规规到工厂干活,我会一点镌版制模,但没有去干,因为工厂里斗气的事太多。我情愿卖晚报,在街上找个安静的角落。譬如我所熟悉的法兰西银行附近,胜利广场,小田园街,这是我的活动范围,从不越出卢浮宫街,那边不越过王宫,你想象得出吧。上午我为商人们送货,有时下午也送一次,打打短工,干干粗活,但就是不喜欢动刀动枪。要是德国人看见你带着武器,嗯?但要是你跟我一样,衣着随便,手里袋里什么也没有,那就不一样啦。你是好人。那样他们俘虏你的时候,不伤和气,你明白吗?他们知道跟谁打交道。要是咱们能赤条条跑去见德国人,那就更好,如一匹马那样跑过去,他们猜不透咱们是属于什么兵种的,对吗?"

"很对!"我看出年纪大一点的人到底主意多,很是实在。"他们在那边吧,嗯?"我们观察着,一起想办法,碰运气,找出路。静悄悄的城市好像一张巨大的灯光地图铺摊在我们面前。"咱们走吧。"

先得穿过铁路线。如果有哨兵,我们便是射击的目标。不一定有哨兵,看一看再决定从隧道上面或隧道下端过去。罗班松催促道:"咱们得赶紧,应当趁天黑干这种事。大白天找不到朋友,谁都装模作样,道貌岸然。即使打仗,白天还是热热闹闹的……你带上你的破马吗?"

我带上我的破马。万一人家不欢迎,溜起来快一点,防备着点儿好。我们走到平交道口,红白相间的栏木高高竖着。我从未见过这种形状的平交道口栏木,巴黎近郊可没有这样的。

"你认为他们已经进城了吗?"

"当然啰!"他说,"快走吧!"

我们现在不得不壮着胆朝前,马在我们后面倒是走得稳稳当当的,铁蹄发出清脆的笃笃声,好似在把我们往前推。四周静悄悄的,只有马蹄的回声占领着空间,其余的一切似乎都消失了。

罗班松居然想得出趁黑夜摆脱困境。我们俩走在空荡荡的路中间,一点也不遮掩,步伐整齐,如在操练一般。罗班松说的有道理,白天不容情,天地之间什么都是暴露的。我们俩走在马路上的模样大概很和善,甚至很朴实,好像刚休假归队。

"你听说没有,第一轻骑兵团全部当了俘虏。人家说,他们稀里糊涂开进里尔城。在一条大街上遭到街头街尾夹击,上校首当其冲,全军被封闭在里面。到处都是德国人,从窗口,从四面八方射击,他们像套在口袋里的老鼠被动挨打,真的成了过街老鼠!你说他们交好运了吧!"

"这帮蠢猪,浑透了!"

"可不是嘛!可不是嘛!"我们也难免像他们那样被干净利索地一网打尽,要吃苦头啊。市面铺子的门窗紧闭,独家住户也一样,连屋前小花园的栏门都关得严严实实。但走过邮局后,我们看到一幢刷得比较白的小房子灯火通明,上下两层所有的窗户全有灯光。我们上前按门铃,马一直跟在我们后面。出来开门的是一个粗壮的大胡子,不等询问便立刻通报:"我是努瓦瑟市市长,恭候德国人光临。"说着走出屋,在月光下认出我们并非德国人,而是地道的法国人。这时市长的态度就不那么郑重了,但仍不失热情。他颇为尴尬,显然他等候的并不是我们。我们打乱了他预定的布局,影响了他下定的决心。德国人这天夜里要进驻努瓦瑟市,这是商定好的。他和省政府把一切都安排停当了。德国上校住这儿,德国野战医院设在那儿,等等,等等。如果德国人现在进城来,看见我们在,那怎么办?我们在这里肯定会引起事端,造成麻烦。这一点他没有对我们说出口,但看得出他确是这么想的。

于是乎市长向我们宣讲全局利益,站在黑夜里,面对惶惶然一声不吭的我们,大讲特讲全局利益,大讲特讲集体财产,大讲特讲努瓦瑟市的艺术遗产。他肩负重任,肩负神圣的责任,保护……譬如说十五世纪的教堂。倘若他们烧毁十五世纪的教堂,怎么办?附近伊泽河省孔代市的教堂已经被焚毁了。还了得吗?只要他们一不高兴,只要他们看见我们在这儿不顺眼,就会一把大火……市长让我们感到责无旁贷……我们是头脑不清的、乳臭未干的小兵!德国人可不喜欢形迹可疑的城市,不能容忍敌军士兵出没。这是众所周知的。

市长低声轻气地对我们讲话时,他的妻子和两个长得丰满动人的黄发女儿不时插话表示非常赞成。总之,他们把我们扫地出门了。古建筑的价值和情感的价值在我们面前忽然显得鲜明突出起来,而夜里在努瓦瑟市是没有任何人持不同意见的。市长滔滔不绝的话语充满爱国热情,富于道德感,但他企图捕捉的这些幽魂,由于我们害怕,由于我们自私,由于我们十足的虚荣心,变得朦朦胧胧,稍纵即逝。

努瓦瑟市市长苦口婆心的讲道虽已词穷言尽,他仍迫不及待使我们明白我们的最高义务是马上滚蛋去活见鬼,当然他的原话不是这么粗暴,和我们的潘松少校唱一个腔调,其斩钉截铁的程度不相上下。对这番豪言壮语我们俩惟一未敢苟同的是,我们既不想送死也不想放火。但我们人微言轻,再说这类话在战争时期不便启齿,所以我们转身走向空街空巷。不管怎么说,这天夜里我们遇到的人倒个个是肝胆相照的。我们离开之后,罗班松说:

"我这是什么运气啊!你瞧,假如你是个德国人,加上你心眼儿好,你会把我俘虏的,事情就办成了嘛。哎!打起仗来,连打发自己都这么困难。"

"唉,你要是德国人,"我回答说,"你也会把我俘虏的。说不定还会得个军功奖章。军功奖章用德国话说起来很滑稽呐。"

一路上谁也不愿意收留我们当俘虏,最后我们在一个街心小公园找了条长凳坐下。罗班松·莱翁从口袋里掏出金枪鱼罐头,从早晨储藏到现在暖烘烘的,我们把它打开吃了。从远远的地方传来炮声,细听也不太远。敌对的双方要是守在各自的阵地,让我们安安静静地待在这里,那该多好啊!

然后我们走上一条河滨路。沿河停着一些未卸完货的驳船,我们对着河水撒尿,两条水注喷射得远远的。我仍牵着缰绳,马在我们后面显得像条大狗,走到桥边瞥见单间儿牧师家里一具尸体躺在床垫上,孤单单的,是个法国轻骑兵少校,脸形长得有点像罗班松。

"你瞧他多难看哪!"罗班松对我说,"我不喜欢看死人。"

"真是无巧不成书,"我搭腔道,"你瞧,他的长相有点像你,长鼻子跟你的一模一样,你不比他年轻多少吧。"

"嘿,心衰力竭后谁的长相都差不离儿。你可没见过我从前的模样儿呢,那时候我每个星期天越野骑车,长得可棒呢!小腿肚鼓鼓的,老弟,运动使人的腿变得健美,懂吗?"

我们为看尸体而点燃的火柴熄灭后,走出了屋子。

"你瞧,太晚了,太晚了。"

远处,城郭的尽头,山丘之巅从黑暗中露出一抹青灰色的亮光,这是晨曦!又是新的一天!又少了一天!又得熬一天!这日子一天比一天难过,如同钻铁环,越钻铁环越小,成日里炮声隆隆,机关枪咯咯响个不停。

"今天夜里你还打这儿过吗?"罗班松和我分手时问道。

"老兄,谁知道还有没有今天夜里。你的口气倒像个将军!"

"是啊,我什么也不想了。"他说,"我的意思是,什么也不考虑了,只是不想死。我心想,能活一天就多活一天,这就行了。"

"你说得对。再见,老兄,祝你交好运!"

"也祝你交好运!没准儿咱们还能见面呢!"

我们各奔自己的战场。此后类似的事层出不穷。现在追述起来可不容易,因为今天的人难以理解那些事情了。

五

为了受人欢迎和敬重,必须风风火火地与老百姓打成一片,因为他们在后方注视着战争,随着战争的推移,他们的德行越来越恶劣。这一点,我一回到巴黎就明白了。我还发现他们的妻子急不可待,屁股火烧火燎的;老人的脸拉得长长的;人们的手到处乱抓,摸屁股,掏口袋,无奇不有。

人们在后方学士兵的样,东施效颦,什么光荣之至啊,什么正确对待啊,什么勇敢而不懊丧啊。

母亲们时而充当护士,时而是受难者,始终戴着长长的黑面纱①,始终珍藏着部长通过区政府职员及时授给她们的护士证书。总之,事情组织得井井有条。

在精心安排的葬礼上,大家悲天悯人,但念念不忘遗产,念念不忘假期,念念不忘据说着实可爱、性欲旺盛的寡妇,念念不忘自己延年益寿,也许念念不忘长生不老,诸如此类,不一而足。

每当参加葬礼,人人都向你举帽敬礼,叫人欣慰。在这样的场合下必须举止端庄,姿态得体,切忌大声说笑,只在心里高兴。心里高兴是可以的,在心里做功夫,一切都是允许的。

战争时期,人们不在中二楼跳舞,而在地下室跳舞。士兵们不在乎,甚至更喜欢地下室。他们一到便要求跳舞,没有人觉得这种

---

① 即妇女服丧期所戴的黑面纱。

要求可疑。事实上可疑的倒是所谓的大无畏精神。凭自己的身子骨儿能大无畏吗?请让做钓饵的蛆大无畏吧,浑身红兮兮、白生生、软绵绵,与我们是一丘之貉。

至于我,没有什么好抱怨的,我正在获得自己:受了伤,得了军功奖章,大功已告成。军功奖章是我在医院养伤的时候送来的。回到巴黎的当天我去剧场看戏,幕间休息时我向老百姓炫耀奖章,震动人心啊。这是在巴黎出现的第一批军功奖章,轰动一时!

就是这次在喜歌剧院,我遇到了娇小玲珑的美国姑娘劳拉,因为她我才领略了人情世故。

在人的一生中,有些日子特别重要,相形之下,漫长的岁月似乎是白活的。我戴着军功奖章去喜歌剧院是我一生中有决定意义的日子。

因为劳拉,我对美国产生了好奇心。我立即向她提出问题,她回答时仅敷衍了一下。我们出去旅行,能回来就回来,不然,随遇而安。这是后话。

当时巴黎人人都想搞一套军服穿。只有中立者和间谍不穿,其实这两者几乎是一路货。劳拉穿着一套正规的军服,非常合身,样式娇美,袖口边和橄榄帽上点缀着小小的红十字,帽子调皮地歪戴着,露出波浪式的头发。她向医院院长推心置腹地说,她来帮助我们拯救法兰西,尽绵薄之力,完全出于真心实意。很快我们俩就心心相印了,其实并未完全合拍,因为我讨厌心灵的冲动,宁可要肉体的冲动,纯粹的肉体冲动。对心灵应当抱极大的怀疑态度,这是别人教我的,在战场上学到的,不肯轻易忘记。

劳拉的心灵温柔、脆弱、热情;劳拉的肉体优雅、温存。我本应该要她的全部身心。总之,劳拉是个可爱的姑娘,不过正在打仗呀,这该死的疯狂迫使人类的一半把另一半推向屠宰场,不管什么情人不情人。这种对战争的嗜好必然会影响人与人之间的关系。

我的态度是,尽可能拖延康复期,再也不乐意回到战地火葬场去了。我漫步街头,倍感这场屠杀不伦不类,哗众取宠。人们无处不在耍滑头。

然而我在劫难逃,因为没有任何靠山可帮我解脱,我只认识穷人,就是说,任何人对穷人的死活都不关痛痒。至于劳拉,可不能指望她帮我避开火线。她是护士,除非像奥托朗这号人,谁一眼都看得出这可爱的丫头是何等的好斗。在品尝英雄主义的牙碜的大杂烩以前,劳拉的贞德气概也许会激励我、感化我,但自打克利希广场参军,我对一切口头的或实在的英雄主义产生了反感,就如患了恐怖症一般。我痊愈了,彻底痊愈了。

美国远征军女士团为了方便工作,把劳拉所在的护士组安置在巴黎兹宾馆。她本人得到更特殊的关照(她有关系)。她的任务就在宾馆领导一个专门的服务组,即负责向巴黎各家医院分发苹果煎饼。每天早晨分发几千打煎饼。劳拉干这项省力的差使颇为热心,结果不久便给她带来了很大的麻烦。

应当说明一下,劳拉有生以来从未做过煎饼,所以她雇请一批厨娘经过几次试做,终于获得成功,煎饼金黄多汁,甜香可口,及时送交出去。她只负责把煎饼送往各家医院之前检查一下,并尝一尝。每天早上劳拉十点钟起床,洗澡后走下靠近地下室的厨房,我敢肯定,天天如此。她只穿一件黄黑相间的日本和服,这是她离美前夕一个旧金山的男朋友送的。

一切十分顺利,我们正在赢得战争。不料一天吃饭的时候,我发现劳拉满脸愁容,根本不碰饭菜。我担心她发生了什么不幸的事或突然得了什么病,于是央求她向我吐露真情,以便我精心相助。

原来劳拉一个月来准时品尝煎饼,结果体重增加了整整一公斤,不得不把腰带放松一孔。这场飞来横祸怎不叫她眼泪汪汪。

我感动之余,竭力安慰她,陪她坐着出租汽车东跑西颠找了好几家药房。事有凑巧,所有的磅秤都无情地确认这一公斤体重无可置疑地、千真万确地增加在她的身上。于是我建议她把这项工作让给一个同事,人家还"求之不得捞油水"哩。但劳拉坚决反对这种妥协,认为这是可耻的,是临阵脱逃。接着她告诉我,她的曾伯父是名垂千古的"五月花"号的船员,一六七七年抵达波士顿①。她想到这段家史,无论如何不能逃避负责煎饼的义务,职责虽说低微,却是神圣的。

不过从这天起,她只用牙齿尖咬一小点儿尝尝,露出又整齐又美丽的玉牙。由于担心发胖,她的食欲遭到破坏,日见消瘦。在很短的时间内,她对煎饼的恐惧不亚于我对炮弹的恐惧。为了消化煎饼,我们常到河滨路和林荫路散步,以利健康,连那不勒斯饮食店也不进去,因为冰淇淋也能使女士们发胖。

我做梦也想不到劳拉的房间安排得如此舒适,全部糊上淡蓝的墙纸,浴室就在旁边,到处是她朋友们的照片、题词,女的少,男的多,英俊的小伙子们像她一样长着褐色的卷发。她对我讲起他们眼睛的颜色以及多情的、郑重的题词,所有这一切都是有决定意义的。起先由于头像众目睽睽,我置身其间,出于礼貌,很是局促不安,但后来慢慢习惯了。

我只要停止吻她,她的话匣子便打开,战争啊,煎饼啊,我不便打断她。法兰西在我们的交谈中占重要的地位。在劳拉看来,法兰西仍是个具有骑士风度的实体,并不受空间和时间的制约。眼下法兰西身受重伤,岌岌可危,正因为如此,法兰西更令人振奋。而我一听到人家讲法国,便情不自禁地想到我的五脏六腑,自然热

---

① "五月花"号是1620年把清教徒由英国运到美国的船只。这批英国人首次在北美建立永久性殖民地。但"五月花"号停泊的港口并不是波士顿,而是波士顿以南五十公里的普利茅斯。

情不起来。各人有各人的恐惧。既然她在性的方面很殷勤,我何必反驳她,洗耳恭听便是了。但涉及心灵,我是不肯一味迁就她的。她很想让我显得精神抖擞,神采奕奕,而我根本不明白为什么要做出英勇卓绝的样子,相反我有一千条无可辩驳的理由表现出与之截然不同的情绪。

总之,劳拉陶醉在幸福和乐观的胡思乱想中,她属于生活中的幸运者,得天独厚,既健康又安全,安居乐业的日子还长着呢。她口口声声什么心灵,她的心灵说叫我心烦意乱。心灵是健康肉体的装潢和消遣,同时也是在肉体生病或事情不顺利时摆脱肉体的意愿。心灵的这两种姿态,根据你的最佳处境,任你选择一种摆摆架子。而我呢,我不能选择,我的赌注已经下定。我的命运已经彻头彻尾地注定了,死神几乎寸步不离地跟在我背后。缓期被杀的命运够我心焦的了,不会有心思想别的事,更有甚者,大家都认为我的命运是完全正常的。

面临这类推延的死亡,你的脑子是清醒的,你的身体是健康的,除了死心塌地承认现实以外,不可能想入非非。这种感受必须是有过切肤之痛的人才说得出来。

我的结论是,让德国人来吧,屠杀,洗劫,烧光。宾馆,煎饼,劳拉,杜伊勒里宫,内阁部长们以及幕僚,法兰西学院,卢浮宫,大商场统统完蛋,任凭德国人践踏,狂轰滥炸,无恶不作。反正我们这个烂摊子烂得不能再烂了,彻底毁掉拉倒,而我没有什么可失去的,相反能赢得整个世界。

房东的屋子着火,我们的损失不会大的。之后,如果不是老房东,会来一个新房东,管他德国人或法国人,英国人或中国人,只要按时交纳房租就行。用马克还是用法郎付款?到时候再说吧。

简言之,谈论精神,有害无益。不过我要是向劳拉说出对战争的想法,她会把我当成魔鬼,一脚踢开我,所以切忌向她吐露真言。

再说我感到跟她相处不太顺手,有人在和我争风吃醋。有几个军官一心想把我的劳拉夺走。他们有的是荣誉勋位勋章,诱惑力极强,他们的竞争非常可怕。况且美国报纸正在大书特书名震四海的荣誉勋位勋章。我感觉得出,劳拉已经让我戴了两三回绿帽子。我们的关系正受到严重威胁的时候,这个轻佻的女人发现我具备过人的用处,即每天早晨可代替她品尝煎饼。

这最后一份专差援救了我。她只肯接受我的替代,因为我也是一名骁勇的战士,配得上这份重任。从此,我们不仅是情人,还是合伙人。新时期就这样开始了。

劳拉的肉体对我来说是一种无穷的欢乐,抚摸这具美国肉体其乐无穷,玩不忍释。我委实是一头该死的猪,并且死不回头,甚至产生了一个令人愉快的、鼓舞人心的信念:一个国家能生产如此撩人心弦的肉体和插翅高翔的幻想,准能提供很多其他重要的启示,当然指的是生物学意义上的启示。

由于不断抚摸劳拉,我决定早晚要访问美国,作一次真正的朝圣。一旦有可能,便立即动身。我在完成这次探险(神秘的解剖学探险)之前,要穿越遭受厄运的、受尽折磨的人生,否则我委实不会罢手,也得不到安宁。

我就这么跟在劳拉的屁股后面接受新世界的信息。公正地说,劳拉不仅仅有一个可爱的肉体,还有一个可爱的小脑袋。她灰蓝的眼睛有点往眼角上翘,活像野猫的眼睛,带着几分凶相。只要正面看上她一眼,我的口水就禁不住往外流,有如闻到干葡萄酒带火石味儿的醇香。她的眼波总的来说是冷酷的,没有丝毫的商业微笑,也不像我们这里常见的东方式的脉脉含情。

我们经常在附近的一家咖啡馆碰头。越来越多的伤病员充塞街头,他们衣冠不整,蹒跚而行。人们为他们组织募捐,为这部分人搞"募捐日",为那部分人搞"募捐日",搞来搞去为组织者搞的

"募捐日"最多。撒谎,接吻,死亡。其他事情一概办不成。肆无忌惮的撒谎达到难以想象的程度,可笑至极,荒谬绝伦,在报纸上,在海报上,在步行时,在骑马时,在乘车时,所见所闻全是谎言。大家一齐说谎,看谁会胡编,谎言一个比一个离奇,很快谎言满城,一句真话也没有了。

一九一四年还听得到一点真话,而现在人们反以为耻了。我们得到的一切,诸如食糖,飞机,便鞋,果酱,照片,无不以赖充好;我们阅读的,吞食的,口含的,欣赏的,宣布的,反驳的,维护的,无不真假参半。一切是弄虚作假,假仁假义,到处都有暗中怀恨的鬼魂。连叛徒也披上伪装。撒谎和轻信的风气盛行,如同疥疮蔓延。小劳拉只会说几句法语,可句句充满爱国激情,如"我们一定占上风!""马德隆,来吧!①……"实在可悲可叹。

劳拉如此不顾脸面,执拗地关心我们的死神,这并非罕见,当时所有的妇女都赶着时髦比勇气。

而我恰恰醉心于一切使我忘却战争的事情。我多次向劳拉打听美国的情况,但她的回答总是闪烁其词,矫饰搪塞,不可捉摸。她竭力炫耀,使我产生强烈的印象。

但我已经对印象抱怀疑态度,因为人家用印象糊弄过我一次,我再也不信吹嘘,不上当了。

我相信她的肉体,不相信她的精神。在我眼里,劳拉是一个远离火线的妙人儿,背着战争,背着生活。

劳拉竟用《小报》②的思想来排解我的焦虑:胜过别人,大肆鼓吹,保卫洛林,戴白手套……我暂且顺着劳拉,对她彬彬有礼,客客

---

① 第一次世界大战时期,法国军人爱唱的流行歌曲,歌名《马德隆》,这是第一句歌词。
② 《小报》是大战前发行量很大的日报,其副刊于1895年曾发行一百多万份,带有强烈的军国主义、民族主义和反犹太主义的政治色彩。

气气,使她确信我的态度有利于她减肥,但她更相信长距离散步。我虽然讨厌长距离散步,但反对也没有用,她坚持要散步。

这样,我们便经常去布洛涅森林锻炼身体,每天下午绕布洛涅湖走一圈,长达几个小时。

大自然令人毛骨悚然,即便像布洛涅森林那样经过人工修整过的自然,也不免叫真正的城里人惴惴不安。城里人见到大自然,容易倾诉衷情。布洛涅森林正具备这种魔力,尽管空气潮湿,满目铁栅,光秃邋遢,但城里来的游人仍对着树木浮想联翩,往事不断涌上心头。劳拉触景生情,不胜惆怅,禁不住诉说衷肠,多半真实可信。她在我们散步的时候讲过许许多多关于她在纽约的生活以及她女朋友们的事情。我一时难以理出个头绪,错综复杂的情节包括美金、订婚、离婚、购买衣裙和首饰,不过听起来她以前的生活非常圆满。

这天我们朝赛马场散步,见到附近还有许多出租马车,一些孩子骑毛骡,一些孩子打闹,搞得尘土飞扬。满载休假军人的汽车到处兜风,一直开进林间小路,掀起一阵阵尘土。他们寻找刚送走客人的女人,迫不及待地去吃饭和干好事。他们烦躁不安,令人厌恶。他们窥伺着生活,渴望着生活,生怕无情的时光流逝得太快。他们的每个毛孔都洋溢着情欲和热气。

布洛涅森林没有以往那样整洁,无人关心,行政管理中止了。劳拉说:

"这个地方战前大概很美丽的,是吗?很雅致的?讲给我听听,费迪南!还有这里的赛马呢?和我国纽约的赛马场的情景一样吗?"

说真的,战前我从未去过赛马场。为了让她散散心,我临时胡编了一遍,讲得绘影绘声,其实关于赛马的故事都是道听途说得来的:美丽的衣裙,风雅的女人,耀眼的四轮轿车;起跑,自愿来吹喇

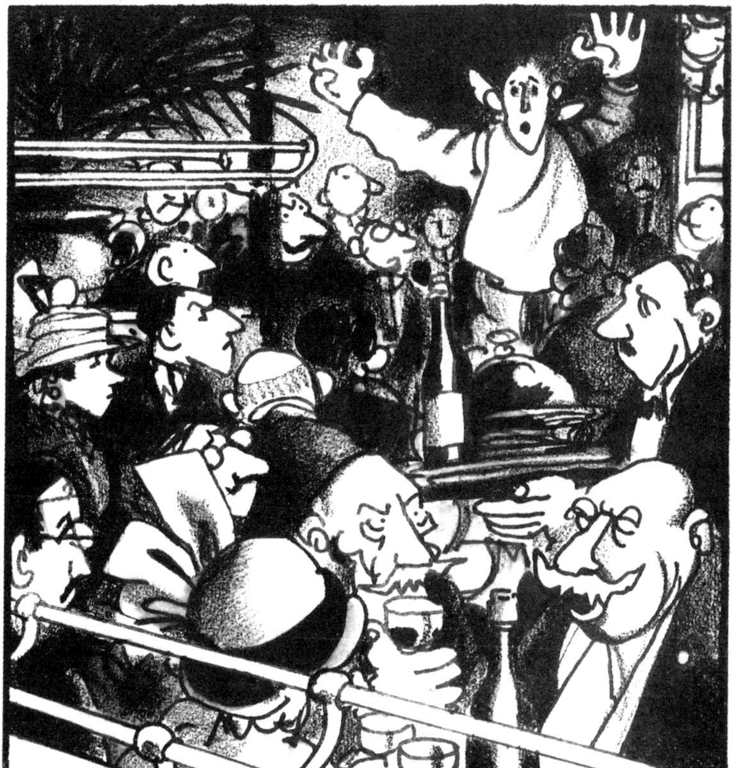

叭的人,马跳过河;共和国总统;下赌注时的波状热,等等,等等。

劳拉非常喜欢我尽善尽美的描绘,我的故事使我们进一步接近了。从此她以为发现了我们至少有一个共同的爱好,即爱好隆重的社交。这种爱好只不过在我身上藏而未露罢了。她激动得禁不住拥抱了我,必须补充说明,这在她是不常有的事。她为事情时过境迁而感到惆怅,若有所失。每个人对流逝的时光都有自己的抱憾。劳拉则通过风尚的消失来感知岁月的流逝。她问道:

"费迪南,你认为在这片田园里将来还会有赛马吗?"

"等战争结束,也许会有的,劳拉。"

"不一定吧,是吗?"

"是的,不一定。"

劳拉想到龙尚的赛马可能一去不复返而张皇失措。世间的凄凉无时不在感染世人,几乎总会使人震惊。

"费迪南,假设战争还要持续很久,譬如说几年,那么对我来讲就太晚了,再回到这儿就太晚了。费迪南,你明白我的意思吗?你知道我是多么喜欢像这样漂亮的地方。上流社会的人士,风度翩翩。等到那时候就太晚了,太晚了,也许我将变成老太婆,费迪南。那时候再聚会我已经是老太婆了。太晚了,肯定太晚了。"

劳拉又一次陷入忧伤之中,和得知体重增加一公斤时一样的伤心。我想方设法劝慰她,给她展现种种美好的前景:她总共只有二十三岁嘛,战争很快就会过去的,美好的日子会重新来到,跟从前一样美好,比从前更加美好,至少对于她来说是如此。她长得妩媚动人。失去的时间,她将毫无损失地补回来。很快她将得到敬意,受到赞美。劳拉听后装出不再悲伤的样子,为了使我高兴。她问道:

"还要走路吗?"

"不是为了减肥吗?"

"喔！对啦，我一时竟忘了。"

我们离开龙尚往回走，玩耍的孩子已经回家了，灰尘也消失了。休假的军人还在追逐马路天使，不过这时马路天使已从树林里出来徘徊于马约门平台周围。

我们沿着河岸往圣克卢走去。河两岸秋雾缭绕，气晕婆娑。桥边停着几条驳船，船头碰着桥拱，船身因为载煤吃水很深，河水几乎碰到舷缘了。

圣克卢公园一片郁郁葱葱，从栏栅门仰望，山丘上树木扶疏，浓荫密布，斑斑斓斓，宛如梦境。但自从我遭到伏击以来，一直对树木疑神疑鬼，仿佛每棵树后面躺着一个死人。通往山顶喷泉的大路两旁整齐地栽种着玫瑰。亭子旁卖汽水的老妇人好像正在慢慢把傍晚的阴影聚拢到她裙子周围。后面几条侧径上飘荡着一些正方形的和长方形的大幅黑帆布，还留存着集市的棚子。战争爆发后，这儿一下子显得特别寂静。卖汽水的老妇人对我们说：

"一年前他们都走了。现在一天来不了几个游人。我习惯了，还照常来。以前这儿游人可多啦。"

除此以外，老妇人对发生的事情一无所知。劳拉执意要过去看看空棚，多么古怪而可悲的愿望啊。

我们数了数，共有二十来个固定棚子，有的配着长条大玻璃；更多是些小玻璃窗，有甜食棚，有彩票棚，甚至有一个小戏棚，戏棚的前后门窗敞开着，形成了对流风。另外树与树之间搭着小棚子，其中一个靠大路的棚帘不翼而飞了，好像是古老神秘剧中的情景。

帐篷垂落下来，碰到落叶和泥土。我们在最后一个帐篷旁边停下脚步，这个帐篷倾斜得最厉害，随着支柱在风中来回摇晃，犹如一条纵摇的船，帆已失去控制，最后一根桅绳即将断裂。起风的时候，摇晃的篷顶布往上掀起，飘向天空。篷身的三角楣上印着绿红两色的旧名：民族射击台，原来是射击游戏篷，已经无人管理了。它的主人现在或许和其他人,和以前的顾客,一起用真枪实弹射击哩。

铺子里的小靶子弹痕斑斑,千疮百孔。而这满目的疮痍却代表着嬉戏取乐,其场景是表现婚礼:第一排是锌板的模拟人:捧花的新娘,表兄,军人,大红脸新郎;第二排是客人的图像,在以前的庙会上已经接受过多次射击了。

"费迪南!我相信你的枪法一定很准,如果还有庙会,我没准要和你比赛呢!你枪打得很准,是吗?"

"不,打得不太准。"

模拟婚礼的靶子最后面,有一排五颜六色的画面,表现插着国旗的市政府,连市政府也吃了许多子弹,窗户中弹后敞开时发出一声干巴巴铃响,锌板做的小国旗上也中了弹。旁边的斜坡上一支部队成纵队行进,和我在克利希广场加入的队伍一模一样。不过这支部队的两旁挂着烟斗和小气球,所有这一切都是射击的目标。而今我成了射击的目标,昨天如此,明天也将如此。我情不自禁地向劳拉喊道:

"劳拉,人家也向我开枪了!"

"走吧!"她回答说,"你尽胡说八道,费迪南,走吧,咱们要着凉的。"

为了避免泥泞,我们沿大路下山,走的是圣克卢王家大道。劳拉拉着我的手,她的手纤细柔和,但我仍一心想着山上模拟婚礼的锌板靶,尽管它们已经消失在林间的阴影中了。我竟忘记亲吻劳拉,再也控制不住自己。我心中感到很不是滋味儿。大概从这时开始,我的脑子翻腾得厉害,怎么也安静不下来。我们走到圣克卢桥的时候,天已经完全黑了。

"费迪南,你愿意到迪瓦尔饭店①吃晚饭吗?你很喜欢迪瓦尔

---

① 即迪瓦尔廉价饭店。巴黎有三十来家同名饭店,号称菜美价廉。

的饭菜。你可以换换脑子,那儿人总是很多的。除非你更乐意在我房间吃晚饭,你说话呀!"总之,这天傍晚她显得十分殷勤。

最后我们决定去迪瓦尔饭店。但我们刚坐下,我就觉得整个餐厅非常奇特:我们周围坐着一排排①的人,仿佛一边吃饭一边等着人家向他们发射子弹。我大声警告他们:

"你们大家快离开!快滚开!人家要开枪打死你们!把你们统统打死!"

人们赶紧把我送回劳拉住的宾馆。我到处看见同样的情景。巴黎兹宾馆走廊里来往的人仿佛都要遭枪杀,收款处的职员束手待毙,宾馆楼下那个家伙,即穿着天蓝和金黄两色相间制服的看门人也在等吃子弹,至于军人,闲逛的军官,将军,虽然没有看门人穿得漂亮,但制服笔挺,他们一概逃不出天罗地网,全是射击的目标。这可不是闹着玩的!我在大厅中央声嘶力竭地向他们喊道。

"人家要开枪了!人家要开枪了!你们统统快滚开!"

然后我冲着窗户向外大喊。我失控地大喊。人们大为震惊,议论纷纷。有人叹道:"可怜的士兵!"好心的看门人轻手轻脚地把我领到酒吧,让我喝点东西,我喝了一通之后,宪兵来找我,他们对我比较粗暴。在民族射击台也有宪兵,我亲眼看见的。劳拉亲吻我,帮助宪兵给我戴上手铐,把我押走了。

我病倒了,发高烧,神志混乱。据医院里的人说,我是吓疯的。这有可能。我们活在这个世界上,最值得做的事情莫过于离开这个世界,不是吗?疯不疯,怕不怕,无关紧要。

---

① 这类餐馆的座位是按火车厢的款式排列的。

六

此事节外生枝,一时议论纷纷。有人说:"这小伙子是个无政府主义者,干脆把他枪毙算了,正是时候,立即执行,不该犹豫,不要浪费时间。打仗就得像打仗!"但有的人比较耐心,他们希望我得了梅毒,真的发疯了。这样就可以把我关押到战争结束,或至少关押几个月再说。他们这些没有发疯的人,他们说他们的理智清醒,他们可以一边打仗,一边照料我。这证明让别人相信你有理智就得胆大包天。只要胆子大就行,什么事你都能办到,因为你有大多数人撑腰,而怎么样算发疯,怎么样不算发疯,正是由大多数人决定的。

然而对我的诊断是极其含糊的,因此当局决定观察我一段时间。我亲密的劳拉获准来看望我几次,我母亲也来过。除此以外没有人来看我了。

我们这些神经错乱的伤员被收容在伊西莱穆利努的一所中学里,专门把像我这样的士兵安置在这里进行观察。根据情况或用软的或用硬的手段让我们招供,以便鉴别我们的爱国理想是受到了毒害还是完全不中用了。人们对待我们并不坏,但我们感到时时刻刻受沉默寡言的护理人员的监视,他们的耳朵可长哩。

经过一段时间的监督之后,他们悄悄地被打发走,或送往疯人院,或送往前线,或经常送往刑场。

我一直暗自捉摸聚集在这不三不四的地方的伙伴中谁正在因说私房话而即将成为鬼魂。

女看门人住在校门口靠近铁栏的小屋里,她卖给我们麦芽糖、橘子和缝补衣扣的用品等。另外她还卖给我们欢快。她与低级军官交欢一次要十法郎。人人都可以去买欢快,但得提防在交欢时吐露真心话,否则就会付出昂贵的代价。你如果说了知心话,她便一五一十向主任医生作小汇报,那你的情况就进入军事法庭的档案。据可靠的说法,一个不满二十岁的北非籍下士,一个吞下铁钉制造胃痛的工程预备兵,一个说出在前线如何故意瘫倒的癔病患者,都是因为说真话让她搬了嘴而被枪毙的。一天晚上她试探我,建议去当有六个孩子的一家之主,她说他们的父亲死了,这样我就有调后方任职的借口,对我极有用处。总之,这是个堕落的女人。她干房事的本领很高明,所以我们常去,她给我们欢快。要说是婊子,她是名副其实的婊子。为了寻欢作乐,这种女人倒是需要的,这等骚货,有屁股当厨房,她的风骚如同好的调味汁必须加胡椒才能使味道更浓。

中学的楼房前面有一大片空地,夏天在树木的衬托下,流光溢彩。举目远望,景色宜人,气势雄伟的巴黎尽收眼底。每星期四探访的人在这块空地上等我们会见,劳拉也在他们之中,她按时给我带来糕点、香烟和忠告。

大夫每天上午查看我们,他们好声好气地向我们提问,但我们从来摸不透他们到底想什么,他们一直和颜悦色地在我们周围窥伺可判死刑的对象。

被观察的病人中有许多人比较容易冲动,受不了这种半死不活的氛围,平息不住激动的情绪,夜里睡不着觉,起来在宿舍里踱来踱去,高声地埋怨自己不该焦虑。他们在希望和失望之间挣扎,犹如攀附在峭壁上。他们日复一日地受着煎熬,终于某天晚上不能自已,一下子垮了,到主任医生跟前原原本本地招供了,从此再也见不着他们了。我也安静不下来,但我发现当自己软弱无力的时候,使你获得力量的办法是剥下你最害怕的人的画皮,让他在你的心目中名誉扫地。应当学会识破这些人的真面貌,他们在各方面比他们的外表要坏得多。这样你就解脱了,你就解放了,你就受到了保护,就会产生你意想不到的效果。你会感到自己变成另一个人。我们每个人身上都有两个人。

从此对你来说,他们的行为不再带有可耻的神秘色彩,因为这种色彩只能使你软弱和浪费时间。他们的滑稽戏根本不会给你带来快乐,对你的进步毫无裨益,不过是最下流的表演而已。

在我旁边的床上躺着一名下士,他也是自愿入伍的。八月以前在都兰地区一所中学当教员,他对我说他教历史和地理。参战几个月之后,这位教员变成了小偷,像他这样的人不乏先例。他一再偷罐头,从部队的辎重队,从后勤的运货车,从连队的储藏室,到处偷,一有机会就偷,而且屡教不改。

结果他像我们一样落到某级军事法庭的手里。不过他的家人执意说是炮弹使他变得糊涂、使他道德败坏的,预审法庭一个月一个月地推迟对他的审判。他说话不多,整天梳理大胡子,即便开口对我说话,几乎总是老一套,讲他如何想出办法不让妻子生孩子。他真的疯了吗?当世界上一切都是非颠倒的时候,当你讯问为何惨遭杀害而被认为是发疯的时候,把你看成疯子显然不费吹灰之力,不过总得使人相信才行啊。有些人为了避免粉身碎骨,确实动足脑筋,想出了绝招。

一切有趣的事情都在暗中进行,人的真实情况是不外露的。

这位教员叫普兰沙尔。他到底决定采用什么办法拯救他的颈动脉、左右肺和视神经呢?这是关键性的问题。我们人类要想严格保持人性和讲求实际,必须提出这个问题。但是我们远未思考这个问题便一头栽进荒谬绝伦的理想,踉踉跄跄,却口不离好战的和癫狂的陈词滥调。我们像被烟火熏黑的耗子,疯疯癫癫地一味想逃出着了火的船只,却缺乏总体的计划,缺乏人与人之间的信任。我们被战争搞得昏昏沉沉,结果患了另一种疯癫:害怕。这样就构成了战争的阴阳面。

由于我们的狂言乱语相同,这个普兰沙尔对我倒蛮和气,当然仍抱有戒心。

像我们这帮人寄住的地方,招牌写得一清二楚,我们的相处不可能产生友谊和信任。每个人拣对自己逃生最有利的形式表现出来,因为一切或几乎一切都被潜伏的奸细向上汇报。

我们之中时常有人消失,就是说他的事已定案,并呈交位于比里比的军事法庭审理,或把他派往前线,或送交克拉马疯人院更好地养起来。

出了问题的士兵陆陆续续地到来,各兵种都有,有很年轻的,也有几乎是老头儿的;有的噤若寒蝉,有的冒充好汉。星期四他们的妻子和亲戚来探望,其中有人还带着他们的孩子,孩子们个个眼睛睁得大大的。傍晚这帮人在会客室痛哭流涕。战争中的弱者聚到这儿来失声痛哭,直到妻儿老小探望结束离去后,在煤气灯照亮的昏暗的走廊里,还有人拖着脚步哼哼唧唧。他们是一群哭天抹泪的人,无用之辈,令人厌恶。

对劳拉来说,到这个监狱似的地方来看望我,仍旧是一种探险。我们俩从不哭哭啼啼,因为不知道把眼泪洒向何方。某个星期四劳拉问我:

"费迪南,你真的是发疯了吗?"

"真的!"我承认道。

"那么他们在这儿给你医治吗?"

"害怕是医治不了的,劳拉。"

"你怎么被吓成这副样子呢?"

"是的,劳拉,吓得魂不附体。是的,即使将来我自己会死,也不乐意别人现在把我烧掉。我希望人家把我留在地球上,腐烂在坟墓里,永远安息在坟墓里,以便等待复活,说不定啊!如果人家把我烧成灰烬,劳拉,你明白吗,那就完了,彻底完了。不管怎么说,一具尸骨还是有点像人的嘛,而烧成灰烬,那就完了!你是怎样想的,劳拉?你想想,战争……"

"哼!你是地地道道的懦夫,费迪南!你像一只耗子那样叫人厌恶。"

"对啦,是地地道道的懦夫,劳拉。我反对战争,反对战争的各个方面。我不替战争悲叹,我不对战争逆来顺受,我不为战争哭哭啼啼,我压根儿反对战争,包括所有卷进战争的人,我与他们毫不相干,我与战争毫无关系,即使他们是九亿九千五百万,而我是只身一人。他们错了,劳拉,我对了,因为只有我一个人知道我想要什么:我不想死。"

"但反对战争是不可能的,费迪南,当祖国危亡的时候,只有疯子和懦夫才反对战争。"

"那么疯子万岁!懦夫万岁!或更确切地说,让疯子和懦夫幸存下来吧!劳拉,你能记得起百年战争中任何一个牺牲的士兵吗?你是否设法打听过某个士兵的姓名,没有吧,是不是?你从来没有试过吧?他们销声匿迹了,无关痛痒了,不为人知了,不比你早上擦屁股的手纸更引人注目!你知道他们不是死得其所的吧,劳拉。我肯定告诉你,这些糊涂虫昏头昏脑地送了命。证据非常确凿!只有生命是可贵的。一万年以后,我敢向你打赌,这场我们看得了不起的战争将被忘得一干二净。会有那么十几个学者为它争吵不休,探讨这场战争最大的屠杀日期。人类有史以来只找到这些所谓可纪念的事情,无论相隔几个世纪,还是相隔几年,甚至几小时。我不相信未来,劳拉。"

当她发现我厚颜无耻到了何等地步的时候,觉得我不可怜了,丝毫不值得怜悯了,她认定我是可鄙的。她决定马上离开我:我太过分了。那天傍晚我把她送到收容所门口时,她没有向我吻别。

她坚决不能容忍一个注定死亡的人竟没有得到感召。当我向她打听又有许多人戴吊丧黑纱时,她没有搭理我。

我回到房间,发现普兰沙尔站在窗口对着煤气灯光试戴眼镜,旁边围着一圈士兵。他向我们解释道,在一次海边度假的时候,突然产生戴眼镜的念头。既然现在正是夏天,他决意白天在花园里戴眼镜。花园很大,到处有一队队警惕性强的护士监视。第二天,普兰沙尔一定要我陪他到花园平台试戴漂亮的眼镜。下午在阳光下他的眼镜片闪闪发亮,普兰沙尔显得十分精神。我注意到他的鼻孔两翼几乎是透明的,呼吸十分急促。他推心置腹地对我说:

"我的朋友,时间流逝,于我不利。我的良心并不感到内疚,谢天谢地,我不再畏缩不前了。在这个世界上,犯罪已经不吃香了,人们早就瞧不起了。引人注目的倒是不合时宜的事。我想,我干了一桩不合时宜的事,一桩不可救药的蠢事。"

"你指的是偷罐头吗?"

"是的,请想想,我自以为挺聪明,以为这样可以摆脱战争。用这种方式是可耻的,但保住了性命,回到和平环境有如在海里长久的潜泳之后浮上水面,筋疲力尽了。我差一点成功了。但战争实在拖得太久,随着战争的推移,人们对于玷污祖国的卑鄙下流的人再也不肯容忍。祖国欣然接受各种牺牲,不管来自何方的牺牲,只要是肉体,一概都接收。祖国在选择她的殉道者时变得分外的宽宏大量,目前只要能拿武器的,尤其能在枪炮下送死的人一概是称职的士兵。最新消息,人们要把我变成英雄啦。疯狂的屠杀要达到异乎寻常的剧烈,人们才会原谅偷罐头,我的意思是说,才会忘记偷罐头的事。诚然,我们习惯于每天欣赏欺世大盗,全世界为他们的富足而倾倒。我们稍微细心观察一下,就会发现他们的一生是漫长的、不断的犯罪,然而正是这些人享尽荣华富贵,有权有势。他们的滔天大罪受到法律的认可,而有史以来——你知道我为熟悉历史付出了代价——不管追溯到多么远古,我们都能发现轻微的小偷小摸,尤其偷吃极平常的食物,如面包、火腿或干酪之类,必然蒙受耻辱,遭到团体的唾弃,受到严厉的惩罚,立刻名誉扫地,一辈子也洗不干净。这有两个原因,其一,因为搞小偷小摸的人一般是穷苦人,而穷苦本身就意味着极大的丢脸;其二,因为小偷小摸的行为包含着对团体某种默然的指责。穷苦人的偷窃是个人进行的,是刁钻促狭的诡计,你明白我的意思吗?那么我们能得出什么结论呢?请注意,镇压小偷小摸在任何环境下都是十分严厉的,这不仅是保护社会的手段,而且主要是严肃地告诫所有的苦命人应当安分守己,听天由命,悠然自得地、高高兴兴地忍受死亡,世世代代地、无尽无休地忍饥挨饿,遭受贫困。迄今为止,在共和政体下小偷倒有一种好处,即被剥夺扛爱国武器的荣誉。但这种状况即将改变,我这个小偷从明天起将重新回到部队的岗位上。这是命令。上面决定不再提及所谓'我一时的迷途',请注意他们看在'我家庭的面子'上才把我的事一笔勾销。多么宽厚啊!我请问你,老弟,难道是我的家人像筛子似的去筛选法国和德国交火的乱飞子弹吗?不,我一个人去,难道不是吗?等我死后,我的家庭有了面子,但能使我复活吗?我现在就想象得出战争结束后我的家庭是怎么个样子,一如既往,我的家人在夏日的草坪上欢腾雀跃,每逢夏季晴朗的星期天他们总在那儿。然而在三法尺①的地下躺着我这个爸爸,湿淋淋布满了蛆,比七月十四日②的一公斤狗屎还臭,腐烂不堪,难以想象。为无名的农夫肥田,这便是真正的

---

① 法国旧长度单位,一法尺相当于325毫米。
② 七月十四日,是法兰西国庆节,时为盛夏。

士兵的真正的命运！瞧吧，老弟，我敢肯定，这个世界只不过是愚弄世人的巨大场所。你还年轻，但愿这几分钟的教诲对你将来有所裨益。好好听我说，老弟，再也不要小看处死的象征意义，我们的社会一切导致大量死亡的伪善无不披上这件漂亮的外衣：'同情穷苦人的命运，同情穷苦人的状况'。我告诉你们，一切小人物，过糊涂生活的人们，挨打受气的人们，被敲诈勒索的人们，你们听着，当大人物开始喜欢你们的时候，那就是他们要把你们当作炮灰了。这便是象征，永恒的道理。他们总以安抚开始。记忆所及，路易十四根本不把平民百姓放在眼里，路易十五是一路货色，视百姓如一屁股拉下的烂屎，更不在乎，那个时候确实民不聊生，再说穷苦人从来没有好日子过。但也不像今日之暴君这般顽固、这般猛烈地残杀百姓。听我说，小民百姓不会有安稳的日子过，只能受大人物的蔑视。大人物只有考虑到利害或虐待狂发作时才想到人民。哲学家们，趁我们头脑清醒的时候，请你们注意，是你们首先向平民百姓胡编乱诌的。平民百姓只懂得教理上的信条！哲学家们宣布要对平民百姓进行教育，揭示真理，字字珠玑的真理，诲人不倦的真理，闪闪发光的真理。百姓听得目眩神迷，恍然大悟，原来这就是真理，地地道道的真理！那么大家为真理而死吧！人民向来只求一死，生来如此。'狄德罗万岁！'人民喊道，'伏尔泰好样的！'哲学家们至少享受了'万岁'。百姓也喊卡尔诺①万岁，因为他是常胜将军。结果大家都万岁！所谓大家，指的是那些不让平民百姓死于愚昧无知和盲目崇拜的汉子。他们向人民指出自由的道路。他们解放人民！势如破竹。首先让大家学会读报！这是获救的必由之路！他妈的，火速进行！消灭文盲！公民人人皆兵！

---

① 卡尔诺(1753—1823)，法国将军、政治家和学者，大革命时期杰出的军事领导人，享有"胜利的组织者"的美称。

只有公民士兵投票,阅读,打仗,行军,亲吻!在这样的制度下平民百姓很快就变得聪明、成熟了。难道要求解放的热情不是很有用处的吗?丹东①不为鸡毛蒜皮的事儿费口舌,他慷慨激昂地发表几次演说,火药味儿很浓,现在还能闻得着,他转手之间把平民百姓动员起来了。首批狂热的放任者开始行动了!迪穆里耶②带领一帮吹喇叭举旗号的糊涂蛋首先冲入弗兰德找死,他自己参加这场理想主义的小游戏③已经太晚,鲜为人知,终因嗜钱如命,干脆当了逃兵。他是我们最拙劣的贪财鬼。当时不计较金钱的士兵还是新鲜事儿,完全是新鲜事儿,连歌德这样的人也感到耳目一新。他到达瓦尔米,一眼望去,遍地是无偿的士兵。这群乌合之众衣衫褴褛而充满激情,自动前来听任普鲁士国王屠宰,为的是捍卫史无前例的爱国假想,面对他们,歌德深感学海无涯,凭他天才的经验豪放地宣告:'从这天起一个新的时代开始了!'④怎么不是呢?以后由于制度极好,人们开始批量生产英雄,随着制度日臻完美,英雄越来越不值钱。大家都可以捞个英雄当当:俾斯麦,两个拿破仑,巴雷斯⑤以及女骑士埃尔莎⑥。旗的宗教很快替代了天的宗

---

① 丹东(1759—1794),法国大革命时期活动家。在外敌入侵时,发表了《为了战胜敌人,必须勇敢,勇敢,再勇敢!》的著名演讲。后因公开反对雅各宾派政府的革命恐怖政策,主张向英国干涉者求和而被处决。

② 迪穆里耶(1739—1823),法国将军,曾任国民自卫军首领,最后倒向大革命的对立面。

③ 在无政府主义者看来,法国资产阶级大革命只不过是一场理想主义的小游戏。

④ 参见歌德《联军入侵法国》一文,原文是:"我认为在这块地方,从这天开始,世界历史开始了新的时代。"

⑤ 巴雷斯(1862—1923),法国作家,著有《自我崇拜》三部曲,提倡有系统的自我修养、自我崇拜。

⑥ 出自皮埃尔-马克·奥朗的小说《女骑士埃尔莎》,后被改编成剧上演。书中的女骑士埃尔莎被作者杜撰的所谓苏联领导人捧为"共产主义的贞德",以鼓舞部队的士气,征服西欧。这是一部反共反苏的文艺作品。

教,天上的旧云早已被宗教改革驱散,浓缩到主教的肚皮里了。从前,时髦的狂热的口号是:'耶稣万岁!烧死异教徒!'但不管怎么说异教徒是自愿的,并且人数不多。而现在乌合之众多如牛毛,喊声震天:'把没心肝的家伙吊死示众!把没头脑的家伙吊死示众!''无辜的读者们,成千上万地向右看齐!'这些口号应运而生。不喜欢动武和屠杀的人被视为臭不可闻的和事佬,他们被抓走,被处磔刑,也被以各种各样打扮得花里胡哨的方式屠杀。为了教他们如何生活,首先要把他们的肠子从肚子里掏出来,把眼睛从眼眶里挖出来,让他们苟延残喘不得!让他们大批去送死,让他们戴上骑兵帽兜圈子,流血,如酸似的冒烟。这一切都是为了祖国变得更加可爱,更加快活,更加温柔。假如竟有下流痞子对这些至高无上的东西置若罔闻,那么他们只得自动和别人一起下葬,不,不能完全和别人一样下葬,只能埋在公墓的尽头,竖起耻辱的墓碑,写上'缺乏理想的懦夫'之类的碑文。这些卑鄙的家伙永远没有资格像体面的死者那样买到乡镇公墓中央通道两旁的坟地,无权安息在这里墓碑的阴影下,他们也没有资格聆听内阁部长言论行动的回音:部长大人有时星期天下来到省长家里撒泡尿,饭后到墓地慷慨激昂地发表一通演说……"

这时从花园尽头传来呼唤普兰沙尔的声音,主任医生让他的值班护士叫普兰沙尔赶紧去。

"我这就去!"普兰沙尔回答道,趁机塞给我他的演说稿,他刚才想用这篇演说打动我。一篇哗众取宠的奇文。

这个普兰沙尔,后来我再也没有见过他的面。他的知识分子弱点很突出:拘泥小节。他知道的东西太多,多得把他搞糊涂了。他需要杂七杂八的东西来刺激自己,帮自己下决心。他走的那天虽离现在已经遥远,但想起来,大花园四周的城关房屋仍历历在目。傍晚降临,慢慢把这些房屋吞没。树木在黄昏时好像显得越来越大,最后伸向天边,淹没在茫茫黑夜里。

　　我从未设法打听他的消息,不知道他是否真的"消失"了,虽然一再听到这么说。最好还是让他消失吧。

七

我们怒气冲冲的和平就已为战争播下了种子。

只要看看奥林匹亚饭店①骚乱的情景,就不难猜测歇斯底里的情绪意味着什么。长长的地下室玻璃舞厅里人们顿足乱舞,灰尘飞扬,响彻着绝望刺耳的黑人、犹太人、撒克逊人的杂凑音乐。大不列颠人和黑人的混血儿,地中海东岸人和俄国人的混血儿,比比皆是,坐满了深红色的沙发,他们军人打扮,不可一世,大叫大嚷,但忧郁伤感。这些如今开始被人遗忘的军服其实仍是祸根,这种春风吹又生的东西只有等到将来才会断根绝种而变成肥料。

我们每周到奥林匹亚乐园寻求几个小时的刺激,然后成群结队去看望埃罗特太太。她经营日用布制品、手套、书籍。店铺开在狂舞的牧羊女后面的别列津纳巷②,现已不复存在。那时小狗们常常由妞儿牵着来这里行方便。

我们来这里瞎碰运气,专求遭到全世界愤怒谴责的欢乐。我对这种欲望感到羞愧,但还是厚着脸皮来了。舍弃交欢比舍弃生命还困难。在这个世界上人们或为杀害或为热恋而消磨时光,两者是并行不悖的:"我憎恨你!我热爱你!"我们自卫,我们自立,

---

① 奥林匹亚乐园(巴黎九区戈马丹路6号)包括一座戏场、一间舞厅和一家饭店,总称为"奥林匹亚饭店",生意兴隆。

② 该巷是妓女出没的地方,后扩建成街道。"狂舞的牧羊女"是巴黎一家有名的夜总会。

我们关心下个世纪两足动物的生活,为之狂热地、不惜代价地操心。好像继往开来是极其令人愉快的,好像这样我们就会永垂不朽,说到底,渴望拥抱犹如搔痒那样不可抑制。

我的神经健全多了,但军人地位颇捉摸不定。人家允许我不时进城。卖给我们日用布制品的老板娘叫埃罗特太太。她的额头很低,非常窄小。你起初站在她面前会感到不舒服,但她的嘴部笑容可掬,极其丰满,很有魅力,能把你勾引住。她口齿伶俐,滔滔不绝,性欲旺盛,给人留下难忘的印象。在这些特点的掩盖下藏着种种简单的、贪婪的、纯商业的意图。

靠着盟军,尤其靠着她的肚子,她在几个月内发财了。应当说明,前一年她因患输卵管炎被切除了卵巢。生殖腺切除给了她自由,使她发迹。女性的这种淋病往往使女人因祸得福。一个女人成天担心怀孕是一种变相的残废,决不会有多大出息。

我想,年老的和年少的男子也认为某些书店兼日用布制品女商人店铺后间很容易找到交欢的对象,而且破费不大。这在二十年前确实如此,但后来很多事情行不通了。尤其这些叫人高兴的事情不时兴了。盎格鲁-撒克逊的清教主义日益使我们性枯竭,商店后间即兴的下流事几乎消失了。现在干这类事的结果要么结婚,要么挨罚。

埃罗特太太巧妙地利用最后许可的机会,廉价出卖站着相好。一个无所事事的拍卖估价人某星期天经过她的商店,走了进去,后来就待下来了。此人有点年老痴呆,成天痴嘿嘿的。他们静悄悄过着美满的日子。报纸虽然在发疯似的大喊大叫为祖国作最后的牺牲,人们却照样生活,按部就班,老谋深算,甚至比任何时候更加诡计多端。这便是局势的表面和背面,正如奖章的正面和反面、白日的阳面和阴面。

这个拍卖估价人替他消息灵通的朋友们把资金投放到荷兰,

自从他们也与埃罗特太太成为知己之后,也为她经办商业了。她销售的领带、乳罩、内衣很能招揽男女顾客,并能吸引顾客常来。

国内外许多人慕名而至,在小窗帘粉红的影子下聆听老板娘娓娓而谈。她口若悬河,丰满的身躯遍洒香水,香得叫人晕乎乎的,连老肝炎病号也会飘飘然放肆起来。埃罗特太太面对杂七杂八的众人能保持清醒的头脑,从不吃亏,首先要有赚头,从她感情的出卖中得到好处;其次她引线搭桥也能获利。她凭三寸不烂之舌,论长道短,含沙射影,背信弃义,或搭成或拆散一对对鸳鸯,而她一概干得兴致勃勃。

她不断设想各种悲欢离合,操纵着人们的感情生活。这样她的生意越做越红火。

普鲁斯特①过着半幽灵式的生活,极其顽强地沉浸在上流社会无尽无休的繁文缛节之中:拘泥礼仪的上层人士头脑空虚而想入非非,寻欢作乐而优柔寡断,一心期待他们的华托,慢条斯理地寻找未必有的爱情岛②。然而埃罗特太太出生民间,心眼儿实在,踏踏实实地满足原始的欲望,既简单又具体。

世人之所以如此凶狠,大概因为受苦太深,而从停止受苦到变得和善需要很长的时间。埃罗特太太在物质上和情欲上的发迹并没有减弱她的好胜心。

她不比周围大多数小商人更狠毒,但尽心竭力向你表示她并不亚于他们,因而引人注目。她的铺子其实是一个接头点,进入华贵世界的暗门侧道。我当时还没有涉及其间的奢望,只是冒冒失失地闯进去一回,但很快被驱逐出来,弄得狼狈不堪。这是第一

---

① 普鲁斯特(1871—1922),法国著名作家。
② 华托(1684—1771),法国画家。擅长画寻欢作乐的场景。1717年他进法兰西学院的入院画是:《乘船去爱情岛》。多数作品描绘贵族的闲逸生活,画中多裸体,人物带有沉思忧郁的表情,反映出贵族精神上的空虚。

次,也是惟一的一次。

巴黎富人聚居的几个区连成一片,顶端是卢浮宫,凸出的圆形边缘止于欧特约桥和泰纳门之间的树林。这是巴黎城的精华,一块美味的夹心蛋糕,其余部分则是贫困和糟粕。

初进富人区,并不觉得它与其他区有多大的差别,至多街道比较干净一点,如此而已。要涉足富人家的宅院,领略其内里,得碰运气或有私交。

通过埃罗特太太倒可以深入这片保护区,因为阿根廷人①经常从富贵区下来到她的铺子添置衬衫衬裤,逗弄她精选的女顾客。是她特意吸引来这批女朋友:有的是演员,有的是乐师,个个姿态娉婷,雄心勃勃。

我对其中的一个女子着了迷,而可奉献给她的只有我的青春。这个圈子里的人管她叫小缪济娜。

别列津纳巷里大家彼此都认识,这条巷夹在两条街当中,铺子连着铺子,年深日久,就像巴黎城中的一个小外省。人们互相窥伺,你诽谤我,我糟蹋你,胡说八道地进行人身攻击。

但对于生活必需品,战前的商人斤斤计较,事事凑合,勤俭度日。店主们生活的清苦从多方面显示出来。例如冬天下午四点天色就开始暗淡,他们只得借助煤气灯照亮门口的摊子,自己却待在半明半暗的铺子里,天天如此,辛苦得很。他们这般龟缩着倒别有一种气氛,很适合处理微妙的需求。

许多铺子由于战事,不管怎么挣扎,已濒于破产,但埃罗特太太的铺子靠着年轻的阿根廷人、退伍军官的光顾以及那位拍卖估价人的咨询却生意兴隆,蒸蒸日上。这引起了周围众人的议论,措辞可想而知是十分难听的。

---

① 指侨居法国的富有的阿根廷人。

举例说吧,就在这个时期,112号有名的糕点商因为总动员突然失去了漂亮的女顾客。当时马被征用得一干二净,而戴长手套的品尝常客没有马车代步是不会走着来的。她们从此再也不来了。又如乐谱精装师桑巴纳,一直憋着性欲,突然控制不住自己,竟与某个士兵搞鸡奸。一天晚上丑行败露,造成无可挽回的损失:一些爱国者告他是间谍,他不得不关门大吉。

相形之下,26号的埃芒斯小姐原本可以应付有余:她专门经营橡胶日用制成品,不管见得了人或见不得人的东西,但因货源不足,困难重重,"避孕套"要从德国搞来啊。

总之,惟有埃罗特太太的铺子兴旺发达,当时正处在日用细布制品大众化的新时期前夕。

当时铺子之间互投匿名信,互赠秽言脏语。埃罗特太太喜欢给大人物写淫秽的匿名信取乐,她老于此道,其出手不凡的气度正是她个性的主要组成部分。例如,她给总理的信中直言不讳地说他当上了乌龟。她还借助词典用英语给贝当元帅写了一封信,使他暴跳如雷。如何对待匿名信呢?水淋羽毛湿不透:埃罗特太太每天收到一摞未署名的信,我敢肯定都是些不堪入目的东西。她念后若有所思,惊讶地待上十来分钟,然后很快恢复常态。不管人家怎么说,不管人家说什么,她始终如一,毫不动摇,因为她的内心世界没有给怀疑、更没有给真理保留任何位置。

在埃罗特太太的女顾客和受她保护的女人中,有许多小艺人,她们身上穿的裙子抵不上欠她的债。埃罗特太太对她们谆谆告诫,一视同仁。她们全长得十分秀丽,我特别感到缪济娜姿貌出众:真正的音乐小天使,可爱绝顶的提琴师,脱俗大雅的美人儿。她的行动印证了我的感受。她一心想脚踏实地取得成功,决不宽容想入非非。我认识她的时候,她在多艺剧院混饭吃,演演小节目,极其可爱的小节目,典型的巴黎小剧,现已完全被人遗忘了。

她带着提琴上台,伴有抑扬顿挫的诗文朗诵,好像是即兴的序幕,形式可爱而富于变化。

我对她钟情之后,时间紧张得不得了,经常拼着命从医院赶到剧场出口处。何况除我之外等候她的不乏其人,陆军士兵争先恐后地讨好她,航空员也不甘落后,而且比较能得到她的青睐,但叫人心醉神迷的缪济娜总是无可争议地跟着阿根廷人走,于是大兵们纷纷到阿根廷人的商店买熟肉,新老顾客络绎不绝,这是和自然的力量成比例的。小缪济娜大大利用了这些有利可图的日子,她完全做得对。如今那些阿根廷人已经消失失势了。

我不懂得诀窍,所以处处受挫,事事失败:女人、金钱、思想,总是受骗当乌龟,落得个郁郁寡欢。现在每两年左右如同碰见大部分熟人那样,我也偶然碰见缪济娜。每隔两年相遇,这正是我们所需的时间,我们能一眼看出对方脸上增添了难看的痕迹,哪怕对方春风满面也能看得出来,有如本能的反应决不会弄错。

乍一见面尽管犹豫片刻,但很快看准对方脸部的变化就接受了:整体的脸庞由于不协调感的增加而变得难看了。我们不得不承认两年的时光缓慢地加深了皱纹,增添了漫画的色调。接受时光给我们塑造的肖像意味着我们完全承认没有走错道路,就像初看到一张外国钞票不敢拿那样。我们不约而同地走上正道,又走了两年不可避免的大道,进一步通向腐烂的大道。如此而已。

缪济娜每当偶然遇见我,我那变得粗糙的脸使她感到害怕。她好像要躲开我,避开我,绕过我,执意不肯正视我。显而易见,她觉得我难看,岁月催人丑,而我也知道她的年龄,多少年来她尽管竭力掩饰,却绝对逃不过我的眼睛。她面对我的人生有如看到丑八怪那样感到局促不安。她是那么的文雅,很不好意思在内心向我提出笨拙的、愚蠢的问题,好像被人抓住了什么错处。女子具备仆人的禀性。但缪济娜也许只凭想象产生了这种厌恶,而不是凭感受产生的,这是我对自己的安慰。我也许故意向她暗示我变得丑陋不堪。我也许是这方面的艺术家。为什么丑不能像美那样具有艺术价值呢?不言而喻,这是一种需要耕耘的体裁。

我长期以为缪济娜是个小傻瓜,其实这是失意者的虚荣之见。读者知道,战前我们比现在的青年人无知得多,狂妄得多。我们对世界的一般事物简直一无所知,总之头脑很不清醒。那时候像我这类糊涂虫比今天的小伙子更相信荒谬透顶的事。爱上美貌出众的缪济娜,我以为能从中吸取无穷无尽的力量,尤其能赋予我所缺乏的勇气,这一切仅仅因为我的心上人是那么的美丽,那么富有音乐才华。爱情好比烈酒,我们越是酩酊和无力,越以为自己聪明和有力,越确信自己有特权。

埃罗特太太身为众多为国捐躯英雄的亲戚,出门必戴重孝。况且那位拍卖估价员嫉妒心颇重,她干脆很少外出。我们经常在她铺子后间的餐室聚会,随着生意的兴旺,这间屋子洋溢着十足的小沙龙气派。我们来这里交谈,娱乐。在煤气灯下我们彬彬有礼,正襟危坐,谛听小缪济娜弹钢琴。她弹的古典乐曲使我们悠然神往:由于令人忧伤的时局,她只演奏古典音乐。下午我们围着拍卖估价员肩并肩地坐在一起,借用音乐的魅力抚慰我们的隐秘、畏惧和希望。

埃罗特太太新雇佣的女仆非得想知道我们当中的一些人究竟决定在什么时候与另一些人结婚。她家乡不作兴自由同居。所有这些阿根廷人、军官、到处搜索的顾客叫她成天提心吊胆。

缪济娜越来越受到南美顾客的纠缠,分不开身。我由于老去这些南美先生府邸的配膳室等候我的心上人,终于与他们的下人混得很熟,对每家的灶间厨房了如指掌。况且这些先生的随身男仆把我当作为妓女拉客的人。久而久之,大家以为我是拉皮条的,包括缪济娜自己,甚至我猜埃罗特太太铺子的全部常客都以为我是干这一行的。我毫无办法洗刷。再说迟早总要让人家把你归个类吧。

我从军事当局获准延长两个月的病后假期,甚至听说让我退役。我和缪济娜决定一起住到皮扬库尔去。实际上她是让我中圈套,因为她可以推说我们住得远,尽量少回家,总能找得到新的借口留在巴黎城里。

皮扬库尔的夜晚是安谧的,不时被飞机和飞艇的警报所骚扰,警报幼稚得很,要不然城里人还没法为他们的胆战心惊辩护哩。夜幕降临,我一边等着情人,一边散步,一直走到格雷纳尔桥。那里的地铁从桥墩到桥面形成巨大的阴影,悬挂着念珠似的灯泡在夜空中闪闪烁烁。这个钢铁的庞然大物仿佛猛地陷进帕西河滨路高楼大厦的侧面。

城市里总有像这样的角落,丑陋不堪,去那里的人几乎都是身只影单的。

缪济娜末了每星期只回一次我们这个所谓的家。她越来越频繁地到阿根廷人的邸宅给歌女伴奏。她本可以到电影院演奏①赚钱度日,这样我找她比较方便。但阿根廷人性格活泼,付的钱多,而电影院阴暗不欢,付的钱少。生活总往高处看,择其富而从之。

更倒霉的是成立了军队剧团。缪济娜转眼之间跟国防部里的许多军官搞上关系,越来越经常去前线为我们的小士兵排忧解闷,一去就是整整几个星期。她在部队里演出奏鸣曲和柔板乐曲。军官坐前排,士兵坐搭成阶梯的后排。参谋部的军官坐在最佳位置上,观赏她的大腿。坐在长官后面阶梯上的士兵们只能欣赏婉转悦耳的旋律。演出后她在军区旅馆度过的夜晚必定是错综复杂的。一天她从部队回到我身边时,高兴得忘乎所以,因为获得了一

---

① 二十世纪初叶的电影是无声的,常有乐队伴奏。

份英雄证书,是由我们一位大将军亲自签发的,非同小可啊!这份证书是她功成名遂的起点。

消息在阿根廷侨民中传开后,缪济娜声名鹊起。大家热烈地祝贺她,着迷似的喜欢她。是啊,去过战场的小提琴手是那么的妩媚,那么的娇嫩,头发鬈曲得那么的可爱,是个女英雄啊,从此对她更加刮目相待。这帮阿根廷人吃了人家的饭心中还记着,对我们的大将军们一向格外钦佩。现在我的缪济娜回到他们身边,持有货真价实的证书,她美丽的小脸蛋、立过功的纤细灵巧的手指更叫他们倾倒,他们竞相宠爱,唯恐不及。英雄的诗篇畅通无阻地激励着没有去打仗的人们,尤其使靠战争发财致富的人们激动不已,这是合乎情理的。

哎!这样令人喷饭的英雄主义简直叫人手瘫脚软。里约热内卢的船主们把自己的姓氏和股份献给美人儿,因为缪济娜使法国的尚武精神富于女性色彩,这对他们大有用处。但应当承认她创作了一组着实迷人的节目,反映战场小事,生动活泼,犹如一顶俏皮的帽子,别有一番情趣。她那恰到好处的意识常常令人叫绝。看她演出,我得承认,相形之下我只不过是个装疯卖傻的吹牛大王。她天才地善于使她的创作赋有并保持某种远景的戏剧性效果,既可贵又深刻。我突然意识到我们这些战士其实是无聊之辈,又粗又浅,犹如浮云朝霞,瞬息即逝。我的美人儿则为流芳百世而努力,孜孜不倦。应当相信克洛德·洛兰说的话①,画面的近景总是令人厌恶的,艺术要求把作品的中心放在远景,放在不可捉摸的部分,因为这是虚构的隐藏处,梦幻的庇护所,世人惟一的钟情。女子善于抓住我们可悲的禀性,很容易成为我们爱慕的人,我们不

---

① 克洛德·洛兰(1600—1680),法国画家。他的画特别重视远景,二十世纪二十年代多次裱新展出。但这里的一番话似乎是主人公的观后感,并非出自洛兰之口。

可缺少的、至高无上的希望。我们依恋着女子,期待女子替我们维护自欺欺人的存在理由。在履行这一光辉的使命期间,女子可以把生活料理得舒舒服服,使你不愁缺钱。缪济娜本能地抓住了这个机会。

阿根廷侨民住在泰纳区,尤其聚居在布洛涅森林附近,独家独户的小楼房光彩奕奕,四周围栏严实,隆冬时节,气氛依然暖洋洋的。踏进这个街区,你的思想会豁然开朗,不知不觉欢乐起来。

我正处在战战兢兢、懊恼不已的时候,却尽干蠢事:尽可能常去配膳室等候我的女伴,这在上面已经提到,有时候一等就等到天亮。我尽管困倦,但妒火中烧,眼睛硬睁着,也靠白葡萄酒支撑,他们的下人倒不限制我的酒量。但敝人却很少见到阿根廷主子们,只听到他们的歌声、他们嘎嘣脆的西班牙语和连绵不断的钢琴声,听得出钢琴声大部分时间不是出自缪济娜之手,是别人弹的。那么下贱的女人这么长的时间她的手干什么去了?

当我们清晨在门口相遇时,她看到我便做个鬼脸。我那时候像畜生似的死心眼儿,盯着我的美人儿不放,有如衔着一根骨头怎么也不舍得扔掉。

人们往往因屡干蠢事而荒废大部分青春。那时显而易见我的心上人会完全抛弃我,而且会很快抛弃我。但我还不懂人世间分隔成两种人,一种是富人,一种是穷人。我像许许多多人一样,花费了二十年并且经历了战争才学会安分守己地待在我自己的类别里,才学会先问问代价再接触人与事,尤其是需要依恋不舍的人和锲而不舍的事。

我在配膳室和陪伴我的邸宅下人们喝酒取暖的时候,并不懂得在我头顶上跳舞的阿根廷天皇老爷也可以是德国人、法国人、中国人,哪国人都无关紧要,富翁就是天皇老爷。应当这么去理解才对。他们在上面有缪济娜做伴,我在下面孤苦伶仃。缪济娜严肃地考虑她的前途,她自然乐意把她的前途跟一个天皇老爷联系在一起;我也在考虑我的前程,但头脑是发昏的,因为我内心时刻担忧在战场上被打死,害怕在后方饿死。我既是缓刑的死者又是情种。这不完全是噩梦,就离我们不远嘛,在不到一百公里的地方,几百万人,英勇善战,装备精良,训练有素,虎视眈眈地等着我了断;法国官兵也等着我算账,要剥我的皮抽我的筋,假如我不心甘情愿让对方的人炸成血淋淋的碎片。

对穷人来说,这个世界上有两大类不同的死法,或者死于你的同胞在和平时期对你漠不关心,或者死于你的同胞在战争时期嗜杀的激情。如果人家想到你,那是想折磨你了,莫不如此。这些浑蛋只在我们流血牺牲时才对我们产生兴趣。普兰沙尔对这一点说得完全正确。当你被送去屠杀的时刻已迫在眉睫,哪能对前途左思右想?只想在所剩无几的日子里爱一场,因为这是暂时忘却身躯的惟一的办法,很快你的皮肉就要被活剥得干干净净。

当缪济娜避开我的时候,我还自诩有追求的人,这便是人们通常说的,人皆有说大话的低下本能。我的休假期快满了。报纸大张旗鼓地动员参军,当然首先动员那些没有后台的人。官方的口径是,同心同德赢得战争。

缪济娜和劳拉一样,非常希望我火速返回前线并且总待在那里。由于我表现出迟迟不肯动身的样子,她决定粗暴地促进一下,这可不是她的行事作风。

一天傍晚,我们例外地一起回皮扬库尔。突然消防队员吹起喇叭,沿街通告。我们楼的人上下一起奔向地下室,以示对某架飞艇的敬畏。

这里一有风吹草动,整个街区便惊慌失措:大家穿着睡衣,拿着蜡烛,吵吵嚷嚷地钻进地洞,躲避几乎完全子虚乌有的危险。可见人无用到何等令人不安的地步,时而是惊弓之鸟,时而是自命不凡而听凭宰割的绵羊。如此这般的不坚定真令人可怕,就连最耐心、最顽强的博爱众生者也会望而却步、灰心丧气的。

第一声喇叭警报便使缪济娜忘记了不久前她曾在部队剧团被视为英雄。她坚持要我陪她钻进地道,钻进地铁,钻进下水道,钻进地下什么地方都行,只要能躲避,钻得越深越好,而且刻不容缓。看着老老少少一起出动,无论浅薄轻浮的住户,还是道貌岸然的房客,一概几级一跨地下楼梯,奔向救命的洞穴,我反倒不在乎起来。怯懦或勇敢,没有多大差别。同样一个人在别处是英雄,在这里却是狗熊,并不比在别处想得更多。一切与赚钱无关的事完全被置之度外,一切与生死攸关的事又来不及考虑,只要保命,横竖怎么都行。人只懂得赚钱和演戏。

缪济娜看我不依,抽泣起来。邻居们催我们跟他们一块下去,我这才勉强同意。至于选择哪家的地下室,大家议论纷纷,肉铺老板的地下室有人坚持说最深,是整幢楼各商店的地下室中最深的,所以去的人最多。刚到门口,一股呛人的气味扑面而来。我对这种气味太熟悉了,一闻立刻受不了。我问缪济娜:

"缪济娜,你要下去与挂在吊钩上的肉做伴吗?"

"为什么不呢?"她回答道,显得十分惊讶。

"我不下去,"我说,"我一想起来就不好受,我宁愿回楼上去。"

"你这就走吗?"

"是的,等警报解除后,你来找我吧。"

"可能要好久呀。"

"我情愿在楼上等你,"我说,"我讨厌看见肉,警报很快会解除的。"

房客们待在各自的小室躲警报,互相寒暄,十分热闹。有些姗姗来迟的夫人穿着浴衣,大大方方、不慌不忙地来到气味难闻的穹形地下室。肉铺老板和老板娘连忙上前迎接,并对室内低温表示歉意,解释道为使肉类保鲜,不得不特意把温度降下来。

缪济娜跟大家一起钻了进去。我在楼上家里等她。一整夜,一整天,一整年过去了,她始终没有来找我。

从这个时期开始我越来越不知足了。我的脑袋瓜里只想着两件事:逃命和到美国去。逃避战争早就是我的打算,弄得我成年累月坐立不安。

"大炮!人员!弹药!"这是爱国者所要求的,多多益善,从来没个够。据说,可怜的比利时和无辜的阿尔萨斯如不从日耳曼桎梏下摆脱,国无宁日,大家睡不着觉。人说,国难当头,我们最优秀的分子感到压抑,呼吸困难,吃不下饭,无心性交。但是幸存者们看上去并没有因此而停止做买卖。可以说,后方士气高昂。

应当尽快重返我们的部队。但我经过体格初查后被确定虚弱,远够不上标准,太瘦,神经质,应当转医院。一天早晨,我们一行六人离开兵站,三个炮兵和三个龙骑兵,作为伤病员去找一个地方重振失去了的勇气,恢复迟钝了的反应,修复断裂了的胳膊。我们像当时所有的伤员一样首先到慈谷军医院体检。古堡式的中心大楼显得大腹便便,却十分庄严,四周树木茂盛,枝叶扶疏,可是室内走廊里充满公共马车味儿:脚臭、麦秸和油灯臭混合在一起。如今臭味早已消失,大概永远消失了。我们在慈谷军医院没有待多久。两位主管军医瞧了我们一眼,狠狠训斥我们一通。他们身子单薄,忙得不可开交,但仍照章办事,扬言把我们送交军事法庭,结果我们被其他的行政管理人员轰了出来。他们说没有床位安置我们,含糊其辞地说了一个地方让我们自己去找:城外某个地方的一座棱堡。

于是乎我们一行六人瞎找瞎碰,到处打听,从酒吧到咖啡馆,喝了苦艾酒又喝奶油咖啡,为的是寻找新的庇护所,专治我们这类无能之辈。

我们六人中只有一个有一点点财产,全部放在一个锌制的饼干盒里,其商标是佩尔诺,当时很有名气,现在不听说了。这个伙伴在盒里藏着香烟、牙刷等。我们笑话他居然刷牙,当时很少有人像他这样保护牙齿。由于他这种不寻常的讲究,我们便说他是"同性恋者"。

几经周折,我们终于半夜三更到达比塞特尔棱堡,路堤上漆黑一片,但还是认出"四十三号",找到了。比塞特尔棱堡刚修葺一新便接待轻伤病员和孤寡老人,连花园还没有整修完毕呐。

我们到达的时候,军人接待所事实上除女看门人外还没有病号。那天夜里雨下得很大,女看门人听到我们叫门,非常害怕,但我们立即伸手摸她的性感部位,弄得她忍俊不禁。她说:"我以为是德国人呢!"我们回答:"德国人远着哩!"她不安地问:"你们得的是什么病?"我们一个炮兵逗她:"全身是病,但鸡巴是好好的。"没错,这是典型的俏皮话,女看门人十分喜欢,这才放下心来。这座楼堡里还有一些公共救济事业局安置的老人跟我们一起寄住,为此紧急新建了一些玻璃楼房,打算把他们像昆虫似的一直收养到战事结束。周围的山坡分割成狭小的块块,在一排排摇摇欲坠的小棚屋之间有一堆堆的土,因为水土流失,显得很不整齐。在一些小棚屋周围稀稀拉拉长着一些莴苣和红皮白萝卜,我们不知道为什么鼻涕虫倒了胃口,给主人面子而口下留情。

我们的医院开头几个星期十分干净,样样东西全是新的,要赶紧亲眼目睹一下,因为我们国人根本没有审美感,不懂维护,把什么都搞得肮脏不堪。我们在一些铁床上随便乱睡。房子刚修好,还没有安电灯,但借着月光看得出一切都是新的。

第二天我们醒来,新主任大夫前来自我介绍,他十分高兴认识我们。从外表看他非常热情。他刚晋升为四条线军衔的军医,心里高兴不在话下。再说,此公的眼睛英俊出众,目光温和,神情超凡。他大大利用自己的眼睛使四个义务工作的漂亮护士心荡神驰。她们围着主任医生百般献殷勤,竞相做媚态,牢记他的指令,句句照办。他刚跟我们接触便把握住我们的精神状态,并直言相告。他态度随和,亲热地抓住我们当中一人的肩膀,慈祥地摇摇,用安慰人的声音向我们宣讲规定,给我们描绘捷径,以便我们早日愉快地再去碰得头破血流。

他们简直全是一个模子出来的,不管来自何方,只想着这件事,否则就会浑身不舒服。这成了新的恶习。主任大夫唱起高调:"朋友们,法兰西信任你们。法兰西是个女人,最美的女人。啊,法兰西!她指望着你们的英雄气概!她遭到最卑鄙、最可恶的侵略,有权要求自己的儿子们报仇雪耻。啊,法兰西!她有权要求恢复领土完整,哪怕付出最巨大的牺牲。啊,法兰西!至于我们,我们将在这里履行我们的职责,而你们,我的朋友们,请履行你们的职责吧!我们的学问属于你们,我们的学问就是你们的学问!一切科学资源都为你们的康复服务!也请你们表现出最大的诚意吧!我知道,你们已经向我们表示了诚意!但愿你们不久重返自己的岗位,跟你们亲爱的伙伴们肩并肩地在壕沟里战斗!你们的岗位是神圣的!为保卫我们心爱的领土而奋斗吧!法兰西万岁!前进!"他善于向士兵演说。

我们站在床边,摆出立正的姿势,洗耳恭听。漂亮的护士们簇拥着他,其中一位褐发姑娘听着这番宏论,情绪激动,不能自已,几滴热泪不禁夺眶而出。她的同伴们立刻热心相劝:"亲爱的!亲爱的!我向你保证,他一定会回来的,请别这样!"

护士中一位矮矮胖胖的金发姑娘是她的一位表姐妹,安慰工作做得最好。矮胖姑娘扶着褐发姑娘的胳膊从我们旁边经过,悄悄对我说,她这位漂亮的表姐妹想起了最近到海军服役的未婚夫心里不好受,支持不住了。热情的大夫主任感到为难,设法缓和因他慷慨激昂的简短演说而引起的崇高而悲壮的情绪。为此他局促不安,感到对不住她。一颗卓尔不群的心每每愁绪复起就会痛如刀割,自然十分悲怆感人,引起同情和怜爱。金发姑娘轻声对主任大夫说:"早知道会这样,我们就事先给您打招呼了。您不知道,他们相亲相爱到何种程度啊!"护士们和大夫主任边聊边离开病房,在走廊里继续悄悄地交谈,再也不管我们了。

我回顾着、推敲着明眸灿烂的人刚才那篇简短的演说,但重温他那番讲话一点儿也不感到忧伤,反倒觉得他的话入木三分,使我不想去死。伙伴们也同意这个意见。但他们不认为除此以外,他的话有什么挑衅和侮辱的意思。他们不像我对周围生活所发生的事那样刨根问底。他们只隐约看出几个月来人们的狂热日盛一日,难以收拾;我们的生存没有保障,什么都不稳定。

在这所医院里,如同弗朗德勒平原的茫茫黑夜,死神同样折磨着我们。死亡同样不可挽回,只不过从远处威胁我们罢了。一旦行政当局关照你单薄的身子骨儿,那就意味着要把你扔给死神了。

这儿,人家并不叱责我们,说话和和气气的,从不跟我们提起死神,但我们的死期已明明白白地确定了,包含在有我们签字的每份文件里,包含在对我们采取的每项措施中:奖章,护腕,哪怕最短的休假,随便一次忠告……我们感到被计算,被监视,被编号,以备明天被派往前线。那么很自然,周围所有的民政医务人员跟我们相比要轻松愉快得多。这些不要脸的女护士不会和我们同命运共呼吸,她们一心想着长生不老,一心想着闲情逸致地游逛,一心想着成千上万次做爱。这些天使个个都死守自己会阴的小算盘,暗自寻找做爱的对象,而我们则要葬身在某处的烂泥里,天知道怎么个死法。

届时她们会温情脉脉、感叹万分地追忆往事,从而显得更加妩媚动人,她们会激动地回顾战时的悲惨,怀念亡灵,也许在傍晚时分想起我:"你们记不记得小巴达缪,就是那个很难治好咳嗽的小伙子?那时候他的精神状态可不好啊,可怜的小伙子,你们知道他后来怎么样了?"几声富于诗意的惋惜说得恰到好处,在一个女人,宛如溶溶月光下的几缕蓬松的头发,格外显得迷人。

  从现在起就应当领会隐藏在她们每句话和每次关照背后的意思:可爱的军人,你去死吧,你去死吧。这是战争嘛。各人有各人的生活,各人有各人的作用,各人有各人的死亡。我们虽说和你同舟共济,但不和任何人一起死亡。一切都要有益于身心健康,保证娱乐,不多不少。我们是壮实的姑娘,美丽,庄重,健康,富有教养。对我们来说,一切场面都要安排得快快活活的,一切都得是快乐的,这叫自动生物学。这样才能确保我们的健康。愁肠寸断,伤心惨目,我们是受不了的。我们需要刺激,除了刺激还是刺激。小兵们,你们很快将被人遗忘。乖一点吧,快去死吧,但愿战争早日结束,我们可从你们的军官中挑个殷勤的跟他结婚,最好是褐色头发的!但愿爸爸常挂在嘴上的祖国与世长存!战争结束后爱情该多么美好啊!我们年轻的丈夫将荣获勋章,将出人头地!你们哪个小兵要是有幸活下来,那么在我们结婚的大喜日子里来为我们的丈夫擦漂亮的皮鞋吧!难道你们不为我们的幸福高兴吗?

  主任大夫后面总跟着一群女护士,天天早上我们和他见面,听说他是一位学者。近旁收容所的老人经常到我们病房这边来,他们步履蹒跚,一瘸一拐,却偏偏到处转悠,乱窜病房,咧着满是蛀牙的嘴散布流言蜚语,说长道短,一味播放陈谷子烂芝麻。这些老年工人被迫幽居在公家办的贫民所里,有如山羊深深圈在邋遢的围栏里成天拱粪便,嘴里自然不会干净。他们由于长年累月受奴役,心中的积怨又无处发泄,于是在公共场所抖搂陈年老账。他们把最后颤巍巍的精力用于自毁自灭,以求得到一点乐趣和活力。

临终前的乐趣啊！在他们硬化的骨头架子里没有一个细胞不是坏死的。

老人们听说我们这些大兵和他们分住还算舒适的棱堡起居设备，立即个个咬牙切齿，但仍旧老来乞捡我们落在窗台上的烟末和掉在长凳下的硬面包块。我们开饭的时候，他们站在食堂外，干瘪多皱的脸紧紧贴着玻璃窗，眼睛和鼻子扭作一团，从布满眼眵的折皱里射出老吝啬鬼贪婪的目光。这些行将就木的人中有一个比较机灵和狡猾的家伙，大家管他叫比鲁埃特老头。他常跑来哼哼旧时的小调，给我们解闷。你让干啥，他都乐意效劳，只要给一点烟抽；你让他上哪儿他就上哪儿，但决不肯打太平间过，更何况总有尸体往里送。捉弄他的办法之一，是所谓和他一起散步，等走到太平间门前，你问他："你不想进去吗？"他立即气急败坏地拔脚便跑，跑得远远的，至少两天不露面。比鲁埃特老头瞥见了死神。

我们那位眼睛漂亮的主任大夫，贝斯通布教授，为给我们恢复元气，安装了一整套复杂的电气设备，锃光瓦亮。我们接受定期烤电治疗，他认为辉光放电能振奋精神，而且非接受治疗不可，否则驱逐出院。贝斯通布看来非常有钱，没有万贯家私哪能买得起这一大堆电器。他的岳丈是政界要人，曾为政府大肆策划购买土地的交易，从中捞足了油水，这才使得他如此阔绰。

因利乘便，万事大吉。罪与罚姑息不论，我们对贝斯通布其人倒不反感。他仔仔细细检查我们的神经系统，用亲切入微的语气询问我们。这种精心设计的敦厚做法使他手下的高雅女护士们看在眼里，美在心上。美人们每天早上恭候着他，等着欣赏他的温文尔雅，真是妙不可言！总之，贝斯通布扮演了行善的学者角色，温良恭俭让人情味十足。既然大家融洽相处，我们何乐不为啊。

在这所新医院里，我和布朗尔多中士同住一间房。他是再次服役的军人，住院的老病号，几个月来拖着穿孔的肠子转了四家医院。经过几次住院,布朗尔多学会了吸引女护士的同情,继而促使她们主动关心他。他经常呕吐,尿血,便血,呼吸困难,但并不足以使他取得医务人员的特殊好感,因为他们见过的多了。于是,每次窒息过后,要是一个医生或一个护士经过他那儿,他便一再重复:"胜利!胜利!我们一定胜利!"或咕噜着说,或声嘶力竭地喊,根据他的肺活量而定。他通过恰当的自导自演,操着好斗的、炽热的流行话,取得了好名声,被誉为斗志旺盛。这是他的一手绝招。

既然舞台处处都有,那就应当演戏,布朗尔多行之成理。最愚蠢、最惹恼的,莫过于一个无精打采的观众愣头愣脑地登上戏台。登上舞台就得拿腔作势,生龙活虎,演得活脱活像;要么坚决演下去,要么滚下台拉倒。妇女特别爱看戏,妇道人家对演得四不像的客串是不留情面的。战争无可争议地打动了她们的卵巢,她们要求英雄辈出,即使没有英雄气概的人也得摆出英雄的架子,要不然干脆让他落个不齿于人的下场。

在新医院住了一星期之后,我们悟出必须赶紧换换模样。布朗尔多当兵前是搞花边推销的,多亏他的点拨,我们才醒悟。我们来的时候,脑子里充满屠杀留下的不光彩的回忆,战战兢兢,总想找个阴暗的角落躲起来。而现在我们突然变成一帮凶神恶煞的粗汉,个个决心取得胜利,劲头十足,言豪语壮,着实富有感染力。我们采用了粗犷的语言,放肆至极,有时这般女子听了脸都发红,但她们并不埋怨,因为不言而喻,一个勇敢的士兵是无顾忌的,甚至是粗鲁的,而越粗鲁就显得越勇敢。

起初我们虽然尽量模仿布朗尔多,但爱国的举止还不大像样子,不够令人信服。整整进行了一两周的强化训练才腔调抑扬顿挫,演得活灵活现。

我们的贝斯通布大夫是有正式学衔的教授。当这位学者发现我们的道德品质有了引人注目的提高之后,毅然决定允许我们出访,先从拜访我们的双亲开始,以资鼓励。

我听说有些人当兵非常有天赋,他们一旦投入战斗便如痴似狂,甚至产生一种强烈的快感。我也试图想象这种特殊的快感,结果至少要病倒一星期。我怎么也感觉不出来能够杀人,还是放弃杀人的念头为好,干脆不杀人算了。并非我没有实验的机会,人们曾千方百计培养我这方面的兴趣,但我缺乏天赋。也许开始的时候应当慢慢对我进行培养。

一天,我大着胆向贝斯通布教授汇报了我的困难,说我很想勇敢,并在紧急关头也需要我勇敢,但身心不由自主,就是勇敢不起来。我担心他蓦地说我是无耻之尤,无理取闹。但他并没有这样,相反,这位主任大夫宣称万分高兴,因为我坦率地吐出真言,把我心中积郁的苦恼向他倾囊倒箧。

"您的病情好转了,巴达缪,我的朋友!您好多了,明摆着的嘛!"他接着得出如下的结论,"巴达缪,我认为您刚才倾心吐胆,完全出于自发,这是非常令人鼓舞的迹象,证明您的精神状态有了明显的好转。谦虚谨慎而目光犀利的沃德斯坎①,对帝国士兵的精神动摇进行观察之后,于一八○二年撰写了一篇学术论文,现在这已成为经典著作,尽管目前的大学生不加重视,很不公正嘛。他在论文中非常正确、极其准确地指出神经康复病人突如其来的'招供'是最好不过的迹象。大约一个世纪之后,我们伟大的迪普雷对这种症状进行归类——此后久负盛名——,把类似的骤变命名为'回忆聚拢'骤变。他认为这种骤变在疗养顺利的情况下,表明形成焦虑的概念即将大规模崩溃,意识场即将彻底解放,后者是心理康复过程中的第二现象。另外,迪普雷还创造了非常形象的

---

① 这一大段宏论涉及三位精神病学专家,只有迪普雷(1862—1921)真有其人,并颇有建树。这位法国心理学家著作等身,涉及判断狂、慢性幻觉恐慌、"易激动体质"等病症,对神经病学科曾有过历史性贡献。

81

术语,叫'思考腹泻式解放',用来形容这种骤变,因为患者在发生这种骤变的同时,还有一种非常活跃的欣快感,极其明显地恢复人与人的往来,更为明显的是恢复睡眠,甚至一睡就是好几天。再者,生殖系统显著地超活跃,甚至可以发现先前性欲冷淡的病人突然'极度渴望做爱'。这种例子并非罕见。从而他得出这样的程式:'病人不是步入康复,而是冲入康复!'这一说法最生动不过地描述了康复的取得。对此,上个世纪我们法国伟大的精神病学家费利贝·马日通认为,这一特征表明恐惧症康复期病人完完全全恢复了正常活动。至于您,巴达缪,我认为从现在起您确实正在康复。既然我们得到这样令人满意的结论,巴达缪,那明天我就向军事心理学协会提交一篇论文,论述人的精神的基本素质,您感不感兴趣?我想,这是一篇高质量的论文。"

"当然啰,主任,我对这些问题非常感兴趣。"

"那好,巴达缪,简而言之,我在论文中指出这样的论断:战前,对心理学家来说,人还是一个未知的园地,人的精神力量还是一个谜。"

"这也是敝人之管见,主任。"

"战争以无与伦比的手段考验我们的神经系统,以绝妙的方式揭示人的精神,明白吗,巴达缪?对最近呈现的病理现象我们要作几个世纪的反思,要做几个世纪的执着研究。我们应当老老实实承认,迄今为止我们只猜想到人类情感和精神的宝库。现在多亏战争,宝库显现了。我们撬开宝库的大门,看到了内藏。诚然这是痛苦的,但对科学却是决定性的和幸运的。宝库一旦露头儿,我,贝斯通布,担当现代心理学家和伦理学家的重任,责无旁贷。我们的心理学概念非彻底革新不可!"

这也是我巴达缪的意见。我说:"千真万确,主任,我认为我们最好……"

"嘿！您也这么认为啊，巴达缪，您通情达理嘛。您知道，人身上善与恶相反相成，利己主义与利他主义并行存在。在出类拔萃的人身上，利他主义多于利己主义。我说的对吧？是这样吗？"

"您说得对，主任，正是这样的。"

"那我请问您，巴达缪，在出类拔萃的人身上引起利他主义并使利他主义不容置疑地表现出来的最高尚的已知实质是什么呢？"

"爱国主义，主任！"

"好啊，您通情达理嘛！您完全理解我的意思，巴达缪！爱国主义及其必然的结果：荣誉。后者只是前者的印证。"

"确实如此！"

"请注意，我们的普通士兵一旦经受战火的洗礼立即自动抛弃一切诡辩及其附属观念，尤其摆脱保存自己的诡辩论。他们一上来就本能地冲锋陷阵，心怀祖国——他们的命根子。为了获得这一真谛，智慧不仅是多余的，巴达缪，而且是有害的。祖国这一真理存在于心，就像一切基本真理一样，人民是很清楚的。恰恰在这一点上，不高明的学者迷途了。"

"妙极了，主任，太妙了！真是至理名言啊！"

贝斯通布近乎亲切地拉了拉我的双手。他的声音变得慈爱起来，为了我好，特意加添道："巴达缪，我就是这样对待我的病人的，治疗肉体用电，治疗精神则用爱国伦理的强剂量和用真正滋补道德的注射。"

"我明白您的意思，主任。"

我的确越来越明白了。

离开他后，我立即跟着康复的病友们去崭新的小教堂做弥撒，正好瞥见布朗尔多斗志昂扬地在大门后面给女看门人的小女儿讲大道理。他向我打招呼，我便迎上去。

下午,亲属们自我们住院以来第一次从巴黎赶来探望,此后每周例行来访。

我给母亲写过信。她重新见到我时非常激动,哭哭啼啼的,好像一条母狗失而复得它的崽子。她大概以为拥抱拥抱我就能助我一臂之力,其实还不如母狗,因为她相信别人让她来领我的理由,母狗则不然,它只相信自己的感觉。一天下午我带着母亲到医院附近的街道转了一大圈,闲逛正在修建的马路,路灯还没有上漆,店铺的窗户上挂着无数五颜六色的小衣物,穷人的衬衣湿淋淋地滴在店铺长长的门面上,做午饭劈劈啪啪的油炸声不时传来,这尖细的声响说明肉油十分蹩脚。

京城的四郊十分萧条,城里虚假的繁华在此露馅儿,显现腐败的原形,明目张胆地光着屁股排泄污物。有些工厂浊气熏天,简直难以想象,把周围的空气污染得臭不可闻,我们散步时只得绕道而过。附近,两座高低不齐的烟囱之间,正举办小市集,毫无生气,发育不良的毛孩子们对着油漆剥落的木马可望而不可即,座价太贵,他们经常一连几星期望马兴叹:拇指衔在嘴里,四指捂着鼻子,呆望着没有人骑的木马。他们为音乐吸引而来,却被贫穷拉住了腿。

人们竭力掩盖这些地方的真相,而真相却不停地使人忧国忧民,殊不知借酒解愁是枉然的。空中,红霞密密层层,把苍穹紧紧封锁在上面,有如郊区的烟雾围困着大池沼。地上,道路泥泞,我们双腿沉重,步履维艰。旅馆和工厂把生活周匝而围,把人生关在里面,一道道墙就像棺材的四壁。

劳拉走了,缪济娜也走了,我影只形单,最后这才给我母亲写信。我年方二十,已背上过去的重负。我和母亲一起经过一条条街观看着市面。她给我讲生意上的小事,城里人对战事的议论,说什么战争是可悲的,甚至"可怕的",但只要大无畏,我们终将胜利。在她看来,人被打死,只不过因为发生了意外,好似赛马,要是死死抓住缰绳就不会摔下来。至于她自己,战争只给她带来新的忧伤,但她尽量不去触动,因为这种忧伤在她是一种恐惧,充满着许多她不理解的可怕的事情。她从心底里认为像她这样的小民百姓生来是受苦受难的,吃苦是与生俱来的职责。近来事情之所以如此糟糕,主要因为他们这些小老百姓犯的罪过太多,积恶成灾。他们虽然无意识地干了一些蠢事,但不管怎么说他们逃脱不了罪责。现在有机会让他们受苦赎罪,抵消他们所干的缺德事,已是不幸中的大幸了。我母亲是个"贱民"。

逆来顺受而忧愁悲伤地着眼于未来,成了她的信念和生性的基础。

我们俩在雨下沿着分块出售的街道行走,人行道因渗水而下陷。路旁小白蜡树的枝叶积着雨水,在寒风中哆哆嗦嗦,倒蛮好看的。通往医院的路旁不久前新建了许多旅社,有的取了店名,有的干脆不取店名,反正按星期出租。战争赶跑了包工工人和普通工人,旅馆空空如也。房客不肯回来死在屋里,可死是一件大事啊,他们宁愿死在户外。

母亲抽泣着把我送回医院,承受着我可能惨遭的不测,不仅同意,而且担心我会不会像她那样听天由命。她相信天命不亚于确信国立工艺博物院规定的米尺。她谈起这种量具总怀着敬意,因为从小就知道做服饰用品生意所用的量具是严格按照官方的标准器复制的。

这片田野经过分块出售后已经荒废,所剩无几的土地分散在四处,几个老农民被夹在新建的房屋中间,死死守着零零星星的作物。在回医院之前如有时间,我和母亲总去看看他们:这些古怪的农民死心塌地用铁器刨软绵绵的土疙瘩,他们把枯死的东西埋进去,居然会生产出面包来。我母亲每次看到他们,总有茫然不知所措之感,叹道:"土大概很硬的吧!"她实际上只知道她这类人的苦难，即城里人的苦难，因此试图想象乡下人的苦难。据我所见，这是我母亲惟一感兴趣的东西。一个星期天这么散散心，也就足够了，可以心满意足地回城里去了。

　　我得不到劳拉的消息，也没有缪济娜的消息，杳无音信。她们这两个破鞋，无疑处在局势对她们有利的一面，那里纸醉金迷，人们笑容可掬。他们铁面无情地把我们这样的人拒于千里之外，我们不过是活生生的祭品罢了。人们两次把我作为人质遣送到那个地方。死亡只是时间问题，早晚问题，事情已成定局。

八

我前面已经讲过,我同病房的布朗尔多中士在女护士中享有经久不衰的声望,别看他满身裹着绷带,可乐观啦。医院里的病人都羡慕他,仿效他。等到我们料理得像个样子,精神上也没有沮丧情绪了,我们便开始会见社会名流和巴黎的达官显宦。我们在客厅里举行多次会见,以致贝斯通布教授的神经医科中心成了爱国主义热火朝天的圣地,简直成了爱国主义热情的发祥地。后来我们不仅会见了几个主教,而且还接待了一个意大利公爵夫人,一个大军火商,很快歌剧院和法兰西剧院的演员也纷至沓来。他们慕名而来,实地赞赏我们。一个漂亮的歌剧院正式演员朗诵得非常出众,她居然走到我的床前给我朗诵正气凛然、铁骨铮铮的诗歌。她红棕色的头发和皮肤相得益彰,随朗诵时感情的激荡而起伏,非常撩人,直接勾引起我的性欲。仙女似的美人问起我在战场上的表现,我便详详细细向她叙述激动人心的、使人心碎的事情。她听得入神,眼睛一直盯着我。她感动得久久不能平息,恳求我允许她让一个崇拜她的诗人把我最精彩的话用诗打印出来。我欣然同意,贝斯通布教授得知这一计划后立即表示十分赞成,甚至乘机当天接待了发行量很大的《国民画报》特派记者的采访,并同意我们大家和这位剧院的走红演员在医院楼前的台阶上合影留念。"在我们经历悲痛的时刻,诗人的最高职责是使我们重新热爱史诗。"贝斯通布不失时机地宣称,"现在不是为钱而写雕虫小技的时候!

向僵化的文学开火！在硝烟弥漫的鏖战中我们新的英雄脱颖而出了！今后伟大的爱国主义新浪潮必将推出新的英灵，把我们的光荣推向新的高峰！为此我们要求史诗具有伟大的气魄！我认为在我领导的医院里发生了了不起的事情：诗人和我们的一位英雄之间建立了崇高的、创造性的合作。这是有目共睹的，令人难忘的！"

我的同房病友布朗尔多在这种情况下跟我相比想象力略逊一筹，他未能登上照片，为此他嫉妒如焚，耿耿于怀。于是他拼命和我争夺英雄桂冠：不断杜撰新的故事，层层加码，他的战功越讲越邪乎，简直无法收场。而我觉得夸张不下去了，再添枝加叶就很困难了，但在医院里谁都不甘居人后，大家开展竞赛，看谁编造"英武雄壮的篇章"的本事大。我们披着神奇人物的外衣编述武功传奇，其实我们整个身心惶惶不可终日，深感自惭形秽。世人倘若剥开我们的画皮，一定会惊得目瞪口呆。战争到了深入阶段。

我们伟大的贝斯通布接见许多外国名流，科学家先生们，中立派人士，怀疑派人士和好奇派人士。陆军部视察要员们腰佩军刀，身着漂亮的军服，通过探访给病员们延长军事生命，所以病员们青春焕发，因得到新的补偿而得意洋洋。视察要员说赞扬的话和分发勋章倒不吝啬。一切顺利。贝斯通布及其绝妙的伤病员们成了卫生部门的光荣。

我那位法兰西剧院的美丽保护人不久又亲自专门来看望我一次，说她亲密的诗人已经把我口述的战功写成韵文。我终于在一条走廊的拐弯处见着了这位青年诗人，他脸色苍白，忧虑不安。他对我开诚布公地说，他的心弦脆弱到极点，连医生都认为，这简直是奇迹。所以关心孱弱者的医生们把他留在远离军队的后方。作为抵偿，这个矮小的吟游诗人，不顾健康的安危从事创作歌颂英雄勋绩的抒情诗，绞尽脑汁为我们铸造"我们胜利女神的精神铜像"。因此,令人难忘的诗句也是绝妙的武器。

我无可抱怨,既然诗人在荟萃一堂的各路英雄中选定我当他的主人公。坦白地说,我被众星捧月抬出来,堂而皇之地出足了风头。一天下午,在法兰西剧院举行朗诵会,医院的全体人员应邀出席。我那位红棕色头发女郎登上台,修长的身子紧裹着三色旗颜色调配的衣服,显得格外富有肉感。见她亮相,全场起立欢迎。她朗诵时手的摆动很大,情绪激昂,微微抖动,极有感染力,引起一阵阵经久不息的掌声。我虽有思想准备,但仍非常惊讶,忍不住向周围的人流露我的感受。我惊愕地听着这位漂亮的朋友用颤动的嗓音谆谆告诫,如诉如泣,以致我为她杜撰的整个悲剧显得更加壮烈感人。她的诗人在想象方面明显要比我强,因为他把我的想象力极度地表现了出来:火一般热情的诗韵和妙不可言的形容词在赞赏的鸦雀无声中显得格外庄严。女演员朗诵最精彩的段落时达到了高潮,她向我们的包厢伸出迷人的双臂,仿佛要投入我们中最英勇的人的怀抱。此处诗人忠实地突出了我为自己编造的神奇般的英勇。具体的情节我记不清了,但这不是一个小战功。幸好没有不可置信的英雄行为。观众猜出艺术献礼之所向,全场转向我们,欢呼英雄,高兴得大喊大叫,一时乐得手舞足蹈,忘乎所以。

布朗尔多站在我们面前,占着包厢的整个前沿,用他臃肿的包扎把我们几乎全挡住了。这坏蛋,他是有意这么干的。我们当中的两个伙伴站到椅子上,在后面超出他的肩和头一大截,博得观众的赞赏,引起暴风雨般的掌声。

"喂!他们赞赏的是我,是我一个人啊!"我差一点喊出声来。但我了解布朗尔多,要是我说出口,我们准在大庭广众之下大吵一场,甚至大打出手。最后是他出足风头,树立了威望,得意洋洋地一个人独吞异乎寻常的献礼,如愿以偿了。但是我们那位感染力很强的女演员不是单独在她的化妆室里,她身边站着诗人,她的诗人,我们的诗人。他和她一样非常喜欢年轻的士兵,样子亲切极了。他们巧妙地使我明白这一点。事情微妙。他们再次向我暗示,但我没有理睬他们亲热的意图。他们影响大,关系多,也许会把事情安排得妥妥帖帖的,但我没理会,算我活该。我莫名其妙地生起气来,不辞而别。我当时年轻啊。

好,让我们来回顾一下吧:飞行员劫走了我的劳拉,阿根廷人抢走了我的缪济娜,最后这位性欲倒错的诗人夺走了我漂亮的女演员。我心慌意乱地离开法兰西剧院,里面走廊的烛台灯也一盏盏熄灭了。我没有乘有轨电车,单独一人返回医院,重新投入充满污泥浊水的陷阱,消失在混乱不堪的郊区。

九

说真格的,我得承认我的头脑从来不大冷静,现在更沉不住气了,一句话不对劲就可能头昏眼花,说不定会昏头昏脑地滚到汽车轮子底下。我在战争中蹒跚而行。至于零用钱,我住院期间只能指望母亲每星期给几个靠惨淡经营赚来的法郎。所以一有机会总想出去打点儿秋风。首先想到从前的一个老板,觉得挺合适,并很快得到他的接见。

这个老板叫罗杰·皮塔,玛德莱娜大街的珠宝商,是个卑鄙无耻的人。我记得有幸在他店里干过一阵子黑活,即宣战前充当临时雇佣的辅助职工。我的活计是擦洗银器:商店出售的银器种类繁多,尤其逢年过节的礼品不断有人摆弄乱摸,不易保养。

我当时在医学院攻读,学习繁重,学制很长,考试常常不及格。校门一关我就赶紧跑到皮塔先生商店的后间,用"白垩粉"擦巧克力壶,干上两三个小时,直到吃晚饭才息工。

给我的报酬是管吃饭,可在厨房敞开肚子吃饱。除此以外,我在上课前遛一遛看门狗,让它在外面拉屎撒尿。全部加在一起,每月可得四十法郎。皮塔的珠宝店位于维尼翁街角,陈列的金刚钻石如繁星般闪闪烁烁,价值连城,每一颗等于我好几十年的工资。再说金银珠宝无一不是光彩夺目的。皮塔老板被列为战时备用人员之后,开始专替一位部长当差,有时为部长开开汽车。此外他非正式地给陆军部提供首饰,立下了汗马功劳。达官权贵搞投机,时运亨通,现货和订货的投机生意更是蒸蒸日上。战争越持久,首饰的需要量就越大。皮塔先生收到源源不断的订货,有时甚至难以应付。

每当他忙得不可开交,累得坐立不安的时候,也只有在这样的时候,才流露出一点精明的神情。一旦休息过来,他的脸尽管五官不容置疑的灵敏,即始终呆板得毫无表情,使人望而却步,终生难忘。

他的妻子,皮塔太太,掌握现金出入,形影不离钱柜,天生嫁给珠宝商当老婆的,也是父母养育的结果。她知道自己的职责,知道自己全部的职责:家庭幸福和钱柜殷实是相辅相成的。皮塔太太并不丑,不,甚至还颇有几分姿色。但像很多妇女一样,她小心翼翼,不露姿色,有如在生活中小心谨慎,不出差池。她的头发梳得过于整齐,她的微笑来得过于容易、过于突然,她的手势打得或过于迅速或过于鬼祟。人们因弄不清这个女人心中到底算计什么而犯难,因接近她时感到别扭而犯愁。接近商人就会产生厌恶感,知道这一点对非经商的人来说却是一种极其稀罕的慰藉,尽管后者穷酸得要命。

皮塔太太一心只想着做生意,这和埃罗特太太完全一样,但她属另一种类型,即把整个身心都投进生意,好似修女全心全意把自己交给上帝。不过我们的老板娘有时也应时操点儿心,譬如偶尔想到参战士兵的双亲:"不管怎么说,这场战争对有大男孩的人家是非常不幸的。"

"说话得事先好好想想,"她丈夫马上接话茬儿,认为这种多愁善感不合适,他已准备决一死战,"难道不应当保卫法国吗?"

这样,他们既大慈大悲,又富有爱国之心,总之坚忍不拔地睡在拥有几百万财富的店铺楼上,睡在法国的财富之上。

皮塔先生时不时逛逛妓院,他既挑肥拣瘦又能叫人明白他不是挥金如土的人,乍到便有言在先:"我可不是英国佬,美人儿。我懂行啊!我是一个从容不迫的法国小士兵!"这就是他的预先声明。女人们却看重他这种有节制的寻欢作乐,认为他追求享乐而不受欺骗,是个男子汉。他利用他的社会交情帮妓院女监管搞成几笔首饰买卖,因为女监管不相信证券交易。皮塔先生通融军方成效卓著,由暂缓服役进而永久缓征,经过许多次及时的健康诊断之后终于彻底解脱了。他一生中最大的乐趣是观赏女人美丽的大腿,如能摸一摸,更是其乐无穷。在一丘之貉的人们中,男人不管多么迟钝、多么腐败,总好像比女人好动。总之,这个皮塔有那么一星点儿艺术家的气质。许多有艺术气质的人确实像他那样对女人的大腿着迷。皮塔太太庆幸自己没有孩子。她经常公开为自己不孕而洋洋自得,末了她丈夫把他们这种称心受用之意流露给女监管。"但总得要有人家的孩子上前线啊!"女监管回答道,"因为这是义务。"是啊,战争包含着种种义务。

由皮塔开车的那位部长也没有孩子,部长们哪会有孩子啊!

将近一九一三年,另一个辅助职工和我一起为皮塔商店干零活,他叫让·瓦勒兹。他为几个小戏院当"跑龙套",下午替皮塔送货,但不嫌工钱微薄,因为他走得飞快,送货不乘地铁,把买地铁票的钱塞进自己的腰包,靠地铁票搞一点外快。他的脚确实有点臭,甚至很臭,他自己也知道,所以求我通知他什么时候店里没有顾客,好乘机悄悄溜进去跟皮塔太太结账而无伤大雅。钱一旦入库,他立刻被打发到后间与我为伍。他的脚在打仗的时候却帮了他很大的忙:他被誉为所在团的快脚联络员。养伤期间他来比塞特棱堡看望我,于是我们决定一起去敲我们以前的老板竹杠。说干就干。我们到达玛德莱娜大街时,店里的货刚上架。

"嘿!原来是你们啊!"皮塔先生不无惊讶地喊道,"我很高兴见到你们,快进来!你,瓦勒兹,你脸色很好!身体好!但你,巴达缪,你却是病恹恹的!不过你还年轻嘛,很快会恢复的。你们总算走运。不管人家怎么说,你们赶上了好时候,嗯?时势造英豪!朋友们,创造历史,我可没有这个福气啊!多么辉煌的历史啊!"

我们没有接皮塔先生的话茬儿,让他说个够而后逼他掏腰包。他滔滔不绝地往下讲:

"是的,我承认战壕确实艰苦,这不假。但你们知道,这儿也不轻松啊!你们都负了伤吧?我也累得疲惫不堪。两年来我在城里值夜班,你们想得到吗?想想看,累得要死,腰都断了。唉,夜里跑巴黎的街道是什么滋味儿!没有灯光,我的小兄弟们,在漆黑的街上开汽车,车里经常坐着部长啊!而且高速行驶!你们是难以想象的,险些十次丧命!"

"是啊,"皮塔太太强调说,"有时他还替部长夫人开车。"

"嗨,还没有完呐。"

"太可怕了!"我们一起附和道。

"那些狗呢?"瓦勒兹彬彬有礼地问道,"狗怎么办呢?还带它们去杜伊勒里公园散步吗?"

"我让人把它们宰了。那些德国牧羊犬给我惹麻烦,损害了商店的名声。"

"怪可怜的!"他妻子遗憾地说,"不过我们现在养的狗好极了,苏格兰种狗,就是有点儿味。原先那些德国牧羊犬,瓦勒兹,你记得吗?可以说一点味儿也没有,把它们关在店里也没味儿,甚至淋过雨也没事儿。"

"是的,"皮塔先生加添道,"不像瓦勒兹该死的脚那么臭气熏天!让,你的脚还那样臭吗?好一个瓦勒兹!"

"还有一点吧。"瓦勒兹回答道。就在这个时候,几个顾客进来了。

"我不多留你们了,朋友们,"皮塔先生想尽快把让赶出商店,

"祝你们身体健康！我不问你们从什么地方来，不用问啦！保卫国家要紧嘛！这是我的看法。"

皮塔说到保卫国家时神情严肃，就像他找零钱时那样认真。他明明在下逐客令。我们走的时候，皮塔太太塞给我们每人二十法郎。商店金碧辉煌，如同英式快艇那样富丽，我们不敢走动，因为我们的鞋太糟糕，生怕弄脏精致的地毯。皮塔太太喊道：

"罗杰，你瞧他们俩多滑稽啊！他们不习惯了，好像害怕踩坏什么东西似的。"

"他们将来会习惯的！"皮塔先生答道。他热情，和善，非常高兴没花几个子儿就把我们打发了。我们回到街上，考虑了一下，觉得每个人二十法郎派不了什么大用场。瓦勒兹眉头一皱，计上心来。他说：

"走，跟我到一个伙伴的母亲家去。我和他一起在默兹省待过，他死在那儿了。我每星期去他父母家一次，讲讲他们的儿子怎么死的。他们很有钱，每次他母亲给我一百来法郎。他们还说这是乐意给的哩，你明白吗？"

"我上他们家算什么啊？我对老人有什么可说的呢？"

"你就说你也认识她的儿子，她会给你一百法郎的。他们是大阔佬，没错，而且不像这个没教养的皮塔，他们不在乎钱。"

"我乐意去，但你肯定她不会问得过细吗？要不然我就傻眼啦，我可不认识她的儿子啊。"

"不要紧的，你跟着我鹦鹉学舌，哼哼唧唧就行。不用担心。这个女人心情忧伤，明白吧，只要说起她儿子，她便高兴，她只想听儿子的事，说什么都行，这不难嘛。"

我犹豫不定，却很想要这唾手可得的一百法郎，这好像天上掉下来的。于是下定决心说：

"好吧，但不要让我胡编乱造，我有言在先呀。你答应我吗？

你说什么,我也说什么,不多说一句。那小伙子怎么死的?"

"脸部中弹,老兄,而且不是小弹片,在默兹省格朗斯的一条河边上,整个头部炸没了,老兄!这可不是一般的回忆呐。他是条汉子,又高大又结实,身材匀称,爱好运动,但怎么抵挡得住一颗炮弹?顶不住啊!"

"当然!"

"完蛋了,被炮弹炸死了。但是他母亲至今不肯相信,我说了一遍又一遍也白搭。她执意希望儿子只是失踪,这个想法愚蠢透顶,失踪!不过也难怪她,她从来没见过炮弹,弄不懂怎么会一声屁响就报销了。再说毕竟是她儿子,不忍心承认没有希望了。"

"自然是的。"

"我已经两个星期没有去他们家了。你等会儿瞧吧,我一到,她准马上在客厅里接见我。他们家阔绰至极,好似戏院,到处有窗帘,地毯,镜子。一百法郎对他们来说是小意思,明白吧,就像我拿出五法郎硬币。今天她会乐意给二百,两个星期没见面了嘛。你一会儿瞧瞧下人的穿着,纽扣全是镀金的,老兄。"

我们从亨利·马丁大街向左拐,往前走不多远便到了。只见栅栏门里树木成行,一条花园通道贯穿其间。我们走到大门前,瓦勒兹说:"你瞧,多么像一座古堡,我不骗你吧。听说老头儿是铁路大亨,大人物啊。"

"不会是车站站长吧?"我开着玩笑问道。

"别开玩笑啦。瞧,他下来了,朝我们走来了。"

但那位上岁数的人并没有马上过来,他弓着背在草坪附近边走边跟一个士兵讲话。我们迎上前去,我认出那个士兵,原来是在百合河省努瓦瑟侦察时夜间认识的那个预备兵。我还清楚记得他报的名字:罗班松。

"你认识那个步兵?"瓦勒兹问我。

"是的,认识。"

"也许是他们家的一个朋友。他们大概在谈论老太太,可别让他们妨碍咱们见她,肯给钱的是老太太。"

老先生走近我们。他声音颤抖地对瓦勒兹说:"亲爱的朋友,我极其沉痛地奉告,自从您上次来访后,我可怜的妻子陷入极度的悲痛中不能自拔。星期四乘我们不在的片刻,她泣不成声就……是她要求我们离开的……"他没有说完就突然转身离去了。

我等老先生走远后,对罗班松说:"我认识你。"

"是啊,我也认出你了。"

"老太太发生什么事了?"我问他。

"嘿!她前天上吊了。"他回答,并加添道,"真不值得!她是我的教母啊!我真不走运!倒霉透了!我第一次回来休假,你瞧,整整六个月就盼着这一天哪!"

尽管如此,瓦勒兹和我仍笑话罗班松,拿他的不幸逗弄。要说倒霉的巧合,真是一次倒霉的巧合。她这一死,我们的二百法郎也就吹了。来不逢时,闹了个大笑话,结果不欢而散。"大脓包,你的如意算盘也太美了。"我激将罗班松,嘲笑他,让他发急,"你以为一驾到,老头老太会盛宴款待呀?你也许以为可以唬住教母而后捞一把?想得美!"

我们总不能老待在草坪旁嘻嘻哈哈啊。于是三个人一起朝格雷纳尔大街走去。我们凑了凑三个人身上的钱,可不多哟。再说当晚必须赶回各自的医院或兵营,所剩的时间也不多,只够一起下酒馆吃晚饭,也许还能剩下一点点时间,但要"上"青楼是来不及了。最后我们还是去转了转,不过只在楼下喝了一杯酒。

"重新见到你,我很高兴。"罗班松对我说,"不过你说说,那小伙子的母亲直挺挺的像个吊包,想起来真不是滋味儿,早不上吊晚不上吊偏偏在我到的那天上吊,能拉住她就好了。你说,我会上吊吗?悲伤?我才不想上吊呢。你呢?"

"有钱人嘛,"瓦勒兹说,"他们比一般人更容易冲动。"瓦勒兹心地好,他补充道:"要是我有六法郎,我就跟那个褐发姑娘上楼,你瞧,在吃角子老虎①旁边的。"

"去吧,"我们对他说,"待会儿跟我们说说她的口交本事如何。"可是我们怎么凑也凑不齐这个数,付了小费就不够了,刚够每人一杯咖啡和两杯黑茶蔗子酒。喝完酒,又出来遛弯儿。

最后我们在旺多姆广场分手,告别声虽然很低,回声却不断传来。因为宵禁,所以没有灯光,我们一旦各自离开,就谁也看不见谁了。

我和让·瓦勒兹后来再也没有见过面,罗班松倒经常碰见。让·瓦勒兹在索姆省煤气中毒,两年后到布列塔尼海滨疗养所休养,不幸去世。起初他给我写过两次信,后来中止了。以前他从来没见过大海,他在信中写道:"你难以想象海有多美,我洗洗海水澡,对我的脚大有好处。但我的嗓子大概没治了。"为此他很伤心,因为他奢望有朝一日重返剧院合唱队。参加合唱比单纯跑龙套收入更多,而且艺术性更强。

---

① 一种赌具。

十

最后大人物们撇下我不管,使我得以逃命,但我头部的伤痕却是终身消不了的。没有什么可说。"滚蛋吧,"他们对我说,"你不中用了。"

我说:"我要去非洲,越远越好。"

于是我乘船出发了。这是科西嘉联营公司的一艘普通轮船,载着棉织品、军官和公务人员开往热带地区。轮船非常陈旧,上甲板原来有一块铜牌,写着下水日期,如今拿掉了,因为年代太久,乘客看了发怵,或拿来当笑柄。

人们总算把我送上船,祝我到殖民地重整旗鼓。希望我好的人一心等着我发洋财。但我只是想离开,况且,一则没有钱的人总得做出有用之才的样子,再则我的学业没有完成,无论如何在国内是维持不下去的,何况又没有足够的钱去美国,于是就说:"去非洲吧!"我随大溜儿漂往非洲,因为人家对我说,在那儿只要稍微有所节制和表现好一点,就马上能找到一份好的差使。

这类预测使我心驰神往。我虽非干才,但人品称得上是好的,态度谦和,对人恭敬,老提心吊胆迟到,心里记着在生活中永远不要超过别人,为人厚道,等等。当一个人能从一场疯狂的国际大残害中活着脱身,总还算得上知轻重识时务吧。

言归正传,继续讲旅行吧。船在欧洲水域行驶时,一切还算顺利。乘客很少活动,分散在统舱、厕所、吸烟室,三五成群,疑神疑鬼,哼哧哼哧地搬弄是非,飞短流长,从早到晚嚼舌头。人们时而忍着烦恼,时而打盹小憩,时而破口大骂,总之离开欧洲似乎并无遗憾。

这艘船名叫"布拉格通海军上将"号。轮船能持久地在温水区域航行全仗涂料,一层层的积垢葱头似的裹着船底,仿佛是"布拉格通"号的第二个船壳。我们驶向非洲,真正的非洲,广袤的非洲。那里原始森林无边无际,瘴气弥漫,渺无人迹,江河纵横交错,一泻千里,三角地带多为黑人暴君盘踞。我即将可以用一包皮莱刀片向他们换取又长又粗的象牙、异鸟珍禽、未成年的女奴,命中注定的,生财有道嘛。这和布满代理行、名胜古迹、铁路和百姓的那部分非洲毫无共同之处。不!我们,"布拉格通海军上将"号上醉醺醺的乘客,要看的是有价值的非洲,真正的非洲!

然而,越过葡萄牙海岸之后,情势开始变糟了。早晨醒来,我们突然感到压抑,周围又闷又热,令人焦虑。杯中的水,大海,空气,被单,汗珠,一切都是热的,烫的。从此白天黑夜,手上,屁股下,喉咙里,须臾离不开清凉的东西,否则难以忍受,只有在酒吧喝放冰块的威士忌才感到爽快。"布拉格通海军上将"号上的乘客叫苦不迭,狼狈不堪。我们身不离酒吧,手不离冰块,着了魔似的死守着风扇,打牌不解闷,懊悔又无用,以致情绪恶劣,出言伤人。

没有多久,持续不断的酷热使全船的人昏昏然、黏糊糊。我们在甲板间有气无力地走动就像在淡水缸底游动的章鱼。这时我们开始彻底暴露白种人令人不安的本性,是啊,真正的本性一旦被触发、被释放、被松绑,便像在战争中一样暴露无遗了。热带的炎热诱发我们的天性,有如八月酷暑蛤蟆和毒蛇爬到监狱的墙缝外逍遥自得。在欧洲的严寒下,在北方淡泊明志的气氛中,我们兄弟们蠢蠢欲动的残酷性是藏而不露的,除非发生战争。但一旦受到热带地区灼热的刺激便兴奋起来,忘乎所以地解开衣裤,一时沉渣泛

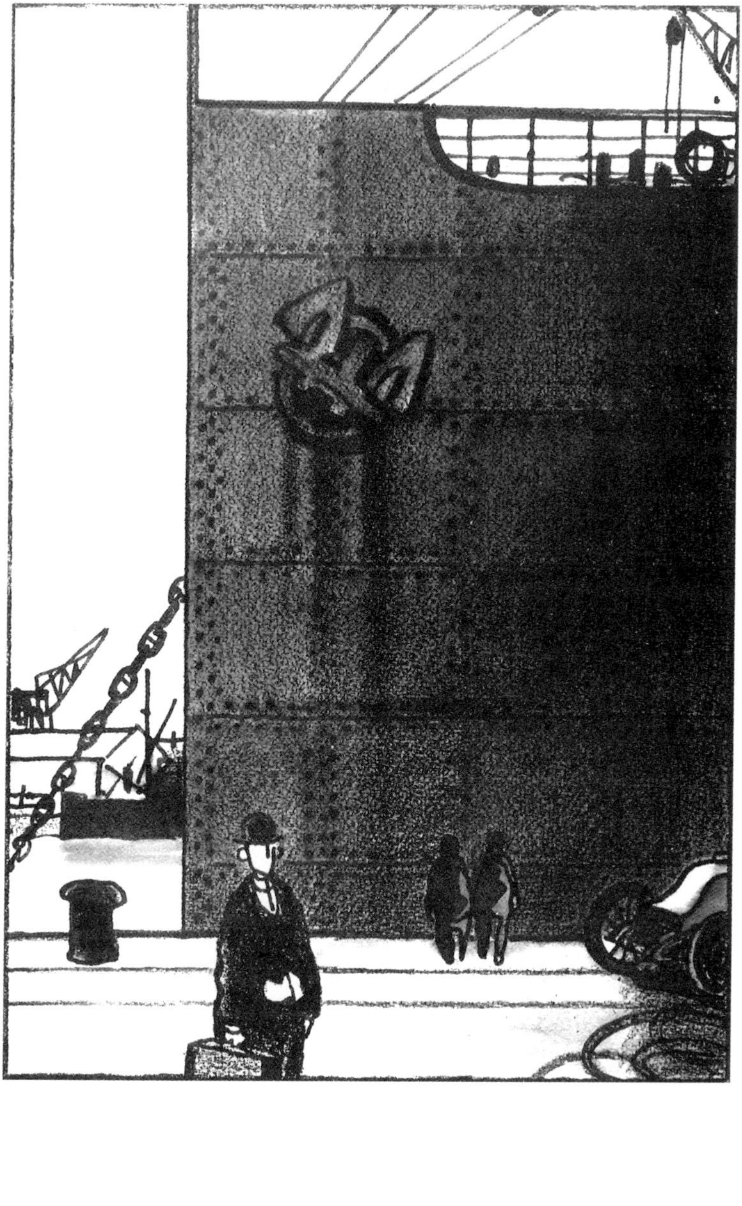

起,出乖露丑。这是从生物学角度的供认。一旦严寒和劳动不再约束我们,片刻放松其夹攻,我们白种人便露出真相,有如在退潮的海边,从生机盎然的岸上望去,只见一片臭不可闻的污泥,夹杂着螃蟹、死尸和粪便。

因此,过了葡萄牙之后,船上人人落拓不羁,加上烈酒助兴,更是如醉若狂。现役军人和在职公务人员旅行是完全免费的,他们发自内心的快乐不言自明。整整四个星期,他们吃饱,睡足,喝够,不付一文钱,难道用得着侈谈什么节约吗?惟独我一人自费旅行,这个特殊情况一经暴露,就被视为特别丢人现眼,显然叫人难以忍受。

假如我从马赛出发前已经跟殖民阶层打过一些交道,那么我这个丢脸的旅伴就会求见殖民军步兵中级别最高的军官,在他面前双膝跪下,乞讨宽恕和慈悲,甚至为安全起见,匍匐在资格最老的公务人员的脚下。也许如此,这些古怪的乘客会容忍我跟他们待在一起而不伤害我。但我太无知了,竟下意识地认为可以在他们周围自由呼吸,这差一点送了我的命。

情虚胆怯从来不会过分。幸亏我还算机灵,没有丧命,但自尊心却丧失殆尽。事情是这样的。船过了加那利群岛不久,船舱的一个招待告诉我,乘客们众口一词说我装腔作势,甚至肆无忌惮,进而怀疑我靠女人卖淫为生,同时还搞鸡奸,甚至染上可卡因癖。这些都无关紧要。但他们越传越邪乎,说我是因牵连几起重大犯罪案而逃离法国的。这只是我受考验的开始。更有甚者,我得知按明文规定这班海运只接待自费旅客,而且极其严格谨慎,乃至刁难,就是说乘客必须是不享受军人免费和公务人员报销的人,即《年鉴》①贵族栏中有本人姓氏的法国侨民不能乘坐。

---

① 刊登军队、海运业和各行政部门正式任职人员的姓名。

但不管怎么说,一个名不见经传的平民没有什么站得住脚的理由要出来冒险。我被怀疑为间谍、可疑分子,人人斜着眼睛打量我,军官们横眉立目,妇女们皮笑肉不笑,侍从们狗仗人势在我背后说三道四,讥刺挖苦。事情越传越真,我成了众矢之的,船上最没有教养的人,惟一不可容忍的人。好戏还在后面呢。

跟我同桌吃饭的是四个加蓬邮政代理人,肝病患者,落掉牙齿的人。旅行开始时我们彼此随便、热情,后来见面连招呼也不打一声。这意味着大家默默一致在监视我。因此我出舱房时特别谨慎小心。我们好似处在蒸笼里,热空气一阵阵粘在皮肤上。我锁上房门,赤条条待在里面不出去,心里捉摸恶魔般的乘客们如何策划毁掉我。船上我没有一个熟人,可大家好像都认出我,他们的脑子里准确地印着我的相貌,如同报上登着著名罪犯的相片。

我不知不觉地成了"十恶不赦的坏蛋",承担不齿于人的角色。这些世世代代到处谈论的话题,如魔鬼与上帝等,种类繁多,不可捉摸,总之在人世间成了神秘莫测的东西。既然是"坏蛋",就应当把他孤立起来,揭其真相,抓住不放。如今在这小小的船上狭路相逢,真是千载一遇的机会。

"布拉格通海军上将"号上群情激昂,人人拍手称快。"恶魔"跑不了啦。"恶魔"就是我。

即便光为了这件事,这次旅行也值得。我避开这些自发的敌人离群索居,竭力识别他们,又不被他们察觉。于是我早晨从舷窗偷偷窥伺他们。他们早饭前出来呼吸新鲜空气,穿着睡衣,里面一丝不挂,在阳光下透明可见。我的敌人们沿着舷墙躺卧,手里捧着杯,嘴里打着嗝,恶狠狠准备随地呕吐。尤其是那个上尉,凌晨就出来了。他肝有毛病,所以眼睛突出,充满血丝,但他脑子始终清醒,不断向其他勇士打听我的情况,问"人们"是否已经把我"扔下海去","像吐浓痰那样"!他边说边形象地朝泛着浪花的大海啐一口浓痰。多么轻而易举啊!

"海军上将"号行驶迟缓,慢慢吞吞,横摇隆隆,晃晃悠悠,好像害了病,不再愿意旅行。我从舷窗仔细观察这帮早遛儿的人,觉得他们个个病魔缠身,有的患疟疾,有的酒精中毒,有的大概染上梅毒。我离十米远就看得出他们衰弱不堪,因此自己的忧虑稍微减轻了。不管怎么样,这帮冒充好汉的家伙原来是些败类,比我不如。他们想充好汉罢了!如此而已。蚊子早已吸过他们的血,并在他们的血管里注进了永不消失的毒汁;梅毒螺旋体麇集他们的动脉;酒精浸润他们的肝脏;太阳刺激他们的肾脏;阴虱黏敷他们身上的毛,湿疹布满他们的肚子;灼热的阳光把他们的视网膜烤得焦黄……不用多久他们还能剩下什么呢?一小片脑袋瓜吧,但能派什么用场?请问你们,他们凭一小片脑袋瓜去那儿干什么?去自杀吗?也只能如此吧!到没有消遣的国家去老死是活受罪啊,但你怎么跟他们说也白搭。他们甘愿对着锡汞齐发绿的镜子顾影自怜,看着自己越来越衰颓,越来越丑陋,眼巴巴望着自己在草木欣荣中腐败,在炙热的天气下霉烂。

北欧人一辈子脸色苍白,但在北方你至少还能保全肉体,虽说一个没有睡好觉的青年人和一个瑞典死者的脸色相差无几。然而殖民军军人登陆后就全身爬满毒虫,这些永不懈怠的寄生虫嗷嗷待哺,哪能放过他们,不把他们置于死地是不罢休的。他们成了载满蛆虫的行尸。

我们还要航行一星期才能到达布拉格芒斯,在第一个希望之乡停泊。我觉得好像待在一个炸药桶里。我几乎不去餐厅吃饭,避免遇见他们,避免白天穿行他们的中舱。我一声不吭,不出舱门散步。我虽在船上,但占的地位小得不能再小了。我的舱房侍者,一个有家小的人,主动偷偷地告诉我,殖民军显赫的军官们举杯发誓一有机会就打我耳光,把我扔下海去。我问他这是为了什么,他说不知道,并反问我怎么闹到这般田地。我们困惑不解,感到事情难办了。说白了,我的模样不可信呗。

我今生今世再不跟这种难弄的人一起旅行了。他们无所事事,穷极无聊,圈在一起长达三十天,芝麻大的事儿也能使他们疯魔。话说回来,请想想,在日常生活中一天至少有上百人欲置你于死地而后快。譬如,在地铁排队,比肩继踵,你妨碍着人家;你住着公寓,没有公寓的人却偏偏从你家经过;你占着厕所撒尿,人家在外面憋得慌;你有子女,人家却没有;你还有其他东西,别人却没有,不一而足。这是司空见惯的,只是在船上这种压迫感更加明显,更加使人不舒服罢了。

在这座焚火煮沸的蒸笼里,这帮人黏糊在一起,预感到他们将埋葬在广漠荒僻的殖民地,从而同声相应,同气相求,有如行将就木的人怨天尤人,悲叹不已。他们乱抓,他们乱咬,他们乱扰,他们乱腾。于是我在船上的地位神奇般地变得越来越重要。我尽管悄悄地、不声不响地去就餐,而且次数很少,却越来越引人注目。只要我踏进餐厅,一百二十名乘客就会不寒而栗,窃窃私语。

团团围坐在少校桌旁痛饮开胃酒的殖民军军官,公务办事员,尤其法籍刚果小学女教师等等,"布拉格通海军上将"所载的乌合之众,起先对我恶意猜测,后来对我造谣中伤,最后把我看作恶魔,虎视眈眈,疾恶如仇。我在马赛上船的时候只不过是个胡思乱想的人,微不足道,现在却成了醉鬼和骚货共同出气的目标。今非昔比,受到这般刮目相待,实在诚惶诚恐。

船长是个搞不正当交易的行家,狡猾透顶,满脸肉赘,起初还乐意跟我握握手,现在见面好似陌路人,就像有意回避被通缉的人那样。我被视为干了不光彩的事,有罪在身,但到底什么罪?当人们断定其憎恨不会有危险时,他们荒唐的行为就被认为是正当的了,事出有因嘛。他们同恶相济。

我在敌意密布的氛围中苦苦挣扎之余,发现其中一位教师小姐在游说这群狐群狗党中的女性。这个臭女人回刚果去找死,至少我希望她如此。她形影不离殖民军军官,他们穿着紧身热色衣衫,发誓在到达下一个中途停泊港前粉碎我,就像踩死一只臭鼻涕虫那样。他们彼此一一讯问,我被踩平之后是否会像鼻涕虫那般丑陋。这位小姐火上浇油,使"布拉格通海军上将"号上酝酿的风波一触即发,他们准备兴师问罪,痛痛快快教训我,惩罚莫须有的放肆言行。简言之,惩办我竟敢存在,狠狠把我揍一顿,打得鼻青脸肿,浑身出血,让我气喘吁吁地趴着求饶,而她可在一旁观看拳打脚踢,欣赏怒发冲冠的男子气概。她指望大动干戈的场面促使她骚性大发,那将比被彪形大汉强奸更过瘾。时间过得快,再不抓紧,这场格杀就看不成啦。全船同仇敌忾,非把我这祸根拔掉不可。

大海把我们禁锢在这个铆装的竞技场里。连机械师都知道要出事了。停泊前只剩下三天,决定性的三天,好几名斗士自告奋勇出场。我越躲避风波,他们越咄咄逼人,越急于对我发难。他们摩拳擦掌,争当祭司。一次有人躲在门帘后面,想把我紧逼在两个舱房之间下手。我差一点没能脱险,吓得我不敢去厕所。航海只剩三天,我决定不再去厕所大小便,凑合从舱窗向外排泄。周围的人个个虎视眈眈,周围的一切无聊至极。话说回来,船上的无聊确实难以置信,简直整个宇宙都叫人厌倦,海、船、天,无不使人烦恼。连坚忍不拔的人都会感到浑身不舒服,别说这帮异想天开的蠢货了。

找一个牺牲品!将由我做出牺牲。一天晚上我实在饿得慌,硬着头皮去吃饭。事情明朗化了。我的眼睛只盯着盘子,连从口袋里掏手绢擦汗都不敢。有史以来谁也不像我这样战战兢兢地吃东西。从底舱传导而来的机器振动在我们坐着的屁股下不断地微微呻吟。坐在我背后的一些家伙跃跃欲试,急不可待。我旁边的人大概已知道有人决定对我下手,出其不意地向我提问题,坦率而得意地谈论决斗和刺杀。这时,那个刚果女小学教师带着刺鼻的口臭走向小客厅。我及时注意到她穿着一件华丽的镂空花边连衣裙,心急慌忙地到钢琴旁坐下演奏,听得出她把最后的音符全部漏弹了。周围充满着鬼鬼祟祟、烦躁不安的情绪。

我赶紧抽身回舱房,快到门口时被一位殖民军上尉拦住。他们中间数他肌肉隆起,胸似铁扇。他对我说:"请一起上甲板。"口气并不粗暴,但十分坚定。我们没走几步便上了甲板。他郑重其事地戴着金光耀眼的军帽,军服纽扣从衣领到裤裆一字扣得整整齐齐,自起航以来他从未这么穿戴过。我们摆开阵势,气氛悲壮。我感到局促不安,心怦怦直跳。

这样开场,这样不正常地讲究形式,使我预感到这场处置将是缓慢而痛苦的。面前的这个人好像在战场上突然冒出来阻挡我的去路,是个既固执又窘迫的凶手。在他后面的中舱门口堵着四个下级军官,十分小心地充当护卫,以防不测。

这场问罪大概经过精心策划,因此无法逃脱了。上尉说:"先生,您面前是殖民军队的上尉弗雷米宗。我的伙伴们和本船的乘客对您卑劣的行为深感愤慨,我荣幸地代表他们找您评理。自从马赛起程以来您对我们的某些议论令人不能容忍。先生,现在请您当众陈述您的不满,把二十一天来您私下可耻编造的话公开宣布,总之把您的想法说出来。"

我听到这番话感到莫大的宽慰,因为我担心猝不及防地被处死,但现在既然上尉诉诸唇舌,那我有办法摆脱他们了,于是赶紧抓住这个意外的机会。好汉不吃眼前亏。对于老于此道的人,示弱会带来极大的希望。这是我的看法。永远不要挑剔逃避被杀的手段,也不要刨根问底地弄清为什么受迫害而浪费时间。对精明的人来说，能解脱就行了。

"上尉！"我尽可能用坚定不移的语气回答，"您这是说哪儿话啊，真是天大的误会！您！怎么能认为我会有如此背信弃义的情感呢？实在太不公道了！上尉，我！我会难过死的。哪能够呢？我昨天还是我们亲爱的祖国的保卫者哩！在过去难忘的战斗岁月里我的血和你们的血是流在一起的啊！您这么对待我是何等的不公平啊！"

然后，我对着所有围观的人接着说：

"先生们，你们到底受了什么卑鄙的中伤呢？竟然猜想是我，你们的兄弟，一味对英勇的军官们散布无耻的谣言！这太过分了，实在太过分了！而且就在此时此刻，这些好汉们，这些举世无双的英豪们，即将返回保卫我们永葆青春的殖民帝国的神圣岗位上去。在那里我们民族杰出的战士已经获得永垂不朽的荣誉。芒然、费代布、格利埃尼①等将军们！嗨，上尉，我会干这种事吗？"

我说到这里突然打住，希望我的话能打动他们的心弦。一时间确实感动了他们。我不失时机地利用由于激动而结结巴巴的时刻，径直走向上尉，紧紧握住他的双手。我捧着他的手，心里平静下来。我一面握着他的手不放，一面口若悬河地为自己解释。在肯定他的做法对得不能再对的同时，向他保证我们之间一切将重新开始，而且必定成功。我对他说，我生性胆怯，不好交际，造成了这场荒诞的误会，由此我的行为当然会被认为是对男女乘客的不敬。但这种不敬是难以想象的，因为他们都是"英雄和魔力无边的人。这里伟大的个性和天才荟萃一堂，绝代佳人佐以音乐助兴，更是锦上添花，真可谓上天有眼！"我一面当众深深认罪，一面请

---

① 芒然(1866—1925)，法国将军，曾任殖民军总督察；费代布(1828—1889)，法国将军，殖民军将官，曾任法属塞内加尔总督；格利埃尼(1849—1916)，法国将军、元帅，曾任法属苏丹总督。

求他们刻不容缓、毫无保留地允许我加入他们热爱祖国、亲如手足的乐天团体。从今往后我一定始终和颜悦色。一时我口角春风,滔滔不绝,当然仍没有松开他的手。

军人不杀人的时候像个孩子,因为没有思考的习惯,很容易被人糊弄。一旦你对他说点什么,他就得费牛劲消化你说的话。弗雷米宗上尉不再杀我,也不再听我讲话。他手足无措,绞尽脑汁在思索。这实在太难为他了。其实我已控制住他的脑袋。我忍受委屈的同时,渐渐感到自尊心即将离我远去,变得模糊不清,然后脱离我,完全正式地抛开我。不管怎么说,这样的时刻还是相当令人愉快的。这一事件发生后,我感到无比的自由和轻松,当然是在精神上。生活中为了解决问题最需要的也许是胆怯,从此我再不需要其他武器或其他德行了。

上尉的伙伴们专门前来吸我的血抽我的筋,把我的牙打落下来做接子游戏,现在看到上尉优柔寡断,愣着听我说空话,洋洋满耳。闻讯兴冲冲跑来看处死的文职人员们此刻拉长了脸,好不扫兴。我荡荡如系风捕影,一味坚持抒情的语调,死抓住上尉的双手,用柔美的轻纱蒙着理想的境界,指出那是"布拉格通海军上将"号的航向,它正载着我们吃力地转动螺旋桨向前爬行。最后我冒险松开上尉的一只手,振臂结束我的演说:"各位军官先生,不打不成相识,好汉难道不该言归于好吗?上帝作证,让我们高呼法兰西万岁!法兰西万岁!"我使用了布朗尔多的绝招,分外灵验。惟其如此,法兰西拯救了我,而截至此日法兰西一直在坑害我。我发现听众有点犹豫不定,但一个处境如此不利的军官无论如何很难动手当众打一个老百姓的耳光,更何况我刚刚高呼过"法兰西万岁!"他们的犹豫救了我的命。

我走到军官们中间随手抓住两条胳膊,邀请大家到酒吧为我的健康和我们的和解开怀畅饮。勇士们扭捏片刻,接着我们痛饮了两个小时。只是女人们大失所望,不声不响地用眼睛跟随我们。我从酒吧的窗户瞥见那个弹钢琴的小学女教师憋着气走到女乘客中间,这条险恶的母狗。这群婊子猜出我采用了金蝉脱壳计,发誓伺机再抓住我。其间我们男人们没完没了地喝酒,尽管风扇已不起作用:自离开加那利群岛以来,风扇好像搅动热气团似的,搅得人昏头昏脑。而我还得打起精神饶舌,掀风鼓浪,为讨好我的新朋友们而信口开河。但为了不露马脚,我便连声称赞爱国行为,挨次一一请求这些英雄豪杰讲述他们的业绩,讲述勇猛的殖民军的故事。所谓勇猛的故事,其实全是缺德事,但各国的军人都百讲不厌。想跟人家和平相处,不管他们是不是军官,哪怕脆弱的休战,也是可贵的。要做到这一点,必须逢场作戏,让他们吹吹牛皮,说说大话,得意得意。他们并非有意夸口,这是一种本能。不爱虚荣的人是没有的。人与人之间大概惟有谦恭的姿态才乐于为人接受。我和这些当兵的在一起不必花费想象力,只需不停地赞叹就行了。让他们讲多少战斗故事都不难,他们肚子里有的是。这些家伙使我想起在医院里那些火红的日子。每听完一则故事,我从不忘借用布朗尔多一句强有力的话表示赞赏:"嘿,这是一页光辉的历史篇章!"这种套话比什么都见效。这样,我悄悄地加入他们的圈子,逐渐引起他们的兴趣。关于战争,他们讲了许多废话,不亚于先前我在医院里听到的和自己编造的,我能跟伙伴们比高低哩。他们讲的故事范围和地点有所不同,不是发生在孚日山脉和弗兰德平原,而是发生在刚果森林,但吹的牛皮却是雷同的。

弗雷米宗上尉片刻前毛遂自荐,要把我这具行尸走肉从船上清除掉。但当他发现我比谁都专心听他讲话之后,开始对我产生好感,认为我品质高洁。他听了我别具一格的赞美,浑身舒服,心花怒放,两边布有鱼尾纹的眼睛由于长期受酒精的刺激充满血丝,此刻也透过迟钝的表情露出光芒。他内心隐约地怀疑过自己的价值,在十分消沉的时候还明显地怀疑过,现在怀疑一下子消除了,可喜可贺!我聪明而恰当的评论产生了奇妙的效果。

我俨然成了欣快症的创造者。大家兴奋得拍打大腿,乐不可支。只有我能使氛围变得快快乐乐的,尽管大汗淋淋,热得要死。由于种种原因,我谛心静听的程度已经出神入化了,不是吗?

正当我们胡言乱语的时候,我注意到"布拉格通海军上将"号的速度更加缓慢,慢到了极点,周围连一丝流动的空气也没有,大概是沿着海岸行驶吧,迟缓得好似在浓雾中前进。船的上空好像笼罩着浓雾,稠糊糊的漆黑一团,我贪婪地睨视着。回到黑暗中去成了我最大的愿望,哪怕汗流浃背、哼哼唧唧、狼狈不堪也无关紧要。弗雷米宗无尽无休地吹嘘自己。我感到陆地近在咫尺,心里七上八下,为自己的逃离计划着急。我们的话题离开军事,变得轻浮,后来简直下流了,东拉西扯,断断续续,说话声音逐渐稀疏,我的客人一个个睡着了,鼾声如雷,从鼻孔深处爆裂出来的声响十分刺耳。时机已到,再不溜走就永远脱不开身了。人世间最堕落、最凶恶的本性出现短暂的收敛,这样的时机绝不该错过。

我们的船在离岸很近的地方抛下锚,但只看得见岸上零星闪烁的灯光。船下蜂拥而来无数摇摇晃晃的独木舟,载着大喊大嚷的黑人。他们竞相登上各层甲板,提供劳务。我带着偷偷打好的几件行李,迅速来到出口舷梯,叫了一个船夫,溜下船去。黑夜几乎完全掩盖了我的行踪。在舷梯下,我望着汩汩作响的海水,打听我们到达的地点,问道:

"这是什么地方?"

"邦博拉-戈诺堡。"

我们登上小舟,无拘无束地漂荡。我帮着船夫奋力划桨,风风火火地离开。在逃离危险的船友们时,我还来得及最后瞧上他们一眼。在中舱风灯的照亮下,他们在酒醉饭饱之后昏昏然熟睡了,样子显得痴呆混沌,可嘴里还不断发出低沉的叫声。军官,公务人员,工程师和医务人员,不论脸上有疱疹的,大腹便便的,皮肤黄褐色的,当他们吃饱喝足后混杂地躺卧在一起的时候,几乎全是一个模样。狗和狼熟睡时是一模一样的。

没一会儿工夫我就上了陆地,在树下,夜显得更黑,层层夜幕的背后万籁俱寂,神秘莫测。

十一

在邦博拉-布拉加芒斯这块殖民地上，总督凌驾于众人之上，耀武扬威，他手下的军职和文职人员受到他垂顾时，连大气也不敢出。然而文武官员却是一人之下众人之上的显贵。在他们的统治下，移民商人好像比在欧洲更容易发横财，更容易走运。整个领土没有一颗椰子，没有一粒花生能逃脱他们的掠夺。官员们来了以后逐渐心力交瘁，疾病缠身，除晋级和填表以外，没有油水可捞，终于明白人家根本不把他们放在心上。所以他们对商人十分眼红。军人比文官、比商人更莫名惊诧，他们只能品尝殖民的荣誉，吞食奎宁和遵守数不清的军规。

可以想见，大家伸长脖子等着天气降温的时候，变得越来越凶狠。军事人员和公务人员之间，公务人员和商人之间，个人的和集体的敌视结怨层出不穷，离奇古怪。更有甚者，其中两部分人暂时结盟反对第三部分人的事情时有发生，大家一起反对黑人或黑人之间产生冲突更是屡见不鲜。因此，抵抗疟疾、口渴、炎阳之后所剩无几的精力消耗在仇恨上，恨得如此刻骨，如此执拗，以致很多殖民者毒害了自己，蝎子似的死在当地。

但是这种混乱不堪的互相倾轧和钩心斗角受着秘密警察的制约，他们好像是篮子里的一堆螃蟹。公务人员白吃苦，何况总督为使殖民地顺从，很容易征募他所需要的民兵。有的是负债累累的黑人，他们被外商压倒，受贫困所驱，成千上万逃往沿海去找一碗饭吃。这些新兵受训后,学会应当如何敬仰总督。总督八面威风,制服上的金线饰带和金星外加羽毛在阳光下闪耀,仿佛显示他拥有金山银山的财源,真是不可一世。

总督每年派人运来维希矿泉水,他只读《政府公报》。许多官员盼着有朝一日总督跟他们的妻子睡觉,但总督不喜欢女人。他什么也不喜欢。因此每次发黄热病瘟疫,总督总是安然无恙,身强力壮,而那些希望埋葬他的人等瘟疫一来就像苍蝇似的纷纷死去。记得有一年七月十四日国庆节,总督骑着马,在他的北非骑兵卫队护卫下,单独一人走在一面大旗前面,检阅总督府部队。突然一个大概患黄热病的中士冲到他的马前,向他大喊:"往后退,大王八!"听说总督因此大为伤感,这种变相的谋杀究竟如何处置却不见下文。

很难凭良心看待热带国家的人和物,因为那里的人和物都泛五光十色,颜色和万物显得沸沸扬扬。譬如,大中午在马路上打开一听小沙丁鱼罐头,立即发出各色反光四射,叫人眼睛受不了,好像发生了一起事故。应该当心点儿,那里不仅仅世人是歇斯底里的,连万物都是歇斯底里的。一天的生活只有夜晚才安宁,但随着夜幕降临,成群的苍蝇蜂拥而来。不是一两只或一百只,而是几十亿只。要在这种条件下获得成功就得真正善于防护,谨防白天寻欢,谨防夜间狂饮,谨防钩心斗角。

茅屋里的空气清爽,躲进去避热倒挺安静,但可恶的白蚁麇集屋柱门梃,没完没了地蛀啃,叫你不得安宁。但愿陆龙卷刮进这些花边似的蛀孔,使大街小巷得以蒸发净化。

这就是我停留的戈诺堡,布拉加芒斯的首府。城市夹在大海和森林之间,显得很不稳定。但作为一个小首府,一切应有尽有,银行,妓院,咖啡馆,露天酒吧,乃至征兵处,并且建起了费代布广场中心公园和比若林荫路,供人们散步。悬崖峭壁上散布着耀眼的巨大建筑,尽管屋宇布满幼虫,却已有几代税务人员和行政官员因被切除脾脏而气急败坏地留下了足迹。

每天时近五点,军职人员开始喝开胃酒。他们怨气冲天,不满甜烧酒涨价。我到达的时候,酒刚提了价。消费者派一个代表团晋见总督,要求他下令禁止酒店随意提高褐色和红色甜烧酒的价格。听几位常客说,我们的殖民化由于缺少冰块变得越来越难以推行,因为把冰块引进殖民地表明殖民者雄性的衰退。往后喝甜烧酒习惯放冰块的殖民者必须干喝,用自己坚强的意志战胜气候。顺便说一句,费代布们、斯当莱们、马尚们①成年喝的却是啤酒、葡萄酒以及温吞的咖啡,他们非但不会抱怨这些饮料,而且认为大有裨益。因此丧失殖民地是不言而喻了。

我在棕榈树的荫庇下还听到其他许多事情。这一带房屋简陋,沿街的棕榈树却长得十分茂盛,叶子翡翠,争荣竞秀。除此之外,简直和加雷纳-伯宗②一模一样。黑夜来临,当地的妓女纷纷出动拉客,满载黄热病毒的蚊子同时成群结伙而来,寻找它们的对象。一些苏丹男子也不甘落后,竞相拉客,出卖他们缠腰布下面的功夫。花不了几个钱,一家人可以痛快一两个小时。但我倒乐意在男男女女中间闲逛,但当务之急是找一个能给我工作的地方。

有人对我说,小刚果波迪里埃尔公司经理正在找一个初出茅庐的职员去主持偏僻荒漠地区的一个办事处。我虽是外行,但很乐意效劳,立即前去向他自荐。经理的接待很不热情。这个怪人——名副其实的怪人——住在离总督府不远的一所单独的屋子里,屋子宽敞,是木头结构的茅舍。他连看也不看我一眼就粗暴地

---

① 费代布(1818—1889),法国将军,殖民军著名将领。斯当莱(1841—1904),英国记者,探险家,因发现刚果莱奥德湖著名于世;马尚(1863—1934),法国将军,殖民军将领和一战将领。

② 巴黎西北部一工业重镇。

提出几个问题，询问我的过去，之后，因我的回答十分幼稚而稍微平静下来，对我的鄙视也显得颇为宽容了。但他认为还不宜让我坐下。

"从你的证件上看，你懂点儿医学，是吗？"

我回答说确实学过一些医学。

"这对你有用处啊！"他说，"你想喝威士忌酒吗？"我不喝酒。"你想抽烟吗？"我不抽烟。对这般节制，他出乎意料，噘了噘嘴巴说道：

"我不喜欢不喝酒不抽烟的职员。你可能是搞鸡奸的吧？不是？可惜！这种人反倒不太诈骗我们。这是我的经验之谈。这种人依附性强。总之，他们干了还想干。一般说来，我好像觉得鸡奸者有这种品性，这种优点。你大概没有这种优点，等着瞧吧！"他接着说，"你很热吧，嗯？你会习惯的！再说你必须习惯。旅途怎么样？"

"很不愉快！"我回答道。

"嘿，我的朋友，你见到的算不了什么，等你在比科明博待上一年，再谈你的见闻吧。我派你去比科明博接替那个捣蛋鬼。"

蹲在桌子旁的黑女仆摸弄着脚，用一小块木头擦去脏物。

"滚开，贱货！"她的主人吼道，"去把男仆给我叫来，再让他带点冰块来！"

男仆姗姗来迟。经理突然发怒，冲向男仆狠狠打了两个嘴巴，又朝他下肚皮嘭嘭踢了两脚。

"我将来非死在这些人手里不可！"经理唉声叹气地预言道。他重重地往扶手椅里一坐，椅子的黄布套又脏又松。他经过狂暴之后，神经倒放松了，突然非常亲切地对我说：

"喂，我的朋友，请把桌子上的马鞭和奎宁递给我。我不该如此冲动，发脾气是愚蠢的。"

我们凭栏俯视江运码头,只见灰尘弥漫,朦朦胧胧,听得到下面的喧嚣,却看不清繁忙杂乱的景象。岸上一行行黑人争先恐后地干活,把一舱舱的货物往外运,总搬不完似的。他们头顶满筐的货物,保持着平衡,嘴里不停地骂骂咧咧。细长的跳板在他们脚下颤悠,他们活像直立的蚂蚁。黑人们来往于被灯光照得通红的热气中,酷似一串串断线的念珠。他们中间有些人背上还多一个黑点,那是黑妈妈们在干活。她们头顶棕榈筐,背上还有孩子,多一个负荷,我心里思忖,恐怕蚂蚁也不如她们吃力。

"你瞧,这里总是热热闹闹的,像过节的样子,不是吗?"经理开着玩笑继续说道,"快快乐乐!显而易见嘛!女人总这么赤身露体。你注意到吗?女人很漂亮,嗯?刚从巴黎来,感到奇怪,是吗?我们这些白人总穿着白斜纹衫!这里就像海滨浴场,不是很美吗?他们简直是些领圣体者!好像天天过节,我说得不错吧!真正的圣母马利亚节!一直到撒哈拉沙漠都是如此!当然如此啰!"

然后,他停了停,叹气,抱怨,连连骂了几声"他妈的",擦擦汗,接着说:

"你代表公司去的地方是在大森林里,很潮湿,要走十天。先走海路,再转内河。那条河通红通红的。河的彼岸由西班牙人管辖。你接替办事处的那个人是个大坏蛋,请记住,我只对你说说,不要外传。那个浑蛋不结清欠账,拿他没法子,真没有法子,我接二连三给他发催单也不管用。独自一人不出多久就会变得不老实的。你会明白的,到那儿就知道了。他来信说有病,是啊,有病!我还有病哩!有病,这说明什么呢?大家都有病。你也会有病的,而且用不了多久!这不是理由。我才不在乎他有病呢!公司第一!你一到就盘货,清点他的账目。办事处还有三个月的食品,至少还有一年的存货。你不会短缺什么的。记住不要夜间赶路,提防着点儿！他会派黑人到海口来接应你，但他手下的人也许会把你扔下水。他们大概受过他的训练，像他一样坏。他没准交代手下的黑人如何对付你。这种事此地常有！你出发前带上奎宁，自己用的奎宁随身带。他很可能在奎宁里放点什么！"

经理觉得忠告给得差不多了，便起身打发我走。我们头上的铁皮屋顶好像至少有两千吨重，几乎把全部的热量都传给我们。我们俩不禁做个鬼脸，实在太热了。真要热死人了。但他仍补充道：

"巴达缪，你出发前咱们也许没有必要再见面了吧。这儿一切都那么叫人劳神！不过你出发的时候我也许到货场检查一下。你到了那边之后，我们会给你写信的。每个月有一次邮班，邮班从这里出发。好啦，祝你万事如意！"

他戴上盔形帽，套上衣服，影子似的走了。脖子上的两根腱带明晰可辨，从后面望去，好像两根弯弯的手指撑着他的头颅。他转过身来加添道：

"请告诉那个家伙，让他赶紧回这里来，我有两句话要对他说。叫他别在路上耽搁！这个坏家伙！可别让他在半路上死掉，要不然就可惜啦！太可惜啦！哼，这个大坏蛋！"

他的一个黑男仆提着大罩灯领我去住宿地，我在出征可爱的比科明博希望之乡以前就住那个地方。我们沿山间小路下去，一路上的人都像是黄昏下山散步的。

暮色苍茫，锣声此起彼伏，时时夹着凌乱的歌声，相形之下，歌声细微无力而断断续续，好似打嗝。这是热带国家的夜晚，黑茫茫，漫无尽头，达姆达姆鼓的击打声宛如心脏的剧烈跳动，总是那样的急促。

我那年轻的向导光着脚轻轻地快步向前。矮树林里大概有欧洲人在游荡，从说话声听得出他们是白种人，粗声粗气，矫揉造作。

我们的灯光吸引了成群的昆虫,蝙蝠也飞来觅食,不断在我们头上盘旋。这里蝉声大噪,震耳欲聋,好像每一片树叶上至少躲着一只蝉。

在半山腰的一个交叉路口,一群土著步兵吵吵嚷嚷地拦住我们,他们身边放着一口棺材,上面覆盖了一面很大很皱的三色旗。这是从医院里抬出来的一具尸体。抬者不知道该把它埋在何处,上面的命令不明确。一些人主张把它埋在山下的地里,另一些人则坚持把它抬到临海悬崖的一块圈地。得统一意见啊!于是他们让我和男仆对此发表看法。

最后抬棺的人们决定不去上面的墓地而去下面的墓地,因为下山方便。路上我们还遇见三个白种小青年,都是在欧洲星期天观看橄榄球比赛的球迷,脸上的血色不多,却十分好斗。他们也是波迪里埃尔公司的,很客气地给我指路,告诉我那座尚未竣工的房子在什么地方,而我将在那里临时搭张折叠床。

我们很快到了目的地。这栋房子确实是空的,除厨房几件用具和我的所谓床之外,什么也没有。我刚在这细长而摇晃的玩意儿上躺下,二十只蝙蝠便从各个角落出动,飒飒来回飞窜,如同二十发扇形炮弹不停地在我头顶上空咻咻掠过,吓得我无法休息。给我当向导的小黑人自己又跑来给我介绍他的姐妹,侍候我的房事。可是那天晚上我没有兴致,使他十分失望。我很奇怪这么黑的夜他却如此迅速地找到他的姐妹。

附近村庄的达姆达姆鼓仿佛声声点落在我的身上,把我的耐心击得千疮百孔,化为齑粉。成千只勤奋的蚊子毫不迟延地占领我的大腿,我却不敢把脚伸到地上,因为怕有蝎子和毒蛇,我猜它们已经开始出击。老鼠是蛇要吞食所选择的对象,我听见老鼠啃咬的声音,什么都啃,还听得老鼠颤抖的声音,墙壁上,地板上,顶板上,到处都有。月亮终于升起,屋子里稍微安静些了。在殖民地真不是滋味儿!

第二天又是蒸笼般的炎热。肉体和精神都感到不自在,回欧洲的愿望油然而生。但缺钱哪,只要有钱,一定回去。但没门儿。我在戈诺堡只剩下一星期就得去比科明博上任,去那个被描绘得讨人喜欢的地方上任。

在戈诺堡城内,除总督府宫外,规模最大的建筑首推医院了。走到哪里都能见到,不出百步就有一幢医院的房子,老远也闻得到苯酚的怪味。我有时到装货码头溜弯儿,亲眼瞧瞧孱弱的青年同事们如何工作。他们都是由波迪里埃尔公司从法国教养院成批成批招来的,工作起来好像打仗,一货船一货船地装呀卸呀,从不停顿。"一艘货船停港的费用可大啦!"他们心疼地重复道,态度十分真诚,就像花费他们自己的钱似的。

他们发疯般地催促黑人装卸工快干活,表现得那么卖力,那么威风,显得既卑怯又狠毒。总之,他们都是被精心挑选的好职员,糊里糊涂卖命的人,没的说。我的母亲做梦也想有一个像他们的儿子,他们对老板是那么的虔诚,有这么一个儿子,她便可以在人前夸耀,可以完全承认我是她婚生的儿子了。

这帮初出茅庐的小家伙来到热带非洲,向老板们奉献他们的肉体,奉献他们的鲜血,奉献他们的生命,奉献他们的青春,为一天二十二法郎(未算扣除)卖命,居然心满意足,直到最后一个红血球被第一千万只蚊子破坏仍无怨言。小职员们啊,殖民地虽然收留你们,但要么使你们虚胖,要么使你们干瘪。在烈日下只有两条通往死亡的道路,要么使你们变肥,要么使你们变瘦,没有别的出路。我们可以选择,不过根据每个人的体质,要么变得大腹便便,要么剩下皮包骨头,最后都得归天。

红色悬崖上面的那位经理魔鬼般地对待他的黑女人,在承受万斤重的太阳照射的铁皮屋顶下,照样逃脱不了最后的报应。他属于瘦型,尽管竭力挣扎,装出战胜气候的样子,但这只是表面现象。实际上,他的精力正在耗尽,其速度比谁都快。有人断定他握有一个绝妙的诈骗计划,两年之内准发财。但他恐怕来不及实现他的计划,即便夜以继日地设法欺诈公司也完不成计划。在他之前已经有过二十二任经理都妄想发财,计划着赌一把捞一笔,岂不知更高的上面,远在巴黎蒙塞街的股东们密切注视着他们呢。这边搞的名堂幼稚得很,股东们一笑置之。股东们其实是最大的强盗,十分清楚他们的经理人是梅毒患者,在热带地区烦躁不已;十分了解他们的经理人吞服奎宁和铋剂,搞得耳膜失灵,吞服雄黄,结果牙齿全掉光。在公司的总账本上每个经理的工资月期寥寥可数,相当于一头猪的存栏期。

我的小同事们互相从不交换思想,尽说些套话,固定不变,千篇一律,十分古板。他们翻来覆去说:"不必发愁!""保管成功!""总代办是王八!""黑人,就得好好治他们!"等等。

傍晚,我们跟管行政的一个助理代办聚在一起喝开胃酒,这是一天中最后的苦差事。助理代办叫唐代诺先生,拉罗歇尔人。他和商人厮混,无非让他们付酒钱。没有办法,只得降低身份,因为他是个穷光蛋。他占据的位置在殖民地等级中低得不能再低了。他负责指导新建大森林中的公路。当然土著人在他指挥的民兵的棍棒敲打下拼命干活,但是没有一个白人走他修的新路。黑人也不走,宁愿走林间羊肠小道,因为偷税漏税不易被抓获。实际上新修的公路等于没用,故而不出一个月,杂草丛生,把道路覆盖了。

"去年我损失一百二十公里,信不信随你们便吧!"这位异想天开的开路先锋说道。

我在逗留期间只听到唐代诺夸过一次口,不失为自鸣得意吧,那就是在布拉加芒斯的欧洲人中惟有他一人居然在室内气温四十四度的情况下得了感冒。这确实独一无二,算是他聊以解嘲的成绩吧。他在聚会喝酒时颇自豪地宣布:"我又得了重感冒!惟独我有这个福气呀!"我们这帮弱不禁风的人异口同声道:"唐代诺这家伙真有意思!"他这般自鸣得意总比闷声不吭强,无论吹什么牛总比闷头儿好。

波迪里埃尔公司的小职员们聚在一起还有另一个解闷的项目,那就是比赛体温。这很容易组织,白天大伙儿提出比赛,以消磨时间。一到傍晚,热度上来了,天天如此,于是大伙儿量体温。"瞧,我三十九度!""嗨,这算不了什么,我四十度呢!"

测量的结果,发烧的度数既准确又准时。大家借着回光灯比较体温表。胜者一边哆嗦一边洋洋自得。其中最瘦的一个如实说道:"我汗出得太多,尿都撒不出来了。"他是阿里埃日人,骨瘦如柴,发烧的冠军。他悄悄对我说,他是逃出来的,"修道院实在没有自由"。时光如梭,同事中没有人能告诉我,那个我即将接替的家伙是何等人。他们只警告我:"他是个怪家伙。"

发高烧的阿里埃日人告诫我说:"初到殖民地,必须显出你的本事!你要么是经理的好乖乖,要么是大浑蛋,二者必居其一。当心,别人马上把你判定了。"我很害怕被列为大浑蛋,或更坏的名声。

这几个年轻的黑奴贩子成了我的朋友,他们领我去拜访另一个波迪里埃尔公司的同事,此人值得在此叙述一二。他在欧洲人住区中心掌管一家门市,心力交瘁,老态龙钟,满身污垢。他眼睛不好,特别怕光,躲在闷热的屋子里整整烤了两年,搞得瘦骨嶙峋。他说,每天早上用半个小时睁开眼睛,还得等半个小时才看清一点东西,眼睛一见光线就受刺激,什么也看不清了。他活像一头硕大的癞皮鼹鼠。

窒息和受苦已经成了他的第二习性,外加诈骗。如果谁能一下子使他恢复健康和有所顾忌,反倒使他手足无措。他对总代办恨之入骨,这种深仇大恨我平生第一次遇见,一个人居然会有如此强烈的情感。事隔已久,想起来,仍历历在目。他受尽了痛苦,一提到总代办就全身发抖,切骨之仇化作破口大骂。同时他不停地抓痒,从脊椎骨末端到颈项起头,前前后后,浑身上下,乱抓乱挠。他一面把身上的表皮乃至真皮划出一道道血淋淋的指甲印,一面不停地照管顾客。顾客很多,几乎全是光着身子的黑人。

他一手抓痒,一手忙于左右各处取货。铺子昏暗,他却从不出差错,熟练,迅速,准确。货架上摆着茎部发臭的烟草,潮湿的火柴,沙丁鱼罐头,用大粗勺㧟出的废糖蜜,冒牌的小瓶超酒精度啤酒。当奇痒发作,他便扔下物品,把手伸进裤裆里搔痒,抓上一阵,再把胳膊从开裆拉出来。他裤子前面的开裆总是微开着的,以备搔痒。这种侵蚀皮肤的疾病,唐代诺给它取了一个地方名字,叫"科罗科罗"。"这该死的科罗科罗",他火气挺盛地说,"浑蛋经理却不得科罗科罗,岂有此理,这叫我心里更难过啊!他身上是不会得科罗科罗的!他太腐败了!这个婊子养的不是人,他是脓包,狗屎堆……"

在场的人听得忍俊不禁,黑人顾客更笑得欢。我们对唐代诺有三分惧怕,因为他有一个朋友,就是那个气急的灰发小个子,给波迪里埃尔公司开卡车的。他总能给我们搞到冰块,从停在码头的船上东偷一点西偷一点。

我们在柜台前为他的健康干杯,周围的黑人顾客垂涎三尺,他们多为机灵的土著人,敢于接近我们白人,属于黑人中的佼佼者。其他黑人不敢放肆,宁愿保持距离,那是本能的反应。但最机灵的黑人也是受感染最深的,他们成了商店的伙计,一进铺子就认得出黑人伙计,只要从他们叱责其他黑人的模样便知道了。"科罗科罗"的同事收购原橡胶,湿漉漉的"圆球"是一袋袋从丛林中贩运来的。

他在那里叱责,我们却百听不厌。这时一家采集橡胶的老小战战兢兢地来到门口站住不动。父亲站在最前面,满脸皱纹,腰间缠一小块橙色粗布,系着在荆棘丛中开路用的长刀。野人不敢进屋,一个黑人伙计向他发出邀请:"进来,乡巴佬!来瞧瞧吧,我们不吃野人!"这番话终于使他们下了决心。他们钻进热如蒸笼的棚屋,"科罗科罗"的下人在里面大声嚷嚷,发号施令。

这个野人好像从来没有见过商店,也许从来没有见过白人。他的一个妻子低垂着眼睛跟在后面,头上稳稳地顶着一大满筐原橡胶。收购橡胶的伙计们专横地从她头顶抬下胶筐,放到磅秤上过秤。无知的黑人对磅秤这玩意儿一窍不通,他的女人始终未敢抬头。其他家庭成员睁大眼睛在外面等候,后来也让他们连同孩子们一起进来看个究竟。

他们全家破天荒从森林来到城里跟白人打交道。他们必定齐心协力经过很久的努力才采集到这些橡胶,对成果自然都感兴趣。要知道,橡胶渗滴到挂在树干上的小箕斗里是很缓慢的。往往两个月滴不满一个小玻璃杯。

橡胶称过后,"搔痒人"领着极为惊讶的黑人来到柜台后面,用铅笔涂写了一下,给他结账,然后把几枚银币塞到他的手里,说道:"走吧,这是付给你的钱!"在场的白人朋友无不捧腹大笑,他真会做生意啊!黑人只有橙色短裤衩裹着阳具,站在柜台前一动不动,羞愧得不得了。

"喂,你不懂钱吗?野人,是吗?"一个伙计喝问他一声,这家伙大概对专断的买卖十分内行,没准还训练有素呢,他又问:"你不会说法语吧?你是大猩猩,嗯?不会说话,嗯?库斯库斯人?莫比利亚人①?你是傻瓜,布勒须曼人②,脓包,大笨蛋!"

但野人仍站在我们面前不动,手里紧捏着银币。他要有胆量

---

① 即今日的莫桑比克人,亦称莫维亚人。
② 现居住博茨瓦纳或纳米比亚。

的话,早溜之大吉了,但他没有胆量。

"你用钱买过东西吗?""搔痒人"及时调解道,"你想买什么吗?"接着咕咕哝哝:"这么笨的家伙实在少见,大概远道而来的吧。"然后又对他说:"喂,把你的钱给我。"

"搔痒人"从柜台底下什么地方取出一块碧绿的大手绢,不由黑人分说,打开他的手拿了钱,把绿手绢摊在他的手心,再把钱放上。黑人托着手绢还不敢走。

"搔痒人"索性好事做到底,不愧对霸王生意经了如指掌。他拿了黑人的绿色平纹布手绢,把钱扎好,在最小的黑人孩子眼前晃悠,一边说道:"小家伙,你说好看吗?不常见到手绢吧,我的小乖乖,你说呀,我的小脏鬼,你说呀,我的小傻瓜?"一边不容分辩地把手绢系在孩子的脖子上。

野人全家此刻出神地看着小孩子身上用绿布裹着的东西。现在太平无事了,因为手绢已经属于他们家了,可以放心接受和拿走了。全家人慢慢退出店门,这时一家之主最后一次转过身来想说点什么,但没等他开口,那个最骄横的伙计用穿皮靴的脚狠狠朝他屁股上踢了一脚。

这一家老小穿过马代布大街,在玉兰树下聚在一起,静静地瞪视着我们喝完开胃酒,好像他们还在努力思索刚才发生的事情。

"科罗科罗"患者设宴款待我们,甚至打开留声机给我们听。他的店里要什么有什么。这使我想起战场上的运输车队。

十二

如上所述,为小多哥波迪里埃尔公司服务的人很多,有一大批黑人和像我这样的白人青年,在货场或种植园劳动。土著人非得挨棍棒才肯干活,他们始终保持着这种尊严,受过公共教育的白人则不需别人催促。挥舞大棒的人终于筋疲力尽了。白人做梦也想有权有势又有钱,但梦幻毕竟是梦幻,尽管做梦不花钱。

因此,请不要再向我们吹嘘埃及和鞑靼暴君了,尽管交易所的小投机家们妄图学古人,道貌岸然地鼓吹直立动物应当鞠躬尽瘁。但这帮复古的人们不肯称奴隶①为"先生",不肯让奴隶参加投票,不肯给奴隶订阅报纸,特别不肯把奴隶投入战争,光要奴隶为他们卖命干活。然而二十世纪的基督教徒面临大军压境时已经做不到以一当十了,敌人有切身的体会。我们的思想太复杂了。所以,我暗下决心,往后特别注意自我检点,要学会少说话,把逃跑的想法深深藏在心里,如果可能,趁在为波迪里埃尔公司服务时发迹。时不我待,说干就干。

我们的货场建在江边,两岸遍是淤泥,常有鳄鱼出没。阴险的鳄鱼常年成群埋伏在那里。鳄鱼的皮坚如金属,酷爱灼热,好像黑人也如此。日轮当午,成堆的黑人沿着码头像牛马般地干活,繁忙而无序,乱喊乱嚷,兴奋异常,真叫人弄不明白。

---

① 泛指殖民地的黑人。

去丛林前,我必须把货物编码注册,因此不得不去公司的货场受罪。我带着两个伙计慢慢深入令人窒息的中央货场,置身两个大磅秤之间,周围成群忙碌的黑人衣衫褴褛,散发着碱性味儿,遍体脓疱,却乐呵呵哼着歌子。他们的步伐很有节奏,每个人的后面拖着一小片灰尘。搬运时,尽管监工的闷棍落在他们俊美的背上,他们却没有一声异议,不发一声怨言,浑浑噩噩,不作任何反抗。他们忍受疼痛就像忍受灰尘飞扬时烤人的热空气。

经理有时来转转,恶狠狠地检查我编码注册和舞弊过秤的工作是否取得真正的进展。一天早晨,他挥舞棍棒,驱散忙乱拥挤的黑人,为自己开路,一直来到磅秤旁,兴致勃勃地对我说:

"巴达缪,我们周围的这些黑人,你瞧见了吧?唉,三十年前我来小多哥公司时,他们还只靠打猎捕鱼和部落互相残杀为生,这帮坏蛋。我起初当小代办的时候,亲眼看见过他们凯旋回村的情景。他们运回一百多筐血淋淋的人肉,美美地大饱口福。你听清了吧,巴达缪,血淋淋的人肉!他们敌人的血肉!简直像除夕吃年夜饭!如今这种胜利没有了!我们占据此地啊!部落没有了!客套没有了!炫耀没有了!有的是劳力!有的是花生!干活吧!不许打猎了!枪支没有了!有的是花生!有的是橡胶!要他们交税!税收使我们源源不断地获得花生和橡胶!这就是生活,巴达缪!花生!花生和橡胶!喏,瞧通巴将军朝我们这边走来了。"

通巴将军已上年纪。他顶着烈日确实朝我们走来,看他那样子快被烤蔫塌了。将军既不完全是军职人员,也不尽然是文职人员。他作为波迪里埃尔公司信得过的人,负责沟通行政部门和商业部门。尽管这两个部门竞争依然激烈,始终处在敌视状态,但沟通总是不可缺少的。通巴将军调停有方,得心应手。最近发现一笔肮脏的买卖,即倒卖敌人物资,上峰一时觉得毫无办法,但由他出面,事情就顺利地解决了。

大战之初,通巴将军耳朵受了伤,在沙勒罗瓦战役①后勉强光荣引退,但立刻把他的本领投入到为"最伟大的法兰西"服务中去。凡尔登失败已经好久了,他仍耿耿于怀。他一边胡乱翻弄"电报",一边嘟囔道:"他们会抓我们小长毛兵②的!他们抓住了!"货场上烈焰烤人,法国的事离我们十万八千里,人家并没有请通巴将军预测战争的发展。不过经理和我出于礼貌连连齐声说道:"我们的士兵都是好样的!"通巴听到此话才和我们告别。

片刻后经理也从繁忙拥挤的光身子黑人中间杀出一条路,轮到他消失在呛人的蒙蒙灰尘里。此公的眼睛乌黑贼亮。把公司占为己有的强烈欲望使他精力衰竭,有点叫我胆战心惊。跟他单独在一起时我总感到不自在。我实在难以想象世人会有如此强烈的贪婪。他几乎从不对我们大声训话,只爱说隐语,好像他的生活、他的思想统统用于暗中策划,密切监视,背信弃义。有人说他一个人所诈骗的,所舞弊的,所偷窃的,胜过公司全体职工所到手的总和,而据我所知职工们也非等闲之辈。不过对人们的说法,我并不怀疑。

我在戈诺堡实习期间,有空便在城里散散步,转来转去,觉得只有一处值得光顾,那就是医院。无论走到医院的哪个地方,都会被它不凡的气概所感染。我生来就喜欢生病,委实喜欢生病。人各有志嘛。医院一幢幢单独的房子显得悲凉而给人以希望,隐秘而储备生机。每每漫步其间,总是流连忘返。灭菌剂使病房不受外界病毒的传染。四周一方方茸茸的草坪上鬼鬼祟祟的小鸟欢蹦乱跳,五色斑斓的蜥蜴窜来窜去。可谓"人间天堂"了。

我对黑人的习性很快适应了,他们总那么优哉游哉,慢慢腾

---

① 沙勒罗瓦,比利时城市,是第一次世界大战的第一场战役之战场。于1914年8月被德军占领。

② 第一次世界大战时法国士兵的绰号。

腾,他们妻子的肚子总是鼓鼓囊囊的。黑种人一贫如洗,家徒四壁。他们世代受苦,却逆来顺受,饮泣吞声,和我们国内的穷人相比并无二致,不过孩子多些,脏衣服少些,红葡萄酒少些。我闻够吸足了医院的气味之后,混在土著人里随着人潮来到碉堡附近的一座似塔非塔的楼房前面,这座塔式酒家是由一位饭店老板为满足殖民地的好色之徒修建的。戈诺堡有钱的白人夜夜光临,大吃大喝,又赌又嫖,随意打呵欠,随便打饱嗝,花二百法郎便可以把漂亮的老板娘搞到手。然而这帮酒囊饭袋衣冠楚楚,却费了大劲也脱不下裤子,而裤背带则断掉滑落下来。

一到晚上,土著人纷纷走出茅屋,潮水般涌向塔式酒家,争看白人围着自动钢琴扭来摆去,争听发霉的琴弦奏出走调的华尔兹舞曲,可谓百看不厌,百听不腻。老板娘深为优美的旋律所吸引,随着乐浪,摆出迈步起舞的架势。

我经过几天的试探,终于悄悄接近了她,跟她促膝谈过几次。她给我交了底,说她的月经至少持续三星期,是热带气候造成的。此外,她的客人把她弄得疲惫不堪。倒不是常和他们一起睡觉,而是塔式酒家的酒菜太贵,他们花了钱,既想喝个够,又想多跟她调情,走开之前使劲捏她的屁股,所以她感到特别累。这个女商人熟知殖民者偷香窃玉的情场逸事,说得出真伪和苦衷。军官们为发高烧所困,稀贵的文官老婆又例假不止,所以他们无尽无休地坐在凉棚下的躺椅里干着急。

戈诺堡的大街小巷和机关商店无不流淌着残败的性欲。这些狂热者不顾恶劣的高温和难以克服的、日益严重的萎靡不振,偏要保持欧洲的生活方式,偏要搞欧洲式的挤眉弄眼,偏要得到欧洲式的满足,他们如魔鬼附身,难以解脱。欧洲人住的花园里却植物猛长,从栅栏到门前屋后,铺青叠翠,流光溢彩,疯长的莴苣菜周匝而围,烘托着一座座宛如坚硬而干瘪的硕大水煮蛋的房子,某个脸色蜡黄的欧洲人就待在里面等死。戈诺堡最热闹、最繁华的法绍达大街两旁有多少官员住房就有多少栽满生菜的花园。

我住的房子好像永远整修不完似的。我每晚回去,小男仆已经把我的简易床搭好。这家伙性反常,似猫一般的淫荡,给我设下圈套,引诱我上钩。可是我一心想着别的更为迫切的事情,时刻盘算着如何钻进医院待上一阵子,这是我力所能及的惟一躲避夏阳酷暑的办法。我在平时和在战时一样的拘泥小节。老板的一个厨师也主动真心诚意地想跟我搞猥亵的行为,我觉得不光彩,没有动心。

我最后一次向波迪里埃尔公司的伙伴们挨个打听那位不可信赖的职员,就是我奉命不惜代价去森林接替的那个家伙。毫无结果,白费了口舌。

法绍达大街尽头的费法代布咖啡馆一到傍晚便人声嘈杂。闲言碎语,飞短流长,造谣诬蔑,无奇不有。但听不到我需要的实质性的东西,只是一些印象。而印象又纷纷被击碎,变成一箱箱垃圾,湮没在星光彩灯嵌镶的昏暗里。海风摇撼宽大的棕榈叶,把浮云般的蚊群驱散到露天座旁。总督兴致勃勃的讲话具有最高的权威,他那不可多得的粗话成了酒食征逐的殖民者交谈的中心。肝病使他们犯恶心,而晚饭前喝着酒高谈阔论尚能通气开胃。

戈诺堡共有十来辆汽车,这时全部出动,在露天座平台前开来开去。汽车好像从来不远行。费代布广场具有特别的氛围和景象,草木欣荣和法国南方专区乡音很重的侃侃而谈显得十分突兀。这十来辆汽车通常只离开费代布广场五分钟便又开回来,行程的地段固定不变,所运载的酒囊饭袋一概是脸色苍白的欧洲贫血鬼。他们身上裹着轻纱,弱不胜衣,一碰就倒,好似快溶化的果汁冰激凌。

殖民者就这样长年累月地面面相觑,末了实在觉得对方面目可憎,于是互不相望,视同陌路。几个军官领着全家散步,无论对军职或文职人员的致意都十分关注。他们的妻子下身裹着特制的卫生带,行动有所不便;他们的孩子虽属肥胖的欧洲佬难产的肥姐,却长年拉肚子,被炎热慢慢熔化着。

要想指挥,光戴一顶军帽是不够的,还得有部队。在戈诺堡的气候条件下,欧洲军人溶化得比黄油还快。一个营开到戈诺堡,有如一块方糖投入咖啡,眼看着它一日少似一日。部队的绝大多数士兵长期住院治疟疾,可是他们身上的茸毛和衣服的褶裥仍不免长满虱子。整班整班的士兵待在香烟的雾气和苍蝇的嗡嗡声中,躺在发霉的被单上,顶着高烧,专心地逗弄生殖器,大搞手淫。这帮可怜的浑蛋是一群可耻的废物,他们还躲在阴暗的角落跟商店的小职员狼狈为奸,因为医院和商店连在一起,绿色的护窗板加上拖落下来的广告纸,使屋内光线暗淡,给他们提供了场所。他们逃离丛林和老板,走投无路,才来医院躲避。

疟疾病人昏昏沉沉,午休的时间很长,天气热得连苍蝇也躲起来休息了。只见病床上一条条苍白无力、汗毛茸茸的手臂依托床的两旁,捧着积满污垢的小说。书本破烂不堪,多半的页数已撕去,因为痢疾流行,手纸不够用,也因为脾气不好的修女护士查禁对上帝不敬的章节。小兵们起哄,阴虱纠缠部队上下,也骚扰修女护士,搞得她们心烦意乱,跑到屏风后面撩起裙子搔痒痒,鬼天气实在太热,连早晨去世的死人还是热乎乎的,凉不下来。

医院尽管凄凉,却是殖民地惟一能躲避人事的地方,暂为头头们所遗忘。这般因禁式的休假,实不足道,但我至多能得到这点清福。我打听入院的条件、医生的习惯和他们的癖好,因为一想到要去森林,心里就犯愁发毛。我预感到此去弄不好会染上一身病,等发高烧被抬回戈诺堡时就骨瘦如柴,不可收拾了。那时他们将不得不收留我,并把我遣送回国。得病的窍门儿我是懂的,万无一失,而且还学会了新花招,掌握了殖民地特有的诀窍。

波迪里埃尔公司的经理们和军队的头头们动辄跑到医院抓夫,连躺在散发尿臭的床上发疟疾的瘦病人也不放过。我准备冲破重重障碍,让他们觉得我病魔缠身,一蹶不振。一般说来人们在医院里逗留的时间很短,除非在此一劳永逸地结束殖民生涯。发高烧的疟疾病人中最精明、最无赖、最坚韧的家伙经过钻营有时能搞到一个铺位,被送回祖国。但这是凤毛麟角。大部分住院病人顶不过约法三章,结果黔驴技穷,只得返回丛林,直至耗尽最后的精力。等到奎宁对付不了疟原虫,如果他们还在医院,那么傍晚将近六点,神甫会来帮他们闭上眼睛,由四个值班的塞内加尔人把这些血被吸干的僵尸抬到靠近戈诺堡教堂的红土坟场。瓦楞铁皮的教堂顶下是热带最热的地方,进去过一次,再也不想去第二次了:在教堂里要费九牛二虎之力才站得住。

因此,人总是完不成使命就归天的,年轻时轻率如蝴蝶,年老时无用如蠕虫。

我继续到处打听,以便摸清底细,想出对策。经理对比科明博的那番描绘似乎不足为据。其实那是个试验性的代办处,企图打入内地。去那个远离海岸的地方至少要走十天,那里丛林密布,只有土著人居住。据说,那里的森林是野兽繁衍之乡,疾病滋生之地。

波迪里埃尔公司的小伙伴们时而沮丧,时而凶狠,我疑心他们是否嫉妒我的命运。他们的废话(他们只会胡说八道),其愚蠢的程度要看他们灌进肚子的烧酒的质量如何,要看他们收到的信件如何,要看他们当天办事失望的大小如何。一般说来,他们越衰弱,就越神气,鬼魂似的自吹自擂,胆大包天,活像打仗时的奥托朗。

我们聚会饮酒往往长达三个小时。谈话的主题总离不开总督,其次议论物资失窃的可能性,再其次就是性爱,这构成了殖民三色旗①。现任的文官直言不讳地指责军官贪污腐化,滥用权势,军官则反唇相讥,以牙还牙。至于商人,他们把文武受捧者视为伪君子、骗子手和掠夺者。对总督的风言风语更是经久不息。每天上午从十点开始传说召回总督的消息,但如此得人心的贬黜电文却硬是来不了。每周至少有两封匿名信寄往内阁,有鼻子有眼地控告这个地霸为非作歹,罄竹难书,可是毫无用处。

　　黑人长着洋葱皮色的皮肤,幸运得很;白人穿着网眼衬衫还直冒酸性的汗水,自讨苦吃。谁靠近白人谁倒霉。自离开"布拉格通海军上将"号以来我一直气势汹汹,拒人于千里之外。经过几天的调查,我知道了顶头上司的丑事。经理历来所干的荒淫无耻的勾当超过了一个军港监狱的全部犯人。他过去什么都干过,我猜想他甚至制造过冤假错案。看他那样子,一副贼头贼脑相,胆虚得生怕别人看见他的首尾,或为了不加罪于他,姑且说他的脸上带有冒失鬼的惶恐,急于事功,其实两者是一码事。

　　午睡的时候经过费代布林荫路,可以看见在一幢幢小房子的阴凉处一些白种女人无精打采地躺着,她们是军官的老婆或殖民者的老婆。气候对女人的影响比对男人还大。不时听得见她们细声嗲气而犹豫不决的声音,循声望去,她们脸上挂着宽宏大量的微笑,浓粉艳脂掩盖着她们苍白的肤色,仿佛满心欢喜的临终者。这些侨居的资产者与塔式酒楼自食其力的老板娘相比,显得缺少勇气和缺乏气派。波迪里埃尔公司雇佣许多像我这样的白人小职员,每个季度丛林中和沼泽畔的办事处共要损失几十人,这些都是开拓者。

　　每天上午,军务处和商务处总有人来医院苦苦哀求应征名额。

---

① 法国国旗有红、白、蓝三色,通称三色旗。

天天都有军官大发雷霆,要挟医院主管人,给他放回三个患疟疾的中士和两个得梅毒的下士,以补充为组织某个公司所缺的人手。要是回答他说"懒兵们"死了,他便不再纠缠管理人员,悻悻而去,到塔式酒楼多喝一杯。

这里的绿茵,这里的气候,这里的炎热,这里的蚊子使置身于这里的人们几乎来不及注意人员失踪、时光消逝、事物消失。一切都令人厌倦,一切都在这里消亡,一截接着一截,一句话接着一句话,一个人员接着一个人员,一个遗憾接着一个遗憾,一个血球接着一个血球,渐渐消失在太阳下,慢慢消融在光焰和色彩的海洋中,连同情趣和时间,一切都在这里消亡。空气中只有叫人目迷五色的焦虑。

小货轮终于来到戈诺堡,载我沿着海岸线驶向靠近我工作的地方。轮船叫"帕帕奥塔赫"号,是艘平底船,用劈柴作燃料,适合在小港湾航行。我是船上惟一的白人,专有一间舱房,位于厨房和厕所之间。船在海上走得很慢,起先我以为船刚离海湾,出于谨慎,放慢速度,但后来一直没有加快,其实动力太小,快不了。我们靠近海岸缓缓而行,灰色的狭长海滩漫无尽头,接壤着密密麻麻的小树丛,水蒸气升腾,经久缭绕不散。多么奇特的兜风啊!"帕帕奥塔赫"号吃力地破水而行,犁开的水花好似它自己洒下的汗珠,苦不堪言。小浪花一个推着一个,好像松开的包袱慢慢向前滚动。远远望去,驾驶员好像是黑白混血儿。我说"好像",因为我提不起精神登上驾驶台看个究竟。我跟着黑人乘客躲在阴凉的纵向通道里,五点以前太阳一直晒着甲板,为了不被太阳灼伤眼睛,得像耗子似的把眼睛眯成缝。五点以后可以极目远眺,可谓一乐。然而景色毫无观赏价值:狭长的海滩活像压扁的手臂下部镶着重重叠叠的灰色流苏。即使夜晚,空气也是热乎乎的,有股海生的霉味,难闻极了。这种腥味直叫人恶心,再加上轮机的气味,更叫人难受。白天近处的海水是赭石色的,远处的海水则呈现碧蓝的颜色。我感到比在"布拉格通海军上将"号上更糟糕,当然这里没有行凶的军人。

轮船总算靠近我要下榻的码头,有人告诉我这个码头叫托波。说是靠近,"帕帕奥塔赫"号还得经过三倍于四顿罐头食品餐的拼搏之后,才气吁吁、叭哒哒、颤巍巍地靠岸。恶草丛生的河岸上三座茅顶大屋特别显眼,从远处一眼望去,还颇吸引人。人家告诉我,这儿是一条大沙河的出口处,我将乘小船逆沙河而上,去茫茫森林中赴任。在托波的海边哨所里我只能小住几天,这是事先商定的,好让我最后下定当殖民者的决心。

我们靠近一个简便的趸船,"帕帕奥塔赫"号挺着大肚皮,在接触趸船前,停止了舵轮的转动。我记得,趸船是竹子做的,多有不便,听说每个月重建一个趸船,因为每换新的,就有成千上万的软体动物活剥鲜跳地涌来啃噬。没完没了地修建趸船成了格拉帕中尉一件最头痛的事。格拉帕是托波哨所和周围地区的指挥官。"帕帕奥塔赫"号每月往返一次,而软体动物们不到一个月就把趸船蛀烂了。

我登岸后,格拉帕中尉拿走我的证件,检查其真伪,并登记到一本未用过的簿子上,然后备酒为我洗尘。他推心置腹地对我说,两年多来我还是第一个到托波出差的。没有人来托波,因为没有任何必要。中士阿尔西德在格拉帕中尉的领导下服役。他们离群索居,相处得不好。格拉帕中尉刚跟我接触就说:"我不得不时刻提防我的部下,他有点放肆了。"在这片凄凉荒芜的地方,定说有什么是非,委实令人难以置信,因为根本没有惹是生非的氛围。阿尔西德中士预先填写好许多张带有"无"字样的表格,格拉帕及时签发,"帕帕奥塔赫"号按时带走,呈交总督。

附近几个环礁湖之间和森林的最深处,毫无生气地聚居着几个部落,他们由于吸麻醉毒品和长年贫困变得懒怠、短命、痴呆。尽管如此,这些部落仍交纳一小笔税金,当然是在棍棒下逼交的。同时也在他们的青年人中征集一些民兵,授权他们挥舞棍棒。民团的人数为十二人。我熟悉这些民团士兵,在此可以略表一二。格拉帕中尉自有一套办法装备这些幸运儿,并定期供大米给他们吃。给十二个人发一支枪,这是定量分配的!给每个人发一面小旗,但不发鞋。人世间一切都是相对的和相形的。征集来的当地人觉得格拉帕办事正大光明,志愿应征者每日不断,格拉帕不得不拒绝收留这些热心的报名者,他们都是厌倦丛林生活的青年人。

村庄附近猎物稀少,打不到羚羊,因此每周至少吃掉一个老祖母。天天早晨从七点开始,阿尔西德指挥民团操练。我住在他的茅屋里让出来的一角,所以能在头排包厢里观看表演。世界上找不出一个军队有如此用心操练的士兵。遵照阿尔西德的口令,这些原始人排成四人一行、八人一行、十二人一行在沙地上来回行走,他们不遗余力地做着假想的动作:背包,穿鞋,扛枪,甚至比划使用这些想象物。他们刚脱离茁壮的自然状态,只穿一小条黄褐色的短裤衩。在阿尔西德权威的指挥下,这些聪明的武士时而把他们的假想的背包放在地上,时而奔向空地取下假想的长剑刺向假想的敌人。他们模仿解纽扣脱衣服,在空中一舞,把看不见的衣服卷成捆,一甩手,摆出一个火枪手的刺杀动作。看着他们比划得如此细腻,毫无意义地糟蹋精力,不由得心灰意懒、萎靡不振。尤其在托波,炎热逼人,沙地夹在海和河之间,成了两面光滑的明镜所辐射的焦点,好像太阳从天掉下一块,正好落在这里,而你似乎被人从后面强迫往下一拉,坐在太阳的脱落物上,叫苦不迭。

然而,如此严峻的条件并没有阻碍阿尔西德大喊大叫。相反,他的叫喊声在神奇的操练场上空震荡,一直传到热带边缘的巍巍雪松顶,甚至传得更遥远,可谓口令如惊雷:"立正!"

这期间,格拉帕中尉在审理案件,我们将在下面谈到。同时他从远处、从他茅屋的阴凉处监视建造趸船,该死的趸船,坏了又造,造了又坏。"帕帕奥塔赫"号每次到他都去迎候,抱着既乐观又怀疑的心情等待为他的人员运来完整的装备。两年来他确确实实不断要求完整的装备。格拉帕是科西嘉人,看到自己的民团几乎赤条条光着身子,感到十分委屈。

在我们的茅屋,即阿尔西德的茅屋,半公开地进行小买卖,尽是些小东西和各类残羹剩饭。再说托波的全部交易都经阿尔西德办理,他掌管一个小存货库,这里惟他有贮存,烟叶和烟卷啊,几公升烧酒啊,几公尺棉布啊,等等。看得出托波的十二个民团士兵对阿尔西德很有好感,尽管他老冲他们破口大骂,甚至经常无缘无故地踢他们的屁股。但是这些赤条条的军人发现阿尔西德具有跟他们非常相近的素质,即都是天生的穷光蛋,后天难以改变的穷光蛋,这是否认不了的。不管黑人多么黑,但由于环境的缘故,香烟使他们跟阿尔西德亲近。我随身带着几份欧洲报纸。阿尔西德浏览了一下,想知道点消息,尽管他三次拿起报纸阅读支离破碎的栏目,却集中不了注意力,终于念不下去而罢手。他向我承认说:"其实现在我对新闻才不在乎呢!我待在这里已有三年了!"阿尔西德并非装做隐士在我面前卖弄,不,不是这样的,而是他所受到的粗暴和全世界的冷遇迫使他以再次服役的中士的眼光看待世界,把波托以外的世界视为月球。

况且阿尔西德心地极好,热心助人,慷慨大方等,不胜枚举。我后来才了解他,可惜太晚了。他逆来顺受,听天由命,这是当兵的或不当兵的可怜虫的基本素质,死活听任摆布。小人物从来或几乎从来不问为什么受苦受难,他们相互之间的仇视就够他们操心的了。

离我们的茅屋不远,在环礁湖中灼热逼人的沙岛上长满了奇

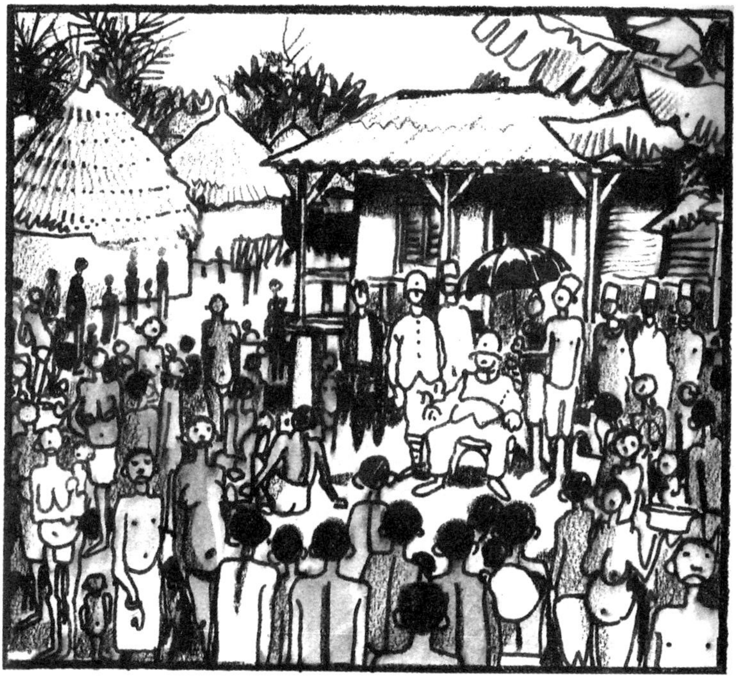

花异卉,粉红的或紫红的,小巧玲珑,鲜丽娇媚,有的好像欧洲某些瓷器画上的那种牵牛花,粗而不俗。花儿忍受着白天长久的闷热,卷缩在茎顶,待到傍晚温和的微风拂来才哆哆嗦嗦地舒展开来。

一天,阿尔西德看见我采集一小束花,提醒说:"你随便采吧,但不要浇水,否则就把这些小娘儿们浇死了,可娇嫩呢!不像咱们朗布耶军营的孩子们种的向日葵,撒泡尿,浇什么都行!再说,花像人一样,越肥胖越愚蠢!"他显然在影射格拉帕中尉,因为中尉肥胖而多病,双手粗短,呈紫红色,不讲人情,从不体谅人,而且根本不想体谅人。

我在托波住了两个星期,跟阿尔西德同吃同住,不仅分摊他的木床或沙床(两种床)的跳蚤,而且分享他的奎宁和井水:附近有一口井,温热的水,难喝极了,喝了还拉稀。

另一天,格拉帕中尉兴致勃勃,破例请我上他家喝咖啡。此公爱嫉妒,从不让他的黑人姘妇在人前露面。那天他的黑女人回村走娘家,这才请我过去。那天也是他的法庭开庭日。他很想让我开开眼界。

申诉人大清早纷纷来到他的茅屋前,参差不齐地扎成堆,缠腰布五颜六色,很不协调。中间还杂七杂八夹着叽叽喳喳的见证人。打官司的和看热闹的混杂着围成一圈,个个散发着刺鼻的大蒜味,檀香味,哈喇味,酸汗味。如同阿尔西德的民团士兵,这帮好事之徒无一不醉心于无风三尺浪。他们紧握拳头,在头顶上猛烈挥舞,用清脆响亮的土语滔滔不绝地陈述原委。

格拉帕中尉深深坐在藤椅里,发出嘎吱嘎吱的声响。他唉声叹气,面对这般乌合之众无可奈何地笑笑。他依靠哨所的译员作判断,译员用他特有的语汇大声转述令人难以置信的诉状。也许事由一只独眼羊。一家父母执意不肯归还一只独眼羊,虽然他们已经高价出售的女儿始终没有过门,因为其间她的兄弟谋杀了看羊人的姐妹,等等。还有许多更为复杂的抱怨。

在我们旁边,上百张脸关注着这些利害和习俗问题,表情十分激动。他们龇牙咧嘴,或咕嘟咕嘟说着土话。火日中天,烈焰炙人。朝茅屋顶角偷眼望天,疑心是否会有大灾临头,连雷雨的迹象都没有!高气温和叽喳声弄得格拉帕十分烦躁,他终于决定:

"我让他们皆大欢喜!"接着喊道:"新娘的父亲在哪里?把他带上来!"

"他在这儿呢!"二十个伙伴齐声回答,推出一个老头。但见他肌肉松弛,软弱无力,黄色的缠腰布裹在身上倒挺神气,大有罗马遗风。老人紧握拳头,有顿挫地反驳对他的种种议论。他好像根本不是来打官司的,而是趁打官司之便散散心:他早已不指望有什么好结果了。

"好吧!"格拉帕下令道,"打二十下!事情就此了结!把这个靠婊子养活的老东西打二十棍!看他还敢不敢再来捣乱,两个月来每星期四都来胡搅蛮缠,为屁钱不值的羊吵个没完。"

老人眼看四个身强力壮的民兵朝他逼近,不知他们要拿他怎么样,很快他的眼睛滴溜溜转动起来,好似受惊的老动物,眼里充满了血丝,须知他从未挨过打啊。他并不想反抗,可是也不知道怎么就位迎接刑罚才能少受皮肉之苦。

民兵抓住他的缠腰布,其中两人非要他跪下不可,另外两人则认为他趴下也行。最后四个人随他在地上摆什么姿势,撩起他的缠腰带,先朝背上打了一棒,然后在软嗒嗒的屁股上狠狠一棒,这一棒非同小可,即便是结实的母驴也会疼得叫唤一星期。老人滚来滚去,随着他血淋淋的下身的扭动,细沙四溅。他一边嚎叫,一边吐着溅进嘴里的沙子,活像一头怀孕的矮腿大猎犬,人们把他拿来折磨取乐。

上刑的时候,众人鸦雀无声,只听见棍棒敲打。二十棒打完,老人已动弹不得,可他仍想去拣罗马式缠腰布然后站起来。他大量出血,嘴,鼻,背,到处都流,最后被抬走了。人群散开离去,七嘴八舌,嘈杂不堪,仿佛在给老人送葬。

格拉帕中尉重新点燃雪茄,在我面前,执意表现出对这类事情极为淡漠。我倒并不觉得他比别人更像古罗马暴君尼禄那样暴虐无道,只是他也不喜欢人家逼他动脑筋。他讨厌动脑筋。在审理案情的过程中,他最为恼火的是有人向他提出问题。同一天,我们还观看了另外两起难忘的体罚,都因为莫名其妙的纠葛造成的。诸如收回嫁妆,答应放毒,诺言含糊,孩子生父不明,等等。

"嗨!要是他们都知道我对他们的纠纷毫不在乎,他们也许不会离开森林跑来胡言乱语,闹得我不安宁。难道我有必要把日常琐事告诉他们吗?"格拉帕作了小结,然后接着说,"我甚至怀疑这帮浑蛋喜欢我的法庭上了瘾。两年来我千方百计让他们倒胃口,可他们每星期四照样来。请相信我说的话,年轻人,来回折腾的几乎总是那些人。他们积恶成癖,难以挽救!"

然后话题转向图卢兹。格拉帕定期回图卢兹休假,他打算十年后带着退休金回去养老。这是明摆着的。饭后我们雅兴不浅,开始品尝卡尔瓦多斯烧酒。这时又有一个黑人跑来打扰,申诉他受到的委屈,但迟到了,结果自讨苦吃。他晚来了两个小时,找上门挨一顿棍棒。他离开村庄穿过森林走了两天两夜,好不容易到了目的地,死也不肯空手而归。不幸他迟到了。格拉帕素来守时如执法,决不含糊:"他活该!上星期四他不回去就行了呗!上上星期四我罚过他五十棍,这个浑蛋!"

申诉人不肯让步,因为他的理由很充分:上星期四他不得不迅速赶回去给他母亲下葬。他一个人有三四个母亲。申诉被退回:"必须等到下一次开庭!"申诉人坚持说回村后下星期四再赶来时间太紧,他再三请求,执意不肯走。无奈只得朝这个受虐狂的屁股上狠狠踢几脚,把他轰了出去。他这才舒服,不过舒服得不透底。最后,他到阿尔西德处借宿,阿尔西德乘机向受虐狂者出售各式烟草:烟叶,烟卷,鼻烟末。

这么多的事着实让我饱了眼福。我起身向格拉帕告辞,他也正好要回内屋睡午觉。他的黑人姘妇已从娘家回来,躺在尽里间休息。这个黑女人受过加蓬修女会的熏陶,有一对出色的乳房。这个年轻姑娘不仅会说变音的法语,而且会把奎宁巧妙地和在果酱里或替你清除脚底心的热带跳蚤。她想出各种办法讨殖民者喜欢,千姿百态,或让你解乏或让你疲乏。

阿尔西德在等我,他有点不高兴,因为格拉帕中尉赏脸邀请我。大概是这次邀请促使他跟我推心置腹地交谈。他没有等我开口便三言两语把格拉帕的丑恶嘴脸描绘得淋漓尽致。我回答说完全同意他的看法。阿尔西德授人的把柄是,他无视漏洞百出的军令,悍然同附近森林里的黑人和他的十二个民团土著步兵做交易。他把烟草贩运来供应这个小世界的人们,其手段是冷酷无情的。民兵们领到烟草就等于领到军饷,军饷分文不剩,全被烟熏掉了。他们甚至预支军饷抽烟。格拉帕认为,这种交易虽说微不足道,但有损于税收,因为该地区货币奇缺。

格拉帕中尉行事谨慎,不愿在他治下出现丑闻,他流露了不满,也许出于嫉妒吧。他原希望托波的土著人仅有的微薄收入留在当地,显然为了有利纳税。人以类分,各有所求。

起初,土著步兵们觉得把全部军饷所得预支阿尔西德的烟钱未免棘手,甚至盘剥过分,但屁股上被踢多了,也就习以为常了,甚至于想不到去领军饷了。他们在假想操练的空隙,安安静静地待在阿尔西德的茅屋四周,面对着朵朵鲜艳的小花,抽上一口烟,哪怕是预支的,也甘心情愿。

总之,别看托波这个地方小,却有两种文明体制共存:格拉帕中尉的文明系罗马式的,即鞭打驯服者,赤裸裸地压榨部落,从中霸占一部分为己有,这是阿尔西德的说法;阿尔西德自己的体制比较复杂,已经显露出人类第二阶段文明的迹象,即每个土著步兵身上已有顾客的因子,这叫军商结合,比较现代化,比较虚伪化,这也是我们大家的文明。

关于地理,哨所里只有几张粗略的地图,格拉帕中尉借以管辖大片土地。他并不想对这些土地作进一步的了解。树木,森林,这些东西,站在远处便一览无余。一些部落极其分散地隐居在药茶叶般的密林深处,含辛茹苦,与跳蚤和苍蝇为伍,长年吞食发霉的木薯。他们幼稚至极,被图腾形象搞得痴头呆脑,全是天真的吃人肉者。他们受尽水深火热的折磨,无法抵挡各种瘟疫,因而大量死亡。接近他们是毫无价值的,根本没有必要远道而来管理这片没有反响的土地,简直是劳民伤财。格拉帕在执法之余,面对大海,凝视远方:有一天他从海上来,有一天他将从海上去,但愿一切顺利。

尽管我已熟悉托波并觉得不错,但不得不考虑离开,走几天水路和林间小路,到指定我管的店铺去。我和阿尔西德相处得十分融洽。我们一起钓锯鳐,这种形似鲨的鱼在门前的江里有的是,但他和我一样笨手笨脚,我们一条也没抓着。我们住的茅屋里只有他的一张行军床,我的一张行军床和几只空的和满的木箱。我以为他靠做小生意一定攒了不少钱。

"你把钱放在哪儿啊?"我多次问他,"你把臭钱藏在什么地方?赶明儿你回家定是腰缠万贯的大富翁啦!"我逗弄他,让他发急,不下于二十次。我说,我替他高兴,现在每次吃饭离不开"番茄罐头",将来转来转去,他回到波尔多,身价顿时提高百倍。他并不反驳我,只朝我乐,好像我在说笑话逗他。在托波除了操练和开庭,什么事情也没有。每当缺少话题,我就老开这个玩笑。

最后几天,我想起给皮塔先生写信,向他借点钱用。阿尔西德答应等"帕帕奥塔赫"号下一次到替我邮走。他把文房四宝保存在一只小瓶干盒里,和布朗尔多用的完全一样。再次服役的中士连习惯都一个样。阿尔西德看见我开他的盒,突然做了一个手势不让我打开。我很不好意思,不知道他为什么不让,于是把盒子原封不动放在桌子上。"嘿!打开吧!"他终于说道,"没有什么关系!"在盒盖的里面贴着一张小姑娘的照片,只有头部,小脸蛋儿挺温柔,长长的卷发十分入时。我取出纸和笔,赶紧把盒子关上,为自己的鲁莽而拘束起来,不明白为什么竟触动了他的心事。

我立即猜想这可能是他的孩子,但不便跟我谈起,我也没有多问。他站在我背后试图解释照片的来历,声音都变了。我第一次听他这么说话。他语无伦次,我也不知如何是好。非得由我帮他一把,他才说得出口,但我一时又想不出好办法。他有难言之衷,我听起来也难受,不如不听吧。

"没有关系!"他终于开口说道,"她是我兄弟的女儿,他们夫妻死了。"

"她的双亲?"

"是的,她的双亲。"

"那现在谁抚养她?你的母亲?"我问道,表示很感兴趣。

"我的母亲也去世了。"

"那么谁负责她呢?"

"我呗!"

阿尔西德脸变得通红,傻笑了一下,好像做了什么不得体的事。他急忙接着说道:

"事情是这样的,就是说我把她交给波尔多的嬷嬷培养,但不是交给领养穷人孩子的嬷嬷,你明白吧?而是'体面'的嬷嬷。既然由我负担,你尽管放心。我要使她什么都不缺!她叫日内特,是个可爱的小姑娘,很像她母亲。她常给我写信,很有长进,但你知道像这样的寄宿学校是很花钱的,尤其她今年十岁了。我想让她兼学钢琴,你看怎么样?女孩子家会弹钢琴,这很好吧?你认为怎样?还有英文?英文也很有用,是吗?你会英文,是吧?"

阿尔西德生怕做得不地道,亏待了小姑娘。我深切地注视着他,只见他的小胡子抹过蜡油,两道眉毛互相离得远远的,皮肤晒得漆黑油亮,一副腼腆的神情。他一定省吃俭用,因为他的军饷很低,他的额外津贴少得可怜,他的地下交易也微乎其微,所以不得不长年累月泡在这地狱般的托波。我在他面前自惭形秽,无言对答,他的心怀比我崇高百倍。我顿时脸红耳热,感到无地自容,与阿尔西德相比,我只不过是个酒囊饭袋,无用之辈。毋庸讳言,这是明摆着的事。

我不敢吭声儿,突然觉得不配跟阿尔西德谈话,而我昨天还不把他看在眼里,甚至有点瞧不起他哩!但他并没有察觉他的知心话使我局促不安,继续说道:

"我运气不好啊!请想想,她两年前得了小儿麻痹症。多倒霉啊。你懂什么是小儿麻痹症吧?"他对我说孩子的左腿萎缩,在波尔多接受一个专家的电疗。他不安地问道:"你说她的腿会复原吗?"我肯定地告诉他,这种病采用电疗完全能治好,不过需要时间。阿尔西德谈起小姑娘的疾病以及她死去的母亲时诚惶诚恐,即使离开这么远,还生怕伤害小姑娘。

"她病后你去看过她吗?"

"没有。我一直在这里。"

"那你不久将去看她吗?"

"我想三年内回不去。你知道,我在这儿做点小生意,能帮她很大的忙。要是我现在回去休假,回来的时候,这个位置就被别人占啦,特别有那个浑蛋作梗。"

为此,阿尔西德已要求延长一倍的时间,即在托波不是待三年,而是待六年。一切为了小侄女儿。他只有她的几封信和这张小照片。我们睡觉的时候,他补充说道:"我心里不安的是,她那边每逢假期身边没有人陪伴,小姑娘家的,难为她啊。"

阿尔西德在崇高的思想境界畅游,与天使们厮守在一起,却毫无得意的神情。他几乎没有察觉到为一个非直系亲属奉献年华,忍受煎熬,把自己可怜的生命消耗在这炎热的荒漠地带,不讲条件,不讨价还价,不计较得失,完全出于好心。他向远方的小姑娘寄去的这片真情足以重新创造一个世界,但素不为人所知。他躺下就睡着了,我却辗转反侧,干脆坐起来借着蜡烛光细看他的面容。他睡觉的样子普普通通,同大家没有两样,倘若他具有某种特征,让人一看就知道是好人还是坏人,那该多好啊。

十三

有两种办法进入森林,一种是采用耗子钻洞的方式,扒开败枝烂叶,开拓一条林间小道。但这种槽道通风不良,使人气闷,我不喜欢。另一种是逆河而上,蜷缩在独木船里,日复一日等到黄昏,用短桨从一处绿树成荫的河湾划到另一处,因为白天阳光太强,无法遮挡。黑人们瞎嚷嚷,使人头昏脑涨。我采用后一种办法,好歹总算到达了目的地。

每次出发,划船工总要折腾半晌才能协调一致。他们争吵不休。先朝水里轻轻一桨板,然后有节奏地大喊两三声,森林做出反响,船移波起,再划两桨、三桨,追波逐浪远去。起程时我和送别的人还在互相寻找,说些不连贯的话。回头远望,海天一色,与海相连的是一长条平如明镜的水域,我们越奋力向前,海就离得越远。我还能依稀看到站在艇船上的阿尔西德,但他逐渐被江上的水汽吞没,在钟形大盔下的脑袋越来越小,脸越来越模糊,身躯仿佛在上衣里飘荡,继而消失在白裤子里。这给我留下一个怪怪的回忆。我对托波这个地方能记得起来的就是这些了。

人们能长久保护这座炎热的小村庄不受淡灰褐色的江水隐隐的侵蚀吗?三座有跳蚤的茅屋至今尚存吗?新的格拉帕们和名不见经传的阿尔西德们还会带领新征的土著兵搞假想的战斗操练吗?还会主持这种不招摇的公道吗?难喝的水还有那种哈喇味吗?还是温吞吞的吗?每次去不出一星期准保你的嘴讨厌这种

水。依旧没有冰箱吗?奎宁导致鸣响的耳朵仍要与嗡嗡的苍蝇搏斗吧?有硫酸盐吗?有盐酸化合物吗?当然在这个蒸笼般的地方首先还有没有可榨干和生脓疮的黑人继续存在?也许已经尸骨遍野,渺无人迹了吧。

也许这一切早已荡然无存,也许某天晚上龙卷风袭过,小刚果河用它泥泞的长舌把托波一下子舔走了。一切都完了,一切都彻底完了。托波的名字已从地图上消失,只剩下我依然思念着阿尔西德,甚至他的侄女儿也把他忘了;格拉帕中尉永远见不到图卢兹了;早已窥伺沙丘的丛林等雨季一到便把沙丘占领了,并把沙丘笼罩在庞大的槐树阴影下,甚至把阿尔西德不让我浇水的沙地小野花也吞没了,把一切都吞没了,除丛林之外,什么都不存在了。

我终生难忘那逆河而上的十天航行。我们猫在独木舟里时刻注视着混浊的旋涡,灵活地躲避漂浮的大树枝,选择航道,蜿蜒而行。自由的船工恰似服船役的囚犯,每天黄昏我们在一个岩岸岬角停舟休息。一天早晨我们终于离开这只原始的脏船进入森林,林中幽邃,绿树蔽日,浓荫潮湿。一条小径弯弯曲曲,在亭亭如盖的浓荫下,昏暗难辨,只靠偶尔透过教堂般的参天巨树的日光照亮,因此时明时暗,阴森可怕。有时砍倒的巨树像怪物挡住我们的去路,我们一行数人要费很大的劲才一次次绕道而行,树木之大,里面简直可以让地下火车畅行无阻。

不料在某个时刻也能见到一片光明,那是我们来到一片开垦的土地。我们还得爬山,这是另一件吃力的事情。我们登上高地,统摄一望无垠的森林:林海茫茫,连绵起伏,黄色的、红色的、绿色的树梢参差披拂,重重叠叠,高山峡谷错落有致,险峻峥嵘,如同天和水一般无际无涯。有人指给我看,我们要找的人住在那边不远的地方,在另一个小山谷里。此人正等候我们。

此人见面时向我指出,棚屋之所以建在两座大岩石之间,是为了躲避东面来的陆龙卷,这种风最猛、最坏。我欣然同意说,这确是一大优点。但棚屋破旧不堪,疮痍满目,只是形式上存在而已。对于住房之类的事情我早有足够的思想准备,但现实仍超过我的预想。

我大概表现出极为难过的样子,伙伴不悦,粗声粗气地打断我的思路:"行啦! 你在这儿总比打仗好一点吧! 不管怎么说,这儿凑合过得去! 吃的差,确实不假;喝的更糟,全是泥浆水。但可以睡觉,尽管睡大觉好啦。这儿没有炮火,我的朋友! 也没有枪弹! 总之,是做一笔生意!"他说话的语气有点像总代办,暗淡的眼睛则像阿尔西德。

他约莫三十岁,大胡子。我抵达时没有顾得上仔细看他,只是一味感到为难:他留给我的住所太简陋了,可谓家徒四壁,我却可能在里面住上几年呐。然后我打量他,发现他长着一张冒险家的脸,面庞棱角分明,显露出一种叛逆的性格,锋芒毕露,与众不同,不肯按部就班地生活;鼻子又圆又大,面颊鼓鼓的,满腹牢骚从嘴里喋喋不休地向外喷射,抗议不得志的命运。此公原是个不幸者。

"确实,"我答道,"没有比打仗更糟糕的了!"

这句知心话眼下已经够给面子的,我不想多说。但他继续侃侃而谈:"尤其是现在打仗的时间拉得很长。总之,如你亲眼所见,此地不怎么样,没有办法! 无事可做,就像休假,长年休假! 好不好啊? 得看人的脾性而定,反正我无话可说。"

"水呢?"我问道。我望着自己倒在大口杯里的水,暗黄色的,不安地喝了喝,心里直恶心,就像托波的水那种温热。第三天杯底已经积淀一层污泥。

"就喝这水吗?"我又开始为水而苦恼了。

"是的,这里只有这种水,要么等下雨。但如果真的下起雨来,棚屋可经受不住。你瞧屋子是怎么个德行?"我瞧见了。

"至于膳食,"他接着说,"只有罐头。我已经吃了一年罐头食品,也没有死呀!罐头倒很方便,就是不顶饿,弄得身子疲软。土著人吃烂木薯,他们爱吃,咱们管不着。三个月来我吃什么吐什么,腹泻不止,也许还得了疟疾,两种病都有。一到傍晚五点我便头昏眼花,这就是说我在发烧,因为这里的气温很高,你发烧的时候,感觉不出来,反正白天总那么热。等到你发冷,浑身打哆嗦,你就知道得冷热病了。至于说到无聊,也不一定无聊得受不了。这要看各人的脾性而定。譬如,有人喝烧酒解闷,我可不稀罕烧酒,吃不消啊。"他好像十分重视所谓"脾性"。

他在离开前还给我说了其他一些值得注意的情况:"白天炎热。夜里最难熬的是喧噪声,简直难以想象。小动物在这块穷乡僻壤出没无常,互相追逐,或是交配,或是吞噬,我说不清,人家是这么说的。反正你会说它们闹翻天啦!其中最吵闹的要数鬣狗。它们来到茅屋附近狂吠,你听到这声音,决不会搞错的。这可不像奎宁引起的耳鸣啊。我们有时把鸟叫、大苍蝇嗡嗡误认为耳鸣,常有这样的现象,但鬣狗的叫声非同一般,可不是闹着玩的,是闻到你的肉味才来转悠的。这班畜生很会寻开心,巴不得看到你死。鬣狗喜欢吃腐烂的尸体,眼睛闪闪发亮,常引起人们的注意。但我从未正视过鬣狗的眼睛,想起来不无遗憾。"

"这儿够热闹的!"我说道。

夜里热闹的事还多着呢!他补充道:"村庄更热闹啦。村里不满一百个黑人,可是他们发出的嘈杂声相当于一万人,这些狗养的鸡奸!等你尝到苦头就知道啦!假如你为达姆达姆而来,那算你没有找错地方。他们击鼓或为迎接月亮,或为送走月亮,或为等候月亮,总能找到某个理由,好像与兽类一唱一和,非把你搅个稀巴烂不可,这帮行尸走肉!我的意思是说,非把你折腾死不可。我疲软得动不了窝,要不然一下子让他们全都见鬼去。于是我只好往耳朵里塞棉花。以前我的药品箱里还剩下一点凡士林,我把棉花涂上凡士林塞进耳朵,现在我只能拿香蕉油代替了。香蕉油也挺管用的。耳朵里塞了这玩意儿,那就由他们唧唧呱呱,大喊大嚷吧,让这帮黑鬼兴奋吧!反正我耳朵里塞着油棉花,管他娘呢!什么也听不见了!你很快会发现,黑人统统是败类,彻底完蛋了!白天他们蹲着,无精打采,好像站起来到树边撒尿的力气都没有。可是一到晚上,好家伙,淫荡得不得了,冲动得要命,歇斯底里大发作,一个个变成失去理智的夜游神。我告诉你,黑人就是这么一群东西,叫人恶心,一群不中用的朽木。"

"他们经常来买你的东西吗?"

"买东西?嗨,想得美!在他们偷你以前,先得偷他们,这叫做生意,对吧!晚上我耳朵里塞着油棉花,他们自然毫不拘束,他们为啥犯傻讲礼节呢?再说,你瞧,我这个破屋根本没有门,他们随便拿呗,你说,他们的日子过得蛮不错吧。"

"那么,存货盘存表呢?"我被他说得晕头转向,百思不解地问道,"总经理再三叮嘱我一到就列出盘货清单,他要详细的货存目录表!"

"我才不管呢,"他非常冷静地回答道,"总经理嘛,我很荣幸地对你说,敌人根本不把他放在眼里。"

"可你路过戈诺堡时要见他的啊?"

"我永远不再见总经理,永远不再去戈诺堡。森林大着呢,我的小兄弟。"

"那么,你去哪儿呢?"

"如果有人问你,你就推说不知道。既然你好动脑筋,那让我乘这个时候给你一个绝妙的忠告,一个有用的忠告,即不要把波迪里埃尔公司的事放在心上,就像公司不把你的事放在心上一样;公司不把你放在眼里,你也不把公司放在眼里。那么现在便能对你说,你一定能'大捞一笔'。我留点现金给你,不必向我再多要了,你应该感到高兴啊。至于货物嘛,是的,他让你负责经管,但你告诉经理货物已经没有了,就这么对他说。假如他不信,那也没有什么要紧。反正人家早已把咱们看成是贼,怎么干也改变不了舆论,不如破罐破摔,先捞一把再说。经理嘛,你别犯愁,他的手段比谁都高明,别理睬他好啦!这是我的意见,不知你的意见如何。谁都知道来这儿的人必定是六亲不认的,对父母下得了手,还在乎别的吗?"

他说的一切,我不太相信会是真的,但我这位前任马上使人感到是个本性如豺狼的人。我忐忑不安,心想:"又碰到一件倒霉的事情。"越想越发慌,跟这个强盗再也交谈不下去了。我偶尔发现在一个角落里有一些散装的货物,是他有心丢下给我的,一些不值钱的棉制品。不过还有几十双便鞋,一些缠腰布,盒装胡椒粉,小油灯,一个注射冲洗器以及一大堆让人无可奈何的波尔多式的什锦罐头①,最后还有一张彩色明信片,图案是"克利希广场"。

"在支柱旁有我从黑人那里买来的橡胶和象牙。起先我很卖力气,后来就成了这个样子。喏,给你三百法郎,算是交给你的账。"我不知道这算什么账,但懒得问他。

"你也许还能做几笔物物交易,"他提示我说,"因为你知道,这里不需要钱,等溜走后才有用呢。"他说完哈哈笑起来。眼下我不想触犯他,便随声附和,跟着他乐,好像十分高兴似的。

数月来他尽管家徒四壁,萎靡苟且,周围却有一群黑人孩子供他使唤。他们侍候得很到家,争相献殷勤,或递给他屋里惟一的汤匙和独一无二的大口杯,或细心为他从脚掌把扎得挺深的非洲跳蚤剔出去,这种常见的小虫不断侵袭脚底的肌肤。作为报答,他无

---

① 即扁豆、鹅、鸭及猪肉或羊肉的杂烩。

偿地把手伸向孩子的双腿中间摸个不停。我看到他惟一自己干的事是搔痒痒。他亲自搔痒,其灵巧熟练的程度不亚于戈诺堡的那个店主,这是殖民地独特的一景,其他地方是看不到的。

他留给我的家具让我大开眼界:椅子、独脚桌、扶手椅全由肥皂箱拆散后拼凑而成,工艺十分精巧。这个阴郁的家伙还告诉我如何拿粗笨的甲壳毛虫取乐:远远地用脚尖对准毛虫,出其不意地猛踢过去。毛虫一批批流着涎哆哆嗦嗦地向我们的木棚屋进攻。但踩死毛虫时得千万注意,一不小心就惹一身臭,毛虫肉浆的臭味一个星期都消散不了。他在什么文摘汇编里读到这些粗笨的丑物是世界动物中最古老的一种,起源于第二地质时期。"我的朋友,我们和它们一样的源远流长,怎能不会和它们一样都是脓疮毒菌呢?"确实如此。

这块非洲地狱的黄昏显得非同一般,谁都躲避不了:夕阳大发淫威,残杀众生灵,血涌如海潮。一片惨不忍睹的幻象。一人独自欣赏,可谓叹为观止。这时晚霞满天,射出血红的霞光,疯魔般炫威耀势,达一小时之久。接着,绿色从树丛中逆发出来,从地面袅袅上升,一直延伸到第一批出现的星星。然后灰色占据整个地平线,再后又是一片红色,但红得淡而无力,不多时便消失了。到此,所有的色彩都化为乌有,软绵绵地散落到森林里,有如第一百次演出之后的假金箔,黯淡无光。一到傍晚六点准是这番景象,天天如此。

黑夜降临,群魔乱舞,千千万万的癞蛤蟆鼓噪不休。癞蛤蟆的聒聒声带动了森林,顿时从森林深处传出蜩虫嘶噪,豺狼嗥嗥,一片喧嚣。爬虫走兽一起出动,在黑暗中寻找配偶,风风火火,好似赶集上市,热闹非凡。此时各类害虫麇集树木,大啃大噬,把恰似阴茎勃起的树木糟蹋成满目疮痍,喧噪声大得不得了,我们在棚屋里说话都听不清,我非得像只灰林鸮伸长脖子扯开嗓子喊,隔着桌子的同伴方能听清我说什么。我这个不喜欢乡间的人真是处不逢地啊。

"你叫什么名字？你刚才对我说你叫罗班松？"我问他。

同伴正翻来覆去告诉我，附近地区的土著人患着各种疾病，因而萎靡不振，这群穷光蛋没有能力做任何生意。我们谈论黑人的时候，又大又多的苍蝇和昆虫纷纷向提灯扑来，势如狂风骤雨，我们不得不把灯熄灭。我在熄灯前，透过密密麻麻的昆虫所织成的网，再一次看到罗班松的脸。他的相貌也许通过这张网巧妙地进入我的记忆，而早些时候他的五官却没有给我留下任何具体的印象。屋子里黑咕隆咚，他滔滔不绝往下讲，我循着他的话声追溯往事，仿佛对着岁月之门呼唤，日、月、年，逆着似水流年寻思在何处曾见过此人。但我寻访不到，没有人回答我。在一去不复返的形态中摸索前进是要迷路的。过去的事情和人物已僵死不动，免不了使人寒心，而把活人带到时间的地下小教堂①，必然使活人与死人为伍，在昏暗中难以分辨了。人到垂暮之年，每每想起他人，已分不清是活人还是死人了。

我苦苦思索，回忆这个罗班松，当下一阵似笑非笑的怪叫声把我吓了一跳，尽管黑灯瞎火，但听得出这一阵阵可怕的怪叫声离我们不远。我停止了回想。怪叫的大概是鬣狗吧，罗班松早已提醒过我。怪叫声过后，只闻得村里黑人的喊声和达姆达姆鼓声，他们不停地敲打空心木，传来的点点鼓声好像是疾风吹来的一只只白蚁。

罗班松这个名字一直在我脑子里盘旋，越来越清晰。我们在黑暗中继续聊天，话题转向欧洲，说在欧洲要是有了钱能吃什么饭菜、喝什么饮料：最清凉的饮料！我们避而不谈未来，因为从翌日

---

① 从前某些教堂里埋葬尸体。

起我将单独一人待在这里,也许一待就是几年,守着这一堆"什锦罐头"慢慢吃。难道宁愿打仗吗?打仗当然更糟糕,更糟糕。他同意这个想法,他打过仗,有体会。但他将离开这里,这森林,他受够了!无论如何待不下去了。我竭力引他回到有关战争的话题上来,但他闪烁其词,避而不答;我们各自待在树叶和薄板搭成的破败不堪的角落里。末了,我们躺下睡觉的时候,他直言不讳地对我说,经过反复掂量,他宁愿冒险被民事法庭追究转卖骗来商品的诈骗行为而被捕,总比待在这里啃"什锦罐头"要强,一年来这份苦他尝够了。我不寒而栗,瞠目结舌。

"你耳朵里不塞棉花吗?"他问我,"要是没有棉花,那你拔点儿被毯上的毛,蘸上香蕉油,做成小团团塞进耳朵也挺管用。我才不乐意听这群母牛哞哞叫呢!"在这热风灼人的地方无奇不有,偏偏没母牛,不过他说母牛这个词用的是转意和派生意①。

我突然感到他搞棉花塞这玩意儿想必居心叵测,于是我情不自禁地害怕起来,担心他把我杀死在行军床上,带上钱箱里所剩的东西逃走。想到这一层,我昏头昏脑的不知所措。怎么办?喊?喊谁?喊村里的吃人肉者吗?销声匿迹?我实际上早已销声匿迹了。在巴黎,没有财富的人,没有债务的人,没有遗产的人几乎算不得存在,根本谈不上什么销声匿迹。那么在这里呢?谁愿意为想念我而千里迢迢来比科明博白费唾沫呢?当然谁都不会这么做的。

几个小时过去了,我始终这么焦虑。他不打呼噜,各种喧噪声,森林里传来的呼唤声,使我听不见他呼吸,根本用不着拿棉花塞耳朵。罗班松这个名字,由于我不断动脑筋想,终于落实到一个

---

① 法语中"母牛"一词常当作民间语或俗语使用,意为"懒汉","浑蛋","兔崽子"。

人体、一个步态、一个声音,曾经是那样的熟悉。我即将入睡的时候,这个人的形象浮现在我床前,当然不是眼前这个罗班松,而是在百合河省遇见的那个人。我终于想起了罗班松,在弗朗德勒平原相识的那个罗班松。那天夜里我陪他找一个逃避战火的洞,后来在巴黎又见过一面。一切事情都想起来了。几年一转眼过去了。其间我头部得了病,很痛苦。现在我想起来,清楚地记得他,不禁毛骨悚然。他认出我来了吗?不管发生什么事,他尽可放心,我一定守口如瓶。

"喂!罗班松!罗班松!"我高兴地喊道,好像向他报告一则好消息,"喂,老伙伴!罗班松!……"没有人回答。

我站起来,心跳怦怦,准备腹部猛挨一拳。但毫无动静。于是我壮着胆子摸黑走到棚屋的另一头,他刚才就睡在那里。他走了。

我不时划一根火柴等候着天亮。日光倾泻,朝晖满地。黑人奴仆们急忙进来侍候我,乐呵呵干着对我毫无用处的事情,但他们高高兴兴的样子对屋里的气氛倒不无益处。他们已经在教我学会无忧无虑。我用一系列精心设计的手势向他们表示我对罗班松出走非常担忧,但无济于事,他们对此毫不在乎。确实,人总是发疯似的关注着与眼前无关的事情啊。对这件倒霉的事,我最感遗憾的是那只钱箱。带走钱箱的人一般很难再见面了。根据这种情况,我私下猜想罗班松不会回来暗害我了。因此在我是因祸得福。

现在由我独揽风景!心想往后可以尽情游玩,出没森林,观赏铺青叠翠的、彤红的、黄斑的、蜡黄的杂色海洋。这对于热爱大自然的人来说也许蔚为大观。可是我压根儿不喜欢大自然。热带地区的诗境叫我倒胃口。当我看到这一切,当我想到这一切,仿佛看到吃腻的金枪鱼,仿佛想到吃腻的金枪鱼。你把这地区描绘得诗意盎然也白搭,我认为这里永远是蚊子之乡,豹子之乡。人有所好,各得其所。

我情愿回到自己的陋屋,很想把它加固一下,据说陆龙卷不久要降临。但我不得不马上放弃加固茅屋的念头,因为动工时还可使用的架子可能倒塌,一旦倒塌,就竖不起来了。再说茅屋顶已经让虫子啃得千疮百孔,散成丝缕。这破房子改建成厕所都不值得。

我在丛林里踩着软绵绵的步子转悠了几圈,赶紧回屋躺下,粗气都不敢出,骄阳似火啊。烈日当空,万物寂然,生怕燃烧。在炽热的日头下,草、畜、人,只要稍微动一下,就会有烫伤之感。这叫正午的中风。

我的小鸡,我惟一的小鸡,也害怕这个时辰,它跟着我进屋。小鸡是罗班松留下的惟一的财产。小鸡和我一起生活了三个星期,像狗似的跟着我散步,咯咯叫个不停,它到处能发现蛇。一天我在百无聊赖中把小鸡吃了,一点味道也没有:鸡肉被太阳烤成白布似的,味同嚼蜡。我的病可能是这只小鸡引起的,反正吃完后第二天起不了床。将近中午,我迷迷糊糊地强撑着走到小药箱旁,可是药箱里只有一瓶碘酒和一张南北线路图①。很少有顾客来我的经销店,来的都是那些闲逛的人,他们没完没了地指手划脚,没完没了地噬嚼可乐果,全是好色之徒,疟疾患者。现在黑人们在我周围站成一圈,好像在议论我难看的脸色,我真的病了,病得不轻,两条腿一点劲也没有,悬在床沿好似没有分量的东西,样子有点滑稽可笑。

经理从戈诺堡给我发来的信充满了谩骂和威胁。做生意的人个个自视是大小不等的精明鬼,行家里手,殊不知真正做起生意来常常蠢得不能再蠢。我的母亲从法国给我来信,劝我当心身体,内容同在打仗时收到的信一样。我即使处在断头铡刀下,她也会劝

---

① 曾在很长一段时间内系指巴黎第二条地铁,即南北线,北起蒙玛特尔,南至蒙帕纳斯。第一条地铁称东西线,即樊森门—马约线。

我别忘记戴围脖儿。母亲从不放过任何机会让我相信世人是厚道的,她向我灌输这种思想,无可厚非。做母亲的为假造天意,不管三七二十一地打马虎眼。所以我对老板和母亲的无聊话一概不予置理,从不回信。然而这样的态度改变不了我的境遇。

  罗班松把这栋摇摇欲坠的棚屋里能偷的都偷走了。我的告发谁会相信?写信告发?有什么用?向谁写信?向老板吗?每天傍晚近五点我的热病发作,浑身哆嗦,好像跳意大利的轻快舞,吱吱作响的床像在手淫似的颤悠。村里的黑人无拘无束地出入我的经销处和住屋,我没有请他们来,但赶他们走又太费劲。他们围着所剩的货物吵个不停,乱摸乱动烟草桶,试试最后几块缠腰布,看来看去,拿走了,还说赶明儿我的住处一旦溃散,就什么也捞不着啦。地上满处是橡胶,空气中胶味儿和番木瓜味儿掺和到一起,非常难闻。这种丛林瓜甜腻腻的,有一股烂梨的尿臊味儿。没有办法,吃不上扁豆只能吃番木瓜,时隔十五年,一想起来还直恶心。

  我试图估计一下病到什么程度,但办不到,动弹不得。"人人都偷!"罗班松在出走前对我重复了三遍。总代办也是这么说的。我在寒战中老想着这句话。还有他的另一句话:"你得自己想办法!"我竭力想坐起来,但做不到。至于饮水,罗班松说的对,确是泥浆水,而且是淤泥水,几个小黑人给我送来不少大小不等的香蕉,红瓤柑橘以及必定有的番木瓜,可是我吃什么都肚子痛,吃什么吐什么,吐了一地。

  我的难受稍微有些好转,头昏稍微有些减轻,就立刻又害怕起来,非常害怕向波迪里埃尔公司交账。我能向这帮促狭鬼说些什么呢?他们怎么能相信我的话呢?他们一定会让人把我抓起来的!谁审判我呢?精通法律的家伙呗。不知道他们从哪里搞来那么多严酷的法律,像军事法庭那样,他们不告诉你真正的意图是什么,却一味让你爬坡,流着血攀登地狱的悬崖,这条陡坡上的羊肠

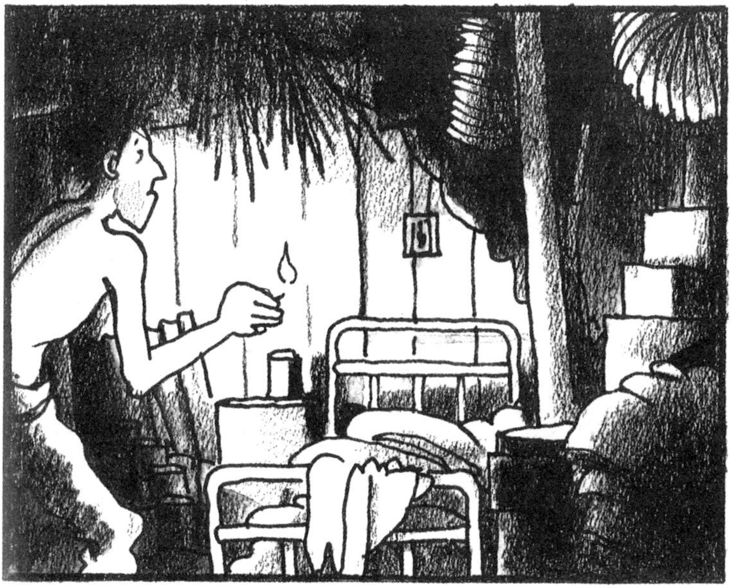

小道是把穷人引向死亡的道路。法律是令人痛苦的"卢娜公园"①。穷苦人一旦被法律抓住,那就被打入冷宫,永世不得翻身。

我宁愿昏昏沉沉,哆哆嗦嗦,在四十度高烧下苟延残喘,也不乐意脑子清醒,因为一旦脑子清醒,就不得不设想在戈诺堡等候我的将是什么。为此我干脆停服奎宁,让高烧为我掩盖现实生活。我们采用仅有的手段进行自我陶醉。我连续几星期受着疟火的煎熬,其间火柴快用尽了。我们缺乏火柴。罗班松只给我留下"波尔多什锦罐头",却没有留下足够的火柴。但什锦必须热热才能吃,结果我吃多少罐头吐多少罐头,等于他没有真正给我留下"什锦罐头"。

缺乏火柴给我提供了一个消遣的机会,即观看我的厨师用两块打火石打火点燃干草。看他打石点火我受到了启示。发高烧时产生的想法显得特别执着。我尽管天生笨拙,经过一星期的努力也能像黑人一样用两块尖石打出火星。总之,我开始过起原始人的生活。火,是最主要的,至于打猎,我没有这个野心。燧石之火够我受用的了。我认认真真地练习打火,日复一日,别无他事可做。至于排除源于"中生代"的毛虫,我的技巧越来越不灵,我没有掌握这个技巧,虽然踩死许多,但已觉得索然无味,干脆让毛虫作为朋友自由进入我的茅屋。这时节接连下了两场暴雨,第二场暴雨持续了三天三夜,夜里风雨更大。我们终于喝上用罐子接的雨水,温热的,但毕竟好多了。茅屋漏雨,小库存的各类织品泡在泥浆里,混杂在一起,成了一堆污秽不堪的东西。

热心的黑人到森林里替我找来几捆儿藤,帮我打桩系住茅屋,但根本不解决问题。一起风,檐板和柱子的叶饰砰砰响个不停,好

---

① 卢娜是罗马的月亮女神。此处系指纽约市布鲁克林区康纳岛上娱乐公园,是穷人常去的场所,经常受到抓捕。

似受伤的鸟翅在扑打。大家瞎忙了一阵,闹着玩儿似的。老老少少的黑人趁我狼狈不堪的时节开始跟我打成一片,无拘无束。他们兴高采烈,觉得有意思极了。他们随便进出我的家(如果可称我家的话)。我们用手势说话,十分明白对方的意思。如果不发烧,我可能会学说他们的语言呢,但时间不够了。尽管我的打火本领大有长进,但还不如他们打得那么好。他们一打火就着;我打了半天,光看见火星,而且直往我眼里飞。黑人们看了乐不可支。

我除了待在行军床上发烧打颤或击打原始火石之外,总念念不忘"波迪里埃尔"的账目。很奇怪,我们多么不容易摆脱因账目不清而引起的恐惧啊。这种恐惧心理,我大概是从母亲那儿感染的,她向我灌输了传统的观念:"开始偷一个鸡蛋,后来偷一头牛,末了把自己的母亲都会杀掉。"这一类观念,我们大家是很难摆脱的。幼时学到的东西总会不断地冒出来跟你捣乱,甚至在关键时刻束缚住你。人是多么的软弱啊!只有迫于形势,才能因势利导,加以摆脱。幸亏世态发展迅速,势所必然。在此期间,我和经销处趁势如破竹之便,长驱直入,即将一起消失在泥浆里。大雨越频繁,泥浆越黏稠、越深厚。雨季。昨天还俨然是块岩石,今天却成了一堆松软的污泥。温热的雨水从奔拉的树枝向你瀑布似的倾泻,屋内屋外到处是水,宛如一条被丢弃的旧河床。一切都浸泡在泥浆里:蹩脚的货物、账目和希望全粘成一团了,甚至高烧也是黏糊糊的。你在这种瓢泼大雨下连嘴都张不开,好像有什么热乎乎的东西把你的嘴堵住似的。但滂沱大雨并不妨碍林中的动物互相追逐,夜莺拉开嗓子欢唱,其汇合的歌声不低于豹狼嗥嗥。混沌中,我这个诺亚在方舟里发呆。我觉得彻底了结的时候已到。

关于做人要正派诚实,除了谚语格言外,我母亲还有别的真知灼见。例如,我记得有一次我们家焚烧旧包袱,她说:"火净化一切。"她肚子里东西可多呢,我一辈子受用不尽,只要择善而从就行。

时候已到。我的燧石选得不太好,不尖利,火星老散落在我手上。一批货物尽管潮湿,还是被我点着火了。这是一堆湿透的袜子。时间是在太阳下山之后。火焰很快升起,迅猛异常。村里的土著人闻讯赶来围观,看着大火叽哩呱啦议论纷纷。罗班松收购的原始橡胶在火中吱吱作响,散发的臭味儿使我不禁想起格雷纳尔河滨路电话公司那次遐迩闻名的火灾。抒情歌曲唱得特别棒的夏尔叔叔带我去观看。事情发生在万国博览会的前一年,我当时年纪还很小。回忆如臭气般,如火焰般油然浮现。我的茅屋也像着火的电话公司臭气熏天,虽然潮湿不堪,照样燃烧,而且烈火熊熊,货物等一切的一切焚毁净尽。账就此清算了。森林恢复平静。万籁俱寂。猫头鹰、豹子、蛤蟆和鹦鹉对这场火一定看得十分清楚,并大为震惊,有如我们看到战争。森林现在可以去重新占领,把灰烬埋在厚厚的落叶下。我只救出我的小行李、折叠床、三百法郎,当然还留出准备路上吃的"什锦罐头"。

一个小时的火已把我的陋居焚烧殆尽,只剩一些火苗在雨下挣扎。几个不相干的黑人用矛头在灰堆里胡乱拨弄,挑起一阵阵热气,拨出一阵阵难闻的臭味:一切遇难都伴有的气味,世间一切混乱都伴有的气味,通称烟灰气味。

现在应该赶紧溜走。返回戈诺堡吗?向那边解释我的行为和这次冒险的经过吗?我犹豫不定,但没有犹豫多久。跟他们解释不清楚的。这个世界好比一个熟睡的人,转身之间就会把你像跳蚤似的压扁。我思忖,大家都这么个死法岂非太愚蠢了。相信别人等于慢性自杀。我尽管十分狼狈,还是决定向前深入森林,走多灾多难的罗班松所走的方向。

十四

一路上,我时时听到林间野兽的叫声:呜咽、震音、呼唤,但几乎从来见不着野兽,一次在我的歇脚处附近差点儿踩着一只小野猪还没有发现。听到阵阵尖叫、呼唤、嗥嗥,仿佛觉得成百上千只野兽聚集在很近的地方。可是走近喧嚣处,却一只走兽也没有,只见几只肥肥的蓝珠鸡:羽毛虽漂亮,却拙笨异常,咯咯叫着从一根树枝跳到另一根树枝,好像活受罪,仿佛发生了什么意外事故。林下发霉的灌木丛上,笨重的蝴蝶吃力地扇动着宽大的翅膀,仿佛在通报红白喜事。再下面才是我们在黄泥浆中行走。我们的行程十分艰难,尤其因为黑人抬着我走,他们用几只麻袋一针针缝起来,做成一副担架。扛担架的黑人在经过多涝洼地时满可以把我扔进泥潭里,或者干脆把我吃掉,既然吃人肉是他们的习俗。但为什么他们没有这么干呢?我后来才明白。

我不时向这些伙伴吞吞吐吐地提一些问题,他们总是回答:对,对。唯唯诺诺,百依百顺,他们都是忠厚人。我的腹泻稍止,热病却变本加厉。我病成那副样子简直难以想象。我甚至看不清东西,或更确切地说,什么东西到我眼里全变成绿色。夜里各种动物纷纷跑来包围我们的营地,我们点起了篝火。尽管我们躲在大遮篷里闷得喘不过气,却还是听得到动物的叫声。一只被咬伤喉管的野兽,虽然讨厌人和火,偏偏跑到我们这里来鬼哭狼嚎。从第四天开始,我的热病引起的神志错乱更加严重,看什么都是颠三倒四的,人不像人,东西不像东西。我干脆不加分辨,任其昏昏沉沉,决心也罢,失望也罢,统统不管了。

不过,如今回想起来,至少还记得一个大胡子白人。一天早上我们在两河汇合的卵石岬角上遇见了他。我甚至还记得附近有飞瀑喧腾。这家伙属阿尔西德一类的人,是西班牙中士。我们尽走羊肠小道,好不容易进入卡斯蒂利亚王国的旧领地,即西班牙现时的殖民地里约德里约。这个西班牙穷军人也有一座茅屋。我对他讲了我的种种遭遇以及如何处理了我的茅屋,他听后忍俊不禁,捧腹不止。他的茅屋确实好一点,但也好不了多少。特别使他头痛的是红蚁。红蚁恰恰选择了他的茅屋当通道,进行一年一度的迁徙,这些婊子养的近两个月来来往往没有中断过。红蚁满地爬,让你没处插脚。它们要是被你打扰,那老实不客气刺你。

我送给他什锦罐头,他高兴得不得了,因为三年来光吃西红柿。我没有吱声。他说光他一个人就吃了三千多听西红柿。现在懒得把西红柿和别的食物搭配,干脆在罐头盖上钻两个孔,像吸生鸡蛋似的吮吞。红蚁们欣闻有新的罐头抵达,立即前来层层包围。他的什锦罐头一旦打开,就不能随便放,不然会把红蚁的全族都引进茅屋。届时它们不仅要共产,而且会把西班牙人也吃掉。

我听主人说,里约德里约的首府叫圣塔佩塔,这座城市和港口在沿海一带甚至内地享有盛名,以装备帆桨战船著称。我们走的小路恰好通往圣塔佩塔,只要继续向前,再走三天三夜就到了。但我得治一下热病啊。于是我问西班牙人是否偶尔认识个把好的土著医生,帮我治一治:我的头痛得快裂开了。他根本不愿意听这一套。一个西班牙殖民者如此敌视非洲实属罕见,他上厕所硬是不肯用香蕉叶,特意把《阿斯图里亚斯新闻简报》裁小,堆成一摞,当手纸用。他完全像阿尔西德,从不看报。

三年来他一直生活在这里,单枪匹马跟红蚁拼搏,守着旧报纸,还有其他几个小怪癖。他身强力壮,西班牙口音特别重,说起话来声音一个顶俩。他呵斥黑人有如雷雨爆发。呼幺喝六,阿尔西德远不如他。我非常喜欢这个西班牙人,最后把剩下的罐头全给了他。他感激不尽,给我造了一份非常漂亮的护照,纸虽粗糙,却印着卡斯蒂利亚王国的纹章,只是签名太潦草,他足足花了十分钟才临摹下来。

西班牙人说的对,去圣塔佩塔一直走就行,迷不了路。我不知道我们是怎样到达的,但有一件事十分清楚:一到圣塔佩塔,他们就把我交给一个本堂神甫照管。不过我觉得神甫痴呆的程度并不亚于我,相形之下,我的勇气反倒增加了,但未持续多久。

圣塔佩塔城建在岩山坡上,正面濒海,满眼青翠,一片绿色。从停泊场望过去,景色壮观,可是走近一看,和戈诺堡没有两样:忙碌的人们比肩接踵,人肉成堆,全身都是脓疱烤煳似的。至于护送我的几个黑人,我趁着头脑清醒的片刻把他们打发走了。他们穿越大半个森林,说担心回去生活没有着落,离开我时哭哭啼啼的,但我连同情他们的力气也没有,出汗过多,病得太重,而且不见好转。

这个城市的人口非常密集。就我记忆所及,有许多叽里呱啦的人日夜在我的病床周围忙碌,床是人家特地安置在本堂神甫住宅的。圣塔佩塔很少有娱乐。神甫给我灌汤药,一个金色的大十字架在他的肚子上摆动,他走近我的床头,一阵铸币的声响从他的长袍里发出。我毫无气力跟人交谈,哪怕结结巴巴说几句也使我筋疲力尽。我真以为这下可完蛋了,于是尽量透过窗户向外张望,企图看到点什么。我不敢肯定今天描绘的神甫住宅花园不出荒诞的差错。抬头看到的是同样的太阳,骄阳似火,好像人家在你面前打开一口巨大的热锅,蒸气腾腾。低头看到的还是太阳,炎阳满地,树木痴憨地疯长;小径连着小径,莴苣蓬蓬勃勃,大似橡树;还有宽大的蒲公英,只要三四棵蒲公英合在一起就相当于我国一棵普通的栗树。一两只蛤蟆在那里蹦跳,粗壮无比,赶得上西班牙种猎狗,它们吃力地从一个树丛跳到另一个树丛。

世人、疆域和事物在完蛋的时候最后消亡的是气味。一切奇遇随着嗅觉的消失而消失。我闭上眼睛,因为实在睁不开。于是非洲刺激性强的气味随之日趋减弱。我越来越嗅不到荒土、裤裆、藏红花末三味合一的烈性气味了。我朦胧感觉到天气,依稀想起了往事,又朦胧感觉到天气。之后,多次休克,又多次被诱导法挽回,后来受到有规律的摇晃,摇篮似的晃悠……我无疑还是躺着,但躺在一块移动的物体上。我听其自然,后来呕吐起来,醒了又睡过去。这是在海上。我觉得浑身发软,差一点辨别不出缆绳和沥青的气味。我正好蜷缩在一扇敞开的舷窗下面,这个迎风的隐蔽处十分凉爽。人家让我一个人待着,旅行无疑在继续。哪次旅行?我听见甲板上的脚步声,木头甲板,正好在我的头顶上,还听见人的声音以及拍击船壳板的波浪声。

无论你在什么地方,起死回生的事总是极其罕见的,要不然就是人家要你一个缺德透顶的花招。圣塔佩塔的那帮家伙耍我的手段就属此例。他们趁我昏迷不省人事之际把我卖给一艘帆桨战船,难道还不够缺德吗?不过我得承认这倒是一艘漂亮的战船:甲板多层,桅杆井然,大红帆昂首飘扬。战船矫健而绚烂,军官待的地方处处舒适,船首挂着一幅富丽堂皇的油画,用鱼肝油画的,再现了穿马球衫的英芳塔·孔比塔。后来听说,是英芳塔·孔比塔本人以她的芳名为本战船命名的,以她的乳房和王家荣誉为运载我们的这艘大船增光添彩,真是荣幸之至。

关于这次遭遇,我心想,反正待在圣塔佩塔也只能像病狗似的等死:黑人把我安置在神甫住宅,我感到天旋地转。要是回戈诺堡呢?那我免不了为账目坐"十五年牢"。这儿至少在变动,而变动就有希望。请想一想,"英芳塔·孔比塔"号的船长买下我,说明他有几分胆识,即便在起航时向那位神甫付的价十分低廉。船长为这笔买卖承担了风险,很可能是白扔钱。但他希望对身心有益的海上空气会使我恢复活力。他的胆略得到了报偿。看来他不会输了,因为我的病日见好转,我看他对此十分高兴。我依然谵语不断,但多少有了逻辑性。等我睁开眼睛之后,船长常来我的小舱房看我,他出现在我面前时,总戴一顶羽毛帽子。

船长乐呵呵地看着我想从草褥爬起来,但我的高烧未退,呕吐不止。他预言道:"很快会好起来的,捣乱鬼,还可以跟别人一起划船哩!"这是他的一番好意。他用鞭子轻轻地拍打我,放声大笑,十分友好地拍打我的颈窝,而不拍打屁股。

船上的伙食我觉得非常可口。我说话仍结结巴巴,如船长预料的那样,我很快恢复了体力,不时去和伙伴们一起划桨,但是十个伙伴在我眼里却成了一百个:目眩影重。我们这次渡洋不太劳累,因为大部分时间扬帆航行。我们中舱的条件不错,不像普通旅客乘的低等统加舱那么令人恶心,也不像我来时乘的"布拉格通海军上将"号那样险情丛生。我们这次从东到西横渡大西洋一帆风顺。气温下降了。我们待在中舱毫无怨言,只觉得时间有点长。尤其是我,大海和森林的景象看够了,倍感时间无限的长。

我一直想向船长打听我们这次航行的目的和本钱。但自我康复以来,他对我的命运已经不感兴趣了。再者,我说话颠三倒四,交谈多有不便。我把他视为真正的船老大,敬而远之。我开始在船上划桨的苦力中寻找罗班松,好几次在寂静的夜里大声呼喊他的名字。没有人回答我,只招来监守的几声咒骂和威胁:好家伙,监守!

然而我对自己的遭遇的来龙去脉越往深处想,越发觉得罗班松很可能在圣塔佩塔遭到和我一样的命运,现在他也许在另一艘战船上划桨呢。森林里的黑人说不定全部同这种买卖有干系,狼狈为奸。可谓以其人之道还治其人之身。人总得活下去,把自己不用的东西和不马上吃掉的人卖掉,何乐而不为呢。怪不得土著人对我倒蛮客气的,原来出于这般无耻的动机。

"英芳塔·孔比塔"号乘风破浪,在大西洋上航行好几个星期,多次战胜了惊涛骇浪。终于一天晚上风平浪静,我们抛锚休息。我的谵妄症消失了。第二天清晨醒来,打开舷窗,发现我们已经到达目的地。当时的场面称得上蔚为壮观!

十五

要说喜出望外,真是喜出望外。透过薄雾,我们突然看到的景象实在令人惊讶,简直难以相信,但眼见为实啊。我们尽管是些微不足道的划桨苦力,但看到眼前的这一切,也无不为之兴高采烈。请设想一下,他们的城市是直立的,笔直笔直的。纽约是一座直立的城市。我们当然见过城市,还见过美丽的城市,见过港口,甚至负有盛名的港口。我国的城市是横卧的,无论在海边或沿江河,依傍景色,和谐宜人。美国的这座城市则非如此,而是直挺挺的,一点不肯弯腰曲背,僵直得叫人害怕。我们傻头傻脑地笑话纽约,说它是一座悬崖峭壁式的城市,真滑稽。我们只把头伸出舷窗观看景色,说说笑笑,此时海风透过灰色夹着粉红色的重雾吹来,凛冽刺骨。劲风凌厉,钻进我们的裤子,钻进摩天城墙的裂缝,即纽约的街道,云烟也乘风挤了进去。我们的战船贴近海堤,划出一道细细的波纹进入港口,港内的水粪便般污浊不堪,漂浮着一列列平底小船和贪婪地装载杂货的拖轮。

一个穷光蛋无论在什么地方上岸总很不方便的,对一个划桨苦力来说,更为糟糕,尤其美国人不喜欢来自欧洲的划桨苦力。他们说:"这些人统统都是无政府主义者。"总之,他们只乐意接待给他们带钱来的猎奇观光客,因为欧洲的各种货币全是美元的小辈儿。我满可以试试泗渡上岸,有人就是这么干的,上岸之后立即高喊:"美元万岁!美元万岁!"这是绝招儿。有好多这么上岸的人后来多半发了财。但并没有实例,只是说说而已。梦想中还有更加离奇古怪的哩。我嘛,自有办法,在脑袋发热时另生了一计。

在战船上我学会了计算跳蚤(不仅学会了抓跳蚤,而且对跳蚤作了加减的计算,总之对跳蚤进行了统计),这种难做的行业看上去微不足道,却实实在在是一门手艺,我想施展一下。美国人嘛,怎么说他们都可以,对技术却是行家。他们会对我计算跳蚤的手段喜欢得如醉似狂,我确信无疑,自认为可以马到成功。

我正准备为美国人效犬马之劳,突然有人命令我们的战船到附近的一个海湾接受检疫隔离。船开到一座禁村旁边的避风处,纽约以东两海里,这是个宁静的小海湾。我们大家干待着受观察,整整好几个星期,后来也待习惯了。每天晚饭后一个小分队离船去村庄取水。我必须混进小分队才能达到目的。伙伴们知道我想干什么,但他们不参与冒险。他们说:"这家伙疯了,不过他不会伤害人。"在"英芳塔·孔比塔"号上伙伴们吃得不差,偶尔挨棍子打,但打得不太重。总之,日子过得去,比上不足比下有余吧。最大的好处是,他们永远不会被开除出战船,国王甚至向他们许诺过,等他们满六十二岁,便可以享受一小笔退休金。他们对这个前景心满意足,总算有个盼头。此外,他们为体验自由,参加星期日去赌投票游戏。

在接受检疫隔离的日子里,他们一起待在中舱里吵架斗殴,也轮流搞不正当的玩意儿。但他们不肯跟我逃跑,其最根本的原因是他们对美国不感兴趣,也不想发生兴趣,而我则是美国迷。各有所恶,美国是他们的冤家对头。他们甚至竭力使我对美国产生厌恶情绪。我白费口舌地向他们解释我在美国有熟人,尤其有我心爱的劳拉,她现在大概很有钱,还有罗班松,他大概在商界混得不错。但他们仍旧对美国深恶痛绝,咬牙切齿,对我说:"你将永远受人敲诈。"

一天,我装作跟他们一起去村庄取水,然后对他们说我不回船了。再见!他们实质上是些善良的人,兢兢业业。他们一再重复不赞成我的行为,但仍旧祝我再接再厉,万事如意。说话的方式颇为独特:"去吧!去吧!不过还得警告你,你的欲望同穷光蛋的身份很不相称,热病使你变得痴狂。你终将离开美国,到那时你比我们更惨!你的欲望会毁掉你的!你想见世面吗?就你的条件来说,已经见得太多了。"我回答他们说这里有朋友,朋友们在等着我呢。他们不爱听,我又语无伦次说不清。

"朋友?"他们不胜惊讶地说,"朋友?凭你这副德行,你的朋友才不会理睬你呢!他们早就把你忘了!"

"我想见见美国人,"我拼命坚持道,"即使他们的老婆和别处不一样。"

"还是跟我们回去吧,傻蛋!"他们一味劝我,"你的病会发得更厉害!我们现在就能告诉你美国人是怎么样的吧,他们要么是百万富翁,要么是两手空空,没有不穷不富的。凭你这个模样儿,你肯定见不着百万富翁!等着穷光蛋们把你给吃掉吧!到那时候你就舒服了,而且不用等很久的。"

伙伴们竟如此对待我。他们危言耸听,想吓唬我,这帮无用之辈,这帮不识好歹之徒,这帮下等之流。我反驳道:"你们统统给我滚开吧!你们讲别人的坏话是出于嫉妒!嫉妒!美国人要整死我,好吧,咱们走着瞧吧!不过有一点肯定无疑,你们这帮家伙除了前面一个软鸡巴后面一张光屁股什么也不是!"我就这样把他们打发走了,心里非常高兴。

夜降临了,从战船上传来哨声,招他们回去。他们开始有节奏地划桨,比来时少一个人,那就是我。我等到听不见他们的声音,完全听不见了,便开始数数,数到一百,拔腿就跑,一口气跑到村庄。村子小巧玲珑,灯火通明,空无人住的木头房子分布在小教堂的两旁,错落有致。一切静悄悄,可是我浑身发抖,一则疟疾发作,再则心惊胆战。我时不时遇见一个驻防水手,但看不出防备森严的样子,甚至遇见孩子们,最后总算见到了身姿矫健的姑娘:象征美国的自由女神。我终于到了。经过那么多枯燥的冒险之后见到美国真叫人高兴,有如生活结出一个硕果。我原来进入了一个舍弃不用的村庄,只有一个水手之家驻守,管理着整套设施,以防说不定哪天像我们这样的船带进瘟疫,蔓延开来,危及纽约港。万一发生这样的情况,那他们就尽可能把外国人消灭在这些设施里,使城市居民免受其害。他们甚至在附近建立了一个精致的公墓,到处种上了花。他们等待着,已经等了六十年,并将继续等待下去。

我找到一小间空棚屋,溜进去倒下就睡了。第二天早晨却看见街头巷尾尽是水手,他们身材坚实而匀称,穿着短装,在我的隐蔽所附近和这个所谓的村庄的各个十字路口泼水扫地。我装出若无其事的样子,管他装得像不像,饥肠辘辘,不由得走近散发出厨房香味儿的地方。我在那儿被发现了,两班人马团团围住我,执意要弄清我的来历,恨不得马上把我扔下海去。他们径直把我带到检疫隔离站站长跟前,我心头十五个吊桶打水,七上八下。尽管我装出遇险不慌、大义凛然的样子,但感到浑身又在发热,一时想不出绝妙的对策。我胡思乱想,心不在焉。

最好是失去知觉。我真的昏了过去。等我在主任办公室苏醒过来时发现周围不是男子,而是几个穿浅色衣服的女子。她们向我提出一系列泛泛的、善意的问题,我一一做了回答,心中暗自高兴。然而人世间任何宽容都是不持久的。第二天男子们又说要把我关进大牢。我见机向他们大谈跳蚤,仿佛是自然而然谈起来的,说我会抓跳蚤,数跳蚤。这是我的专长,我会把这类寄生虫准确无误地统计出来。我看出这个举动引起了看守们的兴趣,使他们惊讶不已。他们听我侃侃而谈,至于是否相信我的话,那是另一回事了。

临了站长亲自出马。他号称"军医总监",倒起一个很好听的鱼名①。他表现粗俗,但比其他人果断。他问我:"小伙子,你给我们胡编了什么?你会统计跳蚤?哈哈!"他想用打哈哈使我狼狈不堪,但我针锋相对,把准备好的辩护词背了一遍:"我认为调查跳蚤很有意义,这是文明的一个系数,因为调查是建立在最珍贵的统计数据之上的。一个进步的国家应当知道拥有多少跳蚤,跳蚤的雌雄分成,跳蚤的年龄、出生年月……"

"好啦,好啦!年轻人,别胡扯啦!"军医处处长打断我的话,"在你之前已经来过许多欧洲佬,和你一样吹牛皮说大话,归根结底统统都是无政府主义者,一个比一个糟糕。他们连无政府主义也不相信了!别再自吹自擂啦!明天到对面的埃利斯岛淋浴疗养所作为移民试用一下吧。我的副官、我的助理米齐夫会告诉我你是否说谎。两个月来,米齐夫先生一直向我要求派一名'计蚤员'。你去他那里试试吧!快滚!你要是欺骗了我们,就把你扔下海去。快滚吧!当心你的脑袋!"我具有从许多权威人士面前滚开的经验,所以知道如何从这位美国权威人士面前滚开:先毕毕敬敬冲他立正,行军礼,而后敏捷地向后转,屁股朝他,开步走。

我心想这种统计方法大概会有效地让我接近纽约。第二天果然米齐夫副官给我交代了任务。此人又黄又胖,眼睛高度近视,戴着一副烟色大眼镜。他打量我的神态活像野兽识别捕捉物,只看到大概的轮廓,至于细部,凭他戴的眼镜是无法看清的。我们在工作上配合得不错,我甚至认为实习接近结束时,米齐夫对我产生了好感。互相看不清面相是产生好感的首要条件,再说我抓跳蚤的

---

① 英语 surgeon(外科医生,军医)与 general(总的)搭配,意思是"军医总监",美文意为军医处处长。与 fish(鱼)搭配,则为"刺尾鱼科鱼"。

本领出色,使他心神陶醉。全站找不出第二个人能像我那样把最倔强、最角质化、最急躁的跳蚤装进盒子,我甚至能按性别直接筛选跳蚤,不是自夸,我的活计干得十分出色。米齐夫终于完全信任了我的手艺。

每天傍晚,我拇指和食指的指头由于不停地掐死跳蚤变得又青又肿,但一天的任务并不算完成,还有更重要的事情要做,即把跳蚤的体貌特征分门别类:南斯拉夫跳蚤,西班牙跳蚤,克里米亚阴虱,秘鲁阴虱……所有在人体上窜来窜去、叮咬吸血的寄生虫凡经过我的手指统统丧生。这是一项既巨大又细致的工程。我们得到的数字是在纽约一家配备电气计算跳蚤器的专门机构进行计算的。每天检疫站的小拖轮横渡停泊场,把我们得到的数据送到那里计算或核实。

日子就这样一天天过去了,我的健康得到一些恢复,但随着我的谵语和高烧在这舒适的环境中消失,冒险和瞎闯的欲望又逐渐抬头。体温三十七度时,一切都是平淡无奇的。我本可以安安稳稳地继续待下去,检阅站的伙食十分好,再说米齐夫副官的女儿刚十五岁便显出自命不凡的样子,我注意到她每天五点以后来打网球,穿着短得不得了的裙子在我们办公室的窗前炫耀。我很少见到如此漂亮的腿,有点像男孩子的腿,但已挺拔秀气了。这是一种含苞待放的美,具有强烈的撩拨感,预示着未来的欢乐。

小分队的年轻水兵们目不转睛地望着她。这些浑蛋,他们不像我非要用有益的工作方能证明自己是好人。他们的一举一动都在打我的小美人的主意。我气得一天好几次脸发白。最后我心里盘算,也许夜里我能扮成水兵。我正抱有希望,不料第二十三个星期的星期六势态迅速发展:负责送统计数字的伙伴,一个亚美尼亚人,突然被晋升为阿拉斯加的计蚤员,专门统计勘察者的狗身上的跳蚤。要说晋升,真算得上一次晋升,亚美尼亚人喜形于色。阿拉斯加的狗确实珍贵，须臾不可缺，因此需要精心照料。至于移民，人家不在乎，太多了。

眼下没有人往返纽约送统计数字，办公室的人二话没说便指派了我。我的上司米齐夫送我的时候握着我的手，再三叮嘱我进城要老老实实，规规矩矩。这是此君最后一次给我忠告，他再见不到我了，况且他从来没有看清过我。我们到达码头时，下起了瓢泼大雨，劈头盖脸地浇下来，淋透了我单薄的上衣，我手里捏的统计数字表慢慢溶化了，超出我上衣口袋的那一卷统计表变成一团大疙瘩。我的模样马马虎虎可充当一个城市商人。我怀着激动而恐惧的心情奔向新的冒险。

我抬头仰望这片摩天大厦，感到一阵倒悬的天旋地转，因为无数扇完全一样的窗户令人厌恶。我穿得很单薄，感到浑身麻木，赶紧往最暗的狭街里钻，在这摩天大厦成群的地带街道好似狭缝。我希望混在人群中显不出穷酸相。多余的羞愧，我根本犯不着羞怯。我走的那条街是最狭窄的，不比我们国家的小河宽多少。街道肮脏不堪，潮湿阴暗。路上行人如云，瘦的胖的，摩肩接踵，把我像影子似的带走了。他们跟我一样到市里去，大概是去干活的，人人低着头走路。穷人到处可见。

十六

我做出寻路的样子,好像知道往何处去似的。我向右转,拐到一条比较明亮的街道,叫"百老汇"。街名我是从一块路牌上知道的。摩天大楼顶端几层楼的高处还有一些日光,几只海鸥和几片云天。我们在下面行走,光线暗淡,宛如森林中的光线,病恹恹的,灰暗得整条街好似一大团混杂的脏棉花。这条漫无尽头的街道好像一条令人心酸的伤疤,我们置身其间,从一个伤口的边缘到另一个伤口的边缘,从一个痛处到另一个痛处,一起朝着永远看不到的尽头蜂拥过去,那是世间无数条街道的尽头。车辆不许通行,只见万头攒动,人山人海。

我后来才听说这就是贵人区,黄金区,叫曼哈顿。只能步行进入,如同进入教堂那样。这是当今世界银行的心脏。但有人路过时随地吐痰,太胆大妄为了。

这个充满黄金的街道是一个真正的奇迹,甚至站在门外都听得见美金的沙沙声。美元轻快如飞,胜似圣灵,比血液还珍贵。我从容不迫地望着守卫现钞的人,甚至进屋跟他们说话。他们薪水很低,抑郁不欢。老主顾走进银行,可别以为他们可以随心所欲,根本没那回事。他们对着一个小窗口轻声说话,好像在向美元忏悔。大家轻手轻脚,在柔和的灯光下,注意力集中在高大的拱形柜台处一个小小的窗口。他们在那里领受"圣体饼",把它放进贴心的内衣口袋。我不能欣赏个没完啊,不得不随着街上的人群在两面幽暗而光滑的峭壁间流动。我们走着走着,街道豁然开朗,如同一处石罅的尽头,迎面送来一片池塘般大小的日光。这片青绿色的日光被高楼大厦周匝而围,正中央有个亭子,带着点儿田园风光,四周的草坪冷清清的,无人光顾。

我向旁边好几个人询问那幢楼房是什么,但他们装作没听见,哪有时间答话呢。一个小伙子走近我,他倒乐意指点。他说那是市政府殖民时代的宏伟建筑物,并补充道,这是殖民时代留下的惟一古迹。街心公园这片绿地的四周有一些长凳,坐在那儿能很好地欣赏市政府大楼。我到的时候几乎没有其他东西可看。我坐在凳上整整待了一个小时,望着时断时续的人群闷闷不乐地在赶路。中午时分,突然从半明半暗的街上涌现一大群绝顶美丽的女人。多么巨大的发现啊!多么灿烂的美国啊!多么令人心旷神怡啊!劳拉的形象又浮现在眼前,她不失为美国女子的典型,我没有搞错,真的没有搞错!

我已经到了朝圣的关键时刻。倘若不是饥肠辘辘,胃里难受,我大概可以获得神奇的美的享受。在我眼前不断涌现的美人本可以给我平庸的状况增添几分信心和光彩,无奈我需要一份三明治方能相信自己处在奇迹之中,但是我没有三明治。

多么袅娜的风姿!多么轻盈的体态!多么独特的和谐!多么大胆的色彩搭配!她们善于化险为夷。她们使面容和体态充满了活力。啊,这些金发女郎,这些褐发女郎,这些提香画笔下的美女!她们源源不断涌来!我心想,莫非古希腊复活了?我正赶上时候啦!但女神们的显圣尤其使我感到不可思议的是,她们竟无视我的存在。我痴头呆脑地坐在长凳上,奎宁与饥饿掺和着好色使我露出垂涎三尺的狼狈相。如果灵魂真可脱壳,我那时早已魂不附体了,什么也挡不住我。她们可以把我带走,使我升华。这些奇特的轻佻女郎只要做一个手势,说一句话,我立马儿跟她们走,全心全意跟她们一起进入梦幻般的世界,但是她们或许有其他的使命。时间趁我发呆之际一小时、两小时地过去了,我的希望也随之落空了。

我想到了肠子。你们见过乡下人戏弄流浪乞丐吗?我们家乡人把烂鸡肠子塞进旧钱包送给乞丐。我对你们讲,人同肠子完全一样,只不过粗大些,多变而贪婪,体内装着一个梦幻。应当考虑正经事了,不要马上动用我小小的储备,我的钱不多啊。我连数一数都不敢,再说我眼花,把一物看成二形。我摸摸衣兜,感觉到一叠薄薄的钞票情虚胆怯地待在被损坏的统计表一块儿。

男人们也经过那里,尤其青年人,他们的脑袋像粉红的木头,眼光冷淡、刻板,少见的上下颌又宽大又粗俗。不过,也许他们的妻子偏喜欢这样的颌。两性好像分群各自走一边。女人只对商店橱窗感兴趣,全神贯注地观看手提包、披巾、小型丝织物品。丝织品同时在每个橱窗展示一点点,但摆得恰当醒目。人群中很少见到老年人,成双结对也很少。我一个人待在长凳上几个小时傻看行人来来往往,好像谁也不觉得奇怪。不过有一段时间站在街中心像墨水瓶似的警察有点怀疑我要干什么勾当,这是一望而知的。不管在什么地方,一旦引起当局的注意,最好是赶紧溜开,不作任何解释。我思忖,还是钻洞吧!

我坐的凳子右边正好有一个大洞口,就在人行道上,很像我们的地铁。我觉得躲进这个洞很合适,里面宽宽的,有粉红色的大理石阶梯。我看到许多行人进进出出,原来他们到地下室去大小便。我立刻行动起来。地下室也是用大理石建成的。但见一个大池子,有点像游泳池,但没有水,散发着恶臭。透进来的日光非常弱,再被解纽扣的人一挡,几乎没有日光了。大家都不回避,涨红了脸向池子里泻脏物,发出不堪入耳的声响,男人之间这样随随便便,嘻嘻哈哈,互相打气,大有足球场的气氛。人们一到,首先脱去上衣,好像要进行体力的较量:干事要有合适的穿着嘛,这是规矩。然后放肆起来,打嗝的打嗝,放屁的放屁,手舞足蹈,各自占个粪坑,好像这里是疯人院。从台阶下来的人和在粪坑旁的人互开玩笑,话语污秽,但大家都喜眉笑眼。但他们在人行道上却一本正经,甚至闷闷不乐,不过想到要廓清叽里咕噜的肠子,不由内心喜欢,已经显得如释重负了。

粪坑的门污迹满目,挂钩已脱节,悬在那里。人们进出时均寒暄几句,等坑位的人抽着粗实的雪茄烟,不时拍打占位者的肩膀以示鼓励。瞧他,双手托着头,面孔皱紧,使出了全身的力气。很多人哼哼唧唧,好似受伤者和产妇发出的呻吟声,患便秘的人受着有苦难言的折磨。一间间粪坑好比蜂房,一次抽水声说明腾出一个空位,立即从那里传来喧哗声:人们经常掷硬币猜正反面决定由谁占空位。厚如小坐垫的报纸一经被翻阅便散开,这帮急于解决直肠问题的人再也不管不问了。室内烟雾缭绕,看不清他们的脸,再说气味难闻,不敢太接近。里外鲜明的对比使一个外国人瞠目结舌:在地下人人衣冠不整,落拓不羁,随随便便泻肠污,而在街上则行动拘谨,道貌岸然。我百思不得其解。

我从原来的台阶返回光天化日之下,在原来的长凳上休息,恍然领悟消化和庸俗的奥秘,发现了共同拉㞎㞎的乐趣。对这一奇遇令人困惑的方方面面,我不作推敲,因为没有精力作进一步的分析和归纳,只急切地想睡一觉:这是一种罕见的、妙不可言的强烈欲望。

于是我又随着人群流动,来到邻近的一条街。我们向前走一段停一停,因为店铺的货摊把人流截成一段一段。那里有一家旅馆,门前的人群好似一股旋涡,一些人从转门涌出来,我却相反被吸进大门厅。猛一上来,一切令人惊奇,什么都是模模糊糊的,要借助想象力才能估量大厦的雄姿和各建筑部分的广度,因为电灯泡的光线十分暗淡,进屋之后要待上一会儿才能适应。

在微光下许多年轻女子坐在深椅里,满身都是珠光宝气。她们周围一些男子保持一定距离静默地徘徊着,面对一长排穿着长筒丝袜的交叉大腿又好奇又害怕。这些时髦的妇女好像在等待既严重又花费昂贵的事件,当然我不是她们想念的对象,所以我经过这一长溜令人眼馋的东西时,完全是鬼鬼祟祟的。她们一字长蛇阵坐在椅子里,至少有一百来个,裙子撩得高高的,极有诱惑力。我一下子吸收美的配量太大了,孱弱的体质受到太强的刺激,以致迷迷糊糊地走到接待处。

柜台旁,一个头发抹胶水的职员粗暴地给我分配了一间房间。我要求住最小的房间,当时身上只有五十来个美元,还不知道下一步该怎么办,毫无信心啊。我希望职员能租给我一间全美最小的房间。这家旅馆叫"快乐的卡尔文",广告上说它是美洲大陆最豪华的旅馆中享有顾客最多的一家。

在我的头顶上方带家具的客房多得根本数不清!在我身旁一排排的扶手椅里有诱惑力极强的女人!无底的深渊!无穷的危险!难道穷人因美的诱惑所产生的痛苦是无穷无尽的吗?这比饥饿更纠缠人吗?我还没有来得及受诱惑,接待室的人已经熟练地将一把钥匙塞到我手里,钥匙沉甸甸的,吓得我不敢动弹。一个机灵的小伙子突然从暗处出现在我眼前,他穿着一身准将式青年制服,很有点大将气派。接待室那个头上油光光的职员按了三下金属铃,小伙子吹一下口哨,这是给我下达出发信号。我们一溜烟儿走了。

首先我果断而急促地穿行一条黑咕隆咚的走廊,好似一辆地下火车。小伙子在前面领路,到一个角转一个弯,又到一个角再转一个弯,我们曲线前进,风风火火往前赶。电梯。一按气门,上去了。我们到了吗?没有。又是一条走廊,更加昏暗,四面板壁好像都是紫檀的。我来不及细看,小家伙吹着口哨,提着我的破箱子。我不敢多问,跟他走便是了。一路上不时出现一盏红色的或绿色的电灯,为我们在黑暗中引路。每间房门上标着金色大号码。我们早就经过1800号,后来又经过3000号,依然被不可抗拒的命运牵着走,还是前途莫测。小家伙在昏暗中凭着本能跟随命运这个无名氏,好似职业小猎手,轻车熟路,仿佛这个洞穴里没有任何东西会使他措手不及。只是在我们超过一个黑人或一个黑人女佣时,他的口哨才带抱怨的声调,如此而已。

我沿着这些一色的走廊不断加快步伐,逃离检疫站后所剩的一点勇气此刻已丧失殆尽。我浑身像散架似的,那次非洲茅屋着火后我被风吹倒在温热的大水里时就是这种感觉。我仿佛被淹没在从未有过的感觉里,一时间在空间挣扎,上不着天,下不着地。

突然小男孩来了一个急转身,连招呼也没打一声:我们到了。我撞在一扇门上,这就是我的房间,像一个紫檀大木盒。只在桌子上有一小圈灯光,那是一盏小得可怜的暗绿色台灯。在很显眼的地方有一张告示,上面写着:"快乐的卡尔文旅馆经理敬告旅客:敝经理本着友好对待旅客的精神,将亲自保证旅客在纽约逗留期间生活愉快。"读完告示,我更加萎靡不振了。

我单独一人待在房间里,情况变得更糟糕,好像全美国的人都进来跟我过不去,向我提出许许多多的问题,使我产生不吉利的预感。我焦虑不安地躺在床上,竭力适应这间鸽子笼似的昏暗房间。靠窗的墙壁隔一段时间发生隆隆的抖动声,这是一辆空中火车在对面经过,如一发炮弹在两条街的上空飞过,车厢里的人活像被切成一条条的团团肉糜,微微颤动着。火车一个区一个区地穿过这座奇怪的城市。但见火车抖动车身在密集的框架上飞驶,每小时快达一百公里,滚滚的车轮声响彻四周的千家万户。我躺在床上沮丧至极,不知不觉过了晚饭和睡觉的时间。

风驰电掣的地铁火车弄得我昏昏沉沉。小院井似的另外三面墙亮起一盏灯，两盏灯，几十盏灯。我瞥见几个房间里发生的事情：夫妻们正准备睡觉。美国人和我们国家的人相似，一天下来，筋疲力尽。女人们的大腿非常丰满，但非常苍白，至少我看到的是如此。大部分男子睡觉前刮胡子，一面抽着雪茄。上床后他们先取下自己的眼镜和假牙，放在显眼的地方。男女之间说话的样子同在大街上不完全一样，仿佛是十分驯良的动物，对无聊已完全习惯了。我一共看到两对夫妻在灯光下干好事，动作并不剧烈。其他的妻子在床上吃糖块，一面等着丈夫梳洗完毕。最后大家都熄了灯。

人们这么睡觉真令人心寒，看得出他们对人事沧桑满不在乎，也不想明白为什么活着，全然无所谓。他们懵懵懂懂地睡觉，还挺得意哩，这些蠢货，不管是不是美国人，一概麻木不仁。他们总那样心安理得。

有许多东西我没看清楚，颇感不满足。有些东西知道得太多，有些东西知道得不够多，心想应当出去看看，还是出去走走吧。或许会碰上罗班松，这个想法显得十分荒唐，但给自己找到一个再次出去的借口，况且躺在小床上辗转反侧，久不能眠。即使搞手淫，在这种情况，也很不舒服，没有意思。真是绝望得不得了。

更糟糕的是不知道第二天如何恢复精力继续干前一天干的事情。自从不知道多少年以来，人们总那么精力充沛地干愚事，设想成千上万个毫无结果的计划，企图从难以忍受的生活必需中摆脱出来，此种企图总是以失败告终，无一例外。每次失败后便更加相信命运难以逾越。每天晚上倒在命运之墙的脚下对第二天更加忧心忡忡，命运之墙显得更加不可靠，更加难攀登。

另外年龄也来捣乱，给我们施加更大的压力。我们自身的音乐所剩不多，难以让生活翩翩起舞。青春已经消失在遥远的、真实的寂静之中。身上没有足以挥霍的钱,外面有什么地方可去呢?真实就是无尽无休的弥留,人间的真实就是死亡。必须在死亡和说谎之间选择。我却从来不敢自杀。最好到街上走走,这是一种慢性自杀。每人都有小聪明,都有办法获得睡眠和塞饱肚子。我必须想办法睡觉,第二天有足够的精力赚饭吃。恢复干劲,至少恢复第二天找活儿干的劲头。暂且应当马上找到睡意,但不要以为那么容易睡得着,你一旦对什么都怀疑,尤其别人使你受惊害怕之后,更难入睡。

我胡乱穿上衣服,昏头昏脑的,好歹找到了电梯。还得经过门厅,在神秘的美女们前面经过,她们的脸庞是那种迷魂难测的文雅和严肃,大腿是那样的吸引人,简直像女神,是勾引人的女神。或许可以试试搞个两相情愿,但是我害怕被捕。别把事情搞复杂化了,穷人的欲望几乎全以坐牢告终。我又来到街上,同刚才一样,人山人海,不过人声更加鼎沸,人流沿着人行道潮水般地涌向热闹的地方,娱乐的地方,有夜生活的地方。

人群朝着远处夜空中的灯光流动,好似一条条骚动的、彩色斑驳的巨蛇,从周围的大街小巷汇涌而去。我思忖,这么多的人出来夜游,等于很多很多的美元汇集在一起:单单统计一下手绢,或长筒丝袜,甚至香烟,该是多么可观的数目啊。真想不到在充满钱的街上散步,身上却增加不了一分钱,即使想多搞一分钱去吃饭也不行。想来想去令人失望,人与人之间就像房子与房子是互相隔开的。

我也慢慢朝灯光走去,走到一家电影院,不几步又是一家电影院,再过去还是一家电影院,整条街都是电影院。人群每流到一家电影院就少掉一大块。我选了一家,那里张贴着穿连衣睡裙的女人照片:多么美的大腿啊,先生们! 重型大腿! 肥型大腿! 瘦型大腿! 脸蛋儿又是那么漂亮,每张脸都用化装笔描过,线条分明,娇滴滴的,完美无缺,不用再加修饰,没有一点疏忽,没有一处破绽,尽善尽美,既优美可爱又实实在在。生活中可能产生的一切危险、一切有损美的过失都没有影响这种神奇的、无比的和谐。

电影院里舒适,温和,热烈。大管风琴声音①浑厚柔和,如同置身于大教堂里,但这里的气氛热烈:大腿的数量不少于管风琴的管子。音乐贯穿始终,我们沉浸在温情脉脉的宽恕气氛中,自然而然地联想到世界也许变得宽容了,我们几乎已经处在宽容的世界上了。这时梦幻从黑暗中升起,同活动的亮光所产生的海市蜃楼融汇在一起。银幕上发生的事情不完全是有生命力的,画面有一大块模糊的阴影,留给穷人,留给梦幻,留给死人。必须赶紧用梦幻填满肚子,以便对付电影散场后的生活;必须再坚持几天,以便渡过人世的难关。在形形色色的梦幻中,人们选择最安抚人心的,我却选择最下流的,我承认,这很不光彩,但总得让奇迹给你留下点儿什么吧。这时一位金发女郎挺着一对令人难忘的乳房和一个令人难忘的脖子,突然出现,用歌声打破银幕上的寂静。她流露出孤独的悲哀,唱得如泣如诉,我们恨不得跟她一起哭泣。

这才来劲呢!这才使你干劲十足呢!我感到勇气倍增,至少可以顶两个整天。我没等放映厅亮灯便走出场,得到精彩的心灵之声的感染,为睡眠做好了一切准备。回到快乐的卡尔文,尽管我向看门人打招呼,他却故意怠慢,没有祝我晚安,倒很像我国的看门人,但眼下我对看门人的蔑视并不在意。丰富的内心生活使人自强不息,足以融化二十年的大浮冰,确实不假啊。

回房间躺在床上,刚闭上眼睛,影院金发女郎的歌声再次在我耳际萦回,那忧伤的旋律仿佛冲着我一个人来的。我迎了上去,把她带入梦乡,睡着了。只身睡觉是很难受的,我不再完全孤独了。

---

① 当时还是无声电影,多用音乐渲染气氛。

十七

在美国为了省吃,可以去买一个夹香肠的热面包,这很方便,小街角上多有卖的,一点不贵。在穷人区吃饭我倒无所谓,可永远碰不上侍候富人的美人儿,这叫人心里难过,吃起饭来多没意思啊。在快乐的卡尔文,我还能踏着厚厚的地毯到门厅妖艳的女人们中间摆出好似找人的样子,慢慢混入她们形迹可疑的氛围中。想到这点,我承认"英芳塔·孔比塔"号上的伙伴们说的对,我的志趣不是一个穷光蛋应有的志趣,通过体验,终于明白了。战船上的伙伴们骂我是对的。可勇气总也恢复不过来。于是乎我去电影院,东看一家,西看一家,一次次吸收精神兴奋剂,但至多使我鼓起劲头再出去作一两次散步,如此而已,在非洲诚然我感到孤独,那是一种野兽般的孤独,而在人鼎沸腾的美国所感受的孤独更令人难堪。

我一向害怕心里空虚,害怕没有切实的理由存在于世。如今面对现实,我确信本人没有存在的价值。我平庸惯了,现在的环境和我司空见惯的环境大相径庭,在这里我简直分崩离析了,总之感到不存在了。我一旦停止谈家常,便发觉自己不存在。什么都提不起我的兴致,一种不可抗拒的无聊感使我沉溺,心灵的颓丧既是虚情假意的,又叫人不寒而栗:真是讨厌透了。

把最后一个美元花在这类冒险之前夜,我依然百无聊赖,以致不肯考虑搞钱的办法,尽管这是最急需考虑的问题。我们生来就那样的没有出息。惟有娱乐才能限制我们自杀。我以一种绝望的狂热攀附电影以求解脱。

我从黑咕隆咚的旅馆出来,想再到周围繁华的大街上走走,看看令人头晕的、平淡无奇的杂处楼群。宽阔的门面连成一片又一片,单调一色的路石、墙砖、开间触目皆是,看不到尽头,商店连着商店。这个世界上最糜烂的地方,醒目的广告多得出奇,吹得神乎其神,谎言层出不穷,翻云覆雨,倏忽万端。

我在靠河的一边穿街走巷。小巷的规模平平常常。譬如说,站在人行道上可以砸碎对面同一座楼的全部玻璃。不停地油炸食物使这些街道充满怪味,商店由于屡遭偷窃不再摆摊。这里的一切使我想起曾住过的维尔瑞夫医院①附近的情景,甚至人行道上膝外翻的孩子和市集上的风琴都十分相似。我满可以待在那里,但穷人也不会给我饭吃,瞧他们那副穷酸相,怪可怕的,不如回繁华区去吧。"坏蛋!"我心里骂自己,"你真缺德!"你既然没有勇气一劳永逸地停止顾影自怜、唉声叹气,那就得耐着性子一天比一天更好地认识自己吧。

一辆有轨电车沿着哈德逊河向市中心开去,这是辆旧车,轮子沉重,车身单薄,走起来颤颤晃晃,一次行程要整整一小时。乘客不无耐心地顺从复杂的付费仪式:依次在车厢入口处朝一个像咖啡壶的盒子里扔硬币。检票员在一旁监督,他和我国的检票员穿着相同,也穿"巴尔干民兵俘虏"制服。

从平民区散步回来,精疲力竭。进门厅,又看见在我是可望不可即的美人们,她们源源不绝,竟然坐满两排。我从她们面前经过时,想入非非,欲火中烧。我缺钱缺到不敢摸口袋,生怕知道口袋

---

① 塞利纳本人在第一次大战中负伤,曾被送往慈谷军医院治疗,后转入维尔瑞夫医院,但小说中的巴达缪却从慈谷军医院转入比塞特医院。

是干瘪的。但愿劳拉目前没有离开家,我心里盘算着,不过她愿意接待我吗?我先去向她借五十或一百美元怎么样?我犹豫不决,心想也许饱吃一顿、猛睡一觉之后勇气就会足足的。要是我第一次借钱成功,而后再去找罗班松,那就是说,要等我恢复相当的精力之后再去找他。罗班松这种人可不像我,他至少是个果断的人,一条好汉!嘿!他大概已经掌握对付美国的窍门和手段了!他或许已有办法树立信心、保持镇静,而我最缺的正是信心和镇静。我猜想罗班松也是乘战船来的,比我早踏上这块海岸,那么他现在肯定已在美国站稳脚跟。他大概对冒失的人群若无其事的拥挤并不感到别扭。其实想通了,我满可以到哪个单位找个差事,每个单位门前都有醒目的招牌。但一想到要进那样的房子,不由得心惊肉跳,怯而止步。还是待在旅馆里吧,这是热闹得叫人难堪的大坟墓。

物资的堆积和蜂房似的商业性房间给予老住客的印象也许和给予我的印象完全不同吧。还有这些无数的一环套一环的建筑结构,是吧?悬在空中泄洪般的建筑对他们来说也许意味着安全,对我来说则是一整套束缚性的体系,可恶透顶:砖墙、走廊、插销、小窗口,简直是一种折磨人的巨大建筑,使人产生压抑感。

高谈阔论是恐惧的另一种形式,只不过披上了可耻的伪装。

身上只剩下三个美元,走到时代广场,借着广告的灯光细看自己手心里闪闪发亮的美元。这个大广场非同一般,广告的灯光四射,下面的人群忙于选择电影院。我想找一家非常便宜的饭馆,于是来到一家定量的公共食堂,这里的服务项目降到最低限度,手续简便,刚好满足肚子的需要。一进门,人家就把托盘塞到你手里,你按次序排队等候。和我一样来吃晚饭的女顾客们长得挺水灵的,但都不理睬我。我心想,要是能走近她们中的一位小姐,对着她可爱的小鼻子说:"小姐,我有钱,非常有钱,告诉我你乐意接受

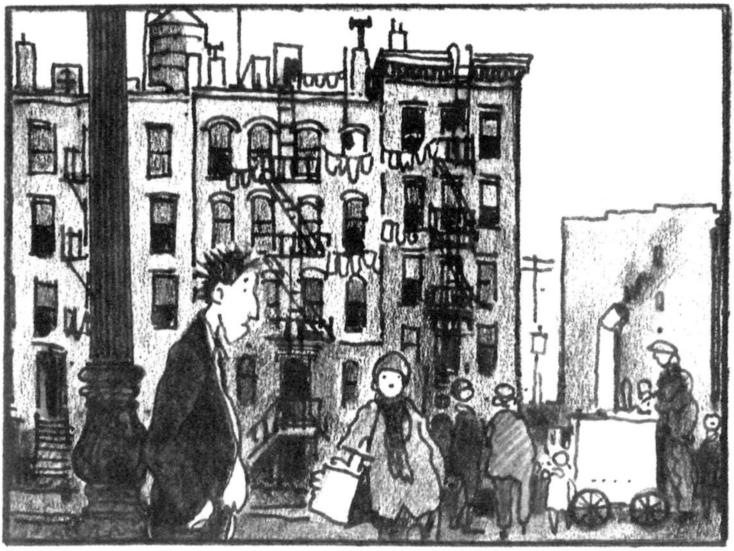

什么样的礼物啊。"那必定大异其趣。

在这种情况下一切变得十分简单,一分钟前还是那么复杂的事情神妙地迎刃而解了。一切都变了,刚才那般凶神恶煞的世界立刻滚到在你的脚下,活像不露声色的绒球,又顺从又温柔。同时或许不用再天天拼命地梦想一举成名、发财致富,既然名利都已触手可及。没有钱的人一辈子碰钉子,一辈子乱做梦,懵懵懂懂,清苦度日。我的梦想时起时落,我的意识里不断有穿堂风经过,所以布满裂缝,尽出故障,令人生厌。

暂且还不敢在饭厅跟这些年轻姑娘搭讪,我乖乖地端着托盘,一声不吭。轮到我经过装着血肠和扁豆的瓷缸时,我领取了全部定量。这个食堂干净明亮,我感到自己仿佛贴在镶嵌瓷砖上,犹如一只苍蝇落在奶品上。像女护士般的女招待站在面条、米饭、糖煮水果的后面,每人管一种食品。我接过和蔼可亲的女招待分给的食物,遗憾的是,她们不朝顾客微笑。一旦领了自己的一份,就得悄悄地去坐下,而后把座位让给别人。我们端着托盘稳稳地小步移动,有如蹑手蹑脚地穿过手术室。这和我在快乐的卡尔文旅馆及其金边紫檀木板壁的小房间相比别有一番情趣。

人家之所以向我们这些顾客倾泻那么多灯光,把我们从经常性的黑暗中暂时拉出来置于强光之下,这是有用意的。老板别有用心,我倍加提防。在昏暗中过了那么多天之后一下子转入通亮的强光下,会有一种古怪的感受。我产生极度兴奋的苗头,真的,差一点要发作了。我不敢把脚伸进一尘不染的熔岩石小桌子底下,不知道该把脚放在什么地方,真想把双脚挪到别的地方去,因为店门那边排队的人们眼巴巴地盯住我们,他们等我们吃完腾出座位。我们刚才从街上进来也是这么等的。恰恰为了达到这个效果,为了吊他们的胃口才把店里搞得灯光辉煌,引人注目,我们这些人都成了活广告。我的点心上的草莓在灿烂的灯光下透红明亮,我一时不忍心把它们吞下去。

美国的商业无孔不入,令人躲避不及。

强光使人炫目和拘束,但我还是注意到一个非常可爱的女招待在我们附近走来走去。我决定不放过她每一个可爱的动作。轮到给我换餐具了,我特别注意她眼睛的形状,同我国的女子相比,她的眼角更加细长和上翘,这是出乎意料的。眼皮也随着眉毛微微向太阳穴波动,显露出几分凶相,但不太厉害,还可吻一吻,有如莱茵省的葡萄酒隐隐有点苦涩,但十分爽口。当女招待接近我时,我朝她挤眉弄眼,好像认识她似的。她打量畜生似的对我毫无好感,但流露出好奇的神情。"这下好了",我思忖,"她是第一个勉强瞧我一眼的美国女郎。"

吃完亮晶晶的奶油水果馅饼,不得不把座位让给别人了。我有点摇摇晃晃,没有直接走向出口处,把付款处等我们付钱的男人撇在一边,竟敢径直走向金发女郎。在融融的灯光下,我的举动十分突兀,格外异常。站在热腾腾的食物后面的二十五名女招待一起向我示意:我走错了地方,迷失了方向。我从橱窗里瞥见排队的人骚动起来,正准备坐下吃饭的人突然僵着不动。我扰乱了秩序。周围的人大呼小叫:"恐怕又是一个外国佬吧!"可是我已打定主意,别人怎么议论都行,反正我不肯放过刚才招待我的美人。可爱的人儿啊,谁让她瞧我来着。我孤独够了!不要梦幻!要同情!要接触!"小姐,您虽然不太认识我,但我已经爱上您,您愿意咱们结婚吗?"我这样冲她大声喊道,言之切切,出于真心。没有听到她的答复,却看见一个穿白色衣裤的高个儿看管出现在我面前,他推我往外走,恰当而干脆,既不咒骂也不粗暴,如同把一条赖着不走的狗赶了出来。这一切都是名正言顺的,我无话可说。

我回到快乐的卡尔文旅馆。房间里仍不断受到隆隆声的冲击,像龙卷风阵阵袭来,首先是空中火车的轰鸣仿佛从远方向我们滚滚而来,每次火车经过都好像拖曳着高架轨道,快把城市震塌似的。同时从下面街上传来断断续续的机械声和人群的嘈杂声:人群不停地骚动,时而离开,时而停顿,时而返回,隐约的喧哗声游移不定,令人烦躁。城市里的人聚在一起总是乱糟糟的。

从高楼上可以任意向他们乱喊,我试了试。他们统统使我感到厌恶。白天我没有胆量冲他们嚷嚷,现在没有危险了。我向他们喊道:"救命啊!救命啊!"我想看看他们有什么反应,结果什么反应也没有。这些人夜以继日地把日子往前赶,一辈子也看不清生活的真面貌。他们被自己的喧噪声蒙住耳朵,什么也听不见。他们才不在乎哩。城市越大越高,他们越不在乎。我试过了,特此敬告读者,请你们不要再试啦。

十八

仅仅出于钱的原因,我开始寻找劳拉,但在我这是何等急需,何等紧迫!如果不是出于这个可怜而又可鄙的需求,我才不去见她呢,让这位不要脸的女友慢慢衰老、死亡好啦。总而言之,我想来想去,确认她对我的态度太怠慢无礼了。

人上了年纪,回想起跟自己生活有过牵连的人,总忘不了他们的私心,这种私心像是钢铁铸的,白金铸的,否认不了,连岁月也难以把它抹掉。年轻时,对最冷漠无情的人,对最厚颜无耻的人,也能替他们解脱,借口说他们头脑发热,异想天开,并能找出他们不明事理、浪漫放任的迹象。然而人事沧桑,你亲自经历了生活中出现的狡诈、冷酷、恶意,好不容易使自己的体温保持三十七度,这时你才心中有底,才有条件明白过去存在的一切卑鄙行为。只要认认真真注视一下自己,便能发现满身是污泥浊水。神秘被揭穿,牛皮被戳破,诗意烟消云散,岁月也就消逝了。你将一无所得,白活了一场。

我费了很大的劲终于找到那个没有教养的女友,她住在七十七街第二十三楼。你准备去求助的人居然可能使你厌恶,这是闻所未闻的。她家里阔气得很,完全符合我想象的那种气派。我事先已经看过许多电影,吸够了养料,一反来纽约后萎靡不振的状态,几乎精神抖擞起来。第一次接触比我预料的要好一些。劳拉见到我,好像并没有惊讶的表示,只在认出我时感到有点不快。

我稍微回顾了一下我们过去共同关心的问题,作为开场白,当然用词是尽可能谨慎的,其中略带提了提战争。不料我说了大蠢话,因为她根本不愿再听人讲战争。这会使她变老。她一气之下,针锋相对,直言不讳地说,如果在街上碰见我,完全认不出来:我太显老,满脸皱纹,还浮肿,难看极了。这就是我们见面时的寒暄话。这个坏女人自以为用这样的老话题能击中我的要害!我不屑回击她这种卑劣的无礼。

她的家具一点也不雅致,但还说得过去,叫人看了挺顺眼的,至少比快乐的卡尔文旅馆的家具舒适多了。

暴发户的做法和手腕儿每每使你感到看魔术似的。从缪济娜和埃罗特太太的发迹中,我便懂得屁股是穷女人的小金矿。女人这种突然的变化对我很有魔力,我愿意向劳拉的女看门人奉献最后一个美元,听她议论议论。可惜劳拉那幢房子没有女看门人,全市都缺女看门人。而没有女看门人的城市不会有奇闻轶事,没有情趣可言,一切显得平淡无奇,犹如没加盐和胡椒的汤或烂糊一团的焖菜。从放床的凹室的缝隙,从厨房的缝隙,从屋顶室的缝隙渗出的滑滑细流,经过女看门人的房间,汇成滔滔瀑布,涌向生活。多么美味可口的碎屑!多么美味可口的残羹!乐融融的人间地狱!不过我国也有一些女看门人经受不住繁重的劳务,她们说话不多,笑眯眯的,但咳个不停,头昏眼花,那是因为她们因诚实而耗尽了精力,成为诚实的牺牲品,变得呆头呆脑了。

为了顶住可恶的贫穷,什么都得试一试,不得已而为之嘛。譬如,想尽办法陶醉,陶醉于酒(蹩脚的酒),陶醉于手淫,陶醉于电影。我们并不挑剔嘛,不是美国人所说的那种"挑三剔四的人物"。我国的女看门人好赖能给那些善于笼络她们并跟她们调情的男人悄悄播种有用或没用的仇恨种子,足以毁灭一个世界。纽约奇缺的这种刺激,虽然平庸俗气,却生动活泼,无可辩驳。一旦缺少这种刺激,头脑便发木,说长道短的议论便无的放矢,凭空捏造的话便苍白无力。没有女看门人,什么也咬不死,经不住,靠不牢,放心不下,安宁不得;有了女看门人,普遍的仇恨就会增添数不清的无可否认的事实,从而大放光彩。

突然发现劳拉生活在这样的环境中,心里更加慌乱,对她产生了新的厌恶。她的成功是多么的平庸,她的傲慢是多么的粗俗,十足的粗俗,实在令人恶心。我忍不住想呕吐,但又能吐出什么呢?这时不禁想起缪济娜,我曾经有过相同的反感和厌恶。对这两个女人,我心中产生了强烈的憎恨,憎恨实难消除,已经成为我生活的一部分。只因缺乏足够的文献依据,无法及时发泄积怨,最后不得不宽宏大量地来找劳拉。过去的生活不能复原。

勇气不等于宽恕,人们总是过分地宽恕。宽恕毫无用处,已为事实所证明。难怪要把大写的好人列为末流!这不是没有道理的,永远也不要忘记。应当让幸福的人们晚上睡着的时候永远睡过去,让他们和他们的幸福一了百了,万事大吉。第二天不再谈论他们的幸福,我们自由自在地承受不幸,与大写的好人为伍。

言归正传,劳拉在屋子里走来走去,衣服穿得不那么严丝合缝,身体好像还能激起我的情欲。一个穿着华丽的躯体可能招引强奸,人家总想扒开其华丽的衣服,接触其隐秘的部位,有如闯入豪华的住宅接触财富而无被夺回之忧。也许她在等我做出什么举动,好把我打发走。但我因为饿得发慌,十分谨慎。吃饭要紧啊。可她没完没了地讲述生活中的琐碎小事。至少要隔开两三代人才不必编造谎言。但不扯谎吧,又没有或几乎没有什么东西可谈的。她开始向我提问,要我谈谈对美国的看法。我如实对她说,我虚弱无力,焦虑不安,几乎任何人和任何事都使我害怕。她的国家叫我心惊肉跳,超过了迄今我受到直接的、看不见的、难以预料的威胁的总和,特别使我难堪的是对我普遍的冷漠。我认为这能概括她的美国。

我向她承认,我得赚饭吃,所以必须尽快克服多愁善感,而我已经拖延太久了。如果她能通过熟人把我推荐给某个雇主,我将感激不尽,永世难忘。越快越好。有一份微薄的工资我就心满意足。还说了一大堆其他和善的废话。她对我的低要求印象不大好,但没说什么难听的话,只是一上来就泼冷水,说她根本没有熟人能给我工作或帮助。因此我们不得不谈论一般的生活话题,而后谈论她个人的生活。

我们互相打量外貌,互相探问意图。突然门铃响了。径直闯进来四个女人,她们浓妆艳抹,佩戴首饰,满身是肉,熟得像果子似的,态度非常随便。劳拉显得很尴尬,简单地把我介绍给她们,而后想把她们引开,但谁也没理会她,她们抢着跟我搭讪,给我大讲欧洲:古老的花园般的欧洲到处都有衰老的疯子、好色的疯子和贪婪的疯子。她们熟知沙巴内院①和荣军院。这两个地方我都没有参观过:沙巴内院太昂贵,荣军院太远。我情不自禁地以一种慷慨的爱国激情回敬了她们,但因为累了,比平常在这种场合表现得更加笨拙。我强烈地反驳道,她们的城市使我难过,简直像嘈杂混乱的大集市,叫人反感透顶,可是偏偏要使它繁荣起来。

我一边贫嘴薄舌,夸夸其谈,一边更清楚地意识到导致我心力交瘁的原因除疟疾外,还有别的问题,即不同的习俗。我必须从头学习识别新环境下的新嘴脸,学习用新的方式说话和扯谎。惰性的力量几乎不亚于生命的力量。出于无奈所玩弄的花招平庸到了叫你抬不起头来,但为了继续玩弄花招,你不仅需要勇气,而且更加需要无耻。这就是远居他乡当外国人的处世之道。人的一生只有几个小时头脑清醒,在这样的时刻做出的评论是毫不容情的。此时祖国的习俗对你已不适用,而新的习俗还没有感化你,你的头脑尚未糊涂。你一贫如洗,懦弱无用,一切都迫使你正视事物、人

---

① 当时巴黎著名的妓院。

物和未来,即把人看到骨子里,把事情看透,然而你将迫使你自己去喜欢、去维护、去推动。国家不同,习俗各异。你周围尽是陌生人,他们的举止有点古怪,尽管隐隐有着几分自卑感,却显出无谓的傲慢,说出莫名其妙的谎言,发出异常的反响,不用多久,你就会晕头转向,无所适从。只有你对无数的小事不再感到可笑,那你就入乡随俗了。旅行就是寻求这种可笑的小事,寻求一时的陶醉。

劳拉的四位女客人听到我这番直言不讳的忏悔和看到我在她们面前做傻样,乐得忘乎所以,七嘴八舌地骂我,骂的什么我听不太懂,因为她们说的英语太美国化了,语调又过分热情,语汇下流不堪。这些风骚的母猫!黑仆人进来上茶时,我们默不作声了。其中一位女客人眼尖,大声说我正在发高烧,而且渴得厉害。但我非常喜欢黑人送上来的点心,尽管我直打哆嗦。说真的,这点三明治救了我的命哪。

说着说着,她们比较起巴黎妓院的优劣来了,我没有插嘴。美人们品着各色混合烧酒,渐渐耳热心醉,吐露真言,为所谓"婚姻"争论得脸红耳赤。我虽然忙于狼吞虎咽,却也注意到她们谈的婚事非常特别,甚至什么小青年之间的结合,小孩子之间的结合,而她们为承办这等婚事获得了酬金。劳拉发现她们的话引起我的关注和好奇,她颇严厉地瞪着我,停止了喝酒。她这里认识的美国男人可不像我这样没脸皮的好奇。在她监视下我感到怪不自在的,我多么想向这些女人提出各种各样的问题啊。

女客人们终于起身告辞。她们昏昏沉沉,步子蹒跚,烧酒使她们精神兴奋,性功能勃发。她们风雅而无耻地谈论色情,禁不住眉飞色舞。我揣测到其中伊丽莎白一世时代①的戏剧性冲动,真想

---

① 系指英女王伊丽莎白一世(1533—1603)王朝时代的戏剧鼎盛期,如莎士比亚等戏剧家多有高昂亢奋的情怀。

亲自体验一下这种亢奋,让非常珍贵非常集中的兴奋冲到在下性器官的顶端。这类生理的相通对决定一次旅行有着重大的作用,是旅行者关键性的使命,但我只能预感而已,令人不胜遗憾和忧伤,甚至叫人伤心欲绝。

劳拉等女友们跨出房门立即坦率地表现出对她们厌烦的情绪,这个插曲使她很不高兴。我没有吭气儿。几分钟后她骂道:"一群妖婆!"

"你怎么认识她们的?"我问她。

"是些老朋友。"眼下她没有心思说更多的知心话。

从女客人们对劳拉颇傲慢的态度上来看,好像她们在某个圈子里比她吃得开,甚至对她有较大的控制力,有着无可辩驳的权威性。进一步的情况,我便无从知晓了。

劳拉说要上街,但她让我留在家里等她,如果我还饿的话,再吃点东西。我离开快乐的卡尔文时还没有结账,当然不想立即回旅馆,所以非常乐意接受她的建议。有她的许可,我便可以在温暖的屋子里再待片刻,然后去大街上受罪,我的祖宗哟,大街上的滋味可不好受啊。

劳拉出去后,剩下我一个人。我经过走廊朝黑仆人出来侍候的地方走去。在去配膳室的半道上,我和他相遇,我握了握他的手。他对我很信赖,领我去厨房。厨房漂亮整洁,比客厅有条理得多,光亮得多。他不加掩饰地当着我的面吐痰,吐在漂亮的瓷砖贴面上,吐得又远又多又准,只有黑人才吐得这么好。我出于礼貌,也吐了几口,算是尽力了。我们立刻亲热起来,无话不谈。他告诉我,劳拉有一艘游艇停泊在河里,有两辆汽车停放在马路上,有一处地窖存放着世界各地的烧酒。她定期收到巴黎大商店的商品目录。这是他向我提供的全部情况,可就这一点点情况他来回重复个没完。我听不进去了,感到一阵迷茫。

往事却一幕幕在我脑海浮现：巴黎还处在战事时期，劳拉就离开了我；追击，围歼，埋伏；啰啰唆唆、扯谎成性、花言巧语的缪济娜；阿根廷人以及他们装满肉食的船只；托波；克利希广场互相残杀的乌合之众；罗班松；大海，波涛；劳拉的光亮耀目的厨房，她的黑仆人；之后是一无所有的空白，置身其中的我也随着大家消失了。然而一切在继续进行。战火烧伤一部分人，却暖和另一部分人，有如火可以折磨人也可以舒服人，这取决于置身于火中还是安歇在火前，要看各人的本事啦。

确实如劳拉所说，我变化很大。生活把你扭曲，把你的脸挫伤。生活也把劳拉的脸挫伤，但比较轻微，同我相比，轻微多了。穷人遍体鳞伤，潦倒不堪。赤贫利用你的脸如同使用抹布擦去世界的污浊。你消失了，世界则长存。我似乎在劳拉身上发现新的变化：她不时表现出精神不佳，流露出忧伤；她的盲目乐观也不时出现破绽。每当这样的时刻，人总要回首往事，回顾消逝的岁月，而残存的、令人讨厌的诗意则变成沉重的负担。

黑仆人突然又忙个不停，起劲地塞给我蛋糕，递给我雪茄。最后他小心翼翼地打开一只抽屉，从里面取出一个铅制圆形的东西，极其激动地向我宣布："炸弹！"我不由得倒退了一步。"自由！自由！"他兴高采烈地嚷道。他把东西一一放回原处，然后大模大样地吐了一口痰。多么激动人心啊！他欣喜若狂，笑得那样的感情冲动，使我十分震惊。至于他的手舞足蹈，多一个动作或少一个动作，倒无关紧要。

劳拉采购回来了，看到我们在客厅里抽烟、说笑，装作没有看见。黑仆人赶紧离开。劳拉把我带到她的房间，她脸色忧伤、苍白，身子微微颤抖。她从哪儿回来呢？天色已晚，正是美国人心慌意乱的时刻，因为他们周围的生活节奏开始缓慢。车库里汽车减少了一半。这时节适合半吞半吐地说知心话，应当赶紧加以利用。

她让我有思想准备,先向我提问,问了一些我在欧洲的生活情况,但她提问的语气使我大为不快。

她不加掩饰地认为我可能干出各种无耻的勾当。我对这种假设并不气恼,但心里感到别扭。她已经预感到我来看她是为了向她要钱,这足以使我们之间产生敌意。仇视情绪导致凶杀。我们仍停留在俗套阶段,我竭力避免反目。她特别详细地讯问我生育方面的混账事儿,问我是否在浪迹江湖时扔下过小孩,她想收养。多怪的念头啊。收养孩子一直是她固执的念头。她想得很简单,像我这样一事无成的人必定在各处秘密留下过后代。她如实告诉我她很有钱,一心想竭尽全力照料一个小孩,但因未能遂愿而心力交瘁。关于育儿法的书她统统念过,尤其是抒发母爱激情的书。这类抒情书籍,如果你愿意完全进入书中的角色,使你从交媾的欲望中得到解放,永远得到解放。每种德行都有相应的邪书哩。

既然她只乐意为"小孩"献身,我就认倒霉吧。我只有我这个"大孩"向她奉献,而她觉得非常讨厌。说白了,惟独表演得成功的苦难才叫座儿,哪怕经过想象而巧妙安排的苦难。我们的谈话冷淡下来。最后她建议道:"费迪南,咱们聊得差不多了吧。我带你到纽约对面的地方去看看受我保护的小男孩,我挺乐意关照他,但他的母亲使我厌烦。"这个时间选得很奇怪,总之我们上路了。在车上我们谈起她那个令人讨厌的黑仆人。她问我:"他让你看他的炸弹了吗?"我承认他让我虚惊了一场。她说:

"你知道,费迪南,这个怪人其实并不危险。他那炸弹里塞的是我的废旧发票。从前在芝加哥他红过一阵。那时他参加一个非常可怕的秘密团体,扬言为黑人解放而斗争。听人说那帮人可怕极了。后来他那个帮会被当局取缔了,但他却保留着对炸弹的癖好。他从来没放过炸药,想到炸弹心里就美滋滋的。其实他只不过演演戏,决不会正经八百闹革命的。我留着他,因为他是个好仆人。总的说来,他也许比不闹革命的人还老实哩。"

她执着地又回到收养孩子的话题:"实在可叹,费迪南,你连一个女儿也没有,孩子要是像你这般想入非非,对妇道人家倒挺合适,对一个男子汉却完全不行。"

夜幕茫茫,大雨打在车上,雨花纷扬。汽车沿着光滑的水泥岸道行驶。一切都跟我作对,一切都是冰凉的,连劳拉的手也是冰凉的,尽管我紧握着她的手。我们俩的身体始终分开着。我们在一所房子前停下。从外表看,这栋房子和我们刚离开的那栋大不一样。在二层的一个套房里,一个约莫十岁的男孩在她母亲身旁等待着我们。室内陈设据称是路易十五时代的。房间里有一股刚煮完饭的气味。孩子过来坐在劳拉的双膝上,十分亲热地吻她。我觉得孩子的母亲对劳拉非常友好。趁劳拉同孩子说话的时候,我设法把他的母亲引到隔壁的屋子里。

我们回到客厅时,小孩在给劳拉表演刚从音乐戏剧学校学的舞蹈。劳拉看后说:"应当再让他上几小时个别辅导课。我可以把他推荐给我在环球戏剧院的朋友韦拉。这孩子也许会有出息!"母亲听到这番鼓舞人心的好话,感激涕零,谢恩不及。她同时收下一小沓美钞,塞情书似的塞进上衣胸口里。

我们出楼后,劳拉作了结论:"我挺喜欢这个小男孩,但我得受他母亲的气,我不喜欢太精明的母亲。再说这孩子毕竟毛病太多,不属我希望为之尽心出力的那种类型。我想领略纯母性的情感。你明白吗,费迪南?"给我吃什么我都明白,她的话味同嚼蜡,不用领会就明白。她却不愿放弃她那纯而又纯的愿望。我们在离她家几条街的地方下了车。她陪我在人行道上走了几步,并问我晚上在哪儿睡。我回答道,倘若不马上搞到几块美元的话,我无处可睡了。

"好吧,"她说,"先陪我回家吧,我给你一点零钱,然后你爱去哪儿就去哪儿吧。"

她执意尽早把我推进茫茫黑夜,这是明摆着的。我思忖,老是这样被推进茫茫黑夜,总有一天能到达黑夜的尽头。这是自我安慰,为了给自己鼓劲,一再对自己说:"振作起来,费迪南,别看你到处被人推出门,你最终一定能找到使所有这帮浑蛋心惊胆战的手段,这种手段大概就在黑夜的尽头。正因为如此,他们才不去黑夜的尽头啊!"

我们再次上车后,彼此十分冷淡。路经的街道一片寂静,高耸入云的巨石群阴森森的,滂沱大雨如同浮动的洪水,我们仿佛危在旦夕。一座戒备森严的城市,一座奇形怪状的城市,一座沥青和雨水黏糊在一起的城市。车速减慢,我们到了。劳拉在我前面朝门走去,一边邀请我:"上去吧,跟我来!"

我们再一次到她的客厅里。我捉摸着她会给我多少钱而后把我打发掉。她从放在一件家具上的小提包里取钞票。我听到数钞票的窸窣声。多么惊心动魄的分分秒秒啊!偌大的城市里只听见这一点点沙沙声。我感到十分窘迫,不知为什么极不合时宜地询问起她母亲的消息。

"我母亲病了。"她回过头直瞪着我说。

"她目前在哪儿?"

"在芝加哥。"

"你母亲生什么病?"

"肝癌。我请了芝加哥一流的专家替她诊治,治疗费用很大,花了我好多钱,但能治好的,专家们都这么对我许诺。"接着她滔滔不绝地给我讲述她母亲在芝加哥的详情。她突然变得温柔、亲切,禁不住向我乞求一点亲密的安慰。我抓住了时机。

"你,费迪南,你也认为他们能治好我母亲的病吗?"

"不,"我明明白白、斩钉截铁地回答,"肝癌是绝对治不好的。"

她的脸唰地白了。这个婊子,我还是第一次看到她如此张皇失措呢。

"但是,费迪南,专家们肯定地告诉我能治好我母亲!他们书面保证过,他们给我的信里就是这么写的!他们都是名气非常大的医生,你知道吗?"

"都是为了钱,劳拉,幸亏什么时候都会有名气非常大的医生。要是我处在他们的地位,我也会对你这么说的;换了你,你也会这么做的。"

我的话使她猛醒,无可否认的,明白无误的,她不敢再强词夺理了。这一次也许是她平生第一次打退堂鼓吧。

"听我说,费迪南,你引起我无比的痛苦,明白吗?我非常爱我的母亲,而你明明知道我非常爱她,是吧?"

无巧不成书!他妈的!这跟爱不爱母亲有何相干?劳拉茫然无主,抽噎起来。过了一会儿,她愤怒地说道:"费迪南,你这个可恶的倒霉鬼。你自己潦倒却拿别人撒气,尽给我说些晦气话,无耻之尤!我敢肯定,你这么说话会对我母亲造成极大的伤害。"她绝望之余,求助于库埃疗法①,借以自慰。

她的恼怒吓不倒我,并不比"布拉格通海军上将"号的军官更吓唬人,那帮军官为讨好无所事事的夫人们曾扬言干掉我。劳拉对我破口大骂的时候,我专注地望着她,不无自豪地发现她骂得越凶,我越无动于衷,越快活。人的内心是高尚的。我猜想:"现在该把我打发走了,至少给我二十美元,也许还多一点呢。"

于是我采取攻势:"劳拉,你答应给我的钱就算借给我的吧,

---

① 埃米尔·库埃(1857—1926),法国心理治疗专家和药剂师。他创造了一种所谓自我暗示治疗法,借以达到心理和器官平衡。后人揶揄此法为库埃疗法。

或者我在这里过夜。你明白我对癌症的解释吧。癌会引起并发症,癌会遗传,癌是遗传性的,劳拉,别忘啦!"我详详细细分析、描绘她母亲的病情,但见她脸色苍白,全身无力,支撑不住了。我心里对自己说:"费迪南,抓住她不放,婊子养的,这回总算牵住她的鼻子了。拉紧缰绳!你很难再找到这么结实的缰绳啦!"

"喏,拿着吧,"她疲惫不堪地说,"给你一百美元,立即给我滚蛋,不要再来见我,听明白了吧,永远不要再来!Out!Out!Out!(滚!滚!滚!)臭猪猡!"

"总得亲吻我一下,劳拉,咱们别伤和气嘛!"我建议道,想知道她对我讨厌到何等程度。她听了此话,从抽屉里取出一支手枪,动真格了。我连电梯也没乘,直接从楼梯下去了。

这次闹翻大吵反倒使我勇气倍增,产生了工作的欲望。第二天我便乘火车去底特律。听说那里找工作容易,有许多小活计可做,虽不太有劲,但工钱不少。

十九

我向行人问路,他们回答的口吻和在非洲森林里的那个中士相同:"嘿!你决不会走错的,就在对面嘛。"我循所指的方向望去,看到一幢幢大而低的玻璃房子,好像无数放大的苍蝇笼子。透过玻璃看得到一些男人在移动,但很吃力,仿佛在与什么不可抵挡的东西作无力的挣扎。难道这就是福特汽车制造厂吗?工厂周围和上空的嘈杂声震耳欲聋:机械不停地运转、滚动、摩擦,装置不断地发出声响。杂乱的巨响仿佛是砸碎什么庞然大物所引起的,而实际上什么也没有砸碎。

"原来在这里啊。"我自言自语道,"并不讨人喜欢嘛。"看上去甚至比别的地方更糟糕。我走进工厂,厂门上挂着一块石板,上面写着招雇人员的字样。已经有人在等候,其中一个对我说他已排了两天,还在原来的地方没有动窝儿。这个老实人从南斯拉夫来这里找工作。另一个穷光蛋跟我搭讪,竟说为了找乐趣才找活儿干,是个怪人,爱吹牛的家伙。等候的人群里谁都不会讲英语。他们互相窥伺,有如两败俱伤的野兽互不信任。他们裤裆里散发的臭味儿使我想起医院厕所的小便池。他们说话时,得离他们远一点,因为他们嘴里有一股死人的气息。

雨滴沥嗒啦在我们头上下个不停,小小的队伍紧紧挤在檐槽下,找活儿干的人可压缩性是很强的。一个俄罗斯老人悄悄对我说,他认为福特厂不错,因为不管什么样的人和什么样的工种他们都雇佣。但他指点我说:"只是得注意,不可在此充好汉。要是你充好汉,人家立即把你踢出门外,并且立即有一个不动脑筋的家伙代替你,那么你只得回家待着。"这个俄国人说一口流利的巴黎话。他在巴黎当过多年的出租汽车司机,后因与发生在伯宗的可卡因事件有牵连被驱逐了。再说他同一个乘客在比亚里兹赌博把自己的汽车当赌注押上,结果输了。

如他所说,福特厂确实谁都雇佣,此人并未扯谎。但当时我犯疑心,因为穷光蛋很容易胡说八道。人一旦穷极潦倒,精神和躯体往往分离。在这种情况下,人颓丧至极,活像幽灵,而幽灵对你说话是不负责任的。

我们先到一间实验室似的屋子进行体检,当然一上来就得把衣服扒个净尽。我们排着队缓缓而行。一个男护士对我上下打量一番后说:"你的身体糟透了,不过没关系。"我担心因患非洲热病而被拒绝雇佣,只要偶然摸一下我的肝便不难发现。但我的担心是多余的,他们在我们这批人中发现体弱多病的人反倒高兴,给我体检的医生马上让我放心:"对于是否录用你干活儿,身体好坏无关紧要。"

"那太好了,"我回答道,"您知道,先生,我受过教育,甚至学过医学。"

他立即对我冷眼相看。我感到又说了不合时宜的话,对我很不利。

"你的学业对你毫无用处,小伙子!你来这里用不着思想,而要按别人的指令行事。我们的工厂不需要想象家,而需要黑猩猩。再奉劝一声,永远不要再向我们提起你的才智,有人替你思想,朋友,好好记住。"

他提醒我,做得很对。了解必须遵守的厂规没有坏处嘛。在我至少十年的功劳簿上,蠢事记载得够多的。今后我必须让人家认为我是个安稳的人。我们穿上衣服,排着队缓缓上班,犹豫不决地三五成群去那些机器声隆隆的地方补充劳力。巨大的厂房似乎整个儿在震动,我们置身其间,也感到从脚到耳在震动。震动自上而下,来自玻璃窗,来自天花板,来自各种铁器。逐渐地人也成了机器,浑身上下的肉随着震耳欲聋的哐当哐当声而颤动,从头到脚,从里到外翻腾得叫你两眼冒金花,心脏怦怦跳个不停。我们继续向前去,一路上向留下的人微笑告别,队里的人越来越少,好像一切称心如意。我们彼此说不上话,也互相听不见。每次在一台机器旁留下三四个人。

我们拼命顶住,不受机器的干扰,但很难办得到。我们多么想把所有的机器停下来,好好思索思索,平静地听听自己心脏的跳动,但谈何容易,什么都停不了。这个一眼望不到尽头的巨型钢盒把我们禁锢在里面,带动着机器和地球运转。我们大家在劫难逃啊!无数的小轮和活杆从不同时发出声响,总是交错相碰,但有时机器撞击声太猛烈,掩盖了周围的杂声,好像反而减轻了噪音,使人感到缓和一点。

装满金属制品的小火车在一道道工序之间蜿蜒而行。每到一处,人们必须立刻站成行投入行动,好让它及时再颠簸向前。嗨,大家一推,小火车又颤巍巍地丁零当啷远去。继续沿传动带和飞轮移动,给各处的人们施加预制的压力。工人们弯着腰,专心致志地侍候机器。机器的隆隆声响得几乎震破耳膜,机器的渗油味儿呛得你嗓子冒烟。我心里一百个不乐意给他们传递管形螺栓和各式螺钉,恨不得一走了之。工人们低着头干活,并非因为羞愧,而是屈服于噪声,有如人们屈服于战争。我们围着机器转,只知其一,不知其二。完了。到处凡眼睛看见的、双手接触的,都是硬邦邦的;脑子里即使闪过一点回忆,也变得硬如铁块,索然无味。骤然之间我们都成了垂垂老朽。

必须从外部把生命扼杀,把生命铸成钢铁,铸成有用的东西。正因为对生命爱惜得不够,所以才必须把生命变成物,变成结结实实的物体,这是规律。我试图凑近工头的耳朵问话,他以猪似的喊叫代替回答,却极耐心地用手势指导我如何完成极简单的工序。这样,我把时间一分钟一分钟地、一小时一小时地统统倾注在传递小销钉上,机械地递给安装销钉的人,而他几年如一日,安装相同的销钉,我干得很差劲。没有人训斥我,但开始干了三天后我被认为试用失败,于是把我调去推小手车,送垫圈,在一台台机器之间穿行。我这里送三个垫圈,那里送一打,再那边送五个。谁也不同我说话。人们不是迷迷糊糊,就是疯疯癫癫。成千上万台机器轰隆隆不停地指挥着人,其他一切皆无关紧要。

下午六点钟一切停下来,我们把隆隆的机器声装在脑瓜里带走。整夜脑子里嗡嗡作响,机油味儿老散不掉,好像人家把我换了一个鼻子和一个脑袋。由于不断地屈服,我慢慢变成另一个人,一个新的费迪南。几个星期以后,我又想出去见见世面,看看外面的人,当然不是车间的伙伴,他们只是机器的应声虫,和我不相上下。我想接触名副其实的躯体,真正富于生气的躯体,无声而又柔软的躯体。

在这座城市里我举目无亲,更不认识女人。费了一番周折才搞到一家"青楼"不确切的地址,北区的一个秘密据点。下班后,我一连几个傍晚到那边侦察。那条街和一般的街没有区别,也许比我住的那条街稍整洁一些。我终于找到那个地方,是一幢坐落在花园里的小楼房。大门附近有警察站岗,为躲过警察的视线,进楼的速度要相当快才行。在这里我在美国第一次没有受到粗暴的接待,花五美元甚至受到亲切的接待。年轻美貌的女子长得丰满而矫健,强壮而俊俏,风姿不亚于快乐的卡尔文旅馆那些女子。但这里的女子,我可以放开手脚碰她们。于是乎我成了常客,我的工钱也全部消耗在这里。一到傍晚,我定要跟这些漂亮而殷勤的女人厮混一阵子,卿卿我我,心中方始舒坦。电影这帖解毒剂过于温和,解除不了我白天在工厂受到的物质毒害。为了维持生命,必须采用必不可少的强泻药,必须纵情大滋补一下。我和这家青楼的人混熟了,付的费用极低,因为我给这里的女士们从法国弄来一些特殊的小东西。有了这些小东西,星期六晚上生意更加兴隆。我退下席来,让位于来逛窑的棒球运动员们,他们身强力壮,虎背熊腰,交欢如同呼吸一般自如。

棒球运动员寻欢作乐、兴致正浓的时候,我自个儿待在厨房里写短篇小说。运动员们对青楼女子诚然是热情的,但不像我那般迫不及待而又精力不济地献殷勤。他们体魄健壮,不屑于装饰仪表。健美,如同烧酒或舒适的生活,喝惯烧酒或过惯舒适的生活,就不值得稀罕了。他们来这里纯粹为嬉戏作乐,弄到最后往往大打出手,不可收拾。于是警察闻讯赶来,把他们统统装进小卡车带走了事。

我很快对其中一个年轻女子产生一种异乎寻常的信任感,这在担惊受怕的人等于产生了爱情。她叫莫莉。时至今日,她的形象仍历历在目:长长的腿纤细而富有弹性,金黄的汗毛煞是好看,再加上那般的温存,更使我倾倒。不管怎么说,人的高贵气质是腿所赋予的,这决不会错。我和莫莉成了知己,心心相印,形影不离,每周总要在城里一起散步几个小时。莫莉手头富裕,每天在青楼可得近百美元,而我在福特厂赚不到六美元。她对频繁的交欢并不感到劳累,因为美国人干好事轻如小鸟。

推了一天的小货车,傍晚吃完饭我得打起精神,强颜欢笑去找她。跟女人在一起要快快活活的,至少初交时应该如此。我非常想把身上的东西献给她一些,但我精力不足。莫莉也看得出来,她了解工人,这是工业造成的迟钝。一天晚上,她无缘无故地送给我五十美元。我眼睁睁地望着她，不敢接受。心想要是我母亲在场她会说我的。进而一想，我可怜的母亲从来没一下子给我这么多钱。为了讨莫莉的喜欢，我立刻用她的钱去买了一整套米色衣服（四件组成一套的西服①），是那年春天入时的服装。

我第一次穿得漂漂亮亮地去青楼，老板娘特意打开她那台大留声机，单独教我跳舞。然后我第一次穿这套新衣服和莫莉去看电影。她在路上问我是否眼红别人，因为我穿着新衣服显得不自在，而且不想再回工厂。一套新衣服就把你的思想搅乱了。乘别人不看我们的时候，她以热烈而短促的吻来亲我的套装。我则竭力想别的事情。不管怎么说，莫莉这女人是多么不寻常！多么好心！多么有姿色！多么有活力！多么富有情欲！我再次感到惴惴不安，心想，难道我又充当靠女人卖淫为生的人啦？

"别再去福特厂啦！"莫莉劝我说，"不如找个小职员的差使。譬如当翻译，这才是像你这样的人干的。"我敢说，这是第一次有人从理解我内心的角度关心我，站在我的立场上关心我，而不是像其他所有的人那样站在自己的立场上评判我。倘若我早一点遇见莫莉那该多好啊！在我选择一条道路而不走另一条道路的时候认识她那该多好啊！在我丧失对缪济娜这个婊子和劳拉这个臭货的热情以前碰上她那该多好啊！太晚了！青春消逝，难以追回。我已经什么也不信了。人很快变老，而且无可挽回。人一旦自暴自弃，就会觉察到自己变老。习性比你的本质更为强大，把你引进某个模式后，你就解脱不出来。我最初加入了焦虑的模式，慢慢不知不觉地认真承担自己的角色和承受自己的命运。后来回头一看，要改变模式，已经太晚了。于是变得更加焦虑，而且还会永远焦虑下去。

---

① 即外套、上衣、背心、裤子。

莫莉和颜悦色地劝我留在她身边,好声好气地开导我:"你知道,费迪南,这里的生活也可以过得和在欧洲一样好!咱们在一起不会受苦的!咱们积蓄一点钱,买下一家商店,咱们和大家过一样的日子。"她言之有理,这么说是为了安抚我的廉耻心。我认为她的这些计划都很好。我对她为留住我费了那么多心意而感到不好意思。我非常喜欢她,但更喜欢我的癖好:到处奔逃,寻找我自己也弄不清的东西。我这么做或许出于愚蠢的傲慢,也出于某种优越感吧。

我尽量避免得罪她。她已经看出我的心事并抢先说了出来。看她如此好心善意,我终于向她承认有到处奔逃的癖好。她接连好些日子听我自卖自夸,听我讲述令人厌恶的身世:在幻觉和傲慢中挣扎的经历。她没有表现出不耐烦,而且竭力帮助我克服这种徒劳又愚蠢的焦虑。她不太明白我胡言乱语究竟想说些什么,但她仍支持我与幻觉做斗争或与幻觉共处:我怎么选择都行。她的温存感染力极强;她的善意,使我倍感亲切,几乎由我独占了。但我感觉到我已经开始弄虚作假,同我的所谓命运、我的所谓存在理由相悖。于是我突然中止跟她谈思想,重新孤独起来,并为内心更加不幸而高兴,因为我给内心的孤独带来了新式的惆怅。这倒像是真情实感的东西,值得庆幸。

这一切其实是极平庸的事,但莫莉却具有天使般的耐心,她对人的志向坚信不疑。譬如,她的妹妹在亚利桑那大学得了一种癖好,爱给待在窝里的鸟和在巢穴里的猛禽照相。为了使摄影师妹妹继续学习这个专门技术的课程,莫莉每月按期给她寄五十美元。她的心地实在好,对人无微不至的关怀能落实到金钱,不像我和其他很多人那样是装出来的。对于我那糊涂的冒险,莫莉巴不得给予资助。虽然她有时觉得我这个青年相当呆头呆脑,但认为我确实有信念,不该给我泼冷水。她只要求我给她列出一份简单的预算开支清单,准备由她负担。我下不了决心接受这份厚礼。最后剩下的一点面子不允许我更多地期望,不允许我再在这个心地善良又富于机智的女人身上打主意。就这样我毅然与天意作对了。

那时廉耻之心促使我打起精神回到福特厂,其实是有头无尾的勇气。我刚走近厂门,就像钉子似地站在门前不动:想到正在运转的机器,心里凉了半截,一时间干活儿的愿望荡然无存。我进去后,又站在发电机大玻璃房外面发呆,这个多面形的庞然大物隆隆作响,不知从哪儿吸进和吐出什么东西,反正成百上千条闪闪发亮的管道如蔓藤似的到处皆是,令人惊讶。这天早上我正呆呆望着机房的时候,当过出租汽车司机的那个俄国人正好打这儿经过。他向我打招呼:

"喂,我说,伙计,你还晃悠呢!你有三个星期没来了吧。他们已经用一台机器把你换下来了。我早就提醒过你,可你……"

"这也罢了,"我心里暗暗说道,"就这么了结算啦,不必再来上班。"于是我又回到市中心。回家前,我去法国领事馆弯了一下,打听是否有人听说过一个叫罗班松的法国人。领事馆的人回答说:"当然!当然听说喽!他还来过两回呢,但持着假护照,警察正搜捕他呢!你认识他吗?"我支吾其词,不置可否。

从那时候起,我一直期待着同罗班松相遇。我隐隐感到这是可能的。莫莉依然十分温存和亲切,当她确信我已下决心离开,对我比原先更加体贴。但体贴也无济于事。我和莫莉在她轮休的下午经常去郊外散步。我们在光秃秃的小丘上散步,也在小湖畔的桦树丛里散步。处处有人在乌云密布的天空下阅读平淡无奇的杂志。我们避而不谈自己的心事。再说她已打定主意。她真挚至极,忧伤的事儿说不出口,而藏在心里反倒感到充实。我们拥抱亲吻。但我吻她的时候总放不开手脚,因为在她面前我实际上是卑躬屈膝的。同时不住想别的事情。由于珍惜我们的时间和温情,我恨不得把这一切保留下来,为了美好、崇高的未来。我说不清这未来是什么,肯定不是为了莫莉,但也不知道到底为了什么,好像在我失去亲吻莫莉的热情的同时,生活把我对她、对生活本身的了解冲进黑暗的深渊,于是我再不能足够地得到她,末了由于精力不足,我将失去一切;生活也将像所有的人一样欺骗我。生活啊,你是真正的人的真正的主宰。

我们回到熙熙攘攘的市区,我把莫莉送回青楼,因为夜里她要接客,直到天亮。在她接客的时候,我心里很难过。这种痛苦说明她在我心目中的地位,此时实际上我和她离得更近,我对她更亲。我进电影院消磨时光。电影散场后,我乘有轨电车到处乱逛,夜游都会。清晨两点敲过,一些战战兢兢的人来乘电车,在这个时间以前或以后见不到这样的人。他们脸色苍白,昏昏欲睡,像包裹似的温顺,一直坐到城关。他们住得很远,比工厂区还远,住在穷街陋巷不起眼的简易房子里。蒙蒙细雨下得泥泞的街石映照着蓝色的曙光,这时跟我同车的乘客带着他们的影子消失了。黎明刚诞生,但他们却闭上眼睛。很难让这些影子似的人开口说话:他们太劳累了。他们负责打扫全市的商店和办公室。别人下班后,他们在夜里依次打扫各家商店和办公室。他们并不抱怨。他们好像没有我们这些白天干活的人那种忧虑,大概因为来自最下层,干着最低级的活儿。

一天夜里,我乘另一路电车,到达终点站,大家正慢慢下车。突然我觉得有人叫我的名字:"费迪南!喂,费迪南!"如果我信以为真,非在半明半暗中出丑不可,我才不干这样的傻事呢。一阵阵寒气从屋顶的上空,经过檐槽侵袭下来。等我确信有人叫我,回头一看,立刻认出了莱翁。他凑近来跟我说话。我们互相介绍了各自的情况。他和其他人一样刚打扫完办公楼回来。这是他能找到的惟一的生活手段。他走路的样子四平八稳,有点庄严郑重的派头,仿佛他刚在城里完成了什么危险的和近乎神圣的使命。进而我发现,所有的夜间清洁工都是这副模样。人在劳累和孤独时显得超凡。他的眼睛闪烁着这种超凡的神态,在青蓝色的晨曦中,比平时睁得更大。他还打扫了数不尽的厕所,擦干净了犹如山脉连绵的货架。

"我一眼就认出你,费迪南!"他补充道,"从你上电车的样子就认得出来,你说怪不,凭你忧郁的神态就认得出你,没找到女人吧。我说得不对吗?难道你不是这样的吗?"是的,我是这样的,我已经放荡成性了。他的看法很正确,不值得大惊小怪。但使我感到吃惊的是,连他也未能在美国发迹。这是我没有预料到的。

"你呢?你干些什么?"他问我,"还那么瞎胡来吗?还没有折腾够?还想到处旅行?"

"我想回法国,"我回答,"我看够了,你说得对,是该……"

"你还有希望,"他打断我说,"我们这些人已是煮烂的苹果,不可造就了。不知不觉衰老了,我心里明白。我也想回国,但证件的事不好办。再等等看,设法搞到像样的证件。不能说我们的工作蹩脚,更差劲的还有呢。但我学不到英语。三十年来,搞清洁这一行所见到的就是天天擦洗的门上那几个字:Exit, Lavatory①,你明白吗?"我明白。万一莫莉抛弃我,就不得不去当夜班工啦。决不能让这种事发生。

总之,在打仗的时候,人们说一旦恢复和平一切会好起来的。人们吃糠似的抱着这种希望。但和平恢复后,一切如故,还是那么糟糕。起先大家有碍于面子,不吭声儿,算得上温顺的。后来大家苦恼得实在忍不住,终于撕破情面,闹开了。这时大家突然发现自己受到的教养太差,但已无可奈何了。

---

① 英语:出口,太平门;盥洗室,厕所。

我们后来又见过两三次面,并且是和罗班松约好相会的。罗班松的脸色非常不好。一个法国逃兵为底特律的坏蛋们非法制造烧酒,在自己的"事务所"腾出一个角落让罗班松住下。这种生意对罗班松很有诱惑力,他坦白对我说:"我也搞了一点,烈性的,搞得他们'酩酊大醉'。可是我的胃完蛋了,你看得出来吧。现在我一看到警察,心里就直打鼓。见到的事太多了。再说,我老困顿。白天睡觉总睡不好,没法不困。加上'办公楼'的灰尘,弄得满肺都是啊,你说怎么受得了?非把一个好人活活折腾死不可。"

后来的一个晚上我们又见了一面。分手后我找莫莉,把一切都告诉了她。她心里非常难过,脸上却装得若无其事,但不难看出我给她造成了多么大的痛苦。我更频繁地亲吻她,但她的忧伤是发自内心深处的,比我们的忧伤更真实,因为我们习惯于夸大其词,美国女人则相反。虽不敢说理解她们这种做法,但应当接受。这未免使人感到委屈,但不管怎么说,莫莉的忧伤是实实在在的,不是自尊,也不是嫉妒,更不是赌气,而是内心真正的痛苦。应当承认我们缺乏这种内心的感受,我们的忧伤是干巴巴的,为忧伤而忧伤。我们为内心不充实和物质不富裕而感到难为情,也为把人类看得比实际更低下而感到羞愧。

有时莫莉忍不住说我几句,但措辞很有分寸,非常温和。她说:"费迪南,你很高尚,我看出你尽力不使自己变得像别人那样坏,但看不准你是否清楚自己到底追求什么。好好想想吧!费迪南,回到那边你得赚饭钱啊。在别的地方你再也不能像在这里整宿整宿地遐想了,而你却那么喜欢遐想。我去上班了,你想好了吗?"从一定意义上讲,她说得再对没有了,但人各有志。我怕伤她的心:她是多么容易伤心啊!

"我向你保证,莫莉,我非常爱你,我将永远爱你,我尽量以我的方式爱你。"但我的方式的爱没有什么了不起啊。莫莉,她丰腴健壮,美貌诱人。我这瘦猴却醉心于幽灵。也许不完全是我的过错,是生活逼得我经常跟幽灵打交道啊。

"你挺多情的,费迪南,"她劝慰我说,"别为我伤心。你自己多保重,别想得太多,你总想更多地了解人生,这样会得病的。也许这就是你的道路,你单枪匹马所开辟的道路。孤独的旅行者走得最远。如此说来你很快要起程喽?"

"是的,我要回法国完成我的学业,然后再来美国。"我竟敢向她作这样的保证。

"不,费迪南,你不会再来啦。况且我也不会再在这里啦。"她没有轻信我的话。

启程的时刻到了。一天傍晚我们在她回青楼前去火车站。白天我去向罗班松告别,他在我离开时显得很惭愧。我一一向大家告别。我和莫莉在车站月台上等火车的时候,来往的人中有的认识她,但装作不认识的样子,只顾窃窃私语。

"费迪南,你的心已经飞远了。你做自己真正想做的事,是吗?费迪南,这很重要,这才是至关重要的。"

火车进站。我见到机车时,心里对未来又觉得没有信心了。我鼓足全身的勇气拥抱莫莉。我很伤心,这一次真的很伤心,为我伤心,为她伤心,为大家伤心,为全人类伤心。也许这正是我们一生所寻找的东西,惟一追求的东西,即在死之前以最大的痛苦找到自己的真谛。

这以后许多年过去了,我曾经常往底特律写信,后来又往我记得起的地址和可能有人认识她的或知道她下落的地址写信,但一封回信都没有。青楼现已关闭,这是我得到的全部消息。善良而可敬的莫莉!不管她在什么地方,如果她能读到这个作品,我要对她说,我对她的感情没有变,我仍旧而且永远爱她,以我的方式爱她,如果她愿意,她可以来分享我的面包和分担我的命运。如果她不美了，那也不要紧，我们能和睦相处。我身上还保存着她那么多的美，这美依然那么富有活力，依然那么新鲜入时，足够我们俩分享的，至少可分享二十年，届时我们也离开人世了。

离开莫莉诚然是件荒唐的事，我当时是冷酷的坏种。但时至今日我一直控制着自己的灵魂，如果明天死神将我带走，我可以肯定自己不比别人更冷酷、更恶劣、更笨拙，正因为在美国的这几个月中我得到过莫莉馈赠的盛情和梦一般的美。

二十

从另一个世界回来没有什么稀奇！一切照旧,似水流年连绵不断,只不过蒙上污垢,更加不稳定了。生活等待着你呢。

我在克利希广场附近徘徊了几个星期、几个月,从这里离开,又回到这里;在巴蒂尼奥尔街附近干点零活糊口。没有什么可讲的。先是梅雨纷纷,后是六月份汽车造成的灼热,汽车的热气冲你鼻子、呛你喉咙,几乎和福特厂里没有两样。我每天晚上在街上散心,望着行人匆匆上剧场或去布洛涅林园。空闲时间我差不多总孤独一人啃书报和整理各种见闻。重操学业后,我疲于奔命,一次次过考试关,同时挣钱糊口。科学大门森严,依我看,大学就像关得紧紧的大橱,瓶瓶罐罐一大堆,果酱则少得可怜。我好歹经受住五六年的学术磨难,终于得到了华而不实的学位。于是走马上任,但像我这样的只能到郊区就业。我在加雷纳-朗西安顿下来,远倒不远,出巴黎过布朗西翁门便是。我没有什么奢望,更没有什么雄心,只是想喘口气,吃好点儿。我在门前钉了一块铜牌,等待病家上门。

本区的居民来瞧瞧我的铜牌,心里嘀咕,有的甚至到警察局调查我是否真的是医生。人家回答他们说,是的,他来交过毕业文凭,真的文凭。于是乎全朗西传开了,又有一位真的医生来这里开业,医生越来越多了。"他挣不到牛排吃!"我们楼的女看门人立即预言道,"这个地区医生太多了!"她说的一点不假。

在郊区,一天的生活从早晨的有轨电车开始。天刚破晓,成批昏昏沉沉的人摇摇晃晃地登上电车经过米诺托尔大街去上班。青年人好像很乐意去干活儿。可爱的小伙子们嘻嘻哈哈,争先恐后,吊在车门上使劲往上登,使交通显得更加拥挤。此景值得一看。又如,小酒店里设电话间已有二十年的历史,但电话间肮脏不堪,叫人难以驻足,常常把它当成厕所。你想正经八百办事却由不得你,在朗西尤其如此。这时你方始明白人家把你指派到了什么样的地方。房子黄如尿色,门面俗不可耐,见了叫人心里难受。楼房的中心部分由房产主占住,牢牢控制住你,但房产主从不露面,大概不敢亮相吧。他派凶狠的代理人管事。然而街道里传说,要是碰见房产主,他可和气啦。但这不足为训。

朗西同底特律一样,灰蒙蒙的天空,沉沉的烟雾笼罩着始于勒瓦卢瓦的平原。黑烂泥地上乱七八糟地矗立着粗糙的楼房。高低不齐的烟囱,从远处看,有如海边插在污泥里的大木桩,我们正置身于这样的环境中。待在朗西需要有螃蟹不怕污浊的勇气,尤其上了年纪的人和永久扎根的人。有轨电车的终点站设在横跨塞纳河的大桥边。大桥污秽不堪,塞纳河简直成了一条巨大的臭水渠。沿着陡峭的河岸,星期天和夜里,人们爬上堆堆朵朵撒尿。男人们面对逝去的河水感慨系之,他们小便时获得海员与海永存的感悟。女人们则从不如此沉思,对塞纳河无动于衷。

每天早晨有轨电车把一批批人往地铁口送。乘客一窝蜂拥进地铁里,好似逃难,好似阿让台那边发生了灾难,好似他们的住地着了火。晨曦初露,他们就来劲了,葡萄串似的抓住车厢门,活像大溃逃。其实他们前往巴黎找老板。据说老板拯救他们的命,不让他们饿死,所以他们非常害怕失去老板。你们这些胆小鬼,老板是给你们口粮,但他让你们流汗、卖命,十年,二十年,甚至更长久,口粮不是白给的啊。

电车里人们动不动互相谩骂，碰撞一下就引起吵架。女乘客比男乘客吵得更凶。为揩油一张票，她们闹得整条线的车都走不了。此时有的女乘客已经醉醺醺的，这些半资产者女士是去圣图安市场采购。她们为显示有钱，未到货摊便高声问道："胡萝卜多少钱？"

大家像垃圾似的把铁车厢挤得满满的，电车穿过整个朗西，一路上车厢里臭气难闻，特别是夏天。电车已到巴黎旧城墙，大家还怒目而视，等吵完最后一架才分手了事。地铁把所有的人和所有的事完全吞没：被淋湿的服装，使人泄气的连衣裙，不像样的长筒丝袜，子宫炎，脏的脚和脏的短筒袜，耐用而僵硬的假领和耐用而僵硬的语汇，酝酿中的流产，荣誉军人们，一股脑儿全从布满煤焦油和碳酸的阶梯逐级而下，凭着来回票，钻进黑洞里。一张来回地铁票等于两个小面包的价钱。

迟到者特别害怕被无情地解雇（单凭一纸证件就把你打发掉），老板要缩减总务费用，他便解雇职工。人们对上次的"大危机"记忆犹新，饱尝了没有工作的痛苦。那时用五个铜子买《不妥协者报》，从招工启事中找工作，然后没完没了地等候。这些记忆使人不寒而栗，尽管人们穿着"四季适宜"的外套。都市尽量把脚脏的大众藏在地下长长的电气通道里。只有星期天他们才回到地面上来。他们在外面的时候，你最好不要露面，否则只要看他们娱乐一次，你就永远没有兴致娱乐了。

地铁站周围，旧城堡附近，历次战争造成的疮痍明显可见，比比皆是。几个烧毁一半的村庄散发着煮烟的焦味儿，地方性疾病还在蔓延。革命流产的痕迹、商业倒闭的痕迹满目凄凉。做破旧衣服买卖的商人不分季节在壕沟里逆着风一堆堆煮沸旧衣服。捡破烂的人是生不逢辰的野蛮人，肚子里装满着酒，浑身却疲惫不堪。他们一不乘有轨电车在平地上晃荡,二不爬到税门①堤岸上撒尿,而是去附近的诊疗所治咳嗽。血流完了。② 平安无事了。倘若再度爆发战争,人们又会靠贩卖炮灰、可卡因和瓦楞铁皮掩蔽物发财致富。

为了行医,我在这个区的边缘找到一处小公寓住下,从住处看得清楚外边平坦的地面。一个受工伤的工人经常站在那里,手臂裹着白色大绑带,眼睛望着空处,不知道该做什么、该想什么,口袋里又没有钱可拿去喝酒解愁。

莫莉说得很对,我开始明白她说的话:学业造就人才,造就人的自尊,必须通过学业才能深入生活。在这之前,我只在生活的外面徘徊,把自己看作放荡不羁的人。但实际上只不过翻了几个空心跟头,一味空想,纸上谈兵,围着字眼儿打圈子。什么这也不是那也不对,其实都是空洞的愿望,表面的文章。必须扎扎实实干点别的事儿。行医,我本无天赋,但有助于我接近大众,接近动物,接近事物。现在只要勇往直前、亲临现场就行了。死神在追赶你,必须加紧;在探索的过程中,必须吃饱肚子,尤其必须与世无争。这样要干的事就好多好多,而且并非轻而易举的。

暂且病人并没有"踊跃"上门。别人劝慰我说,开头需要时间。眼下,病人倒是我自己。在没有病人上门时,我感到没有比加雷纳-朗西更糟糕的地方了。我说得一点不过分。在这个鬼地方,没法思考啊,而我恰恰为了安安静静地思考才来这儿定居的,并且来自地球的另一端。真是处不逢地啊,自负的家伙!我心情沉重,黯然神伤。前景不妙的想法一直在我脑际萦绕,脑袋瓜可专横呢,怎么也改变不了这个想法。

---

① 巴黎旧时东南西北设置许多税门,此处指入市税,即入市税征收处。此时已不必交税,系地名而已。
② 暗喻放血治疗,系当时一种流行的治疗方法。

楼下住着小本经营的旧货商贝赞，每当我下楼经过他家门时，他总对我说："大夫，必须选择哟！要么赌赛马，要么喝甜酒，二者必居其一！不能求全啊！我偏爱喝甜酒，不要赌博。"他所称偏爱的甜酒指的是紫红色龙胆酒。平时喝点没事儿，可再加喝普通红葡萄酒，那就对你不客气。贝赞每次去跳蚤市场办货，要在外逗留三天，用他的话说，"出征"三天。当他喝得烂醉被人送回家时，他便预言："未来，我知道未来怎么个样子，那将是无尽无休的放荡聚会，就像电影里演的。看看电影便知道那是个……"他甚至把眼光放得更远："我还知道未来的人不再喝酒啦，我是最后一个，我为未来痛饮。我必须赶紧喝。我知道我的恶习……"

街区里人人都咳嗽，令人担忧。这里烟雾弥漫，想见太阳至少要爬到圣心教堂。从那里往下看，一览无余，看得见我们的地方和我们住的楼房处在平原的深处。再细看则分不清层次了，甚至整个平原都是模模糊糊的，那么的丑，毫无特色的丑，遍地皆丑。再往深处看，只见蜿蜒的塞纳河有如一条粗大的蛋清色黏液带，弯弯曲曲从一座桥伸向另一座桥。

我们住在朗西，虽然说不上忧愁烦闷，但是无心干大事。由于时时处处省吃俭用，由于种种原因，你到头来把什么欲望全打消了。开始几个月，我到处借钱，东借一点，西借一点。区里的百姓又穷困又多疑，他们非得等到天黑才来叫我这个收费不高的医生。就这样，我一夜一夜地穿过没有月光的小院子去挣十个、十五个法郎。

早晨，家家户户临街拍打地毯，仿佛敲打一面面大锣。这天清早我在人行道上遇见贝倍尔，他正替出去办事的姨妈照看门房。贝倍尔也提着一把扫帚搞得灰尘飞扬。这地方谁要是将近七点不出来掀灰尘，就会被街里的人视为懒猪。抖搂小地毯是清洁的标志，说明治家有方，就此一举足矣。至于口臭，则可心安理得。贝倍尔吞下他抖搂的灰尘以及楼上层层抖搂下来的灰尘。石铺路面上闪烁着星星点点的阳光,宛如教堂里微弱、温和而神秘的光亮。

贝倍尔认识我,我是这片地区的医生,住在公共汽车站旁边。他的脸色泛青,犹如不会熟的苹果。他浑身痒痒,见他搔痒的样子,我也憋不住想搔痒,因为我身上也有跳蚤,真的,是从病人身上传来的。跳蚤乐意跳到你的外套上,因为外套最暖和、最湿润,在医学院就是这么教的。贝倍尔见我走近,放下小地毯,向我请安。每家每户的人都从阳台窗口朝我们看。要是喜欢上什么,跟孩子打交道比跟成人打交道危险性要小一些,至少可以推说,他们将来不会比我们更差劲。其实我们心中无数。贝倍尔苍白的脸上总挂着一丝微笑,流露出一片至诚,使我永远难以忘怀,这是一种带有乐天气息的笑容。年过二十的人很少有这种动物般淳朴的情感。因为世界并不像人们想象的样子,所以人们的嘴脸会变样。这不,曾几何时还摆出凶神恶煞的模样,其实那是忘形了。我们的脸上明显可见虚度二十年华的痕迹。

"喂,大夫!"贝倍尔对我说,"昨夜节庆广场干掉一个,是吧?用剃刀割断喉咙,嗯?是您值夜班吗?真的吗?"

"不,不是我值班,贝倍尔,不是我,是弗罗利雄大夫。"

"那就算了,因为我姨妈说最好是您值班,这样您就会把详细经过告诉她。"

"等下一回吧,贝倍尔。"

"这儿经常杀死人,嗯?"贝倍尔又加了一句。

我穿过他掀起的尘土,刚好市公共清扫机车经过,发出隆隆的响声,小台风似的卷起一溜溜的尘埃,把整条街闹得尘土飞扬,赛似翻滚的乌云,一时行人互相看不见了。贝倍尔兴高采烈地跳来蹦去,一边打喷嚏,一边哇哇叫。青灰色的面庞,脏得发黏的头发,细细的双腿,瘦猴般地抓住长扫帚柄跳跳蹦蹦,酷似犯了痉挛病。

贝倍尔的姨妈办完事回来,她已经喝过酒,并且已经看过医生,嗅过乙醚,因为她智齿痛得厉害,不得不经常靠乙醚镇静。她的门牙只剩下两颗,但每天必刷。她说:"像我这样经常看医生的人是懂得卫生的。"她遍访附近的医生,甚至到较远的伯宗求医。我很想知道贝倍尔的姨妈是否有时也动动脑筋,不,她从不动脑想问题。她滔滔不绝地说话,但从不思考。只剩我们俩在一起的时候,她见四下无人偷听,白让我给她看病,算是看得起我。

"大夫,我告诉你,因为你是医生,贝倍尔是个小坏蛋!他竟'自摸'!两个月来我一直注意他的行为,心里纳闷儿,是谁教他学坏的呢?我一直教他学好的啊!我不许他干,可他偏改不了。"

"告诉他,这么搞下去会变成痴呆的。"我照传统说法这般忠告她。

偷听我们说话的贝倍尔很不高兴:"我没有'自摸',你说得不对,是加加这小子叫我干的。"

"您瞧瞧,我早就猜到了,"姨妈说,"您知道,六楼加加一家没有一个好东西。听说他祖父追过驯兽女郎,唉,您说稀罕不,有追驯兽女郎的吗?我说,大夫,趁您在,您能给贝倍尔开点药水使他不搞'自摸'吗?"

我跟她走进由她看守的门房,为贝倍尔小鬼开处方,治他的恶习。我对大家殷勤过头,自己也知道,谁都不付就诊费。我免费给别人看病,主要出于好奇心。但这很不对头啊。人家反倒恩将仇报。贝倍尔的姨妈和别人一样,利用我傲慢的无私,甚至于愚弄我。我听凭他们撒谎,看他们搞到何等地步。从此,病家与日俱增,纷纷前来哭哭啼啼,纠缠不休。与此同时,他们把隐藏在心里的丑恶向我倾诉,而别的医生却享受不到这类闻所未闻的丑恶,我付的代价不算高嘛。只是听的时候,如同黏糊糊的蛇从你手里滑掉似的,心里不是滋味儿。要是我活得长久,总有一天把一切都说出来:"无耻之尤,你们留点神哟!让我再献几年殷勤吧!别把我害死啊。别看我低声下气地讨好和窝窝囊囊地受罪,我将来会把什么都说出来的。我向你们保证,到时候你们一个个蔫不拉几地趴下,活像爬进我在非洲住的茅屋的毛虫,我叫你们比毛虫更卑怯、更可憎,直到你们几乎统统完蛋才罢休。"

"药水是甜的吗?"贝倍尔听到药水时问道。

"不能给他喝甜的,"姨妈叮嘱道,"他这样的小脓包不配喝甜药水,他偷吃过不少糖。他什么坏毛病都染上了,胆大包天啊!总有一天他会把母亲也杀掉!"

"我没有母亲。"贝倍尔挺利落地顶了嘴,他一点也不糊涂。

"混账!"姨妈骂道,"你再顶嘴,我抽你一顿掸衣鞭。"她说着,真的去取掸衣鞭,但贝倍尔已经逃到街上,在这之前还在走廊里冲她喊道:"坏女人!"姨妈气得脸通红,转身走近我。沉默。我们换了话题。她说:

"大夫,您也许应该去看看少女街4号中楼的夫人,她以前当过公证人的职员,我向她谈起过您,说您对病人和气得很。"

我马上看出她在对我扯谎,她喜欢的医生是弗罗利雄。她总向别人推荐弗罗利雄,相反一有机会就说我坏话。她对我符合人道的行为恨得咬牙切齿。这是个十足的傻瓜,不应当忘记,这不,她欣赏的弗罗利雄要她付现钱,而找我看病,不掏一个子儿。她如果推荐我,那定是无偿的生意,要不然就是见不得人的丑事。告别时,我想起贝倍尔,对她说:

"应当让他出去走走,这孩子到户外的时间不够。"

"您想,我们俩能去哪儿呢?我得看门房,走不远哪。"

"至少星期天陪他去公园走走。"

"嗨,公园里的人和灰比这里还多,人挤人的。"

她的意见是中肯的,于是我劝她去另一个地方。我畏畏缩缩地建议公墓,因为加雷纳-朗西公墓是本地区唯一有一小片树木的地方。

"对啦,我没想到这个地方,可以去!"

贝倍尔正好回来。

"喂,贝倍尔,你乐意去公墓散散步吗?"她转过来对我说,"我得问他,大夫,但有言在先,他的牛脾气上来,可不管什么散步啊。"

贝倍尔倒没说什么,姨妈喜欢就行了。她和所有的巴黎人一样特别爱好公墓。这一来她似乎开始思索了。她权衡着利弊:旧城墙遗址那边流氓太多,公园里灰尘太多,而公墓确实不错。再说星期日去公墓的人大多是体面的、规规矩矩的;再说那很方便,回来的时候经过自由大街顺便办事,替人买东西,星期日商店营业的时间长。最后她得出结论:"贝倍尔,快领大夫去昂鲁伊夫人家,少女街,你知道昂鲁伊夫人住在哪儿吧?"

贝倍尔什么都知道,巴不得有机会出去游荡。

二十一

　　大肚子街和列宁广场之间几乎全是租赁的楼房,承包商差不多把这片旷野全占了,大家都管他们叫加雷纳佬。只在末端最后一盏煤气路灯之后还剩下一点点空地。幸存的几栋独家住房被夹在楼房中间受潮发霉,一般为四开间,楼下走廊里设有一个火炉,但为节省起见,火生得很小,在潮湿的空气里直冒烟。这些残存的小屋均属于靠年金生活的人。一进屋烟味儿呛得人直咳嗽。所剩的住家多半不富裕。我被指派去的昂鲁伊一家更不像有钱的人。但不管怎么说他们还算得上小康人家。昂鲁伊家的烟味还夹杂厕所气味和荤杂烩气味。他们这栋小屋刚刚两讫,为此付出了五十年的积蓄。进屋见到昂鲁伊夫妇,心里直犯嘀咕,他们的神态很不自然,有种说不上来的劲儿。五十年来他们每每为花一个铜子而后悔不迭。他们用肉体和心灵慢如蜗牛地爬上房顶才占有这栋房子,所不同的是蜗牛爬行时并无意识。

　　昂鲁伊夫妇惨淡经营一辈子仅仅为了有一栋房子,如今有人竟把房子拆掉,他们大为震惊。是啊,坐惯冷宫的人突然被人拉出来必定感到莫名惊诧。昂鲁伊夫妇早在婚前就梦想买一栋房子,起先他们分开住,后来合着住,反正半个世纪不想别的事。当生活迫使他们想别的事,如战争,如他们的儿子,那几乎要了他们的命。年轻夫妇每人带着十年的积蓄搬进来时他们的小屋还没有竣工。那时房子的周围还是旷野,冬天出入不得不穿木鞋。清晨把木鞋存放在造反路路角的水果店里,六点钟乘马车去巴黎上班,三公里路程花两个铜子。一辈子坚持同样的生活节奏是身体健康的表现。一楼卧室床头墙上挂着新婚的照片,卧室及其家具都是他们付钱买来的,那是很早的事了。十年,二十年,乃至四十年的付款单全部整齐地别在一起,放在五斗柜上面的抽屉里;当天清讫的账目放在楼下的餐室里。你倘若乐意,昂鲁伊会把这一切都让你看。每星期六由他在餐室里清算账目。他们从不在餐室用餐,而总在厨房吃饭。

以上这些我是从他们自己,从别的人们,从贝倍尔的姨妈那里得知的。我跟他们混熟以后,他们主动向我透露他们的担忧:担忧生活,担忧他们从商的独生儿子生意不兴隆。三十年中这种不吉利的想法使他们睡不踏实,几乎每夜都惊醒。他们的孩子做笔的生意。请想想,三十年来笔的生意遭到几次危机。大概没有比干笔这一行更糟糕、更不稳定的职业了。我们知道某些生意做不得,当然想不到借钱接济,但有些生意却必须先多少借点钱搞一搞。昂鲁伊夫妇一想到借钱,即便现在房子的款项已付清,也免不了同时从椅子站起来,涨红着脸面面相觑。遇到这种情况,换了他们,该怎么办?他们情愿不借。他们下定决心在任何时候都不借钱。原则上讲,必须为他们的儿子保留一笔钱,一份遗产,一栋房子,总之,全部财产将留给他。他们如此推理着。他们的儿子诚然是正经的孩子,但做起生意来可身不由己啊。

他们问我有什么想法,我的想法和他们完全一致。我的母亲就是做生意的,可她的生意一直不景气,虽挣得一口饭吃,但更多的却是烦恼。我也不喜欢做生意。他们的儿子可能承担的风险,万不得已为救急而借款的危险,都是存在的,不用解释我也明白。老昂鲁伊在塞巴斯托波尔一个公证人处当了五十年的小职员,所以他了解侵吞财产的纠纷,甚至还给我讲了一些臭名昭著的纠纷。

首先他讲自己父亲对他的影响，他在通过全国中学会考后，本想继续深造，立志执教，但因父亲破产，未能遂愿，不得不立即去干抄抄写写的差使。此事此景至今记忆犹新。

购买房子的欠款终于付清，这栋房子牢牢属于他们的了。不欠人家一个铜子，夫妻俩再没有不安全感了。可是他们俩都已六十六岁，这时开始感到某种古怪的不舒服，或更确切地说，他们很久以前就有这种不舒服，但因要付清购买房子的欠款而未顾得上。事情一旦了结，签完字画好押，一切安排停当，这才开始想起不舒服，好比头昏眼花过后的耳鸣，或汽笛过后耳里仍嗡嗡作响。

与此同时，昂鲁伊开始买报纸，往后有钱读报啦。报上恰好登着一篇文章，详细描绘昂鲁伊耳朵里的异样感。于是他按照广告的嘱咐买了药，非但一点没有消除这种异样感，相反有增无减。也许一想到耳鸣就感到更厉害吧？不管怎么说，他们双双去门诊所看望医生。医生对他们说："这是动脉血压引起的。"此话发聋振聩，而且说得正是时候，给昂鲁伊以强烈的刺激。这么多年来他一直为房子和儿子的成败而焦急不安，四十年来为付期票而日夜心惊肉跳。如今这张焦虑网消失，突然出现一块空隙。医生对他讲他的动脉血压，是啊，他睡在枕头上，聆听动脉在耳朵深处怦怦跳动。他坐将起来，诊诊自己的脉搏，待在床边一动不动。夜深人静，每一次心跳仿佛都使身子震动一次。他思忖，莫非是他的死神在召唤。他一向恐惧生活，而今则把恐惧与某个东西、与死神、与他的血压联系在一起，如同四十年间把恐惧与付不清房款的危险联系在一起。

他一向不幸，在新的情势下必须赶紧找到新的不幸的依据。这不是件十分容易做到的事情，说几声"我多么不幸"是不算数的，必须证明自己确实不幸，要使自己无可挽回地相信才行。他的要求并不过分：能给恐惧以十分坚实又十分正当的理由。按医生的说法,他的血压指数是二十二,这个数字可不小啊。这样,医生教会他识别他的死神之路。

那个做笔生意的儿子真是少有的,几乎从不照面儿,至多新年前后见一两回。其实他现在满可以常来嘛!爸爸妈妈家已不再有钱可借了,所以儿子就不再来了。至于昂鲁伊太太,我好久以后才认识她。她可无忧无虑啦,什么死神不死神,从来没想过。她只是对垂垂暮年长吁短叹,但并不真的认为有什么了不得。这倒是一般人的常情。其次也抱怨生活"上涨"。他们终于付清房款,已大功告成。为了尽快支付最后几张期票,她毅然替一家大商场缝背心纽扣。"为挣五法郎要缝多少纽扣啊,简直难以想象!"她乘公共汽车去交货,总要在二等车厢惹出麻烦。一天晚上她被人家殴打,还生平第一回受一个外国女人的叱责。

先前房屋四周空气流通,墙壁非常干燥。但现在外表美观的高楼大厦把他们的小屋团团围住,结果屋里什么都是湿漉漉的,连窗帘都霉成斑斑点点的。房子到手后,昂鲁伊太太整整一个月笑容可掬,满面春风,高兴得像个领完圣体的修女。她主动向昂鲁伊建议:"儒尔,我说,从今天起咱们每天买份报纸看看,咱们买得起啦。"她睁大眼睛打量丈夫,最先想到的是他。然而环视四周,终于想起了婆婆昂鲁伊老太太。她一下子变得严肃起来,又恢复到付清欠款前的模样。想到她的婆婆,事情又得重新考虑,为了这个老太婆还得省吃俭用啊。他们夫妻不常讲起自家的老人,对外人守口如瓶。

老人住在小花园尽头的圈地里,那边堆放着旧扫帚、旧鸡笼,长年处在周围高楼的阴影中。她住一间矮房,几乎从不出房门。每次给她送饭总引起数不清的麻烦。她不让任何人进她的小天地,甚至儿子也不让进。她说,她怕被人杀害。

媳妇想到还要省吃俭用,不由得试探丈夫是否可以把老太婆弄走。譬如弄到圣樊桑养老院去,那里专有修女照管行动不便的老人,但儿子不置可否。他正关心着别的事情:他的耳朵不停地鸣响。这耳鸣,越想它越鸣得厉害,可恶至极,害得他睡不安宁。睡不着,只得任凭耳朵嗡嗡作响,似鼓声,似呼噜声,似……这是一场新的折磨,让他整日整夜地受罪,闹得好似浑身是声响。几个月后,焦虑慢慢平息下去,可以管点别的事了。于是他陪妻子去圣图万市场。据说那里的东西最便宜。他们清早出发,一去便是一天,因为要合计和比较,要精打细算,以便买到物美价廉的东西。每天晚上十一点他们待在家里害怕被人暗杀,总那么草木皆兵。丈夫比妻子强一点,但这个时辰万籁俱寂,耳鸣加剧,缠得他好不沮丧。无奈之下他大喝一声:"缠得我睡不着觉啊!"结果弄得自己更加苦恼,"简直难以想象!"

妻子从来没有试想过他指的是什么,也不管耳病使他如何坐立不安,只顾问他:"你听见我说的话了吗?"

"听见了。"他回答道。

"那就拿主意吧!你最好想想你母亲,她给我们造成多大的开销呀,生活费一天天往上涨。再说,她的房子臭气熏天!"

女清洁工一周到他们家打扫三小时,多年来她一直是惟一来他们家的外人。昂鲁伊太太一边帮女工整理床铺打扫屋子,一边拉家常,有意让她出去传播。十年来每次她们一起包床垫,昂鲁伊太太总要提高嗓门嚷道:"我们从来不把钱放在家里!"她心想,这样的暗示和隐语定叫小偷和谋财害命者退避三舍。夫妻双双上楼前仔仔细细把各处通道的门关死,然后到花园尽头的老人住处瞧一眼,看看灯是否亮着。灯光说明她还活着。她点灯可耗油哟,从来不熄灯。她怕被人谋害,同时也怕晚辈。二十年来,她的住所不论冬天和夏天一概不开窗,也从不熄灯。

儿子替母亲管钱,每年的几笔进款都由他代为收存。一日三餐放在老人的门前,老人的年金便属于儿子的了。事情就是这样安排的。但老人对这样的安排叫苦连天,不仅如此,她对什么都抱怨,隔着门破口大骂走近破屋的任何人。

"婆婆,您老了,这可不是我的过错啊,"媳妇试图跟她谈心,"您的病痛凡上年纪的人都会有的呀。"

"你才上了年纪呢!不要脸的东西!下流痞!你尽胡说八道,想把我活活气死!"

昂鲁伊老太太勃然大怒,不承认上了年纪,隔着门拼命咒骂瘟神,与全世界势不两立。她把外界生活看成是可耻的骗局,拒绝与外界接触,拒绝命定论,拒绝顺从说,根本不听这一套。"全是骗人的把戏,"她大喊道,"是你自己编造出来的!"她一概排斥在她的破房子以外发生的事情,极端仇视一切亲近与和解的企图。她确信一旦打开房门,敌对势力便乘虚而入,把她吞没,那就万劫不复了。

"他们现在可狡猾啦,"她喊道,"他们头上长满贼眼珠子,全身长满嘴巴,一直长到屁股眼,统统是用来撒谎的,瞧他们这副德行。"

她说话粗鲁,幼年随母亲在寺院市场充当旧货商时学了一口粗话。在她生活的时代,平民百姓一辈子干活,根本不懂什么叫老。所以她冲媳妇喊道:"你要是不把钱给我,我就去干活儿。你这个骗子,听明白了吗?我要干活儿!"

"可是您干不了啊,婆婆!"

"什么干不了!你进来试试!我让你看看干得了干不了!"

无奈只得让她守在窝棚里。尽管如此,昂鲁伊夫妇仍竭尽全力要让我见见老人,我专程为此而来的嘛。为了让她接见我,可谓费尽了心计。不过说穿了,我还不太明白他们想让我干什么。女看门人,贝倍尔的姨妈,曾跟他们念叨过我,说我这个医生挺厚道,挺和气,挺殷勤。他们想知道我是否能光用药物使他们的老人保持安静。但实际上(特别是媳妇)更想让我把老人一劳永逸地弄进精神病院。我们敲老人的门,足足敲了半个小时,她最后一卜子把门打开,突然亮相,血红的眼睛直瞪着我。但目光依然很活泼,两只眼睛在灰褐色的、憔悴的双颊上端滴溜儿转,直接吸引住你,使你不及其余,因为这种目光使你不由自主地感到轻松愉快,使你本能地向往青春。

这种活泼的目光使阴暗的氛围产生活力,产生青春的喜悦,这种淡薄而纯洁的生气,我们反倒丧失了。她怒喊的时候,声音沙哑;她像常人一般说话时,声音爽朗,吐字清晰,口齿伶俐,华丽的辞藻和格言警句生动活泼,跳跃奔腾,令人发笑。这种借助声音叙事的本领使人想起古时候的人,那时要是不会又说又唱,不会把说唱巧妙地结合起来,那就被视为愚蠢、羞耻和怪癖。

岁月给昂鲁伊老太太披上活泼的轻装,有如老树逢春,清癯抖擞。她快活,不满,肮脏,但毕竟是快活的。二十年来她家徒四壁,囊无一文,却没有给她的心灵造成创伤。她集中精力对外,仿佛寒冷、丑恶和死亡都是来自外界,与内心毫不相干。对内心她似乎并不畏惧,对自己的脑袋绝对放心,就像对不可辩驳的事实那般有把握,当然要坚信到底喽。而我,随着自己的脑袋团团转则不得要领,还算见过世面的哩。人说老人家"疯了",说说容易,何以见得?她十二年中没从屋里出来过三回!她或许有自己一套理念,不愿丢掉罢了,更不愿向我们透露,因为我们得不到生活的启迪。

她的媳妇重提送她进精神病医院的计划:"大夫,您认为她疯了吗?没有办法让她出来呀!常出来走走对她有好处嘛。""是的,婆婆,常出来对您有好处!不要不信嘛,对您是有好处的!我向您保证。"老人摇摇头,坚定,固执,孤僻,根本不理会对她的邀请。

"她不愿意别人照顾她,喜欢孤独地待在一边,她的屋里很冷,没有生火。瞧她这样真叫人难受,大夫,怎么叫人不难受呢?您说呢?"我装作不明白她的话。昂鲁伊先生待在火炉旁,乐得不介入妻子、母亲和我之间的秘密策划。老太太发脾气了:"把我的钱统统还给我,我要离开这儿!我不愁吃穿!你们别再想见到我啦!咱们一了百了吧!"

"您靠什么生活呢?婆婆,您靠一年三千法郎是活不下去的!自您上次跨出房门以来生活费用上涨了!""大夫,您瞧她是不是最好住到修女们那里去啊?人家都说那里好,修女可和善啦。"

老太太听说让她去修女那里,反感至极,立刻火冒三丈:"到修女那里去?到修女那里去?我还从没去过呢!你们都健在,我为什么要去慈善所?嗯?即使像你们说的,我的钱不够生活,我满可以去干活儿嘛!"

"干活儿?婆婆,到哪儿去干啊?嗨,大夫,您听听这主意,干活儿!她这把年纪的人!快八十啦!大夫,这全是疯话!谁会要她呢?婆婆,您疯了!"

"疯了!谁疯啦?一点也不疯!你自己才发疯呢!臭不要脸的东西!"

"您听听她,大夫,瞧她尽胡说八道,专侮辱我!我们怎么看管得好她呢?"

老人转过身来冲着我,把我视为新的仇人:"这家伙怎么知道我是不是发疯呢?他进得了我的脑袋瓜吗?他进得了你的脑袋瓜吗?要进去才知道呀!你们俩统统给我滚蛋!从我这里滚开!你们这般折磨我,比六个月的冬天更凶恶!还是去看看我的儿子吧,别在这里胡搅蛮缠!我的儿子比我更需要医生!他的牙齿都掉光了,想当初我照管他的年月,他一口牙齿有多漂亮!我说了,快走开,你们俩快滚开!"说罢,随手把门砰然关上,但在油灯后面窥伺着我们离开。当她看到我们穿过院子远去,骤然哈哈乐开了怀,她自卫成功了。

我们碰壁而归,看到昂鲁伊仍待在火炉旁,背朝着我们。他的妻子却继续跟我纠缠,提的还是老问题。这媳妇的褐发小脑瓜儿够狡猾的啊。她说话时两肘紧贴腰部,不做任何手势。她无论如何要让我的出诊有所结果,不能让我白来呀。生活费用不断上涨,婆婆的年金不够用,他们自己已到垂暮之年。他们不能再像从前那样老担心母亲死时无人照应。譬如,她放一把火,与跳蚤、粪便同归于尽。因此她应当去一家体面的精神病医院,也好有个照应。由于我做出和他们意见相同的样子,昂鲁伊夫妇更显得殷勤,向我保证在地区上多多为我说好话,如果我愿意帮助他们,如果我愿意怜悯他们,如果我愿意替他们摆脱老太婆。再说这里条件差,她死赖着,也太可悲了。

"我们甚至可以为她单独租间小屋。"丈夫如梦初醒似的建议道。他一时失言,不该在我面前说此话。他的老婆在桌子底下踩他的脚,他却莫名其妙。

在他们瞪眼反目的时候,我想着可能到手的一千法郎的钞票,只要给他们开一张住精神病医院的诊断书,钞票便唾手可得。他们看来非要这张诊断书不可。贝倍尔的姨妈大概让他们对我尽管放心,说整个朗西地区再也找不到比我更穷的医生了。谁想让我干什么我就会干什么,不像弗罗利雄,这等事是不能请他干的,弗罗利雄实在是个规矩人!

我这么琢磨着,突然老太太出现在我们眼前,她好像猜想到我们正在屋里阴谋策划。我们惊得目瞪口呆,但见她把破裙子下摆撩至肚皮,劈头对我们一顿臭骂,对我骂得特别凶。她从院子尽头专程而来辱骂我,说话开门见山:

"无赖!你可以走啦!快滚开,我对你说了嘛!别磨蹭啊!

我不会去疯人院的,也不去修女那儿,我说过了。别枉口拨舌!你骗不了我,无耻的家伙!应当让他们比我先去,他们是流氓,是拦路抢劫老太太的强盗!你也是恶棍,总有一天要坐牢,我对你说,而且用不了多久!"

我实在不走运,好容易捞到一下子挣一千法郎的机会!我只得赶紧走开。我已跑到街上,她仍扒在过道的栏杆上骂骂咧咧。天色黑暗,骂街声却一直传到我的耳里:"恶棍!恶棍!"她的吼声在空中回荡,仿佛劈头盖脸浇下来的大雨,我疾步从一盏路灯到另一盏路灯,一直走到节庆广场的小便所,总算找到了躲避处。

二十二

在公共厕所里,我正巧碰见贝倍尔,他蹲在那里,原来也是进来躲避的。他看见我从昂鲁伊家跑出来,便问道:"您刚从他们家出来吧?现在赶紧去咱们楼六层的人家,他们的女儿……"他补充说,我很熟悉这个女病人,就是那个骨盆很大的姑娘。她修长而光滑的大腿煞是好看,身材非常匀称,动作富于殷切的温柔和亲切的妩媚。她自肚子痛以来,到我家就诊过好几次。年仅二十五岁,已经堕胎三次,得了并发症,她家人称说贫血症。

她原先着实结实健壮,性欲之强女性中少见。但平时并不引人注目。举止言谈合乎情理,毫无歇斯底里的迹象。只因生就性欲强,营养充足,生活平稳,终于成为她这类人的佼佼者,运动员似的追求欢快。这没有什么坏处啊。她只跟有妇之夫交往,尽是熟人。她选中的男人善于识别和欣赏得天独厚的女性,不把情投意合的交易视为缺德。无光泽的皮肤,优雅的微笑,走路的姿态,臀部起伏的扭动都为她赢得某些识货的公务头头的赏识,他们对她深有好感。当然他们不能为此与自己的妻子反目离婚,相反有更多一层的理由去维系天伦之乐。只是每次事后第三个月她必定怀孕,只得去找接产婆。性欲旺盛,手底下却没有戴绿帽子的丈夫,这可不是天天可以闹着玩的啊。

她母亲微微打开楼梯台的门,像是怕人暗杀似的。她把声音压得很低,但说话又急又快,比诅咒更刺耳:"大夫,有这么个女儿,如何了得呀!不过,您无论如何不可向区里任何人透露风声,大夫!拜托您了!"她张皇失措,唠唠叨叨,惟恐街坊四邻说闲话。这种无价值的焦虑弄得她魂不附体,耽误了许多时间。我一边听她唠叨,一边定神适应走廊里的昏暗、菜汤的大葱味儿、墙纸的霉味儿以及难看的花枝图案。她憋住嗓门结结巴巴,不知所云,却说个没完。她终于把我带到女儿的床边,病人已经虚脱,奄奄一息。我本想检查一下,但病人流血太多,阴道模糊一片,根本无法看清,全是血块。双腿之间血咕嘟咕嘟地往外冒,我不由得想起战场上上校的头被炸掉时的情景。我把大棉花块重新塞好,再把被子盖上。

她母亲看也不敢看,只顾自言自语,还不断声称:"我不如死掉好,大夫,我没脸见人呀,不如死掉好!"我不想劝慰她,因为我也不知道该怎么办。我们瞥见病人的父亲在隔壁的小饭厅里踱来踱去,大概还没有确定应付困境的态度。也许他在等待事态明朗化,现在暂时处于模糊状态。人们一场场地扮演喜剧人物。剧本上演前,在尚未弄清剧本基调和自己扮演的角色时,人们晃着胳臂闲荡,等待着事件发生,像伞一般本能地蜷缩起来,耷拉着脑袋,思想无条理,一筹莫展。他们是拖沓的懒汉。

病人的母亲在女儿和我之间担当着重要的角色,戏台尽可以塌下来,她才不在乎呢,依旧是我行我素。要打破这种僵局,我只能靠自己了。我以试探的口气建议立刻把病人送医院动手术。此话一出口,不得了,立刻引起她的反驳,给她提供了话题,她正求之不得呢。她说:"羞死人了!医院!羞死了,大夫!我们好丢脸哟!就差没进医院啦!去医院,丢尽脸啊!"

我再没有什么可说的了,干脆坐下听她颠三倒四地强词夺理,她笨拙地说了一堆可悲的废话。怕丢脸现眼,拉不下脸面,这导致他们消极观望。世界对你们太沉重了!活该!病人的母亲时而求天告地,时而咒天骂地,大声叫苦不迭。我低下头,狼狈不堪,却见病人床底下有一小摊血沿墙细细地流向房门。血一滴滴从床绷不断往下落:嗒!嗒!盖在病人双腿上的毛巾已染成红色。我怯生生地问了一声,胎盘是否全部取出。女病人的手无力地耷拉在床的两边,苍白透青。她母亲对我的问题答非所问,一味地哀声叹苦,真令人讨厌。但我再也振作不起精神继续提问了。

很久以来我一直为运气不好所困,睡不好觉,没有兴致管这儿或那儿发生的事情。倾听这位母亲嚷嚷,心想坐着总要比站着舒服些。当你逆来顺受的时候,能得到一点点乐趣也就满足了。再说这个胆怯的女人正"为挽救全家的面子不知所措",我哪有力量打断她的话头儿哪!她声嘶力竭地哀叹,真是个出色的角色!每次女儿堕胎,她总这么摊手摊脚,一次比一次来劲,我已经看惯了。今天我觉得她格外来劲,准备开足马力拼一下。我望着她,心想她年轻时一定也是个多肉头的轻佻女子,不过比女儿更会说话,更加外露,更浪费精力,而她女儿内向的天性则着实叫人喜欢。这些方面都值得好好研究,一时还没来得及仔细推敲。母亲猜到女儿的兽性,觉得比自己优越而嫉妒如焚,责怪女儿引诱别人跟她发生那么深的关系,进而肉体上感到像禁欲者那般痛苦。总之,横祸的戏剧性使她激情满怀,她用痛苦的震音抨击我们这个狭小的世界,这不,大家都在损她啊。你别想把她支走。然而我很想试一试支开她,这是我的本分,人们也常这么说的。但坐着比站着舒服,于是听之任之了。

他们家比昂鲁伊家稍多些生气,稍舒适一些,但一样的俗气。屋子里很暖和,不像昂鲁伊家那么阴森森的,只是布置得十分难看。由于累得昏昏然,我无意中扫视房间的摆设,看到一般家庭都有的无价值的小玩意儿,壁炉台上放的最多,上面挂着粉红丝绒小铃铛(现在商店里已经没有卖了),还有素烧的那不勒斯陶瓷人,还有配着磨出斜边的镜子的活计台(外省的某个姨大概也保存着与之配对的活计台)。我没有提醒病人的母亲注意床底下的那摊血和不断往下淌的血滴,否则她会嚷得更厉害,反正她不会采纳我的意见。她无止无休地抱怨和说气话,看来走投无路了。

我不作声,透过窗户举目外望,看到马路对面已经暮色苍茫,夜幕首先笼罩矮小的房屋,继而笼罩中等的房屋,最后笼罩高大的房屋。行人奔走的样子显得越来越软弱无力,越来越模糊不清,他们犹豫不决地从一条人行道过到另一条人行道,最后消失在黑暗中。远处,比巴黎旧城墙的遗址更远的地方,一行行、一排排的灯火像人行横道线似的镶嵌在无边无际的夜空,仿佛给城市披上一层遗忘的轻纱。万家灯火中夹杂着闪烁的绿光和红光,闪闪红光代表一艘艘船,船只来自各地,如舰队似的等候埃菲尔铁塔背后的黑夜大门打开。

倘若病人的母亲住口喘一会儿气或静场一次,那我们至少可以听其自然,什么也不做,什么也不想,忘记生活的烦恼。可是她不肯放过我:"大夫,我给她洗一洗好吗?你说行吗?"我不说行也不说不行,但既然她让我说话,我便再一次建议立即送医院。我的建议惹起她又一阵急叫,比先前更尖利、更坚决、更刺耳。毫无办法。

我悄悄地、慢慢地走向房门。昏暗把我们和病床隔开,我几乎看不清病人搁在被单上的双手,因为手和被单一样的苍白。我不由得回到病床按脉。病人的脉搏越发细弱,越发难摸得着。她断断续续地呼吸,我仍听得见一滴滴的血落在地板上,但血滴声越来越缓慢、越来越微弱。毫无办法。病人的母亲又把我引向房门,呆头呆脑地嘱咐我:"大夫,您无论如何要答应我不对任何人讲,行吗?"她恳求道:"您能向我发誓吗?"我有求必应,什么都答应。我伸出手,她递给我二十法郎。她在我背后慢慢把门关上。

贝倍尔的姨妈在楼下等我,脸上挂着一副随机应变的神态。她问道:"不行了吗?"我明白她的意思。她在楼下已经等我半个小时了,为的是得到脚钱,按惯例是两法郎,可不能让我溜掉啊。"昂鲁伊家的事情进行得顺利吗?"她想摸底,希望再得到一份小费。我回答道:"他们没有付出诊费。"这是实话。她那张已经准备好的笑脸立即扭成一团,撅着嘴对我表示怀疑:"不会让人掏腰包可不是好事哟,大夫!您怎么能让人尊重您呢?这年头,要么付现钱,要么吹了!"这话说得在理。我赶紧回家。下楼前我先把四季豆煮上,这才出去买牛奶,天都黑了。白天里人们碰见我捧着酒瓶总要微微一笑,当然一眼就看得出不是好酒。

这年残冬拖得特别久,一个月一个月、一星期一星期地熬着,照样那么寒冷。雾蒙蒙,雨霏霏,不见尽头。病人不少,但付得起钱或愿意付钱的却不多。行医没出息呀!我们让富人付酬金,就像仆从似的低声下气;让穷人付酬金,又如小偷一般狼狈不堪。"酬金"?多么好听的字眼!病人吃饭和看电影都成问题,哪能让他们破费付"酬金"呢?特别在他们奄奄一息的时候,不好意思开口啊,只好拉倒。我们客气得很,可是好吃亏哟。

一月底,我先把碗橱卖掉,放出风声说要把餐室改为理疗室。谁会相信我的话呢?二月底,为了付清捐税,我出售自行车和留声机。留声机是莫莉在我离开时送给我的,我经常听 No More Worries(《莫再苦恼》),至今还记得这首歌的曲调呢,就剩下这点东西了。我的唱片放在贝赞的商店里寄售,存了很长时间,最后卖了出去。为了装富,我当时扬言将在春暖花开的时候买一辆汽车,为此我事先要搞一点现款。其实我缺乏严厉行医的魄力。每次我开完药方,向病人家属嘱咐完毕,人家把我送到门口,我却又滔滔不绝地说一通,只是为了躲避人家付出诊费。我拉不下面子:大部分病家是那么贫困,那么狼狈,那么难堪,设身处地为他们想想,他们到

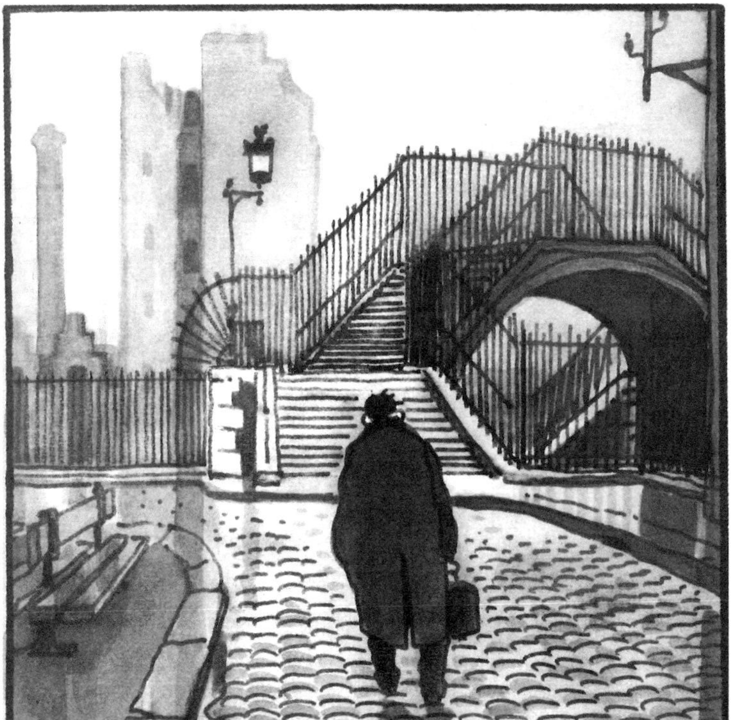

哪儿去弄应付给我的二十法郎呢？硬要他们付钱等于逼他们杀死我。但我着实需要这二十法郎。多丢人！我想起来就脸红。

同行们一直沿用"酬金"这个名称，从不知腻味，好像这是天经地义的，毋庸置疑的，真不知羞耻！而我心里老犯嘀咕，怎么也想不通。我知道一切都能讲得通，但总以为接受穷人和坏人二十法郎的人仍不失为地道的浑蛋。从此我确信自己和别人一样也是浑蛋，并非我拿了病人的二十法郎或十法郎去大吃大喝和肆意挥霍，不是的，因为其中的一大部分要付给房东，但不管怎么说，这成不了辩解的理由，虽然我们很想把它作为一个理由，但真算不上什么理由。这只能说明房东比臭狗屎还糟糕。

由于心情不好，再加上阴冷的雨季拖得很长，我的模样像患肺痨似的，必然如此。一个人不得不抛弃几乎全部的娱乐和享受之后，必然会出现这般神情。我时不时这儿那儿买些鸡蛋，但主要的食品是豆类，煮的时间很长。我诊病后经常在厨房待几小时看煮豆，因为我住二层，厨房对着后院，院内的情景看得一清二楚。后院是系列楼房最不引人注目的地方。我有很多时间看得见我们楼的后院，尤其听得见后院的声音。

井形后院二十户人家的叫声、喊声乃至看门人的小鸟声都听得见，时而从天而降，时而从地升起，时而中间开花。看门人的小鸟长年被关在厕所旁的笼子里，见不到春天，绝望地叽叽喳喳，叫个不停。看门人家的厕所连成一片，位于阴暗的角落，厕所门七零八落，摇摇晃晃。砖房里密集地住着无数的男女酒鬼，吵闹声此起彼伏，咒骂声虽听不清楚却十分有力，特别在星期六吃过中午饭以后更加热闹。这是一周内家庭生活的高潮。他们每每唇枪舌剑一番，而后醉醺醺的父亲举起椅子当斧头，醉醺醺的母亲拿起木柴作大刀。弱者们，留神哪！倒霉的是幼小者，即孩子、小狗和小猫。他们无力自卫和反击，被逼得走投无路，于是拳头耳光纷纷向他们袭来。小狗首当其冲,狗爪被鞋跟狠狠踩着,它必须学会和人一样忍饥挨饿。狗像被人捅了一刀似的哭叫着钻进床底下,却引起主人们一阵哈哈大笑。这是信号。没有比畜生的痛苦更能激起微醉的女人的兴奋,尽管没有斗牛的场面那么过瘾。通常由存心报复的、蛮不讲理的、胡言乱语的妻子再次挑起争论,她向男人发出一系列好斗的尖叫,之后便是混战一场,东西纷纷被砸碎,碎片扔进院子里,在阴暗中引起一阵阵回响。丧魂落魄的孩子们尖声急叫,他们发现爸爸妈妈本性大发作后不禁大喊大叫,结果引火烧身,成了大人们的出气筒。

我花了好些日子窥视家庭吵架结束时经常发生的事情。从厨房的窗户能猜测对面四层楼那家的动静,我虽什么也看不见,但听得清清楚楚。凡事总有个结尾,不总是以死亡告终,经常以其他糟糕的形式结束,尤其牵连孩子时更是如此。这家房客住的屋子正好是齐井院光线开始黯淡的地方。这家父母单独在家的日子,总要先吵很长时间,然后静场许久,经过酝酿,胆量壮大,先把小姑娘叫来出气。小姑娘心中有数,哭哭啼啼地等待即将发生的事情。从她的哭声判断,她大概十岁左右。经过多次以后,我终于弄清她父母是怎样折腾她的。

他们先把她绑起来,绑人如动手术,需要很长时间,这使得他们十分恼火。父亲骂道:"小臭货!"母亲骂道:"小婊子!"他们同时高喊道:"我们要教训教训你,坏东西!"接着是一连串的责骂,尽是莫须有的罪名。他们大概把她绑在床架上。孩子哼哼唧唧,悲声嗷嗷,好似落入陷阱的老鼠。"小畜生,你再使劲也白搭,绷不断的。得了,休想绷断!"母亲的声音又起,她兴奋异常,接着又是一阵谩骂,好像控制了一匹马。"别说了,妈妈,"孩子细声细气地回答,"别说了,妈妈!打我吧,妈妈!别说了,妈妈!"她没有挣扎,却受到了一阵痛打。我一直听到底,以便肯定我没有搞错,结果事情确是如此,再说耳中有这种声音,我也无心吃四季豆啊,又没法把窗关上。我无能为力,我毫无办法,只得待着听四方传来的声音。然而我觉得还有精力聆听,还有精力琢磨。下次非弄个水落石出不可,这种好奇心真古怪。下次我也许更下流,聆听至今还未听见过的呻吟声,或不大明白的呻吟声,因为好像在一般的呻吟声以后还有一些闻所未闻的、莫名其妙的声音。

小女孩被打得喊不出声,只在喘气的时候叫几声。这时我听见她父亲得意洋洋地对老婆说:"好啦,你过来!快点!到那边去!"接着他们把房门砰然关上。一天,我听见女的对男的说:"啊,瑞利安,我多么爱你,连你的屎我都爱吃,即使那么粗的也……"据看门人说,这两口子在厨房里靠着洗碗槽做爱,要不然他们就做不成爱。这些事情是我断断续续在街上听来的。不过我遇见他们一家三口在一起时,一点也看不出来,他们散步时看上去真像和睦的家庭哩。一家之主在潘卡雷大街街角商店里当"灵敏脚鞋部"的大伙计,我经过货架时经常看见他。

我们的院子大部分时间里只有令人厌恶的声响,尤其在夏天,威胁声、顶撞声、打架声、跌倒声和模糊不清的咒骂声此起彼伏,震耳欲聋。太阳从来照不到底,井院下端阴暗,仿佛涂上很厚很厚的蓝漆,特别是几个院角。几家看门人的厕所集中在这里,好似连在一起的蜂箱。夜里他们去小便,磕磕撞撞,碰着院子里的垃圾箱,发出雷鸣般的巨响。各家的衣服晾在朝后院的窗口。晚饭后,谈话的中心议题是赛马,赛马的影响很大,整个晚上为此争论不休,甚至大打出手。这些关于运动的争论往往没有好结局,多半以拳打脚踢、混战一场结束,至少有一户人家以这样或那样的理由打得不可开交。

夏天,院子里臭气熏天,除了恶臭已经没有新鲜空气。最刺鼻难闻的要数菜花的恶臭。一棵烂菜花抵得上十处漫溢的厕所。说到厕所漫溢,也确实屡见不鲜,三层楼上的厕所就经常漫溢。8号的看门人塞扎娜老太常常提着她的掏杆儿上楼,我看过她如何捅厕所。就在这样的机会,我们谈过话。她劝说我道:"我要是您哪,早神不知鬼不觉地把怀孕的女人统统干掉。这个地区有些女人光会干这事儿,简直难以想象!她们求之不得您替她们干活!要是我哪,呸!还不如替小职员医治静脉曲张好呢,而且人家付现钱。"

塞扎娜老太对劳动人民持有一种不知从何而来的贵族式的蔑视:"这帮房客总不满足,好像让他们蹲了监狱似的,非给人家制造麻烦才舒服。这不,他们的厕所堵住了。那天煤气又漏了气。连信也要人家给他们念。老是无理取闹!总那么令人生厌!有人甚至朝房租通知书上吐唾沫。你瞧这成什么体统?"就说疏通厕所吧,太难办了,塞扎娜老太多有望洋兴叹之慨:"我不知道他们拉的是什么,反正不该让它干巴!否则,好家伙!他们从不及早通知你!他们是故意的!我以前待的地方有一回不得不把管子给熔化掉,太硬了!我不知道他们吃些什么,反正他们拉的是双料货!"

二十三

我很难说服自己我的旧病复发主要不是由于罗班松的缘故。首先对不舒服我没有十分在意,勉强拖着身子出诊病家,但感到比以前,比如在美国时,更为焦虑不安,越来越心慌意乱,又开始睡不好觉了。再次遇见罗班松,我受到很大的刺激,有如某种旧病复发。看到他被痛苦扭成一团的嘴脸,我仿佛做了一场噩梦,又一次勾起我的心病,我张口结舌,不知所措。他突然来到我的面前使我惊讶不已,毫无疑问他是特意来这里找我的,而我则根本不想再见到他。他肯定还会再来,迫使我重新考虑他的事情。弄得我无论干什么事都会联想起他这个坏蛋,甚至凭窗望见街上的行人也会思绪万千,哪怕他们走路的样子、在门角聊天的样子、比肩继踵的样子都很平常。我知道他们在寻求什么,也知道他们若无其事的外表下掩盖着什么,那就是他们想杀人或自杀,当然不是一蹴而就,而是像罗班松那样采用缓慢的手段了结自己:旧的忧愁,新的烦恼,尚且无名的怨恨。这一切虽然不是赤裸裸的战争,来势却十分凶猛。

我吓得不敢出门,生怕碰见罗班松。非得人家三番五次来请我,我才下决心出诊看病。等我到达病人家里,多半人家已经请来别的医生。我的脑子杂乱无章,我的生活乱七八糟。譬如,人家请我去圣万桑街12号四层楼看病,而我只去过一次这条街,结果人家租车来接我。我一眼认出那老爷爷,他低声说话,一边在我门前的草垫上长久地擦鞋。此公的头发灰白,背也驼了,鬼鬼祟祟地请我赶紧去给他的外孙看病。

我记得曾给他的女儿看过病,她也是个不害臊的女人,已经憔悴,但仍很结实。她闷声不响地回娘家堕过好几次胎。父母倒不责怪她,只是希望她早点结婚,况且她已经有一个两岁的男孩寄养在他们家。这个孩子动不动就生病,孩子一生病,外祖父、外祖母、母亲一起抱头痛哭,主要因为孩子没有合法的父亲。在这种时刻不正常的家庭状况最使人伤感。外公外婆嘴上虽不说,心里总以为私生的孩子比较脆弱,比较容易得病。至于孩子的父亲,即他们推断的那位父亲,早已溜之大吉,无影无踪。原来他们老催他结婚,结果把他惹烦了。此刻他大概已在远方游荡。谁都不明白他为何遗弃他们的女儿,女儿自己更是百思不得其解,因为这个男人非常乐意跟她接吻。因此,见异思迁的男人出走后,他们三人守着孩子痛哭流涕。女儿说,她把"身心"全交给了这个男人。她认为这是势在必然,足以说明一切问题。孩子从她肉体里一下子滚了出来,她的腰部起了皱褶。精神有漂亮话便能满足,肉体却不一样,比较苛求,需要有肌肉。肉体始终是实实在在的东西,正因为这样,观看起来不免叫人伤心,令人生厌。确实如此,我也见过一些产后的躯体,几乎一下子失去了青春的活力,结果给母亲留下的只是感情和一个生灵,但谁也不想再要她了。

在孩子秘密出生以前,他们家原先住在"受难姑娘"区。他们之所以全家流落到朗西,并非出于高兴,而是为了躲藏,为了让人遗忘,为了全家消失。当女儿的大肚子无法向街坊隐瞒时,他们决定离开巴黎市区,避免各种议论,为保全面子而搬了家。在朗西,街坊的敬重不是不可缺少的,再说谁也不认识他们,而且区政府当时正执行一种可恶的政策,可以说无政府主义的政策,那时全法国议论纷纷,称之为流氓政策。在被社会排斥的人们中间别人的评论是无关紧要的。他们全家自动惩罚自己,与亲戚和旧友断绝了一切联系。要说悲剧,这倒是一场彻头彻尾的悲剧。他们说,现在他们的社会地位已降低,再没有什么东西可丧失的了。人们一旦把声誉置之度外,便主动去与人民为伍。他们不责怪任何人,只在无效的反抗发作时竭力想弄明白命运之神到底受了什么委屈要如此捉弄他们。

女儿住在朗西惟一可聊以自慰的是从此能自由地跟大家谈论"她的新责任",这在她是至关重要的。她的情人抛弃了她,越发使她醉心于英雄气概,越发使她独树一帜的天性充满激情。当她确信今生今世绝对不可能与她同阶级、同阶层的女子享有相同的命运时,当她确信今后对她自初恋就被糟蹋的生活可以随意解释时,她甘于随遇而安,再大的灾难也要顶住,并且津津乐道,总之悲壮地迎接命运的创伤。她打出了姑娘妈妈的招牌。

我跟着她父亲进屋。餐室里一盏省油灯,火焰拧得很小,人脸看上去仿佛是苍白的斑点、说啰唆话的肉头嘴,话语零落乱散在半明半暗中。各式家具散发着一股浓烈的老胡椒气味儿。屋子中央的桌子上,孩子朝天躺在襁褓里。他乖乖地听凭触诊,我先压摸他的肚皮,非常谨慎小心,从肚脐慢慢摸到阴囊,然后非常认真地给他听诊:他的心房跳得和小猫的心律相仿,又干巴又急促。孩子对我东摸西摸的手指和我的手法不耐烦了,开始大喊大叫起来,这在他这个年龄是无可非议的,但我却受不住了。

自从罗班松回国后,我的脑子和身躯变得十分古怪,这个无辜婴儿的喊叫声引起我全身上下一阵强烈的不舒服。多么可怕的叫声,我的上帝!多么可怕的叫声!我实在受不了!也许是另一种原因导致我做出愚蠢的行为,如由于过度疲乏,控制不住自己向他们吐出长久以来内心的怨恨和厌恶。我禁不住向哭叫的小孩儿喊道:

"喂,别急嘛,小傻子,你有的是时间哭闹啊!有的是机会啊!别发愁,小畜生!省点劲吧!将来大灾小难少不了,够你哭的,够你头痛的,要是不检点,够你一辈子受的!"

"您说什么,大夫?"孩子的外婆惊跳起来问道。

"够他一辈子受的!"我敷衍她道。

"什么?到底够受什么?"她刨根问底,样子十分恐慌。

"动动脑筋嘛!"我回答道,"要动动脑筋嘛!向你们解释的事情太多了!真倒霉!自己想办法弄明白吧!使一把劲嘛!"

"什么够受不够受的?他说什么?"他们异口同声地发问。"责无旁贷"的姑娘狠狠瞪了我一眼,接着便尖声乱喊乱叫起来。她好不容易找到一个发性子的机会,那是决不肯放过的。于是开战了!我踢死你!让你透不过气!你这臭斜眼的家伙!我受够了!走着瞧吧!她向母亲声嘶力竭地喊道:"妈妈,大夫发疯了!快别让他碰孩子,妈妈!"她救了她的孩子。我始终不明白她为什么如此激动,竟然操起巴斯克的口音:"他说的话太可怕了,妈妈,他是疯子!"

他们从我手中把小婴儿抢走,有如从大火中救出孩子。刚才那么畏畏缩缩的外公现在从墙上取下桃花心木做的大温度计,足有狼牙棒那么粗,他隔着一段距离押送我出门,然后用脚猛地把门关上。当然,他抓住这个机会免付了诊疗费。

我回到街上,心里对刚才发生的事情感到十分懊丧。倒不是顾及自己的名誉,反正在本地区我早已声名狼藉,自己已无法做主,而是念念不忘跟罗班松一刀两断,总想挑起一桩丑闻,再不见罗班松,于是乎想出自己跟自己过不去这一招来。我心中盘算找个机会试一下,一不做二不休,彻底把自己搞臭。然而一旦闹得满城风雨,事情便难以收拾,控制不住,不知会走多远。很难知道人家瞒着你什么、人家亮给你什么。如果活得长久,如果对人们的废话知道得一清二楚,倒不妨重整旗鼓,再干一场。

我赶紧设法躲避一下,回家时先走日贝死胡同,后走情人节街,这段路很长,想改变主意还来得及。我向灯光明亮的地方走去。在临时广场上我遇见点路灯的工人佩里东。我们讲了几句无关紧要的话。他问我:"您去看电影,大夫?"他这一问倒提醒了我,我觉得这个主意不错,心想乘公共汽车比乘地铁快。

经过这个不光彩的插曲之后,如果可能,我真想永远离开朗西。在一个地方住久了,你就会了解世情的腐败和丑恶。

二十四

不管怎样，第二天我依然回到朗西，正巧赶上贝倍尔病倒了。同行弗罗利雄外出度假，贝倍尔的姨妈犹犹豫豫，最后还是请我给她外甥看病，大概因为我在她认识的医生中收费最低吧。

事情发生在复活节以后。天气开始暖和，初春的南风吹到朗西，同时也把工厂的烟尘带到千家万户的窗口。贝倍尔的病拖了几个星期，我每天去探望他两次。一些本地人来到看门人住房前等着看我，邻居也站在家门口观察，但都装出若无其事的样子，好像是在散心似的。有人甚至远道而来打听病情的好坏。太阳经过层层障碍物的筛挡，照到街上已成愁云笼罩的秋光。

关于贝倍尔，我听到许多劝告。实际上全区都在关注着他。对我的才智，有人表示赞赏，有人则不以为然。当我走进门房，周围的寂静因批评、敌视的气氛，尤其因愚蒙状态而显得沉闷。门房里总有不少女看门人的好朋挚友，她们都是长舌妇，身上夹杂着脏裙和兔尿的臭味儿。每人都有自己喜爱的医生，她们说的医生一个比一个灵光，一个比一个有学问。而我只有一个长处，就是收费极低，但这是难以令人原谅的，因为我是几乎免费的医生，而一个免费的医生会使病人及其家属丢脸，尽管病家穷苦不堪。

贝倍尔还没有到说谵语的程度，只是不想动弹。他日见消瘦，全身上下颤抖，仿佛皮下到处都有心脏。病了一个多月，已经瘦成皮包骨头。我来看他时，他总朝我笑笑，这是懂事的孩子的微笑。

他乖乖地忍受着三十九度、四十度的体温,若有所思地几天、几星期躺着不动。

贝倍尔的姨妈终于停止饶舌,不再打扰我们。她倾筐倒箧之余,张皇失措地躲到门房角落去抽泣。她说着说着不由得悲伤起来,似乎不知如何表达忧伤,只是鼻子发酸,嗓子发颤,眼泪簌落落地流下来。她逢人照样絮絮叨叨,把眼泪洒在各处,比平时显得更脏,一味哀叹:"我的上帝!我的上帝!"除此之外,束手无策。她哭得筋疲力尽,垂着双臂,呆呆地望着我,颓丧至极。她时不时振作一下,但很快又哭哭啼啼起来,痛苦的程度时高时低,就这样持续了好几个星期。

应当估计到贝倍尔的病可能恶化。我诊断他患的是恶性伤寒,采用了一切可行的手段:沐浴,血清,固体食物,疫苗……但毫无效果。我瞎忙了一阵子,白费力气。贝倍尔被不可抗拒的疾病拖走,脸带笑容,发着高烧却十分镇静,我的体温很低却心慌意乱。当然出主意的人到处都有,甚至敦促贝倍尔的姨妈直言不讳地把我辞退,赶紧另找更有经验、更可靠的医生。

"责无旁贷"的姑娘那次找碴儿的事已经传开,众说不一,地区上议论纷纷。但别的医生听到贝倍尔的病情都一一退避三舍,只有我当仁不让。同行们乐得顺水推舟,既然贝倍尔落在我手里,那就让我管到底算了。我可施展的本领只剩下经常去酒店打电话,向早先在巴黎各家医院多少有些交情的同行请教,向散居各地的开业医生请教,询问这些精明鬼、这些受尊重的人要是遇上这类使我焦头烂额的伤寒他们怎么医治。他们个个都给我出好主意,毫无用处的好主意,不过听着他们的点拨我备感欣喜,感激他们鼎力相助:他们是为一个受我保护的陌生小孩提供无偿的咨询啊。人到山穷水尽的时候,只要生活给我们一点点慰藉,我们就高兴了。

正当我在钻牛角尖的时候,贝倍尔的姨妈跌跌撞撞,东倒西歪,时而瘫坐在椅子上,时而摔倒在楼梯上,成天昏昏沉沉,只有吃饭的时候头脑清醒。说真的,她从不错过一顿饭。再说别人也不会让她忘记吃饭,有街坊们照应着呢。她每哭完一场,街坊就把她塞得饱饱的,向她断言:"吃了长气力!"她开始发胖了。贝倍尔病情严重的时候,门房里充满了抱子甘蓝浓浓的气味儿。那正是盛产抱子甘蓝的季节,街坊们源源不断给女看门人送来,煮得烂烂的,还冒热气呢。她一概照收,说道:"抱子甘蓝补身子,我吃后真的有劲了!这东西还利尿呢!"

为了睡得惊醒,以便一有人敲门就听见,天黑前她喝许多咖啡,这样,房客只需按两三次门铃,不至于把贝倍尔吵醒。傍晚我有时经过她家,顺便进去看看。贝倍尔的姨妈总重复问道:"您想他会不会是看自行车比赛那天在水果店老板娘那里喝了春白菊得的病呢?"她一开始就有这个想法,而且固执己见,真是愚蠢透顶。"春白菊"贝倍尔轻声响应道,他因高烧而失去了知觉。何必打消她的念头呢?我再一次装模作样地糊弄几下子,不负人家殷殷期待嘛。然后我告辞,摸黑回家,心里颇感内疚,因为像我母亲一样,我从不能够对不幸的事情完全心安理得。

第十七天我心想无论如何最好去比奥迪雷·若泽夫学院打听一下他们如何医治这类伤寒症,顺便请他们点拨一下,说不定他们会给我推荐某种疫苗呢。这样,该做的,该试的,乃至左道旁门,我已尽心尽力。要是贝倍尔有个好歹,那就怨不得我了。后来一天上午十一点我来到比奥迪雷学院,它位于巴黎另一头的拉维埃特后面。人家先领着我穿行一个个实验室寻找某个学者,但实验室里既没有学者也没有观众,连人都没有,只见一堆堆杂七杂八的东西:开了腔的小动物尸体,香烟头,有缺口的煤灯嘴,鼠笼和鼠缸(里面关着一些奄奄一息的老鼠),曲颈甑,乱放的囊袋,破凳子,书籍和灰尘,又有香烟头,到处都有香烟头。香烟味儿和小便味儿迎面袭来,刺鼻难闻。我既然来早了,便乘机在学院转一圈,一直走到伟大的学者比奥迪雷·若泽夫的墓前。他的遗体安葬在学院的地下室里,处处是大理石,金碧辉煌。这是资产阶级拜占庭式高雅情趣的妙作。地下墓室的看门人在出口募捐,抱怨有人塞给他一枚比利时钱币。半个世纪以来许许多多的年轻人因仰慕这个比奥迪雷而选择科学生涯,但其中的失败者同从音乐戏剧学院出来的人一样多。况且大凡经过若干年努力没有成功的人,其命运都是相像的。在埋葬大批失败者的地方,一张"大学优胜者文凭"顶得上一份"罗马奖"。两者之间,有如不同时间乘公共汽车,其区别仅此而已。

参观之后,我又在学院的花园里等了许久。这里的建筑结构好似拘留所和街心公园的结合,墙前院内的花草经过精心布局,却并不悦目宜人。终于来人了,最先到的是一些孩子般的小职员,他们从邻近的市场采购回来,提着大网兜食品,拖着旧鞋子。之后,学者们络绎跨进铁栅门:他们比朴实的下属更拖拖拉拉,更迟疑不决;他们刮不干净胡子,却两两三三交头接耳;他们逐个在油光锃亮的走廊里散去。花白头发的老学童们像开学上课似的,提着雨伞姗姗走到自己的工作岗位,他们被过分认真的刻板程序、令人厌恶的操作搞得呆头呆脑。他们为了微薄的工资长年累月被困在这里与细菌打交道,守着瓶瓶罐罐,没完没了地拨弄蔬菜屑、窒息的豚鼠和其他腐烂物。到头来他们自己也沦为啮齿的老家畜,沦为穿外套的畸形怪物。当今之荣誉只对有钱人微笑,不管他们有没有学问。搞科研的平民只能使有钱人屏息等待,而自己则成日提心吊胆,生怕失去在这恶浊的地方的位置。他们的工作场所分隔成斗室,室内闷热,却颇有名气。他们特别珍惜学者的官方头衔,有了这个头衔,全市的药店老板就会信任他们,请他们化验病家的尿和痰，报酬虽然给得非常小气，但不失为学者浑水摸到的额外收入。

做事有条不紊的研究人员一到实验室照例先俯身观察几分钟前一星期解剖的兔子肠发黄和腐烂的程度，死兔按传统的方式固定地陈列在室内一角的垃圾缸里。等到尸臭实在无法忍受时，再杀一只兔子，但不能早杀，因为要厉行节约，学院的大秘书长若尼塞教授正在大抓节约哩。出于节约，有些动物腐烂得太久，已难以辨认。但习惯成自然。某些受过良好训练的实验员把动物腐尸放进盒里烤得很彻底，他们久居臭室，已不闻其臭。这些大科学家的助手们朴实得很，他们的节约程度已超过若尼塞教授本人。教授的吝啬是遐迩闻名的，打破他的纪录可不容易啊。譬如，他们利用若尼塞教授烧消毒锅的煤气为自己煮蔬菜牛肉浓汤和各种杂拌炖菜，既费时又危险，但在他却是家常便饭。

学者们漫不经心地检查完毕豚鼠和兔子肠子之后，照例悄悄地过渡到日常科学生活的第二阶段，即抽烟阶段。他们试图用烟草的浓烟气味抵消周围的臭味和消除烦恼。香烟一支支变成烟头，学者们总算挨到五点钟，结束一天的工作。于是他们把煮烂的东西放进消毒锅里凉一凉。实验员奥克塔夫用报纸把煮烂的四季豆包好，为的是不引起女看门人的注意。这叫障眼法。他带走的东西可当作晚饭大吃一顿。奥克塔夫的导师还得去一个角落往实验手册上写点什么，他落笔不甚果断，仿佛有些疑问。不过写上去可资将来查对，尽管毫无用处，但至少证明他在学院是尽职的，所以多少还有点好处。要想得到某个完全公正和无私的学会的承认得长期苦干才行。

真正的学者平均苦干二十年才有重大的发现。所谓发现，指的是使自己相信一部分人的妄想完全不代表另一部分人的幸福；世间每个人都为他人的固执念头而感到不快。科学妄想比其他妄想较经得住推敲、较沉得住气,但比其他一切妄想更令人难以忍受。不过一旦获得某些生存的方便条件,哪怕有个很差的落脚之地,人们便随遇而安,锁眉噘嘴地逆来顺受,直至甘愿像豚鼠似的一命呜呼。习惯比勇气更容易获得,能填饱肚子,什么都会习惯的。

我跑遍整个学院寻找帕拉皮纳,因为我专程从朗西来就是找他的啊。非找到他不可,但不容易哟,那么多的走廊,那么多的门。我来回好几次,犹豫再三,搞得晕头转向。这位老单身汉中午不吃东西,一星期至多吃两三次晚饭,但不吃则已,吃起来多得吓人。他一直保留着俄国大学生的种种怪脾气,狂热的激情不减当年。

大家公认帕拉皮纳是他那个专业界的最高权威。他对所有的伤寒病,无论动物伤寒,还是人体伤寒,都了如指掌。二十年来他盛誉不衰。二十年前的一天几个德国作者宣称已经从十八个月的女婴阴道排泄物中分离出活的艾伯特氏[①]杆菌。这在揭示真实的领域内大肆鼓噪了一阵。不料,帕拉皮纳在很短的时间内以国立学院的名义予以反击,他培育了相同的病菌,但这次是从一个七十二岁的残疾人的精子中提取的纯菌。兴高采烈的帕拉皮纳旗开得胜,其气派超过自吹自擂的德国佬。他早年得志,决心为此奋斗终生。为了保住明星的地位,他定期在各种专业杂志上发表几栏不堪卒读的文字。总之,他勇敢地抓住了那次一本万利的机遇。帕拉皮纳在严肃的科学界建立信用赢得信誉,因此免得严肃的公众拜读他的著作。如果公众品头论足起来,那还有什么进步可言:一页著作足够受用一年了。

我终于找到赛日·帕拉皮纳的实验室。他正在斗室里吐痰,

---

① 卡尔·艾伯特(1835—1926),德国医生和生物学家。1881年发现伤寒杆菌,并发表论文。艾伯特氏由此得名:此杆菌被命名为艾伯特杆菌。

不停地吐,走到哪儿吐到哪儿,做着恶心的怪相。见此情景,不免产生惊疑。帕拉皮纳经常刮脸,但总在脸颊棱面上留几撮毛,看上去像个逃犯。他老是哆哆嗦嗦的,至少是怕冷的样子,尽管他从不脱去外套。他的外套上布满各种斑迹,头皮屑明显可见:随着他轻轻地抓头,头皮屑一层层散落下来;一撮头发老在绿里透红的鼻子上晃悠,他不时把这撮头发往上撩,但总又掉下来。

我在医学院实习的时候,帕拉皮纳给我教过几次显微镜使用法,并在不同场合表现出对我真正的好感。时间过去好久了,但我希望他还不至于完全忘记我。他也许能给我提供头等的治疗方案,以解除我对贝倍尔病情的担忧。我发现自己救贝倍尔的欲望比救成年人更强烈。常言道,一个成年人离世,等于世上少一个浑蛋,没什么好遗憾的。而一个孩子遇到不测,那就难说了,说不定他前程远大哩。

帕拉皮纳得知我的难处,巴不得帮忙、指导我进行冒险的治疗。只是二十年来他经手的伤寒病例太多、太杂、太矛盾,一时很难乃至不可能对这种常见病及其治疗谈出任何明确、果断的意见。他开始问我:"亲爱的同行,首先您自己是否相信血清?嗯?您认为血清可靠吗?疫苗呢?总之,您有何高见?具有真知灼见的人如今对疫苗不屑一顾。诚然,这未免太大胆,同行,我也觉得过分,但有什么办法呢?嗯?您不觉得这种否定的态度中有正确的成分吗?请问高见?"小舌音"R"在他嘴里成了大舌音,卷起来如同泥石流,带动着句子滚滚奔泻向前。

他狂热地做着种种绝望的假设,其劲头如同狮子在拼搏。这时候,杰出的秘书长若尼塞——当时还健在——正好经过窗前,他听到我们的谈话,紧锁着双眉深表关切。帕拉皮纳瞥见他,脸色唰地白里透青,神经质地改变了话题。但赶紧向我表示他多么厌恶每天见到若尼塞,更令他生厌的是,若尼塞居然誉满全球。他在气头上把这个赫赫有名的若尼塞称为骗子、最可怕的怪人,接着说了一大堆若尼塞的滔天大罪,全是不为人知的罪恶:他一个人的罪孽抵得上一整个监狱一百年的罪人的总量,可谓十恶不赦。

我阻止不住帕拉皮纳向我提供有关研究员若尼塞种种可笑的职业劣迹。为了填饱肚子他不得不对若尼塞屈尊俯就,足见其怨恨之具体、之科学,相形之下,条件相似的公务员或商店伙计所受到的委屈就算不了什么啦。他用很高的嗓门儿说出心里话,我惊叹他的直率。他手下的实验员一边听我们谈话,一边煮着自己的晚饭,同时还在恒温箱和试管之间瞎忙活。好在他听惯了帕拉皮纳的咒骂,此公几乎每天这般骂骂咧咧,他把这些十分离格儿的话看作纯学术讨论,认为无伤大雅。实验员在自己的工作台上极其严肃认真地做着试验,尽管他的一些个人的小试验好像有悖于帕拉皮纳神圣的、美妙绝伦的指示。帕拉皮纳侃侃而谈,口出妄言,却一点也没有使他分心。他临走前把自己培养细菌的恒温箱门关上,动作轻手轻脚,一丝不苟,好比收拾圣体柜。

"您瞧见我的实验员了吧,同行?"帕拉皮纳等他走后立即谈起他来,"您瞧见我的傻瓜实验员了吧?他替我扫垃圾快有三十年了,他周围的人只谈科学,久而久之,耳濡目染,非但对科学不厌恶,反而是他,现在只有他,相信科学!惟其如此,他数十年跟我学文化,觉得其妙无穷。他可心满意足哩。我的任何一个怪念头都会使他如醉若狂。难道一切宗教都不是如此吗?曾几何时,神甫对上帝已不以为然,而他的教堂执事仍笃信不移,其信仰简直坚如磐石。实在令人作呕。我手下的这个笨蛋可笑得无以复加,连穿着和留山羊胡子都模仿伟大的比奥迪雷·若泽夫。您注意到了吗?请别外传,除开世界性的盛誉和异想天开的脾性,伟大的比奥迪雷和我的实验员完全是一丘之貉。我的实验员把瓶子涮得倍儿干净的劲头和专心致志观察虫子孵化的神情使我觉得俗不可耐,尽管他是搞实验的伟大天才。设想一下,把伟大的比奥迪雷那种超凡的顶真去掉,请问他还有一丝一毫的可爱之处吗?说得上可爱吗?他那张脸咄咄逼人、不怀好意,活像凶神恶煞的看门婆。这样形容再贴切不过了。况且他在医学科学院二十年恶劣的表演证明这一点,他的脾性恶劣透顶,几乎所有的人都恨他,他差不多跟所有的人都吵过架,可不是一般的小吵小闹哟。他是个患夸大狂的聪明人,如此而已。"

帕拉皮纳也慢慢准备下班。我帮他围上长围巾,他脖子上的头皮屑积得厚厚的,上面再垫一块头巾。这时他突然想起我专程而来是为了某件很具体、很要紧的事情,说道:"您瞧,我尽顾给您说些鸡毛蒜皮的事情,把您的病人给忘记了。请原谅,同行,那么言归正传吧!不过我能给您说的无非是些老生常谈,其实您都知道。当今有那么多动摇不定的理论,有那么多靠不住的经验,明智的办法是不做选择。尽力而为吧,同行,好好干吧!既然非要您干不可,您就好好干吧!至于我,推心置腹向您讲,我对这种伤寒病已经腻烦到极点,讨厌的程度超出任何想象。我早年接触伤寒症时,只有几个研究员搞这项研究,不管怎么说,我们很容易互相信赖,互相捧场。可现在倒好,亲爱的,什么样的人都有,有来自拉普兰①的,有来自秘鲁的,人数与日俱增。专家来自四面八方!日本人批量培养专家哩!几年之内世界变得乱七八糟,人人各自为政,就拿伤寒症这个项目来讲,人们翻来覆去出版一大堆泛泛而谈的、荒唐可笑的刊物。我为了在刊物上占一席之地和勉为其难地保住这席地位,不得不把我那篇在医学会议上宣讲的小文章一再在各个刊物上发表,每个季度末稍加枝节性地修改后再拿出发表。总之,请相信我的话,同行,如今伤寒症被糟蹋得不成样子,如同曼陀

---

① 斯堪的纳维亚半岛北部地区名。

林琴和班卓琴被贬损一样。真是气死人啊!各奏各的调,谁都想别出心裁搞段小曲儿。不行啦,实话对您说,我已经没有精力再折腾了,很想找个小角落安安静静地搞研究,没有敌手,没有学生,与世无争,聊度余年,清享不大的名声,我非常需要这样啊。在种种无聊的研究中,我想探索暖气对北方人和南方人的痔疮所产生的不同影响。您觉得怎么样?研究卫生保健,研究饮食制度,有意思吗?这可是时髦的课题啊,怎么样?这项研究恰如其分地、长期地搞下去,我深信会赢得医学科学院的支持,科学院的成员大多数是老人,他们对暖气和痔疮决不会无动于衷的。瞧瞧他们对危及他们的癌症的那种劲头吧!能不能指望科学院将来授予我一项保健学奖金呢?可能的吧?一万法郎?嗯?拿这笔钱去威尼斯旅行一次。您知道,我青年时代去过威尼斯,我的老弟。是啊!威尼斯和别处一样,没有钱也要饿死人。不过那里的人死得很有脸面,丧事的排场讲究,气氛异常,令人难忘……"

我们走到街上,不得不又匆匆折回去,因为他忘了换雨鞋。这么一来一回耽误了一些时间。他急急忙忙带我去一个地方,但没有说明具体地点。我们沿着长长的沃日拉尔街行走,一路上到处可见蔬菜摊,街面十分拥挤。我们来到一个广场口,广场四周种着栗树,站着警察。我们穿过人群走进一家小咖啡馆的后间,帕拉皮纳坐到一扇窗旁的高凳上,躲在小窗帘后面朝外张望。

"太晚了!"他败兴地说,"她们早已出来了!"

"谁?"

"中学的女学生。有的女学生迷人至极,她们的大腿可好看呢。我对她们的大腿非常熟悉。劳累一天之后,我别无他求。算了,今天错过时机,等下一回吧。"

我们非常友好地分别了。

二十五

  要是永远不再回朗西我该多么高兴啊。从这天清晨离开那儿,我几乎忘却了平日的忧愁。在朗西牵肠挂肚的事情太多,一离开便无牵无挂了。倘若我不回去,也许贝倍尔会死去,但我的忧愁也会因被弃之不顾而烟消云散。我的忧愁都是些郊区的忧愁。不过,当我走近波拿巴街时,我又黯然神伤起来。这条街一般是给行人带来乐趣的,很少有如此宜人、如此优雅的街道。我走近河滨马路,心里开始发怵,转来转去,下不了决心跨过塞纳河。不是所有的人都能成为恺撒①的啊!一看到塞纳河的彼岸就想起我的烦恼,所以迟迟不肯动身。我在左岸一直待到天黑,心想多享受几个时辰的安逸。

  河水在钓鱼人的脚下汩汩作响,我坐下看他们钓鱼。说真的,我不慌不忙,至少不比他们更匆忙。我也许已到懂得珍惜时间的年龄,但还不具备急流勇退的克制力。再说,即使能知难而退,自少年培养起来的一往无前的疯劲犹存。如果退却,那是会不知所措的。本来对青春蹉跎内心已深切愧恨,不敢在众人面前承认,因为虚度青春已使我未老先衰了。提起往事,不堪回首,早年是那么荒唐,那么欺人,那么轻信,恨不得立刻结束青春,让青春摆脱你,

---

① 公元前49年,恺撒因越过卢比孔河进入意大利北部而与罗马执政官庞培决一死战,故"跨越卢比孔河"意为破釜沉舟、孤注一掷、背水一战。

超越你,看着青春离开、远去,观察青春的种种虚浮,体验茫然若失的感受,重温青春旧事而后跟青春一起消逝。这样就能确信青春真的消逝了,自己也安心地、悄悄地过渡到另一个时期,以便真切地看待人与事。

钓鱼人待在河边一无收获,他们好像并不在乎抓到鱼。鱼儿大概也了解他们,他们待在那儿全是装样的。最后一抹和煦的阳光把我们周围照得暖烘烘的,河面上泛起蓝色和金色交替的粼粼水光。阵阵清风从对岸徐来,飘过大树时摸拂千层翠叶,然后带着微笑淡淡荡荡地飘拂到我们身上,使人心旷神怡。整整两个小时这么待着,没有见到鱼,什么事也不干。然后,塞纳河的水色渐渐暗下来,桥角被最后一片晚霞映得绯红。河滨马路上的行人不再顾及我们,我们待在水和岸之间被人们遗忘了。黑夜从桥拱爬出来,慢慢登上卢浮宫的宫墙,宫殿正面的窗户还映照着晚霞,在周围昏暗的衬托下,显得格外明亮。最后,窗户上的亮光也消失了。该起身走了。

河滨马路上的旧书商们正在关上他们的书摊箱。"走吧!"妻子从岸边护墙冲下来催促丈夫,而丈夫却磨磨蹭蹭地收拾他的家伙:折椅和零星的东西。他低声埋怨,其他的钓鱼人也随声埋怨,大家齐声埋怨着爬上河岸,我也上岸跟行人混在一起。我和他的妻子搭讪,同她讲几句和气的话,以便在夜幕完全降临前各奔东西。她立刻要卖一本书给我,说是刚才关书摊箱时忘记放好了。她补充道:"便宜一点卖给您算了,几乎是白给的。"一本旧的袖珍《蒙田》,一法郎一本货真价实的书。为使这个女人高兴,再说书确实不贵,我买下了她的《蒙田》。

桥下河水显得十分滞重。我根本不想往对岸走,于是跨进大马路①一家咖啡馆,要了一份奶油咖啡,顺手打开女旧书商卖给我

---

① 系指巴黎市内从玛德莱娜广场至共和国广场几条林荫大道的总称。

的书。正好翻到蒙田写给他妻子的信,当时他们刚失去一个儿子①。这封信立即引起我的兴趣,大概因为记起贝倍尔,想作个对比吧。蒙田给妻子的信大意如下:我亲爱的妻子,莫要悲伤,千万要保重!总会有办法的,天无绝人之路嘛!无独有偶,我昨天整理一位朋友的手迹时发现普鲁塔克②写给他妻子的一封信,他们当时的处境和我们现在完全相同。我觉得这封信写得极妙,我亲爱的妻子,现附寄上这封感人至深的信。我想让你尽早读到,请及时告诉我你化悲痛为力量的消息。我的贤妻,我把这封精彩的信寄给你,让普鲁塔克的信陪伴你,把它看成墨迹未干的新作吧!请你这么想吧!好好念几遍,也念给朋友们听听。反反复复多念几遍!我现在放心了,深信这封信能使你恢复镇定。你忠诚的丈夫,米歇尔。嘿,我心想,这算得上杰作啦!他妻子一定为有如此好的丈夫而自豪,她的米歇尔无忧无虑啊。行了,不管他们的事吧。别人的心事也许是永远摸不透的。他们真的那么悲伤吗?也许是时代的伤感吧?

为了贝倍尔,我整整折腾了一天。不走运啊,贝倍尔是死是活还难说。我觉得似乎人间对他已经帮不上忙,连蒙田的书也无济于事。或许对所有的人都是这样的,只要追本穷源,就会扑空,徒手而归,没说的,我一清早离开朗西,现在该回朗西去了,尽管一无所获。我没有给贝倍尔带回任何东西,也没有什么可向他姨妈奉献的。

回家前先在布朗什广场附近转了一会儿。我看到勒皮克街满街是人,比平常更多,便凑过去看热闹。肉铺那边水泄不通,人们层层围成圈,非得硬挤才能看清里面在干什么。原来是一头猪,肥猪,

---

① 实际上是两岁的长女,下面的信也不是原文。
② 普鲁塔克(约46—约120),古希腊传记作家、散文家。

非常大的猪。猪躺在人圈的中央呻吟，犹如被打扰的人，哼哼唧唧，但猪叫苦的声音要大得多。况且围观的人不停地折磨它，有的人揪它的耳朵，惹得它嗷嗷直叫。猪使劲地扭动，扑打四蹄，想从绳绑中挣脱逃走，在一些人的撩拨下，它越挣扎越疼痛，越疼痛越叫唤，越叫唤越逗乐围观者。大肥猪无地自容，身下的干草很少，却一味往里钻，结果反倒使干草飞走不少。它气急败坏，不知如何摆脱人类。猪已经明白人的意图，急得屁滚尿流，但纵然把全部的尿都撒出来也无济于事；鸣冤叫屈、声嘶力竭更无济于事。毫无办法。围观的人却乐不可支。猪肉商从店铺里向外面的顾客打招呼，说笑话，举起大屠刀做着示意的动作，得意洋洋。他买下肥猪，把它捆起来，做广告招揽顾客。他在女儿结婚时也没有这般高兴过。

肉铺门前的人越来越多，争相观看捆倒在地的肥猪。猪每挣扎一次，绑绳勒的道道就更深更红一分。这还不够。有人索性让一只凶狠的小狗爬到猪身上，叫小狗跳上跳下咬活生生的肥猪。人们欣喜若狂，围观者多得把街道都堵塞了。警察不得不前来驱散人群。

这时候我走到科兰库尔桥上纵目远望，朗西的第一批灯光已经点亮，但中间隔着笼罩在公墓上的一片宽阔的黑幕，朗西仿佛处在黑湖的彼岸，要绕行一大圈才能到达，显得多么的遥远啊！夜间绕行公墓去巴黎旧城墙的遗址觉得走的时间特别长，好像在与黑夜兜圈圈似的。而且到达税门还得经过发霉的税务站，站里脸色发青的小职员正无所事事。城墙就在附近。地方上的狗在各自的岗位上汪汪叫着，一盏煤气路灯下摆着鲜花，卖花女商人等着，每天每时都有死人经过。除这座公墓之外，还有一座公墓①，然后才

---

① 显然是指蒙玛特尔公墓和巴蒂尼奥公墓。前者在科兰库尔街附近，后者位于克利希门大街和雨果大街的交叉处。

是造反林荫路。林荫路又直又宽,路灯通亮,只要沿路走去就行,到下一个路口,往左便是我住的街。路上遇不到任何人,但我仍旧希望身在别处,离这里远远的。我真想换双布鞋,不让任何人听见我回家。其实贝倍尔有什么好歹,也怨不得我,我已经尽了最大的努力,是无可指责的,治不好这类疾病不是我的过错。我走过他门前时,大概没有被人发现吧。我上楼回到房间,从百叶窗的缝隙向外张望,看看贝倍尔家门前还有没有人在聊天。只见从里面走出几个客人,但他们不像昨天的客人。一个附近的女用人出来时哭哭啼啼的,我认识她。"莫非病情更加恶化了?"我心里嘀咕,反正肯定不像好转,也许已经断气?这不,已经有一个人放声哭泣了。这一天就这样结束了。

我仍扪心自问这一切我是否也有责任。我家里冷冷清清,仿佛茫茫黑夜专门为我一人划出漆黑的一角。楼梯上时时响起脚步声,其回音越来越强烈地传到我的房间,在我耳边嗡嗡作响,然后变得隐隐约约,最后寂静无声。我不由得再次张望对面,好像那边有什么动静似的,其实什么动静也没有,是我不断给自己提相同的问题而引起的。

我带着这个问题朦朦胧胧睡着了,睡在好似棺材一般禁锢的黑夜里:走得劳累而一无所获使我太伤神了。

二十六

人与人之间一旦不再存在幻想,彼此便没有什么可谈的了。各人述说一通自身的苦处,那是自然不过的事儿。人人为自己,世界为大家。人们向别人求爱为的是摆脱自身的痛苦,但这是办不到的,枉费心机的,于是乎人们把痛苦全部藏在心底,等待时机,再次试图消除痛苦。"小姐,您真漂亮,"他们说道。生活却给他们以教训,但等到下一次机会,他们又施展小伎俩:"小姐,您漂亮极了!"其间他们吹嘘自己不再痛苦,但谁都知道这全然是假的,只不过把痛苦深藏起来罢了。随着年龄的增长,世人越来越难看、越来越令人生厌,根本掩饰不住痛苦和衰竭。丑相经过二十年、三十年或更长的时间从下身慢慢爬上脸部,最后把面庞搞得令人反感。世人尽管花费毕生的精力勾画自己的丑相,却永远竣工不了,因为丑相是那么浓重,那么复杂,很难神态逼真、栩栩如生地反映心灵。

我正在精心勾画自己的丑相,所用的材料有:我付不起的票据,数目虽不大,但无力偿还,例如房租等等;我单薄的外套,薄得难以御寒;我经常打交道的女水果商,她看我数铜子的样子好笑,看我走过她的布里干酪前犹豫不决的样子好笑,看我在开始涨价的葡萄面前脸红好笑,我的病家,他们总是不满意。贝倍尔之死没有在周围给我造成好的影响,但他的姨妈并没有怪罪于我。在这种情况下,她这么对待我可以说够意思的了。反倒是独门独户的昂鲁伊一家给我制造了一大堆麻烦,让我提心吊胆。

一天,昂鲁伊老太太突然离家,未向儿子儿媳打招呼,径自上门来找我。她倒不傻啊!尔后她经常来问我是否真的认为她患疯病。老太婆故意纠缠在她是一种消遣。她坐在那间充当候诊室的小屋等我,室内有三把椅子和一张三脚桌子。

这天傍晚我回到家,发现昂鲁伊老太太正在候诊室劝慰贝倍尔的姨妈,向她一一述说平生失去的亲人,足有一打侄女甥女,还有不少叔伯舅父、婶母姨母,一个远在上世纪中叶离世的父亲,外加死在四面八方的亲生女儿们,但记不清死在哪儿和怎么死的。她现在对别人讲起自己的女儿们已经非常吃力,需要借助想象,因为印象变得太模糊、太淡薄,她的回忆往往不是自己孩儿们的事了。她提到一大堆去世的故人,多是旧时在她身边的小人物,久已销声匿迹,费好大的劲儿才勉强挖掘一点难以觉察的忧伤,以资安慰贝倍尔的姨妈。

接着罗班松也来找我,我一一作了介绍,都是朋友嘛。记得从这天起,罗班松经常在我家的候诊室会晤昂鲁伊老太太。他们无话不谈。贝倍尔的姨妈决定翌日安葬贝倍尔,她逢人便问:"您去吗?要是您光临安葬,那我太高兴了。"

"我当然去喽,"昂鲁伊老太太答道,"这种时刻身边人多才好呢。"她的陋室已经关不住她,她变成了好外出的人。

"哟,您能来,那敢情好!"贝倍尔的姨妈向她道谢,然后转向罗班松,"先生,您呢?您来参加吗?"

"唉,我害怕葬礼,夫人,请多多原谅。"他找到一个能脱身的回答。于是话题转到他身上,语气激烈起来,昂鲁伊老太太也介入交谈。他们的说话声很高,好似在疯人院。

这时,我进去叫老太婆,把她带到隔壁的房间,给她诊断。我没有什么可对她说的,她倒反问我不少事情。我答应她不再坚持写送她住院的证明书。然后我们一起返回候诊室,坐下跟罗班松和贝倍尔的姨妈聊天,我们对贝倍尔不幸的病情议论了整整一个小时,街坊们一致认为我为拯救小贝倍尔尽了极大的努力,无奈孩子命里注定短寿,总之我表现出色,出乎大家的意料。昂鲁伊老太太听说孩子只有七岁,好像顿时精神爽快了许多,显得心宽神安。孩子幼年丧生在她看来只不过是一起十足的偶然事件,这不正常的死亡足以引起她的深思。

罗班松又向我们絮叨酸化物毁了他的胃,毁了他的肺,使他呼吸困难,造成他吐的痰发黑。昂鲁伊老太太不吐痰,不在酸厂工作,对罗班松谈的问题不感兴趣。她来这里是专门发表对我的看法。我说话的时候,她缩在角落里打量我,浅蓝的小眼珠滴溜儿转。罗班松把我们之间任何一点潜在的疑虑都看在眼里。候诊室里天色昏暗下来,街对面高层楼房的日光也在消失,即将被夜幕笼罩。不久,我们之间只听得见说话声,这声音好像在阐明什么,但什么也说不明白。

只留下罗班松单独一人时,我试图让他明白我决不再想见他。但月底他又来了,继而几乎每晚都来。不过,他的肺确实非常糟糕。我们楼的女看门人向我打听他的情况:"罗班松先生又来看病,他恐怕不行了吧?他来的时候老咳嗽。"她知道我腻烦咳嗽,故意这么说给我听。罗班松确实咳得厉害,他自己也有预感:"没治了,好不了啊。"遇到这种情形我只能冷冷回答:"熬到夏天吧!再忍着点儿!等着吧,自然会好的。"我也没办法治他的病,只要继续在酸厂工作就毫无办法,不过还得设法使他振作起来。

"我会自然好起来吗?"他回答道,"你反正没得这号病!看上去我的呼吸还顺当,但你胸腔里要是也有我那玩意儿,你试试看。像我这样胸部有玩意儿的人哪能不气馁啊。实话告诉你吧……"

"你太消沉了,现在时运不好,等你身体好起来,哪怕好一点,就大不一样。"

"好一点？会好个屁！我最好还是留在战场上,那才对头呢！你回来后倒走运,没说的吧！"

人对过去的遭遇、对吃过的苦头总那么耿耿于怀,难以忘却,心灵上蒙盖的阴影总那么难以消除。他们对现时的不公正进行报复,存心给未来抹黑。但实际上他们既正直又怯懦,他们的本性便是如此。

我没有理睬他的话,他生我的气了:"你瞧是吧,你也这么想的吧！"为图个安宁,我去给他搞了一小瓶镇咳剂。他的邻居们抱怨他老咳嗽,闹得他们睡不好觉。我给他灌镇咳剂的时候,他还在自言自语,寻思着这抑制不住的咳嗽到底是在哪儿得来的。他要求我同时给他打针,注射嗅盐:"打针打死了也不亏本！"我当然拒绝采用任何强化的治疗,心想赶紧把他打发走吧。只要看到他赖着不走,我就一点精神也提不起来。为了不使自己落难,我什么苦没有受过啊。我度日如年,心想不如关门大吉,一天足有二十次问自己:"有什么用呢？"但好歹顶住了。现在听他絮絮叨叨叹苦经,实在难以忍受。我终于憋不住对他说:"罗班松,你没种。你应当结婚,结了婚也许就想活下去。"他倘若有个老婆,便不至于这么打扰我。听到这话,他气鼓鼓地走了。他不喜欢我劝导他,特别厌恶这类劝告,根本不搭理结婚的问题。话说回来,我这个劝告也太没有现实意义了。

有一个星期天我不值班①,和罗班松一起出去走走。我们坐在高尚林荫路的一家咖啡店的露天座上喝黑茶藨②子酒和果汁汽水。我们很少说话,没有什么可讲的啊。况且,一旦拿定主意,言语管什么用呢？即便说话,也是吵架。星期天来往的公共汽车不

---

① 星期天开业的医生要轮流到区(乡)公所值班。
② 黑茶藨子酒是用烧酒泡黑茶藨子而成。

多。从露天座上望景,令人赏心悦目:林荫路空荡荡的,舒徐向前伸展着,好像也在休息。从后面酒店传来留声机播放的音乐,罗班松对我说:"你听见了?留声机唱的是美国乐曲,我熟悉这些曲调,和在底特律莫莉家听到的完全一样。"

罗班松在美国待了两年,对美国人的生活还不摸门儿,但对美国音乐却略知一二,那是因为他接触的美国人天天干着同样的活儿,又单调又劳累,为了摆脱枯燥和压抑感,他们边歌唱边扭摆,想摇晃一下没有意义的生活,无非是些耍耍狗熊的把戏而已。他深思着这一切,慢慢呷着黑茶藨子酒,好像喝不完似的。周围扬起一些灰尘,是孩儿们在梧桐树下玩耍,他们露着肚子,邋里邋遢,但也被唱片播出的音乐所吸引。是啊,谁也抵挡不住音乐的魅力。人逢心里寂寞的时候,很乐意把心掏出来,不过应当从一切音乐中领悟专门为我们谱写的无音符的曲调,即死神之曲。

几家商店坚持星期天营业。拖鞋店老板娘走出商店,拖着静脉曲张的沉重的双腿挨着一家家铺面聊天。书亭里挂着懒洋洋的晨报,层出不穷的新闻正在变得陈旧,仿佛晨报已经有点发黄。一条狗靠着书亭匆匆地撒尿,女代售商正在打盹儿。一辆空载的公共汽车快速驶向车场。人们的思想仿佛也随着星期天休息了。我们比平时更加昏昏沉沉,脑袋里空空如也。我们吃苦受累,苟且偷安,没有什么可交谈的,因为说到底,没有发生什么事儿,我们太穷了。也许对生活已经厌倦?合乎情理的回答是肯定的。

"你准猜不着我会有绝招儿,没准能使我摆脱要我命的职业呢?"他从沉思中忽然冒出这些话,"我不想干这一行啦,你明白吗?我够了,像骡子似的累得要死。你有没有熟人需要雇佣司机?你不是认识不少人吗?嗯?"

这是缺少经验的想法,绅士式的想法。我不敢打消他的念头,不敢向他暗示凭他这副凶神恶煞的德行哪有人肯把汽车交给他管,不论他穿不穿号衣,他开车可不像个样子。

"说白了,你不肯勉励我,"他终于得出这样的结论,"照你的意思,我没救了?试都没有必要试喽?你说,我在美国做事太慢,在非洲怕热怕得要死,在这儿不够聪明,总之在哪儿都一样,不是缺少什么东西,便是什么东西太多。这一切我心里明白,所谓'好吃懒做'呗!嗨!假如我有钱!大家就会对我刮目相待,这边,那边,无论在哪儿,哪怕在美国。我说的不符合实际吗?你自己怎么想的?我们缺少一幢有房租收入的楼房,要是有六户房客交纳房租……"

"确实如此。"我回答道。他不想独自一人得出这般重大的结论,听到我的回答,他奇怪地望着我,好像突然发现前所未见的丑陋的相貌。他说:"你啊,我想你是运气好。你给那些虚弱的家伙吹吹牛皮,还收钱,是死是活,你才不在乎呢。你不受人检查,别人管不着,愿意来就来,愿意走就走,总之你是自由的。你的模样长得挺和善,骨子里却是个大浑蛋。"

"你可不公正啊,罗班松!"

"那么好啊,帮我想个办法吧!"他坚持想把酸厂的工作撇下给别人干。

我们回家时走小街小巷。傍晚时分,朗西看上去还像个村庄。菜农家的大门微开着,大院子空荡荡的,狗窝也是空空的。曾几何时也像这天的某个晚上,农民们搬出家园,他们被扩大的巴黎城撵走了。现在只剩下一两处旧时的农舍卖不出去,空着发霉,满是紫藤,紫藤甚至爬到张贴海报的矮墙上。钉齿耙排在两根排水管的中间锈得不能再锈,已成为历史的陈迹不再为人使用了。过去的东西就这么过时了。现在的房客一天下来累得要死,傍晚回家在门前根本不会去碰过去的东西。他们一家一户挤在起居室吃吃喝喝,天花板上还留着旧时摇晃的"吊灯"熏黑的烟圈。全地段的人随着新工厂的隆隆声而哆嗦,但不发怨言。长满青苔的瓦片纷纷落到中央凸起的路面上,这种用方石铺砌的路面只有在凡尔赛或高级监狱才见得着。

罗班松一直陪我走到市镇小公园,公园里到处都有拱形的仓库,草坪像患了癣病似的,四周乱七八糟,滚球场破破烂烂,维纳斯雕像残缺不全,高高的沙堆上可随便玩耍和撒尿。我们又东拉西扯地聊起来。"我现在缺乏经受饮料的能力,你注意到了吧。"他一直有这种想法,"我一喝酒就胃痉挛,自己控制不住。糟透了!"说罢,他立即让我注意他在接连不断地打嗝儿,这是下午喝了黑茶藨子酒的反应:"你瞧见了吧?"他在家门口向我告别,宣称他住的是"穿堂风古堡"。他的身影消失了,我想不至于很快再见到他吧。

我的生意好像有些起色,正巧是从这天夜里开始的。

单单警察分局大楼里的人就两次叫我去急诊。星期天晚上人们把撒在肚子里的东西统统倒出来:哀叹、激动、焦躁。当星期天度假兴致正浓的时候,当酒后兴致极好的时候,面子尚可顾全。但痛饮一天之后,酒徒们开始打颤,站不稳立不直。他们粗声粗气,像急躁的马那样喷鼻息,有如奴隶们锒铛蹒跚,踉踉跄跄。

单单警察分局大楼里就同时发生两场悲剧。二楼一个癌症病人断了气;四楼有人流产,接生婆应付不下,这个替人打胎的女人瞎指挥,只会换毛巾涮毛巾。她还利用两次注射的间歇到楼下给癌症患者打针,注射一管樟脑油赚十法郎,她一天的收入可观啊。

星期天这幢楼里每家每户的人身着浴衣或光穿衬衫对付各种情况,他们仗着辛香作料很浓的食品振作精神。楼道上、走廊里充满大蒜和几种古怪的气味儿。狗欢蹦乱跳,一直爬上七层楼。女看门人执着地关心全局,哪里出事她在哪里出现。她只喝白葡萄酒,因为她说红葡萄酒引起月经过多。

胸部鼓起的胖接生婆同时导演着两场悲剧,一场在二层,一场在四层,她蹦上跳下,满头大汗。她喜出望外,存心报复。她从上午起一手操纵着观众,她是明星啊,所以我的到来使她很恼火。尽管我小心翼翼,不突出自己,让着她,说什么一切正常(其实她尽干可恶的蠢事),但我的到来、我的谈吐一下来就使她反感。毫无办法。一个受人监督的接生婆活像一处瘰疽,让人好不难受。你不知道把她安置在什么地方才能使她少给你捅娄子。再加上从厨房到门前踏步到处有人,全是家里人和来探望的亲戚。亲戚真多啊!胖的瘦的,像葡萄串似的挤在"吊灯"的光照下打盹儿。夜深了,陆续还有亲戚从外省赶来,而在外省人们睡得很早。外省来的亲戚们已经腻烦了,无论对他们说什么,楼下的亲戚也罢,楼上的亲戚也罢,他们一概不予理睬。

二楼病人的弥留阶段没有持续多久,好歹了却了。正当病人咽气的时候,他平日的医生奥马农大夫上楼来探望,看看他的病人死了没有,却发现我在病人的床头。他大为不快,损了我一通。我向他解释道,这晚我负责区公所星期天值班,我出诊是理所当然的,说罢便大模大样地去四楼。楼上的女人仍出血不止,再这么流下去,不用多久也会死的。我给她打了一针,一分钟后回到奥马农管的那个家伙身旁,病人已经断气。奥马农刚离去,这浑蛋拿走了该付给我的二十法郎。这笔钱落空了,于是我三步并成两步上楼又去流产女人的家,不肯再失去已经占据的位置。面对病人的外阴大出血,我向她的家人做了新的布置。自然接生婆不同意我的看法,好像她专靠与我作对来挣钱。但我既然来了,就不管她高兴不高兴,她不高兴,活该!不过,别意气用事嘛!我得想点办法再坚持一下,至少能到手一百法郎。需要镇静和技能,我的老天爷!接生婆的批评和疑问夹着白葡萄酒味儿连珠炮似的向无可指责的我猛烈袭来,我得顶住,这确实不容易办到,但必须如此。病人的

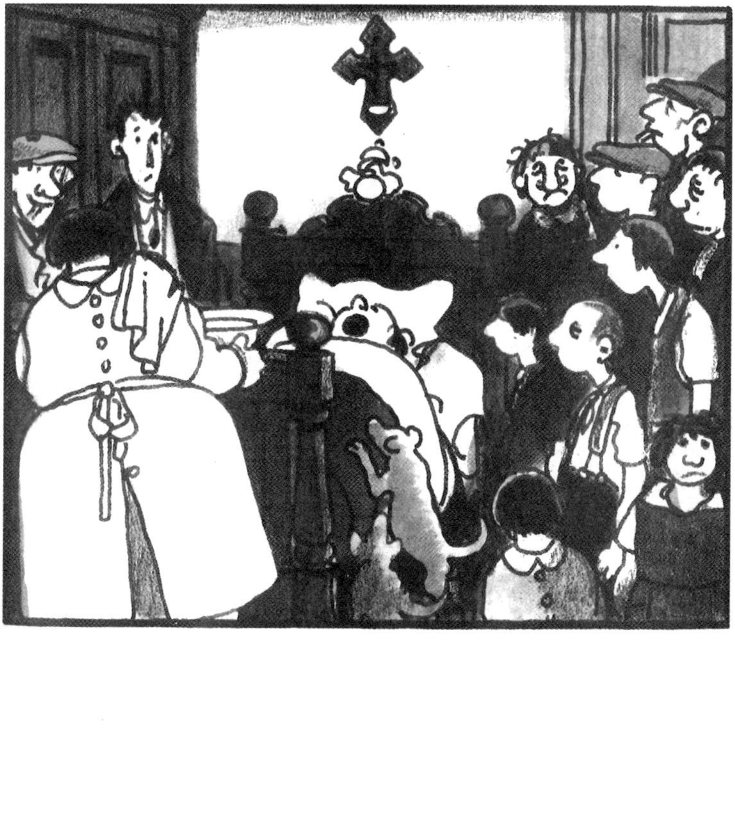

家属一味唉声叹气和打嗝儿。接生婆巴不得我陷入困境、手足无措而逃之夭夭,那样她就可坐收一百法郎啦。去她的吧!否则我的房租怎么办?谁来付?这次流产从早上开始一直进行得不顺利,是的,产妇还在流血,是的,但不能因此而一走了之,要坚决顶住!

楼下的癌症病人死后,观看临终的人们悄悄上楼来。只要有人夜里不睡觉,只要有人守夜,附近总有人来看热闹。楼下的死人家属也上来打听这里是否快死人了。一夜之间在同一幢楼里死两个人,该是多么激动人心、多么难得啊!各家各户的狗在楼道里上蹿下跳,脖子上的铃铛响个不停。它们也来凑热闹儿。远道而来的人络绎不绝。他们窃窃私语,按母亲们的说法,姑娘家一下子"学会了生活"。这些姑娘在别人遭难的时候,做出一副懂得前车之鉴的可爱相,显露出女性安抚的本能。一位表兄弟从早晨一直守着她们,见此情景,感慨系之,更是形影相随。这是他在困乏之余所得到的启示。人人衣冠不整。这位表兄弟将来要娶她们之中的一个为妻,但眼下乘机好好观赏她们的大腿,以便作更好的选择。

胎儿仍旧打不下来,骨盆大概已经枯干,胎儿滑不下来,而血却不断在流。恐怕这是她的第六个胎儿了。丈夫在哪里?我需要他呀!必须由丈夫送妻子住医院。病人的一个亲戚建议我把她送医院。一个有孩子的母亲想去睡觉。但一听说送医院,大家都不同意。有的人恨透医院,有的人出于面子绝对不肯考虑。亲戚们甚至不许别人提及此事,要不然说出话来难听得很。这是他们家庭内部的事,接生婆根本不把大家放在眼里。而我却想找病人的丈夫商量决策,好歹有个人拿主意啊。丈夫终于从人堆里冒出来,他比谁都优柔寡断,但拿主意的恰恰应该是他。送医院?不送医院?他的意见如何?不知道,他想看一看。好吧,让他看看。我揭开他妻子的下身,让他看血块、咕嘟咕嘟的鲜血乃至全身,让他看个够。再说病人的呻吟如同滚入汽车轮子下的狗发出的。

总之,他不知如何是好。人们赶紧递给他一杯白葡萄酒让他提提神,他却瘫坐下来,仍旧拿不定主意。此人白天干重活儿,众所周知,他在菜场和车站干活的劲头挺大,十五年来替菜农扛麻袋,不是小件货物,而是沉重的大件。他很有点名气。他的衣裤又肥大又没样子,不掉下来就满足了。对他来说重要的是站稳,双腿分开,脚踏实地,牢牢地钉在地上,惟恐大地随时抖动。

他叫皮埃尔。大家等着他发话,围着问他:"皮埃尔,你到底怎么想的?"他搔搔头,走过去坐在妻子的床头,好像认不出她似的,不明白她为何给世界带来无穷无尽的痛苦。他不由得潸然泪下,然后站立起来。我们向他重提同样的问题。我已经准备好住院证明书。"好好想想吧,皮埃尔!"大家这么恳求他。他确实在想,但表示想不出办法。他站起身,拿着酒杯摇摇晃晃地走向厨房。何苦再等他发表意见呢?他会一整夜这么犹豫不决的,周围的人都看得清清楚楚,不如到别处去吧。我不过失掉一百法郎罢了。况且跟这号接生婆在一起麻烦事准少不了。这是意料之中的。另外我总不至于当着大家的面动起手术来吧,我已经累得够呛。"算了,"我心想,"还是走!等下一个机会吧。逆来顺受吧!听其自然吧!活见鬼!"

我刚走到楼梯台,他们全体出动想叫住我。病人的丈夫跟在后面从楼梯上滚下来,一边叫道:"喂!大夫,别走呀!"

"你要我干什么呢?"我回答道。

"等等!我送送您,大夫!我求求您,大夫先生!"

"好吧。"我说道,让他送我下楼吧。我们下楼经过二层时,我去死于癌症的人家里道一声再见,他也跟了进去。然后我们一起出来到街上,他紧跟在我后面。外面空气清冽。我们遇到一条小狗,它正在练习汪汪呼叫,与本区其他的狗遥相呼应,叫得执拗而悲哀。它已经学会叫唤,不久准是条好狗。

"噢,原来是'蛋黄',"病人的丈夫说,他很高兴认出了狗,立即改变话题,"这就是戈内斯街洗衣店老板的女儿们用奶瓶喂大的小黄狗,叫'蛋黄'。您认识洗衣店老板的女儿吗?"

"认识。"我回答道。

于是他给我大讲她们如何用牛奶喂狗,花的钱不太多,等等。我们走着,看得出他边讲边在为妻子想办法。税门附近一家酒店还开着门。"进去坐坐,大夫?我请您喝一杯。"我不想使他难堪,便说:"进去吧。""两杯奶油咖啡!"我趁此机会重提他的妻子。他听我说起他的妻子立即变得严肃起来,但我始终未能使他拿定主意。柜台上堂堂正正摆着一大盆花,马特罗丹老板亲自向我们宣布:"这是孩子们送的礼物!"庆祝酒店开张日。于是我们要了一杯味美思向他举杯庆贺。柜台上还陈列着一份禁止酗酒的法令和一张放在框架里的学业文凭。病人的丈夫见此文凭非要酒店老板给他背诵卢瓦尔-歇尔省各专区的名称,因为他虽学过,却记不清了。之后,他硬说酒店老板的名字与文凭不符,是冒名顶替的。他们为此吵了起来,病人的丈夫回到我的身旁坐下,满腹狐疑,百思不得其解,甚至眼看着我离开也没有注意到。

从此再也没跟他见过面。我这个星期天过得实在窝囊,而且累得要命。我到街上没走出一百米便瞥见罗班松朝我这个方向走来,他抱着一大堆大大小小的木板。尽管天黑,我一眼就认出他来了。他碰见我时很不好意思,赶紧想溜,但我叫住他:"你还没有睡觉啊?"

"轻点儿,"他回答道,"我从建材场来!"

"你抱这么多木头干什么?你也搞建筑了?还是做棺材?是偷的吧?"

"不,不是,做家兔棚用的。"

"你现在养兔子?"

"不,给昂鲁伊家做的。"

"昂鲁伊家? 他们养兔子吗?"

"是的,三只兔子,养在小院子里,你知道,就养在老太太住的地方。"

"那么你干吗在这个时辰做兔子笼? 时间不对头呀。"

"这是昂鲁伊老婆的主意。"

"怪主意! 她养兔子干什么? 卖兔子? 做兔皮无边圆帽子?"

"这,你得问她本人喽,我嘛,只要她给我一百法郎就行。"

不管怎么说,深更半夜搞兔笼子,我总觉得蹊跷,得问个究竟。他想转移话题,我却不放过他,追问道:"你怎么混进昂鲁伊家的? 你并不认识他们啊?"

"对你说吧,是老太婆领我上他们家的,就在你家看病认识她的那天。她的话真多,唠叨起来没个完,你难以想象,没完没了地饶舌。就这样她跟我混熟了,接着他们全家也跟我混熟了,你知道,还是有人喜欢我的!"

"你可从来没有对我谈起过啊。既然你常去他们家,你大概知道他们快把老太婆送疯人院了吧!"

"没有,他们对我说还没有办法。"

他很不喜欢这个谈话,一时不知如何摆脱我,我感觉得出来。但他越躲躲闪闪,我越紧追不舍。他含糊其辞地说:"生活艰难啊,你不认为艰难吗? 总得搞出点名堂,嗯?"但我硬把他拉回正题上来,决意不放过他:"听说昂鲁伊家表面上穷酸,实际上很有钱,是吗? 你现在是他们家的常客,你的看法呢?"

"是的,他们很可能是有钱人,但不管怎么说,他们乐于摆脱老太婆!"罗班松从来不善于掩饰,"因为生活越来越昂贵,他们才想搞掉老太婆,你知道。他们对我说你不乐意说她是疯子,是吧?真的是如此吗?"他没有等答复便立即把话题转到我身上,"你刚出诊回家?"

我简略给他讲了讲刚才如何甩掉病人的丈夫这条尾巴,逗得他直乐。这一乐不要紧,却引起他一阵子咳嗽。他咳得蜷缩成一团,在暗中几乎看不清他的人影,他离我很近,我只模糊地看见他的双手捂着嘴巴,有如一朵苍白的大花在黑夜中颤抖。他连连咳个不停,好不容易才止住,说道:"是对流风引起的!"下午我们到达他家门前时他已说过这样的话,"是的,我住的地方有对流风,还有跳蚤,你家里也有跳蚤吗?"

有跳蚤。"当然有啰,"我回答说,"是从病人家带回来的。"

"你不觉得病人身上有尿臭吗?"他问道。

"有啊,还有汗臭呢。"

"不管怎么说,"他不慌不忙地道出深思熟虑的话,"我多么愿意当个护士啊!"

"为什么?"

"因为,你瞧,当人们身强力壮的时候,没说的,他们使你害怕,特别是开战以来,我知道他们想干什么,他们自己倒不一定弄得清楚。我知道他们想些什么:当他们站得稳的时候,他们想把你杀死;但当他们病倒时,他们就萎靡不堪的啦。所以我说,他们立得稳站得住的时候,你要提防着点儿。说得不对吗?"

"很对!"我不得不随声附和。

"那么是不是因为这个缘故你才当医生的呢?"他坚持问道。

我在寻找答案的时候,发现罗班松说的不无道理。但他接着又是一阵咳嗽。我劝告说:"你的脚受潮了,夜里乱逛要得胸膜炎的。快回去睡觉吧。"

连连咳嗽使他的神经受不了,他边咳边耍笑:"昂鲁伊老婆子快得重感冒啦,你等着瞧吧。"

"怎么回事?"

"你等着瞧吧!"他重复道。

"他们想搞什么名堂?"

"不能对你细说,你等着瞧吧。"

"告诉我嘛,罗班松,别讨厌,你知道我不会传出去的,我……"

突然,他想无保留地对我述说一切,也许为了向我证明他并不像表面上那么逆来顺受和窝窝囊囊。我轻声催促他说:"快说啊!你知道我从来不瞎传。"我给了他说出真情所需要的托词。"那倒是的,你嘴巴很紧。"他承认道,于是前前后后、一五一十地讲了实话。这时库蒂芒斯林荫路上只有我们两个人。

"你记得胡萝卜商人家的故事吗?"他开腔问道。我一时想不起胡萝卜商人家发生过什么事情。"你知道得很清楚,"他坚持说道,"还是你告诉我的呢!"

"喔!对啦!"我顿时想起来了,"雾月街的那个铁路职工?他去偷兔子的时候,踩着炸药,炸伤了睾丸。"

"是的,事情发生在阿让台河滨马路的水果商家里。"

"对啦!我完全记起来了,"我说道,"那又怎么啦?"我一时弄不清这个老故事和昂鲁伊老太太的事有什么联系。罗班松很快给我点明:"你不明白吗?"

"不明白。"我不太敢猜测。

"你的反应不怎么快啊!"

"因为你让我摸不着头脑嘛,"我反唇相讥道,"你们总不见得起杀心,为讨好儿媳妇,把昂鲁伊老太太干掉吧?"

"嗨,我只管做兔子笼,是他们让我做的。至于炸药嘛,由他们负责安置,随他们便吧。"

"他们给你多少钱?"

"一百法郎木材钱,二百法郎做工钱,事成后外加一千法郎。你是个明白人,事情刚开头,要是弄得好,遮人耳目,没准真能得一大笔年金呢!喂,小兄弟,你明白吗?"

是的,我明白,而且不感到惊讶。只觉得悲哀,比先前更觉得可悲。劝导人们不要干这等事的种种言论始终没有起过作用。难道生活给过他们温暖吗?让他们怜悯谁和怜悯什么呢?为什么要怜悯呢?他人?谁见过有人自动下地狱替代他人?从未有过,倒是见过让他人下地狱的事情。

据我平日的观察,许多人既不坏也不好,倾向性不明确,百无聊赖,与这些人相比,我觉得罗班松突然干起杀人的勾当不失为一种进步。黑夜里这么追问罗班松,真还学到不少东西呢。但他在干冒险的事,有法律啊。我提醒他注意法律:"这么干很危险。如果被人抓住,你可没命啦。你要坐牢的,你顶不住啊!"

"忍了!"他回答道,"天天老一套我腻烦透了。人老了,还在傻等交好运,耐心等啊等,即使等到,你已完蛋,早被埋葬了。人说,老实人干老实活儿,结果呢,你比我更清楚。"

"可能吧,但硬干是要承担风险的,谁都会掂量掂量。警察很厉害呀,你知道,任何事情有利必有弊。"我们估计了形势。他说:"我同意你的说法,但你替我想想,干我这种活儿,待在我这种环境,睡不好,老咳嗽,牛马不如哇。我的情况已经坏到不能再坏,我认为,再坏也坏不到哪儿去了。"我不敢说他讲得在理,因为万一他的新勾当失败,他会责怪我纵容他的。

为让我振作精神,罗班松列举了几个充分的理由,叫我不必替老太婆多虑。首先不管怎么说,她年事已高,没有多长时间可活了,他只安排一下老太婆的起程而已。但要说是卑鄙的手段,这确实是个卑鄙的手段。他和老太婆的儿子儿媳已经就鬼花样的全部细节商定妥当,既然老太婆已经习惯出来,他们乘某天晚上让她去喂兔子,炸药早已放置好。她一旦把笼门打开,炸药便会对准她的脸炸响。无非如法炮制水果商家里所发生的事情。在这个地区,她已被看成是疯婆子,出了事故,谁也不会感到惊讶。只要推说早已警告她不要接近兔子笼,她偏不听劝说。她这把年纪的人,受到如此有力的炸药的袭击肯定没救的,你想想,炸药冲着脸正中开花,就像砸碎扑满那样,没想到我给罗班松讲的故事会引起这么个结果。

二十七

音乐重新在节假日出现,记得仍旧是幼时听到的音乐。在城市的各个角落,在乡村的各个地方,音乐声此起彼伏。凡是穷人周末出来可以坐坐的地方都有音乐,音乐使他们知道自己的处境。他们把音乐比作天堂,交口称誉。况且人家为他们举办专场音乐会,时而在这里,时而在那里,每个季度举办。但音乐浮华造作,所奏的曲子无非表现前一年使富人手舞足蹈的事情,机制的音乐陪伴着木制的马、假做的汽车、完全假的环滑车、既没有二头肌又不是马赛来的摔跤手、露台、不戴饰带帽的女人、戴绿帽子的魔术师、空鸡蛋做的靶子等等。周末骗人的欢庆。

没有泡沫的啤酒,凑合着喝吧!可是跑堂儿太臭,他在假树丛下忙个不停,喘的气息臭不可闻。他找的零钱有些颇古怪,你研究几个星期也说不出个所以然。总之,这是节假日嘛。在挨饿和坐牢之间,能作乐就该作乐一下,随遇而安吧。既然坐着,就不该抱怨,这可算既得利益喽。"民族射击台"恢复了,就是好多年前劳拉注意到的射击台,设在圣克鲁公园的小路上。我重新看到射击台,看到从前节假日的一切快乐。一批批的人群早已来圣克鲁公园的大道散步,优哉游哉。战争早已过去。对啦,射击台的老板是不是同一个人?他从战场上回来了吗?我对一切都感兴趣。我认出靶台,但如今靶子变成飞机了。新奇。进步。时尚。婚姻照旧在这里举行,士兵们照旧常来常往,区公所的国旗照旧飘扬,总之一切照旧。也许吸引人的东西比从前更多了。

游人最喜欢在圆形场中玩碰碰汽车,这是新鲜的玩意儿。汽车转起来磕磕绊绊的,震动得厉害,好像要把你的脑袋震裂,把你的五脏翻腾似的。人们争相乘坐,汽车经常猛烈相撞,歪歪斜斜,乱作一团,坐在斗形座上的人被震得昏昏沉沉,嗷嗷乱叫。但他们不肯停下来,决不求饶,好像从来没有这么高兴过。有的人极度兴奋,碰撞得太厉害,不得不把他们撤下来。花一个法郎冒一次险,人们争先恐后地跳上这玩意儿过过瘾。下午四点军乐队为节日演出。但凑齐一个军乐队很费劲,因为酒店纷纷拉乐师们去演奏。凑半天还缺一位,等急了,便去找,这一去一来,耽误时间,有的乐师渴了,一转眼又少了两位。只得重新等待。烤猪不停地转动着,涂上香料,沾满灰尘,已是面目全非,但香气迎人,引得中奖者馋涎欲滴。

全家出动的人们迟迟不肯回家睡觉,他们等看烟火呢。等待本身也是节庆的组成部分。成百上千个空酒瓶在暗处微微颤抖,桌子底下,随着顾客们的脚默契配合或互闹别扭每时每刻都在打寒噤。乐队演奏家喻户晓的曲子,听久了,就不加注意了。木棚的门票是两法郎,里面的游戏热闹非凡,喧闹甚至淹没发动机气缸的隆隆声。世人每当心力交瘁的时候,太阳穴便跳动得厉害:怦!怦!你的脑袋四周和耳朵深处丝绒似的软绵绵昏沉沉,总有一天会爆裂,里外夹攻,轰的一声把你的思想统统炸个稀巴烂,叫你金星飞进,不省人事。

在整个节庆中,时有哭声助兴,哭声出自孩子们,不是无意踩着他们便是椅子碰着他们,还有受到训斥的:他们玩了一项又玩一项,特别爱骑回转木马,哪能顶得住大大小小的诱惑。应当趁过节的机会培养他们的性格,让他们越早学会做人越好。这些小家伙不晓得什么都要付钱的,他们以为着色的柜台后面的大人招揽顾客是出于盛情,商人们笑脸相迎,大喊大嚷,为自己的货物叫好,争相引诱顾客购买东西。孩子们不懂得这个道理,于是乎父母们用耳光使他们领悟,用耳光教他们学会抵御诱惑。

从深处想,其实节庆向来旨在推动商业,只是秘而不宣罢了。晚上是商人们高兴的时刻,这时头脑不清的顾客们,即创造利润的傻瓜走了,广场恢复宁静,最后一条狗向日本弹子房喷撒最后一泡尿,商人们开始结账,数着花花的钱检查他们的盈亏得失。

上星期天的晚上,咖啡店老板马特罗丹的女招待切红肠时割破了手,伤口较深。夜市快结束的时辰,我们周围的一切变得明朗起来,仿佛各种事物不肯再糊里糊涂地随波逐流,从阴暗中纷纷爬出来,执意向你解释,但什么也说不清道不明。这时必须对人对事提高警惕。否则常常黑夜掳走一切时,你还弄不清楚到底是怎么回事。

总之,这天晚上我去马特罗丹酒店给女招待包扎伤口,恰巧在那里见到罗班松。当时的情景至今记忆犹新。我们周围喝酒的一些阿拉伯顾客,躲在厢座里打瞌睡,像堆放着的大包小包,他们似乎对周围的一切都不感兴趣。我和罗班松聊天时只字未提前一次的谈话,即他抱着木板被我撞见的那次谈话。女招待的伤口不易缝合,因为店铺的里间光线暗淡,我看着费劲,所以我不说话,集中注意力缝合。等我缝合完毕,罗班松把我拉到一个角落,主动向我确认他的事已安排妥当,不久可见分晓。这类秘密话使我十分尴尬,我宁愿不要听。

"什么不久可见分晓?"

"你知道的,还问?"

"还要那个鬼花样哪。"

"猜猜他们给我多少钱?"

我不肯猜。

"一万！单单让我保持沉默。"

"一笔可观的数目！"

"这下真的可解围啦，"他补充道，"我正缺一万法郎呢！一上来就拿一万法郎，你明白吗？说实在的，我从来没有正经的职业，但有了这一万法郎……"他大概认为可以大有作为了吧。他让我明白他的意图，用这一万法郎准备干些什么，派什么用场。在半明半暗中他直挺挺地靠在墙上，我边听边思索他展示的新世界。一万法郎，非同小可啊！思考之余，我不禁自问，如果我不立即表示反对他的做法，我个人是否也承担着某种风险，是否也多少卷入他的谋害。照理我应当揭发他才对哩。至于人类道德，我倒不在乎，根本不在乎，再说人人如此嘛。我有什么办法？君不见司法部门审理一宗犯罪案时所制造的种种卑鄙龌龊的勾当，他们装模作样，操纵舆论，糊弄纳税者，这些坏疱！到头来人人莫衷一是，不了了之。我见得多了。破罐破摔吧，与其让不幸的事在报上大肆宣扬，不如任其湮没无闻。

然而我毕竟感到为难和烦恼。已经到这个地步，我再也没有勇气把事情搞个水落石出。夜里我情愿把眼睛闭上，尽管应当把眼睛睁得大大的。但罗班松执意要我睁开眼睛，看清其真相。我走动了一下，把话题引到女人的问题上。他却不喜欢女人，说道："你知道，我不要女人，她们的屁股，她们的大腿，她们的樱桃嘴都与我无干，还有她们的肚子，里面总要长东西，不是生孩子便是生疾病。能用她们的笑容付房租吗？即使像我住的那种破房子也不行。我若有个老婆，即使每月十五日把她的屁股撩给房东看，他也不肯减房租的！"

罗班松最喜欢自由自在，无牵无挂，这一点他已说明白。但是马特罗丹老板对我们的"密谈"和躲在角落里鬼鬼祟祟的做法厌烦了。他命令道："罗班松，杯子！活见鬼！总不见得叫我替你洗杯子吧?"罗班松吓了一跳,赶紧告诉我:"你瞧,我在这儿挣外快呢!"

毕竟是节假日啊。马特罗丹算来算去弄不清他的账目,他发起火来。阿拉伯顾客走了,只剩两个靠近门口打盹。我问道:

"他们在等谁呢?"

"女招待!"老板回答道。

"怎么样,生意好吗?"我随便问问。

"马马虎虎。难啊!这么说吧,大夫,这份家产是我战前用六十张票子现金买下的。至少我得赚回二百张才不亏,您明白吗?不错,我的顾客不少,但大多是阿拉伯人。这帮人不喝酒,他们喝不惯。我要有波兰顾客就好了,大夫,波兰人可能喝啦。从前我在阿登省的时候,有过不少波兰顾客,他们简直是出生在酒窖里的,您明白吧,嗯?酒窖里暖和嘛!我们需要这样的人!喝!每逢星期六什么酒都把你喝个尽光!他妈的,真来劲啊!可赚哪!现在倒好,阿拉伯佬对酒没兴致,专喜欢搞女人。他们的教规不许喝酒,却允许乱搞女人。"马特罗丹瞧不起阿拉伯人,"尽是些流氓!听说他们竟搞我的女招待!这群疯子,嗯?缺德不缺德,嗯?大夫,请问?"

马特罗丹用粗短的手指压摸双眼下的浆囊。我看到他做这个动作,顺便问他:"腰怎么样啦?"我给他治过腰病,"至少不吃盐了吧?"

"小便里还有蛋白,大夫!前天我让药房化验过。但有没有蛋白,是死是活,我无所谓了。"他回答道,"使我难受难忍的,倒是我这个该死的工作,利润太薄!"

女招待刷洗完杯碟,又把包敷弄脏了,只得重新给她包扎。她付给我一张五法郎的钞票,我不好意思接受,但她硬要塞给我。她叫塞韦里娜。

"你把头发剪短了,塞韦里娜?"我注意到她的发型。

"是啊,现在时兴这种发型,"她说,"再说,留长发在这里厨房干活容易沾上气味儿……"

"你的屁股更臭!"马特罗丹老板在算账,被我们的谈话打扰,他打断塞韦里娜的话,"但她的顾客却不减。"

"是的,但不一样啊,"塞韦里娜十分委屈地反驳道,"人身上哪儿都有气味儿。老板,要不要我告诉您身上哪儿臭哇?不光是某一部分臭,您全身上下都臭。"塞韦里娜发火了。马特罗丹不愿再理睬,又嘟嘟囔囔埋头算他的倒霉账。塞韦里娜值班站得脚发肿,脱不下便鞋,干脆套穿在皮鞋里。临了她高声说道:"我就穿着它睡觉啦!"

"得了,去把尽里的灯关掉,"马特罗丹命令道,"看得出不是由你为我付电费!"

"我一定睡得很香!"塞韦里娜直起身时感叹道。

马特罗丹还没有清理完他的账单,他解下围裙,又脱去背心,全力以赴地对付账目。他为之大伤脑筋。从看不见的酒吧后间传来衬碟的叮当声,这是罗班松和另一名洗碗工在干活儿。马特罗丹用粗短的手指死死夹住一支蓝铅笔,涂写着数字,好像孩子练习写大字。女招待呆头呆脑地瘫坐在椅子上,当着大家的面打起盹来,时不时半睡半醒地呻吟:"哟!我的脚!哟!我的脚!"马特罗丹用骂声把她叫醒:"喂!塞韦里娜!把你的阿拉伯佬带走吧!我受够了!统统给我滚出去,他妈的,该关门了。"

阿拉伯人却不管关门不关门,他们好像并不着急。塞韦里娜醒来对老板说:"我确实该走了,谢谢您,老板!"她带那两个阿拉伯人一起走,他们俩合伙付钱向她买欢。塞韦里娜临走时对我说:"今晚我接待他们俩,因为下星期天我做不成生意,我得去阿歇尔看望我的孩子。您知道,下星期六是乳母日。"

阿拉伯人起身跟在她后面,毫无羞耻之情。疲惫不堪的塞韦里娜斜着眼瞧瞧他们,说道:"我同意老板说的话。我情愿要阿拉伯佬,他们不像波兰佬那么粗暴,但他们是色鬼,不用说,十足的色鬼。总之,他们想怎么搞就让他们搞吧,反正我照样睡得着。"她向他们喊道:"走吧!小伙子们,开路!"他们三人走出门,她在他们前面领路。我看着他们穿过广场,其时广场冷冷清清,假日的垃圾遍场狼藉,尽头最后一盏煤气路灯给这一小组人披上一层朦胧的淡光。之后,黑夜把他们吞没,什么也看不见了。

我也起身告辞,没有给罗班松打招呼,老板客气地祝我晚安。林荫路上一个警察在转悠。我的脚步声打破了寂静,惊动了个别因弄不清账而熬夜的商人,他们像狗啃骨头似的在啃账单。让·饶勒斯广场的角上有一家老少还在歪歪扭扭地闲逛,他们徘徊不前,对着一条小巷迟疑不决,有如一组渔民遇到恶风险浪时那般不知所措。这家的主人跌跌撞撞地在两条人行道之间走来走去,撒起尿来没完没了。黑夜沉沉,归途茫茫。

二十八

我还记得这个时期的另一个晚上所发生的事情。刚过晚饭时分,我听见有人推动垃圾箱的声响。本来垃圾箱砰砰地在我的家门楼道上下是极平常的事情,但这次紧接着传来一个妇女的呻吟声,哼哼唧唧声。我微微打开楼梯台的门,但没有出门。我倘若在出事的当口儿主动出去扶伤,人家会以为我出于邻居的情分,那我等于白干。如果需要我,就得按规矩来叫我,这样我出诊一次可得二十法郎。贫困无情、彻底地摧折着利他主义,哪怕最本能的好意也遭到残忍的抑制。所以我等着人家来按我的门铃,但没有人来,大概为了省钱吧。

然而,我正准备不再等待的时候,突然一个小女孩按铃出现在我的家门前。她循名找到了我,是昂鲁伊太太派她来的。

"他们家谁病了?"我问道。

"是一位先生在他们家受伤了。"

"一位先生?"我马上想到昂鲁伊先生本人。

"是他?昂鲁伊先生?"

"不,是他们家的一位朋友。"

"你认识他吗?"

"不认识。"她从未见过这位朋友。

街上天气寒冷,孩子小步跑着,我走得很快。

"怎么受的伤?"

"我不知道。"

我们沿着一座小公园向前走,所谓公园只不过是从前的一个林子所剩下的一块绿地,初冬夜晚的薄雾在树间轻悠悠地飘荡。然后我们穿过一条又一条的小巷,很快来到昂鲁伊独家住房的前面。孩子在此向我告别,她害怕走近那儿。昂鲁伊媳妇站在挑棚台阶上等我,她那盏手提的油灯火光随风摇摇晃晃。

"这边请,大夫!请走这边!"她向我喊道。

"是您的丈夫受伤了?"我劈头第一句便问道。

"先请进来吧!"她的口气颇生硬,不容我犹豫。这时老太太从走廊口尖声急叫着向我冲来,我差点儿跟她撞个满怀,她接着便是一连串的骂人话。

"嘿!他们这帮坏蛋!哼!他们这群强盗!大夫!他们想杀害我!"

如此说来他们搞失败了。

"杀害?"我装出惊讶的样子问道,"为什么呢?"

"因为我不想马上死,这很简单嘛!上天有眼!确确实实不想死!"

"婆婆!婆婆!"媳妇打断她,"您太不明事理了,哪能向大夫胡说八道呢!"

"我胡说八道?好哇,你这贱货,你竟敢说我!我不明事理吗?我非常明白事理,还知道如何叫人把你们吊死!告诉你吧!"

"到底谁受了伤?他在哪儿?"

"您自个儿去瞧吧!"老太太打断我的问话,"他在楼上,杀人犯躺在床上,把床弄脏了,是不是,婊子?把你的臭床垫弄脏了,他的狗血弄脏了你的床垫!倒没有弄脏我的床垫。他的血同垃圾不相上下,你且洗不干净呢。这个杀人犯的血要臭很长很长的时间哩!有人上剧院看戏图个热闹,我对您讲,大夫,不必去剧院,这里就有戏看！大夫！好戏在上面呢！一场真戏！不是做给别人看的！可不要坐失良机啊！快上楼吧！这个没心肝的坏蛋也许等不及您到他身边就归西天了,那您见不着他啦！"

儿媳怕让街上的人听见,催告她别多嘴。尽管情势严重,我觉得儿媳好像并不张皇失措,只是非常恼火,因为事情完全弄糟了。但她始终头脑冷静,乃至绝对肯定自己没有错。她说道:"大夫,您听听她说的！听到这话怎么不叫人伤心！我一向尽心竭力让她生活得美满,您是知道的,对吗？我一直劝她到修女那儿去享清福。"

老太太听到她重提修女,立刻火冒三丈:"去天堂！是啊,不要脸的东西,你们都想把我打发走！女强盗！就为这个你和你的丈夫才把楼上那个混账王八蛋引到家里来！为了杀害我,是啊,那样就不用把我推到修女那里去了呗！可是他把事情办糟了,这你们总该明白你们搞的鬼花样不太高明吧！大夫,您快上去吧,去瞧瞧您那个浑蛋的德行,他自作自受啊！弄不好他可能要归西天啦！去吧,大夫！趁时间还来得及,去瞧瞧吧！"

如果说儿媳没有沮丧的神情,婆婆更是精神矍铄。老太太差一点中计丧命,但她实际上并不像表现出来的那么愤怒,愤怒是装出来的。这次流产的谋害反而激励了她,把她从阴暗的角落拉了出来,多少年来她一直隐居在花园尽头那间长霉的、坟墓似的陋室里。她年事已高,但顽强的生命力突然重新在她的身上恢复。她为自己的胜利而喜形于色,也为从此掌握无休止地折磨她那难对付的儿媳的手段而得意洋洋。现在她控制着儿媳,不愿让我漏听有关谋害的任何细节,执意让我知道事情的详细经过。她仍十分兴奋地对我说:"您知道,凶手还是在府上认识的呢,是的,大夫先生,我是在府上认识他的。一开始我就怀疑他,早有提防了。您知道他先给我出什么主意吗？"她转向儿媳接着说,"要你的命,我的儿媳！搞掉你这个婊子的性命！而且要价很低！我老实告诉你吧！再说他逢人就出这种点子！一眼便看得出来嘛！现在你明白了吧，我的臭媳妇！你的打手搞的勾当瞒不过我，我早打听清楚。他叫罗班松，是不是他的名字？敢说不是他的名字？看见他来这儿跟你们搞鬼鬼祟祟的事情，我马上起了疑心。我没有上当吧！要是我不提防，那我现在会在哪儿呢？"

老太太详详细细向我讲述事情的经过：罗班松把炸药系在笼门背后的时候，兔子骚动起来。用她的话说，她当时正在棚屋她所谓的"头排包厢"里观看，炸药就在他做机关的时候炸响，大粒霰弹炸了他一脸，没准眼睛里都进去了。"人搞谋财害命的事情，总是心慌意乱的，必然如此！"这是她得出的结论。

总之，笨手笨脚地砸了锅，作茧自缚，自食其果。老太太坚持说道："现在的人退化了！完完全全退化了！积重难返！如今他们要靠杀人吃饭！偷面包已经不够了，还要杀死祖母外婆！没有见过，从来没有见过！世界的末日到了！人的浑身上下全是坏东西，从头到脚都着了魔！如今罗班松瞎了眼睛，你们可得照料他一辈子！嗯？你们还可以跟他学使坏嘛！"

儿媳一声不吭，她大概已经中止原来的计划，以便摆脱困境。她这具行尸走肉集恶习于一身。我们在交换看法的时候，老太婆突然想起儿子，里里外外地找他："对啦，大夫，我有个儿子啊！他在哪儿呢？他又在搞什么鬼名堂啦？"她歪歪斜斜地穿过走廊，一面自个儿打诨，乐得摇摇晃晃的。一个老人笑得这么没有节制只能是神经不正常的表现，不知道会发展到何等地步。她一定要找到儿子，但儿子早已逃到街上去了。她说："好吧！让他藏起来吧，让他长命百岁吧！他得跟上面那个家伙住在一起，跟那个瞎眼的人共同生活，他罪有应得。养活他呗！炸药正中他的臭脸，我亲眼看见的！看得清清楚楚，就这么，嘣！前前后后我都看在眼里，被炸的可不是一只兔子啊,见鬼!我的儿子呢?大夫,他在哪儿呢?您没见着他吗?他也是个坏东西,比那个家伙更加阴险毒辣。现在他的坏本质暴露,有好处嘛!天哪,他那十恶不赦的本质藏得可深呢,不肯轻易暴露啊!一旦暴露,臭不可闻,腐烂不堪,没治了,大夫,一个十足的坏蛋!可不能放过他啊!"她不住地取乐,也想在我面前显示她控制非常事件的能耐,企图一鸣惊人,把我们大家镇住,使我们大家丢脸。

她扮演着一个有利可图的角色,为之激动不已,兴奋至极。只要能扮演角色,总是值得欣慰的。昂鲁伊老太太二十年来不得不扮演唉声叹气的角色,现在不再乐意干这种专为老人安排的事情了。新角色降到她的头上,使她喜出望外,她泼辣地抓住不放。年事已高,意味着不再担任引人注目的角色,意味着闲居等死。老太婆突然能重返舞台扮演引人注目的角色,对生活的兴致顿时倍增。她不再想死,根本不想死。求生的欲望使她容光焕发,使她重获激情,扮演悲剧的真正的激情。她精神抖擞,决意保持新的激情,不再离开我们。在很长的时间里她几乎失去了信心,不知如何在长霉的花园尽头度过有生之年。现在暴风雨突然降临,现实十分严峻。昂鲁伊老太太怒吼道:

"我的死神啊,你来吧!我倒要看看你是什么模样的!你听见了吧!我的眼睛好好的,看得清哪!你明白了吧!我的眼睛好好的,我要亲眼看看我的死神!"

她不再愿意死,永远不愿意。毫不含糊。她不再相信什么死神了。

二十九

我们知道,这类事情很难安排,安排妥善要付出昂贵的代价。起先我们不知道该把罗班松安置在何处。送往医院?那会引起许多闲话,招来风言风语;把他送回家?想也不要想,他的脸这副样子无论如何是不行的。昂鲁伊夫妇不管愿不愿意,不得不把他留在他们家里。

罗班松躺在二楼昂鲁伊夫妇的床上,心头十五个吊桶,七上八落。他十分恐慌,害怕被赶出门外,被诉究。这是可以理解的。这类事情确实不能张扬出去。我们尽管把房间的百叶窗关得很紧,四邻八舍的人在门前来往却比平时的多,他们看看护窗板,问问受伤人的情况。我们向他们透露一些情况,自然全是胡编的。但怎么能不让他们吃惊呢?怎么阻挡他们散布流言蜚语呢?怎么避免他们猜疑呢?果然他们把事情添枝加叶地传开了。幸亏没有人上检察院提出申诉,这已经是不幸中的大幸了。至于他脸上的伤,我尽力而为之。尽管伤处又多又脏,但还没有感染。眼角膜上的伤是可想而知的,光线即便能到达角膜也很难通过了。

如果还有一线希望,我们将尽心竭力使他恢复一定的视力。当务之急是设法避免老太婆对街坊和爱打听的人饶舌。推说她发疯当然无济于事,这事儿永远解释不清。警察一旦插手,那就越发不可收拾。所以让老太婆待在院子里不要大吵大闹成了棘手的事情。我们挨个儿劝她安静,还不能表现出任何强迫她的神情,但怎么也装不出和颜悦色来啊。她手中握有公诉权,正牵着我们鼻子走,无奈她何。

我至少一天两次去见罗班松。他头上扎着绷带,听到我上楼梯的脚步声便哼哼唧唧起来。他痛苦,这不假,但不至于像他表现得那么厉害。我心想,他的苦日子还在后头呢,尤其当他知道自己眼睛的下场,他将更加痛苦难熬。对病情的结果我一直支吾搪塞。他感到眼皮火辣辣的刺痛,猜想着这种刺痛将使他重见不了天日。

昂鲁伊夫妇遵照我的嘱咐细心照料着他,这方面倒没什么麻烦。我不再提及未遂的行动,也闭口不谈将来怎么办。晚上我离开时,一个个互相盯着看,时间之长,目光之逼人,仿佛立即要把对方置于死地。我以为想到这一层是合乎逻辑的、完全适当的,不难想象这栋房子里夜间会发生什么情况。但每天早上我发现他们都安然无恙,于是我们按部就班地继续干前晚遗留下的事情。我在昂鲁伊太太的协助下,替罗班松换含高锰酸钾的绷带;我们打开一点百叶窗,试一试他的眼力,但每次都得不到他的反应。他甚至觉察不到我们轻轻开窗。对他来说,世界在黑暗中旋转,阴森可怕,死一般寂静。

昂鲁伊每天早上出来迎接我,寒暄时爱用一句农民的口头禅:"喔!大夫,您瞧,天冷得要命!"一边站在小列柱廊下抬头望望天空,好像天气好坏关系重大似的。他的妻子又一次隔着闩紧的门在跟婆婆谈判,结果只能激起婆婆更大的怒火。

罗班松在头扎绷带的时候,给我谈起学生意时的事,说这是他走上生活的第一站。当时他刚十一岁,由父母安排在一家高级鞋商店里当跑腿儿。有一天他外出送货,一位女顾客邀请他相好一次,这在以前只在想象中发生过。为此他不敢再回到老板店里去,他认为自己的行为可恶透顶。那时与一位女顾客接吻是一个不可原谅的举动。女顾客身穿平纹细布衬衣,接触时有一种异乎寻常的感觉。三十年之后,他依然很清楚地记得那件衬衣。套房里到处有坐垫靠垫和带穗子的门帘,夫人走动时窸窸窣窣作响,粉红色的肉体香气扑鼻。小罗班松终生难忘,从此遇到的一切都不可与之比拟。后来他经历过许多事情,游历几个大陆,打完几个大仗,但始终没忘那次意想不到的事情。回想起来他觉得很有趣儿,并且乐意给我讲讲少年时代同那位女顾客短暂的接触。他说:"眼睛这么蒙着就爱想事情,过电影似的,好像脑子里有一部电影。"我不敢说他将来对自己的电影会厌烦的,因为所有的想法会集中到死这一点上,届时脑子的电影里只有死神出现。

昂鲁伊家附近建起一座小工厂,大马达从早到晚隆隆作响,震得他们的小屋直抖动,稍远的地方又有别的一些工厂,闹得你夜里不得安宁。"破房子震塌后,我们就归阴间啦!"昂鲁伊这话虽是开玩笑,但也流露出几分不安,"这样下去,迟早要倒塌的!"果然天花板石灰正纷纷脱落。建筑师怎么劝慰也没用,因为一旦在他们家静坐下来,就好像坐在船上,感到摇晃颠簸,岌岌可危。闷在里面的乘客久久地做着比实际生活更可悲的计划,坚持省吃俭用,他们既怀疑光明,也怀疑黑暗。

昂鲁伊遵照我的嘱咐午饭后上楼给罗班松阅读一点东西,日子一天天过去。罗班松把学徒时同美妙的女顾客交欢的故事也讲给昂鲁伊听。这则故事终于成为这家人的笑料,大家都拿来打诨。我们的秘密一旦说出口散入空气,便不成其为秘密,而为公共所有。天地之间也许没有说出口的事情是我们身上最难受的东西。一旦说出口,便能得到安宁,用不着再为缄默而提心吊胆,所谓不吐不快。

罗班松眼皮化脓的那几周,对于他的眼睛与未来,我可以用假话搪塞他。时而推说窗户关着,其实敞开着,时而推说外面天色阴暗,其实明亮得很。一天,他趁我转过身去的时候,自己摸到窗口,决心弄个明白。我没来得及止住他,他自个儿把蒙眼布带从眼睛上摘下来。他犹豫许久,摸摸右边的窗户梃子,再摸摸左边的窗户梃子,起先他不肯相信,后来不得不面对现实,不承认不行了。他对着我的背高声喊道:

"巴达缪!巴达缪!开着呢!窗户开着呢!听见了吗?"我不知道如何回答他,站着发愣。他把双臂伸向窗外清冽的空间,当然什么也看不见,只感觉到了空气。他把双臂尽可能远地伸出去,仿佛想碰到黑暗的尽头。他怎么也不肯相信一切变成了黑暗。我把他推扶到床上,尽力劝慰他,但他不再信我的话,不禁潸潸。他已经是穷途末路,对他说什么都不管用。当你走投无路的时候,一时间你会感到特别的孤独,有山穷水尽之感。忧伤,你的忧伤,你自己感觉不出来了。那么就应当乘机后退,退到老百姓中间来,退到随便什么人中间来。在这种时候,人的要求很低,因为痛哭一场之后必须回到起点,和普通人待在一起。

"等他好一些之后,你们打算如何安置他呢?"发生此事的当天我问昂鲁伊的妻子,恰好他们请我留下和他们一起在厨房里吃午饭,说实在的,他们俩对如何了结此案一筹莫展。把他交给某家膳宿包干的公寓吧,价格昂贵得吓人,对残疾人膳宿兼管的价格,妻子比丈夫打听得更为清楚。她甚至去公共救济事业局找过门路,对我避而不谈罢了。

一天傍晚,等我查完病情,罗班松死乞白赖要我多留一会儿,无非让我晚一点回去。他不停地述说所能想起的一切,回顾我们一起做的事情和作的旅行,甚至一些从未想起过的事情。他回想起一些我们从未有时间提及的事情。在他隐居的地方我们曾经历的世界仿佛重新浮现:抱怨、盛情、旧装、故友,七情拼杂,感慨万端,从而揭开了双目失明的脑海序幕。

他痛苦得难以忍受的时候,便对我说:"我要自杀!"之后,他竭尽全力把痛苦打消一点,如同吃力地推动一个重物,这个无用的重物挡着他的去路,他没有人可以诉说,痛苦委实太大太多。这种痛苦,他不能用语言解释,因为超过了他所受的教育。我知道罗班松懦弱,天生的懦弱,总希望人家挽救他。然而我不禁自问究竟有没有十足的懦夫。似乎不管什么人都会甘心情愿地为某种事情赴汤蹈火,在所不惜。人人喜爱遇上虽死犹荣的机会,只是这种机会不总出现,于是只好将就着赴死。人待在世上,在众人的眼里,总显得傻乎乎的,怯生生的,信心不足的,其实这种怯弱不过是表面现象。罗班松对这次死的可能没有思想准备,这种机会要是换一种方式出现,没准他挺乐意的呢。总之,死亡有点像结婚。他压根儿不喜欢这次的死法,所以没有什么好说的喽。为此他不得不硬着头皮待着不出门和忍受苦恼。当下他心乱如麻,对自己的不幸与苦恼百思而不解,这占据了他全部的精力。等到他把遭遇理出个头绪,届时将开始一种真正的新生活,那就由不得他了。

晚饭后罗班松零零碎碎地回忆过去的事,其中谈道:"不管你信不信,竟有这样的事,你知道我的英语不行,但尽管我没有学习语言的天分,到后来在底特律倒也凑合说些简单的话。现在几乎全忘光了,只记得一个短句,即五个字:先生们先请!自打眼睛出事后,这五个字老在我脑子里转。我所记得的英语几乎只剩这句,不知道为什么,反正很好记,真的很好记:先生们先请!"从此每次想让他开心,我们就一起说英语,并经常重复:先生们先请!不管用的场合恰当不恰当,傻乎乎地瞎用,这成了我们俩的玩笑话。我们的说笑惊动了昂鲁伊,他有时亲自上楼来察看。

我们沉浸于对往事的回忆,禁不住要问现在怎么样了,我们共同认识的人安然无恙吧!莫莉,我们可爱的莫莉别来无恙吧!还有劳拉,我希望把她忘记,但仍旧很想得到她的消息。再就是小缪济娜,既然想她,那就……她住在巴黎城里,不远嘛,在附近嘛,但真的要搞到缪济娜的消息，还得兴师动众，要向许许多多人打听，而他们的名字、习惯、地址我已经遗忘，他们的风趣乃至微笑经过这么多年的忧虑和为温饱而烦恼，大概变成面目可憎的陈干酪了吧。回忆也有自身的青春期，而一旦被人们打入冷宫当了丑鬼，就会充满自私、虚荣、谎言，酷似烂苹果被弃之不顾。我们在一起回顾青年时代，反复咀嚼之后，疑团油然而生。

对啦，我好久没想到去看母亲，因为每次探望对我的神经都没有好处。我的母亲比我更加忧郁，她始终没有离开她的小铺子，年深日久，周围使人灰心的事越积越多，她脸上的愁云也越积越厚。我去看她时，她对我说："你知道，奥唐斯婶婶两个月前在库唐斯死了，你本来最好去一趟，对吗？还有克莱芒丹，你记得克莱芒丹吗？地板打蜡工，你小时候常跟他一起玩耍的，记得吗？唉，他倒在阿布基尔街上，被人家拉走了，他饿了三天……"

罗班松回顾童年，不知道从何谈起，他觉得他的童年不足挂齿。除了同女顾客那次萍水相逢外，实在找不出值得一提的东西，一切使他失望到令他作呕的程度，有如旧屋角落里霉烂的扫帚、小木桶，要不然就是家庭主妇、耳光等等。昂鲁伊先生觉得自己从幼年到参军入伍没有什么好谈的，这一段时期只留下一张照片，而且是经过精心打扮后拍摄的，现挂在玻璃衣柜正上方。

昂鲁伊下楼后，罗班松向我表示他担心永远得不到昂鲁伊许诺的那一万法郎。"是的，别再指望了！"我顺水推舟地说道，让他别再抱幻想。炸伤时留下的一些小铅弹慢慢在伤口浮现，我每天取出几个，好多次才取完。我轻轻摸一下他的结膜外皮，他就疼得不得了。

尽管我们采取种种预防措施，但本区的居民早已议论纷纷，幸亏罗班松没有猜到别人的风言风语，否则他的病会加重的。无可讳言，我们成了被众人怀疑的对象。昂鲁伊妻子穿着便鞋在屋里的走动声越来越轻,一个不提防,她便出现在我们的身旁。

我们好比行驶在暗礁丛生的地带,一不小心就会翻船,而后触礁的船撞裂,爆炸,下沉,漂浮到岸边。罗班松,老母亲,炸药,兔子,眼睛,不像话的儿子,起杀心的媳妇,我们将像漂流物那样显露出全部的污秽和败坏的德行,供打着寒噤的好奇者们观赏。我感到惭愧,并非我有意犯下什么罪行,不是的,但我总觉得有罪,因为我骨子里希望这一切继续下去,甚至认为我们这几个人一起在茫茫黑夜无休止地漫游也无不可。

其实巴望是多余的,大势所趋,锐不可当。

三十

富翁不需要为馊口而亲自动手杀人,只要指使别人去干就行了。他们自己不作恶,却付钱让别人作恶。别人为讨他们的欢心什么都干,最后皆大欢喜。富翁的妻子好看,穷人的妻子难看。这是世世代代相传的结果,穿着的差异还不包括在内。有钱的女人吃得丰盛,洗得干净,可爱至极。有史以来无不如此。除开富翁,剩下的人们再努力也白搭。他们滑倒,出岔子,沉溺于酒,醉生梦死,一事无成。这已经被证实了的。有史以来眼看着我们的家畜出生、受苦、死亡,并没有发生异乎寻常的变化,只是不断地繁衍,不断地倒下,平淡无奇,与其他种类繁多的动物别无二致。我们本应当明白所发生的事情。岁月在我们的眼前消逝,我们感叹岁月蹉跎,于世无益,而这种无益感始于岁月的源头,世世代代如后浪推前浪流至今日,然而我们仍抱着有益于世的希望,甚至对死亡想也不肯想。富翁的妻子吃得好,穿得好,歇得好,自然是漂漂亮亮的,也许这就足够了,反正不失为一种生存的依据吧。罗班松自从反复回顾往事以来,向我提出过这样的问题:"你不觉得美国的女人比咱们这儿的女人漂亮吗?"他居然谈起女人来,还兴致勃勃哩。

那时我不怎么经常去看他了,因为就在这段时期我被任命为一家小门诊所的主治大夫,专管该地区的结核病患者。实话实说吧,接受这项任务每月可挣八百法郎。病人大多是我原先分管的片的居民,他们居住的地方还没有脱离乡村的环境,遍地泥泞,满目垃圾。许多早熟的黄毛丫头沿树栅站在小路旁,她们逃学跑到这里,期待从色鬼手里搞到一个法郎,买点油炸土豆充饥,却染上了淋病。这情景使人想起先锋派电影里的场景:星期六晚上,脏衣服搭在树上,弄得树木肮脏不堪,遍野的生菜受着热尿的冲刷。

在我管的领域,经过几个月的专门防治,没有出现什么奇迹。好在别人并不太需要奇迹,我的病家不一定要我创造奇迹,相反,他们倒指望得结核病,借以摆脱绝对贫困的状况,从而过渡到相对贫困的状况,因为患病后可得到政府一小笔补助金:他们病前在水深火热中挣扎的时间太长了。战后他们随着层出不穷的改革好歹熬了过来。由于营养不良、经常呕吐、喝酒太多和一天干活两天没活干,他们骨瘦如柴,长期发低烧。所以他们一心一意盼着补助金。补助金成了他们的救命稻草,只要能熬到领补助金的日子而不事先完蛋那就谢天谢地了。谁不了解盼望领补助金的穷人是如何等待和一再登门,谁就不知道什么叫做等待和一再登门。

他们在我破旧的诊所门前和入口等上几个下午,甚至几个星期,外面下着雨,嘴里搅拌着充满杆菌的痰,即含"百分之百"结核菌的痰,心里仍闪烁着一线希望。但病愈在他们的希望中所占的地位远在补助金之后。诚然,他们也想到病愈,但想得不多,因为长期领补助金的愿望太强烈,哪怕补助金少得可怜,哪怕条件苛刻异常,只要能长期领补助金,他们便欢天喜地了。这种愿望压倒一切,是性命攸关的,除此以外,其他的欲望都降为次要的,相比之下,甚至死亡也无关紧要,因为死亡无非是一次冒险的运动罢了。总之,死亡只不过是几小时乃至几秒钟的事情,而补助金则关系到一辈子,领不到就会赤贫一辈子。有钱人的满足形式全然不同,他们根本不明白穷人这种追求安全的疯劲。有钱,是另一种形式的陶醉,意味着无忧无虑。为了能够无忧无虑,人们才想发财。

因此我慢慢失去了允诺病人康复的坏习惯,因为他们并不喜欢看到身体健康的前景。说白了,身体健康是万不得已的事,因为身体健康的人要去干活,而干活的结果呢? 不如吃国家补助,哪怕数目小一点,总归是牢靠的,实实在在的。所以你没有钱给穷人的时候,最好免开尊口。你给穷人大谈其钱,十之八九是欺骗他们,是说谎。很容易让有钱人找到乐趣,譬如让他们照一照镜子:他们闲得发慌,对着镜子自我观赏,其乐无穷。为了振作有钱人的精神,每隔十年给他们晋升一级荣誉勋位,让他们再劲头充足十年,如此而已。

我的病家都是些穷人,他们自私,单纯追求物质利益,以带血的痰证实有病,一心计算着领退休金。除此之外,他们对什么都无所谓,甚至对时令季节也不加注意、没有感觉,只关心咳嗽可能带来的好处,而对自己的疾病不甚了了。例如,冬天比夏天容易感冒,春天则容易咯血,夏天炎热时可能每周掉三公斤肉,诸如这些他们一概不想知道。我有时听见他们候诊时的谈话,他们还以为我不在呢。他们说了我许多坏话,造出难以想象的谣言。他们如此诽谤我大概可以从中得到鼓舞、吸取勇气,他们需要这种不可思议的勇气来维持、支撑,所以变得越来越无情、抗拒和凶狠。说坏话、诽谤、蔑视、威胁对他们有好处,这在情理之中。但是我尽心竭力讨好他们,千方百计支持他们的利益,想方设法替他们办事,发给他们许多碘化物,使他们把该死的杆菌吐出来,这一切都未能中止他们使坏。

我诊断病情的时候,他们仆人似的笑容可掬,但并不喜欢我,因为其一我把他们的病往好里治;其二我手头没有钱,他们接受我的治疗意味着接受免费治疗,而对一个病人来说,即便他是吃补助金的,免费治疗向来不是光彩的事情。所以他们背地里骂我的脏话无奇不有。我和大多数郊区的医生一样没有汽车,在他们看来,我步行去上班是一种缺陷。如果我稍微得罪病人,他们就会找别的医生,同行同业的医生有的是,因此他们对我的客气嗤之以鼻,对我的热心和尽职怀恨在心。这一切必然如此。好在时间照样在流逝。

一天傍晚,候诊室里几乎没有病号,突然一名神甫来探望。我不认识他,差点儿把他撵走。我不喜欢神甫由来已久,特别那次在圣塔佩塔被装上船后对神甫更加怀恨在心。这回的神甫,怎么也认不出他来,无法确有所指地剋他几句,确实从未见过面。但既然他是负责这一带的神甫,照理该像我一样在朗西夜里出没①。也许他出来时故意回避我?我想到了这一层。总之,大概有人提醒过他,说我不喜欢神甫,这从他说话转弯抹角、躲躲闪闪的样子可以看得出来。反正我们从来没有在相同的病人身旁撞见过。他告诉我,他在附近一座教堂任圣职已有二十年。教区有大批大批的信徒,但施主却不多。一句话,他有点像叫花子。这一点倒使我们两人接近。我觉得他身上的长袍很不方便,好像裹着一块呢绒,走动时飘飘荡荡的,活像漂浮着海鲜的鱼汤。我居然向他挑明,并坚持认为这样的穿着太不方便。

"我已习惯了!"他回答说。

他非但没有对我的放肆生气,反而显得更加和气。他必然有求于我。他的声音不比说知心话更高,我想这是他的职业造成的吧。神甫小心谨慎地作开场白,我竭力想象着他为填饱肚子每天做些什么,大概像我一样,见到许多伪装的神态,听到许多悦耳的诺言。然后为了寻开心,我暗自想象他赤条条在祭台前的情景。必须习惯于一上来把访问你的人看透,而后理解他的意图就比较快了。这样你马上能识破任何人物庞然而贪婪的实质,由此可见

---

① 医生和神甫经常在深更半夜被召请到垂危病人的身旁。

想象之巧妙。随着来者的所谓名声烟消云散、化为乌有,他赤条条暴露在你的面前,如同一个可怜巴巴的褴褛,虽然煞有介事、自吹自擂地吧嗒吧嗒,说不清道不明,却总想说出个所以然,结果捣鼓来捣鼓去,最后只剩下意蕴的积淀,而意蕴向来是不可怕的。意蕴随你安排,万无一失。然而有时候一个衣冠楚楚的人的名声实在令人难以忍受,因为他的衣冠上充满着神秘和臭味。

神甫的牙齿十分糟糕,哈喇黄和金属棕相杂,似绿非绿的牙垢积得厚厚的,总之,他患着严重的牙槽脓漏。我正准备给他看脓漏,他却忙于给我讲事情,滔滔不绝,嘴巴一张一合,残齿一显一隐,舌头不停地在打滚。我注视着他那滚动的舌头,舌头上有许许多多小裂痕,舌头边微微出着血。我习惯于乃至有兴致作这种不露声色的细致入微的观察。每当由词组成的句子出口而后停顿,很难不同时排出口水,我们说话的机械控制要比排泄粪便更为复杂,更为困难。由两瓣肥厚的肉构成的嘴巴嘘嘘作响地抽搐着,呼吸着,忙碌着,声音穿过发臭的龋齿挤出来,着实令人生厌。这是对人多么大的惩罚啊!然而人们偏偏要我们把它理想化,真是强人所难哪。我们肚子里的热量不够,加上消化不良,很难顾全情感。相爱,这倒不难,却难在一起受煎熬。污物不求长存也不求增长,所以在这一点上我们比粪便更加不幸:粪便在我们体内留的时间越长,我们受的折磨越大。

说实在的,我们把人味儿奉若神明,顶礼膜拜。我们的全部不幸恰恰来自我们不惜一切代价活下去,尽可能长久地被人叫做让、皮埃尔、加斯通等等。在我们的躯体内,无数平凡而活动的分子自始至终不乐意留存下来成为戏弄的对象,却希望尽早消失在宇宙之中。可爱的分子们在"我们"这些王八蛋的身上苦透了。我们倘若有种,那就炸开,不出两天便可完蛋。但我们出于自尊,情愿把心爱的苦楚紧紧地、满满地深藏在体内。

我联想到这些生物学含义的败物而灰心丧气，一言不发。神甫却以为征服了我，进而变得对我亲切甚至随便起来。当然，关于我，他事先作过调查。他极其婉转地提及我在本地区的医疗声誉这个棘手的问题，使我明白我的声誉本来可以更好一些，如果我在朗西开业之初几个月就采用另一种行医的方式。他说："亲爱的大夫，我们始终不要忘记病人多半是保守派，他们害怕天塌下来，地陷下去，这是容易理解的……"他认为我本当一开始就接近教会，这是他从精神上和实践中得出的结论。他的想法并不坏，我尽量不打断他的话，耐心地等待他说出来意。室外天色阴沉，这种天气谈知心话再好没有。是的，气候恶劣透顶，寒冷透骨，阴霾满天，踏出家门仿佛看不清世界万物，只见一片混浊，不由得感到灰心绝望。

我手下的护士誊写好所有的病历，最后一张卡片写完后再无借口待着听我们谈话。她不得不离开，但很不高兴，砰的一声把门带上，随之透进来一股强烈的雨气。

三十一

　　从谈话中得知这位教士的圣名叫普罗蒂斯特神甫。他吞吞吐吐地告诉我,一个时期以来他协助昂鲁伊太太设法把昂鲁伊老太太和罗班松两人一起安置到一所收费不高的修道院去。他们正在寻找。如果仔细看他,普罗蒂斯特神甫在迫不得已时能做出站柜台的伙计的模样,也许还可以充当百货商店的部门主任。他浑身冒汗,脸色发青,不断擦汗。他说的话含不尽之意于言外,但其谦恭的口吻实属庸俗。从他的气息也辨得出他属平庸之辈,我决不会判断错他的气息,此人吃饭太快,而且爱喝白葡萄酒。
　　他说,起初昂鲁伊媳妇直接到本堂神甫住宅找他,那是在谋害未遂后不久,求他帮助他们摆脱困境。我认为他说这些无非想为他不光彩的合作寻找借口、设法开脱。其实他没有必要跟我来这一套。事情明摆着的。怪不得他夜里来登门拜访,他活该如此。为了金钱,神甫也居然慢慢胆大包天起来。活该!此时,我的诊所寂静无声,夜幕笼罩这个地区,他把说话声压得低低的,竭力做出跟我促膝谈心的样子。但是他的声音再轻也不管用,我似乎觉得他的每句话都特别震耳,特别叫我难受,也许由于周围太宁静和充满回声的缘故吧,也许这是我自个儿的感觉吧。我多么想"嘘"他,老想在他说话的间歇喘口气。我吓得嘴唇微微发抖,等他说完了话,心里才踏实下来。
　　这么说,神甫已加入我们的行列,分担我们的焦虑,只是不知道如何跟我们四个人一起在黑夜中摸索。他想知道参加我们一小帮冒险的人究竟有多少,事情进展到何等程度,以便能够拉着新朋友们的手同心协力达到应达到的目标。现在大家同舟共济,携手旅行,他得跟我们这些芸芸众生一起学着摸黑走路。他乍学便绊了跤,他问我怎么干才不至于摔跤。他若害怕,别来就是了!要干就得干到底,没准会干出点名堂来。生命好似一抹光辉,闪一下便消失在黑暗中。人们也许什么也找不着,永远莫名其妙,临了便是死亡。

现在最重要的是坚持摸索前进。况且从我们的处境来看已经不能后退,没有别的选择余地。法律无所不在,天网恢恢。昂鲁伊太太带领着老太太与老太太的儿子与罗班松与我,紧紧搞在一起。我立即向神甫把这一切解释清楚,他终于明白了。我对神甫说并反复强调,不管乐意不乐意,我们已落到这个地步,不可让别人撞见,不可让行人发现。如果碰见人,应当装出散步的样子,若无其事。这是命令。必须保持非常自然的架势。这样,神甫知道了一切,明白了一切。他紧紧握着我的手,内心一定非常害怕,刚开始干嘛。他犹豫不决,说话如无辜者似的结结巴巴。我们的境遇不妙,没有道路,没有灯光,只靠谨慎小心,互相提醒,心里并不抱多大的希望。其时互勉的话语如同空远的回声,可闻不可得,因为我们脱离了社会。害怕不分是非曲直,把我们的想法和说法统统笼罩起来。在这昏天黑地里,圆睁双目根本不管用,害怕也不管用,因为黑夜吞没了一切,包括我们的目光。我们被黑夜挖走双眼,不得不紧紧地手拉着手,否则一定摔跤。一般人很难理解我们,因为害怕把我们和他们分开了。我们受着害怕的压抑,一直到事情以这样或那样的方式结案为止,届时我们便可以和世上的浑蛋们生死与共了。

神甫只要帮着我们干和赶紧学着干就行,这是他分内的活儿。

再说他专为此事而来的,即想方设法把昂鲁伊老太太先打发掉,而后赶紧把罗班松搞到外省的修女身边去。这个办法我觉得可行。只是要等几个月才有空位子,而我却等不及。老太婆的媳妇说的对,越早越好,赶快让他们离开!赶快把他们打发掉!于是普罗蒂斯特想试试另一种安排。我马上表示赞同,认为这种安排更加巧妙,而且神甫和我都有一笔佣金。此项安排几乎没有延迟便拍板定夺,我将扮演一个小小的角色。我们商定让罗班松去南方,当然尽量好言劝他,但也要带点儿强求。神甫所说的安排,我既不了解其背景,也不明白其内情,按理应当持保留态度。例如,为我的朋友搞到某些保证,因为仔细一想,普罗蒂斯特神甫提出的办法挺奇怪的。但我们迫于形势,急不可耐,只要不拖延就行。我答应全力支持和保密,什么都答应了。这个普罗蒂斯特好像对类似棘手的情形习以为常,我觉得他能给我提供许多的方便。

从何下手呢?首先要组织一次秘密的南方之行。罗班松愿意去南方吗?况且要跟差一点被他暗杀的老太婆一起出发。我将坚决劝他这么做,让他必须这么做,用各种各样的理由说服他,当然不是所有的理由都很充分,但还都站得住脚。按说把罗班松和老太婆打发到南方去,给他们安排的事儿也够缺德的。对他们讲要去的地方是图卢兹。图卢兹是一座美丽的城市啊!他们见得到图卢兹城啊!我们将去那儿看望他们。我答应等他们安顿停当就去看他们,看他们住的房子,看他们干的事等等。

眼看罗班松即将离开,静心一想,不由得怏怏不乐。但想到我从中能捞到一小笔好处费,也就满心喜欢了。经商定,人家将给我一千法郎,只要求我促使罗班松去南方,向他保证南方的气候好,有利于治疗他的眼伤,能到那里去再好没有。总之,这么好的安排,是他三生有幸。这是我促使他下决心的手段。我琢磨五分钟后,自己已充满信心,对即将举行的决定性会谈胸有成竹。我想应当趁热打铁。不管怎么说,那里不会比这里更差。我经过反复思考,认为普罗蒂斯特的主意委实高明。这帮神甫,最大的丑闻到他们手里也能替你平息,他们确实老于此道。

这种安排带着商业性质,说到底,不比别的商业更恶劣。如果我没有搞错的话,他们想要罗班松和老太婆看管木乃伊。让他们待在一座教堂的地下室,引导游人参观,收取数目极小的参观费。普罗蒂斯特向我断言,生意好着呢。我几乎立即相信,甚至有点眼红。让死人替活人赚钱确实鲜为人知。

我锁上诊所的门,同神甫一起去昂鲁伊家。我们俩踏着坑坑洼洼的泥路,坚定不移地向前进。要说新鲜事儿,确实是新鲜事儿:一千法郎在望!我已经改变对神甫的看法。走进昂鲁伊的小楼房,见到他们夫妇在二楼的房间里陪着罗班松。罗班松的样子实在可怜!他听到我上楼的脚步声,激动万分地喊道:"是你啊!我感到要发生什么事啦!真的吗?"他气喘吁吁地问我,还没等我回答一句话,便失声痛哭起来。昂鲁伊夫妇在他求救的时候,拼命给我做手势。我暗想:"多么糟糕!这对夫妻也太心急了!总这么心急!他们怎么能把事情硬邦邦地捅给他呢?没有作准备吧?也不等我来了再说?"

幸亏我用另一种话语把事情全部挽回过来。罗班松并不苛求,也不想改变情势,这就蛮不错嘛!神甫待在走廊里不敢进房间,他胆战心惊地踱来踱去。最后昂鲁伊女人请他进来:"请进来!进来啊!神甫先生,您可不是多余的人哪!您突然来到一个多灾多难的人家,来得正是时候哇!医生和神甫总在人们生活遭受不幸的时刻出现,难道不是这样吗?"她说这些花言巧语,无非想借用动听的言辞来掩盖她丑恶的手段,以便摆脱麻烦和走出黑暗。心慌意乱的神甫完全不知所措,他离开病人一定的距离傻站着,结结巴巴,不知所云。罗班松听到他激动而断续的话语发起火来。他嚷道:"他们欺骗我!他们都是骗人的!"

光说废话,光做表面文章,光搞感情用事,总那么老一套是不行的。见此情景,我干劲倍增,胆子猛壮。我把昂鲁伊老婆拉到一边,直截了当迫使她立即做出抉择,因为我看出惟一能使他们摆脱困境的人最终是老子我。我对她说:"拿钱来!马上先付一笔钱!"常言道,一旦对人失去信任,就没有理由不好意思了。她是明白人,立即塞到我手心一张一千法郎的钞票,为保险起见,接着又塞给我一张。我替她做出决断。我着手使罗班松下决心,并让他当着我的面做出去南方的决定。

人说这是背叛,殊不知背叛也非易事,必须善于抓住时机。背叛好像要在监狱里打开一扇窗户,令人不胜翘企,却很少有人如愿以偿。

三十二

罗班松离开朗西后,我满以为生活会有奔头。譬如,病人会比以前多一些,但事实完全不是这样。首先,附近一带发生经济危机,失业随即而来,这是最糟糕的事。其次,尽管正值冬季,天气却温和而干燥,而我们行医的人需要寒冷而潮湿。季节反常,没有传染病,业务非常不景气。

我甚至瞥见一些同行步行出诊,这很说明问题。他们装出乐意散步的样子,其实为了节省不得不放弃汽车代步,心里着实恼火。我出诊时只穿一件雨衣。是否因为这个缘故我的感冒老好不了?或者因为我经常吃得太少?都有可能。难道热病又犯了?总之,冬末初春我稍微受了点寒便开始咳嗽,咳个不停,讨厌透了,倒霉极了。一天早晨我实在起不来,正好贝倍尔的姨妈从我门前过,我让人叫她上来,请她马上到本区一户人家讨账,数目极小,但这是惟一的、最后的进款。结果只讨回欠款的一半,勉强维持卧床不起十天的生活。

躺在床上十天,想得很多,盘算着,一旦病情好转,就离开朗西。我已下定决心。再说两个月的房租拖着没交。用我的四件家具作抵押吧!当然对谁都不说,悄悄地溜走,谁也甭想再在加雷纳-朗西见到我。我神不知鬼不觉地离开,连地址也没留下。贫困这头猛兽臭烘烘的逼得你走投无路,还有什么可说的?闷声不响地溜之大吉才是上策。

拿着我的文凭不管到哪儿都可以行医,这是肯定的。不过在别的地方既不会更愉快也不会更糟糕。起初的日子会好过一些,因为人家需要一定的时间才能熟悉你,才能使出身上的解数和想出招数来损害你。当他们还在寻找最容易下手的地方来伤害你的时候,你尚可安宁。但他们一旦找到窍门,那你就不得安宁了。到处都一样。总之,每到一个新地方,鲜为人知的那一小段时间是最令人愉快的。之后,坏毛病再次露头,本性难改嘛。最重要的是不要待得太久,以免人家抓到你的弱点。应当把臭虫在逃回缝隙之前掐死,不对吗?

至于病人,即我的病家,我对他们不存在幻想。别处的病人在贪婪、呆笨、怯懦诸方面不亚于这里的病人,他们喝同样的葡萄酒,看同样的电影,说同样的体育花絮,对大小便同样地迫不及待。从嘴巴到屁股眼,人与人凑到一起形成黑压压的乌合之众,吹牛皮,说空话,放冷风,编假话,在两次惊慌失措之间,表现出心怀敌意、咄咄逼人。既然病人在床上可以翻身,在生活中可以转向,我们也有权利朝三暮四,改弦易辙,这是我们所能做到的和所能找到的对抗命运的自卫手段。切莫企望把苦难撂在人生的旅途中不管。苦难犹如一个丑女人,一旦娶了她,就难以把她扔下。也许稍稍爱她一点比因一辈子打她而筋疲力尽要好一些,因为你反正打不死她,何苦来着呢?

不管怎么说,我悄悄离开我的中二楼,与朗西告别。我最后一次经过看门人的房间,看见女看门人的一家人围着桌子喝酒和吃栗子。我没有被人看见,谁也不知道我出走。女看门人在搔痒痒,她的丈夫俯身向着火炉,暖和和的待着不动,醉醺醺的脸红到发际耳根,眼睛睁也睁不开。从此我向他们隐姓埋名,好像溜进没有尽头的隧道。少三个人认识你等于少三个人监视你、损害你,这很有好处。我说三个人,是把他们的女儿计算在内。他们的女儿泰蕾丝患多发性疖子化脓,经不住跳蚤和臭虫的叮,她搔痒痒把皮肤都抓破了。他们一家三口被叮得实在厉害,不住地搔痒,你走过门房,好像只听到刷子刷东西的声音。

门厅里煤气灯的长灯嘴嘘嘘地散发着强烈的光线,照在人行道边的行人身上,一下子使他们变成躲在黑门框后面的鬼魂,惶惶的,醉醺醺的。行人来来往往,在其他楼房的窗前和路灯下变换着颜色,最后和我一样消失在黑暗中,黑漆漆的,软绵绵的。这些行人,我不必再勉强跟他们打招呼。不过我很想在他们晃晃悠悠的时候,把他们叫住一秒钟,只对他们说,我将一去不复返,要去很远很远的地方。我完全不把他们放在眼里,他们无奈我何,没法再捉弄我了。

走到自由林荫路,看见一车车蔬菜哆哆嗦嗦地拉往巴黎。我紧跟在菜车的后面赶路。这时我差不多已经离开朗西。天气很冷。为了暖暖身子,我绕一个小弯到贝倍尔的姨妈门房走一趟,她屋里的灯向走廊尽头露出一点亮光。我心想:"无论如何一定要向她说声'再见'。"她和往常一样坐在椅子上打盹,夹在门房里的气味和小炉子上煮东西的气味中间。自从贝倍尔去世,她的脸上动不动老泪汪汪。在针线匣上方的墙上挂着一张贝倍尔的学生相片,他身穿小学生罩衫,头戴贝雷帽,胸前挂着十字架。这张"放大照片"是她用买咖啡得奖的钱印的。我叫醒了她。

"您好,大夫。"她吓了一跳。我现在还记得她说的话。"您好像病了!"她接着说,"请坐吧,我身体也不太好呀。"

"我出来兜一圈。"我回答道,竭力做出若无其事的样子。

"这么晚还兜到克利希广场那边去,这时候大马路上有风,冷啊!"她说着站起身,跌跌撞撞地忙着为我和她自己斟掺热糖水的烈酒,接着她的话匣子打开,把什么事情都搀在一起说,自然免不了讲起昂鲁伊一家和贝倍尔。

她一讲起贝倍尔,就会伤心,也伤身体,但很难劝阻,她自己也知道。我听着,从不打断她,我的耳朵好像已经麻木。她竭力让我回顾贝倍尔的种种优点,吃力地一一述说,生怕说漏,于是又从头来一遍。等到确信各种优点都提到,便大讲贝倍尔靠着奶瓶喂大的种种情景,这时又想起贝倍尔的一个小优点,赶紧加上去,于是整个故事又从头讲起。但每讲一次总要忘记一些,临了不免精神不济,哭哭啼啼起来。她累糊涂了,哼哼唧唧一阵,便又睡着。其实她早没有精力作什么回顾,心爱的小贝倍尔渐渐消失在她那模糊的脑海中。死亡已接近她,并一步步占领她,一点点烈酒和疲劳足以使她瘫倒。她熟睡着,鼾声阵阵,如同从云端传来飞机的隆隆声。此时对她来说世上的任何人都已不复存在。

她瘫瘫地睡着,屋子里气味难闻。我想还是走吧,也许永远再见不到贝倍尔的姨妈了。贝倍尔已经无牵无挂地离开人世,用不了多久他的姨妈也将随他而去。她的心脏完全老化,病得不轻,勉强向动脉供血,因此血在血管里流动不畅。她不久将被送往附近的大公墓,成群结队的死人正在那里等着她哩。记得贝倍尔生病前,姨妈让他去公墓玩过,之后,他就被埋在里面了。她死后会有人来重新油漆她的门房。尽管如此,我们仍可以说所有的人都像木滚球,在洞边颤颤栗栗、扭扭捏捏地转几圈,最后一概掉进洞里去。木球虽然滚得剧烈,声音响得厉害,但说到底并没有目的。我们也没有目的,整个地球只是供我们滚动的,让我们滚来滚去,最后滚到一起。贝倍尔的姨妈几乎没有冲力,掉进洞里的日子已为期不远。今生今世不能跟她重逢了,因为周围斑斓的色彩叫你目不暇接,周围浮动的人群叫你难以顾及。只有到幽静的冥府再碰头啦,不过届时大家都成了死人,为时已晚矣。我该动动窝,到别处走走,来看她原本是多余的,而且明知道是多余的,我不可能跟她待在一起啊。

我的文凭在我的口袋里撑得鼓鼓的,比我的钱和身份证更撑得开。警察所门前,站岗的警察频频吐痰,等着别人来换子夜班。我们互相道了晚安。走过林荫路角上的闪光汽油站便是税站,税务人员在玻璃房里看上去像披着萤火虫的闪光。有轨电车已经停开。这时候进去跟职员聊聊生活,聊聊越来越困难的、越来越昂贵的生活,准受他们的欢迎。他们一共两个人,一老一少,满领满肩的头皮屑,俯在一堆堆税务单据上。他们透过玻璃窗放眼远望,瞥见屹立夜空的巴黎旧城墙,墙下宽敞的码头等待着远方船只,等待着高贵的轮船,等待着前所未见的轮船。轮船肯定会来的,人们翘首期待着呢。

我进去和两个职员聊了好大一会儿,甚至和他们一起分享了温在小炉子上的咖啡。他们问我是否经常这么晚手提小包裹外出旅行,自然是同我开玩笑。"正是这样。"我一本正经地回答,但没有必要向他们解释非同寻常的事情,税务人员无助于我理解人生。他们提的问题惹得我颇不高兴,但我仍想出出风头,使他们震惊一下。我随口说出一八一六年战役,伟大的拿破仑被哥萨克骑兵一直追逐到税门,即我们所待的地方。这句话当然是用漫不经心的语气说出来的。寥寥数语就显示出我的文化优势,我用不假思索的学识把这两个瘪三镇住了。之后,我得意洋洋地来到大马路上,朝克利希广场走去。

来这里的行人都会注意到,夫人街街角上总有两个妓女在等客,她们没精打采地从半夜等到天明。多亏她们,生活冲破着黑暗继续向前。她们的手提包里塞满药方、派各种用场的手帕和留在农村的孩子们的照片。她们专干私情,很有一套办法,所以夜里走近她们时要格外小心,她们装出半死不活的样子,只用三言两语概括要干的勾当。这些忙忙碌碌而卑鄙无耻的女人,接近她们的时候,千万别同她们搭腔。她们是坏东西。我离她们还有一段距离便在电车的轨道里奔跑起来。马路好长好长哟。

马路的尽头是蒙塞元帅的雕像。为了忘却的纪念,蒙塞元帅自一八一六年①以来一直守卫着克利希广场,他头戴一顶廉价的珍珠环,站在那里毫无用处。一百一十二年后,我通过空荡荡的马路跑到他的身边,已经没有俄国人,没有战斗,没有哥萨克骑兵,没有士兵,广场上什么也没有,只剩下雕像底座的边缘可以占领。旁边有三个哆哆嗦嗦的家伙围着一个小火盆取暖,他们斜视着火盆里冒出来的臭烟。我感到很不舒服。

几辆汽车飞快地向不同的通道驶去。想起来,人在急迫的时候,居然感到宽敞的林荫路没有一般的马路那么冷。由于发烧,我的脑袋不听使唤,再加上贝倍尔姨妈的烈酒烧头,走起路来发飘。风从后面吹来,不算太冷。圣若日地铁站附近,一个头戴便帽的夫人哼哼唧唧,说她的孙女儿得了脑膜炎病死在医院里。她为此募捐,请我们行好,但她找错了人。我给她说了些空话,告诉她小贝倍尔的事情,还谈起经我的手治疗的一个城市姑娘,当时我还在学医,姑娘死于脑膜炎。她的弥留阶段持续了三个星期,她的母亲在旁边的床上睡不着,忧伤不已,于是搞起手淫来,连搞了三个星期。女儿死后,别人再也止不住她搞手淫。这件事证明,人须臾离不开快活,真正的忧伤是极其难做到的,生活就是如此。

我和伤心欲绝的老夫人在长廊百货商店门前分手。她去中央菜市场帮人卸胡萝卜,跟着菜车往前走,我也想跟去干零活儿。但塔拉普电影院吸引了我,一个竖立在林荫路边的大圆盘灯光闪闪,好像发亮的大蛋糕。人们从四面八方蛆虫似的麇集而至,他们出来夜游,眼睛睁得大大的,竞相张望海报,出神入定。早晨乘地铁

---

① 其实雕像是1869年建立的。1814年(不是1816年)3月底,蒙塞元帅下令加固克利希税门,并指挥部队英勇抗击俄国哥萨克骑兵入侵巴黎,但失败了。

的也是这些人,这时在海报前面他们喜形于色,像纽约人那样,站在售票处摸摸腰包,掏出点零钱,拿定主意,高高兴兴地挤进灯光通明的门洞里。在强烈的灯光下,他们看上去活像脱光了衣服。人群、人群的移动、各种东西全部沐浴在环形灯和陪夜灯的聚焦中。谁想进去看看纯系个人的事情,无非想忘却黑暗罢了。

我也飘飘然起来,随意走进附近的一家小咖啡店,没想到邻桌坐着我以前的老师帕拉皮纳教授。他仍旧头皮屑满身,邋邋遢遢,面前放着一杯啤酒。他说,今日邂逅,不胜欣喜。但他的生活发生了极大的变化。这些变化需要十分钟才能讲清楚,总之,惨透了。学院的若尼塞教授待他极坏,老迫害他,弄得他,帕拉皮纳,不得不辞职,离开了实验室。再说,中学女学生的母亲们来学院门口等他,跟他算账,把他打得鼻青脸肿。惹事。调查。焦虑。临了他灵机一动,在一家医学期刊上发表一个模棱两可的告示,总算找到一条小生计,自然是微不足道的生计,但这玩意儿不累人,而且得心应手。那就是他巧妙地应用巴里通教授关于电影可以使呆小症患者①开窍的新理论,从而把潜意识的研究大大推进一步,一时间成为城里人议论的中心,时髦之至。

帕拉皮纳带领一批特殊的病人光顾时髦的塔拉普电影院,他先去郊区时髦的巴里通疗养院把他们领出来,然后等他们看完电影再把他们送回去。这样,痴呆病人脑子里充斥幻象,高高兴兴,平平安安,而且也变得时髦起来。他就干这事儿。病人们一旦坐在银幕前面,便不用他管。他们是很乖的观众,个个喜形于色,一部电影哪怕看十遍也津津有味。他们已失去记忆力,每看一遍,惊喜一次。病人的家属高兴,帕拉皮纳高兴,我也高兴。我们谈笑风

---

① 呆小症的病因为胎儿期或婴儿期发生先天性甲状腺机能低下或发生障碍。其症状:患儿头大,身材矮小,智力低弱。

生，一大杯一大杯的啤酒往肚子里灌，祝贺帕拉皮纳在时髦的领域重整旗鼓，安居乐业。塔拉普电影院的最后一场电影到凌晨两点才结束，然后把这批呆子集合起来风风火火地送往塞纳河畔维尼的巴里通疗养院，这倒要手忙脚乱一阵子。

我们为重逢高兴得忘乎所以，海阔天空，无所不谈。先谈到各人所做的旅行，后来讲起克利希广场上蒙塞元帅的雕像，话题自然而然转到拿破仑。人有志同道合的陪伴，谈什么都是兴致勃勃的，好像终于获得了自由，忘却了生活，即金钱之类的事。谈着谈着，即便关于拿破仑也能找出笑话来助兴。帕拉皮纳对拿破仑的私生活十分了解。他说在波兰上中学的时候对拿破仑的私事简直着了迷，他不像我，他受过良好的教育。他说，从俄国撤退的时候，拿破仑手下的将军们提着脑袋阻止拿破仑最后一次去华沙跟心爱的波兰女人幽会。拿破仑就是这样，不管刀在其颈，不管大难临头，决不肯放弃房事。嗨，约瑟芬的老鹰可不正经呢！越是硝烟弥漫，他越发爱搞云雨之事。话说回来，没法子啊，人总是想寻欢作乐的，乐一乐，笑一笑，人的本性嘛。但这毕竟是最可悲的，一心只想着作乐，在摇篮，在咖啡馆，在御座，在厕所，无论在什么地方，老想着干房事。拿破仑也罢，不是拿破仑也罢，戴绿帽子的丈夫也罢，不戴的也罢，人们首先想到交欢。吃了大败仗的拿破仑心想，只要再干一次房事，就让四十万昏头昏脑的大兵烧焦烤煳吧！大坏蛋！得了，生活就是这样，一切都完了！真胡闹！暴君对自己演的这场戏比观众先倒胃口，他不能再像从前那样对公众狂言乱语，于是溜号儿接吻去了。他得到应有的报应，很快命运之神惩罚了暴君。他的支持者们并不是因为被打得落花流水才责怪他，不，根本不是的，而是他一下子变得令人讨厌了，这一点不可原谅。一本正经只能与装腔作势相辅相成，流行病只有在细菌对毒素产生厌烦的时候才会中止。罗伯斯庇尔被送上断头台，是因为他老重复相同的话,而拿破仑则滥发荣誉勋位勋章,两年多到处颁发,这个疯子不得不鼓动半个被他占领的欧洲跟他一起冒险,但煞费苦心也未成大业,完蛋了。

然而,电影,这个我们梦幻的新玩物,可以花不多的钱买到一两个小时的满足,如同花钱搞妓女。再说,当今的女演员,人家到处把她们小心翼翼地圈起来,真叫人讨厌。即便在青楼里,也把她们放得远远的,让她们抖,让她们扭,搞得她们满身大汗,连门窗都跟着颤动,看谁抖得厉害,看谁扭得大胆、多情,看谁比自己的男舞伴跳得更纵欲。现在人们把她们的姿态到处张贴,甚至贴到厕所、屠宰场、当铺,让你开心,让你消遣,让你忘却你的命运。干巴巴地生活有如坐牢房那么受罪!你生活,好像坐在教室里,讨厌的学监老在窥伺你,你不得不装出忙碌的样子,不惜代价干点动人的事情,否则学监会来到你的面前,把你的脑汁吸干吃尽。一天平平常常地度过二十四小时叫人难以忍受。但一天到晚脑子里充满性欲,不管愿意不愿意尽想着性交,更令人难堪哪!

当你被生活必需搞得昏昏然的时候,脑子里会萌发粗俗下流的念头,同时每秒钟都有万花缭乱的欲望在侵袭着你。罗班松在出事以前便是烦恼多端的单身汉,并且挺有自己的特色。现在他得到了报应,至少我是这么认为的。

咖啡间里非常安静,我趁没有人打扰的时刻对帕拉皮纳讲了自从上次分手后我的种种遭遇,对他讲明我如何不寻常地离开朗西,把医生的饭碗给砸了。他是明白事理的人,对我的处境十分理解。我必须说得直截了当,事情不是闹着玩的。鉴于目前的情况,回朗西想也不用想了。帕拉皮纳表示同意我的想法。

正当我们谈得投机、彼此倾筐倒箧的时候,塔拉普电影院开始幕间休息,电影乐队的乐师们倾巢而出,拥到酒吧间,齐声哼着曲子痛饮一杯。帕拉皮纳同乐师们混得挺熟。我慢慢从他们的谈话中获悉他们正在找一个扮幕间短剧中的跑龙套，即演"老爷"的哑角，因为那位演"老爷"的老兄不辞而别了。扮演序幕里一个神气的角色并不费力气，而且收入蛮不错。还应当记住，你演这个角色时有一群漂亮的英国舞女淘气地围着你团团转，让你观赏她们千万根抖动而清晰的肌肉。这完全符合我的需要，可谓正中下怀。

我百般讨好经理，凑上去让他选我，总之我毛遂自荐。当下时间已晚，他们来不及去圣马丁门另找替补哑角，经理很高兴录用我，免得他跑去跑回，我也很高兴。他稍稍审视我一下便录用了，对我要求不高，只要不瘸就行，何况我的模样还不错，于是把我拉走了。

我钻进塔拉普电影院漂亮的地下室，地下室用垫料隔成一个个小间，非常暖和。如蜂房似的演员化妆室香气袭人，等着登场的英国姑娘们正在休息，嘴里骂声不迭，含混的损话成串。我为重新有了饭碗而兴高采烈，赶紧跟年轻又大方的姑娘们搭上关系。况且她们以最优雅的姿态把我奉为上宾，啊，一群天使，谨慎的天使。另外，用不着忏悔，也不受蔑视，真令人愉快。她们显示出英国人的风采。

塔拉普电影院的收入十分可观，后台的一切极其阔绰、丰盛，包括大腿、灯光、肥皂、三明治等。我们这个幕间歌舞节目的主题好像取自新疆的风土人情，所以载歌载舞，腰部随着音乐和铃鼓剧烈地扭动。我扮演的角色很简单，但很重要。我披金戴银，起先感到不自在，面对那么多的撑架和落地灯有点手足无措，但很快适应了，于是煞有介事的拉开架势，在灯光的投射下，沉浸在胡思乱想中。二十个伦敦姑娘扮演印度寺院的舞女，她们围着我有节奏地狂舞一刻钟，竭力让我相信她们的魅力。我其实并不要求那么多的魅力，心想这个节目一天重复五次够她们受的。但她们一次接着一次的上演从未显出支持不住,这个令人有点厌倦的民族,其精力着实惊人。她们剧烈地扭动屁股,一往无前地波动,宛如茫茫海上的行船、桅柱……

三十三

　　不必挣扎,只需等待,因为没有不散的筵席,总归要回到街头的。其实街头才是归宿,没说的,大街在等着我们哩。我们当中不是一个、两个、三个,而是所有的人终于下决心出门走上街头,尽管难舍难分、扭扭捏捏,最终还是分手了。

　　人待在屋里是最糟糕不过的,一旦把门关上,自个儿马上发出臭气,他占有的一切也发出臭气。他立即变得人老珠黄,身心衰竭,腐烂开来。人发臭,对我们倒好,得管啊,得让他出去啊,得把他赶走啊,得让他见见阳光啊!一切东西只要集中在屋子里,即便经过精心打扮,也臭不可闻。

　　谈起家庭,我无意间想起一个药剂师,他住在圣图安大街。他的药房橱窗里贴着一张漂亮的海报,是一张出色的广告:"三法郎一盒,催泻一家子!"好主意!好生意!人人打饱嗝,一家子一起吃泻药。在大家庭里上上下下互相嫉恨如仇,但谁也不挑明,因为不管怎么说,住家里总归比住旅馆便宜吧。提起旅馆,别提有多不安宁啦,但是不像公寓套房那般矫饰,住旅馆的人不像成家的人那么问心有愧。人类一向不安分,那些认为街头是归宿的人们自然比较偏爱旅馆喽。于是我们这些马路天使吹吹打打来到旅馆下榻。

　　在旅馆里我们尽量不搞得太引人注目,但谈何容易。只要稍微提高嗓门吵架或吵架次数多一点,就会被人家发现。临了大家几乎不敢随便去厕所小便,经过商定,各房间依次去上厕所。我们终于被迫学会了规矩,如同海军军官那般举止文雅。不过顷刻之间一切都可能天翻地覆,我们有充分的准备,再说我们根本无所谓,既然每天在旅馆的走廊里相遇不下十次,大家已经彼此谅解、心照不宣了。在旅馆的厕所里很容易学会识别同楼邻居们的气味,而在连同家具出租的公寓里则想象不出来。住客并没有什么特殊的标记,他们一天天默默无闻地走着人生的旅途,在旅馆里犹如在行船上,船已经有点腐烂,将来还会百孔千疮,这一点大家心里是清楚的。

我下榻的旅馆主要对外省的大学生具有吸引力。一上台阶就闻得到烟头和早餐的气味儿。夜里老远就看得见这家旅馆,因为门面上的暗紫色的灯光和金字招牌特别醒目,悬挂在阳台下的招牌字样,活像一副巨大的老牙齿,活像一个发呆的妖怪,一肚子的坏水,卑鄙龌龊。

走廊里房间连着房间,住客们互相串门。我经历了几年惨淡经营的生活实践,即人们称之为冒险的生活,如今又回到大学生们中间。同我离开大学生活的日子相比,大学生的欲望始终没有变,还是那么的牢固和陈旧,不比从前平淡,也不比从前有趣。人变换了,但思想依然故我。同从前一样,他们每天按时到本区的另一端去啃医学、化学、法学、动物学,一点一滴地咀嚼。战争掠过他们的教室,但没有动摇他们一根毫毛。你倘若怀着好意关心他们的梦想,他们会一下子把你带到他们将来的四十盛年,就是说他们准备干上二十年,即准备熬二百四十个月的节衣缩食,以便给自己创造一个幸福的生活。

他们根据厄比纳尔彩画①设想未来的幸福与成功,但他们的成功将靠按部就班、小心谨慎的努力来获得。他们将组织自己的

---

① 厄比纳尔是法国东部孚日省首府。现有民间彩画博物馆。印刷家贝勒兰(1756—1836)在该市创建彩画印刷厂,其印刷品闻名于世。

家庭,人口不多,但无与伦比,高雅得不得了。他们几乎从来不管家,用不着管的,家本来就不用管的,因为一家之主的幸福首先在于他的力量。他拥抱家庭的每个成员而不加看管,以此来谱写诗篇。为图新奇,他们将去尼斯旅行,带着有嫁妆的老婆驾汽车前往,也许身上揣着银行转账的支票。为了安抚内心的羞愧,干脆抽一个晚上把老婆也带到夜总会去,只带一次就行。除此之外,世界的一切都包含在每天的报纸上,而且由警察看守着哩。

眼下我的伙伴们寄住在跳蚤多的旅馆里感到有点不光彩,所以极容易发火。资产阶级少爷觉得寄住旅馆上学太清苦,既然人们公认少爷还不到节衣缩食的时刻,那就不妨放纵放纵,以求麻醉自己,因为放荡不羁是绝望者的一杯奶油咖啡。

这月的月初,我们经历了一场短暂而十足的色情危机,把整个旅馆闹得乌烟瘴气。我们一边洗脚,一边商定如何出去寻花问柳。外省的汇款一到,我们便决定行动。我自己本可以跟塔拉普电影院里跳舞的英国姑娘性交,而且是免费的,但经过考虑,决定放弃唾手可得的机会,因为在后台总有一帮靠女人卖淫为生的青年人死盯着舞女,寸步不离,他们好妒忌,还是别跟这些可怜虫惹是非为上策。我们的旅馆里有许多黄色报刊,读后获悉一些做爱的名堂和巴黎的一些地址。应当承认寻找地址是颇有趣味的,人家把地址搞得引人入胜,包括对我这样光顾贝雷济纳街的老手和熟悉黄色玩意儿的人同样具有吸引力,使你感到还有一些隐秘的地方有待发掘。你对臀部总抱着某种好奇心,尽管你心想臀部不会再有什么新鲜玩意儿,不必为它浪费一分一秒钟,可是搞了一次又搞一次,总想弄清楚里面到底是不是空的,而每一次毕竟都有些新发现。于是你劲头十足地又重新搞起来。等你恢复清醒后,想法很明确,你觉得一点意思也没有。之后,希望再次油然而生,勃然而长,于是乎身不由己地花同样的代价又去寻访臀部。总之,阴道随着年龄的不同总会让你有新的发现。

言归正传,这天下午我和旅馆的两名寄宿生一起出去寻找廉价的艳遇。依凭波莫纳的关系,很快搞成功了。波莫纳在巴蒂尼奥尔街开办一个事务所,他对这个街区的色情交易了如指掌,或引线搭桥,或从中斡旋,让大家各得其所。他的记事簿上写满价格不同的约请,这个幸运儿神通广大,但事务所却不起眼,设在一个小院子的一所简易房里,光线暗淡,要摸着探着才能找到,看上去像不为人知的厕所。然后还得拨开好几道帷幔,叫你忐忑不安一阵子,才能找到这个拉皮条的家伙。他故意坐在半明半暗里给你提供情况。由于昏暗,我总不能非常自如地看清波莫纳,说真的,尽管我们在一起长谈过,甚至合作过一个时期,他还给我出过一些主意,说过种种秘密的勾当,但如今假如在地狱里见到他,我准保认不出他来。

我记得一些鬼鬼祟祟的客串者规规矩矩地待在客厅里等候他的接见,应当说,他们之间没有越轨的举动,甚至态度持重,好像待在牙科医生的候诊室:牙科医生不喜欢声音,也不喜欢光线。一个医科大学生介绍我认识波莫纳,他出没波莫纳事务所,搞点临时收入。这个走运的小子有一根粗长的阴茎,经常被召去在郊区举办的私情晚会增添生气。夫人们竞相向他表示祝贺,她们难以相信居然有"这么大的家伙";小姑娘惊喜异常,更是把他捧到天上。但警察局的记录簿上已有这位学生的大名,他有一个威震四方的假名:伯沙撒[①]!

顾客在等候的时候很难跟他们搭话交谈。痛苦被人炫耀,而快感或贫困则使人难以启齿。不管人们愿意不愿意,寻欢作乐或

---

① 参见《旧约·但以理》第五章。术士但以理解字谜的当晚迦勒底王伯沙撒被杀。此处意为必死于非命。

穷困潦倒都属罪孽。波莫纳得知我的情况和行医的历史,迫不及待向我倾诉他的苦恼。一种恶习弄得他衰竭不堪。他在接待顾客的时候染上这种恶习,即同那帮因会阴而苦恼的家伙交谈时他不停地在桌子下"自摸",他说:"这是我的职业,你明白吧! 不容易控制自己,这些坏蛋对我什么都讲。"总之,顾客把他引坏了,有如肥胖的肉店老板总想吃肉。另外,我看出他的下肺腑由于恶热始终处于兴奋状态。几年后他死于肺病。其时另一件事加剧了他的衰竭,即矫饰的女顾客无止无休地饶舌,她们弄虚作假,编造谎言,为屁大的事唠唠叨叨,吹嘘她们的臀部举世无双,能使五洲四海的人倾倒。而给男顾客介绍女人,必须选择认同并欣赏他们古怪情欲的那类女人。男顾客较多地要求分享性爱,就像埃罗特太太那样的顾客不复存在了。波莫纳的代办处一天只有早上一班邮件,如饥似渴的求爱者却多得足以熄灭世上的一切战火。可惜如潮似浪的情感从不超越臀部,多么可悲啊。

波莫纳的桌子虽然消失了,但他仍被焦急不安而俗不可耐的胡搅蛮缠包围着。我想知道得更多些,于是决定观察一个时期,看看如何对大量的书信进行分类。波莫纳告诉我,对这些见不得人的勾当按情感进行分类,如同对领带或疾病的分类。其中一类是极度兴奋的痴情话,另一类是受虐色情狂和色鬼,并标明鞭笞者姓名和列出"管教婆"的清单,诸如此类,不一而足。其实把作乐变为受苦只有一步之差,不用说,我们这些人早已被赶出天堂。波莫纳也同意这种看法,他的手总是湿漉漉的,改不掉的恶习既给他带来快感也让他受罪。几个月后,我对他的勾当和为人有足够的了解便与他疏远了。

在塔拉普电影院,大家继续认为我表现得体、很守本分,是个一丝不苟的哑角,但暂时的平静没持续几个星期我就莫名其妙地闯下大祸,不得不突然中断跑龙套的差使,再次回到该死的人生道路上去瞎闯。时过境迁,如今回想起来,在塔拉普电影院的那些日子只不过是一段小小的插曲:我被迫停止行医,冷眼旁观世界。是的,那四个月我总那么衣冠楚楚,时常扮演王子,两次扮演百人队长①,一次扮演飞行员。我按时得到优厚的报酬,在塔拉普四个月的膳食顶得上几年吃的东西,如同过着领年金者的生活。离经叛道!道德沦丧!一天晚上不知道什么原因,大家突然改变了我们的节目。新的序幕再现伦敦的河滨大道。我马上警觉起来,英国女郎沿着泰晤士河——沿岸当然是假设的——边唱边演。夜深人静,我扮演警察。这个角色一句话也没有,在岸边护墙前踱来踱去。忽然,我不由自主地感到她们的歌声冲破生活,道出人生命运的全部不幸。听着她们歌唱,我心里只想到可怜的世界的种种苦难,尤其我的苦难,这些婊子的歌声直接打动着我的心扉。我以为早已把最深重的苦难消化了、遗忘了。她们唱着快乐的歌,但我怎么也快乐不起来,这比什么都糟糕。我的女舞伴们强颜欢笑地扭着唱着,可以说她们在卖弄苦难,卖弄忧伤,装出乐在其中的样子。确实是如此啊!歌声在浓雾里、在平原上飘荡,如泣如诉,我仿佛随着歌声一分钟一分钟地衰老,背景似乎也显得风声鹤唳。然而女伴们继续唱着,好像不明白她们的歌声引起了我不幸的感受。她们有节奏地跳着、乐着,唱出她们一生的辛酸。歌声源远流长,悠然飘来,清晰明了,叫人难以抵挡。

歌声使我看到无穷的苦难,尽管影院里金碧辉煌,尽管我们穿红戴绿,尽管布景华丽阔绰,天地之间却充满着苦难的气氛。她们是当之无愧的艺术家。她们唱出了厄运,自己却不知道,甚至不理解,只是眼睛充满着忧伤。光有眼睛的表情是不够的,她们用歌声唱出存在的混乱、生活的混乱,但她们自己并未觉察到。她们以为

---

① 古罗马百人团的首领。

是在歌唱爱情,一味地歌唱爱情,唉,这些丫头们,她们没有学会别的东西。她们说,她们的歌带有点小忧伤。年轻人不自觉地把爱情的忧伤看得高于一切。她们唱道:

> 无论我去哪儿,无论我看何方,
> 只是为了你,啊……
> 只是为了你,啊……

她们就是这么唱的。姑娘们特别喜欢把全人类集中在一个臀部上、惟一的臀部上,以为这是神圣的梦想、狂热的爱情。舞女们将来也许会懂得这一切的限度,届时她们将完全失去红颜,届时她们那个贫困不堪、倒霉透顶的国家将把她们十六个人全部召回去,连同她们粗大的母马腿,连同她们跳跳蹦蹦的乳房。苦难已经降临她们的脖子,降临她们的身躯,可爱的人儿逃脱不掉啦!她们已经通过细而假的嗓音把苦难装进肚子里,化在呼吸中。苦难已经潜伏在里面。衣服也罢,闪光片也罢,光线也罢,微笑也罢,都骗不了它,休想对它寄予幻想,而它却知道哪些人逃不出它的罗网,并让这些人一味地歌唱,等着希望的破灭。苦难被唤醒、被抚慰、被激奋。

娱乐就这样成为我们的苦楚,我们的大苦大难。那么,让歌唱爱情的人活该倒霉吧!爱情就是苦难,只是苦难,总是苦难。爱情是我们嘴里的污物,撒谎成性。爱情的苦难来势凶猛,不应当把它唤醒,哪怕假装的唤醒也不要搞,会弄巧成拙的。然而,我的英国女郎们在布景前,在手风琴伴奏下,一天唤醒三次爱情的苦难,其后果自然是非常悲惨的。

我没有干预她们,但可以说我已预见到大祸临头。首先,其中一个姑娘病倒了。让逗弄苦难的妞儿们垮了吧,让她们归天吧,那才好呢!对啦,千万不要在街角拉手风琴的人背后停留,人们常常也在那儿中邪,千真万确。言归正传,病倒的演员由一个波兰姑娘替代,参加演唱舞蹈前奏歌曲。波兰姑娘在此期间也咳嗽,她身材高大,脸色苍白。我和她很快成了知心人,不到两小时我已经完全了解她的心,至于身子嘛,还得等一等。这个波兰姑娘有个怪癖,她爱古怪地用一时的热情来刺激自己的神经。她同英国女郎一起唱该死的情歌自然如鱼得水,加上她自己的痛苦,更叫人心恸。她们的歌以和悦的声调开始,好像很平淡,和其他的舞蹈伴唱没有什么两样,但歌声慢慢让你陷入悲哀之中,听着听着,你好像失去了生活的希望。她们唱的全是真情实况:青春和一切皆徒然无望。歌声过后,歌词还在你的脑际久久萦绕。旋律远去,你却带着歌词上床,上你自己的床,实实在在的床,钻进舒适的洞里了结拉倒。两轮副歌过后,你更加向往和煦温柔的死神之乡,有如堕入浓雾中把一切遗忘。总之,她们的歌声把你引进茫茫的雾海。接着,合唱含着怨恨的悲调重起,矛头指向苟延残喘的人们,指向沿着河滨马路,沿着世界各地的河滨马路消磨时光的人们,他们向另一些幽灵般的人们变着戏法,卖着各式东西:橘子,管子,伪币。这些幽灵般的人们中间有警察,有色鬼,有愤世者,混杂在一起说着什么,沉浸在无边的忍耐的薄雾中。

我的那位波兰新女伴叫塔妮娅,她正为一位四十来岁的银行小职员焦急不安。他们曾在柏林相识和分手,她决意回柏林去找他,不惜一切代价去爱他,不管发生什么也要爱他。为能回柏林去找心爱的人,她什么事都愿意干。她纠缠戏剧团代理人,追着这帮许诺雇佣的人,一直追到散发出尿臭的楼道里。这些坏蛋摸她的大腿,让她等候通知,可是通知迟迟不来。她几乎没有发觉他们在耍弄她,是啊,她对远方的情人爱得太深了。在这种情况下,她没有一个星期不遭殃的。几个月来她像炮弹似的向命运之神发起进攻,竭尽献媚之能事。

流感终于把她那位神奇的情人送上西天。一个星期六傍晚我们获悉噩耗。她得知消息后,蓬头散发,惊恐失色,急不可待地让我陪她去北火车站。这倒没什么,可她在慌乱中竟要求售票员确保她赶到柏林参加葬礼。两位站长经过好生劝说,方始使她明白为时太晚。她处在那种状态,我哪能忍心撇下她呢。何况她把情人的死看得太严重,执意让我看出她已魂不附体。多么好的机会啊!爱情一旦被贫困和远距离分开所挫伤,如同水手的爱情,不用说,是无可辩驳的,非常成功的。首先,情侣没有机会经常见面,吵不起来,这已经占优势。其次,由于生活充满谎言,情人离得越远,就越可以说谎,这叫两全其美,双方满意。这合乎自然,也合乎人情。但真情是不能当饭吃的。譬如说,我们很容易编讲耶稣基督的故事。请问耶稣基督是否当着众人的面上厕所呢?我想他如果在公共厕所拉大便,大概拉屎的时间不会很长,占茅坑的时间也不会长久,事情明摆着的。因此,爱情的占有更不会长久。

我和塔妮娅一经确信不可能乘火车去柏林,便立即想到电报。我们在交易所附近的邮电局起草了一份很长的唁电,但发文时遇到困难,因为我们根本不知道应该发给谁。在柏林,除死者外,我们谁也不认识。我们一股劲地谈论死者,绕着交易所大楼转了两三圈,但总得安抚一下我们的痛苦吧。于是我们慢慢走向蒙玛特尔,一边仍断断续续地说着伤心话。从勒皮克街开始,我们碰见一些上城来寻欢作乐的人们。他们风风火火地赶来,到达圣心山冈,俯视山下的夜景:黑夜如同一个深邃的巨洞,吞没了鳞次栉比的屋宇。

我们走进小广场上一家看上去不太贵的咖啡馆。塔妮娅让我随便吻她什么地方,一则需要安慰,再则向我表示感激。她也爱喝酒。一些吃喝玩乐的人醉醺醺的在我们周围的长凳上睡着了。小教堂上的时钟隔一段时间敲打一次,一次接着一次,以至无穷。我们已经到达世界的尽头,这一点越来越明显。再往前走便是死人的世界。死人开始在附近的小丘广场出现,从我们坐的地方看得清清楚楚,死人正通过迪法耶尔商场的上空向东而去。不过应当马上说明一下我是怎样发现死人的,我微微闭上眼睛从里朝外看,广告的灯光非常刺眼,即使透过云彩仰望死人,我的眼睛也受不了。但我知道死人中间有贝倍尔,我甚至和贝倍尔还打过一个照面,离他不远便是那个流产的朗西姑娘,脸色苍白,这回她的五脏六腑全被掏空;还有许多我以前的病人,一些从来想不到的女病人;还有其他一些人,那个在森林里被打得死去活来的黑人单独躲在一片白云里,我在托波的时候就认识他;还有格拉帕神甫和原始森林中的老上尉。我常常想念上尉、受毒打的黑人和神甫。这天夜里西班牙神甫带着死人向苍天祈祷,他在天上飞来飞去时脖子上的金十字架显得很碍事。他戴着十字架死死抓住云彩,抓住最脏最黄的云彩。其间我还认出许多其他去世的人,认出的人越来越多,多得使我不好意思看他们:他们在我身旁生活多年,我却视而不见。

是啊,哪有时间呢,一心只想自己呗。总之,所有这些浑蛋居然都变成天使,而我却没有发现!云端里到处是天使,奇形怪状的天使,赤条条不堪入目的天使,他们在城市上空游荡。我在他们中间寻找莫莉,我可爱的人儿,惟一的女友,不可错过这个机会。但她没有和他们在一起。她大概独自占着天空的一个角,守在上帝的身旁。莫莉总那么和蔼可亲,我没有发现她和那些流氓在一起,心里非常高兴,因为这帮死人全是不折不扣的流氓、恶棍。这天夜晚聚集在城市上空的全是废物和幽灵,特别从附近公墓过来的死人更是不见经传。但有一个小公墓①却非同凡响,巴黎公社社员

---

① 指小丘广场附近的圣皮埃尔公墓。此地并未埋葬1871年的巴黎公社社员,因为该公墓已于1823年关闭。

们鲜血淋淋地张着大嘴,好像要高喊什么,但喊不出来。云端的死人们等着公社社员,等着拉佩鲁斯①,他们等着航海家指挥这天夜里的集会。但拉佩鲁斯迟疑不决,因为他的木头假腿不听使唤,因为他步履维艰,因为他找不到他那不可缺少的望远镜,他脖子上不挂望远镜是决不肯走出云端的。他那著名的探险望远镜不失为宝物,能使你看见远处的人与物,越看越远,看得见你走近也无法看清的东西。埋在磨坊附近的哥萨克骑兵②不能从坟墓逃脱出来,他们作过努力,作过可怕的努力,试过多次,但都失败了,终于又掉进墓穴的深渊,自1820年喝醉以来从未苏醒过。

一阵骤雨把幽灵们从云端冲刷出来,他们干干净净地在城市上空游荡。幽灵们分散开来,光怪陆离,吵吵闹闹地追逐着云彩。歌剧院好像特别吸引他们,正中的广告霓虹灯火盆似的迸射光芒,乐得幽灵在空中手舞足蹈,他们的数量多得叫你眼花缭乱。最后,全副武装的拉佩鲁斯要求把他稳稳当当地扶到钟楼上去,其时正是四点的最后一响,他在别人的支撑下,笨重地登上钟楼。他在钟楼上跨坐停当后,指手划脚,忙个不停。钟敲四响的时候,他正在扣纽扣,被钟声震得直哆嗦。在拉佩鲁斯的背后是无垠的天际,顿时各路幽灵从天涯四角溃军似的涌现,历代诗史中的幽魂纷至沓来,他们世代衔尾相随,却互不信任,互相攻击。北方乱云飞渡,被他们的混战闹得昏天黑地。东方终于露出浅蓝色,晨曦冲破层层黑暗,打开一个大缺口,脱颖而出。

东方发白后再找幽灵就很困难了。应当识时务。一定要找的

---

① 拉佩鲁斯(1741—1788),法国航海家。于1788年在太平洋遇难身亡,遗体并未找到。
② 此地是否埋有哥萨克骑兵,无从稽考。但1814年3月30日蒙玛特尔山冈确是盟军侵占巴黎前的最后一个战场。朗日隆伯爵的哥萨克骑兵曾受到磨坊主们的顽强抵抗。

话,只得朝英国方向追踪,但那边始终大雾弥漫,又厚又稠,层层雾纱从大地一直铺展到天际。如果死盯着看,还能找到一些幽灵,但时间不长,因为清风总带着海的水汽,天空越发溟濛。那个高大的女人,那个守卫大不列颠岛的女人,屹立在最后边。她的头高高耸立在最高的水汽之上,海岛上惟有她还有一点生气。她的红发凌驾于一切之上,把云彩映得通红,这便是所能看到的朝晖。人说,她正试着为自己做茶。她确实应当试一试,因为她永远待在那里。但雾太浓太深,她的茶永远煮不开。她用一个船壳当茶壶,是她在南安普敦所能找到的最美、最大的船,也是最后一艘船。她用海浪煮茶,搅起一层层的海浪,用一个巨大无比的桨搅动,专心致志地搅动。她目不斜视,一本正经,一丝不苟,弯着身子干活。一队队幽灵跳着轮舞从她的头顶飞过,她没有动弹,因为大陆的幽灵在消失前总打这儿经过,她已司空见惯了。她用手指来回摸弄两座死森林灰烬下的火,这已够她忙的了。她想把火重新点燃,现在一切都是属于她的,但她的茶永远煮不开。火焰的生命已不复存在。世间的生命丧失殆尽,她已奄奄一息,一切几乎都完了。

三十四

第二天早上十点塔妮娅叫醒我,我们是在同一个房间睡觉。为了摆脱她,我推托身体不舒服,还要睡一会儿。生活恢复正常。她做出信以为真的样子,下楼走了。接着,我起身离开。其实我有事要做。前一天夜里看到群魔乱舞后,心里产生一种说不出的内疚。想起罗班松,心里很不自在。事实上我把他扔下不管,更有甚者,把他交给普罗蒂斯特神甫处理,其后果是不言自明的。当然我听说罗班松在图卢兹一切均好,昂鲁伊老太太对他十分友善。然而在一定的场合,人家光让你听乐意听的话,光让你听巧为修饰的话。其实这类空泛之谈不说明什么问题。

我怀着不安而好奇的心情朝朗西走去,想得到确实、准确的消息。去朗西必须经过波莫纳住的巴蒂尼奥尔街,别无他路可走。快到他家门的时候,我惊讶地瞥见他亲自站在街角上,好像在监视一位年轻的先生。波莫纳可从来不出门的呀,必定出了重大的事情。我同时认出他盯梢的家伙,此人是个顾客,通信中自称"熙德",但我们通过一些渠道得知"熙德"在邮电局工作。

几年来他一直敦促波莫纳替他找一个教养有素的女友,一个他梦寐以求的女子。但给他介绍的小姐们都不具备他所要求的教养,他硬说她们都犯过错误,一概不行。把他的想法进行一番整理后,可归纳出两大类,一类是"思想开阔"的女友,另一类是"受过良好的天主教教育"的女友。穷光蛋追求这两类女友以示清高,也以此激励惶惑不安的人和永不满足的人,"垮掉"型的人和"放荡"型的人。"熙德"的全部积蓄一个月一个月地消耗在寻求这样的女子上。他被波莫纳搞得山穷水尽,已经完全绝望。后来我听说"熙德"就在那天晚上跑到一块空地自杀了。再说,我一看到波莫纳亲自出门,便猜到要出事儿。我尾随他们许久,穿过这个区的大街小巷,商店越来越稀少,色彩越来越单调,最后到达税门附近的小酒吧。在这个地区,你不慌不忙的时候,很容易走错道,或因闷闷不乐而心不在焉,或因无动于衷而熟视无睹。身上如果有点钱,就应当立刻叫一辆出租汽车离开这鬼地方。这里你遇到的人个个身后拖着沉重的命运,你不由得替他们感到难受。在挂帘布的窗户后面,总有小食利者开着煤气自尽,真拿他们没有办法。骂他们一声"他妈的"毫不过分。

这里连可坐一坐的长凳也没有,到处呈栗色、灰色。下起雨来,正面,侧面,四面八方都受到雨的袭击,街道滑得像大鱼背,中间有一条雨水槽。不能说这个地区乱七八糟,倒更像一座监狱,秩序井然的监狱,不需要大门的监狱。走着走着,过了醋市街便看不见波莫纳和被他逼得自杀的人的踪影。我走近加雷纳-朗西门,不由自主地登上巴黎旧城墙远眺。加雷纳-朗西区从远处看倒令人赏心悦目,主要因为大公墓园内树木扶疏,葱葱茏茏。我差一点错以为是布洛涅森林呐。

一定要知道某人的消息,就得向知道内情的人打听。我心想,不管怎么说,去看望昂鲁伊夫妇一次不会有什么坏处。他们大概知道图卢兹那边的情况。不料我的想法好生冒失:陷入暗无天日的区域并置身其间而毫无察觉。大祸临头,一触即发。千不该万不该,先不该找熟人,特别不该找昂鲁伊夫妇。后患无穷啊。

我转来转去,终于习惯地转到离他们的房子几步的地方,惊魂未定地站着观看他们的房子。天下起雨来。街上除了我,没有其他人。我不敢再往前走,甚至想回身离开。突然他们的大门微开,昂鲁伊女人探出头来向我打招呼。当然她把一切都看在眼里。她早已瞥见我在对面的人行道上傻呵呵地徘徊。我不想走近,但她一个劲地叫我:"大夫!快来啊!"我怕被人发现,她却硬是直呼其名。我只得赶紧过去,拾级而上,进入装有火炉的走廊,重新见到室内的一切。但心里产生一种莫名的忧虑。况且,昂鲁伊太太见面便说她的丈夫已病倒两月,而且病情越来越恶化。这自然立即引起我的怀疑。

"罗班松怎么样?"我迫不及待地问道。

开始她避而不答,后来总算说:"他们俩都很好,他们在图卢兹配合得挺好。"就这么简简单单两句,搪塞了事。接着又讲起她生病的丈夫。她让我马上去诊察她的丈夫,一分钟也不能耽搁。她说我如何忠心耿耿,如何对她的丈夫了解入微,她的丈夫只相信我一个人,决不肯接受别的医生的治疗,但他们不知道我的地址。客套话唠唠叨叨,讲了一大堆。

我有许多理由怀疑她丈夫的病起因有问题,我了解这位夫人以及这家人惯用的手法,而且为此付出过代价。但该死的好奇心驱使我上楼。昂鲁伊正躺在几个月前罗班松治伤的那张床上。房间里虽然什么也没有变动,但氛围已大不一样。东西不管怎样陈旧、衰朽,却不知从哪儿找到进一步衰败的力量。周围的一切已面目全非。东西的位置没有变动,但东西本身深深地变化了。你重新见到它们时,它们的性质变了,好像更有力量使我们忧伤,更有力量打动我们,比从前更加温柔,让死神慢慢地、亲切地、一天天地在我们身上扎根。面对死神的降临,我们所做的自卫与日俱减,我们懦弱地苟且偷生,我们一次又一次看到生命在我们身上变蔫、变皱,从而感到周围的生灵和事物也在变蔫、变皱。事物在我们离开前还显得那样有用、珍贵,甚至令人生畏,然而我们在寻欢作乐或吃饱喝足之后逛城,会畏惧死亡,好像一切都烙上了皱纹。很快只剩下无害的、可怜的、软弱的人物和事物,我们的过去将只剩下哑然的错误。

昂鲁伊太太让我和她的丈夫单独在一起。他的情况不妙,血液循环不畅,心脏发生堵塞。他只简单地重复道:"我快死了。"在这种情况下我采取瞎碰运气的办法。我听了听他的心脏,心想必须当机立断,做几个人们所期待的动作。他的心脏虽说还在肋骨后面跳动,还在里面一冲一冲地追赶着生命,但再起劲跳动也是白搭,追不上生命了。完蛋了。他的心脏由于跳跳停停,断断续续,很快会变成烂糊糊的血团,红红的,黏黏的,如同一颗被压碎的熟石榴。过几天我们将看到他那软嗒嗒的心脏被解剖刀挖出来放在大理石上展示,需要法医解剖才能了结。这是我的预见,因为街坊对他们家一个接着一个死人一定会感到异常,少不了说三道四。对上次有人受重伤的事街头巷尾已经议论纷纷,说了昂鲁伊女人许多坏话。这回迟早饶不了她。

眼下她的丈夫不知如何是好,活着难受却又死不了。一部分生命好像已经离开他,但他又止不住自己的呼吸,他把空气赶走,空气却又回来了。他很想听天由命,了结此生,但不得不活着,直到最后。这是一件非常艰难的事情,只能干瞪眼。他呻吟道:"我的腿已没有感觉,一直到膝盖都是冰冷的。"他想摸一摸脚,但够不着。连水都喝不进,差不多快完了。我把他妻子准备的汤药递给他时,真疑心她在里面放了什么,汤药的味道不大好闻。当然气味不说明问题,缬草根就非常难闻。况且汤药令人窒息的怪味无关紧要,因为她丈夫本来呼吸就困难,费很大的劲、用上全身的气力才顶住疼痛,喘过气来。他在生死线上挣扎,说不上为生还是为死而奋斗。他处在爆发的阶段,处在自然状态行将结束的时候,好像分不出生死的界线。他的妻子在门背后偷听我的诊断,但我早

已识破她。我悄悄走过去吓她一下,突然出现在她面前叫她:"快!快!"她一点也没恼火,反倒迎上来在我耳边轻声说:

"您最好让他把假牙卸下来,一口假牙,妨碍他呼吸呀。"

我很乐意他把假牙卸下来,但向她建议道:"还是您亲自跟他说吧。"看他那副模样,此事难以处理。

"不!不!最好由您出面,"她坚持道,"要是由我出面,他会以为我想知道什么似的。"

"哦!为什么?"我好生惊讶。

"假牙他戴了三十年,从来没有对我谈起过。"

"也许随他自便的好?"我建议道,"既然他习惯这么呼吸了。"

"不!不行,我于心不忍……"她回答时喉咙哽咽得说不下去。

于是我悄悄回到她丈夫的房间,他听到我走近,非常高兴。他窒息过后缓过气来时,还和我说话,尽量做出和蔼的样子,关心我的情况,问我是否有了另一批病人。对他的问题,我一概回答:"是,是的。"要给他细讲,未免太长、太麻烦,不是时候哇。他的妻子躲在房门背后向我做手势,又让我叫他把假牙卸下来。我走近他的床边,凑近他的耳朵,轻声劝他卸假牙。蠢透了!"我把它扔进厕所里了……"他说此话时,两眼惊恐万状。其实他故作惊恐,但话音刚落,又喘了好一阵子。

是啊,爱美之心,人皆有之。为了好看,他戴了一辈子假牙,受了一辈子罪。忏悔的时刻已到,我很想听听他讲点心里话,谈谈他的母亲。但他已说不清,开始胡言乱语,并大量流口水。完了。一句话也说不出来。我替他擦去口水,然后下楼。他的妻子站在楼下的走廊里,非常不高兴。为了假牙,她冲我嚷嚷,好像是我的过错:"假牙是金的,大夫,我知道,我知道他付过多少钱!这样的假牙现在再也不做了!"她吵得个不亦乐乎。我十分尴尬,只得建议道:"我再上去试试吧。"但必须有她在场。这次,她的丈夫几乎认不出我们,只知道有人上来。我们走到他的床头时,他的喘声很轻,好像想听清他的妻子和我说的每一句话。

我没有出席葬礼。人们没有进行解剖,我的担心是多余的。一切悄悄地过去了。但由于假牙的事,昂鲁伊寡妇和我彻底闹翻了。

三十五

年轻人对做爱总那么迫不及待,他们急不可耐地抓住一切可以获得快感的机会,贸然行事,有点像乘火车的旅客,在两次哨声之间,匆忙到站台快餐厅随便吃上点什么。年轻人只要唱上两三节歌曲为谈话助兴,最后以接吻做爱结束,便心满意足。他们追求一时的享乐很容易满足,这确实一点不假。所有年轻人把目标都对准显赫的海滩、水边,那里的女人显得自由自在,她们美得甚至于不需要我们虚构非分之想。

冬天一到,当然我们不得不打道回府,心想这下完了,只得乖乖地承认。但尽管天气寒冷,尽管年年增岁,我们仍抱着希望。这是可以理解的。我们下流,及时行乐,不该怨谁嘛。我就是这么想的。再说我们如果躲着别人,说明我们害怕跟他们行乐。这本身是一种病症。应当弄明白我们为什么执意不肯医治孤独。战时在医院里我认识一个下士,这家伙跟我谈起过类似的情感。很遗憾后来再未见到这个小伙子。他对我发表过议论,他说:"地球已经死亡。我们不过是趴在地球上的小虫,在她的臭巨尸上爬行,一刻不停地咀嚼她的五脏六腑。我们只是她身上的毒素,不可救药。我们的腐败是与生俱来的,如此而已。"尽管如此,一天晚上人家仍急忙把这位思想家拉到棱堡那边毙了。这证明他还值得被枪毙,军事法庭声称他是无政府主义者。

几年之后,回忆起来偶尔很想追述一些人曾说过的话,以便弄清楚他们究竟说的是什么意思,但他们已经离开人世。当时我学识太浅,不明白他们的话,而今有时则想知道他们是否改变看法,但为时已晚。他们不在人世,谁也无法知道他们的想法。于是不得不在茫茫黑夜里孤零零地继续赶路。我们没来得及向自己的伙伴提实质性的问题就已经失去他们。在他们身边的时候,什么也不闻不问,糊里糊涂的。我们总是马后炮,后悔莫及,然而懊悔不能煮饭吃呀。

幸运得很,一天早上普罗蒂斯特神甫来找我,让我和他分享佣金,即昂鲁伊老太太负责的地下墓穴的收益回扣。我对神甫早已不寄托希望,他突然到来对我说,我们每个人得一千五百法郎,这钱如同天下掉下来的。同时他给我带来罗班松的好消息,好像他的眼睛大有好转,眼皮不再出脓。那边的人都请我去呢。再说我曾答应去看他们。普罗蒂斯特一再劝我去看他们。从他说的意思看,我听出罗班松快跟教堂里卖蜡烛的女商人的女儿结婚了,昂鲁伊老太太看管的木乃伊地下墓穴就在教堂旁边,并隶属于教堂。这门亲事基本上已谈妥。

我们顺便谈起昂鲁伊先生之死,但没有多说什么,话题令人愉快地回到罗班松的前途上来。接着谈起图卢兹,我对这座城市一无所知,以前只听格拉帕讲起过。然后谈起罗班松和老太婆两人在那边做的所谓生意。最后谈起罗班松即将娶的姑娘。蜻蜓点水,什么都谈,纯属闲聊。一千五百法郎!这笔钱使我变得宽容,变得乐观起来。我觉得神甫转述的有关罗班松的各项计划考虑周到,合情合理,既正当又符合实际。事情将顺利得到解决,至少我这么认为。

接着,我和神甫对于年龄问题高谈阔论起来。我们俩都已三十好几,在人生艰难的旅途上蹉跎三十余年,并未觉得有什么好流连的,甚至没有必要回顾所走过的历程。随着岁月的增长,我们没

有失落什么大不了的东西。我推断说:

"总之,想念过去的岁月,惋惜某年某月,是毫无价值的!神甫,我们可以做到高高兴兴地衰老,大大方方地衰老!难道昨天就那么有趣儿吗?以前的某一年就那么有意思吗?您觉得怎么样?惋惜什么呢?请您说说看?惋惜青春?我们这些人根本不曾有过青春!穷人随着年岁的增长,尤其当接近他们的末日时,内心反倒变得年轻了。只要他们在人生的旅途中努力甩掉全部的谎言,甩掉害怕,甩掉生下来人家就让他们养成的卑躬屈膝,那么他们不会再像从前那般卑鄙下流。世界上残存的一切都不是为了他们的,甚至跟他们毫不相干。他们惟一的任务是清除卑躬屈膝,把卑躬屈膝吐得一干二净。如果他们在最后离世之前做到这一点,那他们可以骄傲地说没有白活。"

我的情绪极好,一千五百法郎让我忘其所以。我越说越来劲:"神甫,真正的青年,名副其实的青年,应当不加区别地爱所有的人,这才是货真价实的新青年。请问,神甫,您认识许多如此完美的青年吗?我不知道有这样的青年。所到之处,我只见到一代代的青年身上孕育着卑劣而陈腐的愚蠢。这种坏东西越发酵,青年人就越膨胀,越自以为了不起。但是他们金玉其外,败絮其中。他们太年轻了,有如疖子,里面化脓作痛,而外表肿得鼓鼓的。"

我这些话弄得普罗蒂斯特好尴尬。为了不使他太为难,我改变了话题,再说他刚才对我很殷勤,态度好得不能再好。不过,对一个如此缠绕我的问题避而不谈实在难以办到。人一旦孤独生活,就不断被如何度过一生的问题所困厄,被搞得昏昏沉沉。为了解脱一下,不管谁来看你,你总想与他发发牢骚,结果弄得人家很厌烦。孤身独处等于适应死亡。我最后说:"应当比狗死得有价值,比方死以前还有一千分钟,那么每一分钟都是崭新的,都是充满焦虑的,以便使你一千次的忘却在你之前的一千年间人们可能获得做爱的乐趣。世间的幸福或许在追求欢乐中消失,带着快感消失。其余一切皆空,人们只是因为害怕而不敢承认罢了。这有艺术讲究哩。"

普罗蒂斯特听着我如此胡言乱语,一定在寻思我莫非又病了不成。也许他猜得对,是我全盘皆错。在我离群索居的时候,我总在寻求一种惩罚普遍自私的办法,在想象中把我自己摆在真理的位置上,这种惩罚一直延续到死亡为止。我们因一文不名而出不去的时候,只能凭想象穷开心,尤其心里苦闷和搞不到女人的时候,更是如此。

我承认,我不大应该用我的哲理去触犯普罗蒂斯特,因为我的哲学与他的宗教信念完全背道而驰。但他身上不管怎么掩饰总流露出一种可恶的优越感,实在叫人受不了。根据他的思想,我们全人类处在地球上,如同排着号依次待在候客室里。他的号码当然是最好的,通向天堂的,其余的一切他毫不在乎。这样的信念真叫人难以忍受。但这天晚上他慷慨地预支我去图卢兹的旅费,我不好意思惹怒他和驳斥他。再说我害怕与塔妮娅在塔拉普电影院重逢,她的脑子里老想着死去的情人。于是我毫不迟疑地接受了他的邀请,心想总能过上一两周舒心的日子吧!魔鬼有的是勾引你的办法,你一辈子也弄不清楚魔鬼到底有多少伎俩。要是多活一些年月,你真不知道到哪儿去找幸福。处处皆是短命的幸福,在地球的各个角落腐烂发臭,臭得你连气也透不过来。博物馆展示的短命的幸福,有人看后很不舒服,看上一眼就觉得恶心。我们寻求幸福的种种尝试同样令人作呕,叫人难受,因为尝试总是失败,而在永远离世之前早已尝试不动了。

我们念念不忘寻求幸福的尝试,为此目的而逐渐衰老。我们落到今天的地步不是没有花费气力的,我们曾不断使希望、衰退的幸福、热情和谎言变得振奋人心,还要我们怎么样啊!我们的钱呢？说到钱，又得装腔作势，钱，无止境地需要钱。至于其他事情，我们让别人保证，我们自己也保证，但总认为别人说得不够，保证得不力，在我们的脑子和嘴巴被灌满以前，总这么认为。我们需要香味，需要抚摸，需要忸怩，什么都需要，但只要可能，必定遮遮掩掩，以便说起来不感到害羞，不至于让我们自己恶心。因此我们并不缺乏执着的追求，不，我们正处在通往平静的死亡的正道上。

去图卢兹，说到底又是一桩蠢事，稍微想一想便猜得出，所以我是不可原谅的。但我跟踪罗班松冒险已经上瘾，对见不得人的勾当颇有兴趣。在纽约我睡不着的时候，总绞尽脑汁想弄清我究竟陪伴罗班松多远。我们走进茫茫黑夜，起先惊慌失措，但仍想弄个明白，于是在黑暗中越陷越深。要明白的事情太多，而生命又太短促。我们不想对不起任何人，我们还是有顾忌的。我们迟疑着对一切事情贸然作出判断，尤其害怕在迟疑中死去，要不然来到世上会落个一场空，那就糟糕透了。

必须只争朝夕，不要白白地死去。疾病和贫困驱散你许多小时、许多岁月，失眠使得你成日成周昏昏然眼前一片灰色，癌症或许已在你的身上滋生，血淋淋地从直肠谨慎小心地往上爬。时间永远是不够的！还不算随时可能发生的战争，在人们穷极无聊的时候，战争会从挤满穷人的地窖产生。难道把穷人杀的不够多吗？难说。反正这是个问题。也许应该把所有不明事理的人全杀尽？然后再生产新人，即新的穷人，一代一代地杀下去，直杀到产生能领悟玩笑的全部奥妙的新一代才罢休，有如锄草坪，一茬一茬地锄，直锄到长出又鲜又嫩的青草为止。

我到达图卢兹，走出火车站，犹豫片刻，到车站餐厅喝了一小瓶啤酒，然后走街串巷，闲逛起来。陌生的城市很有意思。乍到一个地方，我们可以假设所遇到的人都是好人。这是幻想的时刻，可以趁机去公园消磨时光。但过了一定年龄的人，除非带着家属，否则会像帕拉皮纳去公园找小姑娘那样引起人们的怀疑。不去公园也罢,还是去公园铁栅门对面的糕点商店吧。糕点商店位于很别致的街角,里面装饰得很漂亮,磨出宽斜边的玻璃橱上画着各种小鸟,很像青楼里的装潢。柜台里摆着糖衣杏仁,在玻璃的反射下显得无尽无穷,我仿佛来到极乐世界。售货小姐们悄悄地絮叨她们的心上事儿。譬如:

"我对他说,他可以星期天来找我。我姨妈听后却跟我父亲闹了一番……"

"你父亲不是再婚了吗?"女伙伴打断她说。

"这跟他再婚有什么相干?他毕竟有权知道他的女儿跟谁出去谈情说爱。"

另一位售货小姐完全同意这个意见。所有的女售货员都加入热烈的辩论。我不想打扰她们,躲在一旁没完没了地吃奶油泡芙和水果馅饼,味道虽然很不错,我仍指望她们尽快解决有关家庭的优先权这样微妙的问题。她们争得不可开交,毫无结果。她们没有思辨能力,不明确该憎恨谁。售货小姐缺乏逻辑性,她们又虚荣又无知,一边摇唇鼓舌,一边叽叽咕咕,骂声不迭。她们陷入了困境?我却听得津津有味。我不停地吃着罗姆酒水果蛋糕,没有数吃了多少,她们也不管。我希望离开时能听到她们取得一致的结论。但她们激动得很,谁也不听谁的,末了大家都不吭声。恼恨之余,她们板着面孔回到各自的糕点柜台,互不相视,紧闭嘴唇,默不作声,反复思考着如何"秋后算账",计算着下次如何发动更猛烈的攻击,盘算着用什么刻毒的话语去伤害那个女伙伴。这样的机会一时来不了,尽管她们想尽快促成,零星迸发的片言碎语已成不了气候。我终于坐下,想再听听由词语和意念所组成的嘈杂声,有如坐在海岸边聆听不断传来的热烈而轻柔的浪声,只是这小小的浪声始终协调不起来。

我们向往，我们等候，我们期望。在这里，在那里，在火车上，在咖啡馆，在街道，在客厅，在女看门人家，我们期待着恶意的言行像战争那样有章法，然而我们只看到骚乱，毫无章法，总是虎头蛇尾，如同这些可怜的小姐和别的人那样，吵不出任何结果。没有任何人来帮助我们。一片喋喋不休的说话声好似一张灰色而单调的巨网笼罩在我们的生活上，像海市蜃楼那样令人失望。

这时进来两位夫人，我和小姐们之间毫无成效的谈话就此中断，我们的谈话虽然索然无味，但被打断不免叫我扫兴。女顾客立即成为全体售货员殷勤接待的对象。她们急忙迎上前去询问顾客的要求和愿望。女顾客们随意挑选和指点糕点，准备买些花式蛋糕和水果馅饼带走。在付钱的时候，说些客套话，请客尝尝香脆的千层酥。其中一位夫人谢绝时雅兴十足，向其他女士们倾吐一大堆知心话，说她的医生禁止她吃一切甜食，这位医生神奇至极，在城里城外医治便秘创造出奇迹，她正在接受他的治疗。十几年来她一直苦于大便不畅，如今多亏一种非常特殊的疗法，也多亏医生的秘方，已大见好转。女士们听得津津有味，但她们不肯承认在便秘一事上比别人差一截，她们为便秘吃的苦头不比别人少，所以抱怨之余，定要见到证据才相信这种新疗法。那位夫人见到别人不信她的话，便立即加添道，她现在"上厕所时连连放屁，就像放烟火似的，由于新的大便形状正规、坚硬，必须加倍小心。有时奇妙的大便非常的硬，感到底部一阵阵的疼痛，撕裂似的痛，不得不在上厕所前先塞进一些凡士林。"这席话确实是驳不倒的。爱聊天的女士们这下心悦诚服了，售货小姐们微笑着送她们走出画满小鸟的糕点店门。

对面的公园看来很适合我静下心来的歇一歇脚，去找我的朋友罗班松之前把思想整理一下。外省的公园里除星期日外每天早上长凳几乎都是空的，长凳设在美人蕉和雏菊的丰茂的花坛前沿，假山下完全靠人工引来的水上漂着一只小锌皮船,由一根发霉的绳子系在岸上,船的周围浮漂着薄薄的一层脏物。布告牌上写着:"小船星期天放游",还标着绕湖游一周的价钱:"两法郎"。多少岁月?多少大学生?多少鬼魂?公园的各个角落都有成堆被遗忘的理想的残骸,诺言的泡影,充满性爱迹印的手绢。这里简直没有正经的东西。

行了,不要再胡思乱想了!我对自己说,走吧,去找罗班松吧,去看看他所在的圣埃波妮娜教堂,看看他和老太婆一起掌管的木乃伊地下墓室。我为看这些而来的呀,下决心吧。于是我乘上一辆马车,马一路碎步小跑,拐了几个弯,但一直沿着街心水槽向前。老城的街道阴暗,日光被两旁的屋顶夹成一条窄带。马蹄声和后轮滚动声闹得震天价响,从水槽到天桥响成一片。很久以来人们没有在南部毁坏城市,这些城市老得不能再老了。战争没有波及这里。

我们到达圣埃波妮娜教堂正好是中午。地下墓室还要往前走一点,在一个十字架的下面。我被告知地下墓室的方位是在一个光秃的小花园中间,通过一个设有栅门的洞口出入。我在远处瞥见地下墓室的看门人,一个姑娘。我一上来就向她打听我的朋友罗班松的消息。她正在关洞门。姑娘带着可爱的微笑回答我的问题,她立即告诉我说,罗班松的情况很好。

中午时分,在我们站着的地方,四周一切变成粉红色,教堂被腐蚀的石墙一直伸向天空,好像要与云彩融合在一起。罗班松的年轻女朋友大概二十岁左右,双腿坚实挺拔,小小的上半身极其雅致,头部小巧玲珑而轮廓分明。在我看来,她的眼睛太黑了一点,也许是殷勤的表示吧。她完全不属于爱幻想的姑娘。原来是她替罗班松代笔给我写信的。她在前面为我引路,走向地下墓室。她的步态干净利落,脚和踝十分秀气,胸前的系扣是追求快乐的女子所爱用的,必要时整个胸脯会像出水芙蓉一样显露出来。双手短小而坚硬有力,是野心勃勃的女工之手。她转动钥匙,轻轻打开门。热气在我们周围回荡,在路面上颤抖。我们说东道西,闲聊了一会儿。我们进去后,她从里面把门关上,尽管是吃饭的时候,但为我破例,让我参观地下墓室。在她的手提灯照引下,我们越往下走越感到凉快,舒坦极了。我开始放肆起来。在逐级而下时我装作绊了一下,一手抓住她的胳膊,我们一起乐了。到达下面,踩着结实的平地,我轻轻吻了吻她的脖子。她一开始拒绝,但不太坚持。

在亲热了一会儿之后,我贴着她的肚子扭动起来,好像真的在做爱。不料,恶习发作,我的裤裆湿了,沟通心灵的嘴唇湿了。手提灯放在地上。我用一只手抚摸她弯成弓形的双腿,由下往上,同时能斜看她大腿波动的线条,令人心驰神往。她这个姿势摆得好!啊,不要放过这分分秒秒。斜视的人此刻得到了补偿。多么叫人冲动!多么令人愉快!我们以信任和爽直的口吻重新交谈。我们已经成为朋友,从下身开始的朋友。我一下子年轻了十岁。

"你经常领人参观吗?"我喘着气问道,意识到又干下不合时宜的事。没等她回答便接着问:"你母亲便是隔壁教堂里卖蜡烛的吗?普罗蒂斯特神甫对我谈起过她。"

"我只是午饭时替昂鲁伊老太太代看一下,"她回答道,"下午我在服装工场干活儿,在剧院街,您来的时候经过剧院街吗?"

她再次让我放心,罗班松好多了,甚至眼科专家认为他不久会恢复一定的视力,可以自个儿上街。他已经做过试验。这一切都是极好的征兆。昂鲁伊老太太逢人便说对地下墓室的工作非常满意。她经营有方,积下一些钱。美中不足的是他们住的房子里臭虫太多,闹得他们睡不好觉,雷雨的夜晚闹得特别厉害。他们不得不用硫黄杀臭虫。看来罗班松经常谈起我,而且措辞友好。我们慢慢谈起他们成亲的事情和背景。

搞了半天,我还没有问她的姓名呢。她姓马德隆,大战时出生的。总之,他们的结婚计划不妨碍我的事。马德隆这个姓倒挺好记的。当然她应当知道嫁给罗班松将意味着什么。不管罗班松的病怎么好转,他毕竟是终生残疾。她肯定光以为罗班松眼睛有毛病,其实他的神经也有毛病,精神状态又不好,还有别的疾病。我差一点说出口,让她提高警惕。但关于婚姻大事,我不善于交谈,不知如何引导,如何解决。

为了转换话题,我突然对地下室的陈列物大感兴趣,既然从老远跑来看地下室,总该看一下吧。马德隆提着灯沿墙照亮,展示一具具尸体。这些东西准使游客感到莫名其妙,古老的尸体以被枪杀者的姿势固定在墙上,已分辨不清他们的皮肤、骨头、衣服,倒像皮肤、骨头、衣服的混合物,积满污垢,到处是窟窿。他们死后的几个世纪,时间总不放过他们,把他们的脸皮一点一点地撕掉,弄得他们千疮百孔,甚至使他们露出皮肤的长纤维,而死亡只毁掉他们的软骨。他们的肚子早已掏空,如今肚脐那块地方成了小摇篮似的大窟窿。

马德隆向我解释道,这些死人在一座生石灰的公墓里待了五百多年才变成这般模样,现在几乎说不上是尸体了。他们早已超过尸体期,慢慢地到达灰尘界的边缘。在这座地下墓室里,大小尸体一共二十六具,他们巴不得早点进入永恒的虚无世界。但人们还不肯放他们走。女尸的骨架上全戴着无边软帽,一个驼子和一个巨人披着装饰物,甚至一个婴儿的细脖骨上也系着一个花边围嘴和一点别的用品。

昂鲁伊老太太凭着这些古代的残骸挣到不少钱。想当初我认识她的时候,她与这些鬼怪不相上下。我在马德隆的陪同下缓缓经过所有的尸体,他们的头颅一个接着一个在提灯的光圈内默默地浮现,他们的眼眶深处似乎并非一片黑暗,多少还有一点目光,比较柔和罢了,活像有意识的人的目光。使人感到不好受的倒是他们的灰味儿,刺得你的鼻子痒痒。昂鲁伊老太太不放过任何一批旅游者,她让死人像在马戏团里那样出力,旅游旺季死人们每天为她进款一百法郎。

"他们的样子并不忧伤,不是吗?"马德隆问我。这是个惯例性的问题。可爱的姑娘根本不知道死亡是这么回事。战争时期,尸骨遍野的年代,她刚刚出生,而我却已经知道人是怎么死的。我亲眼目睹,深感切肤之痛。人们可以对旅游者说这些死人称心如意,反正死人不会反驳。昂鲁伊老太太甚至可以敲打尚有牛皮纸支撑的肚皮,敲得嘣嘣作响,但这并不说明没有问题。

最后,我和马德隆的谈话又回到正题上,这么说,罗班松的身体确实大有好转,我求之不得。可爱的姑娘好像坚持想结婚,她在图卢兹大概百无聊赖吧。这里很少有像罗班松那样遍游世界的单身汉。他可善于讲故事呢,讲真实的故事或不真实的故事。罗班松给他们大家详细讲过美国和非洲热带地区,讲得好极了。我也去过美国和非洲热带地区,也会讲故事,满肚子的故事正等着讲呢。正因为旅途中老碰到罗班松,我们才成为朋友。手提灯熄灭又点着,在我们回顾过去和展望未来的过程中,重新点燃足有十次。她不乐意我摸她的乳房,说她的乳房过于敏感而怕碰。

昂鲁伊老太太吃饭快回来了,我们应该上去了。我们从又窄又陡又不结实的扶梯回到地面,这扶梯就像活动梯那么难爬。我特别注意到这一点。

三十六

正因为窄扶梯太单薄太不牢靠,罗班松不常去地下墓室。他其实只待在门口招徕游客,同时在阳光下锻炼眼睛,以便恢复视力。昂鲁伊老太太则在地下深处施展本领。她实际上一个人靠木乃伊为两个人干活。为了给游客助兴,每每就牛皮纸撑着的死人发表一通演说:

"先生们,女士们,他们一点都不叫人恶心,因为他们在生石灰里保存了五个多世纪,请看吧,我们的藏品是举世无双的。死人的肉当然消失了,但他们的皮留存下来,是鞣过的呀。他们虽然一丝不挂,却丝毫不失体统。请你们注意,一个小男孩和他母亲一起下葬,小孩也保存得完好。请瞧下一个,这是大个子,他穿着衬衣,戴着花边,多好看哪,他所有的牙齿都完好无缺。请你们注意……"

她一边解释,一边拍打尸体的胸脯,好像敲铜鼓似的:"先生们,女士们,请瞧这一个,他只剩下一只眼睛,已经完全干枯,但还留着舌头,不过硬得像条皮带!"她拉了拉舌头,继续说:"他伸着舌头,但不叫人反感……先生们,女士们,你们离开的时候,随便给几个小钱吧,不过按惯例,每人给两个法郎,其中一半将分送给孩子们。你们离开之前,可以摸摸他们,亲自对他们有所了解,但请轻摸轻碰,拜托你们啦,因为他们身上的一切都是非常脆弱的。"

昂鲁伊老太太刚来便提出增加收费,但必须和主教府取得谅解。只因圣埃波妮娜教堂的神甫硬要提取三分之一的收入,又因罗班松老嚷嚷,认为分给他的提成不足,所以事情不那么简单。

"我上了人家的圈套,"罗班松对我诉苦,"我不走运啊!老太婆掌管的地下室确是棵摇钱树!我对你说,她可捞足油水了,这头老母猪。"

"你没有为合伙出钱嘛!"我反驳道,竭力抚慰他,让他通情达理,"再说你吃的不错,人家照看你!"

但是罗班松固执得像只雄蜂,显露出被迫害者的本性。他什么也听不进去,不肯安分守己。我接着说:"不管怎么说,你干了那么缺德的事,现在如此了结,算你走运,我对你说吧!别抱怨啦!要是我们不引导你,你说不定早去卡宴服劳役了。现在你多悠闲哪。再说你得了马德隆这么好的姑娘,她要和你好,你却全身是病!你还有什么可抱怨的呢?尤其你的眼睛不是好了吗?"

"你好像在说我瞎抱怨,是不是?"他回答道,"但我总觉得必须抱怨抱怨,我就是这个脾气。对你实说吧,除此以外,我干不了别的,只是这件事别人奈何我不得。当然人家不一定要听我的抱怨。"

一旦我们俩单独在一起,他便不住地叹苦经,弄得我很害怕听他说知心话。我瞧着他,他的眼睛直眨巴,在阳光下还能透出点水分。我心想,总而言之,罗班松不是个东西。有的人天生就是畜生,不管他们怎么无辜和不幸,人们仍旧憎恨他们。他们缺少点什么。

"你本应当死在监狱里。"我又刺他一句,让他好好想一想。

"我蹲过监狱,不比现在差多少!你消息不灵通啊。"

他从未向我说起他坐过牢,大概是我们相识前的事吧,在战前吧。他固执己见,最后说道:"我对你说,只有一种自由,惟一的自由。首先眼睛要看得见,其次口袋要装满钱,其余一切都是骗人的!"

"你究竟想怎么样呢?"我问道。每当我这样催促他做出决定、发表见解、表明态度,他就瘪了。这样的时刻他倒蛮有趣的。

白天马德隆去工场干活,昂鲁伊老太太陪游客看残骸,我们却老坐在咖啡馆前树下的露天座上。罗班松很喜欢到这里找个角落坐下,大概因为喜欢听树上的鸟叫吧。树上的小鸟可多啦!特别将近五点小鸟热得兴奋至极,纷纷回窝,骤雨般落到广场上。这居然引起一则故事,有人说公园附近一家理发馆的老板因为长年累月受群鸟的折磨,耳朵里老听到叽叽喳喳的声音,最后发疯了。后来那位理发师真的不见了。但罗班松却觉得这很快活。

"如果她从每份收入中分给我四个苏①,那我就满意了。"

他每十五分钟左右重提他的心事。其间,他对过去的种种往事好像仍记忆犹新,特别记得非洲波迪里埃尔公司的那些破事,我们俩都经历过的破事,甚至提到一些非常下流的事,这些他从来没有给我讲过,大概以前不敢讲吧。实际上他藏而不露,甚至故弄玄虚。

讲到过去,我最思念的是莫莉。每当我情绪好的时候,仿佛听到远处回荡的钟声,每当我想起温情,便立即想到她。总之,当我们稍微摆脱自私的禁锢时,当末日来临时,我们心中所惦念的是那些对男人真正产生过一点爱的女人,不只是对一个男人,不只是对你,而是对所有的男人。

傍晚我们从咖啡馆回来,像退休的士官那样无所事事。正值旅游旺季,旅行者络绎不绝,迟迟待在地下墓室不走,昂鲁伊老太太逗得他们乐呵呵的,神甫对她的玩笑话颇有微词,但他分得的收益格外的多,所以听之任之,再说他对野话一窍不通。昂鲁伊老太

---

① 一苏相当于今天的二十分之一法郎。

太与尸体为伍的时候的确值得一看、值得一听。她直视死人,一点也不害怕死神。她自己满脸皱纹,萎缩干瘪,如同死人的一员,只不过提着灯照着脸跟死人聊天罢了。

　　回家后大家聚在一起吃晚饭,他们还在讨论进款。昂鲁伊老太太称我是她的"小豸大夫",因为在朗西发生过那些破事。这自然是开玩笑的称呼。马德隆在厨房里忙碌。我们住的这所房子是圣器室的下屋,非常窄小,大梁纵横交错,隐蔽的角落积满灰尘。老太婆却说:"尽管屋子总这么黑咕隆咚,但毕竟有我们自己的床,口袋有钱,嘴巴有吃的,这就蛮不错啦!"儿子死后,她没有悲伤多久。一天晚上谈起儿子时,她对我说:"他一向爱挑剔。您瞧我活了七十六岁,从来不抱怨!他却老抱怨个没完,他就是这种人,跟您的罗班松一模一样,我不过拿罗班松作比方。您说,地下墓室的小扶梯难走不难走?您去过了吧?我当然很累,但有的日子每爬一级台阶能赚两法郎,我计算过的。如果谁出这个价钱,我情愿一直爬到天上!"

　　马德隆准备的晚饭放了许多作料和番茄,味道不错。玫瑰红葡萄酒也挺好。罗班松在南方住久了也喝上酒了。他把到图卢兹以来所发生的事已统统给我讲完,我不愿再听他唠叨。总之,他使我失望,叫我有点厌烦。我忍不住说:"你像个资产者(当时对我来说这是最厉害的咒骂)。说到底,你一心只想着钱。等你恢复视力后,你比谁都坏!"你骂他,他不生气,似乎反倒给他增添勇气。再说他心里明白我说的全是实话。我心想,这个光棍儿现在有人管,不用再替他担心啦。一个年轻的老婆,有点厉害又有点淫荡,没说的,准保叫一个男人变得让你认不出来。啊,我一直把罗班松当作一个有冒险精神的家伙,原来只不过是个半彪子,至于是不是乌龟,是不是瞎子,倒无关紧要。

　　此外,昂鲁伊老太婆的积攒癖很快传染给他,再加上马德隆姑娘想与他结婚,这下可全了。他这笔账总要清算的,特别要是他真喜欢上马德隆姑娘,休想逃过我的眼睛。要说我没有几分醋意,那是谎话,不符合实际。我和马德隆晚饭前经常在她的房间里幽会。这样的会面不大容易安排,我们不动声色,绝对保守秘密。但不要因此以为她不爱罗班松,这可毫不相干。罗班松演的是订婚戏,马德隆自然而然演的是忠贞戏。这纯属他们之间的感情表演,重要的是配合默契。罗班松悄悄地对我说,他等到结婚那天才摸她,这是他的想法。他寄情于永久,我则要马上到手。况且他对我谈起过他的计划,他打算与马德隆合开一家小餐馆,把昂鲁伊老太婆甩掉。他说的全是正经话。

"她为人殷勤,必定讨顾客喜欢,"罗班松预言道,踌躇满志,"你不是尝过她做的菜吗?味道怎么样?比赛烧菜的手艺,她谁都不怕!"

他甚至想向昂鲁伊老太太借一小笔开业资金。我不反对,但我预计他很难从她那里搞到,提醒道:"你把什么事都看得那么容易。"我这么说无非让他头脑冷静,三思而行。他突然哭了起来,骂我讨厌透顶。是啊,我们不该向任何人泼冷水,我恍然大悟,错不该这么说话,是我自己忧郁成性,没有出息。战前罗班松经营过镂版手艺,但他无论如何不愿再重操旧业,随他的便吧。他说:"我的肺需要室外空气,你明白吧,再说我的眼睛永远恢复不到从前的程度。"他说的也有一定的道理。没有什么可说的。我们一起经过闹市的时候,人们常常转过脸来向瞎子表示同情。人们对盲人、对残疾人都有恻隐之心,可以说,人皆有潜在的爱。这种潜在的爱,我早已领教过多次,确实多得不得了,不可否认。但不幸的是人们虽有那么多潜在的爱,却恶得不得了。总之,潜在的爱总表现不出来。世人把产生于内心的爱留在内心,因为这种爱对他们毫无用处,所以直到人死,爱仍留在内心。

晚饭后马德隆守着罗班松,把他称为她的莱翁,给他念报纸。他现在对政治的兴趣极浓,南方的报纸充斥着关于政治和难以消除的对立的报道。夜幕降临,我们越来越与陈年的废物融合在一起。晚饭后臭虫大肆活动起来,我趁机试验消灭臭虫的配方。后来我把配方的制作权出让给一家药房,还得到一小笔收益哩。这是一种简单的配方。昂鲁伊老太太对我的玩意儿兴致勃勃,帮助我搞试验。我们在裂缝,在隐蔽的角落寻找臭虫窝,向成群的臭虫喷洒硫酸盐。昂鲁伊老太太拿着蜡烛小心翼翼地为我照亮,只见臭虫乱蹦乱动,很快昏厥过去。我们边干活边谈论朗西。一提到这鬼地方,我心里就恶心,哪怕有生之年待在图卢兹也比在那儿强。我别无他求,只求有饭吃,有空闲的时间,能快活呗。但我不得不考虑回去和工作。时间消逝,神甫的偿金也跟着消失,连积蓄也搭进去了。

临走前,我想再给马德隆面授机宜,提点忠告。当你能够或想要做好事的时候,自然最好是给钱。但一个人得到提醒,得到应当如何做人的知识,特别得到关于乱搞性爱的危险的知识,总有好处的。我心里这么想着,特别担心马德隆得上那种病。她虽然机灵,但有关细菌的事却一窍不通。所以我给她作了详细的解释,告诉她在答应人家的要求以前,仔仔细细瞧一瞧,检查一下那玩意儿是不是红的,尖头上有没有痛风症。总之,这是些应当掌握的常识,十分有用处。她仔细听我解释,不打断我的话,最后装出不以为然的样子。她甚至跟我演戏,说什么她是正经的姑娘,我侮辱了她,我对她的看法太坏,除了跟我,她没有跟别人搞过,我鄙视她,男人全是坏东西。总之,她说的都是所有的女子在这种场合说的话,遮羞布而已,可想而知的。对我来说,主要的是让她听我的忠告并记住要点,除此之外无关紧要。她听完我的话后,其实心里犯愁,想不到温情和快感会带来我说的那种疾病。但她对此嗤之以鼻,觉得我和这种常理一样令人讨厌,认为我的话是对她的凌辱。我不再坚持,只是稍微给她介绍几种非常方便的"袋子"。最后我们试图分析罗班松的性格,对他进行心理剖析。于是她告诉我:

"他一点也不吃醋,但有时情绪恶劣。"

"得了,得了!"我反驳道。接着,我大谈罗班松的性格特征,好像我深知其人,但我立刻意识到并不了解他,只知道他的脾气中几个明显的侧面,如此而已。奇怪,人们竟想象不出什么东西能使别人或多或少感到愉快,却一味想为人家服务。对人家有利,又结结巴巴地说不清道不明,真可怜,刚一开口说话便不知所措了。

如今按拉布吕耶尔①那一套开导人是行不通了。你刚走近缺乏判断力的人,他便立即溜掉。

---

① 拉布吕耶尔(1645—1696),法国作家。代表作《品性论》包含许多格言警句、故事寓言、思想判断等,对人的品性提出不少道德上的教训。

三十七

　　我正准备去买火车票的时候,他们挽留我,说哪怕多待一个星期也行,让我看看图卢兹的郊区以及我久闻盛名的清水河两岸,特别要让我参观郊区美丽的葡萄园,城里人都喜欢葡萄园,并引以为自豪,好像大家都是葡萄园主似的。所以我不该只看了看昂鲁伊老太太管的尸体便走,那是不行的。总之,他们客气得很。我感到盛情难却,但不敢久留,恐怕我和马德隆的暧昧关系败露,因为老太婆已察觉几分,令人尴尬。不过,老太婆不会和我们一起去游览,她不肯关闭她的地下墓室,哪怕关一天也不干,因此我同意留下。

　　一个晴朗的星期天早晨,我们出发去乡间。我和马德隆一边一个扶着罗班松。我们在车站稍等了片刻。车厢里充满红肠的味道,好像坐的是三等厢。我们在一个叫圣让的车站下车。马德隆似乎是旧地重游,她很快同一些来自四面八方的熟人打招呼,天气很好,是夏季晴空明净的日子。我们边走边告诉罗班松路上看到的一切:"这里是公园,那里是桥,桥上有一个人在钓鱼,他什么也没有钓到……当心骑自行车的人……"但他先闻到油炸土豆,并带头向零售商店走去,我们买了十苏的炸土豆。我一向知道罗班松喜欢吃炸土豆,我自己也很喜欢,巴黎人都爱吃。马德隆却一个人要了一杯味美思酒,而且是无甜味的。

　　南方的河流很不自然,好像不舒服的样子,不断地在干涸。丘陵,太阳,渔夫,鱼类,船只,小沟,洗房,葡萄,杨柳,所有的人,所有的物都向河流要水,要得太多,以致河水所剩无几。有的地方看上去已不大像河床,倒像被淹的路。既然我们是来游玩的,得赶紧去水多的地方。吃完炸土豆,我们立即决定午饭前乘船转一圈,那必定很有意思。当然由我划桨,罗班松和马德隆手拉手坐在我对面。

我们顺水划出去,船不时碰擦河底,引起马德隆的轻声喊叫,弄得罗班松提心吊胆。苍蝇,到处是苍蝇。蜻蜓用大眼睛监视着各处的水面,轻轻摇晃着尾巴以示警惕。天气燥热异常,河面上水汽腾腾,撩起缕缕白烟。船从长长一段平稳的逆流滑行到布满枯树枝的地方,然后齐着火热的河岸寻找阴凉处,尽可能划到太阳照得不太烈的树木背面。我们默不作声,好像说话声会搅得空气更热,但谁都不敢说不舒服。自然是罗班松首先提出上岸,于是我建议把船停靠在一家饭馆前面。想出这个主意的不光是我们,上游河段的钓鱼人早在我们之前坐进酒吧间,守着开胃酒,躲在虹吸瓶后面。罗班松不敢问我这家咖啡馆的饭菜是否昂贵,我看出他的心思,立即解除他的顾虑,对他说价格是明标的,都十分合理,这是实情。他一直抓着马德隆的手不放。我们在这家饭店付了钱,但对送上来的饭菜只尝了尝,基本上没有吃什么,甭提了。

下午如何度过成了问题,带罗班松去钓鱼吧,未免太复杂,他连浮子都瞧不见,岂不叫他伤心。但再划船呢,我吃不消,划了一上午太累。在非洲的时候倒搞过河上训练,现在划不动了,这证明我老了。为换换花样,我提出沿陡峭的河岸走走,至少可以走到绿草如茵的地方,一公里之内就能瞥见,那里有一排杨树,一定蛮有意思。

我们领着罗班松臂挽臂地散步,草地上行走起来比较方便,马德隆比我们走快几步。在一道河湾处我们听见手风琴的声音。琴声来自一艘驳船,一艘在这带数得上漂亮的驳船。乐声引起罗班松的注意,这完全可以理解,因为他一直非常喜爱音乐。我们喜出望外,终于遇上使他开心的东西,于是选择一块草地坐下,这里的草地不像陡坡上灰尘那么多。我们看到的驳船非同一般,船经过精心修饰,干干净净,是住人的,不是装货的,上面摆满花卉,甚至还有一个漂亮的小狗窝。我们给罗班松这么描绘,他什么都想知道。

"我乐意住进像这么干净的船,"罗班松说,接着问马德隆,"你呢?"

"我很理解你的意思,"她回答说,"但是你的想法要花许多钱才能实现,莱翁!这比一栋漂亮的房子还贵,我敢肯定!"

于是我们三个人开始动脑筋,算计这么一艘驳船值多少钱,我们的估计统一不起来,每个人坚持自己的数字,通常我们对什么事情都是敞开思想的。手风琴的乐声不断传来,悦耳动听,伴唱的歌词清晰可辨。最后我们对驳船得出统一的估价,至少值十万法郎,令人望洋兴叹。

> 闭上你美丽的眼睛,时间多么短暂,
> 在神奇的地方,在甜蜜的梦乡……

这是船里男女合唱的歌词,唱得有点走调,但在这样的背景下仍十分令人愉快。这歌声同炎热、乡间、时辰、河流都十分协调。

罗班松还在固执地计算驳船的价值,他认为根据我们的描绘,驳船的价值要更高,因为船顶装有彩色玻璃,船上各处嵌有黄铜,总之是豪华型的。

"莱翁,你何苦呢,"马德隆设法让他冷静下来,"躺下歇一会儿,这里的草挺厚的。十万或者五十万,这与你我有什么相干呢?实在没有必要这么激动。"

罗班松躺着,仍旧激动地议论着价格,他一定要搞清楚,并尽力睁眼看看这么昂贵的驳船。他问道:"驳船上有马达吗?"我们不知道。既然他非想知道不可,我便去船的后方位观察有没有小马达的管子。

> 闭上你美丽的眼睛,生活只是梦幻,
> 爱情只是虚幻,虚幻,虚幻,
> 闭上你美丽的眼睛,眼睛,眼睛!

船里的人继续这么唱道。我们感到疲乏,躺倒在草地上,他们的歌声使我们昏昏入睡。突然船上的长毛猎狗从小狗窝跳将出来,跑到跳板上朝我们汪汪直叫,把我们惊醒了。罗班松更是害怕,我们朝猎狗骂了几声。一个船主模样的家伙从船舱门走到甲板上,他不乐意我们骂他的狗,我们互相抢白了几句。但这人得知罗班松几乎已双目失明时,突然冷静下来,甚至觉得自己鲁莽。于是他改变厉声怒色,息事宁人,为自己没有教养解嘲。作为补偿,他请我们上他的驳船喝咖啡,并补充道这天是他的生日。他不想让我们在大太阳底下曝晒,唠唠叨叨说个没完,还说我们赶巧了,因为他们饭桌上正好是十三个人①。这位年轻的船主是个好幻想的人。他解释道,他喜欢船只,但他的妻子怕海,于是他们停泊在此地,几乎可以说是系泊在石头堆里。我们马上明白了。

在船上,他的家人似乎颇高兴接待我们,他的妻子带头欢迎。原来是这个美人儿在天使般地拉手风琴。不管怎么说,请我们来喝咖啡委实是厚道的举动。我们兴许是些不三不四的人呢!总之,这是他们对我们的信任。我们立即懂得不应使殷勤的主人们难堪,尤其在他们的女客人们面前。罗班松固然有许多缺点,但平时他是个易动感情的男子。凭听到的声音,他心里便明白我们应

---

① 欧美人的迷信。宴请的人数应避免十三人,否则不吉利。

当好自为之,千万不说粗话。诚然我们穿的不讲究,但还干净和得体。我仔细观察船老板,他约三十岁上下,一头富有诗意的褐色美发,一身水手式便服,优雅,讲究。他漂亮的妻子有一双丝绒般温柔的眼睛。

他们刚吃过午饭。饭后小吃极丰盛。我们当然不拒绝小点心和与之相配的波尔图葡萄酒。很久以来我没有听到如此高雅的声音。高雅的人有某种特定的说话方式,让你胆怯,尤其雅士们的妻子更叫我心惊肉跳。其实只不过是一些言不及义和煞有介事的话,以引经据典的口气说出来罢了,给人以旧式家具的印象。尽管无关痛痒,但叫人起鸡皮疙瘩,所以不敢插嘴,即便回答,也是诚惶诚恐的。每当他们以下等人的声调唱穷人的歌作为消遣时,他们仍保留着高雅的腔调,令你怀疑和厌恶。这种腔调如同一条小鞭子不住地抽打在你心上,主人对仆人说话的时候用的就是类似的腔调。歌声令你振奋,但同时使你恨不得撩起他们妻子的裙子看看里面究竟是什么货色,是不是如他们声称的那般尊严。

我轻声给罗班松讲解周围的摆设,尽是些老式家具。我不由得想起我母亲的铺子,自然这里的布置更干净、更井然。我母亲家总有股陈胡椒味儿。再者,这里的隔板上挂满船主画的画。画家。这是他妻子向我透露的,说的时候又附带着许多客套。他的妻子很爱他,这在他的举态中看得出来。老板是个艺术家,美男子,美头发,美收益,具备获得幸福所应有的一切条件。再加上手风琴,加上朋友,加上在船上的沉思默想:船在枯水时原地漂游,满足于永远不出远航。在这一切之外,他们家中还有种种美食、世间极其珍贵的凉爽——在小窗帘和电扇的清风之间——以及神圣的安全感。

既来之,则必须协调一致。冰镇饮料和奶油草莓是我喜爱的餐后饮食。马德隆扭动着身子要了第二份,她也跟着举止文雅起来。男人们觉得马德隆可爱,特别是岳父大人。这个大财主对马德隆坐在他身旁显得格外高兴,竭力讨她喜欢。他为她在餐桌上收集甜食,马德隆吃得鼻子尖都沾上奶油。从谈话中得知,岳父大人是个鳏夫,看得出他已忘乎所以。很快,在上甜烧酒时马德隆略有醉意。罗班松穿的衣服和我穿的衣服一年四季不离身,已经陈旧,幸好我们坐的地方隐蔽,旧衣服并不显眼。但我总觉得丢人现眼,看人家多舒坦,干净得犹如油光锃亮的美国人,衣冠楚楚,如同准备去参加时装比赛似的。微醉的马德隆坐立不太稳当,她侧着小身躯倾向挂着的画,说起傻话来。女主人见此情景,为顾全我们的面子,再次拉起手风琴,大家随即唱了起来,我们三人也跟着哼哼,但很不合调,平淡乏味,先唱刚才在外面听到的那首歌,然后唱另外一首。

罗班松终于和一位老先生攀谈起来,此公好像对种植可可十分精通。他们找到一个精彩的话题。一个殖民军人碰上另一个殖民军人,一拍即合。我非常惊讶地听到罗班松声称:"我在非洲担任波迪里埃尔公司的农业工程师时,促使一个村庄的全体农民喜获丰收。"他反正看不见我,可以信口开河,说个痛快。只要能自圆其说,可尽兴编造回忆,糊弄老先生。满口谎言!他用尽一切可能抬高自己,以便同老资格的先生平起平坐。一向说话谨慎的罗班松突然间如此胡说八道起来,真叫我又恼火又难过。他们让罗班松坐在长沙发正中的荣誉席上,这儿香气扑鼻。罗班松右手拿着一杯白兰地,比划着手势大谈非洲原始森林的雄伟和赤道陆龙卷的猛烈。他完全沉浸在往事的回忆中。阿尔西德要是在场,会笑破肚皮的。可怜的阿尔西德!

没说的,要说舒服,在他们的驳船上真舒服,尤其此刻从河面上吹来一阵阵清风,小窗上的管状褶裥帘子徐徐飘动,好似爽快的和风吹动下的小旗子。最后上冰激凌,还有香槟酒。老板多次重复道,这天是他的生日。他试图让大家高兴一回,包括过路的客人,即我三人。在他的治下,我们大家和好一小时,两小时,也许三小时,大家都是伙伴,不管是熟悉的人,还是不熟的人,甚至是陌生的人,比方我们三个人,从岸上把我们拉来凑数,以便避免餐桌上是十三个人。我差一点唱起我那首喜悦的小调,但克制住自己,突然觉得要有点骨气。所以我认为有必要向他们透露,我是完全有资格受到邀请的,因为我是巴黎地区最杰出的医生之一。我头脑发热了!当然这些人从我的穿着猜想不到这一点,从陪伴我的人的平庸更难以想象。他们一经知道我的地位,就宣布喜出望外,三生有幸,每个人立即向我诉说各自身上的不舒服。我趁机靠近一个企业家的女儿。她是船主的表妹,长得腰圆背厚,正患着荨麻疹,并动不动就打酸嗝儿。

不常享受珍馐美味和安逸舒适的人,很容易飘飘然起来,不注意自己的身份,忘乎所以,妄自尊大。这么多突如其来的乐趣使你情不自禁地口出狂言。我也狂妄自大地吹嘘起来,对小表妹高谈荨麻疹。我横扫平日的谦卑,用谎言这种穷人的货币,像罗班松那样表现出适应有钱人的气魄。外貌不扬和骨架虚弱的人总是自惭形秽的,我不敢向他们披露真情,有如不敢给他们看我的屁股,否则是对他们的不敬,所以我无论如何要使他们有好印象。对他们提的问题我用一些新颖的想法加以搪塞,就像刚才罗班松回答老先生那样。我顿时神气起来,什么大批体面的主顾啊,什么忙得不可开交啊,什么我的朋友罗班松工程师请我来图卢兹他的小别墅小住啊,等等,不一而足。

幸好,宾客吃饱喝足之后很容易轻信,把什么都当真。罗班松在我之前已经偷偷地尝到即席吹牛的乐趣,我只要稍微花点力气跟他学就行。由于罗班松戴着墨镜,人家看不清他的眼睛,我们便把他的不幸慷慨地归咎于战争。这样一来,我们的处境极好,社会地位随之抬高,爱国的程度不亚于主人们。我们声称,起初我们对船主兼画家的反复无常颇感惊讶,但这是社交艺术家的地位迫使他有时做出一些异常的行为。客人们顿时感到我们三人可爱至极,出色得不得了。

马德隆作为未婚妻也许有失检点,她撩拨众人,包括女人在内,弄得大家兴奋异常,差一点没搞成放荡的聚会。但大家的话逐渐稀少下来,都在琢磨言外之意,结果什么也没有发生。然而我们赖在坐垫上,挖空心思地说话,一起昏头昏脑地寻开心。身体一旦得到满足,便想更进一层,更暖和一些,再进一层。我们凭着想象,竭力维持此刻世间的全部乐趣,竭力保住我们所认识的内心世界和外部世界一切最美好的东西,并让旁边的人分享。旁边的人向我们承认这正是他们所寻求的东西,妙不可言,但他们恰恰缺乏我们的天赋,多少年来他们苦苦追求这种幸福,现在终于尽善尽美地获得,并可以永生永世地享用!是啊,我们给他们揭示他们自身存在的依据,应当向公众宣布,他们终于找到自身存在的依据。让我们一起再干一杯,庆祝如此快乐的聚会,预祝这种快乐与世长存,永远不改变其魅力!特别预祝我们永远不再回到我们相识和美好相聚以前的时代,即令人可恶的时代,没有奇迹的时代。从今往后大家永远在一起,永远,永远!

老板忍不住了,他大煞风景,三句不离他的画,时刻守着他的画,弄得神魂颠倒。我们虽然醉醺醺的,但对他愚蠢的执拗与平庸仍感到难以忍受。我认输,对老板吐出几句有分量的、很漂亮的夸奖话,纯属使艺术家感到欣慰的客套话。这正符合他的需要。他听了我的恭维话,如同性交了一次,身子慢慢地瘫倒在沙发里,靠在软绵绵的扶手上,几乎立刻睡着了。他睡得很香,显然非常幸福。在这同时,客人们仍旧脸对着脸互相欣赏,但目光呆滞,灵魂仿佛被对方勾去,在几乎不可抵抗的睡意和消化系统的奇妙的乐趣之间犹豫不决。

与之相反,我打掉瞌睡的欲望,省下来留给夜晚。白天苟延残喘的不安常常使我把瞌睡推延。一旦搞到一点福乐的享受,把它浪费在毫无意义的、提前到来的盹儿上,那太傻了。到夜里再好好睡吧!这是我的格言!应当时时刻刻想到夜晚。再说我们被邀请留下吃晚饭,那么应当消化消化。

我们趁大伙儿昏昏沉沉的时机溜开。我们三人蹑手蹑脚地绕过分散在老板娘手风琴周围的客人,他们正昏昏入睡,样子可爱之至。老板娘那双如音乐般柔和的眼睛眨巴着寻找梦影。当我们经过她面前时,她轻轻地说:"回头见!"然后带着微笑进入梦乡。

我们一行三人没走多远,只走到我刚才注意到的一个河湾处,在两排杨树之间,在两排很高很尖的杨树之间。从这儿可以眺望整个河谷,甚至远处凹地的城镇,城中心的教堂钟楼像一根钉子似的戳向布满红霞的天空。

"咱们乘几点的火车回去啊?"马德隆不安地问道。

"别担心嘛!"罗班松让她放心,"他们会用汽车送我们,说好的,老板亲自说他们有一辆汽车。"

马德隆不吭声了,她回味着欢乐,这一天过得真让人高兴。然后她问罗班松:

"你的眼睛,莱翁,你的眼睛现在怎么样啦?"

"好多了!我没有对你说起,因为还没有把握,但我想左眼已经能看清桌上酒瓶的数量。我喝得不少,你注意了吧?好酒啊。"

"左眼,靠心这边的眼睛。"马德隆高兴地评论道。她喜出望外是可以理解的。于是她向他提议:"亲亲我,我再亲你!"我感到在他们亲热的时候留着是多余的,但一时不知道退到哪里去。我终于装出到不太远的树后小便的样子走开了,我待在树后等他们亲热完后再回去。他们的谈话温存亲切,我听得清清楚楚。熟人

最平淡的谈情说爱听起来也有点可笑,况且我从来没听见过他们这么说话。她问:

"你真的爱我吗?"

"像爱我的眼睛那样爱你!"他回答。

"莱翁,你说的话可不轻啊!但你还没见过我呢!赶明儿你眼睛好了,用你自己的眼光看我而不是用别人的眼光看我,你还会这么爱我吗?到那时,你会瞧见别的女人,也许会见一个喜欢一个的,是吗?像你的伙伴们那样?"

她悄悄说出的看法显然是针对我的,我心里明白。她以为我已走远,听不见她的话,于是损我一家伙。她没有白费心机。她的朋友立即抗议道:"瞧你说的!"他说,这全属猜疑、捏造。他进一步辩护道:

"我才不会呢,马德隆!我可不是他那种人!你凭什么说我像他?你对我这么好,我哪能那样呢?我一心不二,我!我不是坏蛋,我!我对你说过永远爱你,我说话算数!永远爱你!你漂亮,我知道,等我看得见你,你就更漂亮!怎么?你高兴?你哭了?我已经把话说尽了!"

"这太好了,莱翁!"她说着投入他的怀抱。他们正在海誓山盟,不能打断他们,这种时候是容不得别人的。之后,莱翁情深意切地说:

"我希望你跟我永远幸福,将来你能享清福,要什么有什么。"

"你多么好啊!莱翁,你比我想象的还要好。你温存,你忠诚,你太好了!"

"因为我非常喜欢你,我的心肝宝贝。"

他们越说越热乎,抱成一团。为了把我远远地拒在他们莫大的幸福之外,他们揭我的老底儿。她先发起攻击,好像我成了她的心病。她说:"你的朋友,这个大夫,他是好人,对吗?他是好人!

我不想说不利于他的话,因为他是你的朋友。但这个人好像对女人挺粗鲁的。我不想说他的坏话,因为我认为他确实对你很好,但我不需要这样的男人,我对你说吧,这话你听了不生气吧?"不,莱翁一点也不生气。她接着说:"我觉得这个大夫见女人就喜欢,有点像狗,你明白我的意思吗?你不这么认为吗?他骑在别人身上,糟蹋别人,弄完就走。你不认为他是这种人吗?"

他认为是的,这个王八蛋,他的看法同她完全符合,认为她说得完全正确,并且说得挺风趣儿,有意思极了!他鼓励她往下讲,自己打着嗝儿,十分痛快。

"是的,马德隆,你对他的看法很对。费迪南这个人不坏,但可以说不会体贴人,忠诚嘛,也不是他的长处!这我敢说!"

"你大概认识他的不少情人吧,说说,莱翁?"她真厉害,挺会刺探情况的呢。

"要多少有多少!"他坚定地回答,"你知道,他呀,他不挑剔!"

谈到这里该作个结论了,马德隆当仁不让:"大家都知道医生统统不是好东西,常常乱搞,我想他已经搞得不行了。"

"你说的再对没有,"我的好朋友、我的幸福的朋友称赞道,"他搞得太过分,我经常想,他老那么干,准吃春药。再说,他的那个玩意儿,你要见着,粗得吓你一跳!不太正常!"

"喔!喔!"马德隆突然不知所措,努力回忆我的玩意儿,"那么你认为他有什么病吗?"她惴惴的,联想到私下听到的信息不由得伤心起来。

"我不知道,"他不得不遗憾地承认,"我说不准,不过照他的生活方式有可能得病。"

"你说的对,他没准是吃春药的,怪不得他有时候很古怪。"马德隆的小脑子顿时运转起来,她补充道:"今后应当提防着他点儿。"

"你不用担心,"他问道,"他至少没对你怎么样吧?他没有向你求过爱吧?"

"没有,没有,我才不乐意呢!但很难知道他脑子里想些什么。不过可以想象得出来,他发作的时候会怎么样,这种吃春药的人经常发作。不管怎么说,反正我不会让他看病的。"

"我也不让他看病,好啦,不说了!"罗班松称赞道,说完又是一阵亲热,抚摸。"亲亲!亲亲!"她搂着他摇晃;"猫咪!猫咪!"他答道。一阵狂热的接吻。静场。

"喂,你连续说你爱我,一直说到我亲吻到你的肩膀为止。"他搞小嬉戏,从脖子开始往下吻。

"我脸都红了!"她喘着气喊道,"我闷死了!让我透透气!"但他不让她透气,又一次吻她。我坐在不远的草地上偷看所发生的一切。他用嘴唇舔她的奶头,轮番着舔两个奶头,还搞别的小嬉戏。我也脸红起来,不由得浮想联翩,并为我的不知趣而惊叹不已。

"咱们俩会很幸福的,嗯,莱翁,你说呢?对我说你完全肯定咱们会幸福的,好吗?"

这是幕间曲。之后,便是未来的计划,多得足以重建一个世界,但只为他们俩设计的世界。我自然完全被摈弃在外,好像他们需要不断地摆脱我,不断地提到我而后把我从他们的私情中驱逐出去。

"你和费迪南是很久很久的老朋友吧?"咳,我的那玩意儿老纠缠着她。

"是的,好些年了,这儿那儿的老碰在一起,"他回答道,"开始在旅途中偶然相遇,这家伙喜欢到处看看,我也是,某种意思上说,好像我们很久以来一直在相同的旅途上奔波,你明白吗?"他把我们的生活缩小到平淡无奇的程度。

"好吧！从现在开始,我的宝贝,你们结束好伙伴的关系吧!"她坚决、果断、明确地接着说,"该结束啦！我的宝贝,你说该不该结束呢？今后你只跟我风雨同舟,明白吗？我的宝贝,不明白吗？"

"这么说,你嫉妒他喽?"这个笨蛋有点狼狈地问道。

"不,我才不嫉妒他呢,我爱你,我的莱翁,我要你全部属于我,不跟任何人分享。况且,这种人你不该再与他来往,现在有我爱着你,我的莱翁,他太堕落,你明白吗？对我说你非常喜欢我,莱翁！你明白我的意思吗?"

"我非常喜欢你。"

"好。"

三十八

当天晚上我们一起回到图卢兹。

事故发生在两天以后。我毕竟该走了。我正在打行李,准备去车站,突然听见门前有人喊。我仔细一听,原来叫我赶紧去地下墓室。我看不见向我喊话的人,但从语气上判断,似乎事情很紧急,让我务必马上到场。"这么急吗?着火了?"我回答,故意拖延着。那时不到七点,晚饭前光景。我们说好在车站告别。这个安排对大家合适,因为老太婆要晚一些回家。这天傍晚,她要在地下墓室等候一批朝圣者。

"快一点啊,大夫!"街上的人催促道,"昂鲁伊老太太刚才出事了!"

"来啦!来啦!"我说,"我马上就去!一定去,我就下来!"我镇静了一下,补充道,"你先走,对他们说我这就去,马上去,等我穿好裤子就去。"

"事情紧急啊!"那个人还一股劲儿催,"她失去知觉了,我再对你说一遍,好像脑袋断掉一根骨头!她从地下墓室的台阶摔下来,一下子滚到最底下。"

"行了!"我听到这段精彩的故事,心想坏事了。我不再犹豫,拿定主意,直奔火车站。

我赶上七点一刻的火车,总算在最后一分钟赶到。

我不辞而别。

三十九

帕拉皮纳重新见到我的时候,觉得我脸色不好。他如往常那样满腹狐疑地对我说:"你大概在图卢兹那边搞得太累了吧。"是的,在图卢兹确实有过让人心悸的事情,但不该抱怨,因为我在关键时刻脱身了,至少如我希望的那样没有陷入真正的麻烦。我向他详细叙述那些奇遇,解释我的怀疑,但他认为我的应变能力不高明。我没有时间讨论这些事情,因为对我来说,当务之急是赶紧找到工作,不该浪费时间说长道短。我身上只有一百五十法郎的积蓄,还不知道到何处安身哩。去塔拉普电影院吗?人家不雇人了。危机。那么回加雷纳-朗西呢?重新拉主顾?不管怎么说,我想到过这一层,但那是没有办法的办法,万不得已的办法。只要有一线希望,最好不那么干。

临了,还是帕拉皮纳拉我一把,帮我在他工作的疯人院找到一个小差使。我在那里已有数月,工作还算顺利。在疯人院,帕拉皮纳不仅负责把精神失常的人带去看电影,还负责放火花。他每周两次定时把患忧郁症的人故意集中在一间封闭、黑暗的屋子里,在他们头上放射一阵阵磁性火花。这叫作精神运动,是他的老板巴里通大夫美妙的发明。此公是个吝啬鬼,他以很低的工资雇佣我,合同及其条款长得要命,全部对他有利。总之,他是个不折不扣的老板。

我们在他办的疯人院挣的薪水确实低得可怜,但包吃包住,条件相当不错,还可以搞搞女护士,这是允许的,当然是默许。巴里通老板对这类消遣并不非难,甚至说这里搞色情的方便条件有利于留住工作人员。这个想法并不糊涂,但很不严肃。再说,人家刚给我一个小差使,使我绝处逢生,我不好意思多问和多提条件。再一想,不太明白为什么帕拉皮纳突然对我如此热情。对他的好意,我感到蹊跷,认为帕拉皮纳具有兄弟般的情谊,未免太美化他,一定有更复杂的原因,不过也难说。

中午我们同桌吃饭,大家习惯地聚集在老板的周围。巴里通是有经验的精神病医生,尖尖的山羊胡须,短而粗的腿,和蔼可亲,但不能跟他谈经济问题,否则正好给他提供借口和机会让他发火。至于面条和涩口的波尔多葡萄酒,可以说尽我们吃喝。他有一大片祖传的葡萄园。我们喝的是他家的酒,算我们倒霉,我敢肯定,是土产的酒。

他办的这所疯人院总是满员,人们在各类说明书上称这家位于塞纳河畔维尼的医院为"疗养所",因为医院周围是一片花园。风和日丽时,疯人们在这里散步。他们散步的样子很滑稽,头和肩总难以保持平衡,好像时刻担心绊一下把肚子里的东西倒出来,他们苦恼地守着肚子里一大堆变化无常、稀奇古怪的东西。精神病患者向我们诉说他们的思想财富时,要么失魂落魄地全身扭动,要么态度傲慢,老气横秋,活像大权在握、一丝不苟的董事。很难让他们摆脱头脑里的独立王国。所谓疯子,是说一个人把普通的思想禁锢在脑子里,外界根本渗透不进去,他的脑袋能自给自足。一个被禁锢的脑袋如同一个不通往河流的湖泊,必然淤滞发臭。

巴里通从巴黎批发购买面条和蔬菜,所以维尼的零售商不喜欢我们,甚至于嫌恶我们。但他们的敌意并没有影响我们的胃口。在我实习之初,巴里通经常在吃饭的时候把我们东拉西扯的话归纳小结并点明其哲理。但他最讨厌在餐桌上谈论精神病患者的怪癖,也难怪,他同疯人打了一辈子交道,靠来来往往的疯子挣钱度日,与疯人同吃同住,勉勉强强制住疯人的癫狂,自然不乐意提起他们。他斩钉截铁地争辩道:"他们不应该成为正常人的话题!"他一向坚持这项使神经保持卫生的原则。

巴里通喜欢聊天,喜欢得到了不知满足的程度。他喜欢有趣的谈话,尤其喜欢使人安心的和合乎情理的谈话。他不乐意多谈神经不正常的人,对他们抱着一种本能的反感,不屑一顾。相反,他对我们的旅行故事喜欢得不得了,百听不厌。我来到的时候,帕拉皮纳肚子里的货已倒得差不多。我正好接替他在吃饭时使老板消遣。我把自己所做的长途旅行逐一详详细细地讲述,当然是经过修饰的,使之富于文学色彩,娓娓动听。巴里通吃饭时,舌头和嘴巴的动作大,声音响。他的女儿爱梅总坐在他的右边,尽管只有十岁,但似乎已经憔悴不堪。爱梅的脸缺乏生气,被某种不治之症所引起的阴影所笼罩,使我们看不清她脸上的本色儿,仿佛总有恶浊的烟云遮盖着。

帕拉皮纳和巴里通时有小摩擦,好在巴里通对谁都不记恨,只要别人不过问他的盈利就行。很长时间他的账目一直是他生活中惟一神圣不可侵犯的方面。有一天在餐桌上,巴里通的话还没讲完,帕拉皮纳生硬地打断他,说他缺乏伦理学修养。起初巴里通对这个批评很生气,后来也不见怪他,犯不着为这么一点儿小事生气。巴里通听我讲旅行不仅感受到浪漫的情趣,而且还认为节约了钱。"听了您的讲述,就不需要去看这些国家啦,费迪南,您讲得活灵活现!"他再也想不出更好的话来夸奖我。

我们的疯人院只收容易看管的病人,从不收非常危险的乃至杀人的精神病患者。因此这里绝不是阴森可怖的地方,只有很少的栅栏,几个禁闭室。最令人担忧的倒是巴里通自己的女儿,爱梅不算病人,她和大家生活在一起,但环境使她神魂不定。不时有几声尖叫传到我们的餐厅,但引起叫声的原因一般无关紧要,再说叫声持续的时间很短。我们经常看到成堆的病人为一点鸡毛蒜皮的事突然发起疯来,久久平息不下,这多半发生在他们闲逛的时候。他们在水泵、小树林和成丛的秋海棠之间来回没完没了地逛荡,不免生出是非来。但闹到最后总是小事化了,让他们洗个温水澡,喝点短颈大腹瓶里的含阿片的糖浆,也就没事了。疯子们有时到临街的食堂窗户口尖叫一阵,骚扰一下近邻,但他们把憎恶多半留在心里。他们把深仇大恨藏起来,化作个人的力量来抵制我们的治疗。这种抵制使他们心醉神往。

现在想起我在巴里通老头那里认识的疯人们,不禁怀疑是否还有什么比战争和疾病这两个没有尽头的噩梦更引起我们的性情产生深刻的变化。我们一生中最大的辛劳莫过于竭尽全力在二十年、四十年乃至更长的时间内保持理性,干净彻底地扼制自我,即邪恶的、残忍的、荒诞的自我。我们生来就是跛行的下等人,却偏偏从早到晚遵照普遍的理想争当超人,人生真是一场噩梦。

我们的疯人院也收一些不惜高价的富有病人,他们住在路易十五款式的隔离房间里,收费很高。巴里通每天查一次病房。病人们严阵以待,不时请他吃两记重重的耳光。这是蓄谋已久的。每次挨打以后,巴里通立即开出特殊治疗的处方。

帕拉皮纳就餐时态度谨慎,并非因为我在巴里通面前侃侃而谈使他不快,相反,他似乎不像从前研究微生物时那般忧心忡忡,终于做到随遇而安。应当指出,关于少女的麻烦事曾吓得他灵魂出窍,从此对性欲颇感困惑。闲空儿他和病人一样绕着院内的草坪转悠,我经过他近旁时,他总朝我微笑,但笑得那么含糊,那么苍白,仿佛即将永别了。

巴里通雇我们两人当他的技术人员是很合算的,因为我们不仅为他一丝不苟地工作,而且使他得到消遣:他自己从未有过冒险的经历,所以非常喜欢听我们讲以前的奇遇。为此他乐于向我们表示好感。不过他对帕拉皮纳持保留态度,他们的相处总有点别扭。"费迪南,您是明白人,帕拉皮纳是个俄国佬!"一天他悄悄对我说。在巴里通看来,俄国佬这一说法如同"糖尿病"或"黑人法语"①,具有描写的、形态学的、不可饶恕的性质。这事儿好几个月来他一直憋在心里,承他看得起我,向我倾吐衷肠。他居然动脑筋思辨起来,以致我一时认不出平日的巴里通。我们正巧一起去当地的烟店买香烟。他说:

"我觉得帕拉皮纳这伙计非常聪明,这是显而易见的,费迪南。但他的聪明真邪门儿!您不觉得邪门儿(他的说法是:"完全任性的"),费迪南?首先他不愿意适应环境,这点一眼就看得出来。他连干自己的本行也是别别扭扭的,生活在这个世上也是别别扭扭的!您得承认,他这就错了,完全错了,其证据是他很苦恼。瞧瞧我是怎样适应环境的,费迪南!"他拍拍胸骨。"譬如,明天地球逆转,我怎么样?我照样能适应,费迪南!马上适应!您知道怎么办吗,费迪南?我多睡十二个小时,什么事儿也没了!就这么简单!嗨,没有比这更聪明的吧!什么都解决了,我也适应了。要是您那个帕拉皮纳碰到类似的奇遇,您知道他会怎么办?他必定反复算计,苦苦思索一百年!我敢肯定,对您说吧。对吗?地球一旦逆转,他马上失去睡眠!他一定觉得特别不正义!太不正义!动辄说不正义,这是他的怪癖!以前他乐意跟我说话的时候,大讲特讲不正义。但您认为他只满足于唉声叹气吗?轻微地损害一下吗?才不呢!他会想方设法把地球炸掉!为了报仇!最糟糕的,费迪南,我对您说,请不要外传,最糟糕的是他居然能想出办法!

---

① petit-nègre,不应译为小黑人或矮黑人。系指法国殖民地土著讲的简单法语,应译为蹩脚法语,或"黑人法语",加上引号。

嘿,费迪南,请记住我下面的这些话!有两种疯子,一种是普通的疯子,另一种是受文明的痼习所折磨的疯子。帕拉皮纳属于后一种,我想起来就毛骨悚然!您知道有一天他对我说什么吗?"

"不知道,先生。"

"好家伙,他对我说:'在阴茎和数学之间,巴里通先生,什么也不存在!什么也没有,空空如也!'请您再听着,您知道他后来又对我说什么来着?"

"不知道,巴里通先生,一点也不知道。"

"他没有对您讲过吗?"

"没有,还没有呢。"

"可他对我说了。他说,他等着数学年龄的到来,别无他求!说得非常坚决!他对我这种放肆的态度,您觉得怎么样?应该这么对待他的长辈吗?应该这么对待他的首长吗?"

我哈哈一笑,不得不对这种超越限度的怪念头嗤之以鼻。巴里通倒不理会这等小事,更使他气愤的事还多着哩。他说:"喂,费迪南,我看出您觉得这一切都无关痛痒,无非是没有恶意的戏言,无稽之谈,一般的胡言乱语。您好像得出这样的结论,如此而已,是吗?咳,轻率的费迪南!请让我好好提醒您,谨防这些表面上无关紧要的积习。我向您宣布,您完全错了!完完全全错了!大错特错!在我的生涯中,您得相信,我曾经在这里或别处听到过各种各样的冷言冷语、谵语狂说,什么都经历过!您承认这一点,费迪南,是吗?您也一定注意到,费迪南,我不像忧虑重重的人,不像大吹大擂的人,是吧?不是吗?一个词儿的力量,几个词儿的力量,好多句子乃至长篇大论的力量,在我看来是微不足道的。我出身相当平凡,天生不怕人言,但别人总不能不让我成为一个倍受抑制的人群中的一员吧!因此,费迪南,在对帕拉皮纳进行认真细致的分析之后,我不得不保持警惕!不得不说话谨慎。他的怪诞不同于一般常见的、无害的怪诞。我觉得这是一种罕见的、古怪的、可怕的怪诞,一种很有感染性的离奇的思想,简言之,极易在社会上传播开来。从您朋友的状况来看,也许还没有到疯狂的程度,也许只是过分自信造成的。但我对有感染性的精神错乱十分在行,没有比过分自信更严重的了!我对您说,费迪南,我经手过许多这类过分自信的病人,而且他们的病因各异。总之,我认为高谈正义的人是最疯狂的!我承认,起初这些伸张正义的人颇感兴趣,现在这些怪人使我厌烦,使我恼火透顶。难道您不同意吗?我发现人们具有某种极易传导怪诞的共性,使我不寒而栗,您明白我的意思吗?请注意,费迪南,在所有人的身上都存在这种禀性,有如倾向喝酒或色情,同样是命中注定的,非常非常的普遍。您笑什么,费迪南?那么您也使我心寒。多么脆弱!多么不堪一击!多么不坚定!多么危险的费迪南,我还以为您是严肃的人!原来如此,费迪南,别忘记我已老了。我可以对未来满不在乎!我有这份权利!您却没有!"

原则上对任何问题我一向与老板的见解保持一致。我在动荡的一生中没有得到什么实际的长进,但我还是学到了奴才的道德准则。由于我的奴性素质,我很快成为巴里通的挚友,到头来我们亲如手足:我从不反驳,饭吃得很少。总之,我是个温顺的助手,克勤克俭,不贪钱,不危险。

四十

维尼位于塞纳河畔两个闸门之间,介于两座不见绿色的山坡当中,是个正在变化的郊区村庄,巴黎即将把它吞没。每个月村庄要失去一块园地。从村口开始到处是五颜六色的广告,印有俄国芭蕾舞的图像。门房的女儿教会做鸡尾酒。惟独有轨电车依然如故,它不经过革命是不肯消失的。人们惴惴不安,孩子们说话的口音和他们的父母不一样了。人们想到自己依然是塞纳-瓦兹省人不免觉得窘迫。奇迹正在产生。拉法尔①上台执政以来,花园里最后的球形灌木消失了,女佣人从暑假起每小时工钱涨二十生丁。一个赛马的赌注登记者被告发。邮政局的女局长买描写鸡奸的小说看,她自己想象的情节更为具体。神甫随口骂"他妈的",还给那些安分守己的人搞股票买卖出谋划策。塞纳河里的鱼死光灭绝,塞纳河畔开始美国化,两岸成排的倒土机、拖拉机、推土机忙碌着,可怕的垃圾污物和废钢烂铁的小山头拔地而起。三名分块出卖地皮的人刚刚进入监狱。人们正在组织起来。

地方上这种土地的变迁没有逃脱巴里通的慧眼。他痛悔二十年前没有买下附近河谷的其他土地。当时人家求你把土地拿走,你就像买不新鲜的水果馅饼那样花上几个铜子便能到手。那年头

---

① 皮埃尔·拉法尔(1883—1945),法国律师、社会党议员、政客。1931年首次出任国务院总理。1940年法国溃败后,投靠贝当维希政权,出任国务部长,不久领导法国政府与希德勒全面合作。1945年解放后,被判死刑遭枪决。

真是生活美好的时代。幸好他的精神治疗院还维持得下去,但不是没有困难的。贪心不足的病人家属没完没了地向他提出更高的要求,不断要求什么最新的治疗方法,最电气化的、最神秘的、最最好的治疗方法,特别要求采用最新的机械设备,最庞大的设备,而且必须马上办到,否则会被竞争者超过;附近的阿尼埃尔、帕西、蒙特尔图的乔树林里有的是类似的疗养院,而且全部是豪华级的。

巴里通在帕拉皮纳的指导下,急急忙忙地赶着潮流,当然要购买便宜的、减价的、转手的、处理的设备,但必须不断更新和添置电气的、充气的、液压的新设备,使人感到这里的设备越来越完善,以便迎合吹毛求疵的富贵病人的怪念头。他抱怨不得不购买华而不实的东西,不得不迁就疯人们的爱好。一天他私下不无遗憾地对我说:

"我刚办疯人院的时候,正逢博览会,费迪南,万国博览会。当时我们精神病医生的人数很有限,干我们这一行的人不像现在这么好奇、这么腐败,我请您相信我的话。我们当中谁也不像病人那么疯癫。那时不赶时髦,不像现在发疯似的赶时髦,什么为了改善治疗,全是借口,这种时髦坏透了,请注意,与几乎所有来自外国的东西一样的坏。

"我刚行医的时候,费迪南,法国医生还相当自重。他们不认为必须与他们的病人同时胡思乱想。现在大概为赶上形势?我说不好,反正为讨病人的喜欢呗!但这要把我们引向何处呢?我请问您?我们越来越比我们的疯人院里最不正常的被迫害妄想症患者更诡谲、更病态、更反常,我们不断地以某种新的卑劣的傲慢态度沉溺于他们所表现的癫狂,我们向何处去?费迪南,您能让我不为理性的丧失,甚至良知的丧失而担忧吗?照这么下去,我们的良知还剩几何?丧失完了!可以预料的嘛!丧失个精光!我敢向您预言,显而易见的嘛!

"然而,费迪南,真正的现代智慧却不能全部发挥作用,不是吗？黑白不分哪！一切土崩瓦解！这就是新式,这就是时髦！为什么我们不从此成为疯子呢？带头当疯子嘛！大吹大擂嘛！宣布精神大混乱嘛！利用我们的精神错乱做广告嘛！谁能阻挡我们？我请问您,费迪南？是最后的、徒然的顾忌吗？还是乏味的羞怯呢？嗯？当我听到有些同行讲话,请注意,他们属于最著名的、最受病人信任的行列,甚至是院士,我不禁自问他们要把我们引向何方？实在可怕！这些疯子使我莫名其妙,使我焦急不安,使我神魂出窍,更使我厌倦不堪！只要在这类时髦的学术会议上听到他们宣读放肆的研究成果,我会吓得脸色发青,费迪南！一听到他们讲话,我便失去理智。这帮现时的精神病学的宠儿全是着魔的,堕落的,骗人的,奸诈的,他们不断用超意识的分析把我们推向深渊,推向万丈深渊！费迪南,你们青年人如果不起来抵制,那么我们就放行,听明白我的意思,放行！我们不断向上,不断升华,不断动脑,终将过渡到智力的彼岸,即地狱之岸,到了那边就再回不来了！况且那帮超级机灵鬼由于夜以继日地糟蹋自己的良知,好像已经进入地狱！

"我说夜以继日,因为您知道,费迪南,这帮浑蛋夜里连做梦也在不停地搞手淫。再清楚不过了。他们对良知说,我把你掏出来,把你弄得大大的,然后让你瘪下去！临了,他们身边只是一片狼藉,好像倒翻了糖煮水果,乱糟糟,湿漉漉,满处皆是。快意消失,双手却粘得黏糊糊的,全身疲软。怪诞,可鄙,发臭。一切将土崩瓦解,费迪南,一切在土崩瓦解。我老巴里通,我向您预言,不用多久,您将看到大崩溃,因为您还年轻嘛！您看得见的啊！我保证你们欢天喜地！你们将统统进入疯人院！再疯狂一下就行,过分地疯狂一次,那就向疯人院前进吧！如你们所说的那样,你们将获得自由,你们等得太久了！要说胆量,这才算得上胆量！但是,我的朋友们,你们一旦进入疯人院,我向你们担保,你们将永远待下去!

"请记住,费迪南,缺乏节制是末日的开始,是大崩溃的开始,我有资格对您讲,大崩溃始于节制的反复无常,始于奇怪的失去节制!没有节制就没有力量!天经地义嘛!那么是不是大家都要进入虚无呢?为什么不呢?所有的人吗?当然,我们不是走向虚无而是奔向虚无!蜂拥而去!费迪南!我看到精神一点儿一点儿失去平衡,而后毁灭在导致世界末日的野心中。从一九〇〇年就开始了,这是划时代的岁月。从此,在社会的一般领域,特别在精神病学的范围,开始疯狂的比赛,看谁更反常,更好色,更奇特,更下流,更别出心裁,正如他们所说的那样。糟糕透了!这其实是比赛谁先当上魔鬼,谁先当上没有心肝、毫无节制的禽兽。禽兽将把我们吃个精光,费迪南,这是肯定的,算我们活该!禽兽是怎么样的呢?一个大脑袋,爱怎么使唤就怎么使唤。它发动战争,喷吐唾沫。据说人们思想苦闷,好吧,到那时候就不会苦闷啦!为了改变,人们先抱成一团,并立刻体会到抱在一起的'印象'和'直觉',像娘儿们的那副德行。

"事到如今难道还需要讲什么逻辑吗?当然不必自找麻烦啰!在洞察入微的心理学专家们面前,逻辑简直成了一种束缚。我们的时代把他们培养成真正的进步人士。请不要因此而认为我轻视妇女,费迪南,您知道,我不轻视妇女。但我不喜欢她们的印象。我是个有睾丸的动物,费迪南,我一旦拿到一个事实,就抓住不放。譬如,有一次我遇到这么一件事情,有人请我接待一位作家。这位作家胡言乱语。您知道他一个多月嚷嚷什么来着?'清除!清除!'他在疗养所里这么嚷嚷。可以说,他已完全着魔,并过渡到智方的彼岸,正因为他痛感需要清除。幽门狭窄的老毛病使他尿中毒,膀胱发生了故障。我不停地给他导尿,让尿一滴一滴地往外排。但他的家属硬说这是他的天才引起的,我对他们说作家的膀胱出了毛病,但怎么解释也白搭。他们十分固执,坚持认为他们的作家因一时天才发挥得过分而病倒,如此而已。最后我不得不赞同他们的意见。您知道他们是一家人嘛,对吗?无法使他们明白一个人不管是不是家属,归根结底只不过是未定中的臭尸,但不可点破,否则人家会拒绝替未定中的臭尸付钱的。"

二十多年来巴里通不断地迎合家属们爱面子的挑剔,跟他们打交道日子很不好过。从我的接触来看,他既耐心又沉着,但心里对病人家属的积怨很深。当我生活在他身边的时候,他已厌倦不堪,暗暗执着地寻求解脱,用这样或那样的方式一劳永逸地摆脱家属们的专横。我们每个人都有不甘承受内心苦恼的理由,为摆脱苦恼,各自见机行事,采取适当的对策。满足于妓院的人倒是幸运儿!

至于帕拉皮纳,他好像满足于选择沉默的道路。我后来才知道,巴里通实实在在地考虑过摆脱病人的家属,摆脱他们的束缚,摆脱借以维持生活的精神病学的枯燥无味,总之摆脱他自己的状况。他如饥似渴地追寻崭新的、迥然不同的事物,一经考虑成熟就准备逃避和逃跑。怪不得发表了上述长篇大论的批评。他的利己主义承受不住刻板的生活。他再不想把任何东西理想化,只想一走了之,把他的躯体带到别处去。巴里通不鸣则已,一鸣惊人,非得像熊似的把什么都翻个底朝天不可。他一向自以为通情达理,却制造了一起非常令人遗憾的丑闻来摆脱事务,我下面将从容地叙述事情的经过。

眼下我在他这里当助手,自己觉得相当满意,例行的治疗一点不吃力,尽管不时感到有些不舒适,比如同住院病人交谈的时间一长,头就发晕,好像他们把我从习惯的海岸带到遥远的地方,其实他们只是说些无伤大雅的话,平平常常地一句接着一句往下讲。

但听多了他们的疯话,一时不知道如何摆脱,心想弄不好不知不觉地陷入他们的疯魔那就再也出不来了。

由于我的性格关系,我对疯人们总是和和气气的。我处在疯人国危险的边缘,可以说已在临界线上。我没有倒过去,但始终感到危险,好像他们暗暗地把我拖进他们隐秘的城市,越往市区走,街道越显得萎靡不振:房屋在流涎,关不上的窗户在融化,传来令人可疑的声响,门在摇晃,地在移动……你禁不住还想往前走一点,看看究竟能不能在混乱中恢复理智。这不,理智很快出了毛病,如同神经衰弱患者的好情绪和好睡眠那样稍纵即逝。我们一心只想着自己的理智。末日已到,可不是闹着玩的。

一切都裹着疑云,我们疑神疑鬼地度日。终于到了五月四日这一天。五月四日是不平常的日子。恰巧这天我身体感觉非常之好,简直是奇迹。心脏搏动每分钟七十八次,好像刚美餐了一顿。但就从这天起一切开始转向。一切都叫人焦急不安,我使劲顶住。人们脸上的表情变得古里古怪的,看上去粗糙得像柠檬,比以前更不怀好意。大概爬得太高,在高处太不谨慎而影响了健康,我回到地上面对镜子急切地瞧瞧自己,衰老了。捉弄人的时光沉积在鼻子和眼睛之间,厌烦和疲惫何其多,足以使几个人承受几年,对一个人来说委实太难堪了。

总之,我突然想回塔拉普电影院,特别因为帕拉皮纳对我不说话了。但塔拉普的门对我已经关死。精神上和物质上只跟自己的老板打交道真叫人难熬,尤其是跟一个精神病医生打交道,加上自己的脑袋又不太健全。应当顶住。一声不吭地顶住。我们所剩下的话题是谈论女人,是个诙谐的主题,我不时还能逗乐他一下。在这方面他颇相信我的经验,算是我的一个令人作呕的本事吧!巴里通有点瞧不起我,这并不是坏事。手下的人不光彩,老板反倒放心。奴隶无论如何应当有点非常可鄙的道德上身体上的小痼疾,

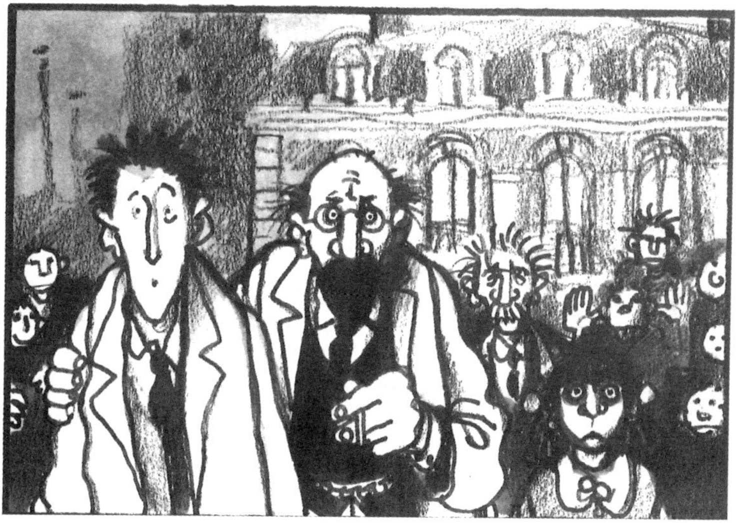

证明奴隶遭受的命运是天经地义的。这样,地球运转得更好,因为人们各得其所。

　　供使唤的人应当是下等的,卑躬屈节的,注定无权无势的,唯其如此,才叫巴里通宽心,尤其因为他付给我们的工钱很低。在极其吝啬的情况下,雇主们总有点儿猜疑和不安。失败,放荡,堕落,忠心,这一切相辅而行,互为印证,总之协调一致。要是警察跟踪我,巴里通不会不高兴,因为这更使我忠心耿耿。况且我早就抛弃了一切自尊心。我觉得自尊心这种情感对我的状况来说太超然,我的收入付不起如此昂贵的情感,因此彻底牺牲自尊心在我是非常合适的。现在我只要能保持可以忍受的平衡,饮食上和身体上的平衡,就行了,其他一切都无所谓。但有时夜里我仍然辗转不眠,尤其想到在图卢兹所发生的一切,就整小时整小时的睡不着觉。我禁不住想象昂鲁伊老太太掉进木乃伊洞穴所产生的种种悲惨的景象,不由得一阵阵毛骨悚然,心怦怦直跳,闹得我从床上跳下来,在房间里踱来踱去,一直踱到深夜,一直踱到天明。在这般失眠的时候,我开始失望,心想从此再不能无忧无虑地睡觉。不要一下子就相信人们的不幸,先得问问他们是否还能睡着觉。如果答案是肯定的,那么一切顺利。睡得着觉就是福气。但我无法完全入睡。我已经丧失人们通常得以熟睡的巨大信心。我至少必须患一种疾病,发一次高烧,遭一次确切的灾祸,才能恢复一点冷漠,抵消我的不安,重新昏昏然、飘飘然地安静下来。记忆所及,许多年里我惟一能忍受的日子正是得流感发高烧的那么几天。

　　巴里通从不询问我的健康,再说他连自己的健康也避而不管。"科学和生活不幸地掺和在一起,费迪南,永远不要保养身体,听我的话没错。关于身体的一切问题都会成为缺口,成为不安的开始,成为烦恼的开始。"这就是他最得意的与生命有关的原则,但过于简单化了。总之,他装出内行的样子,经常说:"我只要有知数就满足了!"他说此话是为了让我赞叹。他从不和我谈钱,但内心深处却想得厉害。罗班松和昂鲁伊一家的纠纷一直莫名其妙地留在我的心上,我经常尽量给巴里通讲几段或几个插曲,但他根本不感兴趣。他宁愿听我在非洲经历的故事,更爱听我各处遇见的同行们的事情,即他们不寻常的行医,奇怪的或可疑的行医。

在疯人院,有时候我们为他的女儿爱梅担惊受怕。譬如,吃晚饭的时候,突然找不到她,花园里,房间里,到处找不着。我自己常常在傍晚看见她猫在小树丛后面。疯人们在这里到处闲逛,她很可能遭受不测。况且,她已经多次险遭强奸。每次事发后,接着总是喊叫,淋浴,解释,没完没了地解释。一再禁止她去僻静的小径,她就是不听,这孩子偏去暗角里。她父亲每次少不了打她一顿屁股,而且打得很重,但无济于事。我认为她喜欢看全貌。

我们工作人员在走廊里和疯人们交错而过或超过他们时,必须始终保持一点警惕。精神病患者比正常人更容易搞暗杀。所以和他们交错而过时,我们习惯地背靠墙,随时准备他们突然朝我们的下腹踢一大脚。他们窥伺你,而后从你面前经过。他们不发疯的时候,我们和他们完全可以相互了解。

巴里通为我们当中没有人会下棋而感到遗憾。单单为了使他高兴,我也该学会下棋。白天他别出心裁地想出很烦人的小活动,使得生活在他周围的人受累不浅。每天早晨他总会冒出一个新鲜而平庸的想法。比如他要把厕所的卷筒手纸换成可以折叠的单张手纸,让我们苦思冥想了一个星期,结果众说纷纭,浪费时间。最后决定等到处理商品月去各商店转转再说。之后,又为一件无益的事大伤脑筋,即法兰绒内衣应当穿在衬衫里面还是穿在衬衫外面呢?又如,采取什么样的方式管理硫酸钠呢?帕拉皮纳对这些低智能的辩论一概默不作声,置若罔闻。

我的旅行故事早已讲完,在百无聊赖中,实在无东西可讲,我索性给巴里通编造了许多旅行奇遇。最后由他打破冷场,唱独角戏,可是他尽出馊主意或吹毛求疵,真叫人受不了。他把我搞得精疲力尽。我不能像帕拉皮纳那样以绝对的冷漠来自卫,相反,我必须勉为其难地回答他。关于比较可可茶和奶油咖啡的好处问题我忍不住同他争论不休。他废话连篇,使我中邪似的难受。

我们的谈话翻来覆去离不开低静脉曲张、最佳的感应电流、肘部蜂窝组织炎……在任何问题上我已经像一个真正的技术人员那样能够完全迎合他的指示和意图。巴里通陪着我、领着我痴呆呆地散步,他的谈话可让我腻烦八辈子。我们边吃面条边吹毛求疵,边喝老板家的波尔多葡萄酒边唾沫星四溅,弄得台布上满是酒迹,帕拉皮纳看在眼里,心中暗暗好笑。愿巴里通先生安息吧,这个浑蛋!我终于把他搞掉了,但让我费尽心机。

特别交给我看管的女病人中最叫我头痛的是那些流涎的女子,又要给她们淋浴治疗,又要给她们安导管。她们的恶癖、残暴必须被制止:她们老张着大嘴,必须让她们保持干净。其中一个年轻的住院病人害得我常常挨老板的批评,我可不喜欢老板的批评哟。她有摘花的怪癖,从而毁坏花园。人们称她"未婚妻",这个阿根廷姑娘外表长得不错,可脑子里只有一个念头:嫁给她的父亲。她把花坛的花一朵一朵摘下来别在她日夜披戴的白色大头巾上,到处招摇。她那有狂热宗教信仰的家庭为这样的病例深感奇耻大辱。家人把她和她的念头一起隐匿于世。按巴里通的说法,病人所受的教育太紧张、太严厉,所受的训诫太绝对,脑神经承受不住,崩裂了。

黄昏,我们把病人赶回房间,点名总要拖很长时间,然后查房,阻止最兴奋的病人在入睡前过分地摸自己的下身。星期六晚上更要抑制病人兴奋,严防病人胡来,因为星期日家属来探访,如果看到他们因搞手淫弄得面无血色,那么对医院极为不利。这使我想起贝倍尔的毛病和精美的糖汁药水。我一直保存着配方,便在维尼大量使用,到头来我自己也相信这种药水了。

疯人院女看门人和她丈夫开一家小糖果店,她的丈夫身强力壮,我们遇到难对付的病人,不时求助于他。总的说来,事情还算顺利,岁月也过得平稳,无可抱怨。然而巴里通心血来潮,想出一个新的主意。大概很久以来他一直在考虑是否可以用同样的代价更多更好地使用我,他终于找到了办法。一天午饭后他说出他的想法。他为我们叫来满满一盆奶油草莓,这是我最喜爱的餐后点心。我立刻感到其中必有文章。果然,刚等我吃完最后一个草莓,他便专制地向我发起攻势,但说话的口气却十分随和。他说:

"费迪南,我不知道是否可以请您给我的小女爱梅上几节英文课,您说行吗?我知道您讲英语的口音极好,讲英语,口音最为重要,是吧!再说,不是当面吹捧您,费迪南,您一向助人为乐。"

"当然可以,巴里通先生。"我措手不及地回答。

于是立刻商定我从第二天早晨开始给爱梅上第一堂英语课,自此每天一课,一直进行了不少时间。从上英语课开始我们大家便进入一个混乱不堪、是非不明的时期,意外的事情接连不断地改变着平时的生活节奏。巴里通坚持旁听我给他女儿上的每一堂课。尽管我用足心思,可怜的小爱梅却学不进英文,实在不入门。可怜的爱梅其实根本不想知道所学的这些单词是什么意思,她甚至怀疑我们硬要她学是有什么鬼胎,否则为何非要她记住单词的意义不可呢。她没有哭泣,但眼泪差一点冒出来。爱梅宁愿人家不要管她,让她用学到的一点法语混日子,好歹也能对付一辈子。但她的父亲根本不听她的,为了安慰她,一个劲儿地鼓励她:"你必须成为一个新式的姑娘,我的小爱梅!我,你的爸爸,苦于讲不好英语而怠慢外国病人。行了!别哭了,我亲爱的孩子!还是好好听巴达缪先生的话吧,你看他多么耐心,多么和气,等你按他的指导学会用舌头吐出 tea(茶)的时候,我答应一定给你买一辆漂亮的全镀镍的自行车。"

但爱梅根本不想学说 tea(茶),也不想学说 enough(够了),结果老板自己替她学会 tea(茶),rough(聒耳的)和许多其他的词,尽管他的波尔多口音很重而且爱用英语表达怪论,就这样,一个月,两个月过去了。父亲学英语的兴致越来越浓,女儿结巴学舌的机会则越来越少。巴里通死死缠住我不让我有任何喘息的余地,他简直把我的英语全部吸干了。我们的房间是毗连的,一清早我就听得见他一边穿衣服一边把他的房内生活用英语说出来:The coffee is black,(咖啡是黑色的。)My shirt is white.(我的衬衣是白色的。)The garden is green.(花园是绿色的。)How are you today, Bardamu?(巴达缪,你今儿好吗?)他隔着板壁大声问道。他倒颇喜欢用省略的形式说话呀①。

巴里通如此反常,将把我们引到不可收拾的地步。他一经接触名著,我们再也停不下来。八个月异常的长进使他几乎全面了解盎格鲁-撒克逊的版图,同时也使我对他彻底地厌烦,双倍地厌烦。就这样,我们慢慢地置小爱梅于不顾,几乎不让她插话,因此她越来越安静。她乐得回到自己的云里雾里,并不在乎别的。她反正学不会英语,英语课由巴里通独占了!

冬天降临,时近圣诞节。旅行社登出广告,减价出售去英国的来回票。我陪帕拉皮纳去电影院经过大马路时注意到这个广告,甚至走进一家旅行社询问价格。回来在席间聊天时我随便向巴里通提了两句。起先我的信息好像没有引起他的兴趣,他没有接话茬儿。我认为此事完全被遗忘了。突然一天晚上,他主动重提这事儿,并请我顺便给他捎回广告单。

---

① 巴里通理应称自己的英语老师为"巴达缪先生"。

除学英语著作外,我们还经常一起玩日本弹子和赌"塞子"①,场地设在女看门人门房楼上一间隔离的屋子里,窗户安上结实的铁条。巴里通精于技巧的游戏,帕拉皮纳经常向他挑战,以开胃酒打赌,总是输给他。我们在这间临时安排的小游戏室里消磨整个黄昏,尤其冬天下雨的时候,为的是不弄脏老板的大客厅。我们有时也把某个闹事的病人关在这间小游戏室里,但次数不多。

帕拉皮纳和老板在地毯上或地板上比技巧的时候,我竭力体会身陷囹圄的囚徒的感受作为消遣。我从未有过这样的感受。凭着意志力,你会慢慢喜欢上郊区街上稀少的行人。傍晚时分,有轨电车把职工们从巴黎运回,他们像温顺的包裹缓缓地向前移动,真叫人同情。他们走过食品杂货商店的第一个拐弯处后分散开,慢慢消失在黑夜里。我几乎来不及点他们的人数。况且巴里通很少让我沉思冥想。他玩得正起劲的时候,会兴高采烈地向我提一些没头没脑的问题。譬如,"How do you say'不可能'in English,费迪南?"("'不可能'英语怎么说,费迪南?")总之,他不满足于已有的进步,而要把废话说得尽善尽美,甚至不容忍"大概"或"凑合"。他发生了骤变,事有凑巧,终于使我解脱了。下面是事情的主要经过:

随着我们阅读英国历史的进度越来越深,我发现他逐渐丧失自信,最后悲观失望起来。我们涉猎伊丽莎白一世时代的诗作时,巴里通的身心发生了巨大的非物质的变化。我起初不大相信自己的判断,但最后和大家一样不得不承认巴里通确实变得十分可悲。他一向讲究实际,以前是相当严肃的,现在却飘飘然起来,注意力走神,尽想些不着边际的怪事。逐渐他整小时整小时地坐在堂屋

---

① 一种老式赌博:把硬币(赌注)放在一个塞子上,在一定的距离外用一圆铁片将塞子击翻。

里对着我们呆呆地胡思乱想,思想飞向远远的地方。虽然巴里通很长时间使我厌烦透顶,但我看到他垮成这副模样,不免产生几分内疚。我感到自己对这种崩溃有一定的责任。他这种精神瓦解在我并不十分陌生,所以有一天我建议他中断一个时期文史课程,其借口是,我们需要间歇一段时期,以便休息一下和补充学习材料。他没有上当,当场识破了我的花招,并拒绝接受我的建议,口气固然客客气气,但十分坚决。他要求和我一起不停顿地发掘英国的精神财富,一如既往。我无言对答,只得惟命是从。他甚至担心这辈子来不及达到既定目标。尽管我预感到结局将不可收拾,但仍硬着头皮陪他进行痛苦的学术跋涉。

事实上巴里通完全变了样。我们周围的人与物,无论是反复无常的,还是一板一眼的,一概显得无关紧要,往日的种种色彩披上一层朦胧迷离的轻纱。巴里通只偶尔关心一下自己医院的行政事务,越来越懒于过问,然而这是他的事业,三十多年苦心经营的事业啊。他完全把行政事务托付帕拉皮纳安排。他的信念日益瓦解,在众人面前起先还竭力掩饰,但很快掩饰不住,外表的变化已明显可见。

居斯塔夫·芒达穆尔是维尼的警察,我们有时遇到大事情请他来帮忙,他在我们认识的许多同类人中数得上是最迟钝的,这个时期连他都问我是否老板收到什么特大的坏消息。我尽量做些解释,但没有什么把握。巴里通对各种闲话完全不在乎,只求不要以任何借口打扰他。学习之初,我们按他的意见只浏览了一遍马可莱撰写的《英国历史》这部十六卷的巨著。现按他的指示一章一章地重读,而他的精神状况则十分令人不安。

我觉得巴里通染上沉思的毛病后,沉思瘾越来越大。我们读到一节描写势不两立的局面:觊觎王位的芒穆思刚登上肯特郡的无名海岸,他的冒险便开始打空转。芒穆思不甚清楚他到底觊觎什么,要干什么,来干什么,终于想一走了之,但不知道怎么走,从哪儿走。失败的消息传来,天刚泛白,大海夺走了他最后的船只,他这才第一次开始思索……巴里通也变得畏首畏尾,迟疑不决起来。他把这一节念了一遍又一遍,反复背诵,念累了,合上书,来到我们身旁躺下。他久久半闭着眼睛默诵全文,然后高声背诵,他说的英语带有浓重的波尔多口音,但还算是上乘。在芒穆思的冒险中,我们人类幼稚可笑、可悲可叹的本性在永恒的面前暴露无遗。巴里通晕头转向,他对我们平凡的命运已经非常淡漠,终于产生轻生的念头。可以说从此他与我们格格不入,再也待不下去了。

当晚分手时,他要求我去院长办公室找他。根据当时的情况,我作好思想准备,等着他向我宣布最后的决定,例如立刻开除我,等等。但事实完全不是如此,相反他的决定对我非常有利。这样好的运气在我一生中实在少有,我不由得洒下几滴眼泪。巴里通以为我的激动是过于悲伤的表现,反倒安慰我说:

"费迪南,您难道竟怀疑我的话吗?要知道我下决心离开这所医院需要多大的勇气,我的话不是更有力、更好的证明吗?您知道我深居简出,总之几乎老朽了。我一生的事业是漫长的检验,难道不是对我无数的或慢或快的手段进行了不懈的、仔细的检验吗?怎么能想象我会在短短的几个月内弃绝一切呢?但我的身心确实处在这种超脱不俗的状态,费迪南,乌拉!就像您用英语所说的那样!我的过去已化为乌有,我将再生,费迪南!再简单不过了!我准备离开!啊,好心的朋友,您的眼泪消除不了我的厌倦,我在这里熬过多少枯燥的岁月,忍无可忍,费迪南!我对您说,我准备离开!我要溜走!我要逃跑!当然我非常痛苦,自己也知道。我心如刀割,自己也明白!但这算不了什么,费迪南!算不了什么,费迪南!您改变不了我的主意,您听明白了吗?即使我在某个污浊的地方倒下,失去一只眼睛,也决不回头!对您什么都说了,还怀疑我的诚意吗？"

我不再怀疑，巴里通确实什么都干得出来的。况且我相信如果就他目前的状况同他辩驳，他的理智会受到致命的打击。我让他缓和一下之后，仍设法劝他回心转意，尽最后的努力把他拉回到我们中间来，我旁敲侧击，措辞婉转，循循诱导。但他说：

"我求求您，费迪南，别指望我改变决定。我对您说，我的决定是不能改变的。别再提了，您要是答应我，我会很高兴的。费迪南，请让我最后高兴一次，好吗？是的，像我这样年纪的人已经没有什么志向，这是事实，但既定的志向是不可挽回的……"这是他的原话，近乎遗言，我如实转述。但我壮着胆子再次打断他的话，劝道：

"亲爱的巴里通先生，但愿您临时安排的这种休假终究只不过是一段富于浪漫色彩的插曲，一次来得适时的散心，一个如愿以偿的间歇，您漫长的生涯未免太清苦，也许是这样，对吗？等您品尝了另一种生活，比我们这里更有趣又不死板的生活，等您对意外的事情产生腻烦，您也许经过愉快的旅行之后再回到我们中间来，对吗？届时您自然再来领导我们，您将为新获得的知识而骄傲。总之，您的面目将焕然一新，从此对我们单调的、清苦的日常公务表现出极大的宽容和真诚的忍耐，您将是德高望重的！不知道您是否允许我这么说话，巴里通先生？"

"这个费迪南多么会夸奖人哪！他还想打动我的自尊心，男子的自尊心，容易冲动的自尊心，爱挑剔的自尊心，尽管厌倦透顶，棱角磨平，还能看得到的这颗自尊心。但是费迪南，不管您施展什么样的聪明手段，也难以冲淡咱们内心深处敌对的和痛苦的情绪。况且费迪南，犹豫不决的时期、改变主意的时期已经一去不复返。我承认，费迪南，我宣布，我被四十年的小聪明搞得心力交瘁，昏昏沉沉，一蹶不振。再也熬不下去了！我要干什么？您想知道吗？

我可以告诉您,您是我最重要的朋友,承蒙您无私地、令人赞赏地关心一个痛苦的、不中用的老朽。费迪南,我要千方百计地把我的灵魂埋葬到遥远的地方,有如我们把自家患螨病的狗、满身恶臭的狗,叫你厌倦的伙伴,在它死之前,弄得远远的。总之,单独一人,安安静静的,自个儿……"

"可是,亲爱的巴里通先生,我感到十分惊讶,您突然向我表露的这种强烈的绝望太不留余地了,这是在您平时的谈吐中从未出现过的啊!相反,您平日的见解在我看来仍然十分中肯。您的种种创见总是那样痛快,那样富于成效,您的治疗措施十分合理和有条不紊。我无论如何在您的日常行为中看不到任何颓丧、混乱的迹象。说真的,我一点也没有觉察到……"

自从我认识巴里通以来,第一次发现他不喜欢听我的恭维。他很客气地打断我的赞许,说道:

"不要说了,我亲爱的费迪南,我说的是实话。您这些友好的表示无疑给我在这里的最后时刻带来了出乎意外的慰勉,但是您的关切却不会使我容忍艰难的过去,这里的一切都打上过去的痕迹,令人不堪回首。我要不惜一切代价,不管任何条件,离开这里,您听明白了?"

"但是,巴里通先生,这所医院我们今后如何办下去呢?你想过了吗?"

"当然想过,费迪南,我不在期间,由您负责领导,这很简单嘛!您跟我们主顾的关系不是一直保持得很好吗?您的领导容易被大家接受,一切将会十分顺利,您瞧吧,费迪南。既然帕拉皮纳不乐于说话,就让他管机械、设备和实验室,他是行家!这样,一切都安排得妥妥帖帖的。至于什么不可缺少的人一说,我早已不相信。在这方面,您看得清楚,我的朋友,我与从前大不相同了。"

的确,他变得叫人认不出来了。

"但是,巴里通先生,难道您不担心您的出走会引起咱们周围的竞争者恶意的议论吗?例如,帕西的竞争者?蒙特尔图的竞争者?加冈-利夫里的竞争者?周围所有的竞争者都在窥伺咱们,这帮同行一直是冤家对头,他们对您高尚的、自愿的远离会怎么解释呢?会怎么形容呢?逃避正业?谁知道会说些什么?放荡?垮台?破产?谁知道呢?"这种可能性使他痛苦地思索许久。在我面前,他想到这种可能性时,脸色苍白,心烦意乱。

他的女儿爱梅对我们干的事一无所知,她即将受到颇为意外的遭遇。巴里通把她交给外省的一个姨母看管,她从来没有听说过这个姨母。他把私人的东西清理完毕后,帕拉皮纳和我只得尽力管理好他的股权和财产,从此我们开始没有船长的航行。

老板既然向我吐露隐情,我自认为可以问他远离家乡去哪些地方冒险。他毫不犹豫地回答:"先去英国,费迪南!"在这么短的时间内发生这么大的变化,我觉得一时难以对付,但我们必须迅速适应新的境遇。翌日,帕拉皮纳和我帮他打行李。附着一页页签证的护照使他有点惊讶,在这之前,他从未有过护照。既然要持有护照,他想再领几本以便备用。我们总算说服了他,讲清楚这是不可能的。最后又在旅行时应带硬领衬衫还是软领衬衫的问题上卡住,每种衬衫应带几件?这个问题一直到火车快开还没有很好解决。我们三个人跳上去巴黎的最后一辆有轨电车。巴里通仅携带一只轻便的箱子,他要在任何地方和任何情况下都能行动方便和轻快。

在月台上,国际列车漂亮的高踏板引起他强烈的感受,他登上庄严的高踏板前犹豫再三。他默默地站在车厢前仿佛面对一座纪念碑。我们助他一臂之力。他迟疑几秒钟后,对我们作了有关车厢的最后一个评论:"一等厢并不好多少嘛。"他带着微笑,以实用的眼光作了比较。开车时间到了,我们与他握手告别。汽笛声准时鸣响,火车突然开动,发出一阵巨大的钢铁撞击声。"再见吧,我的孩子们!"他刚来得及把我们抓住的手抽走,向我们最后一次道别。火车带着巨响向前移动,他那洁白的手在烟雾中挥动,越来越远去,最后消失在茫茫黑夜中。

四十一

我们虽然不惋惜巴里通,但他的出走毕竟给医院造成一个巨大的空白。首先他出走的方式使我们忧伤,几乎使我们情不自禁地忧伤,因为他走得不合乎情理。我们担心如此沉重的打击会给我们造成怎样的后果。但我们没有时间忧天悯人,也没有时间闷闷不乐。送巴里通上火车刚不几天,就有人专程来办公室看我,来访者便是普罗蒂斯特神甫。

我向他通报了消息,通报了好消息!特别告诉他,巴里通把我们扔下,自个儿到北方去游荡!普罗蒂斯特获悉后一时摸不着头脑,等他明白过来,他便一股劲儿地认为我可从变化后的形势中大捞一把。他反反复复地说:"您的院长对您这般器重,我看准是最体面的晋升,我亲爱的大夫!"他正在兴头儿上,我无法使他平静下来。他翻来覆去说他的那一套,预言我前程万里,医运亨通,万事如意。我无法打断他的话。费了很大的劲才谈到正经的事上来,即他的图卢兹之行,他前一天刚回来。当然我让他自己讲他知道的情况。等他告诉我老太婆出了事时,我装出惊讶的样子,装出发呆的样子。然后我打断他的话,问道:"怎么?怎么?她死了?什么时候出的事啊?"

他不得不一点一点地如实讲述事情的经过。他没有对我绝对地说是罗班松把老太婆从小扶梯上推下去的,但他毕竟没有阻止我作这样的猜测。听说她连哼一声都没来得及,他们俩心照不宣。

这下子可好啦！干得漂亮！他第二次下手,终于把老太婆干掉了。幸好罗班松在图卢兹城里仍旧被认为双目失明,因此没有遭到追究,以为是一次事故。事故固然悲惨,但只要稍作思考,并不难解释,诸如环境,老人年事已高,事情发生在工作日结束的时候,劳累,等等。眼下我不想知道得更多,听到的隐情够多的了。

然而,我一时难以让他改变话题。他津津乐道,转来转去总回到这件事上,大概希望从我的话中听出破绽,希望把我牵连进去吧。时已中午,他该滚蛋了。这时他总算讲够了老太婆的事,转而跟我唠叨罗班松,讲他的健康、他的眼睛,说他在这方面有起色。不过精神总是不振,精神状态实在不佳。尽管两个女人对他关怀备至,一片至诚,他却怨天尤人,抱怨运气不好,抱怨生活不幸。我对神甫说的话并不感到惊讶,罗班松一向忘恩负义,无耻之至,我深知其人。但我对神甫保持更高的警惕,听他说话时,我不动声色。让他对吐露的秘密自己负责:

"您的朋友,大夫,尽管他现在的物质生活是舒适的,方便的,并且婚姻的前景是美满的,但他却让我们大失所望,我不得不向您直说。不务正业的致命习性难道不是重犯了吗？这种习性曾使他误入歧途,您以前不是耳闻目睹的吗？您对他的这种倾向是怎么看的,我亲爱的大夫？"

总而言之,如果我没有听错的话,罗班松在那边一心想甩手不干,为此未婚妻和她的母亲感到十分委屈,她们痛苦的程度到了难以想象的地步。这才是普罗蒂斯特神甫所要说的意思。诚然,这一切颇令人不安,但是我决心不发表意见,无论如何不干预这家人的内务。会谈失败后,我和神甫在有轨电车站冷冰冰地分手。但回到疯人院,我的情绪却平静不下来。

神甫来访后不久,我们收到巴里通从英国首次发来的消息,几张明信片。他祝我们大家"身体健康和诸事顺利"。后来他又从所到之处零星寄来几张明信片,几行无关紧要的话。从一张空白的明信片,我们得知他已到挪威,几星期后他从哥本哈根发来一份电报:"渡海顺利!"我们这才放下心来。

如同我们预料的那样,老板的出走引起议论纷纷,在维尼和周围地区多有流言蜚语。为医院的前途着想,关于老板的离任,无论对我们的病人或对四周的同行,今后最好作一些最低限度的解释。几个月过去了,这期间我们谨慎小心,黯然无神,沉默寡言。到后来我们竭力避免谈起巴里通,况且一想起他,我们大家都有点羞耻感。

夏天来临,我们总不能老待在花园里守着病人哪。为了向我们自己证明不管怎么说我们还是有点自由的,我们决定出去散散步,冒着险一直走到塞纳河边。对岸的路堤后面是热纳维利埃大平原,灰白相间的平原一望无际,烟囱错落有致,薄雾夹着灰尘缭绕飘荡。纤道旁有一家为内河船船员开设的咖啡馆,正好位于运河的入口处。黄色的水流源源而来冲击着运河的船闸。我们在岸上望着这一切,一待便是几个小时。眼前的流水好似长长的泥塘,污臭扑面袭来,隐约地一直飘到公路上。我们已司空见惯。泥水的颜色已经分辨不清,水涨水落,年深日久,好像衰老不堪似的。夏日傍晚,红霞满天的时分,泥水显得温顺柔和,含情脉脉。我们走到桥上聆听从驳船传来的手风琴声,一艘艘驳船在闸门前过夜,等候天亮开闸,进入塞纳河。从比利时来的驳船上音乐声此起彼伏。驳船有蓝色的、黄色的,色彩斑斓,船上拉起绳子,晾着衣服,覆盆子色的上衣连裤服被吹得鼓鼓的,随风摆动着,跳跃着。

饭后午休的时候,老板的猫安安稳稳地待在房间里,好像四壁之间湛蓝的小天地仅属于它的。这时我经常一个人来到船员咖啡馆。在这午休的时分,我迷迷蒙蒙地待着消磨时光,自以为被人们完全遗忘了。突然我看见远处的大路上过来一个人。我没有犹豫多久,他刚走到桥上,我便认出他来。一点不错,此人正是罗班松。我脑子里闪过第一个念头:"他来这里一定是找我的!神甫把我的地址给了他。我必须赶紧摆脱他!"当下我觉得他可恶透顶,正当我着手重建一个小安乐窝的时候,他来打扰我。怪不得人说,要提防从大路上来的人。他走近酒吧间。我走了出去。他突然见到我,样子十分惊讶。

"你这是从哪儿来呀?"我没好气儿地问他。

"从加雷纳来啊。"他回答道。

"好吧!你吃了没有?"我问他。

他不大像吃过饭,但不愿意刚到便显得饿死鬼的样子。"你又到处逛荡啦?"我加添道。现在我有权这么说话,心里着实不乐意看见他。此时见到他,真叫人扫兴。

帕拉皮纳正从运河这边向我走来,他来得恰巧。帕拉皮纳对老在疯人院值班也厌倦至极。说真的,我对这副担子并不感到舒适。关于目前的状况,我们俩要是确切知道巴里通什么时候能回来,都乐意付出代价。我们希望他不久能结束游荡,回来重操旧业,自己管理烂摊子。这副担子对我们太沉重了。我们俩谁都没有野心,对于掌握前途的手段不在乎。我犯下一个错误。另外,帕拉皮纳还有一个好处,他从不过问疯人院的商业管理,也不过问我对付病人的方式,不过我主动向他提供情况,他不爱听也硬讲给他听,就算我自言自语吧。关于罗班松的案情,给他通通气是必要的。

"我对你谈起过罗班松,不是吗?"我以发问来做介绍,"你知道他是我的战友,你想起来了吗?"

他经常听我用各种不同的方式讲战争的故事和在非洲的故事。这是我的独创。我继续介绍:"喏,这便是罗班松,他亲自从图卢兹来看我们。我们一起回家吃晚饭吧。"我对自己以主人的口吻说话有点发窘。我失言了。在这种情况下,我本应当用一种和蔼可亲、悦耳动人的权威性口吻说话,但我完全没有这种本事。再者,罗班松又不知趣儿。在回医院的路上,他已经表现出好奇和焦虑,尤其对帕拉皮纳苍白的长脸感到蹊跷。他起先还以为帕拉皮纳本人也是疯子。自从得知我们住在维尼的地方,他眼里看出来好像到处是疯子。我打消了他的忧虑。

"你呢?"我问他,"你回来后至少找到什么活儿了吧?"

"我正在找呢。"他简单地答道。

"你的眼睛完全好了?视力恢复了吗?"

"是的,几乎和以前一样好。"

"那你该高兴喽?"我问道。

不,他不高兴。他顾不上高兴,忙别的事呢。我避免马上向他提及马德隆,这在我们之间太微妙了。我们喝开胃酒的时间拖得很长,我趁机给他详细讲了疯人院的情况和其他许多琐碎的事。我一开口便东拉西扯,不能自已,总之和巴里通相差无几。晚饭在热忱的气氛中结束,我总不能够把罗班松赶到街上去过夜吧,于是我马上决定叫人搭一张折叠式铁床,让他暂且在餐厅里住下。帕拉皮纳始终不发表意见。我对罗班松说:"喏,莱翁,你没有找到住处前就这么住下吧。""谢谢。"他简单地回答。从此,他每天早晨乘有轨电车去巴黎找一份代理人的工作。他说,工厂干够了,想"当代理人"。他也许费劲找过,不该冤枉他,但他始终没有找着。一天傍晚他比平时从巴黎回来得早,我正在花园的大水池周围看管病人。他走过来跟我说话。

"听我说!"他开腔道。

"说吧。"我回答。

"你不能就在这里给我一份小差使吗?我别处什么也找不着。"

"你好好找了吗?"

"是的,找遍了。"

"你想在这所医院里工作吗?干些什么呢?你在巴黎找不到一份小差使吗?要不要我和帕拉皮纳向熟人给你打听打听呢?"

他不乐意我出面为他找工作。他说:

"并非绝对找不到职业,也许能找到,小职业还是能找得到的。但你很快就会明白的。我必须装出脑子有病的样子,刻不容缓,我一定要装出脑子有病的样子。"

"好吧!"我对他说,"不用多说了!"

"要说的,要说的,费迪南,"他坚持道,"我要把事情详细向你讲清楚,好让你理解我。再说,我了解你,你的理解力迟钝,干什么都是犹犹豫豫的。"

"那好,你说吧。"我耐着性子说。

"要是我不装出疯的样子,那就糟了,我不骗你,事情要闹大的!她会让人把我抓起来。你现在明白了吧?"

"你指的是马德隆?"

"是的,当然是她呗!"

"真有你的!"

"可不嘛。"

"这么说你们闹翻了?"

"你猜得对。"

"到这边来,详细说说,"我打断他的话,把他领到一边,"还是谨慎一点,避开疯人们的好,他们对有些事情也听得懂,别看他们疯,他们可会胡编乱说呢。"

我们上楼走进一间空的隔离病房。他把耍的花招前前后后对我讲了一遍,我很快摸清来龙去脉,因为我对他的能耐很清楚,加上普罗蒂斯特神甫已经给我暗示过。确实他再一次把事情搞糟了。不能说这次他的事情进行得不顺利!事情倒十分顺利,顺手极了。

"你知道,老太婆越来越缠磨我,特别在我的眼睛开始好转以后,就是说我自个儿可以上街以后。从这时起,我又看得清东西,也就是说重新看得见老太婆。没说的,我只看见她。她一天到晚在我的眼前,好像她挡住我的视线,堵塞我的生活。我深信她故意待在我面前,专门来折磨我。否则难以解释!再说我们大家住在一起,你知道那栋房子,怎么能不吵架呢?你亲眼看见的,挤得要死,说人与人堆在一起住一点不夸张。"

"地下墓室的阶梯不太结实吧?"

我第一次和马德隆参观时就发现扶梯摇摇晃晃,危险得很。

"是的,一点也不结实。"他坦率地承认道。

"那边的人怎么说呢?"我又问道,"街坊,神甫,记者,他们在事情发生的时候没有说什么吗?"

"没说什么,他们不相信我会干这事儿,把我当作胆小鬼,把我当作瞎子,你明白吗?"

"总而言之,你感到幸运喽,因为否则的话……马德隆呢?她参与搞了吗?她插手了吧?"

"不完全插手,但总有点牵连吧,因为你知道,老太婆一过世,地下墓室便由我们俩掌管。当时是这么谈妥的,由我们俩搬进去。"

"事成后,你们俩的爱情怎么不行了呢?"

"这,你知道,一言难尽。"

"她不要你了吗?"

"不,相反,她很想要我,甚至一心等着结婚。她的母亲也想要我,比以前更想把女儿嫁给我,让我们赶紧办婚事,因为昂鲁伊老太太的木乃伊一旦归我们,我们三人今后的生活就有着落了。"

"那么你们之间究竟发生了什么事呢?"

"嗨,我不愿她们母女俩打扰我,如此而已。"

"听我说,莱翁!"我听了这话立即打断他,"听我说,你实在胡闹,你设身处地为马德隆和她的母亲想想嘛。你要是处在她们的地位会高兴吗?怎么?你刚到那边的时候,连鞋都穿不上,没有职业,什么也没有,成天咕哝,说什么老太婆独吞钱,牢骚不断。她去世了,确切地说,是你使她去世的,你倒人模狗样地耍态度。设身处地替这两个女人想想吧!稍微想一想吧!简直叫人难以容忍!要是我呀,早把你赶跑了!她们把你赶进监狱一百次都不嫌多,我实话告诉你吧!"

我把罗班松数落一通,但他针锋相对地反驳我,说道:

"可能的,但你白当了大夫,还是什么受过教育的人呢,你对我的生性一点也不懂。"

"闭上你的嘴巴,莱翁!"我最后下结论说,"别提你的生性了,混账的东西!你说的尽是疯话!很遗憾眼下巴里通不知道去什么鬼地方了。要不然他会把你当疯子治的!这是对你最好的办法,先把你关起来,你明白吧,把你关起来!巴里通知道怎么治你的生性!"

"如果你遇到了我遇到的事情,如果你经历了我经历的事情,你大概也会发疯的,"他对我的话反驳道,"我保证你也会像我这样,也许比我更糟糕!你比我更容易泄气,我了解你哟!"接着他对我破口大骂起来,好像他有权骂我似的。

他骂我的时候,我瞪眼瞧着他。病人经常这么对待我,我习惯了,并不感到难受。他离开图卢兹后瘦多了,我发现他的脸蒙上一层以前不曾见过的阴影,有如一幅肖像画增添一层遗忘的、沉默的笔触。图卢兹的事端一定还有更为严重的情节,他瞒着不说,并且耿耿于怀,一想起来就十分苦恼。那就是他曾不得不贿赂一大批中间人,即在接管地下墓室的时候,他不得不东托人帮忙,西托人帮忙,托本堂神甫,托教堂出租椅子者,托区政府,托副本堂神甫,托许多人,最后毫无结果。他重提此事,气得面无人色,他称这帮接受他贿赂的人为盗窃者。

"不管怎么说你们最后结婚了吧?"我问道。

"没有,我对你说了嘛,我不愿意!"

"小马德隆长得还不错吧?你总不至于嫌她难看吧?"

"问题不在这儿。"

"这当然是关键喽。你说你们自由了,既然如此,即使你们一定要离开图卢兹,你们满可以把地下墓室交给她母亲照管一个时期,以后你们可以回去的嘛。"

"外表嘛,"他继续说,"你说她长得可爱,我同意,你早给我吹过风。你想象得出我第一次看得见她时的心情,我突然从镜子中看到她,这简直是故意跟我捣蛋。你想象得出吗?突然重见光明!老太婆倒下不到两个月,我的视力一下子恢复了,第一眼就落在马德隆身上,尽量想看清她的脸。总之,眼前一片光明,你明白我的意思吗?"

"她不好看吗?"

"好看的,但光好看还不行。"

"反正你溜之大吉了。"

"是的,既然你想了解底细,听我给你解释。是她先开始觉得我古怪,不像以前那么热情、和气,说我这说我那的,挑挑剔剔的。"

"你也许感到内疚吧?"

"内疚?"

"我说不好……"

"随你怎么说都可以,反正我的情绪不好,但我想不至于是内疼吧。"

"那么你病了?"

"大概是病了吧,你瞧,我花了至少一个小时才让你说出我是病了,你得承认你的理解力很慢。"

"好吧,就这样吧!"我回答,"我对外说你病了,既然你认为这比较保险。"

"这样就好,"他坚持道,"因为我很难担保她会干出什么事,不用多久她很可能会完全供认的。"

他很像在给我出主意,但我才不在乎他的主意呢。我不喜欢参与这类没完没了的纠纷,不放心地问道:

"你认为她会完全供认吗?她多少也插手干了吧?她吐露前难道不该考虑考虑吗?"

"考虑考虑?"他听到这话跳起来说,"看得出你对她根本不了解。"他觉得我的话好笑,"她连一秒钟也不会犹豫的,我对你说吧,你要是像我一样经常同她接触,你就不怀疑了。她是个多情的女子,你从来没有同多情的女郎保持经常的来往吧?她多情的时候,像着了魔似的,简直像发疯!她对我多情到了发疯的地步,你明白吗?你懂了吗?什么玩意儿都会激起她的情欲!这很简单嘛,她老兴奋个没完!"

我不能对她说,我对他的话感到惊讶,我不信在几个月内马德隆变得这么狂热,因为不管怎么说,我自己还是碰过她的。对她我心中有数儿,说不出口罢了。根据她在图卢兹应付我的方式和那天从驳船下来后我在杨树后面听到她所说的话,我很难想象她在这么短的时间内会改变气质。我觉得她应付自如,不会把事情搞得不可收拾。她开通得很有分寸,满足于搞搞小私情,必要时装腔作势一番。可是从目前的情况来看,我没有什么可说的。我只能听其自然,于是接着说:

"行了!行了!那么她的母亲呢?她知道你要诀别,一定吵吵嚷嚷吧?"

"当然喽!她一天到晚说我脾气不好,而那时我正需要别人对我和和气气地说话。吵吵嚷嚷个没完!总之跟她母亲也无法一起待下去,到头来我索性向马德隆提议把地下墓室归她们母女看管,我准备外出旅行,再看一些地方。

"'那我跟你一块去,'她反驳道,'我是你的未婚妻,不是吗?你带我一起去,莱翁,要么你干脆不出门!况且你还没有完全康复呢!'她坚持这么说。

"'我完全恢复了,我要一个人出门!'我这么回答她,结果吵个没完。

"'妻子总是跟随丈夫的嘛!'她母亲插话,'你们结婚不就得了!'她支持女儿,一味气我。

"听到这些话,我忍受不住了。你了解我的为人!好像我去打仗曾需要过什么女人似的!摆脱战争,浪迹非洲,难道我也需要过女人吗?在美国我有过女人吗?反正听到她们这么吵嚷,我心里反感,厌恶透顶。我毕竟知道女人能派什么用处吧!你也知道,嗯?毫无用处!没有女人,我照样旅行!一天傍晚她们又唠唠叨叨的,把我逼急了。我把憋在肚子里的话一股脑儿冲着她母亲摔过去。我说:'你只是个老蠢货!你比昂鲁伊老太更浑蛋。如果你像我一样见识过一点世面,你就不会这么急于教训别人。你光待在你的破教堂里捡蜡烛头,一辈子不会懂生活!出去走走吧,这对你有好处的!出去散散心吧,老废物!出去清醒清醒,你就没有这么多时间做祷告,就不会这么混账啦!'

"我这样数落了她母亲一顿。实话告诉你,我憋得很久了,早就想骂她个痛快,再说她犯贱,需要挨骂。不管怎么说,这对我有好处,我总算摆脱了困境。不过好像这个臭婆娘等着我吐个痛快,而后反过来把我骂个狗血喷头,她唾沫四溅,指着我鼻子破口大骂:'贼骨头!懒鬼!你连个职业都没有!我女儿和我养活你快一年了!废物!婊子养的!'你想象得出来吗?一场地道的家庭争吵!她好像深思熟虑过的,接着压低声音,狠狠地冲着我说:'杀人凶手!杀人凶手!'她的话使我有点寒心。

"女儿听到此话,害怕我当场把她干掉,赶紧过来拉开我们。她用手捂住母亲的嘴巴,她干得不错。我心想,这两个臭婆娘原来是串通好的!明摆着的嘛!最后我没有动手,不是动武的时候。她们串通不串通我不在乎。你大概以为我出了气,但她们会让我安静吗?亏你想得出来,没有,她们才不是这种人呢。女儿又来劲了,她的心是火热的,屁股也是火热的,比以前更热了。她说:

"'我爱你,莱翁,你看得很清楚我爱你,莱翁。'

"她只会这一套,'我爱你',好像这句话能解决一切问题似的。

"母亲一听女儿的话,更加火上浇油,她说:'你还爱他呢?你看不出他是个流氓吗?是个废物吗?多亏我们的照料,他恢复了视力,但现在要对你恩将仇报,我的女儿!我向你发誓他是这种人,我,你的母亲!'

"吵到最后大家抱头痛哭一场,我也哭了,因为我不想跟这两个坏女人搞得太僵,吵得太凶。我不吭气了,但我们之间过火的话说得太多,很难再面对面地长久生活在一起。后来又拖了几个星期,小的口角时有发生。我们相互监视,尤其在夜里,我们下不了决心分手,但我们的心已经分开,尤其担心舍不得分离。

"马德隆不时问我:'你是不是爱上另一个女人啦?'

"我竭力劝慰她:'不,看你说到哪儿去啦!'但很明显她不相信我的话,在她看来,人们生活在世上心中必定爱恋某个人,谁都不例外。我反问她:'告诉我,我要另一个女人有什么用呢?'但她对爱恋着了迷,我不知道用什么话去安慰她。她还想出新花样,是我闻所未闻的,万万没有想到她的脑袋瓜里居然藏着玩意儿。

"她怪怨我:'你夺走了我的心,莱翁!'然后认真起来,甚至威胁我说:'你一定要走,那就走吧!但我预先告诉你我会伤心死的,莱翁!'我将成为她伤心致死的罪魁?这算什么话呢?嗯?我请问你?但我只得安慰她:'瞧你说的,你不会死的!首先我没有伤害你嘛,我连孩子都没有让你生嘛!想一想,我也没有让你得病,不是吗?还要怎么样呢?我只是想走,如此而已,就像说我去度假,这很简单嘛,得讲道理啊。'我越要使她理解我的想法,她越不理解我的想法。她一想到我的话是我真实的思想,完全真实的,爽直的,真诚的,就气得发疯。她甚至以为是你促使我出走。当她看到用激发我的廉耻之心挽留不住我时,便想出另一招来达到目的。她对我说:

"'莱翁,别以为我为地下墓室的事而留恋你!你知道,其实我对钱无所谓,我所希望的,莱翁,是跟你在一起,为咱们的幸福,如此而已。这是很自然的嘛。我不想让你离开我。像我们这样曾经相亲相爱的恋人各奔东西,实在太残忍了!至少你要向我发誓,莱翁,你出走的时间不长,好吗?'

"她就这样又死缠着我几个星期,可以说她多情得叫人讨厌,每天晚上她都要说一通关于爱的疯话。最后她坚持说,只要我们俩一起去巴黎找工作,可以把地下墓室交给她母亲看管。她总说两人在一起!简直是演戏!她什么都乐意,就是不乐意让我和她各走各的路,毫无办法啊!她越显得对我恋恋不舍,越使我反感,这是必然的嘛!

"没有必要劝说她通情达理,时间一长,我意识到这完全是浪费时间,她早已打定主意,再劝只会引起她更大的狂热。我必须想出新招数方能摆脱她的所谓爱情。眉头一皱,计上心来,我对她说我不时神经变得不正常,精神病会突然发作起来,借以吓唬她,她斜着眼睛瞧我,好不奇怪。她将信将疑,因为我先前确实给她讲过我所经历的奇遇和使我受伤的战争,还有前一阵与昂鲁伊老太捣的鬼以及这次突然与她变卦的方式,这一切使她认真考虑起来。

"她考虑了一个多星期,没有来打扰我,大概对她母亲悄悄说过几句我的病情,反正不再怎么坚持挽留我。我心想:'行了,这下可好了!我自由了。'我已经开始想象安安静静地出走,悄悄地来巴黎而不必闹腾。且慢!我想得太美了。我精心策划,自以为找到可靠的证据说明我的话是真的,证明我的确会发痴。一天晚上我对马德隆说:'摸一摸,摸一下我后脑壳上的包!你摸得出上面的伤疤,你瞧我的包有多大,嗯?'

"她细细地摸了我脑后的包,感动得不得了。真倒霉,这反倒使她更激动,她居然一点不觉得厌恶!我坚持道:'这是我在弗朗德勤地区受的伤,人家就地给我作了环钻手术。'

"她摸了摸伤疤,跳起来说:'啊,莱翁,我请你原谅,我的莱翁!至今我一直怀疑你,我错怪你了,衷心求你原谅!我明白了!我对你太坏了!是的!是的!莱翁,我太可恶!我永远不对你使坏!我向你发誓!我一定补偿,莱翁!马上补偿!不要阻止我补偿,你说啊?我将使你幸福!好好照料你,好!从今天开始!我将永远耐心地侍候你!我会非常温柔的,你瞧着吧,莱翁!我一定会非常理解你的,成为你不可缺少的人!我把整个心重新奉献给你,我属于你的!我的一切都属于你的!全部生命都给你,莱翁!但至少对我说,你原谅我,莱翁,说啊?'

"我没有说原谅她的话,什么也没有说。是她自己说的,她一个人自问自答,当然很容易。采用什么办法才能使她闭嘴呢?她摸了摸我的伤疤和疙瘩包,一下子如醉若狂,捧着我的头,爱不释手,不管我愿意不愿意,非得要使我永远幸福。从此她的母亲不再敢对我骂骂咧咧,马德隆不让她有权说话。她变得认不出来了,决意保护我到底!

"该一了百了啦!我当然希望好聚好散,但这是办不到的,因为她变得更加多情,固执得不得了。一天早上,趁她们母女俩出去办事,我学你的样,打了一个小包裹,不辞而别。听了这些,你总不能说我缺乏足够的耐心吧?我只重复一句,耐心是毫无用处的。现在什么都告诉你了。这小娘儿们什么事都干得出来,她很可能什么时候跑来找我,我把底交给你,到那时可不要对我说我有幻觉呀!我知道我说什么,我太了解她啦。她倘若来找我,看到我和疯人们关在一起,就不会来打扰我。我假痴假呆,装作不明事理,那就万无一失。对付她只有这一着,装疯卖傻。"

这一切,罗班松如果在两三个月以前对我讲,我或许会感兴趣,但我似乎一下子变老了。我越来越变得像巴里通,对什么都无所谓。罗班松讲的图卢兹奇遇在我已不是什么现实的危险,我何必为他的事动感情呢,他的事已成为陈谷子烂芝麻,再说也白搭,其实在我们离世以前,世界早就先离开我们了。某天你决心少讲你最珍视的事情,于是你努力尽量少讲,尽量少想。有些事情想了三十年,想腻烦了,你便节略或不讲。你不再坚持你是对的,甚至把保住自己得意的地位的欲望也勾销:你厌恶你自己。从此以后,在通往虚无的道路上,你吃一点,得一点温暖,尽可能睡好,也就心满意足。如果想重新对事物感兴趣,你不得不在别人面前装出新的脸谱。但你已没有精力更换保留节目,你含糊不清地说话,你得寻找借口,要些花招,才能与伙伴们待在一起,但死神已经在你身旁游荡,臭不可闻地老缠着你,不比贝洛特纸牌游戏更神秘莫测。你所珍惜的东西只残剩一些小小的惆怅,例如老伯父活着的时候你没来得及去科龙布森林看望他,二月的一个夜晚森林中的歌声永远消失了。这是一生中惟一保存下来的惆怅,小小的惆怅令人难堪,其余的一切你在生活的旅途中已多多少少呕吐掉,吐得很吃力,很痛苦,你活像留作纪念的街角老路灯,但街上几乎没有行人。

既然烦恼免不了,那就随遇而安,得过且过,拣最省心的烦恼吧。我坚持要求医院十点钟休息,由我亲自熄灯,一切事情便顺顺当当的。我们并没有花费想象力,巴里通创造的"痴子看电影"疗法已经够我们忙乎的。医院没有积存多少钱。我心想,浪费会使老板焦虑,也许导致他回来。我们买下一架手风琴,让罗班松伴奏,病人夏天可以在花园里跳舞。在维尼病人日夜无事可干,很难为他们找到消遣,总不能老把他们赶到教堂里去,他们会无聊死的。

我们没有得到图卢兹方面的任何消息,普罗蒂斯特神甫再没有来找我。疯人院的生活是单调不变的,鬼鬼祟祟的。精神上我们很不舒畅,处处都有幽灵在游荡似的。几个月过去了,罗班松脸色好转。复活节,我们的疯人们活跃起来,穿着浅色服装的妇女们在我们的花园前面来来往往。春天来得早,只得早用溴化物。

塔拉普电影院自我担任跑龙套的那个时期以来已经多次更换人员。听说年轻的英国女郎们去遥远的澳大利亚,我再也见不到她们了。自从我与塔妮娅发生那段事情以后,人家不许我去后台,我也不坚持要去。

我们到处发信,尤其发给驻北欧的法国领事馆,打听巴里通的行踪,但没有收到任何有价值的回信。帕拉皮纳稳稳重重、不声不响地在我身旁完成他的技术任务。二十四个月以来,他一共没有说过二十句话。我几乎一个人决定办理日常的物资调拨和行政事务。我无意地干了几桩蠢事,帕拉皮纳从未责怪过我。我们都以冷漠的态度协调工作,况且有足够数量的病人流转,我们的物质处境颇有保障。除支付供货商和房租,剩下供我们生活绰绰有余,当然付给爱梅的姨妈的寄养费定期照汇不误。

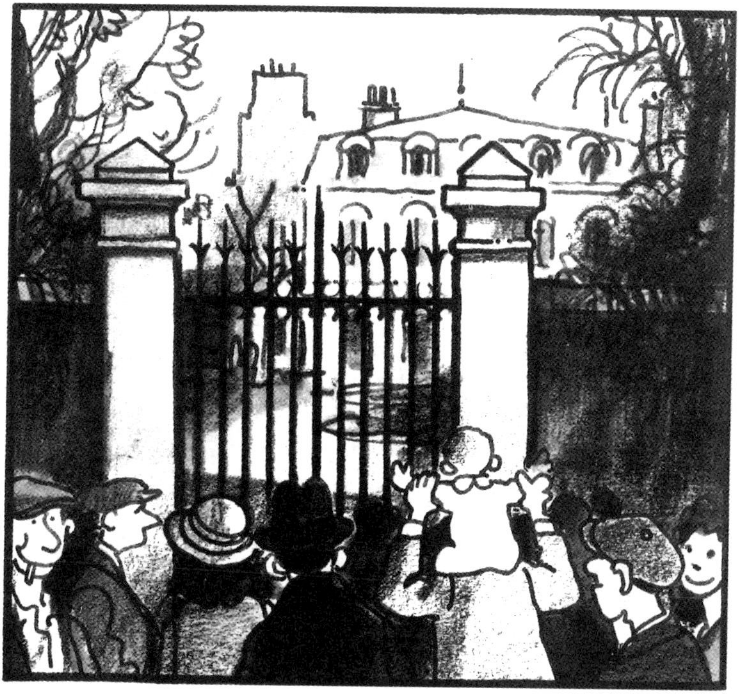

我觉得罗班松不像刚来时那么惴惴不安,他脸上有了血色,体重增加了三公斤。总而言之,只要别人家里出了疯子,好像都乐意来找我们,我们处在首都的近郊,非常方便。单单我们的花园就值得一看。仲夏时节,人们专程从巴黎来观赏我们的圆形花坛和玫瑰园。在六月的一个星期天我似乎第一次瞥见马德隆混在游人中间,她在花园的铁栅栏前停留了片刻。起先我不想把马德隆的出现告诉罗班松,以免引起他惊慌,但是考虑几天后,还是劝他往后不要走远,至少一个时期内不要走远,因为他习惯到附近各地散步。这个劝告使他不安起来,但他没有追问究竟是怎么回事儿。

七月底我们收到巴里通从芬兰发来的几张明信片,大家都很高兴,但他只字未提他何时回来,只是再一次祝我们"诸事顺利"和致以热烈的、友好的问候。此后又过去两个月,过去好几个月,夏日的尘埃积沉在大路上。时近万圣节①,一个精神病患者在我们医院前闹事。这个病号原来非常安稳和得体,但受不了万圣节丧气的刺激。他临窗朝外大喊他永远不想死,游人觉得他滑稽可笑,争先恐后地瞧他。幸亏我们及时止住他,但就在出事的时刻,我再一次觉得认出马德隆,这回比上一次看得更清楚,她站在一群人的前排,在铁栅栏前与上次相同的地方。

当天夜里,焦虑使我惊醒。我竭力忘记所看到的情景,但白费努力,怎么也忘不了。睡不着干脆不睡。很久没有去朗西了。既然遭到噩梦的袭击,我心想不如去朗西走一走,朗西是我一切不幸的发源地,那里留着我不少的噩梦。在迫不得已时,努力向着噩梦迎上去,不失为一种防范。从维尼到朗西,最短的路程是沿着河滨马路一直走到让纳维利耶桥,这座桥平平地架在塞纳河上。轻雾从水面袅袅升腾,裂开后又拥成一团,飘飘悠悠,变得细长,蹒跚着

---

① 宗教节日,11月1日是万圣节,11月2日是亡人节。

挂落在对岸护墙的路灯上。左岸巨大的拖拉机厂淹没在无边的黑夜里,厂房的窗户透出沮丧的火光,仿佛内部承受着烈火无休止的焚烧。走过工厂,河滨马路上只剩我一个人,但路熟脚快,从累的程度意识到已近目的地。只要从布内尔街往左一拐,不远便是,加上平交道口的红绿挂灯总亮着,更不难找到。即使深更半夜我也能闭着眼睛摸到昂鲁伊家那栋独门独户的房子,以前常去的嘛。这天晚上我快到他们家门口时,突然犹豫起来,停下脚步。我思忖,昂鲁伊媳妇现在只身一人住这栋房子,其他的人全死了。她大概知道或至少猜到她婆婆怎么死在图卢兹的,她对死讯会有什么反应呢?

　　人行道上的路灯把玻璃挑棚照得发白,仿佛给台阶披上一层白雪。我伫立街角呆望。我满可以上前按门铃,她肯定会出来开门。不管怎么说,我们没有翻过脸。我站的地方很冷。街的尽头是沼地,和我当年在这里的时候一样。人们早就许诺搞工程,但一直没有搞。街上空无一人。并非我怕昂鲁伊媳妇,不,但突然之间我不再想见她。我来找她的念头是想错了。站在她的门前,我恍然大悟,她没有什么可对我说的。她现在跟我说话很可能令人厌烦,我们彼此之间已没有任何关系。在茫茫黑夜里我比她走得更远,甚至比已故昂鲁伊老太婆还走得远。我们不再同舟共济,我们永远分离了,不仅被死亡分离,而且被生活分离,势所必然。我心想,各人好自为之吧!于是我转身向维尼走去。

　　昂鲁伊媳妇现在得不到指点,无法追随我。毅力,她倒是有的,但没有人给她点拨!这是关键所在!没有人点拨!点拨至关重要!不管她怎样厉害和固执,她都无法理解我,也无法理解我们周围所发生的事情。光靠厉害和固执是不够的,还得有心计和知识才能比别人走得远。我走桑济永街,再取道瓦苏死胡同返回塞纳河边。我的心事已了结,反倒高兴起来,骄傲起来,因为我意识到没有必要再同昂鲁伊媳妇打交道,终于把这个厉害的女人在半道上甩掉了。多么有意思的女人！以前我们通过特有的方式很合得来，我们俩默契配合过很长时间。但现在她不再沉沦，下流的程度不足以尾随我了。她没有人点拨，精力也不足。虽说人在生活中不能上升，只能下降，但她却不能下降到我沉沦的程度。对她来说，我周围的黑暗太深邃了。

经过贝倍尔的姨妈当看门人的楼房时，我本想进去的，哪怕只看一眼谁替代她当看门人。在这间门房里我治疗过贝倍尔，他是从这里离开人世。也许他那穿着学生装的肖像还挂在床头呢。但时间太晚，不便惊动人家。我过门而未入，没有让别人认出我来。往前走不多远，到了自由城关街，又看到旧货商贝赞的店铺，没想到铺子还亮着灯，不过只有货架当中的一盏煤气灯亮着。贝赞经常去酒吧，对本区的各种奇闻逸事了如指掌。他很有些名气，从跳蚤市场到马约门无人不晓。

贝赞如果被叫醒的话，他本可以给我讲些逸闻趣事。我推开他的门，门铃叮当作响，但没有人回答。我知道他睡在铺子的后间，实际是他吃饭的地方。屋子里黑咕隆咚的，他歪坐着趴在桌子上，双臂撑住头睡着了，桌上的晚饭已凉，是一盘小扁豆。他回来刚吃晚饭就困得不行，这时鼾声如雷，准是喝多了。他爱喝酒，我记得某个星期四，他在丁香门集市上摆摊，脚边的大帆布上堆着旧货，可他已经醉得不行。我一直觉得贝赞不是坏汉子，反正不比别人更坏。没说的，出名的殷勤、随和。我总不能为了好奇心把他叫醒提些小问题打扰他的好梦吧。我替他关上煤气灯，走出屋来。他做这种小生意自然难混日子，但至少不难睡着觉。

我闷闷不乐地朝维尼往回走，心想这里的人，这里的房屋，这里肮脏的、阴暗的事物以前与我休戚相关，而现在对我则统统没有意义。我不管装出一副多么了不起的样子，也许没有足够的精力独自往前奔了。我已经深深感觉出这一点。

四十二

我们在维尼的一日三餐仍保持巴里通那时的习惯,即大家围桌而坐吃饭。但这时选在门房楼上的弹子房就餐,这里与正式的餐厅相比,随便多了。餐厅里贵重的家具太多,尽是十九世纪款式的,加上乳白底的彩画玻璃,使我们感到拘束,还引发我不愉快地回忆起在那里进行过的英语会话。从弹子房我们可以看到街上发生的一切。这可能有用处。我们经常星期日整天在这里度过。至于客人,我们有时邀请附近的医生吃晚饭,四面八方的都请一些,但我们的常客是交通警察居斯塔夫。可以说他定期必来。我们是通过窗口认识的,星期天总看到他在镇边的十字路口值班。来往的汽车叫他很头痛。起先我们见面只寒暄几句,后来每逢星期天见面慢慢熟起来。我在城里的时候,有幸曾先后为他的两个儿子看过病,一个出麻疹,另一个得腮腺炎。我们这位常客的全名叫居斯塔夫·芒达穆尔,是康塔尔省人。他不太善于交谈,因为吐词有困难。他说话有词儿,但老吐不出来,总在嘴里搅拌,吧嗒作响。

一天晚上罗班松心血来潮请居斯塔夫打弹子,我想他是开玩笑。但居斯塔夫具有持之以恒的气质,从此他总来,每天晚上八点准时到达。他很乐意和我们在一起。他亲口对我们说,来这里胜于去咖啡馆,因为咖啡馆的常客经常为政治辩论而闹得面红耳赤。他讨厌咖啡馆里的政治辩论,我们正好从不谈政治。原则上他不应该谈论政治,尤其喝过几口之后,但这种事难以避免,因为他喜欢喝酒,为此名声不好。我们这里的一切都使他有安全感,他自己这么说的。我们不喝酒。他可以在家里喝个痛快,反正不会出事。总之,他来这里是对我们的信任。

帕拉皮纳和我,每当回顾我们以前的境遇和巴里通走后所面临的处境,我们并不叫苦,否则就没有道理了,因为不管怎么说,我们遇到千载难逢的好机会,应有的一切我们都有了,既得到尊重,又有物质享受。不过我总担心奇迹难以长久。我的过去很不光彩,为此经常反思,让我自己看到命运的折光反射。我初到维尼的时候收到过三封匿名信,其内容暧昧诡诈而咄咄逼人。后来又收到一些,也都十分恶毒。确实我们在维尼经常收到匿名信,但通常不予理睬,嗤之以鼻。这类信多半来自以前的病人,说明待在家里他们的被迫害妄想症又复发了。

但是最近几封匿名信更使我不安,措辞非同小可,其指控更加具体,只针对我和罗班松。归纳起来一句话,指责我们搞同性姘居。这种猜疑混账透顶。起先对罗班松不便启齿,后来毅然决定向他挑明,因为我接连不断地收到类似的信件。我们一起设想是谁发的信。我们罗列所有认识我们俩的熟人名单,但猜不出来。况且这种指责站不住脚,因为我这样的人从不搞同性恋,至于罗班松,他不管对搞同性或搞异性一概不感兴趣。相反,他最忌讳的恰恰是搞屁股的交易。准是某个嫉妒的女人做出如此下流的事情。想来想去,我们的熟人中惟有马德隆才会跑到维尼来干这等缺德的事。她继续写她的玩意儿,与我无干,但我担心她因老收不到回信,会恼羞成怒,没准儿急了,直接跑到医院里来闹事。要预防不测啊。我们提心吊胆地度过几个星期,一听到门铃,心就怦怦跳起来。我提防着马德隆来访,甚至做好了更坏的准备,即检察院来干预。

每次芒达穆尔警察比通常早一点来打弹子,我心里就嘀咕他的腰带里是否揣着传票。但那时候他还挺和蔼可亲的,看上去挺顺眼的。只是后来他也发生了明显的变化。至此,他无论玩什么总输,但从不疾言厉色。他之所以脾气变坏还得怨我们自己。一天晚上,出于好奇,我问芒达穆尔为什么玩牌总输。其实我没有必要问三问四,只是我这人有好问的毛病,总想问个为什么或怎么样。尤其我们又不赌钱!我一边议论着他手气不好,一边走过去看他出牌,这才发现他的眼睛老花得厉害。我们待的地方照明度极强,他却分不清方块和草花。这怎么行呢。于是我送给他一副老花眼镜,纠正了他的缺陷。开始试用眼镜时,他高兴得不得了,但好景不长。由于戴上眼镜比原先玩得好,他输得少了,并且想反输为赢,却又赢不了,于是作起弊来。尽管作弊,还是输,他与我们赌气了,一生气便是几个小时。总之,他变得叫人难以忍受。

我很难过。居斯塔夫动辄生气,进而惹我们生气,给我们制造麻烦,使我们提心吊胆。他输了就以他的方式报复,其实根本不是什么金钱输赢,我再重复一遍,我们一起玩玩,只是为了消遣和脸上光彩。但他依然怒不可遏。一天晚上他手气不佳,又输了,走的时候声色俱厉地对我们说:"先生们,我警告你们要当心点!换了我,我会留神与你们交往的人。尤其那个褐发女人,几天来她总在你们门前转悠。我感到她来得太勤,来者不善啊!她要是来找你们当中的一个人算账,我不会感到吃惊的。"芒达穆尔临行前对我们说了这番恶毒的话,他这话说得很有分量。但我立即镇静下来,沉着地回答道:"谢谢您,居斯塔夫!您说的那个褐发女人,我看不出与我们有何相干。据我所知,我们以前的女病人中没有一个有理由抱怨我们的治疗。大概又有一个可怜的女人疯了吧。我们会找她算账的。总之,您说得对,还是搞清楚的好。再次谢谢您提醒我们,居斯塔夫。晚安!"

罗班松一下子坐在椅子上起不来了。警察走后,我们对他提供的情况作了各方面的分析。很可能不是马德隆,而是别的女人。在疯人院窗下闲逛的女人多着呢!但不能排除她,应该认真对待,这一推测足以使我们不寒而栗。如果是她,她到底有什么新意图呢?再者,她待在巴黎这么多月靠什么生活?假如她最终亲自再来,那必须及时发现她,采取预防措施。

"听我说,罗班松,"我思考后问道,"你下决心吧,这是关键时刻,不要再反悔。你打算怎么办?你愿意跟她回图卢兹吗?"

"不!我对你说过,不,决不!"他回答道,口气非常坚决。

"好吧!"我接着说,"既然你真的不愿意跟她回去,在目前的情况下,依我看你最好到国外去谋生,哪怕短时期去一下也好。这样你准可以解脱,她总不能跟踪你到国外吧?你还不老,伤也养好了,身强力壮的,给你一点钱,祝你一路顺风!这是我的意见。你该明白,再说待在这儿,对你也非长久之计呀,这样长期下去是不行的,明白吗?"

假如他听我的话,假如他那时出走,我就不至于为难,在我是件乐事。但他不答应。

"你取笑我吧,费迪南!"他回答道,"这么做对我这样年龄的人不合适吧。瞧瞧我这副样子!"他不肯出走,对游荡厌倦了。他接着说:"我不想出远门。你再说也没用,再劝也白搭。我不走。"

这是对我好意的回答。我仍坚持道:"假使马德隆去告发你呢?不妨猜想一下,她倘若为昂鲁伊老太太的事去告发你呢?你自己对我说过,她什么事都干得出来的。"

"那算我倒霉!"他回答道,"她爱干什么随她便吧。"这成了他的口头禅,而以前他是不服命运摆布的。

"至少你到附近的某家工厂找点活儿干干,这样你就不必老跟我们待在一起。如果有人来找你麻烦,我们也来得及通知你。"帕拉皮纳完全同意我的建议,他打破沉默,发表一点自己的看法,这说明他感到我们周围发生的事非常严重和紧急。我们必须动脑筋把罗班松安插好,把他藏起来。在我们周围的关系户中有一个生产车身的工厂主,对我们有义,因为我们曾在关键时刻帮他做过一些十分微妙的事情。他乐意让罗班松试试徒手喷漆,这是细活儿,不累,工薪还高。他上班的第一天早晨,我对他说:

"莱翁,到新单位可别干蠢事,少出馊主意,不要暴露自己。准时到厂,不要比别人早下班。向每个人都问好。总之,表现好点。你在的车间很体面,你是受推荐去的。"

但罗班松立刻引起了别人的注意,倒不是由于他的过错,而是旁边车间的一个家伙告密。这家伙看到他进入老板的私人小房间。这还了得。小报告。坏动机。解雇。几天后罗班松失业了,又回到我们中间。倒霉。几乎当天他的咳嗽病重犯。我们给他听诊,发现右肺上侧啰音频繁,只得让他卧床休息。

一个星期六傍晚,我们正准备吃饭,有人要我亲自去门厅会客室,说有一个女人求见。正是她,戴着小三角帽和手套。当时的情景,至今历历在目。她来得正好,干脆向她承认真情,我开门见山:"马德隆,如果您想见的人是莱翁,我要立刻告诉您请您回去,不必坚持。他的肺部和头部都有病,而且相当严重。您不能见他,再说他没有什么可对您说的。"

"甚至对我?"她坚持问道。

"是的,甚至对您,尤其对您。"我加添道。

我以为她会跳起来大闹。没有。她只是在我面前侧着头,或右或左,咬着嘴唇,用眼睛偷偷打量我,企图重新找到在她记忆中的我。以前的我不见了,我前后判若两人。在这种情况下,我的面前倘若是个男子,一个身强力壮的人,我会感到害怕,但对她,我毫无畏惧,因为她不如我强壮。我一直渴望打别人耳光,打一个被愤怒支配的人,看看被愤怒支配的脑袋是怎样转动的。耳光或高额支票都能使一切在一个脑袋里盘旋的激情急转直下或急转直上,有如波涛汹涌的大海上帆船上下颠簸,煞是好看。整个人在耳光掀起的风中摇晃。我想看看这个情景。这种欲望至少追逐了我二十年,在大街上,在咖啡馆里,在一切有人吵架的地方,每当出现或咄咄逼人,或吹毛求疵,或自吹自擂的场面,我便想大打出手,但总不敢,因为害怕挨揍,尤其害怕动手打人后引起的耻辱。现在机会来了,千载难逢。

"你走不走?"我问她,想再刺激她一下而后下手。她看到我这么跟她说话感到好不陌生,不由得微微一笑,笑得叫人恼怒,好像觉得我很可笑,好像觉得我无足轻重。"啪!啪!"我狠狠打了她两记耳光,打得她晕头转向。她退缩到对面靠墙的粉红色大沙发上,双手捂着脸,气咻咻地抽噎起来,好似一条被痛打后的小狗。之后,她思索了一下,突然站起身来,轻松、柔顺地走出门去,连头也不回。我什么也没说,一切又恢复正常。

四十三

我们白费心思，马德隆比我们所有的人加起来还要机灵，其证明就是她重新见到了罗班松。她像从前那样钉住罗班松不放。帕拉皮纳首先发现他们在一起，看见他们坐在东火车站对面的一家咖啡馆露天座上。我们已经猜到他们经常约会，但我不愿对他们的关系再表露出丝毫的兴趣，说到底，与我不相干。况且罗班松在医院里对本分的工作完成得不错，照顾瘫痪病人的活儿是最吃力不讨好的：帮助他们大小便，把他们擦洗干净，给他们换内衣，让他们把嘴里的脏物吐出来。我们不能要求他做更多的事情了。如果他利用下午我派他去巴黎办事的机会与马德隆见面，那是他自己的事情。反正马德隆吃了耳光之后，再也没有在维尼露面儿。我想她一定对罗班松讲了不少我的坏话。从此我不再跟罗班松提起图卢兹，好像这一切从未发生过似的。

好歹这样过了六个月。一天我们的一个按摩女护士突然离职结婚去了。我们需要这样的护士，医院人员出现了空额。招聘广告一经登出，应聘而来的姑娘络绎不绝，我们几乎难以选择，有那么多不同国籍的结实而美丽的姑娘。最后我们决定录用一个名叫索菲的斯拉夫姑娘，她的体态丰腴而矫健，健康得不可思议。应当承认，她的魅力不可阻挡。索菲只会说几句法文，我很乐意立即教她，小意思嘛！巴里通曾把我对教学的兴致一扫而尽，但刚与她接触我的兴趣又油然而生。本性难改哟，面对这样的青春活力，这样的蓬勃朝气,这样的矫健身姿,无法不倾倒。多么柔软! 多么矫捷! 多么出众! 西方人难以启齿的或真或假的廉耻心使她的美貌毫不减色,反正我对她赞赏不已。我用解剖的眼光对她从头到脚按肌肉的走向和部位逐一进行分析。她的活力既协调又灵活,通过触诊可以感觉出她的活力有如光束般的流泻和集中,我不知疲倦地在她的皮肤下追逐这种活力,她的皮肤是这般的柔软、有力、舒展、美妙……

这种充满活力的欢乐时代尚未到来,当这样的时代到来时,生理对应的和谐将是无可否认的,神圣的躯体将被我羞怯的手摸弄。什么正派人的手啊,什么不见经传的神甫啊,一概是死神和空谈的许可证,令人作呕的装模作样! 雅士名流被一大堆象征搞得肮脏不堪,面目全非,被艺术的粪便充塞每个毛孔,快完蛋了。管他呢! 好事嘛! 省得老为模糊的回忆激动不已。我们有的是模糊的回忆,还可以买到美丽的、光辉的模糊回忆哩! 生命要复杂得多,尤其人类的生命更为复杂。追求人类的形状是难以忍受的冒险,没有比这种冒险更令人失望的了。这种对完美的形状的追求是一种恶习,与此相比,可卡因对火车站站长来说只算是一时的消遣。

言归正传,我们的索菲风姿独秀,在医院这些受怄气的、情虚胆怯的、鬼鬼祟祟的人们中间她好像浑身是胆。经过一段共同的生活之后,我们固然很高兴有她这样的女护士,但不免担心她总有一天会干扰我们小心谨慎的作风或突然看破我们穷极无聊的现实。索菲全然不知我们死水一潭的、自暴自弃的精神状态。我们是一群失败者! 我们为她给我们带来生气而赞叹不已,她的每个动作,诸如站起来,走到我们的桌旁,离开,都使我们赏心悦目。她每做这样一个简单的动作都使我们感到又惊又喜。看到她是这样的美,与我们相比是这样的无忧无虑,我们仿佛置身在诗的境界中。她的生命节奏来自与我们的生命节奏不同的源泉,我们的生命源泉总是那么淤滞,那么淤塞。她从头到脚散发的这种喜悦的、干练的、柔和的活力把我们搅得心绪不宁,以迷人的方式搞得我们局促不安,准确地说,弄得我们惴惴的。我们对待世间事物的城府含有恶意,不理会这种乐趣。即使本能接受这种乐趣,阅历也会出来阻拦,阅历深深藏在战战兢兢的心底,躲在生命的最深处,受着习惯和经验的束缚,成了根深蒂固的积淀。索菲这种轻捷的、灵活的、干练的风姿在美国妇女身上屡见不鲜,几乎习与性成。这是前程似锦的人们的风姿,雄心勃勃的、轻松愉快的生活把他们推向新形式的冒险,轻快的三桅帆船驶向无穷远。

帕拉皮纳一向对魅力的题材不那么有豪兴,但等索菲一走开,也会心地笑了。你只要打量她,心里就有说不出的舒服,尤其我,准确地说,我已欲火中烧。为了搞她个猝不及防,为了使她失去一点傲气,减少一点在我心目中的威力和魔力,为了贬抑她,总之,为了使她适应我们平庸的格局,我趁她睡着的时候走进她的卧房。这时的索菲完全是另一副模样,平凡而惊人,惊人而平和。毫无掩盖,几乎没有盖被子地躺在床上,大腿交叉露着,柔嫩鲜润的肌肤放松舒展,这说明她困顿。索菲轻轻地打着鼾,睡得极香。这是我惟一唾手可得的时机。不必施展伎俩,不必嬉皮笑脸,正经干就是了。她仿佛在生命的反面吸吮着生命,在这样的时刻,她是这样的贪婪,这样的陶醉。小睡之后,她还那么充满弹性,在粉红的皮肤下,器官兴奋得久久不能平息。她的样子好滑稽,像一般人一样可笑,幸福的余波使她继续摇晃几分钟,然后恢复常态,有如黑夜过后满天的朝霞,又如一堆乌云过后灿烂的、寥廓的天宇,精力充沛。这一切令人为之倾倒,觉察到物质变得栩栩如生的时刻是多么令人愉快啊。我爬向为男人开放的无垠的平原,喔唷,总算上来了,我趴在上面尽情地享乐,如同在一片大沙漠上那么畅通无阻……

在索菲的朋友中间,确切地讲,在她的上司们中间,我认为我是她最知己的人。譬如,她经常欺骗我,与负责烦躁症患者病房的男护士私通,此人以前是个消防员。她说,这是为了我好,不让我太累,因为我的脑力劳动很繁重,而她的性欲过旺,不太合适,所以完全为了我好。她让我当了符合生理卫生的王八。这很好。此事说到底我并不感到为难,但马德隆的事总叫我牵肠挂肚。终于有一天我把什么都对索菲说了,想听听她的看法。向她诉说烦恼后,我反倒轻松一些。没完没了的争吵,因他们不幸的爱情而引起的怨恨,没意思透了,我实在腻烦。索菲完全同意我的意见。她认为,罗班松和我既然是老朋友,就应当讲和,痛痛快快的,好声好气的,而且越早越好。这是一个好心的建议。欧洲中部有许多像她这样的好心人,可惜她不太了解这边人的性格和反应。结果她以最良好的愿望给我帮了倒忙,当我发现她出了馊主意,为时太晚了。她建议道:"你最好再见见她,从你说的情况看来,她没准是个可爱的姑娘。只是你欺侮了她,你对她太粗暴、太恶劣。你应当给她赔个不是,送她一件漂亮的礼物,让她忘掉……"在她的国家,人们就是这么做的。是啊,她建议的办法确实很有礼貌,可做起来不容易呀。

这阵子我装模作样,大肆炫耀,采用外交手腕分享到一小块阴部作为消遣,感到耳目一新,所以采纳了她的建议。我的友谊在形势和年龄的压力下暗暗包含着色情的成分。背叛,索菲无意间帮助了我背叛。她太好奇,不会不喜欢冒险。她的心地极好,一点没有反抗性,对生活不求有功但求无过,原则上不疑心生暗鬼。完全与我相仿。她甚至走得更远。她理解屁股的消遣需要多变。应当承认像她这样爱好奇遇的女人实属罕见。显而易见,我们录用她实在太对了。她要我给她描绘一下马德隆的外貌特征,我认为这很自然。她担心与一个法国女人密切相处时会显得笨拙,尤其因为外国人一向认为法国女人具有演员的美名。至于不得不同时忍受罗班松,这是她为了讨我的喜欢所付的代价。她说罗班松一点也引起不了她的性欲。总而言之,我们取得了一致的意见。这是主要的。好。

不久我趁一次好机会向罗班松提了几句全面和解的计划。一天早上,他在事务处正往总册上抄写病历,我觉得这是试一试我的意图的好时机。我打断他的工作,直截了当问他对我准备主动接触马德隆以便消除前不久发生的粗暴的事有什么想法,以及我是否可以同时向她介绍我的新女友索菲。总之,我问他是否认为我们大家好好把事情讲开的时机业已成熟。我看出,起先他犹豫了一下,然后回答说他看不出有什么坏处,但热情不高。其实,我想马德隆早已向他预告我很快会找一个借口去见她的。至于她那天来维尼挨耳光的事,我只字未提。我不能自找挨骂,让他当众说我粗野,因为在这所医院里他毕竟在我的领导下,尽管我们是多年的老朋友。威信最重要嘛。

正好在一月份采取行动。我们决定大家抽一个星期天在巴黎会面,因为这比较方便。我们一起去看电影,也许先到巴蒂尼奥尔集市上转一转,如果外面不太冷的话。罗班松曾答应带马德隆去巴蒂尼奥尔集市,他说马德隆十分喜欢庙会。太巧了!第一次重逢安排在节日,真是锦上添花。

四十四

庙会热闹非凡,景象纷呈,目不暇接,声响震耳欲聋。乒乓!乒乓!嘭嘭!好像在嚷:我叫你转!我叫你飘!我叫你跳!我们加入了混乱的人群,这里斑驳陆离,熙熙攘攘,喧哗吵闹。要往前走,得靠灵活,大胆和打趣。人人穿着外套,千方百计突出自己,显得机灵而冷淡,为了让别人看看自己在别处见过世面,在花费高得多的地方,英语说"昂贵的地方"玩过。我们做出机智灵巧、轻松愉快的样子,尽管北风凛冽,尽管心里害怕玩得过分,害怕第二天乃至一星期后悔不迭。从回转木马处传来震天价响的音乐声:《浮士德圆舞曲》喷吐而出,使出全部解数。圆舞曲上上下下乱窜,伴随着圆顶旋转,伴随着成百上千的灯泡闪烁。真不容易呀!管风琴从音管中吃力地吐着乐曲。你们想吃果仁糖呢,还是喜欢打靶?请你们选择吧!

我们当中打靶数马德隆最高明,她把帽子往额头上一推,对罗班松说:"你瞧,我不发抖,尽管我们喝了不少酒。"她在定谈话的调子哩。我们刚从饭馆出来。"再打一枪!"马德隆赢了一瓶香槟酒。"乒乓!打中靶心黑点!"于是我向她挑战,邀她到汽车赛亭比赛碰碰车。"当然敢!"她精神饱满地应战,"每人驾一辆!"我很高兴她接受挑战,嗨,通过这个办法可以接近她。索菲不忌妒,她自有理由。罗班松跟着马德隆坐进斗形座,索菲跟着我坐进另一辆车的斗形座。我们进行了一系列猛烈的碰撞。我撞你个大包!

我叫你动不了！但我很快发现马德隆不喜欢别人撞她，莱翁也不喜欢。可以说罗班松和我们在一起感到不自在。我们在栏杆旁相碰的时候，一些年轻的水手带着女人把我们团团缠住，他们向我们献殷勤，要撞我们。我们哆嗦，我们自卫，大家哈哈大笑。献殷勤的人们从各方涌来，在音乐声中，碰撞既有冲劲又有节奏。我们坐在这种带轮子的桶状车里每次相撞被震得眼珠子都快跳出来。欢腾雀跃！嬉戏的暴力！一致的欢乐！我希望在离开集市前和马德隆言归于好。我不断献殷勤，但她根本不理睬。着实不客气。她甚至与我赌气，跟我保持距离。我彷徨无主，她更加怄气。我等待更好的时机。

我发现索菲的外表起了变化，她清瘦了，黯然无神。她殷勤的时候显得比较好看，但她现在的样子好像挺神气。这叫我十分恼火，恨不得打她一顿耳光，看看她是来顺从我，还是对我神气活现。但我不得不露出笑容。赶庙会嘛，不该哭丧着脸，应当高高兴兴的。后来我们一起漫步时，索菲对我说马德隆在一个婶婶家找到工作，婶婶在悬岩街开一家胸衣店。才不信她呢！

不难看出作为和解，我们的会面是失败的，我的计策也失败了，甚至完全失败了。我错不该搞这次会面。索菲不太了解情势。她感觉不出我们的会面使事情复杂化。罗班松本应告诉我，预先告诉我，她已经执迷不悟。多么遗憾啊！好吧，既来之，则安之！向游乐场前进！我们称它为"履带拖拉机"。是我提议的，当然由我付钱，以便再一次尝试接近马德隆。但她总躲开我，回避我，她趁人挤的时候，带着罗班松爬上另一张木马坐席。我上当了！影影绰绰的人群骚动嘈杂，弄得我们昏昏沉沉。我心里暗自得出结论，一场努力，于事无补。索菲看出我的心事，指出我想入非非，咎由自取。她说："你瞧！她生气了吧！我想咱们暂且别管他们，咱们回家前去沙巴内青楼转一转。"索菲早在布拉格的时候就多次听说沙巴内青楼,久闻其名,恨不得立即一睹为快。但去一趟沙巴内青楼花费很大,我们身边带的钱不够,只得继续赶庙会。

罗班松在履带木马上大概与马德隆吵了一架,他们从旋转木马下来时非常生气。显而易见,这天傍晚她的情绪极其恶劣。我为了息事宁人,建议玩一项需要集中注意力的游戏:套瓶颈比赛。马德隆赌着气扔套圈,比我们谁都扔得准,套圈正好落在瓶口上,应声滑落下去。百发百中!商人大惊失色,奖给她一小瓶"德·马尔瓦宗大公爵"葡萄酒,但她仍然不满意,立即向我们宣布:"我才不喝呢,这酒糟透了。"罗班松打开瓶塞,吹喇叭似的一饮而尽!他的举动未免滑稽,因为他几乎从来没有这么喝过酒。

然后我们走到锌靶场前。砰!砰!子弹击打锌靶,抒发我们的情感。我笨头笨脑,打得非常蹩脚。我向罗班松祝贺,他玩什么都比我强。但是他的心灵手巧并没有给他增添笑容,好像我把他们俩领来服苦役似的。毫无办法使他们打起精神、露出笑容。我束手无策,高声说道:"咱们是来寻快活的啊!"但不管我怎样激励他们,不管我怎样向他们嚷嚷,他们听而不闻,无动于衷。我禁不住责问他们:"青春呢?你们的青春活力到哪儿去啦?年轻轻的,怎么高兴不起来啊?我比你们大十岁,你们还不如我吗?我的心肝宝贝!"马德隆和罗班松瞧瞧我,好像面对一个吸毒的人,一个中毒气的人,一个流涎的人,不屑给予回答,好像没有必要对我解释,因为我肯定不会明白他们的解释。他们干脆不予理睬,一声不吭。也许他们是对的?我心里这么问自己,一边惴惴不安地打量周围的人们。

他们该怎么玩就怎么玩,不像我们那样借玩消愁,完全不是,他们才是真正赶庙会的。这里花上一法郎,那里用去五十生丁!开个眼界,吹个牛皮,听个乐曲,吃个糖果……他们像苍蝇似的四处奔走,有的人怀里抱着小虫似的婴儿,苍白苍白的,面庞由于太苍白而融会在强烈的灯光里,只剩下因感冒或被亲吻而留在鼻子周围的一丝红润。在摊位区,我一眼看见"民族射击台",往事立刻浮现眼前,对其他的摊台便视而不见了。十五年过去了,我对自己说,自个儿心里念叨。整整过去十五年,已经好久了。在十五年的旅途中我们失去了一些伙伴。我满以为立在圣克鲁公园的"民族射击台"再也不会从污泥里出来,不料它修复一新,与当年几乎一模一样,加上音乐,更加活灵活现。太好了。人们踊跃地向纸板靶射击,射击台的生意总是好的。椭圆形靶子像我一样又回到原来的地方,跳跳蹦蹦的,离射击很近,两法郎玩一次。我们没有玩,天太冷,不宜射击,还是走走的好。并不是没有零钱,我们衣兜里零钱有的是,还叮叮当当发出好听的声音哩。此刻谁要能想出新主意,我干什么都愿意,可惜谁都不发表意见。如果帕拉皮纳和我们在一起,或许更糟糕,因为他一见人多就发愁。幸亏他留下来照看疯人院。我自己后悔不迭,不该来嘛。马德隆开始乐了,但笑得叫人心怵。罗班松在她身旁一味冷笑。索菲突然和我们开起玩笑来。这下可够受的了!

　　我们经过照相棚时,摄影师注意到我们犹豫不决的样子。我们不想照相,也许只有索菲想照。但在门口犹豫许久后我们还是来到他的照相机前。我们听凭他指挥,在所谓的美丽的法兰西号驾驶台上让他摆布,这艘纸板船大概是他自制的。在假的救生圈上写着美丽的法兰西号的字样。我们两眼望着前方,向未来挑战,待了好一会儿。别的顾客等得不耐烦,怪我们赖在驾驶台不肯下来,大声议论我们的模样,说我们不登大雅之堂,以示报复。他们趁我们不能动弹之便,出言不逊,马德隆可不管他们那一套,操着南方口音以牙还牙,与他们对骂起来,一时间火药味极浓,煞是热闹。镁光灯一亮,我们的表情全部进入镜头,每个人有一副肖像,脸比以前更丑了。雨透过布景飘进来,我们的脚又冻又累,难以支撑。在摆姿势的时候,四处窟窿进风,令人感到刺骨的寒冷,仿佛外套不存在似的。

我们不得不再逛一阵摊棚,我不敢提议返回维尼,时间尚早。回转木马场的管风琴趁我们打哆嗦的时候呜咽得更加厉害,使我们倍感寒气逼人。乐器奏出清亮高亢的曲调,嘲笑世界即将崩溃,伴随着世界垮台,琴声越过通向山冈的发臭的街道,消失在山冈背后的茫茫黑夜里。年轻的布列塔尼女佣们比去年刚到巴黎时咳得更厉害,她们冻得发青的大腿点缀着木马的鞍辔。奥弗涅小伙子们替她们付入场费,众所周知,这些小心谨慎的邮电局职员采用避孕套跟她们交欢。女佣们在刺耳的木马回转响声中扭来扭去,期待着爱情。她们尽管有点恶心,却冒着六度的寒冷摆开架势,因为这是显示青春活力的最佳时刻,以便勾引情人,也许在这群冻得呆头呆脑的游人中间已经有被他们征服的情人。情人还不敢公开露面,但爱情和幸福会像电影里那样出现。某个财主的儿子只要崇拜你一个晚上,就永远不再和你分离。这是肯定的,这也就够了,况且他正派,况且他英俊,况且他有钱。

地铁站旁的报亭女商贩根本不考虑未来,光顾得用手指搓眼睛,慢性结膜炎越来越严重,都化脓了。六年来,眼睛一直痒痒,而且越来越痒,挠痒痒是一大乐趣,不为人知,不用付钱。游人冷得不约而同地聚集在一起,他们簇拥着彩票亭。许多人够不着,撅着屁股也够不着,只得走开。他们蹦跳着取暖,挤进对面山墙前的人堆里。一个受到失业威胁的小伙子躲在公共小便处的背后向一对外省来的男女报价钱,弄得他们面红耳赤。风化警察了解那小伙子的勾当,但睁一眼闭一眼,此刻他自己的秘密约会地点是米泽咖啡馆门前。一星期来警察一直监视米泽咖啡馆。这等事只能在烟店或旁边混蛋书商的店后间搞得成。总之早有人告发。据说其中一个商人乱搞装作卖花的未成年的姑娘,这也是匿名信告发的。

街角卖热炒栗子的商贩是个告密者,并能从中得到好处,再说他不干也不行,因为人行道上的一切都属警察管辖。

附近传来一阵阵机关枪狂射的巨响,原来是"死神牌"摩托车飞驶而过,那家伙好像是个"逃亡者"。不管怎么说,骑摩托车的就有两人在这里砸烂脑袋,两年前在图卢兹已经发生过类似的事故。让这家伙连同他的摩托一起完蛋吧!让他砸烂他的嘴脸和砸断他的脊柱,好让别人安静些!摩托声使人变得刻毒!再说有轨电车也一样,叮叮当当的电铃响个不停,而且也压死人,不到一个月在比塞特棚户区竟压死两个老头儿。相反,公共汽车比较安静,徐徐开进皮加尔广场,小心翼翼,摇摇晃晃,喇叭声声,气喘吁吁,三五个乘客小心谨慎、慢慢悠悠地下车,犹如可爱的孩子。

从摊架到人群,从回转木马场到彩票亭,我们不知不觉地走到庙会的尽头,前面是黑咕隆咚的空地,有的一家老小去那儿小便。向后转!在往回走的路上,我们吃栗子,以便口渴。结果口倒不渴,嘴里却弄得挺难受。栗子里有蛀虫。一条小蛀虫,正好让马德隆吃到,好像故意捉弄她似的。从此事情便不可收拾,在这之前,她还有所克制,这一口栗子惹得她怒不可遏。她到小沟旁吐蛀虫时,莱翁对她说了什么,好像阻止她吐,我没有听清他的话,但很明显莱翁不乐意马德隆把栗子吐掉。他傻乎乎地问马德隆是不是咬到籽了。这是一个不该提的问题。索菲自以为可以过问他们的争执,她不懂他们为什么争吵,想弄个明白。这无疑是火上浇油,一个外国女人居然打断法国人的争执。这时过来一群大声叫嚷的人把我们分开。他们是些替妓女拉客的家伙,怪里怪气,怪声怪调,发出各种使人吓破胆的声音。我们重新会合时,罗班松和她还在争吵。"该回家啦!"我心想,"要是让他们再这么待几分钟,非得在庙会上给我们丢脸不可。今天受够了!"应当承认,一切都已失败。于是我向罗班松建议:"咱们走吧,怎么样?"他吃惊地瞧瞧我,但我认为这是最明智、最适合的决定。我加添道:"你们不觉得玩够了吗?"他向我示意最好先问问马德隆的意见。我倒乐意问马德隆的意见,但又觉得这不大明智。

"我们可以把马德隆带走嘛!"我终于说道。

"带走?你想把她带到哪儿去?"他问。

"带到维尼呗!瞧你!"我回答。

这是一句不合时宜的话,又要做蠢事了。但我的话已说出口,不能翻悔。"咱们有一个空房间可让她住下,"我加添道,"咱们维尼有的是房间嘛!睡前还可以一起吃一顿夜宵呢,总比这儿强吧,咱们挨了两小时冻。这很简单嘛。"马德隆对我的建议不置可否,我说话时她根本不瞧我,但全听进耳里,字字不漏。最后我的建议被采纳了。

等我和大家拉开一些距离时,她悄悄靠近我,问我邀请她去维尼是不是又在耍花招。我没有回答。很难跟一个像她这样嫉妒如焚的女人论理,要不然又会生出许多是非,吵个没完。再说我不清楚她到底嫉妒谁,嫉妒什么,对于因嫉妒而诱发的情感多半是难以捉摸的。我猜想她和大家一样对什么都嫉妒。

索菲不知如何是好,但仍一味讨好。她甚至挽着马德隆的胳膊,但马德隆妒火中烧,怒形于色,没心思理睬别人的殷勤。我们好不容易挤出人群来到克利希广场的有轨电车站,正准备乘车的时候,一片乌云化作大雨,如倾如注,顿时云散天开。顷刻间所有的公共汽车都挤满了人。我听见马德隆在我们身旁轻声问罗班松:"你总不至于在众人面前侮辱我吧?你说啊,莱翁?"真糟糕。她接着说:"你讨厌我了吧,嗯?说啊,你腻歪了?说啊。你不常见我,但见面就厌烦。你愿意一个人跟他们俩待在一起,嗯?我敢打赌,我不在的时候,你们都睡在一起,对吗?说啊,你乐意跟他们在一起,不乐意跟我在一起。说啊,好让我听个明白。"说完,一声不吭,脸绷得紧紧的,鼻子往上翘,嘴上的肌肉紧得抽搐。我们在人行道上等候。马德隆又问:"说啊,莱翁?你瞧见了吧,你的朋友们是怎么对待我的?"

应当替莱翁说句公道话。莱翁既不反驳她,也不惹怒她,眼睛望着街对面,望着铺面、大道和汽车。其实莱翁此刻内心暴躁至极。她看到威胁不起作用,便改变方式,用柔情发起攻势,以求一逞:"我非常爱你,我的莱翁,你听清楚啊,我爱你,嗯?你至少明白我为你所做的事吗?也许我今天不必来吧?不管怎样你总爱我一点点吧?你不可能一点也不爱我。你心肠好,说啊,你总有点良心吧?那么你为什么蔑视我的爱情呢?咱们俩一起有过美好的理想!你现在这样对我未免残忍吧!你蔑视我的理想,莱翁!你糟蹋我的理想!你毁了我的理想,你明白吧。你要我不再相信爱情,是吗?现在你要我永远走开,是吗?你要的是这个吗?"我们在咖啡馆前的大帘子下躲雨,她缠着罗班松问个没完。雨水透过帘子滴到躲雨的人身上。她确实如罗班松预先告诉我的那样,充分表现其真实的性格,罗班松一点也没有夸大其词。我万万没想到他们的感情发展到了如此紧张的程度。

汽车及其他车辆在我们周围来往频繁,噪声很大,我趁机凑到罗班松耳边简单说了几句对情势的看法,指出必须摆脱她。既然失败了,赶紧把事情了结,悄悄溜走,不然情况变坏,那就不可收拾。真令人担心啊。我轻声问他:"你要不要由我找个借口?然后我们各自溜之大吉,怎么样?"他回答道:"千万不能这么干!不行!她会马上发作的,发起火来就止不住了!"我没有坚持自己的意见。

总之,也许罗班松乐意在大庭广众之下挨骂,再说他比我更了解马德隆。阵雨过后,我们叫到一辆出租汽车,大家匆匆上车,挤在一起。开始大家相对无言,愁肠百结。况且我蠢事干尽,心想暂免开口,等一等再相机行事。莱翁和我坐在出租汽车的前排折叠座上,两个女人坐在后排。每逢庙会的夜晚,阿让特伊大道,尤其靠近城门一带非常拥挤。车水马龙,至少要一个小时才到得了维尼。整整一个小时大家面面相觑干坐着尽无言语,该多难受啊。暮色苍茫,每个人都因为他人而心慌意乱。然而,倘若我们就这么委曲求全地待着,各人想各人的心事,本来是不会出事的。如今回想起来,我仍这么认为。

临了还是因为我多嘴,再次发生了争吵,而且吵得更凶。由于人言人殊,世人互相猜忌,隔阂日深。言语貌似无足轻重,毫无危险,如丝丝轻风,似声声轻乐,不冷不热,但一旦传入耳中,即刻印入脑际,变成灰色的烦恼。冷不防,灾祸自天而降。言语好似一堆堆砾石,有露有藏,相得益彰,难以辨认。惟其如此,人言可畏,不管说长论短,都叫你一辈子提心吊胆。人言如雪崩,使你丧魂落魄,吓得你呆若吊死鬼。人言如风暴,来去猛烈异常,使你措手不及,凭情感很难信以为真。因此应当永远仔细提防人言,这是我的结论。

言归正传,出租汽车噗噗地尾随有轨电车徐徐行驶,因为正在修路,每一百米有一条沟。我觉得有轨电车的行速太慢,忍耐不住,唠叨起来,足见我幼稚。我无法忍受这种殡车似的慢速,这种处处游移不定的景致。我急于打破沉默,竭力想弄清马德隆屁股里卖的到底是什么货。我观察,准确地说,我用力观察,因为几乎什么也看不清。马德隆缩在后排左侧的角落里,脸朝窗外,朝着景色,其实朝着茫茫黑夜。我气恼地发现她还是那么执迷不悟,而我偏要捅她的马蜂窝。我招呼她,只是想叫她把头转过来。我问道:

"喂,马德隆,您是不是还有什么玩的计划不好意思说啊?要不要咱们在回家前找个地方停一停?快说好吗?"

"玩!玩!"她仿佛受到侮辱似的回答,"你们这帮人只知道玩！玩！"接着她突然长吁短叹起来。感慨的声调着实动人,我很少听见她这般唉声叹气。

"我尽力而为！"我回答道,"今天是星期天嘛！"

"你呢,莱翁?"她转向莱翁问道,"你也尽力而为吗?说啊！"她单刀直入地发难。

"怎么不呢！"莱翁回答。

车驶到路灯下,我瞧了他们俩一眼,都是满脸怒色。马德隆俯身过去亲吻莱翁。这天晚上大家尽干蠢事。出租汽车又一次放慢速度,因为前面处处有卡车挡着去路。莱翁对她的亲吻很恼火,颇为粗暴地把她推开。当然他的举动使马德隆下不了台,尤其当着我们的面。我们到达克利希大街尽头的城门,夜幕笼罩下的店铺已经掌灯。车经过铁路桥下,尽管声响很大,我仍听得清她再一次发问:"你不愿意亲亲我吗,莱翁?"她抓住莱翁不放,莱翁却始终不理睬她。马德隆忍受不住侮辱,突然转向我,指着我鼻子骂道:"你跟莱翁干了什么好事使他变得这么坏呢?你给他灌了些什么乌七八糟的名堂?敢立刻回答我吗?"她这么向我挑衅。

"什么也没干哪！"我回答,"我什么也没对他说,我才不管你们的争吵呢！"

我说的是真话,最令人反感的是我确实没有对莱翁谈论过她。莱翁是自由的,和她在一起或和她分离,纯属他个人的事情,与我无干,但没有必要跟她论理,她不讲道理啊。我们再一次相坐无言,但出租汽车里的空气变得火药味很浓,争吵一触即发。她刚才说话时细声细气,单调平板,俨然是个下定决心的人,这是我前所未闻的。她缩在车角落里,我几乎看不清她的姿态,很觉得别扭。索菲一直拉着我的手,这可怜的姑娘一时不知道如何藏身。

我们刚过圣图安,马德隆再次对莱翁发难,向他提出一连串的问题,气势很猛,发疯似的大声唠叨她的温情和忠贞。索菲和我,我们俩感到非常尴尬。相反,马德隆的情绪激动到极点,根本不顾我们听见不听见。看来我把大家一起塞进这辆车是很不聪明的,她的声音在车里回荡,而回荡声更激励她露一手,和我们大吵一场。唉,乘出租汽车又是我的一大创举!至于莱翁,他无动于衷。首先他和大家一起玩累了,其次他一向缺觉,已经成疾,所以他很困倦。

"请镇静!"我终于出面干预马德隆,"你们等到家以后再吵吧,你们有的是时间嘛!"

"到家!到家!"她以一种难以想象的口气反驳我,"回什么家?永远回不了家!我对你说吧。"她接着说,"再说,我受够了你们种种肮脏的生活方式!我是个清白的姑娘!我比你们加起来还好得多!你们是一群猪,你们休想欺骗我,你们不配理解我!你们个个腐化堕落到极点,根本无法理解我。一切清白的东西,一切美的东西,你们一概不懂!"

总之,她直截了当地打击我们的自尊心。我在折叠椅上正襟危坐、彬彬有礼地听着,连粗气也不敢出一声。这还不行。每次车子变速,她便大发脾气。此时此刻只要有一点点事情不顺她的心,她便大发雷霆,好像她乐于让我们难堪,她已经身不由己了。

"别以为可以这么糊弄下去!"她继续威胁我们道,"别以为可以甩掉温顺的姑娘!不!不行!我要立即告诉你们,绝对办不到的,不会让你们的如意算盘得逞的!你们都是无耻之尤!你们害得我好苦!我要让你们清醒清醒,你们太卑鄙了!"

她突然向罗班松俯身过去,抓住他的外衣,双手使劲地摇晃他。我没有干预。罗班松一动不动,没有挣扎,似乎挺乐意看到马德隆对他发火。他冷笑着,听凭马德隆隔着车座边骂边摇,活像一个木偶,耷拉着脑袋,脖子有气无力。我正准备告诫她一下,以便阻止她的无礼举动,她却先发制人,把她积在心中的怨气当着众人

的面一股脑儿冲我而来。她毫不客气地对我说:

"你安分点吧,色鬼!莱翁和我的事与你无干!先生,你要是再动手打人,我决不会答应的!听见吗?嗯?我决不会答应的!你如果再敢动手碰我一次,我马德隆会教训你该如何处世待人!看你再敢不敢让伙伴当乌龟王八并动手打他的妻子!厚颜无耻的坏蛋,你不感到羞愧吗?"

莱翁听着她叙说实情,似乎清醒些了,他不再冷笑。我一时担心我们会大打出手,混战一场,但细一想,车里地方不够大,四个人施展不开,打不起来。我这才放下心来。太窄小了。况且汽车行驶在塞纳河林荫大道的方石路上,速度相当快,颠簸得很厉害,想动也动不了。

"过来,莱翁!"她命令道,"我最后一次叫你过来!你听见了吗?过来!别管他们!你没有听见我的话吗?"

假惺惺的把戏!

"莱翁,叫司机停车!叫他停车,否则我自己叫他停下!"

但是莱翁坐在车座席上一动不动,好像被螺钉钉住了。

"你过来不过来?"她重复问道,"你到底过来不过来?"

她已经警告过我,此刻我还是安分守己为好,受得够了!她再一次问罗班松:"你不过来吗?"出租汽车继续高速前进,道路畅通,我们被颠簸得像包裹似的,东倒西歪。既然莱翁执意不回答,她便宣布:"好吧!很好!得了!是你自己乐意的!明天!你听见吗?最迟明天,我就去警察局,向局长报告昂鲁伊老太太是怎样从扶梯上滚下去的!你听见吗,莱翁,说吧?你高兴了吧?你不再装聋作哑了吧?或者你跟着我来,或者我明天早上去报告!怎么样,你过来不过来?说清楚啊!"这是赤裸裸的威胁。

罗班松顶不住了,总得回敬她几句吧。他说:"你也陷进去了,你不否认吧!"她一听这回答更火了。她针锋相对地反驳道:

"我才不在乎呢！陷进去？你想说咱俩一起坐牢吗？你想说我是你的同谋吗？这是你想说的意思？我,我求之不得哩！"她突然发疯似的冷笑起来,好像从来没有这般开心过。

"再对你说一遍,我求之不得！我很高兴坐牢！别以为你一提牢房我就泄气了,我坐多少次牢都不在乎！可你也得去坐牢呀,我的兔崽子！至少你不能再不理我啦！我属于你的,好,但你也属于我的！在监牢里你只要跟着我就行！我只爱一个人,先生！我可不是妓女啊！"

此话一箭双雕,影射索菲和我。她指的是忠贞、尊重。不管怎样,汽车还在向前行驶,罗班松决意不叫司机停车。

"你还不肯过来吗？你情愿坐牢房吗？好吧！你不在乎我告发你吗？你不在乎我爱你吗？你不在乎我的爱情吗？你不在乎我的前途吗？你什么也不在乎,是吗？说话啊！"

"是的,在一定意义上说,是的,"他回答道,"你说得对,但我不在乎的不仅是你,对谁都不在乎。不要把我的不在乎看作侮辱！其实你心地很好,你,但我不愿意别人爱我,我受不了别人的爱！"

她没有料想到别人当面对她说这样的话,惊讶得一时不知道怎么再吵下去。她有些不知所措,但很快巷土重来:"嘿！你受不了别人的爱！你说说看,怎么受不了别人的爱呢？忘恩负义的家伙,说个明白啊！"

"不,不是指你,我对一切都厌倦了,我不想……不该责怪我……"

"你说什么？再说一遍,我和一切？"她竭力想弄明白,"我和一切？讲讲清楚,这是什么意思？我和一切？别讲中国话①,用法国话当着他们对我说清楚,为什么你现在受不了我的爱？大坏蛋,

---

① 即别人听不懂的话。

难道现在你做爱像有的人那样翘不起来了吗？你翘不起来了吗？敢承认吗？敢向大家承认你翘不起来了吗？"

尽管她怒气冲天，她的说法不免叫人发笑。对她的辩解，我还没来得及逗乐，她便再一次发起攻击。她说："至于他，他每次把我推到角落里玩个痛快，马屁精！卑鄙的家伙！他敢来对我说个不字吗？你们说说清楚，你们想换换花样！承认吧！你们需要玩新花样！搞放荡聚会！为什么不玩处女呢？你们这帮堕落的家伙！一群猪！为什么你们找借口？你们是些厌世的家伙，如此而已！你们再没有勇气承受恶习了，对你们自己的恶习害怕了！"

罗班松憋不住了，终于出面反驳她，厉声压住她。他说：

"有！我有勇气！肯定和你一样有勇气！如果你想打破砂锅问到底，什么都要知道，那好吧，我告诉你，一切都使我厌恶，一切都叫我受不了！不仅仅是你！如此而已！尤其受不了爱情！不管是你的爱情还是别人的爱情。你搞的那套情爱，你想知道像什么吗？我认为，像在厕所里做爱！你现在明白我的意思了吧？你要把我和你缠在一块，你的种种情爱对我来说，如果你想知道的话，是在侮辱我。况且你猜想不到你是个肮脏的女人，因为你自己意识不到；你也猜想不到你是个叫人讨厌的女人！不要再拾人牙慧，不要再人云亦云！你觉得这很正常，重复别人的话就够了，别人说爱情是最了不起的东西呀，对大家永远都是至高无上的呀，等等。我才不把大家的爱情放在眼里呢！你明白我的意思吗？他们肮脏的爱情与我毫不相干，我的姑娘！你来得不巧啊！来得太晚啦！爱情对我无缘了！如此而已！你却大发雷霆！你难道一定要在发生过这么多事情的环境下做爱吗？不顾所见所闻吗？或者熟视无睹？我认为你不在乎这一切。你野得像头畜生，即偏偏装作多愁善感的人。你想吃臭肉吗？用你的温情当佐料？这行吗？我可受不了！如果你闻不到臭味，算你走运！那因为你的鼻子堵塞了！

你们这些人想必都是糊涂虫才不感到厌倦。你一定想知道你我之间隔着什么吗？好吧，你我之间隔着整个世界。这下你满意了吧？"

"可我是清白的啊，"她反驳道，"人穷志不短！你什么时候发现我不干净过？你说这话是想侮辱我吗？我的屁股是干净的，先生！你也许不能讲同样的话吧，连你的脚都不干净呢！"

"马德隆，我说的不是这个意思，完全不是这个意思嘛！难道我说过你不清白吗？瞧你，什么都不明白！"他找不出别的词儿去安慰她。

"你说完全不是这个意思？完全不是吗？请诸位听听，他把我贬到地底下去了，还说没有这个意思。非得把他杀了才能使他不再信口雌黄！对这样的畜生，坐大牢是不够的！下流的臭权杆！坐大牢是不够的，应当让他上断头台！"

她再也不愿听安慰话。我们听不清他们吵什么，汽车的噪声淹没了他们的骂声，加上车外风雨交加，车轮在雨水中滚动，倾盆大雨击打着车的门窗。危险笼罩着我们。马德隆多次重复道："真卑鄙！"她说不出别的话，"真卑鄙！"然后她使出浑身解数，问罗班松："你过来吗？莱翁，你过来吗？我数一，你过来吗？我数二……"她等了等，"我数三，你不过来吗？"罗班松一动不动地回答："不！随你便吧！"这是他的全部回答。

她好像往后车座靠了一下，双手拿着转轮枪，子弹从她的腹部直射出来，连开两枪，顿时出租汽车内硝烟弥漫。车继续在行驶。罗班松一冲一冲侧倒在我身上，嘴里断断续续地呻吟："哟！哟！哟！"司机听得很清楚，他先放慢速度，以便弄清到底怎么回事，最后停在一盏煤气路灯前。司机刚打开车门，马德隆猛烈地把他推开，自己冲出车外。她滚下陡峭的路堤，消失在黑茫茫的泥泞的田野里。我拼命地喊她，她已经跑远了。

我面对受伤的罗班松不知如何是好。把他送回巴黎,倒是比较方便,但我们离家不远,地方上的人会不理解我们的行为。临了,我和索菲用外套把他裹起来,让他靠在马德隆开枪的角落里。我关照司机说:"开慢点!"但他照样开得飞快,他很焦急啊。车子颠簸,罗班松呻吟得更厉害。车开到医院门前,司机不肯留下名字,他担心警察局找他的麻烦,让他作证等等。他断定座垫上肯定有血迹,执意马上离开。我记下了他的车号。

罗班松腹部中了两枪,也许三枪,我说不好。我只看见马德隆向正前方开枪。伤口出血不多。尽管索菲和我夹扶着他,他仍哆嗦得厉害,头摇来晃去,说着什么,但听不懂,只听见他谵狂性的哼哼:"哟!哟!"到家前,他一时还死不了。街道刚铺上新方石路面。我们一到栅栏门,我便打发女看门人去帕拉皮纳房间把他赶紧叫来。帕拉皮纳很快来到,还带来一名男护士,我们把莱翁一直抬到他的床上。我们解开他的衣服,检查和触摸他的腹部上下壁。指头摸上去,他的腹部已经发紧,有的地方甚至发硬了。我只发现两个窟窿,没有发现第三个,看来另一个子弹没有打中。

倘若我处在莱翁的位置,我情愿内出血,血灌满肚子,渗进腹膜,很快了结。如果光引起腹膜发炎,那且完不了呢。我们不知道他在完结前还会怎么样。莱翁的腹部已经鼓起来,他呆呆地望着我们,轻声呻吟着,好像挺镇定。我以前亲眼见过他病重的情形,而且在不同的地方,但这一次和以前全然不同,只有他的叹息、他的眼睛引人注意。看来留不住他了,他一分钟一分钟地远离而去。大粒大粒的汗珠儿渗出来,仿佛泪流满面。此时此刻,我们为自己如此差劲、如此心狠而感到局促不安。在这种情况下我们几乎束手无策,不能尽快地帮一个人离世。我们仅有的手段只能满足日常的生活,舒适的生活,自身的生活,总之令人讨厌的生活。我们在旅途中丧失了信心,仅剩的一点恻隐之心被硬压进肚子里,有如吞进一粒该死的药丸:你的恻隐之心从此与肠里的粪便为伍,待在里面再也出不来了。

我站在莱翁的面前,以示恻隐之心,但我非常尴尬,因为我表现不出恻隐之心,我根本没有啊!莱翁在吃苦,他大概在寻找另一个费迪南,当然一个比我更高大的费迪南,求我帮他慢慢地死去。他竭力想弄明白世界是否不时在进步。这个倒霉鬼心里清点着世界的进步,思忖着在他生活的时代里人类是否变得好一点,反省着他自己有时是否无意地错怪了别人。但在他的身旁只有我,我一个人,一个真实的费迪南,一个虚度一生的费迪南,一个成不了伟人的费迪南,一个不善于爱他人的生活的费迪南。对他人的爱,我没有,或少得可怜,不值得拿出来。我还不如死神那么高大,甚至比死神渺小得多。我没有人类崇高的思想。如果不是罗班松,而是一条狗,在我眼前慢慢死去,我也许会更容易感伤,因为狗没有恶念,而莱翁不管怎么说还是有点恶念的。我也有恶念,我们都是恶人。其余的一切已在旅途中丧失殆尽,连在垂死的人面前装出来的哭丧脸谱也让我丢失了。我在旅途中把什么都丢了,垂死者需要的一切都让我丢了,仅剩下恶念。我的情感有如一幢别墅,只适合度假,不宜长住。况且临死的人爱挑剔,不安心弥留,偏偏在死的时候还要享受人间的欢乐,咽气以前,哪怕动脉里充满尿素,仍念念不忘享乐。临终的人们哭哭啼啼,因为他们还没有享受够,他们呼救,他们抗议。所谓死后超生,乃是不幸者自欺欺人之谈。

帕拉皮纳给他注射吗啡,罗班松略微恢复知觉,甚至对刚才发生的事情发表议论。他说:"事情还是这么结束的好……"接着又说:"不比我想象的更糟……"帕拉皮纳问他什么部位疼痛,看得出他已经不行了,尽管他还想对我们说话。他力不从心,无可奈何,泪水纵横。他哭得喘不过气来,最后笑了。他不像一般的病人,我们在他面前手足无措,好像反倒是他在尽力帮助我们活下去,好像他在为我们寻找留存于世的乐趣。他握着我们的手,我们一人抓着他的一只手。我吻了吻他,此时此地这是惟一可做的事情。我们等待着,他说不出话了。之后不久,大概一个小时,不会更久,开始大量内出血,来势很猛,终于把他带走。他的心脏越跳越快,随着血的丧失由快变慢,直到微弱,我的手指感到他脉搏另一端的心脏在颤抖。他的脖子失去血色,进而整个脸部变得苍白。他窒息了。但紧紧抓住我们的手抖动了一下,好像猛冲一下之后才离世。抽搐之后,他全身的分量重重地倒在我们面前。我们扒开他的手,直起身来。他的双手还直挺挺地伸在空中,在灯光下呈现黄蓝相间的颜色。房间里此刻的罗班松好似来自野蛮国的外国人,我们再不敢跟他说话了。

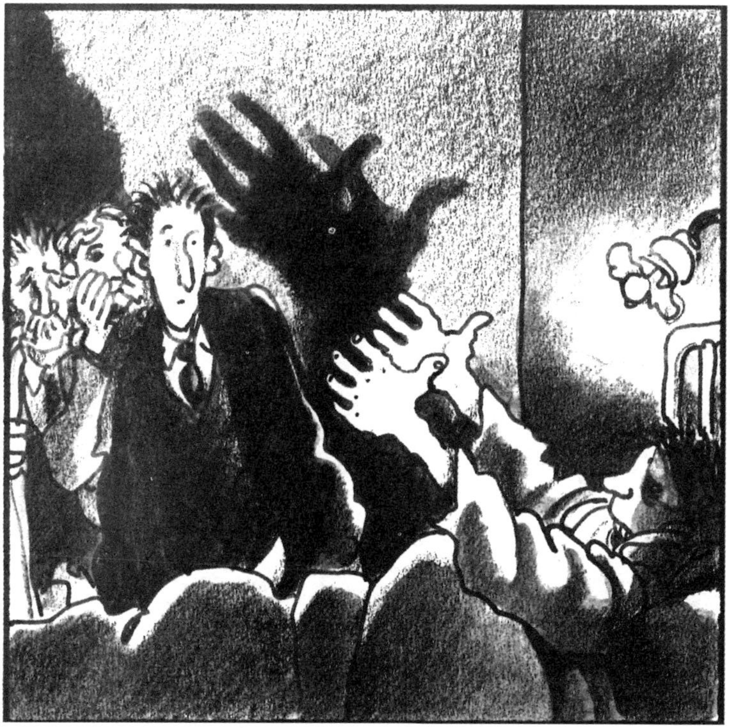

四十五

　　帕拉皮纳镇定自若,他设法派了一个人到警察所去报告,恰好碰上居斯塔夫,我们的常客居斯塔夫巡逻后正在警察所值班。他一进来看到这般情形不由得叹道:"唉,又是个不幸的人!"然后到隔壁房间坐下喘口气。这里护士的餐桌还没有收拾,他趁机喝了一杯。他建议道:"既然是凶杀,那最好把尸体送到警察所去。"接着他补充道:"罗班松倒是个好人,连苍蝇都不忍打死。我不明白为什么要杀死他。"他又喝了一杯。他不该喝酒,对他身体不好,可他一见酒瓶就想喝,嗜好难改啊。

　　我们和他一起到楼上的储藏室找出一副担架,时间太晚,惊动别人不合适,我们决定自己把尸体送到警察所去。警察所很远,位于维尼的另一端,平交道口那边最后的一幢房子。我们抬着担架出发了,帕拉皮纳抬前面,居斯塔夫·芒达穆尔抬后面。只是两人的步子不合拍,歪歪扭扭的,索菲不得不在前面为他们引路,帮他们下台阶。这时我发现索菲并不太激动,而凶杀是在她身旁发生的,那个疯女人离她那么近,子弹很可能飞到她身上。我在另外的场合注意到,索菲虽临危不惧,却往往后怕,并非她冷酷,而是需要时间,有如她突然受到暴风雨袭击,一时麻木了。

　　我想再尾随尸体一段路程,以便确信真的完结了。我本该紧紧跟在担架后面,但一路上我左顾右盼地闲逛,过了平交道口附近的大校园,我便溜进一条羊肠小道。小道夹在两排树篱中间,陡然而下,通到塞纳河边。我从栅栏门上方举目望去,他们抬着担架远去,陷进茫茫黑夜,后面慢慢系上浓浓的雾带。码头下,河水重重地拍打着为防涨潮而系在一起的驳船。从日内维利埃平原吹来的阵阵寒风在河面上激起层层波浪,使得拱桥下的河水闪闪发亮。

河流遥远的顶端是大海,但我对大海已不抱幻想,我有别的事情要做。我曾千方百计地糟蹋自己,企图让生活抛弃我,但没有成功,因为我到处离不开生活,离不开自己。我曾拖着沉重的步子游荡,这样的时代彻底结束了,让别人去放荡吧!世界的大门重新关上,我们已经到达世界的尽头,有如节日接近尾声。忧伤是无止境的,应当重新奏乐去寻找新的忧伤,但让别人去寻找吧!人们装出若无其事的样子要求重新获得青春,而且不感到难为情。但我已不再准备受苦受累。在生活中我还不如罗班松走得远呢,我终究失败了。我始终没有树立一个牢固的思想,而罗班松则有自己独特的处世之道,比我脑袋里所有的东西加起来更强有力,压倒了我脑袋里的一切恐惧,他的思想是高尚的、出色的,使他视死如归。我需要多少次生命才能具有一种压倒人间一切的强有力的思想呢?答不上来,反正失败了,我的思想在我空落落的脑袋里游荡,好似一支支蜡烛,怯生生的火苗儿自始至终在狰狞可怖的天地里颤颤悠悠,闪闪烁烁。

二十年前也许好一点,不能说当初我没有进步,但难以想象我能像罗班松那样用惟一的思想武装头脑,不过我的思想要漂亮得多,比死神漂亮百倍。我带着自己的思想到处寻欢作乐,无忧无虑,胆大妄为,可谓风流倜傥的英雄。我当时胆大包天,凭着胆大到处乱闯,生活好像就由这种胆量推动向前的,它推动着天地间的生灵和万物。爱情,同一时刻普天下有无数的人在做爱,而死神恰好寓于温情之中,躲在里面尽情享受温暖,热乎乎的,和所有做爱的人分享快乐,多么有趣儿啊。美妙绝伦!成功至极!

我一个人在河滨马路上自得其乐,想着我应该干的各种把戏,以便用无限的决心给自己打气,打得鼓鼓的,活像一只鼓满理想的癞蛤蟆!总而言之是头脑发热!伙伴们至少找了我一小时,更令他们担心的是看见我离开时我神情沮丧。居斯塔夫·芒达穆尔首先发现我站在煤气路灯下,他呼喊:"喂,大夫!"芒达穆尔的声音真洪亮,他说:"来吧,警察所所长请您去一趟,让您作证呢!"走近时,他凑到我耳边补充道:"大夫,您的脸色可不好呀!"他陪伴着我,甚至扶着我走路。居斯塔夫很喜欢我,因为我从不责备他贪酒。我知情达理,而帕拉皮纳的神情总有点严肃。居斯塔夫时时为嗜酒而感到羞愧,要不然他能帮我做许多事情。他甚至对我说,他欣赏我,但不知道为什么,我也不知道,反正他欣赏我。他是惟一欣赏我的人。

我们一起走过两三条街才瞥见警察所的门灯,我们再不会走散,居斯塔夫念念不忘他的报告,不敢对我说罢了。他已经叫其他人在报告下方签字,但他的报告丢三落四的,很不像样。他在干这一行的人中算是脑袋瓜大的,他的警帽我都能戴,足见其大,但他好忘事,脑筋动得慢,表达有困难,写东西更费劲。帕拉皮纳原可以帮他起草报告,但出事时他不在场。居斯塔夫不得不胡编,而所长说写报告胡编是不行的,他只要事实。

我哆哆嗦嗦地登上警察所的台阶,真的感到不舒服,对所长也讲不出什么大名堂。他们把罗班松的尸体放在大文件柜的前面。长凳周围到处是印刷品、烟头,带有"警察该死"字样的传单标语尚未清除。我进屋时,秘书热情地问我:"大夫,您迷路了吧?"我们实在太疲倦,说话都有点语无伦次。最后我们就措辞和子弹的射程达成一致的意见,其中一颗子弹夹在脊柱里,拿不出来,让它与尸体一起埋掉算了。至于其他的子弹还是要找的,手枪的杀伤力很强,子弹夹在出租汽车里了。

索菲专程去给我拿大衣,回来后亲吻我,搂抱我,仿佛我快死了或要飞走了。我对她说:"我不会死的,索菲,我不会死的!"但说什么也不能让她放心。我们围着担架和所长的秘书闲聊起来,他说他见多识广,重罪、轻罪、灾祸,什么都见过,他恨不得一口气把他的经历统统讲给我们听。我们不敢告辞,怕他生气,他太客气了。这回他是跟有教养的人谈话,而不是跟流氓打交道,为此他感到高兴。为了不使他扫兴,我们在警察所耽搁了不少时间。

帕拉皮纳没有穿雨衣。居斯塔夫听得津津有味,嘴巴张得大大的,粗粗的脖子伸长着,活像拉车的。帕拉皮纳滔滔不绝,许多年来,甚至自从我学生时代认识他以来,从未听他说过那么多的话。这天所发生的一切使他兴奋不已。我们终于下决心回家,并带着芒达穆尔一起走。索菲不时搂搂我,她身上和心里充满焦虑和温存的力量,千方百计要把这种力量传给我,我浑身都感觉得到。但这使我很不舒服,因为不是我自己的力量,我需要自己的力量,以便有朝一日像莱翁那样漂漂亮亮地死去。我没有时间挤眉弄眼,对自己说,好好干吧。但我自己的力量就是上不来。索菲甚至不让我回头向尸体告别,所以我头也没回就走了,只见门上写着:"请随手关门!"帕拉皮纳很渴,大声说话说渴的,他说得太多了。走到运河小酒店,我们敲了一阵子排门板。这使我想起战时努瓦瑟尔大路上的情景。门上的小灯即将熄灭。老板终于出来开门。他对发生的悲剧一无所知,是我们告诉他的,居斯塔夫称此悲剧为"爱情的悲剧"。

运河小酒店通常天亮前开门营业,接待船夫。船闸在黑夜将尽时开始徐徐转动,接着便是一片繁忙景象。陡峭的河岸慢慢离河水脱颖而出,屹立于水面的两旁。繁忙从昏暗中浮现。一切又是那么的明显,那么的简单,那么的艰辛。看得见这边的绞盘,那边工地上的栅栏和远处大路上远道而来的人们。他们冻得包裹似的投入污浊的晨曦中,迎着黎明,满脸曙光,他们比我们看得远,我们只能看见他们苍白而朴实的脸庞儿,他们的背后依然是茫茫黑夜。他们总有一天也要死的,但怎么死法呢?他们向桥走去,然后慢慢消失在平原上,接着又过来另外的人们,一批接一批,随着白日的来临,一批比一批更苍白。他们在想什么呢?

酒店老板想知道悲剧的全过程,包括背景等等。老板名叫伏代斯卡尔,一个所谓正派的北方人。我们和盘托出,居斯塔夫还添油加醋。他重复我们的话,啰啰嗦嗦的,这倒不要紧,反正大家都语无伦次。再说他醉了,越醉越唠叨,实在没有什么可说的。我听着倒觉得无妨,边听边打盹儿,昏昏然的,但其他人厌烦他了,为此他大发雷霆。一气之下,他重重地撞倒小火炉,把什么都弄翻了:炉筒,炉条,熊熊的火炭。芒达穆尔结实得像头牛,他要给我们表演真正的蹈火舞:脱掉鞋跳进未燃尽的木炭里乱蹦。他曾和老板为一台没有打印记的"吃角子老虎机"①吵过一架。伏代斯卡尔是个阴险的人,要提防他,别看他衬衣总是干干净净的,一副正人君子的模样。他记仇,还是个告密的家伙。帕拉皮纳看出芒达穆尔的心思,便说他酒后失言,让他收回狂言,从而阻止了他跳蹈火舞,弄得他怪不好意思的。我们把芒达穆尔推到餐桌的尽头,他乖乖地倒下,喘着粗气,吐着臭气,睡着了。

拖轮的汽笛声从远处传来,越过一座座桥梁、一个个桥孔,越过船闸,传向更远更远的地方。汽笛声向所有的驳船呼唤,向全城呼唤,向天空和田野呼唤,向我们呼唤,也向塞纳河呼唤,要把我们带走,要把一切带走,永远带走。

---

① 一种赌具。

后　记

一九八六年春末译完《茫茫黑夜漫游》，交柳鸣九先生审阅并作序，收入他主编的《法国二十世纪文学丛书》第二辑。一九八八年由漓江出版社出版，第一次印数为一万八千五百册，定价三元四角。是年深秋，柳公通知说，《茫茫黑夜漫游》获得一九八八年全国外国文学优秀图书二等奖，并重印一次，皆大欢喜。更令人鼓舞的是，责任编辑金龙格君来函称收到全国各地不少来信，多为赏识，选二函转我一阅。不幸，后因搬家遗失了。但，其中一位青年读者的来函让我激动不已，颇有后生可畏之感，信中一些话特别有见地，一直铭记在心。比如他说，不久前喜读拙译《文字生涯》（萨特著），觉得写法很新鲜，颇有气势，国内作家尚未尝试过。但读完《茫茫黑夜漫游》，就觉得《文字生涯》有些"矫情"（准确讲是一种喜剧演员的矫情），而《茫茫黑夜漫游》却予他一种震撼。心想，真不简单，千万别小看和低估青年读者的水平哪！

然而，笔者没有想到这两本书会遇到不同的命运。《文字生涯》初稿完成于一九八一年春末，艾珉先生原想在一本文学杂志上分两期发表，但上面批示说"看不出有什么意思。"过了几年，这本杂志停刊了，她便想出单行本，但碰到"清污"，又拖宕几年，最终于一九八七年年底由人民文学出版社出版，第一次印数一万册，后来多次重印，再后来收入各种选本，足有十来种，最后收入人民文学出版社的"名著名译插图本"。从二〇〇六年年初以来，已重印五次,一直销到香港、台湾地区以及法国、加拿大等华人较多的西方国家。

相比之下,《茫茫黑夜漫游》的命运就惨淡多了。风光了几年后,便进入国内图书出版萧条期。等到中国签署《伯尔尼协定》,承认原著知识产权,各大出版社就争先恐后抢版权了。鄙人却在海外讨生活,没顾得上保护自己的首译版权,又一次吃了自己不设防的苦头。这不,生活安定下来后,想再版拙译,版权却已让人购走。后来经过谈判,伽里玛同意收入拙编《塞利纳精选集》(2000),由山东文艺出版社签约出版,但仍不可出单行本。后来终于由北京燕山出版社签下独家出版单行本版权,总算了结一桩心愿:对得起塞利纳遗孀,以及多次陪我在默东塞利纳故居聚会的名流学士了。如今,在中国,塞科纳著作权业已期满,文化意识形态也多元化了,特借此机会重新审阅一遍,把因历史局限有意无意"篡改"之处进行修正,尽可能贴近原意,并顺便改正一些纰缪,以飨读者。

想当初,法国友人们得知我于一九八六年春译完《茫茫黑夜漫游》,便立即促使法国外交部文化局邀请我访法。当我送上中文版《漫游》时,他们兴奋不已,专门为我在巴黎近郊默东的塞利纳夫人家里举办庆祝晚宴,并请来几位记者。但我有点紧张,说话非常低调,生怕记者提问出格,一再要求不作公开报道。事有凑巧,在回国的飞机上,一位相识多年的朋友过来跟我打招呼,并递来一份当天的《世界报》,连声向我祝贺,便回到后排自己的座位。我打开报纸,在文学副刊头版,刊登塞利纳夫人和我的大幅合影和一篇长篇报道,占半个版面。我心里骤然紧张起来,埋怨这些朋友帮倒忙,肯定祸大于福。然后,静下来仔细阅读,这才放下心,看来没闯大祸。因为,文章的中心思想是:《茫茫黑夜漫游》在中国出版,标志着中国随着经济的改革开放,文化的改革开放也起步了。

回国后更为低调，对谁也没提起此事，包括自己的老婆。西方记者太天真。我们早已是有经验的"老运动员"了：文化改革的春风尚待时日。好在当时《世界报》，只有少数涉外单位订阅，我所在的单位只在图书馆有一份，并由专人保管。有资格去看的教工还得登记，所以一直没有被人察觉，颇感庆幸。现在说这些陈芝麻烂谷子，似乎多余而可笑，无非说明笔者敝帚自珍，十分珍视这些法国朋友的情谊，并决心在有生之年，继续译介塞利纳的著作。

关于书名，塞利纳挖空心思转义使用最普通的词语、成语、俚语、隐语，使之富有新意，这是他的创意之一。一旦出版，这些语汇就被读者记住，其中一部分就成为新的转义词或新的短语。这就增加了我们翻译的困难，若不细心读完全书，简直不懂其意。诸如：小说《催命》(*Mort à crédit*,1936)，杂文集《小试锋芒》(*Bagatelles pour un massacre*,1937)，散文《漂亮的遮羞布》(*Les beaux draps*,1941)，短篇小说《毙命》(*Casse-pipe*,1949)，小说《别有奇景 I》(*Féerie pour une autre fois I*,1950)等等。

《茫茫黑夜漫游》(*Voyage au bout de la nuit*)，出自 le voyage au bout du monde("漫游海角天涯")。小说走红之后，书名的语言结构不断被人转义运用，几乎成了普通短语。比如，Voyage au bout de l'armée("茫茫军旅生涯")，是《世界报》登载的一篇长篇报道的标题，讲述一个特务在别国军队混迹三十年才被揭露。又如，Voyage au bout de l'opium("茫茫鸦片之旅")，再如，Voyage au bout de l'enfer("茫茫地狱之旅")，都是见于报端的。所以，我们认为文学翻译不仅应当注意语义和语级，而且尽量译出原著的风格，尽力使译文或多或少保持原著的原汁原味。假如原著中有一句或一段幽默的文字，看原文忍俊不禁，而读译文则叫人笑不起来，那就失败了。

笔者当年为漓江出版社提供了一则内容提要，后被台湾一家

出版社"盗版"列入所谓"新译世界文学名著"作为"作者简介"的结论,特此向读者朋友推荐这部名著:

"塞利纳笔下的人物,多是在忧患困顿的人生征途上因战争、贫困、恶俗、偏见、色情、疾病而扭曲的形象。在那变动空前、万花缭乱的时代,他以夸张的手法抨击资本主义制度下人与人之间炎凉冷酷的关系,从既成秩序、传统文化、伦理道德到生活习惯、饮食起居,无一不是他彻底否定和无情鞭挞的对象。塞利纳的世界是一个异化的世界,罪恶的世界,在他的世界里每个人既是恶的受害者又是恶的制造者,人生活在永久性的茫茫黑夜里,走投无路,束手待毙。面对恶魔般的现实,塞利纳与他塑造的人物共同承受着生的痛苦,在作品中时时渗入自审意识,无保留地暴露自己也是缺乏力量的怯懦者,意识到自己身上也积淀着罪恶的基因,扮演着可悲的败类角色。塞利纳对己对人都是无情的,他以幻觉史诗式的笔触,用抒情又俚俗、既雄辩又鄙陋乃至刻毒的语言表达他的绝望哲学,刻画他的丑类群像,创造了独特的塞利纳风格,从而跻身于二十世纪法国大作家的行列。"

沈 志 明
二〇〇八年初春于上海
二〇一二年初秋于巴黎